Corina Bomanns Romane sind mit einer Gesamtauflage von über zwei Millionen Exemplaren nicht aus den Bestsellerregalen wegzudenken. Mit ihren beliebten historischen Sagas steht sie regelmäßig auf den vorderen Plätzen der SPIEGEL-Bestsellerliste und begeistert ihre Leserschaft mit mutigen Heldinnen, großen Gefühlen und bewegenden Schicksalen – so auch zuletzt mit ihrer vierbändigen Waldfriede-Saga um die ereignisreiche Geschichte eines Berliner Krankenhauses.

Außerdem von Corina Bomann lieferbar:
Der Mondscheingarten

Die Waldfriede-Saga:
Sternstunde. Die Schwestern vom Waldfriede
Leuchtfeuer. Die Schwestern vom Waldfriede
Sturmtage. Die Schwestern vom Waldfriede
Wunderzeit. Die Schwestern vom Waldfriede

www.penguin-verlag.de

CORINA BOMANN

Die Schmetterlingsinsel

Roman

PENGUIN VERLAG

MIX
Papier | Fördert gute Waldnutzung
FSC® C014496

Penguin Random House Verlagsgruppe FSC® N001967

1. Auflage

Umschlaggestaltung und -abbildung: www.buerosued.de
Druck und Bindung: GGP Media GmbH, Pößneck
Printed in Germany 2024
ISBN 978-3-328-11142-9
www.penguin-verlag.de

15. Februar 1888

Liebste Grace,

ich weiß nicht, ob Du mir inzwischen verziehen hast. Ich nehme an, das ist nicht der Fall. Doch ich kann nicht anders und schreibe Dir trotzdem.

Vor meinem geistigen Auge sitzt Du jetzt am Fenster Deines Zimmers, blickst hinaus auf den nebelverhangenen Park und haderst mit der Art und Weise, wie alles gekommen ist. Zu Recht, und ich kann nur sagen, dass es mir von Herzen leidtut.

Die Dinge hier sind anders geworden, seit Du fort bist. Du fehlst mir so sehr! Und ich glaube, Papa auch, wenngleich er es nicht zugeben würde. Stundenlang verschwindet er in seinem Arbeitszimmer und ist für niemanden zu sprechen. Mutter befürchtet bereits, er würde verwildern. (Du kennst ihre Übertreibungen!) Sie selbst ist in hektische Betriebsamkeit verfallen und organisiert ein Fest, um Papa aufzumuntern. In Wahrheit will sie wohl nur wissen, inwiefern sich der Skandal ausgewirkt hat.

Wahrscheinlich lächelst Du jetzt bitter, wenn Du den Brief überhaupt liest und ihn nicht gleich dem Kaminfeuer überantwortest. Ich hoffe von ganzem Herzen, dass Du mir eine Chance gibst, denn ich habe eine Nachricht, die Dir vielleicht Hoffnung machen wird.

Kurz nach Deiner Abreise ist er vor meinem Fenster aufgetaucht und hat mir erklärt, dass er schon bald zu Dir kommen wird. Als Unterpfand hat er mir etwas gegeben, das ich für Dich aufbewahren soll, da er jetzt keine feste Behausung mehr hat. Bestimmt wird er Dich ganz wie im Märchen aus dem alten Gemäuer entführen, und dann werdet Ihr Euer Glück finden.

Liebste Schwester, ich verspreche, dass ich immer für Dich und die Deinen da sein werde, egal, was geschieht. Sollte Ihr in Not geraten, wird meine Tür Euch offen stehen, das bin ich Euch allen schuldig.

In innigster Liebe
Victoria

Prolog

Tremayne House
1945

Die junge Frau tauchte an einem verregneten Oktobernachmittag vor dem alten Herrenhaus auf. Nebel hüllte den Park ein und ließ die Trauerweiden, deren Äste Regentropfen weinten, noch trostloser wirken. Verwittertes Herbstlaub säumte die vormals gepflegten Wege und hing wie Fusseln in dem Gras, das schon seit einer Ewigkeit nicht mehr gemäht worden war.

Mit angespannter Miene, ihr abgezehrtes Spiegelbild ignorierend, spähte die Fremde durch die geteilte Scheibe der Eingangstür. Zweimal hatte sie bereits geläutet, doch niemand ließ sich blicken. Dabei waren die Menschen im Innern des Hauses deutlich zu hören. Offenbar hielt sie die hektische Betriebsamkeit davon ab, zur Tür zu gehen.

Nachdem sie ein drittes Mal vergeblich die Klingel gedrückt hatte, wollte sie sich schon umwenden und gehen. Da ertönten Schritte, und wenig später erschien eine Frau in Dienstmädchenuniform, auf deren Namensschild der Name Linda stand. Streng maß sie den Neuankömmling, der denselben Anblick bot wie viele Frauen, die der Krieg in Not gebracht hatte. Verfilzte schwarze Haare, blasse Wangen. Die blauen Schatten unter ihren Augen ein Zeugnis von Hunger und Entbehrungen. Die groben Arbeiterschuhe, die ihr einige Nummern zu groß waren, klafften an den Seiten auf. Unter den schmutzigen Kleidern und dem löchrigen Trenchcoat wölbte sich ein kleiner Bauch.

»Tut mir leid, wir sind überfüllt«, murmelte Linda kühl.

Die blasse Gestalt streckte ihr daraufhin einen abgegriffenen, mit Schmutzschlieren bedeckten Umschlag entgegen. »Geben Sie das bitte der Hausherrin.« Ihre Worte klangen hölzern, da sie es nicht gewohnt war, englisch zu sprechen. Dennoch lag eine Bestimmtheit in ihrer Forderung, die nicht zu jemandem passte, der sich damit abgefunden hatte, ein Leben auf der Straße zu führen. Linda sah die Frau, die irgendwie fremdartig wirkte, prüfend an, doch da sie ihre Bitte nicht zurücknahm und den Blick des Hausmädchens beinahe trotzig erwiderte, nahm sie den Umschlag an sich.

»Einen Moment bitte.«

Aus einem Moment wurden viele, doch die Frau blieb vor der Tür stehen, als sei sie zu Stein geworden. Weder trat sie von einem Bein aufs andere, noch setzte sie sich, obwohl das niedrige steinerne Geländer Gelegenheit dazu bot. Sie streichelte sich nur sanft über den Bauch, der ihren wertvollsten Schatz barg. Das Kind, das in ihr heranwuchs, war jede Strapaze, jede Erniedrigung wert.

Anstelle des Hausmädchens erschienen zwei Frauen, eine schätzungsweise um die fünfzig und dunkelblond, die andere etwa in ihrem Alter, mit rotblondem Haar. Obwohl der Krieg auch von ihnen Opfer gefordert hatte, schien es ihnen verhältnismäßig gut zu gehen, wie ihre gesunde Gesichtsfarbe und die gerundeten Züge bewiesen.

»Sie sind Beatrice? Beatrice Jungblut?«

Die junge Frau nickte. »Ja, die Tochter von Helena. Sie sind die Stanwicks, nicht wahr?«

»Ich bin Deidre Stanwick, das ist meine Tochter Emmely Woodhouse«, antwortete die ältere der beiden Frauen, der ihre Tochter wie aus dem Gesicht geschnitten war.

Beatrice nickte ihnen beklommen zu, denn sie spürte, dass

sie nicht willkommen war. Doch eine andere Möglichkeit blieb ihr nicht. Ihr eigenes Leben interessierte sie nicht, mittlerweile war es so oft in Gefahr geraten, dass der Tod seinen Schrecken verloren hatte. Das Kind sollte jedoch die Möglichkeit haben, die Sonne zu sehen und den Frieden, der erst seit ein paar Monaten bestand, zu genießen.

Nachdem sie sich vielsagend angesehen hatten, fragte die Ältere: »Wo ist Helena?«

»Sie ist bei einem Angriff umgekommen, genauso wie mein Mann«, antwortete die Frau.

»Und du?«, fragte Emmely erschüttert.

»Ich konnte mich verstecken.« Schützend legte sie die Hände vor den Bauch. »Meine Mutter sagte mir, dass ich, sollte ihr etwas passieren, mich an euch wenden soll.«

Wieder sahen sich die beiden an, dann fragte Deidre: »Hast du Papiere, die deine Identität beweisen?«

Beatrice schüttelte den Kopf. »Die sind verbrannt, als uns die Tieffl ieger beschossen haben.«

Das war es, dachte sie. Jetzt schicken sie mich fort. Welchen Grund sollten sie auch haben, mir zu vertrauen? Es ist alles sinnlos und das Papier in meiner Hand nichts weiter als ein leeres Versprechen, das längst vergessen ist.

»Nun gut, komm erst einmal rein, dann reden wir.«

Der Geruch von Karbol und Tod schlug der Schwangeren entgegen, als sie den beiden Hausherrinnen durch einen langen Gang folgte. Schwärende Wunden schienen hier auf Medikamentennotstand und mangelhafte Desinfektion zu treffen.

»Wir haben seit gut drei Jahren ein Lazarett im Haus«, erklärte Emmely, der das Schweigen offensichtlich unangenehm war. »Die Räume bersten aus allen Nähten. Bitte nimm es Linda nicht krumm, dass sie dich wegschicken wollte. Im

Moment werden wir von Kriegsheimkehrern und Hungernden regelrecht überrannt.«

Beatrice blickte verlegen auf ihre schmutzigen Schuhe. »Das tut mir leid.«

»Wir kommen schon zurecht«, meinte Emmely gütig, während sie ihren Arm kurz auf Beatrices Schulter legte. »Du bist hier am richtigen Ort.«

Bei diesen Worten wurde Beatrice schwindelig. Gab es überhaupt einen richtigen Ort für sie und ihr Kind? Das, was sie Heimat genannt hatte, war gerade in Blut und Trümmern versunken.

Obgleich die Küche recht groß war, herrschte hier ziemlicher Platzmangel, denn jeder Zentimeter freier Boden wurde als Stellraum für Kisten, Schränke und andere Möbel genutzt. Wenn es gefahrlos möglich war, standen mehrere Stücke übereinander. In der Mitte blieb lediglich Platz für den Herd und einen Tisch mit vier Stühlen.

»Schreckliche Zustände, aber man gewöhnt sich dran«, seufzte Deidre, während sie drei Tassen vom Bord nahm. »Früher hatte ich Bedienstete hierfür, aber der Krieg nimmt einem nicht nur die Freiheit, sondern auch sämtliche Privilegien. Jetzt essen wir mit unseren Dienstboten, die eigentlich gar nicht mehr für uns arbeiten, an einem Tisch.«

Nur schwach erinnerte sich Beatrice daran, dass ihre Familie ebenfalls ein Hausmädchen gehabt hatte. Das Aussehen ihres Hauses, ihres Zimmers und der Kleider, die sie einst trug, waren so stark mit dem Leid, das sie erlebt hatte, übertüncht, dass sie kaum noch wusste, wie ihr Leben damals gewesen war, bevor der Wahnsinn begann.

»Was ist mit der Frau, die die Tür geöffnet hat?«, fragte Beatrice, während sie sich langsam auf dem angebotenen Platz niederließ.

»Linda ist mein Hausmädchen, trägt ihre Uniform aber nur noch pro forma, denn sie wird im Lazarett gebraucht. Meine Tochter und ich helfen ebenfalls so gut mit, wie wir können.« Deidres Blick streifte ihren Bauch.

»Ich könnte ebenfalls mithelfen«, bot sich Beatrice an, doch ihre Tante schüttelte den Kopf.

»Bestenfalls könntest du in der Küche helfen, aber nicht bei den Kranken. Du würdest Gefahr laufen, dein Kind zu verlieren, wenn du dich mit irgendwelchen Keimen ansteckst.«

Der unangemessen heftige Tonfall ließ Beatrice zurückschrecken und die Zweifel zurückkehren. Dass sie dir erlaubt haben, mit ihnen in einer mit Gerümpel vollgestellten Küche zu sitzen, heißt noch lange nicht, dass du schon zur Familie gehörst.

Als Deidre weitersprechen wollte, stieß der Kessel auf dem Herd hinter ihr ein schrilles Pfeifen aus. Sie erhob sich und setzte eine Kanne Tee an. Der würzige Duft hatte eine sehr beruhigende Wirkung auf Beatrice. Schon immer hatte sie ihn als angenehm empfunden, auch im Flüchtlingslager, in das sie nach der Überquerung der Oder gekommen war, hatte er ihr ein Gefühl von Heimat gegeben. Für Augenblicke war es ihr dadurch möglich gewesen, sich nach Hause zu träumen, in den Rosengarten ihrer Großmutter Grace, das kleine Gewächshaus, in dem diese versuchte, exotische Blumen zu ziehen. Und in dem sie manchmal stundenlang saß und abwesend einen Frangipani-Busch betrachtete, in der Hand einen kleinen Zettel, von dem ihre Mutter immer behauptet hatte, es sei ein Horoskop.

»Ein erbärmlicher Assam ist das, aber wir haben leider nichts anderes«, riss Deidre sie aus ihren Gedanken und stellte die Teetasse vor ihr ab. Der Farbstoff des Tees hatte die feinen Risse in der Glasur sichtbar gemacht, so dass sie sich wie dunkle Adern über das Innere der Tasse zogen.

Assam, Darjeeling, Ceylon. Auf einmal sah sie wieder die ordentlichen Beschriftungen der Behältnisse in Großmutters Küche vor sich. Liebevoll hatte sie die Buchstaben zu Papier gebracht, sie mit einer kleinen Vignette verziert, die stilisierte Teeblätter und Blüten darstellten. Mittlerweile waren sie wohl ebenso wie das Kapitänshaus an der Ostsee, der Garten und das Gewächshaus zu Trümmern vergangen.

Schweigend saßen die Frauen beim Tee, jede in Gedanken woanders. Deidres Blick wirkte auf einmal in der Ferne verloren, als suche sie etwas, Emmely versank in die Betrachtung Beatrices, die vorgab, diese zu ignorieren, während vor ihrem geistigen Auge das Gesicht der Großmutter erschien.

Seltsam, dass ich mich jetzt an sie erinnere und nicht an Mutter, dachte sie, während sie im Geiste die feinen Linien auf dem Gesicht nachzog, ihren Blick über das sattrote Haar streichen ließ, das ihr schottisches Erbe war, und die weiße, zu Sommersprossen neigende Haut betrachtete. Wie neidisch war sie als Kind auf ihre strahlende, helle Großmutter gewesen! Ihre Mutter Helena und sie selbst waren eher dunkle Typen, mit schwarzen Locken und fremdartig geschnittenen Augen, die Großmutter als Erbe der Familie ihres Mannes bezeichnet hatte. Leider war ihr Großvater, der Kapitän, bereits vor ihrer Geburt verstorben.

»Für heute bleibst du erst einmal hier«, beschied Deidre, als sie aus der gedanklichen Ferne zurückgekehrt war. »Du wirst im Zimmer meiner Tochter schlafen, Emmely schläft heute Nacht bei mir.«

»Aber …«, begann Emmely, der es offensichtlich lieber gewesen wäre, sich das Zimmer mit dem Neuankömmling zu teilen.

»Keine Widerrede, unser Gast bekommt ein Zimmer für sich.« Deidres scharfer Blick beendete die Diskussion. »Geh nach oben und zeig Beatrice den Raum. Dann bereitest du alles vor. Ich werde derweil wieder ins Hospital gehen.«

Damit erhob sie sich und eilte steifen Schritts nach draußen. Die beiden jungen Frauen sahen einander schüchtern an.

»Es tut mir leid, was mit deiner Mutter und deinem Mann passiert ist«, sagte Emmely schließlich und legte ihre Hand sanft über die schmutzverkrusteten Finger ihres Gegenübers. »Es ist immer schwer, Menschen, die man liebt, zu verlieren.«

»Hast du im Krieg auch jemanden verloren?«, fragte Beatrice, denn Emmely wirkte eigentlich recht gesund und zufrieden. Doch nun erstarrte ihr Lächeln.

»Ja, das habe ich«, antwortete sie, während sie angestrengt in ihre Teetasse blickte. »Mein Kind.«

»Ist es bei einem Angriff ums Leben gekommen?«

Beatrice hatte gehört, dass London bombardiert worden war.

Emmely schüttelte jedoch den Kopf. »Fehlgeburt im fünften Monat. Mein Mann war gerade zur Front eingezogen worden. Ich weiß nicht einmal, ob er noch lebt. Vermutlich glaubt er, dass unser Kind schon laufen kann.«

Und dann spendet sie mir Trost?, fragte sich Beatrice. Das Kreuz auf ihren Schultern ist ähnlich schwer.

»Aber lass uns darüber ein anderes Mal weiterreden.« Emmely erhob sich und zwang die Erinnerung mit einem bitteren Lächeln zum Rückzug. »Komm, ich zeige dir das Zimmer. Es ist sehr schön und hätte durchaus für uns beide gereicht, aber wenn Mutter will, dass ich ihr in der Nacht etwas vorschnarche …«

Emmely führte sie durch ein Labyrinth von Gängen, vorbei am ehemaligen Ballsaal, in dem sich Betten und auf dem Boden liegende Matratzen aneinanderreihten, dann eine Treppe hinauf. Auch in den oberen Gängen stapelten sich Möbelstücke und Kisten, die aus anderen Räumen hatten weichen müssen. Als sie eine der Kisten leicht mit dem Arm streifte, ertönte ein helles Klirren wie von Glas oder Kristall. Wahrscheinlich warteten all die verpackten und abgestellten Dinge ebenso wie die Menschen darauf, dass der Frieden zurückkehrte.

»Da wären wir.« Emmely öffnete eine breite Flügeltür. Das Zimmer dahinter war warm und wirkte noch einigermaßen aufgeräumt. Die Blümchenmuster auf den Tapeten waren verblasst, doch noch immer ahnte man, was für ein schöner Raum dies einst gewesen war. Unter den hohen Fenstern, die von einer leicht vergilbten Gardine verhangen wurden, standen umgedrehte Gemälde, deren Rahmen im Licht golden schimmerten.

Am meisten beeindruckte Beatrice die Schlafstelle. So ein schweres, breites Bett wie dieses, das einen Großteil des Raumes einnahm, hatte sie noch nie gesehen. Auf den Lehnen zweier Stühle hingen die Kleider, die Emmely wohl am häufigsten trug, der Kleiderschrank, dessen Türen leicht aufklafften, war mit anderen Dingen vollgestellt.

»Wenn du möchtest, schenke ich dir ein Kleid«, bot Emmely an. »Das, was du jetzt auf dem Leib trägst, bekommt man nicht einmal mehr durch Flicken wieder hin.«

»Danke, ich …«

»Komm her!« Emmely trat vor eine der Kommoden und zog sie auf. Darin lagen verschiedene Kleidungsstücke, von Unterwäsche über Blusen und Röcke bis hin zu Pullovern und Schals. »Was möchtest du davon?«

»Ich …«

»Nun sei nicht schüchtern!«

»Aber ich weiß doch noch nicht mal, ob ich bleiben darf. Deine Mutter …«

»Ach, Mum wird schon nachgeben, das verspreche ich dir.« Emmely fischte eine hellrosa Bluse mit Matrosenkragen und zarter Stickerei aus der Schublade. »Ich glaube, die hier wird dir besser stehen als mir. Ich weiß ohnehin nicht, warum ich sie haben wollte, schau dir nur mein Haar an. Rot und rosa, das beißt sich doch.«

Ehe sich Beatrice dagegen wehren konnte, hielt Emmely ihr das Kleidungsstück schon vor die Brust. »Wusste ich es doch! Dir mit deinem dunklen Haar und der goldenen Haut steht die Farbe viel besser.«

»Aber mein Bauch!«, wandte Beatrice ein. »Ich werde in ein paar Wochen nicht mehr hineinpassen.«

»Bis dahin habe ich dir einen Pullover gestrickt. Außerdem bist du sowieso zierlicher als ich, gegen dich wirke ich wie ein Elefant!«

Die beiden Frauen sahen sich an, dann brachen sie in Gelächter aus.

Emmely verließ das Zimmer nicht, bevor sie Beatrice nicht noch einen Rock und eine Strickjacke sowie Unterwäsche und Socken herausgesucht hatte. »Neue Schuhe treibe ich auch noch auf, wir veranstalten gerade eine Wohltätigkeitssammlung, sofern ein passendes Paar dabei ist, lasse ich es fur dich zurücklegen.«

Erschlagen von der ihr entgegengebrachten Freundlichkeit ließ sich Beatrice aufs Bett sinken. Die weiche Matratze gab sanft unter ihr nach, und den Laken entströmte der Duft von Lavendelseife. Beatrice streckte sich auf dem Bett aus und genoss zum ersten Mal das Gefühl, in Sicherheit zu sein. Auch wenn nicht klar war, wie lange sie bleiben konnte.

Bevor Emmely mit dem Wasser zurück war, waren ihr bereits die Augen zugefallen, so dass sie ihr Kommen nicht einmal mehr bemerkte.

In der Nacht jedoch schreckte Beatrice von einem schrecklichen Traum gequält auf. Sie hatte wieder vor sich gehabt, wie ihre Mutter und ihr Mann von ihr getrennt wurden, wie sie in dem furchtbaren Gedränge beinahe niedergetrampelt und dann von fremden Händen nach oben gerissen und ins Gebüsch gezogen worden war, während über ihnen die Tiefflieger brummten. Hilflos hatte sie zuschauen müssen, wie die Geschosse auf den Flüchtlingstreck niedergingen, wie ihre Mutter und auch ihr Mann, der wegen seines Asthmas nicht zur Front eingezogen worden war, in einem Berg von Leichen verschwanden.

In der Annahme, sich immer noch in dem amerikanischen Flüchtlingslager zu befinden, richtete sie sich auf, spürte dann aber die Wärme und sah das Glimmen im Kamin. Hinter den hohen Fenstern war alles ruhig. Ein beinahe vollkommener Vollmond mühte sich, den Schleier aus Nebel und Regen verkündenden Wolken zu durchdringen.

Auf dem Korridor ertönten leise Schritte. Eine Tür klappte. Wenig später drangen Stimmen gedämpft durch die Wand. Was sie besprachen, verstand Beatrice nicht, doch eine innere Unruhe zwang sie, ein wenig näher an die Wand zu rücken und das Ohr an die verblasste Tapete zu legen, der ein seltsamer Geruch entströmte.

»Woher sollen wir denn wissen, dass sie es wirklich ist? Sie könnte den Brief gefunden haben.« Deidre klang aufgebracht. Hatte sie es sich überlegt? Doch wohin sollte Beatrice dann? Hier in England kannte sie niemanden.

»Ich glaube nicht, dass sie den Brief nur gefunden hat«, verteidigte die jüngere sie. »Er hat kein Geld enthalten, glaubst du, eine Landstreicherin interessiert sich dafür?«

»Immerhin bekommt sie Hilfe versprochen.«

»Doch sie muss auch damit rechnen, dass man die Person kennt!«, hielt Emmely weiterhin dagegen. »Hast du ihr Haar gesehen? Und ihr Gesicht?«

»Es gibt viele schwarzhaarige Mädchen, vielleicht hat sie sich diesen Umstand zunutze gemacht.«

»Mutter!«, kam es vorwurfsvoll von Emmely. »Hast du nicht genau hingeschaut? Man sieht es. Auch wenn sie die Enkelin ist, man sieht es genau.«

Was sieht man?, fragte sich Beatrice, den Durst ignorierend, der ihr die Zunge an den Gaumen klebte. Auf einmal schlug ihr Herz wie im Fieber und ließ die Stimmen noch undeutlicher werden. Sie spürte, dass die beiden Frauen etwas über sie wussten, das ihr unbekannt war. Was war es?

Eine lange Pause entstand, an deren Ende Deidre sagte: »Du weißt, dass unsere Vorräte rationiert sind.«

»Du weißt, was Grandma Victoria immer gesagt hat«, wandte ihre Tochter ein.

»Ja, das …« Etwas schien in ihrer Kehle zu stecken, etwas, das herauswollte, aber es nicht durfte. »Alles Unsinn!«

»Trotzdem hast du ihr am Sterbebett versprochen, dass du dich an ihre Weisung halten und Graces Nachkommen in der Not helfen wirst, so, wie sie es damals ihrer Schwester versprochen hat«, gab ihre Tochter ruhig zurück.

»Vielleicht hätte sie das besser nicht tun sollen …« Verbittert verstummte Deidre, dann tönten Schritte durch den Raum. »Also gut, sie bleibt, bis sie ihr Kind hat. Dann sehen wir weiter. Wir tun unserer Pflicht auch Genüge, wenn wir ihr und ihrem Kind eine sichere Unterkunft suchen. Inmitten des Chaos können die beiden unmöglich für länger bleiben.«

»Aber das Chaos wird sich irgendwann auflösen …«

Deidre schien etwas getan zu haben, damit ihre Tochter verstummte.

Haben sie mich bemerkt?, fragte sich Beatrice bang. Nein, das war unmöglich, denn sie atmete nur flach und lehnte an der Wand wie eine Statue, die der Wind umgeworfen hatte.

»Wir behalten sie hier, wir lassen sie das Kind bekommen, dann sehen wir weiter. Wie du gesehen hast, sind all unsere Pläne zunichte gemacht worden, darum sollten wir in diesem Fall erst recht keine mehr machen.«

Damit wurde es ruhig. Die beiden hatten sich offenbar zu Bett begeben, ohne einen Nachtgruß, der ihre Unstimmigkeit aufgelöst hätte.

Da die Anspannung von ihrem Körper abfiel, spürte Beatrice nun wieder das Brennen in ihrer Kehle. Wasser. Ich brauche unbedingt etwas Wasser.

Mit zusammengebissenen Zähnen löste sie sich von der Wand. Von der unbequemen Sitzhaltung schmerzte ihr der Rücken, und ihre seit einem Monat dauerhaft angeschwollenen Knöchel spannten. Wäre dieses bohrende Bedürfnis nach Wasser nicht gewesen, hätte sie sich jetzt wieder hingelegt und darauf gewartet, dass der Schlaf kam. Doch wenn sie Ruhe finden wollte, musste sie erst einmal was trinken.

Draußen tastete sie nach dem Lichtschalter, doch die Lampe flammte nicht auf. Hatten sie einen Stromausfall, oder wurde der Strom nur rationiert? Beatrice erinnerte sich an den großen Sicherungskasten in ihrer Küche, in der zuweilen Sicherungen herausgedreht wurden, um zu erzwingen, dass dort kein Strom hindurchfloss.

Die verwaschenen Flecken Mondlicht halfen ihr allerdings recht gut bei der Orientierung. Den Gang entlang, die Treppe runter, dann nach rechts durch die zweite Tür. Wieder einen Gang entlang, dem Geruch nach Tee hinterher.

Die Stufen knarrten trotz ihres geringen Gewichts leise unter ihren Füßen, während sie so flach wie möglich atmend hinunterging. An der untersten Stufe musste sie erst einmal stehen bleiben, denn der Durst wurde zu einem körperlichen Unwohlsein, das sie schwanken ließ. Lichter, die gar nicht da waren, flackerten plötzlich vor ihren Augen. Nicht einmal das Schließen der Lider konnte sie vertreiben.

Mit klopfendem Herzen krallte sie ihre Hand in das Treppengeländer. Aus dem Augenwinkel heraus bemerkte sie eine Bewegung. Ein Umriss vor dem diffusen Licht, das durch die Glastüren des Ballsaals fiel. »Alles in Ordnung, Miss?«

Ein Reflex wollte Beatrice dazu bringen, einfach ja zu sagen, doch das konnte sie nicht. Die Worte wollten nicht aus ihr heraus.

»Miss, ich bin Dr. Sayers«, sprach der Mann weiter, der sich im nächsten Augenblick in ihr Sichtfeld schob. »Ich helfe Ihnen.«

Da gaben ihre Knie nach, und sie versank in Dunkelheit.

Erstes Buch

Das Geheimnis

1

Berlin, April 2008

Diana Wagenbach erwachte, als rötliches Morgenlicht ihr Gesicht streifte. Seufzend öffnete sie die Augen und versuchte, sich zu orientieren. Die mächtige Linde in ihrem Garten warf ihren Schatten gegen die hohen Scheiben des Wintergartens, der an das Wohnzimmer angrenzte. Lichtflecken waren über den dunkelroten Teppich verteilt, der das alte Parkett vor dem Zerkratzen bewahrte. Ein merkwürdiger Geruch hing in der Luft. Hatte da jemand Alkohol verschüttet?

Es dauerte eine Weile, bis Diana wieder wusste, wie sie auf das weiße Ledersofa gekommen war. Die Kleidung des vergangenen Abends haftete an ihrem Körper, ihre schwarzen Locken klebten schweißnass an ihrer Stirn und ihren Wangen, und ihre Lippen waren ganz trocken.

»O mein Gott«, stöhnte sie, als sie sich aufrichtete. Ihre Arme und Beine schmerzten, als hätte sie in der vergangenen Nacht Umzugskartons geschleppt. Das Liegen in einer seltsamen Stellung hatte ihrem Rücken zugesetzt.

Als sie gegen die Rückenlehne sank, traf sie beinahe der Schlag. Das Wohnzimmer sah aus wie ein Schlachtfeld, nicht etwa wegen einer wilden Party, sondern weil sie die Kontrolle über sich verloren hatte. Erschrocken rieb sie sich über die Augen und die Wangen.

Eigentlich war Diana ein ruhiger Mensch, mehr als eine Spur zu geduldig, wie ihre Bekannten fanden. Gestern hatte sie ihren Ehemann Philipp mit dieser Frau gesehen. Es gehörte zu seinem Job, geschäftliche Besprechungen auch nach Feierabend zu führen. Doch es gehörte nicht dazu, seine Gesprächspartnerin leidenschaftlich zu küssen und dabei begehrlich über ihren Busen zu streicheln.

Wär ich doch bloß zu Hause geblieben, dachte Diana, während sie sich aufsetzte und die Blutergüsse an ihren Armen betrachtete. Aber nein, ich muss in unser Stamm-Restaurant gehen, weil ich der Meinung bin, mir nach dem harten Arbeitstag etwas Besonderes gönnen zu müssen.

Während sie vom Sofa aufstand und versuchte, ihre müden Knochen in Bewegung zu bringen, ließ sie den vergangenen Abend noch einmal Revue passieren.

Natürlich hatte sie nicht den Mut gehabt, Philipp noch im Lokal zu konfrontieren. Sie war, ohne dass er es mitbekommen hatte, nach Hause gelaufen, hatte wütend die Tür zugeschlagen und sich dann weinend auf das Sofa geworfen. Wie konnte er ihr das nur antun!

Nach einem kurzen Heulkrampf war sie schließlich im Haus auf und ab gelaufen, gequält von unzähligen Fragen. Hatte es Hinweise gegeben? Hätte sie es ahnen können? War alles nur ein Irrtum und der Kuss nur ein ganz harmloser Kuss gewesen?

Nein, dieser Kuss war alles andere als harmlos gewesen. Und wenn sie ehrlich war, hing das Schiff ihrer Ehe schon eine ganze Weile in Schieflage und wartete nur auf eine Bö, die es kentern ließ.

Tausend Flüche waren ihr durch den Kopf geschossen. Vorhaltungen, Drohungen, Beschimpfungen, Forderungen. Als Philipp dann vor ihr stand, mit klirrenden Schlüsseln in der Hand, waren ihre Vorsätze, ihm eine Szene zu machen, dahin. Stattdessen hatte sie ihn nur angesehen und seelenruhig gefragt, wer die Frau gewesen sei, die er in leidenschaftlicher Umarmung festgehalten hatte.

»Schatz, ich … sie …«

Seinen Beteuerungen, dass sie nur eine Bekannte sei, hatte sie keinen Glauben geschenkt. Es war eine von Dianas Gaben, Lügen zu erkennen. Schon als Kind hatte sie stets gewusst, wer ihr nicht die Wahrheit sagte. Manchmal hatte sie sogar ihre Großtante Emmely dabei ertappt, dass sie etwas vor ihr verheimlichte.

»Verschwinde!« Das war das einzige Wort gewesen, das sie herausbringen konnte. Verschwinde. Dann hatte sie sich umgedreht und war in den Wintergarten gegangen. Während sie an ihrem Spiegelbild vorbei auf den mondbeschienenen Garten geblickt hatte, war hinter ihr die Tür ins Schloss gefallen.

Das wäre der richtige Augenblick gewesen, um ins Bett zu gehen und ihren Kummer ins Kissen zu weinen. Doch Diana hatte anders reagiert.

Im Nachhinein fand sie es selbst schockierend. Ausgerastet war sie bisher noch nie. Es hatte mit einer Vase begonnen, die sie mit einem Wutschrei an die Wand warf. Dann waren die Stühle aus der Essecke gefolgt. Mit aller Kraft hatte sie sie durch den Raum geschleudert und dabei den gläsernen Couchtisch sowie die Vitrine mit Philipps Preisen zertrümmert. Eine Flasche Single Malt Whisky hatte ebenfalls dran glauben müssen. Der goldbraune Inhalt war jetzt auf dem Teppich angetrocknet.

Vielleicht hätte ich ihn besser trinken sollen, dachte Diana sarkastisch. Dann müsste ich unserer Versicherung nicht erklären, was hier vorgefallen ist.

Die Scherben funkelten sie böse an und knirschten unter ihren Schuhen, als sie den Raum durchquerte. Ein Bad würde ihre Seele wieder ins Gleichgewicht bringen und ihr die Möglichkeit geben, ihre Gefühle zu ordnen.

Nachdem sie sich ausgezogen hatte, betrachtete sie sich im Spiegel und kam sich dabei lächerlich vor. Hatte sie es nötig, sich zu fragen, was die andere hatte und sie nicht?

Ihre sechsunddreißig Jahre sah man ihr nicht an, wer sie nicht kannte, schätzte sie auf Ende zwanzig. Die grauen Haare, mit denen man laut Werbung schon ab Mitte dreißig rechnen musste, waren bisher noch ausgeblieben. Makellos schwarz floss ihr Haar über ihre Schultern, die ebenso wie ihre Arme bereits den sommerlichen Goldton angenommen hatten, um den sie ihre weiblichen Angestellten und Freundinnen stets beneideten. Der Rest ihres zwar nicht durchtrainierten, aber dennoch schlanken Körpers war heller, dürstete geradezu nach einem Aufenthalt am Strand, um sich farblich ihren Gliedmaßen angleichen zu können.

Urlaub, dachte sie seufzend, als sie die Duschkabine betrat. Vielleicht sollte ich eine Reise machen, um diesen ganzen Mist zu vergessen.

Unter den lauwarmen Strahlen der Dusche erwachten ihre Sinne wieder, doch leider auch das nervöse Brennen in ihrer Magengrube. Das Wasser mochte vielleicht die Spuren der vergangenen Nacht von ihrer Haut und aus ihrem Haar waschen, doch rückgängig machte es nichts.

Das Schrillen des Telefons wollte Diana zunächst ignorieren. Wahrscheinlich war es Philipp, der mit einer dummen Entschuldigung ankam. Oder schlimmstenfalls fragte, wie es ihr ging. Da sie ihr Handy abgeschaltet hatte, hatte er keine andere Möglichkeit, sie zu erreichen.

Als der Anrufer nicht lockerließ und ihr durch den Kopf schoss, dass Eva Menzel, ihre Partnerin in der Anwaltskanzlei, am Apparat sein könnte, verließ sie in ein flauschiges blaues Handtuch eingewickelt das Badezimmer und ging in den Flur, wo sie den Hörer abnahm. Wenn es Eva ist, kann ich ihr auch gleich sagen, dass ich heute nicht im Büro erscheinen werde. »Wagenbach?«

»Mrs Wagenbach?«, fragte eine Stimme nach, die ihren Namen Wägenback aussprach.

Diana schnappte überrascht nach Luft. »Mr Green?«

Der Butler ihrer Tante bestätigte in schlechtem Deutsch, worauf Diana begann, Englisch mit ihm zu reden.

»Schön, Sie zu hören, Mr Green, ist alles in Ordnung?«

Wie lange war es her, dass sie mit ihrer Tante gesprochen hatte? Oder mit dem Butler, der als eine Art Vermittler diente und Tante Emmely den Hörer festhielt, weil ihre Arme seit einem Schlaganfall ihren Dienst nicht mehr richtig versahen.

»Ich fürchte, ich habe keine sonderlich guten Nachrichten für Sie.«

Die Worte trafen Diana wie eine Faust im Magen. »Spannen Sie mich bitte nicht auf die Folter, Mr Green, sagen Sie, was los ist.«

Der Butler zögerte noch einen Moment, bevor er wagte, das Unvermeidliche auszusprechen. »Ihre Tante hat leider vor zwei Tagen einen weiteren Schlaganfall erlitten. Sie befindet sich im St. James Hospital in London, doch die Ärzte wissen nicht, wie lange sie noch durchhält.«

Diana schlug die Hand vor den Mund und kniff die Augen zusammen, als könnte sie auf diese Weise die schlechte Nachricht abblocken. Doch da hatte sie sie schon in ihrem Kopf. Sah eine ältere Frau vor sich, deren rotblonde Haare allmählich zu Schnee wurden. Ein gütiges Lächeln rund um ihren runzligen Mund. Wie alt war Tante Emmely? Sechs- oder siebenundachtzig? Dianas Großmutter, Emmelys Cousine

2. Grades, die ungefähr zur gleichen Zeit geboren worden war, war bereits vor sehr vielen Jahren gestorben.

»Mrs Wagenbach?« Mr Greens Stimme wehte die Gedankenfetzen wie ein Windstoß fort.

»Ja, ich bin noch dran. Ich bin nur … geschockt. Wie konnte das passieren?«

»Ihre Tante hat ein gesegnetes Alter, Mrs Wagenbach, und das Leben war nicht immer freundlich zu ihr, soweit ich das beurteilen kann. Meine Mutter sagte immer, dass Menschen wie Spielzeug seien, früher oder später gehen sie kaputt.« Er machte eine kurze Pause, als würde er sich seine Mutter vorstellen. »Sie sollten kommen. Madam hat mir aufgetragen, Sie zu sich zu holen, solange sie noch einigermaßen bei Bewusstsein ist.«

»Sie hat also mit Ihnen gesprochen?« Ein kleiner, absurder Funke Hoffnung flammte in ihr auf. Vielleicht bekommen die Ärzte sie wieder hin. Hieß es nicht, dass erst der dritte Schlaganfall tödlich sei?

»Ja, aber sie ist sehr schwach. Wenn Sie ihren Wunsch erfüllen möchten, sollten Sie wenn möglich noch heute fliegen. Wenn Sie sich dazu entschließen, hole ich Sie persönlich vom Flughafen ab.«

»Ja, ich … ich komme. Ich … muss nur sehen, wann die nächste Maschine geht und ob dort noch ein Platz frei ist.«

»In Ordnung«, gab der Butler zurück. »Wären Sie so freundlich, mich kurz per E-Mail zu benachrichtigen, wann genau Sie ankommen? Ich möchte Sie ungern im Regen stehen lassen.«

»Das ist sehr freundlich von Ihnen, Mr Green, ich maile Ihnen meine Flugnummer, sobald ich sie habe.«

Wieder eine kurze Pause. Ein Knacken im Äther. War die Verbindung unterbrochen?

»Es tut mir wirklich sehr leid, Mrs Wagenbach. Ich werde alles herrichten, damit es Ihnen hier so gut wie möglich ergeht.«

»Das ist sehr freundlich von Ihnen, Mr Green. Vielen Dank und bis später.«

Als sie aufgelegt hatte, musste sie sich erst mal setzen. Natürlich nicht mitten ins Scherbenchaos, sie entschied sich für die Küche. Auch bei Emmely hatte sie immer in der Küche gesessen, wenn ihre Mutter Johanna und sie bei ihr zu Besuch gewesen waren.

Johanna hatte ein ganz besonders Verhältnis zu Emmely gehabt, hatte jene sie doch aufgezogen, nachdem ihre eigene Mutter bei ihrer Geburt in den Wirren des Kriegsendes gestorben war. Beatrice kannte sie nur von einem verblichenen Bild, das kurz vor Johannas Geburt angefertigt worden war. Diana hatte nie verstanden, warum Emmely, die kinderlos geblieben war, ihre Mutter nicht adoptiert hatte.

Das Schlagen der Uhr im Wohnzimmer, ein Mitbringsel von Philipp aus Tschechien, das sie immer gehasst, seinetwegen aber toleriert hatte, erinnerte sie daran, dass Zeit verstrich und Flugzeuge nicht warteten.

Obwohl Sorge in ihre Magengrube biss und ein unruhiges Zittern in ihren Gliedern tobte, schaffte sie es, in nur fünf Minuten angezogen zu sein. Ihre Kleiderauswahl war praktisch: Jeans, kurzärmelige Bluse, leichter dunkelroter Strickpulli für den Fall, dass das Wetter ungemütlich war. Ihre schwarzen Locken band sie zu einem Zopf zusammen, auf Make-up verzichtete sie diesmal. Die Übung, die sie durch viele Geschäftsreisen erworben hatte, versetzte sie in die Lage, ihr Gepäck in Windeseile zu packen. Viel nahm sie ohnehin nicht mit, eine Bluse zum Wechseln, ein Shirt, Zahnbürste. Ihren Laptop, das Notizbuch und natürlich Ladekabel und Akkus. In der Nachbarschaft von Tremayne House gab es ein kleines Dorf, das alles bot, was Radtouristen in der Gegend benötigten. Solange sie ihre Geldbörse und Papiere bei sich hatte, würde sie alles Wichtige bekommen.

An der Tür blickte sie noch einmal auf das Chaos zurück, das sie hinterlassen hatte. Die Glasscherben glitzerten im Sonnenlicht wie Diamanten. Soll Philipp sie aufräumen, dachte sie und freute sich heimlich darüber, dass sie keine Nachricht hinterließ, wie sonst, wenn sie dringend wegmusste.

Draußen stieg sie in ihren roten Mini, der ihr im dichten Berliner Stadtverkehr schon so manch guten Dienst erwiesen hatte, und befand sich wenig später auf der Stadtautobahn in Richtung Tegel.

Etwa zur gleichen Zeit strebte Mr Green einem Buchregal zu, das im Arbeitszimmer des früheren Masters stand. Für den Fall ihres Ablebens hatte ihm seine Herrin strikte Instruktionen gegeben. Er sollte dafür sorgen, dass Diana es fand. Das Geheimnis.

Er selbst kannte es nicht. In all den Jahren, die er bereits seinen Dienst auf Tremayne House versah, hatte er sich abgewöhnt, neugierig zu sein, wenngleich er zugeben musste, schon an seinem ersten Tag hier gespürt zu haben, dass das Haus etwas verbarg. Das Gefühl hatte ihn bis heute nicht verlassen. Und wer weiß, vielleicht wurde er, wenige Jahre vor seiner Pensionierung, noch Zeuge einer atemberaubenden Enthüllung.

In das Puzzle der Hinweise hatte Mrs Woodhouse ihn schon vor einem Jahr eingeweiht. Damals hatte sie bereits geglaubt, der Engel des Todes würde vor ihrer Tür stehen. Doch Gott hatte ihr Zeit eingeräumt, genug Zeit, um die Spuren zu legen. Hier ein Bild, dort ein Brief in einem Buch, das natürlich zufällig in der Umgebung der Betreffenden auftauchen müsste. Es wird ihr helfen, über die Zeit nach mir hinwegzukommen, hatte Madam gemeint. Obwohl Diana sich seit Jahren nicht hatte blicken lassen, hatte Mrs Woodhouse doch nie an der Liebe und Loyalität des Mädchens gezweifelt, das in ihrem Herzen den verwaisten Platz der Enkeltochter eingenommen hatte.

Vor dem Buchregal suchte Mr Green nach einem ganz bestimmten Titel. Seit dem Tod der alten Mistress Deidre, der Mutter von Emmely Woodhouse, hatte man die Reihenfolge der Bücher nicht geändert. Nicht einmal im Krieg, der auch hier alles auf den Kopf gestellt hatte, war auch nur ein Buch anders hingestellt worden.

Ah, da war es! Grüner Einband, verblichene goldene Schrift. Ein Buch, das wie zufällig an diesen Platz gestellt wirkte. Doch wenn man das Muster kannte, sprang es einem deutlich ins Auge. Für den Fall, dass die Besucherin zu traurig war, um klar denken zu können, zog er es ein Stück vor, nicht mal einen Finger breit. Das Geräusch, das dabei ertönte, hörte sich wie das erleichterte Stöhnen eines Sterbenden an, der endlich auf die andere Seite wechseln durfte.

Mr Green zog die Hand zurück und betrachtete zufrieden sein Werk. Wenn das Nachmittagslicht durch die hohen Fenster fiel, sei es auch trübe, würde dieses Buch nicht mehr zu übersehen sein.

2

Seine Ankündigung, sie nicht im Regen stehen lassen zu wollen, hatte Mr Green anscheinend wörtlich gemeint, denn als die Maschine aus Berlin in Heathrow landete, verschwand London unter dicken Regenwolken, die den Tag zum Abend machten. Aus leichtem Niesel wurde ein Gewitter; dicke Regentropfen prasselten auf den Flughafen und gegen die Scheiben des Busses, der die Passagiere zur Abfertigungshalle brachte.

Nachdem sie ihren Koffer vom Förderband gehoben hatte, eilte Diana in die Wartehalle, wo sie hoffte, auf Mr Green zu treffen. Er hatte auf ihre Mail pünktliches Kommen zugesagt, doch der moderne Berufsverkehr konnte selbst dem gewissenhaftesten Butler heutzutage einen Strich durch die Rechnung machen.

Im Menschengewirr konnte sie ihn zunächst nicht sehen, doch schließlich entdeckte sie ihn bei den Türen. Im gleichen Augenblick trafen sich ihre Blicke, und seine Hand schnellte winkend in die Höhe.

Diana beschleunigte ihren Schritt, entschuldigte sich, als sie einen Mann mit Trolley versehentlich anrempelte, und schlängelte sich durch eine Gruppe Japaner, die freudig ihre Kameras auf eine Anzeigetafel hielten.

Je näher sie kam, desto mehr fiel ihr auf, dass sich Mr Green seit ihrem letzten Zusammentreffen vor fünf Jahren nicht wesentlich verändert hatte. Mittlerweile war er Ende fünfzig, doch sein perfekt frisiertes Haar war nur leicht von Silberfäden durchzogen, und sein hochgewachsener Körper wies nicht ein Gramm Fett zu viel auf. Der Lodenmantel, den er über seinem Anzug trug, war so tadellos geschnitten, dass man ihn leicht für einen reichen Geschäftsmann hätte halten können.

So ist Tante Emmely, dachte Diana wehmütig. Perfektion in allen Dingen. In Mr Green, der ihr nun schon seit fast dreißig Jahren diente, hatte sie den perfekten Butler gefunden.

»Herzlich willkommen in London, ich freue mich, Sie wiederzusehen, Mrs Wagenbach.«

Sein Händedruck war ebenso warm und herzlich wie sein Lächeln. Unwillkürlich fragte sich Diana, ob er wohl wieder eine Freundin hatte, nachdem seine letzte vor einigen Jahren mit einem Seemann durchgebrannt war.

»Ich freue mich auch, Sie zu sehen, Mr Green«, antwortete Diana ehrlich, denn der Butler strahlte etwas Beruhigendes aus. Sie lebt noch, wisperte eine Stimme in ihrem Hinterkopf. Wir sind noch nicht zu spät. »Sind Sie gut durch den Verkehr gekommen?«

»Alles bestens, Madam«, entgegnete er höflich, während er seinen überdimensionalen Schirm unter den Arm klemmte. »Ich hatte das Glück, etwas weiter vorn einen Parkplatz zu bekommen, so dass durchaus die Möglichkeit besteht, einigermaßen trocken dorthin zu gelangen.«

Ein Lächeln huschte über Dianas Gesicht. Es war zwecklos, Konversation mit Mr Green zu betreiben, wenn man gerade angekommen war. Erst wenn man ein paar Tage blieb, ließ sich der pflichtbewusste Butler dazu hinreißen, auch mal ein paar persönliche Worte zu wechseln.

Draußen empfing sie ein heftiger Prasselregen, der einige Passagiere dazu antrieb, trotz schweren Gepäcks zu rennen, als ginge es um ihr Leben. Davon unbeeindruckt öffnete Mr Green den Schirm und hielt ihn über Diana.

»Wollen wir, Madam?«

Es fiel Diana schwer, Gleichschritt mit dem Mann zu halten, der gut zwanzig Zentimeter längere Beine hatte, und dabei noch den Pfützen auszuweichen, die sich in Windeseile auf dem Boden bildeten.

Vor einer großen schwarzen Limousine, einem 98er Bentley Brooklands, machten sie schließlich halt. Trotz seiner zehn Jahre, die er bereits auf dem Buckel hatte, wirkte der Wagen sehr gepflegt. Wahrscheinlich hatte sich Emmely nur gelegentlich damit ausfahren lassen. Dass Mr Green diesen Wagen für Privatfahrten nutzte, bezweifelte Diana. Dazu war er viel zu korrekt.

Der Butler nahm ihr mit einem Lächeln die Tasche ab und öffnete die Tür. Während sie einstieg, hievte er ihr Gepäck in den Kofferraum.

»Ich nehme an, dass Sie gleich zum Hospital fahren wollen«, sagte er, nachdem er elegant auf den Fahrersitz des Bentleys geglitten war. Ein paar Regentropfen glitzerten auf seiner Schulter und in seinem Haar, als er sich ihr zuwandte.

»Ja, das möchte ich«, antwortete Diana. »Haben Sie schon ein wenig mehr in Erfahrung bringen können?«

»Leider nicht, denn ich bin kein Angehöriger. Der Notarzt, der mich für ihren Sohn hielt, hat mir immerhin gesagt, dass er einen Schlaganfall vermute, der nicht nur ihre beiden Arme endgültig gelähmt hat, sondern auch die Beine. Wäre mir nicht aufgefallen, dass sie sich nicht aus ihrem Sessel erheben konnte, wäre sie wahrscheinlich in der Nacht noch gestorben.«

»Das war wie immer sehr aufmerksam von Ihnen«, sagte Diana, der nichts anderes einfallen wollte. Was sollte man auch dazu sagen?

Nachdem sie sich angeschnallt hatte, ließ Mr Green Motor und Scheibenwischer an, und wenig später reihten sie sich in den pulsierenden Londoner Stadtverkehr ein.

Das St. James Hospital verströmte jene sterile Kühle, die dem Besucher unwillkürlich ein Zwicken in der Magengrube versetzte, sobald man durch seine Türen trat. Schon immer hatte sich Diana gefragt, warum ein Ort, an dem Menschenleben begannen, gerettet wurden oder endeten, so unangenehm, so unheimlich sein musste.

Auch die freundliche Schwester am Empfang, die sie bat, sich noch einmal vor der Intensivstation zu melden, änderte nichts daran. Das nach Desinfektionsmitteln riechende Gebäude machte den Eindruck, jeder lebenden Seele in ihm die Kraft aussaugen zu wollen.

Nur zu gern hätte sie Mr Green gebeten, sie zu begleiten, doch der Butler hatte sich für eine halbe Stunde von ihr verabschiedet, um noch eine Besorgung zu machen. Immerhin hätte er nun einen Gast und ein Versprechen abgegeben, erklärte er Diana. »Ich warte unten im Foyer auf Sie, wenn ich wieder zurück bin.«

Diana hatte ihn ziehen lassen und schritt nun zwischen emsigem Pflegepersonal in verschiedenfarbiger Dienstkleidung auf die große gläserne Flügeltür mit der Aufschrift Emergency Room zu. Bevor Diana sie erreicht hatte, schwang die Tür vor einem Patientenbett auf, das von zwei Pflegern auf den Gang geschoben wurde. Der weißhaarige Mann war zwischen den Kissen und Decken beinahe unsichtbar, an seinem Fußende arbeitete ein transportables Beatmungsgerät. Obwohl Diana die Pfleger grüßte, beachteten sie sie nicht, sondern unterhielten sich weiter über das Fußballspiel am Wochenende.

Angesichts der offenen Tür und des leeren Ganges überlegte Diana, einfach hineinzuschlüpfen, doch etwas hielt sie zurück. Hinter einer dieser Türen ist sie, dachte sie mit pochendem Herzen und ziehendem Magen, während ihr Blick über die gekachelten Wände schweifte, die in regelmäßigen Abständen von Türen und dem Schwesterntresen unterbrochen wurden. Ob sie mich wohl wiedererkennt?

»Kann ich Ihnen helfen?«

Erschrocken fuhr Diana herum. Über ihre Betrachtung hatte sie nicht mitbekommen, dass hinter ihr ein Arzt aufgetaucht war. Der schätzungsweise vierzig Jahre alte Mediziner sah aus wie ein Pakistani, sprach aber akzentfrei. An seinem Kittel steckte ein Schild, das ihn als Dr. Hunter auswies.

»Ja, entschuldigen Sie, mein Name ist Diana Wagenbach, ich möchte zu Emmely Woodhouse, sie soll gestern eingeliefert worden sein.«

»Sind Sie mit ihr verwandt?«, fragte der Arzt, worauf Diana nickte.

»Kommen Sie mit.«

Der Mediziner führte sie zum Schwesterntresen und gab einer rosa gekleideten Frau die Anweisung, Diana zu Zimmer neun zu führen.

Die Schwester nickte, legte ihr Klemmbrett beiseite und kam dann zu ihr, während der Arzt den Gang hinaufeilte.

»Sie sind die Enkelin?«, fragte sie, worauf Diana der Einfachheit halber nickte. Außerdem wusste sie nicht, ob sie noch als Angehörige galt oder die Schwester die komplizierten Verwicklungen ihrer Familiengeschichte verstehen würde.

»Gut, folgen Sie mir.«

Vorbei an Türen, hinter denen man das Piepen der Überwachungsgeräte hörte, schritten sie in den hinteren Teil des Ganges, in dem auch der Arzt verschwunden war. Vor einem

Zimmer, dessen Tür verschlossen war, machten sie halt. Die Schwester öffnete einen kleinen Schrank neben der Ablage für die Patientenakte. Bevor Diana einen Blick darauf werfen konnte, drückte sie ihr ein hellblaues Bündel in die Hand.

»Ziehen Sie das bitte über. Ihre Großmutter muss vor Keimen geschützt werden. Sie hat neben ihrem Schlaganfall auch eine Lungenentzündung entwickelt.«

»So rasch?«, entgegnete Diana, der sofort Horrorgeschichten von Krankenhausbakterien durch den Sinn gingen.

»Wahrscheinlich eine verschleppte Grippe. Als sie eingeliefert wurde, zeigte sie deutliche Symptome. Wäre der Schlaganfall nicht gewesen, wäre die Lungenentzündung wahrscheinlich nicht bemerkt worden.« Die Schwester klang verstimmt. Wärst du auch, wenn man dir unterschwellig vorwerfen würde, deine Arbeit nicht richtig zu machen, dachte Diana.

»Wenn Sie fertig angezogen sind, desinfizieren Sie sich die Hände. Sollten Sie zwischendurch das Krankenzimmer verlassen, müssen Sie die ganze Prozedur bei der Rückkehr wiederholen.«

Diana hatte nicht vor, das zu tun.

»Sie dürfen eine halbe Stunde bleiben, aber nicht länger«, erklärte die Schwester ihr weiter, während sie versuchte, den dünnen blauen Überzieher hinter ihrem Rücken zu schließen, was sich als gar nicht so einfach erwies. »Und bitte reden Sie leise und versuchen Sie, sie nicht aufzuregen.«

Natürlich stürme ich mit Pauken und Trompeten in ein Krankenzimmer! Ihre Wut unterdrückend bedankte Diana sich für das Häubchen, das ihr die Schwester reichte, und versicherte ihr, sich an die Regeln zu halten. Als sie die Haube über ihr Haar und ihren Mundschutz vors Gesicht gebunden hatte, durfte sie endlich eintreten.

Obwohl sie sich innerlich bereits gewappnet hatte und

auch Erfahrungen mit dem Aussehen eines Schwerkranken hatte – ihre Mutter war vor neun Jahren an Krebs gestorben –, war Emmelys Anblick ein Schock für sie.

Das rotblonde Haar war verblichen wie Wolle, die zu lange der Sonne ausgesetzt gewesen war. Ihr runzliges Gesicht war eingefallen, dunkle Schatten umgaben die Augen. Aus dem leicht geöffneten Mund drang rasselnder Atem. Die nun vollständig gelähmten Arme waren mit Bändern fixiert worden, damit sie nicht zwischen die Bettgitter gerieten. Diana stellte erschrocken fest, wie mager Emmely geworden war. Offenbar hatten noch andere Dinge an ihr gezehrt als der Schlaganfall.

Mit den Tränen kämpfend, die einen dicken Kloß in ihrem Hals bildeten, trat sie leise an das Bett heran, das von mindestens einem halben Dutzend Geräte umstanden wurde, die in einem bestimmten Rhythmus leise vor sich hin piepten.

»Tante Emmely?«, fragte Diana leise, während sie sich über das Gesicht der Kranken beugte. Keine Reaktion. War sie überhaupt in der Lage, etwas zu hören? Die Schwester war inzwischen wieder fort, sie konnte sie nicht mehr fragen.

»Tante Emmely?«, wiederholte Diana jetzt ein wenig lauter, wobei sie ihre ganze Beherrschung aufbringen musste, um nicht zu weinen.

»Diana?«

Obwohl sie sehr leise sprach, war Emmely gut zu verstehen. Unendlich langsam drehte sie den Kopf zu der Seite, von wo sie ihren Namen vernommen hatte, dann schlug sie die Augen auf.

»Ja, ich bin hier, Tante.« Diana wollte schon nach einer ihrer Hände greifen, doch als ihr einfiel, dass sie dort nichts spüren konnte, streichelte sie ihr sanft übers Haar und spürte dabei, dass ihre Stirn glühte.

»Wie gut, dass ich dich noch einmal sehen darf«, flüsterte Emmely, während sie den Blick eindringlich auf Diana richtete. »Du bist in den letzten Jahren noch hübscher geworden, fast wie deine Großmutter Beatrice. Sie war auch wunderschön, nachdem sie sich von dem Elend ein wenig erholt hatte.«

Diana unterdrückte ein Schluchzen, konnte aber nicht verhindern, dass eine Träne über ihre Wange glitt und aufs Betttuch tropfte. »Du bist auch wunderschön, Tante.«

»Ausnahmsweise glaube ich dir mal«, entgegnete Emmely, wobei kurz ihr Humor wieder durchblitzte, der sie bei der Nachbarschaft so beliebt gemacht hatte. »Aber warum weinst du dann? Sehe ich wirklich so schlimm aus?«

Diana schüttelte den Kopf. »Nein, es ist nur …«

»Weil es mit mir zu Ende geht?«

Ein Lächeln huschte über ihr Gesicht. »Ach Kindchen, für jeden kommt früher oder später der Abschied. Ich hatte ein langes Leben, nicht immer glücklich, wie du weißt, aber es war lang, und ich hatte die Möglichkeit, einiges von der Schuld, die auf unserem Familienzweig liegt, abzutragen.«

Schuld? Diana hob verwundert die Brauen. Welche Schuld sollte diese freundliche und liebevolle Frau auf sich geladen haben? Oder ihre Familie?

»Vielleicht lerne ich im Jenseits endlich mal Grace kennen, die Frau, die in gewisser Weise auch mein Leben bestimmt hat, selbst wenn ich sie nicht persönlich kannte«, fuhr Emmely fort, während Schweißperlen auf ihrer Stirn erschienen.

Am liebsten hätte Diana ihr gesagt, dass sie sich besser ausruhen und ihre Kräfte sparen sollte, aber schon früher hatte sich Emmely nie den Mund verbieten lassen. Daran hatte sich gewiss nichts geändert.

»Ich werde ihr erzählen, dass ihre Liebe noch immer Früchte trägt und dass ich alles getan habe, um Vergebung für Victoria zu erlangen. Die Toten wissen, welche Schuld die Menschen auf sich geladen haben …«

Ein Hustenanfall brachte die Geräte dazu, alarmiert zu piepen. Erschrocken wich Diana zurück und wollte schon nach der Schwester rufen, doch da normalisierte sich alles von allein wieder.

Stöhnend sank Emmely in die Kissen zurück. »Ein Geheimnis überschattet unsere Familie. Eines, das Grace nicht kannte.« Als sie die Augen wieder öffnete, wirkte ihr Blick entrückt, als könnte sie in der Ferne die noch vor dem Krieg Verstorbene bereits sehen. »Meine Großmutter hatte ein furchtbar schlechtes Gewissen deswegen.«

Ihr Atem kam nun stoßweise, als würden sie die Worte furchtbar anstrengen.

Am liebsten hätte Diana ihr geraten, erst einmal auszuruhen und es ihr später zu erzählen. Doch Emmely würde sich nicht davon abhalten lassen, zu tun, was immer sie wollte.

»Ich kann dir leider nicht sagen, worum es genau ging. Ich hatte immer den Verdacht, dass meine Mutter etwas Genaueres wusste, doch sie hat mich nicht eingeweiht. Das Einzige, was Mum mir auf dem Sterbebett verraten hat, war, dass Grandma Victorias Geheimnis erst enthüllt werden sollte, wenn nur noch eine von uns übrig ist. Du bist der letzte Spross unserer Familie, denn ich hatte leider nie Kinder. Jetzt ist die Zeit gekommen.«

Dianas Magen klumpte sich zusammen. Es stimmte, sie war die letzte. Die Nachkommenschaft der Tremaynes hatte sich in Grenzen gehalten – und war durchweg weiblich gewesen, so dass der ursprüngliche Name schon längst aus den Annalen verschwunden war.

»Im alten Arbeitszimmer gibt es im mittleren Regal ein Geheimfach. Der Schlüssel war schon zu Zeiten meiner Mutter verschwunden, aber es sollte keine Mühe bereiten, einen anfertigen zu lassen. Nimm, was darin liegt, und mach das

Beste daraus. Füge die Fäden der Geschichte zu einem Ganzen zusammen.«

Schritte näherten sich dem Zimmer. Offenbar war ihre Zeit abgelaufen, und die Schwester kam nun, um sie daran zu erinnern.

Emmely starrte sie mit weit aufgerissenen Augen an. Aus ihrem linken Augenwinkel lief eine Träne. Eine Herzträne, wie ihre Mutter sie immer genannt hatte. »Versprich mir, dass du alles herausfinden und wieder zusammenfügen wirst. Grace und Victoria …«

»Miss Wagenbach?«

Die Schwester stand an der Tür, unerbittlich wie der Wächter eines Gefangenen.

»Die halbe Stunde ist gleich vorbei. Verabschieden Sie sich bitte, wir wollen Ihre Großmutter gleich umlagern.«

Diana nickte und wartete, bis sie wieder verschwunden war. Dann beugte sie sich erneut über Emmely und gab ihr einen Kuss auf die Stirn. »Ich verspreche, ich werde alles wieder zusammenfügen.«

Jetzt lächelte ihre Tante sie beruhigt an. »Du bist wirklich ein liebes Mädchen, das alles Glück der Welt verdient hat. Indem du unser Geheimnis löst, wirst du selbst Frieden finden, da bin ich sicher.«

Schläfrig sank Emmely wieder in die Kissen.

»Ich komme morgen wieder«, versprach Diana und strich noch einmal über ihr Haar. Ob ihre Tante die Worte gehört hatte, wusste sie nicht, denn als sie sich vom Bett entfernte, war Emmely bereits wieder eingeschlafen.

Mr Green wartete wie versprochen in der Halle. Hastig wischte sich Diana die Tränen vom Gesicht, denen sie sich auf dem Weg hingegeben hatte. Ihre Wangen glühten zwar verräterisch, doch das war immerhin besser, als in Gegenwart eines anderen zu weinen, als wäre sie ein kleines Kind.

»Ah, Mrs Wagenbach!« Mr Green faltete die Zeitung zusammen, mit der er sich die Zeit vertrieben hatte, und erhob sich. »Darf ich fragen, wie es Madam geht?«

»Ich habe mit ihr gesprochen«, berichtete Diana tapfer. »Aber es geht ihr sehr schlecht. Die Schwester meinte, dass sie eine Lungenentzündung hinzubekommen hat, die sie seit Tagen mit sich herumschleppte.«

»Das tut mir leid. Sofern Ihre Tante bereits krank war, hat sie es mich nicht bemerken lassen.« Mr Green wirkte zerknirscht. Als Butler hatte er zwar die Aufgabe, den Haushalt zu führen, aber das persönliche Befinden seiner Herrin ging ihn so lange nichts an, bis sie ihm etwas sagte oder er bemerkte, dass es ihr schlechtging. Emmely war schon immer eine Meisterin des Verbergens gewesen.

»Ja, so ist sie.« Dianas kurzes Lachen klang eher wie ein Schluchzer.

»Wie Sie sehen, zeigt sich England heute von seiner besten Seite, was die Luftfeuchtigkeit angeht«, bemerkte Mr Green ironisch, als er den Schirm elegant aus dem Ständer zog. Der Regen war zwar etwas schwächer geworden, aber noch immer war keinerlei Sonne in Sicht. »Möchten Sie unterwegs noch etwas essen, Madam?«

»Nein, danke, es wäre gut, wenn wir gleich nach Hause fahren könnten.«

Nach Hause. Erst als sie durch die Tür des Krankenhauses trat, fiel ihr auf, wie selbstverständlich sie diese Wendung in Verbindung mit Tremayne House verwendete. So als hätte es ihr Leben in Berlin nicht gegeben.

3

Während sich die dicht befahrenen Schnellstraßen allmählich in Landstraßen verwandelten, die von Wildrosensträuchern und Baumalleen gesäumt wurden, kämpfte Diana mit den Bildern in ihrem Kopf, die durch das sonore Brummen des Motors herbeigerufen wurden.

Sie sah Emmely Anfang fünfzig, wie sie sich über ihr Kinderbett beugte und ihr liebevoll über das Haar strich. Ein paar Jahre später huschte sie geschäftig an ihr vorbei, während Diana am Küchentisch saß und zeichnete. Alle Ferien verbrachte sie in Tremayne House, weil es ihre Mutter, die mit achtzehn nach Deutschland gegangen war, immer wieder an den Ort zurückzog, an dem sie geboren worden war.

Das Bild wechselte zu der über sechzigjährigen Emmely, die stolz und elegant gekleidet bei Dianas Konfirmation in der Kirche saß und von den anderen Gästen neugierig und bewundernd beäugt wurde. Mit weit über siebzig kam sie ein zweites Mal nach Berlin, um Diana zu ihrem bestandenen Diplom zu gratulieren. Da hatte man ihr noch nicht angesehen, dass die Zeit ihre Kraft allmählich auffraß.

Bei Dianas letztem Besuch war sie bereits von einem Schlaganfall gezeichnet, hatte aber dennoch nicht den Mut verloren. Stolz hatte Diana ihr damals berichtet, dass sie zusammen mit ihrer Studienkollegin Eva eine eigene Anwaltskanzlei eröffnen würde. Nachdem ihr Vater bei einem Autounfall ums Leben gekommen war und ihre Mutter an einem Krebsleiden gestorben war, war es Emmely gewesen, die Diana zur Seite gestanden hatte. Als die Trauer sie zu überwältigen drohte, hatte Emmely sie nach Tremayne House eingeladen, wo Diana einen ganzen Sommer lang Zeit für sich gehabt hatte.

Danach war Philipp in ihr Leben getreten, und in den kommenden Jahren waren er und das Büro der Grund gewesen, warum sie sich nur noch selten bei Emmely meldete und sich nicht mehr blicken ließ, was Diana jetzt zutiefst bereute. Sie war immer für mich da, dachte sie. Und ich habe sie im Stich gelassen.

Trauer mischte sich mit dem Groll auf Philipp. Vielleicht wäre ich ohne ihn öfter hier gewesen …

Doch Diana wusste nur zu gut, wenn nicht Philipp, wäre ein anderer Mann in ihr Leben getreten. Ein besserer vielleicht, doch wahrscheinlich hätte sie sich ebenfalls mehr um ihn gekümmert als um ihre Tante in England.

»Wir sind gleich da, Madam«, verkündete Mr Green, als wollte er auf jeden Fall verhindern, dass sie den Anblick des Hauses verpasste.

Von der kleinen Anhöhe, der sie sich näherten, konnte man beinahe das gesamte Anwesen überschauen, das aus dem eleganten zweistöckigen Herrenhaus, einem Nebengelass und einem Stalltrakt bestand.

In der Nähe der Themse errichtet, sollte das Anwesen einst einem berüchtigten Adligen gehört haben, der in eine Verschwörung gegen Elisabeth I. verwickelt war. In seiner Nachbarschaft hatte angeblich der berüchtigte Spionagechef Elisabeths, Sir Francis Walsingham, gelebt. Im siebzehnten Jahrhundert hatte die Familie Tremayne den Besitz von Charles II., dem Restaurationskönig, erhalten. Seitdem hatten Nachfahren der Familie das Haus am Leben erhalten, und es war ihnen auch gelungen, kein Museum daraus machen zu lassen.

Tremayne House wirkte an diesem trüben Spätnachmittag wie ein nasser Hund, der sich reumütig vor die Füße seines Herrn niederlässt und ihn mit großen Augen flehentlich ansieht. Von allen Erkern, dem Dach und den Regenrinnen fielen dicke Wassertropfen, der Abfluss neben der Treppe mühte sich vergeblich, die Fluten aufzufangen.

Nachdem Mr Green den Bentley auf dem Rondell, das von einem Springbrunnen geschmückt wurde, zum Stehen gebracht hatte, griff er nach dem Schirm, den er im Fußraum des Fonds abgelegt hatte.

»Warten Sie, Madam, ich bringe Sie zur Tür.«

Ehe sie anmerken konnte, dass sie das kleine Stück zur Tür schaffen würde, ohne wie ein Zuckerwürfel aufzuweichen, war Mr Green mit dem aufgespannten Schirm schon neben ihr und öffnete ihr die Tür. Über der Schulter trug er ihre Tasche, die Diana beinahe schon wieder vergessen hatte.

In der Halle überfiel Diana für einen Moment die Vorstellung, wie sie früher ausgesehen haben musste. Zu Zeiten von Grace und Victoria. Um diese Uhrzeit war gewiss eine Armee von Dienstmädchen unterwegs gewesen, um ihrer Herrschaft jeden Wunsch zu erfüllen. Hin und wieder wird der damalige Butler nach dem Rechten gesehen und nach den Wünschen seines Herrn gefragt haben, während in der Küche mit Töpfen und Geschirr geklappert wurde.

Ein wenig von der früheren Betriebsamkeit schienen die Mauern aufgesogen und gespeichert zu haben. Warum sonst sollte ihr gerade jetzt all das in den Sinn kommen?

»Ich habe Ihr Zimmer bereits vorbereitet«, verkündete Mr Green, der den Schirm beinahe geräuschlos in den Metallständer neben der Tür geschoben hatte. »Wenn Sie mir bitte folgen würden.«

Diana wollte schon einwenden, dass sie die Tasche auch

allein hochtragen könnte, doch Mr Green war da bereits an der Treppe. Vielleicht sollte ich mich dem Gefühl, umsorgt zu werden, einfach hingeben, dachte sie, als sie die marmornen Stufen erklomm, die von feinen Rissen durchzogen waren, aber dennoch nichts von ihrer Festigkeit verloren hatten. Das wäre mal etwas ganz anderes nach all den Monaten Vernachlässigung durch Philipp.

Die vertrauten Stuckornamente, die Gemälde von längst vergangenen Menschen und Szenen umrahmten, das Knarren der Bodendielen im zweiten Stock und der Geruch nach alter Tapete zerrten sie sogleich in ihre Jugend zurück, als die Probleme der Erwachsenen sie noch nichts angingen. Liebevoll strich sie über den schweren goldenen Rahmen, der eine Szene aus dem hiesigen Park einfasste. Unter den schweren Trauerweiden, die den kleinen See umstanden, saßen zwei junge Mädchen neben ihrer Mutter auf einer Decke, um ein kleines Picknick abzuhalten.

Angesichts der Entstehungszeit um 1878 musste es sich bei den Kindern um Grace und Victoria handeln, den letzten, die von Geburt an den Namen Tremayne trugen. Die kleinere der beiden, Emmelys Großmutter Victoria, saß vor einer winzigen Staffelei, während die Ältere einen Blumenkranz wand. Ihre Mutter thronte in einem von Spitzen und Seidenblumen geschmückten zartgrünen Kleid wie eine Königin zwischen ihnen.

Diana hatte das Bild, das dank seines Realismus wie ein Fenster in eine ferne Zeit wirkte, immer geliebt. Und auch jetzt wäre sie gern stehen geblieben, um den Mädchen und ihrer Mutter noch ein Weilchen zuzusehen. Doch Mr Green wartete bereits an der Tür.

Diana roch sofort, dass ihr Zimmer renoviert worden war. Der Geruch der Moderne mischte sich wie ein ungebetener

Gast in den Muff vergangener Tage. Glücklicherweise waren die Reparaturen äußerst diskret ausgefallen. Die verblichene Blütentapete, die ansonsten noch in recht gutem Zustand war, hatte man mit einem durchsichtigen Firnis überstrichen, der sie wohl noch für weitere Jahre erhalten sollte. Einer der Bettpfosten war erneuert worden, was man aber nicht an einem Unterschied in der rotbraunen Farbe sah, sondern an der Struktur des Holzes – dem neuen Bettpfosten fehlten ganz einfach die Bohrlöcher der Holzwürmer. Eine willkommene Neuerung war der weiche Teppich, dessen dichter Flor dazu einlud, barfuß hinüberzulaufen. Farblich passte er perfekt zu den Möbeln, doch er war viel zu sauber, um in eine andere Zeit zu gehören.

Beinahe andächtig ging Diana zum Kamin. Das darin brennende Feuer zog die Feuchtigkeit aus der Luft und milderte die durch die alten Fenster hereindringende Kühle des Regentages ein wenig ab. Als Kind hatte sie gern hier gesessen, das Tanzen der Flammen beobachtet und versucht, die Funken zu zählen, die beim Zusammenbrechen eines Scheites aufstoben.

»Wenn Sie möchten, bringe ich Ihnen den Tee nach oben«, schlich sich die Stimme des Butlers sanft in den kurzen Erinnerungsfetzen.

Diana schüttelte den Kopf. Nach all den Ereignissen des Tages stand ihr nicht der Sinn danach, einsam in diesem Zimmer zu sitzen, in dem die Geister der Tremaynes wispernde Gespräche führten, sobald der Butler gegangen war.

»Ich packe nur schnell meine Sachen aus und komme dann runter in die Küche. Ich nehme an, dass meine Tante keine Köchin mehr beschäftigt hat.«

»Nein, schon seit einigen Jahren nicht mehr. Ich habe diesen Part übernommen.« Ein Lächeln huschte über das Gesicht des Butlers, zu kurz, um es fassen zu können. Ist es ihm peinlich, das zuzugeben? Wunderte er sich darüber, dass eine anspruchsvolle Herrin wie Emmely Woodhouse mit seinen Kochkünsten zufrieden war?

»Wenn Sie möchten, helfe ich Ihnen gern«, bot Diana an. »Immerhin haben Sie heute einen Gast.«

»Und weil dem so ist, benötige ich keine Hilfe«, gab der Butler höflich zurück. »Ich habe Mrs Woodhouse versprochen, es Ihnen so bequem wie möglich zu machen, und daran werde ich mich halten.«

Nach dem Auspacken, das nur wenige Minuten in Anspruch genommen hatte, beschloss Diana, ihre Erinnerung an das Haus durch einen kleinen Rundgang zu schärfen. Zuvor warf sie einen Blick auf ihren Blackberry, auf den Mails von Eva und einem Mandanten, den sie vertrat, eingegangen waren. Kurz las sie sich die Nachrichten durch, verschob die Antwort aber auf später. Eva wusste seit dem Anruf von heute Morgen Bescheid. Dass Philipp sich nicht gemeldet hatte, enttäuschte sie irgendwie, wunderte sie allerdings überhaupt nicht. Wahrscheinlich hatte er ihr Verschwinden noch nicht einmal bemerkt.

Die erneut aufsteigende Wut auf ihn beiseitedrängend trat sie auf den Gang, der wie damals ein wenig verwunschen wirkte. Das Knarzen der Bodendielen unter ihren Füßen, das sie in neueren Häusern gestört hätte, klang jetzt wie die Stimmen alter Freunde, die sie aufforderten, sie zu besuchen.

Auf der oberen Etage befand sich neben ihrem Zimmer und einem ähnlich gestalteten Gästezimmer noch eine kleine Bibliothek, in die sich Diana in den Ferien bei Regenwetter meist mit einem alten Kerzenleuchter zurückgezogen hatte, obwohl es auch Strom gab. Emmelys Ermahnungen, dass sie sich bei dem schlechten Licht die Augen verderben würde, hatte sie ignoriert, denn nichts war stimmungsvoller, als bei Kerzenschein in einem alten, meist mit Illustrationen geschmückten Buch zu blättern und sich vorzustellen, in einer anderen Zeit zu leben.

Emmelys Schlafzimmer war nach unten verlegt worden, als die Krankheit sie in den Rollstuhl nötigte. Mr Green hatte Diana damals einen ausführlichen Brief geschrieben, in dem er ihr erklärt hatte, welche Maßnahmen unternommen wurden, um ihrer Tante das Leben so angenehm wie möglich zu machen.

Auf einmal drängte sich Emmelys Stimme ganz sanft in ihren Verstand.

Im alten Arbeitszimmer gibt es im mittleren Regal ein Geheimfach …

Als wäre ihr ein eisiger Hauch über den Nacken gestrichen, erschauderte Diana kurz, bevor ihr Blick wieder von dem Bild mit den rothaarigen Mädchen und ihrer majestätischen Mutter angezogen wurde.

Das Geheimnis. Ob es das wirklich gab?

Tante Emmely mochte vielleicht schwach und krank sein, aber ihr Verstand war Diana klar erschienen. Kein verwirrter Geist gab seinem Besucher den Auftrag, die Familiengeschichte zu durchforsten und ein Geheimnis zu suchen.

Unten angekommen verschob sie die Suche im alten Arbeitszimmer und strebte, angelockt von köstlichem Teeduft, der Küche zu. Als sie eintrat, war Mr Green gerade dabei, mit einem silbernen Messer ein Stück Teekuchen anzuschneiden, den er gerade aus dem Ofen geholt hatte.

Dieser Mann hat offenbar viele Talente, dachte Diana lächelnd. Schade, dass er zwanzig Jahre älter ist als ich, sonst hätte ich vielleicht mein Glück bei ihm versucht.

Versunken in seine Tätigkeit bekam der Butler zunächst nicht mit, dass sie in der Tür stand und ihn beobachtete. Erst als er sich aufrichtete, um den Kuchen auf der Platte zu drapieren, sah er sie.

»Ah, Mrs Wagenbach«, sagte er, ohne seine Tätigkeit zu unterbrechen. »Ich habe den Tee gerade fertig.«

»Erinnern Sie sich noch an die Zeit, als Sie mich Miss Diana genannt haben?«, sagte sie, als sie sich auf einem der groben Küchenstühle niederließ. Obwohl die Möbel verhältnismäßig neu waren, verströmten sie doch den Charme des frühen neunzehnten Jahrhunderts, als Tremayne House seine goldene Zeit erlebt hatte.

Der Butler lächelte. »Damals hatten Sie ständig wissen wollen, warum man mich nicht wie die Butler aus den Fernsehserien James nennt.«

»Sie haben aus Ihrem Vornamen immer ein großes Geheimnis gemacht.«

»Das mache ich auch heute noch. Sie müssen schon Ihre Tante fragen, wenn Sie ihn wissen wollen.« Mit geschmeidigen Handbewegungen, die jahrelange Übung verrieten, servierte er ihr Tee und ein Stück Kuchen.

»Warum eigentlich?«, fragte Diana, während sie den köstlichen Duft einsog, der ein wenig den Knoten, den sie seit dem Klinikbesuch mit sich herumtrug, löste.

»Jeder Mensch braucht ein Geheimnis, oder nicht? Meines ist mein Vorname, den nur meine Herrin und meine Geliebte kennen. Und natürlich die Leute von der Meldebehörde.«

Diana erschien es zu einfach, bei der Geliebten einzuhaken, aus der er meist auch ein Geheimnis machte. »Wissen Sie etwas von einem Geheimnis der Tremaynes, Mr Green?«, fragte sie also, nachdem sie einen Schluck Tee probiert und ihn sofort als Ceylon erkannt hatte.

Dass der Butler für den Bruchteil einer Sekunde in seiner Bewegung stockte, hielt sie für ein gutes Zeichen.

»Das Haus hat sicher viele Geheimnisse«, antwortete er ausweichend. »Ich bin nur der Mann, der die Außenhülle bewahrt. Was sich in den Mauern befindet, wer weiß?«

»Meine Tante hat von einem Geheimnis gesprochen, als ich bei ihr war«, fuhr Diana fort, denn Emmely hatte ihr nicht gesagt, dass sie es niemandem erzählen sollte. »Sie hat mir den Auftrag gegeben, im alten Arbeitszimmer nachzusehen. Ehrlich gesagt habe ich mich schon als Kind vor diesem Ort gegruselt, es ist, als würden sämtliche Männer der Familie auf einen herabblicken und sich wundern, dass es eine Frau wagt, dort aufzutauchen.«

Diesmal bewahrte Mr Green sein Pokerface. »Frauen arbeiten in diesem Zimmer schon seit Mistress Victoria. Soweit ich weiß, haben ihre Nachkommen keinen angeheirateten Mann auch nur einen Schritt in diesen Raum setzen lassen. Auch Madam nicht.«

»Aber Tante Emmelys Mann ist im Krieg gefallen.« Dass sie danach nicht mehr geheiratet hatte, hatte Diana immer verwundert, aber wahrscheinlich gab es hier und da doch noch jene Liebe, die den Tod überdauerte und nicht einfach verwehte wie Laub im Herbstwind.

»Selbst wenn es danach noch einen Mann in ihrem Leben gegeben hätte, wäre der nicht in dieses Zimmer gelassen worden«, entgegnete Mr Green, ganz offensichtlich ein wenig stolz darauf, dass er dort ohne weiteres ein und aus gehen konnte. »Nach der Zeit im Ausland muss etwas mit der Familie geschehen sein, das die Männerherrschaft in ein Matriarchat verwandelte.«

»Vielleicht der Umstand, dass nur noch Mädchen geboren wurden?«, bemerkte Diana etwas spöttisch und biss in den

Kuchen, der ein wahres Feuerwerk an Aromen in ihrem Mund explodieren ließ.

»Sicher.« Ein hintergründiges Lächeln huschte über Mr Greens Gesicht, während er sich die Handschuhe abstreifte. Irgendwas ist da, dachte Diana kauend. Irgendwas weiß er, doch wahrscheinlich hat Emmely ihm verboten, mit mir darüber zu reden.

»Setzen Sie sich doch zu mir, Mr Green«, sagte sie, als der Butler Anstalten machte, wieder an die Arbeit zu gehen. »Es ist nach fünf, Sie haben mich umhergefahren, das Haus auf Vordermann gebracht und alles für meine Bequemlichkeit getan. Ich glaube, Sie haben sich eine Pause verdient.«

Kurz flammte in Mr Greens Augen Ablehnung auf, doch dann gab er sich einen Ruck und ließ sich auf einen Küchenstuhl nieder.

Nach dem Tee, als das Dämmerlicht begann, den trüben Nachmittag zu vertreiben, nahm Diana all ihren Mut zusammen und ging über die Schachbrettfliesen des Korridors zu der großen Flügeltür, die den Besucher einen größeren Raum erwarten ließ als das eher in bescheidenen Ausmaßen gehaltene Arbeitszimmer der Familie Tremayne.

Obwohl die Lampen, die die Wände säumten, mittlerweile alle elektrisch waren, hatten sie doch das Aussehen früherer Gaslichtzeiten behalten, was Diana das Gefühl gab, tatsächlich in der Zeit zurückzureisen. Als Kind hatte sie sich ein wenig vor diesem Ort gefürchtet und ihn deshalb nur dann aufgesucht, wenn Emmely nirgendwo anders aufzufinden war. Meist hatte ihre Tante dann hinter dem Schreibtisch gesessen und etwas geschrieben.

Vor der Tür hielt sie inne, legte die Hände auf die beiden Türklinken und spürte die Verzierungen in dem kalten Metall. Dann drückte sie sie auf – und befand sich in Tremayne House Ende des 19. Jahrhunderts. Hinter dem für die Zeit typischen schweren Mahagonischreibtisch stand ein passender Stuhl, dessen lederne Polster mit groben Nieten auf dem Holz angebracht waren. Der grüne Schirm der geschwungenen Lampe war ebenso staubfrei wie die dicke, an den Rändern ein wenig zerkratzte Glasplatte, die die kostbaren Intarsienarbeiten vor Abnutzung und Flecken schützen sollte.

In der Annahme, dass das silberne Tintenfass längst ausgetrocknet war, klappte Diana den Deckel auf. Die schimmernde Oberfläche schwarzer Tinte überraschte sie. Ein Lächeln huschte über ihr Gesicht. Wie immer hatte Mr Green an alles gedacht. Seiner Fürsorge hatte sie wohl auch den Schreibblock zu verdanken, der sich aus der heutigen Zeit in die Vergangenheit geschlichen zu haben schien. Wahrscheinlich rechnete er damit, dass sie sich etwas notieren wollte.

Als sie sich dem mittleren Buchregal zuwandte, verspürte Diana ein seltsames Kribbeln in der Magengrube. Das Geheimnis, dachte sie.

Will ich das alles wissen?

Ja, das wollte sie. Schon als kleines Kind hatte es sie gestört, dass es hinter dem Tod ihrer Großmutter eine Mauer zu geben schien, die die fernere Vergangenheit verbarg. Natürlich kannte sie die Namen der Vorfahren, Buchstaben auf vergilbtem Papier, angereichert mit kurzen Lebensdaten, die nichts über das Leben der Person selbst offenbarten.

Jetzt habe ich die einmalige Möglichkeit, etwas über unsere Familie zu erfahren. Und Emmely für die verlorenen Jahre zu entschädigen.

Vorsichtig zog Diana ein Buch nach dem anderen aus dem Regal und legte es auf dem Schreibtisch ab, wobei sie aufpasste, dass die Bände nicht zu dicht an das Tintenfass gerieten.

Nachdem sie in der ersten Regalzeile, die sie für die Mitte gehalten hatte, nicht fündig geworden war, entdeckte sie in der zweiten tatsächlich unter der Tapete eine kleine Tür, deren Existenz nur von einem Schlüsselloch und einer dunklen Einkerbung verraten wurde.

Dank der Bücher, die sie vor dem Licht geschützt hatten, waren die Farben des Paisleymusters hier noch so klar wie an dem Tag, als die Tapete an der Wand angebracht worden war. Kurz schoss Diana durch den Sinn, dass dieses Muster damals der letzte Schrei gewesen sein musste, denn niemand anderes als Königin Victoria hatte es aus Indien importiert. Dann strich sie mit dem Finger über die Kerben und versuchte, mit einer Sicherheitsnadel, die sie immer an irgendeinem Kleidungsstück bei sich trug, die kleine Tür aufzuziehen.

Wie Emmely angekündigt hatte, war das Fach verschlossen. Die feinen Kratzer am Rand deuteten darauf hin, dass irgendwer versucht hatte, es aufzubrechen, doch dieser Wandsafe war beste Wertarbeit und würde sein Geheimnis wahrscheinlich selbst dann nicht preisgeben, wenn das Haus eines Tages unter die Abrissbirne kam.

Warum hat niemand versucht, einen Nachschlüssel anzufertigen?, fragte sie sich. Die Kratzer mussten von Dieben stammen, die versucht hatten, an den Inhalt des Safes zu kommen, weil sie wohl dachten, die Familienjuwelen würden hier aufgehoben werden.

Als Diana sich seufzend umwandte, den Kopf bereits bei den Nummern möglicher Schlüsseldienste, fiel ihr ein Buch ins Auge, das aus der Reihe der anderen herausragte – wie ein Soldat, der vergessen hatte, sich einzureihen. Beinahe eine Unmöglichkeit in der zur Schau gestellten, peniblen Ordnung.

Oder war es Absicht? Hatte Emmely ihr hier einen Hinweis hinterlassen? Doch wie hätte sie dies selbst tun können, mit ihren kranken Armen? War Mr Green doch eingeweiht?

Mit pochendem Herzen zog sie den grün eingebundenen Band mit der verblichenen Goldschrift hervor. Charles Dickens' *David Copperfield.* Eine Ausgabe aus dem Jahr 1869. Beim Aufschlagen drang ihr nicht nur ein stockiger Geruch in die Nase, ihr fiel auch plötzlich etwas entgegen, das offenbar erst vor kurzem zwischen den Seiten verborgen worden war – ansonsten hätte es sich wohl nicht so leicht aus dem sehr gut erhaltenen Buch gelöst. Es war kein neues Papier, das auf dem Teppich landete.

Als Diana es aufhob, stellte sie fest, dass es sich um ein Telegramm handelte, aufgegeben am 15. Oktober 1886. Sie schlug es auf, und während sie las, veränderte sich das Zimmer ringsherum und trug sie als stille Beobachterin in die Zeit ihrer Vorfahren zurück …

Seufzend blickte Henry Tremayne aus dem Fenster, wo sein Spiegelbild von den Regentropfen verzerrt wurde. Seit Tagen goss es bereits wie aus Kannen, und ein Ende der Sintflut war nicht in Sicht. In den auf dem Weg stehenden Pfützen schlugen die Regentropfen Blasen, was nach einem alten Sprichwort noch mehr Regen ankündigte.

Das Wetter passte allerdings recht gut zu seiner Stimmung. Schon vor einigen Tagen hatte er einsehen müssen, dass er nur einen Besitz seiner Familie würde halten können. Die Entscheidung sollte ihm eigentlich nicht schwerfallen, denn das schottische Schloss hatte ihm ohnehin nie wirklich gefallen. Bestenfalls zwei- oder dreimal waren sie nach der Hochzeit da gewesen. Seine einzige Verbindung dorthin waren die Briefe des Verwalters, die monatlich eintrafen und vom Zustand des Besitzes berichteten.

Doch es lag seiner Frau am Herzen, und weil er sie liebte und nicht verärgern wollte, konnte er nicht leichtfertig verkünden, dass sie das Schloss ihrer Finanznot opfern würden. Sich von dem Stammsitz seiner Familie zu trennen, von Tremayne House, war allerdings vollkommen unmöglich, und so befand er sich in einer Zwickmühle, die ihn mit jedem Tag, die er die Entscheidung hinausschob, mehr quälte.

Ein Klopfen riss ihn aus seinen Überlegungen. »Herein!«, rief er, straffte sich und wandte sich vom Fenster ab.

Der Butler, ein hagerer Mann Mitte fünfzig, trat ein, in der behandschuhten Hand ein kleines Silbertablett, auf dem ein Umschlag lag. »Dieses Telegramm ist gerade für Sie abgegeben worden, Sir.«

Noch ein Gläubiger?, dachte Henry beunruhigt, während er den Umschlag nahm und dem Butler bedeutete zu warten, falls eine unverzügliche Antwort vonnöten war.

Das Zittern seiner Hände unterdrückend griff er nach seinem silbernen Brieföffner und schlitzte das Kuvert auf. Das Telegramm war nur ein kleiner Zettel, einmal in der Mitte gefaltet, um ihn vor Durchleuchtungsversuchen zu schützen. Die maschinengeschriebenen Lettern ließen Henry erstarren. Das Telegramm hatte einen weiten Weg hinter sich gebracht. Colombo, Ceylon stand in der rechten Ecke.

»Mein Bruder ist verunglückt«, sagte er halblaut, die Stimme rau vom Entsetzen. »Sie schreiben, dass er vom Adams Peak abgestürzt sei.« Obwohl er sich sonst nicht zu irgendwelchen öffentlichen Gefühlsregungen hinreißen ließ, schlug er die Hand vor den Mund, als er weiterlas. Er konnte es nicht fassen. Richard war tot. So fern der Heimat hatte ihn das Schicksal eingeholt.

»Soll ich eine Antwort aufgeben, Sir?«, fragte der Butler mit unbewegter Miene. Es war seine Pflicht, keine Regung zu zeigen, obwohl er Master Richard kannte und genauso erschrocken über die Nachricht war.

Henry stürmte ohne eine Antwort an ihm vorbei aus dem Arbeitszimmer und verschwand im Korridor. Auf einmal war es nicht mehr wichtig, welcher Familiensitz verkauft werden sollte …

Ein Klopfen vertrieb Henry Tremayne wieder aus Dianas Kopf, die Szene löste sich auf. »Ja, bitte?«, fragte sie, während sie das Telegramm neben dem Buch auf den Tisch legte.

»Entschuldigen Sie bitte die Störung, Madam, ich wollte nur fragen, wann Sie das Abendessen wünschen.«

»Dann, wenn es fertig ist«, gab Diana ein wenig verwirrt zurück. Sie war es nicht gewohnt, dass man ihr solch eine Frage stellte. »Ich habe keine Ahnung, wann können Sie es fertig haben?«

»Ist Ihnen sieben Uhr recht?«

»Ja, natürlich.«

Ein leichtes Lächeln spielte auf Mr Greens Gesicht, als er das Arbeitszimmer wieder verließ.

Wahrscheinlich wundert er sich über meine Unsicherheit, dachte Diana, während sie erneut das Telegramm zur Hand nahm.

4

Am nächsten Vormittag bestand Mr Green darauf, Diana wieder zum Krankenhaus zu fahren. Ihren Vorschlag, den Bus zu nehmen, lehnte er entschieden ab. »Was soll ich denn den ganzen Vormittag über tun? Außerdem habe ich noch etwas zu besorgen.«

Diana spürte, dass das nicht stimmte. Mr Green wollte einfach nur wieder für ihren Komfort sorgen. Dabei hätte sie es nicht schlimm gefunden, den Bus zu nehmen, immerhin war sie Nahverkehrsmittel aus Berlin gewohnt.

Nachdem er sie vor dem Haupteingang abgesetzt hatte, brauste er davon, wohin auch immer. Wie schon am Vortag schlug Diana den Weg in die Intensivstation ein. Das leichte, vergilbte Papier in ihrer Hosentasche fühlte sich dabei an wie ein Stein und schien mit jedem Schritt, mit dem sie sich Emmelys Krankenzimmer näherte, schwerer zu werden. Die ganze Nacht über hatte Diana gerätselt, welche Folgen das Telegramm wohl nach sich gezogen hatte. Weder von Henry Tremaynes Bruder noch dessen tragischem Tod hatte sie gewusst. Hatte damit alles angefangen?

Schon als sie beim Nachfragen am Schwesterntresen aufgehalten wurde, überkam Diana ein seltsames Gefühl. Der Arzt, der ihr entgegentrat, war nicht Dr. Hunter, sondern ein schlanker blonder Enddreißiger mit blank poliertem Stethoskop über der OP-Bekleidung.

»Sie sind die Enkelin, richtig?«

Offenbar hatte ihm die Schwester, die auch heute zugegen war, bereits mitgeteilt, dass sie kommen würde.

»Ich bin Dr. Blake«, stellte er sich auf ihr Nicken vor und reichte ihr die Hand. »Leider geht es Ihrer Großmutter nicht besonders gut. Ihr Zustand hat sich so weit verschlechtert, dass wir gezwungen waren, sie künstlich zu beatmen. Ihr Kreislauf ist sehr instabil, aber wir tun alles, was in unseren Möglichkeiten steht.«

Diana nickte geschockt. Sie hatte nicht mit Verbesserung gerechnet, aber dass die Verschlechterung so schnell einsetzen würde, hatte sie nicht erwartet.

»Sie können natürlich trotzdem gern zu ihr, aber sie wird Sie wegen der Narkose, in die wir sie gelegt haben, damit sie sich besser erholen kann, nicht hören können. Das sollten Sie wissen.«

Betäubt bedankte sich Diana und gelangte dann irgendwie an Emmelys Tür und in die Schutzkleidung. Als sie vor den piependen Geräten stand, wurde ihr Verstand wieder klarer. Emmelys Gesicht war unter den Schläuchen für Luft und künstliche Ernährung kaum auszumachen, ihre Augen waren in die Höhlen zurückgefallen, und ihre Brust hob und senkte sich mechanisch unter den Stößen der Beatmungsmaschine. In diesem Augenblick tat sie ihr so furchtbar leid, dass sie gar nicht anders konnte als weinen. Ein furchtbarer Krampf zog durch ihre Brust; nicht einmal bei der Entdeckung von Philipps Untreue hatte sie einen derartigen Schmerz empfunden.

Sie ließ sich auf den kleinen Hocker neben dem Bett sinken und weinte für einige Augenblicke still vor sich hin. Glücklicherweise ließ sich niemand blicken, der fragte, was los sei, oder ihr Hilfe anbot. In diesem Augenblick konnte ihr niemand helfen.

Als nach einer Viertelstunde die Tränen wieder verebbten,

stellte sie sich neben das Bett und strich Emmely übers Haar. Noch immer schluchzte sie hin und wieder, doch auf einmal war es ihr, als würde ihre Tante neben ihr stehen und ihr tröstend die Hand auf den Arm legen.

Ach Kindchen, für jeden kommt früher oder später der Abschied ... Wieder hatte sie die Hoffnung in Emmelys Augen vor sich, als sie davon sprach, vielleicht ihre Ahnen im Jenseits wiederzutreffen. Und sie dachte an die Berichte von komatösen Patienten, die glaubten, die Stimmen ihrer Angehörigen vernommen zu haben, während sie reglos dalagen.

»Ich habe das Telegramm gefunden«, sagte sie leise, als sie ihre Scheu überwunden hatte, zu einer Bewusstlosen zu sprechen. »Ich weiß nicht genau, ob du es in den Dickens getan hast, aber wenn, dann danke ich dir.« Es verwirrte sie zwar ein wenig, aber Diana war davon überzeugt, dass dieses Stück Papier, das sie Emmely nun leider nicht zeigen konnte, Teil des Geheimnisses war.

»Und ich habe auch die Geheimtür gefunden. Abgeschlossen, wie du es gesagt hast. Aber noch heute werde ich den Schlüsseldienst rufen. Ich verspreche dir, ich finde es.«

Als sie Schritte hörte, blickte sie ertappt auf. Eine Schwester in Vollmontur bog um die Ecke. Hatte sie ihre Worte gehört und hielt sie nun für verrückt? Wenn ja, ließ sie sich das nicht anmerken.

»Sie wissen, dass Sie nur eine halbe Stunde hier sein dürfen, nicht wahr?«, fragte sie, worauf Diana nickte.

»Ja, ich wollte ohnehin gleich wieder gehen.«

Den Zusatz, dass sie morgen wiederkommen würde, ersparte sie sich diesmal. Sie wollte nichts heraufbeschwören und schon gar nicht wieder am Tresen gestoppt werden, weil dort ein Arzt auf sie wartete.

Sie verabschiedete sich von Emmely, indem sie ihr durch

den Mundschutz einen Kuss auf die Stirn gab, dann verließ sie das Krankenzimmer und riss sich die Schutzkleidung vom Leib.

Noch bevor sie im Foyer angekommen war, summte ihr Handy. Eigentlich hätte sie es abstellen sollen, doch das Pflichtbewusstsein gegenüber ihrer Kanzlei hatte sie davon abgehalten. Während sie es aus der Tasche kramte, um die eingegangene Nachricht zu lesen, schoss ihr die Frage durch den Kopf, wie lange sie hier eigentlich bleiben wollte. Eva hatte sie mitgeteilt, nur zwei, drei Tage wegzubleiben, doch Emmelys Zustand, die Nachforschungen und die Tatsache, dass jemand da sein musste, wenn es zum Schlimmsten kam, ließen sie allmählich bezweifeln, bald wieder nach Berlin zurückzukehren.

Würde sie sich eine so lange Abwesenheit leisten können? Sicher, ihr Team war äußerst zuverlässig und Eva eine sehr gute Anwältin, doch hin und wieder wollten Mandanten mit ihr persönlich sprechen …

Der gehetzte Blick aufs Handy zeigte ihr eine Nachricht von Philipp.

Habe dich im Haus nicht vorgefunden. Melde dich doch bitte bei mir und gib durch, wo du bist. Wir müssen reden. Philipp

Reden, dachte Diana bitter, als sie die Nachricht ohne Zögern löschte. Worüber denn reden? Über deinen Betrug? Oder dass es dir leidtut? Nein, mein Lieber, du kannst noch ein Weilchen schmoren.

Philipps Nachricht verhalf ihr immerhin zu einer Entscheidung. Wenn sie zurück in Tremayne House war, würde sie Eva eine Mail schicken, dass sie für zwei Wochen erst mal nicht mit ihr rechnen und ihr alle wichtigen Dinge per Mail weiterleiten sollte.

Wie bereits am Tag zuvor wartete auch diesmal Mr Green im Foyer des Krankenhauses auf sie. Er unterhielt sich gerade mit einem älteren Mann, unter seinem Arm klemmte ein kleines Päckchen.

Warum hat er es nicht im Auto gelassen?, fragte sich Diana, während sie ihm kurz zuwinkte und dann durch die Glastür trat.

»Wie geht es Mrs Woodhouse?«, fragte er, nachdem er sich von seinem Gesprächspartner verabschiedet hatte.

»Schlechter. Sie müssen sie künstlich beatmen.« Mehr brachte Diana nicht heraus. Mr Green nickte verständnisvoll.

»Das tut mir leid. Hier habe ich etwas für Sie.«

Diana blickte ihn überrascht an und schluckte. »Sie haben mir etwas gekauft?«

»Nein, ich habe nur etwas abgeholt, das Ihre Tante gekauft hat. Für das jährliche Päckchen.«

Jetzt war es mit ihrer Beherrschung vorbei. Heiß strömten Diana die Tränen übers Gesicht. Obwohl es ihr in den letzten Wochen schon nicht gutgegangen war, hatte Emmely an so etwas Belangloses wie das Päckchen gedacht, das sie ihr einmal im Jahr schickte, ohne dass es einen Anlass gab. Das Care-Päckchen hatte Diana es immer scherzhaft genannt, denn schon ihre Mutter hatte stets eines bekommen, nachdem sie sich in Deutschland niedergelassen hatte.

»Na, na, Miss Diana, seien Sie tapfer. Ihre Tante ist eine Kämpferin, sie wird sich nicht so schnell verabschieden.«

Mr Green zog ein sauberes Taschentuch aus seinem Mantel und schien erst dann zu bemerken, dass er sie wieder mit ihrer kindlichen Anrede angesprochen hatte. Auf einen Schlag wurde er knallrot.

»Danke, Mr Green«, entgegnete Diana, nachdem sie sich geschnäuzt hatte. »Und bleiben Sie bei Miss Diana, ja? Ich glaube nämlich, ich werde nicht mehr lange eine Mrs Wagenbach sein.«

Verwirrt blickte der Butler sie an, führte sie dann aber zum Wagen.

»Mein Mann und ich werden uns wahrscheinlich scheiden lassen«, eröffnete sie Mr Green, als sie ein Stück aus London heraus waren.

Zunächst war der Butler sprachlos über diese Offenbarung, die ihn als Angestellten nichts anging. Dann räusperte er sich und entgegnete: »Das sollten Sie sich gut überlegen. Heutzutage werfen die Menschen Beziehungen so leicht weg.«

In früheren Zeiten, vielleicht von Emmely oder Deidre, wäre er für solch einen Ausspruch gerügt worden. Doch Diana fand, dass er recht hatte. Die Menschen warfen gute, langjährige Beziehungen einfach weg – für eine kurzlebige Affäre zum Beispiel.

»Er hat mich betrogen«, setzte sie hinzu, was in früheren Zeiten wohl ebenfalls ein Unding gewesen wäre.

»Oh, dann ist es natürlich etwas anderes.« Hörte Diana eine kleine Spur Zorn in seinen Worten? »Ich verstehe manche Männer nicht. Warum stürzen sie sich in Affären und glauben, die Frauen heutzutage würden es nicht mitbekommen? Nicht mal in früheren Zeiten war das der Fall. Frauen haben dafür einen Sinn.«

»Und sie sind mittlerweile nicht mehr bereit, ihren Kummer darüber zu verbergen«, setzte Diana hinzu.

»So ist es! Dennoch nehmen Männer an, dass sie damit durchkommen. Und sie nehmen all den Schimpf und den Ärger auf sich, nur um für ein paar Momente fremde Haut zu spüren.«

So weise, wie er sprach, müsste er eigentlich die glücklichste

Beziehung aller Zeiten führen. Diana wusste aber nur zu gut, dass dem nicht so war. Überkam ihn so etwas wie eine späte Einsicht?

»Darf ich Ihnen eine persönliche Frage stellen, Mr Green?«

Diana bemerkte, wie seine Augenbrauen nach oben schnellten. Offenbar ahnte er bereits, was jetzt kam.

»Nur zu! Bis auf meinen Vornamen habe ich keine Geheimnisse.«

»Waren Sie jemals verheiratet?«

Green zögerte kurz. »Nein.«

»Und kurz davor gewesen?«

»Kurz davor schon öfter. Es gab immer wieder Frauen, bei denen ich dachte, es könnte etwas werden.«

»Was hat Sie abgehalten?«

»Nun, was hält einen ab, den letzten Schritt zu tun? Manchmal liebte man sich zu wenig, manchmal zu sehr. Manchmal sprangen Umstände dazwischen, manchmal eigene Dummheit.«

Und der Dienst?, fragte sich Diana. Ob es insgeheim immer noch so ist, dass ein Butler der Familie, der er dient, gehört und bei seiner Heirat aus dem Haushalt ausscheidet?

»Aber ich bin sicher, dass ich eines Tages eine Frau finde, bei der es sich zu bleiben lohnt. Momentan haben wir aber andere Sorgen, nicht wahr?«

Diana nickte. Ihre Neugierde hatte Mr Green nicht befriedigt, doch sie spürte, dass er ohnehin nicht mehr preisgeben würde.

In Tremayne House angekommen zog sich Diana mit dem noch unausgepackten Päckchen sogleich ins Wohnzimmer zurück, das sie noch am vergangenen Abend zu einer Art Hauptquartier umfunktioniert hatte. Schon immer hatte sie das riesige koloniale Ledersofa geliebt, dem man dank gründlicher Pflege nicht ansah, dass es um die Jahrhundertwende angeschafft worden war. Ihr Laptop stand, mit einem Kabel an die Telefonbuchse angeschlossen, auf dem niedrigen, massiven Holztisch, der sonst als Standort für eine Obstschale diente. Den Schreibblock aus dem Arbeitszimmer hatte sie sich geholt, das Tintenfass aber dort gelassen, denn sie wollte nicht den Teppich beflecken – was zweifellos passieren konnte, wenn man mit Feder oder Federhalter schrieb.

Über das mutmaßliche Geheimnis stand noch nichts auf dem Block, dafür eine Liste der Dinge, die Diana an diesem Tag erledigen wollte. Seit Jahren hielt sie sich an dieses System, das es tatsächlich vollbracht hatte, ein wenig Ordnung in ihr Leben zu bringen. Die Liste, auf der zuoberst der Anruf beim Schlüsseldienst stand, war auch jetzt so etwas wie ein Rettungsanker für Diana, während sie sich auf das Sofa sinken ließ und das Telegramm hervorzog, das sie in einen neuen Umschlag getan hatte, um es zu schützen.

Bereits gestern hatte sie versucht, den Namen Richard Tremayne zu googeln, doch Fehlanzeige. Sein Geist hatte das Internet noch nicht erreicht. Ein Besuch bei einem hiesigen Archiv war daraufhin ebenfalls auf die Liste gewandert.

Nun griff Diana nach dem Telefon, das wohl neben dem Elektroherd das modernste Gerät im ganzen Haus war. Einen Fernseher hatte sie bei ihrem Rundgang durch teilweise kahle Räume nicht entdeckt.

Die Auskunft gab ihr drei Telefonnummern von Schlüsseldiensten. Von denen hatte eine Firma gerade Betriebsferien, bei der zweiten war die Leitung dauerbesetzt. Das sprach zwar für die Qualität der Firma, aber Diana wollte nicht so lange warten. Bei der dritten Nummer meldete sich ein freundlicher älterer Herr, der ihr erzählte, dass er schon bald in Pension gehen würde. Doch da es sich um Tremayne

House handelte, würde er schon kommenden Nachmittag erscheinen und sich das fragliche Schloss ansehen.

Kaum hatte sie aufgelegt, bemerkte sie Mr Green neben der Tür. Wie lange er dort schon gestanden und geduldig auf das Ende des Gesprächs gewartet hatte, wusste sie nicht. Doch von irgendwoher waberte ein köstlicher Duft heran.

»Das Mittagessen ist gegen ein Uhr fertig, ist Ihnen das recht, Miss Diana?«, fragte er.

»Kommt ganz drauf an, was es gibt«, entgegnete sie scherzhaft, obwohl sich ihr gesamtes Innerstes wund anfühlte.

»Eine englische Spezialität. Lassen Sie sich überraschen!«, hallte seine Stimme durch den Gang, in dem er bereits verschwunden war.

Diana war nicht sicher, ob sie Überraschungen überhaupt noch mochte. Ihr Blick streifte das sauber verschnürte Päckchen, das keinen Hinweis auf den Inhalt oder den Ort, an dem es gekauft worden war, enthielt. Auf dem braunen Packpapier befand sich kein Firmenstempel wie heute üblich, das Band ringsherum war gewöhnliche Kordel, wie es sie überall zu kaufen gab. Nun gut, lassen wir uns überraschen, dachte sie, während sie die Schleife aufzog.

Schon beim Öffnen spürte sie etwas unglaublich Weiches an ihren Fingerkuppen. Erstaunt schnappte sie nach Luft, als sie sah, worum es sich handelte. Ein orangefarbenes Seidentuch, das mit einem wunderschönen in Rot und Gold gehaltenen Muster bedeckt war. Das Besondere daran war, dass es schon ziemlich alt sein musste. Die Ränder waren ganz leicht verschlissen, und die Stickerei ähnelte der auf alten Gewändern, die man in Museen bewundern konnte. Obwohl Diana keine Expertin in Modegeschichte war, meinte sie doch irgendwo gelesen zu haben, dass Tücher mit echter indischer Paisley-Stickerei sehr teuer waren. Aus diesem Grund hatte man in einem schottischen Ort namens Paisley begonnen, die Muster zu reproduzieren.

Tante Emmelys Care-Päckchen waren berühmt für ihre Großzügigkeit, doch etwas derart Schönes hatte es noch nie enthalten. Stammte es aus ihrem eigenen Kleiderfundus? Doch warum musste Mr Green es irgendwo abholen? War es ausgebessert worden?

Wenn ja, musste der Schneider schlechte Arbeit geleistet haben …

Auf einmal kam ihr das Muster hinter der Tapete wieder in den Sinn. War das auch einer von Emmelys Hinweisen?

Mr Green damit zu konfrontieren, ihn zu fragen, ob Emmely ihn zum Mitwisser gemacht hatte, versagte sie sich. Er würde wahrscheinlich nur wieder lächeln und rätselhaft antworten. Nein, ich werde selbst dahinterkommen, sagte sie sich, während sie gedankenvoll das Tuch durch ihre Finger gleiten ließ und das Kratzen des Musters spürte.

5

Die von Mr Green angekündigte englische Spezialität bestand aus saftigem Lammbraten, Kartoffeln und einer Soße mit leichter Minznote, die hervorragend schmeckte. Eigentlich hatte Diana keinen Hunger gehabt, doch Mr Greens Kochkünste hatten sie dazu gebracht, so viel zu essen, dass sie sich fühlte, als könnte sie sich durch das Haus rollen.

Am Nachmittag klingelte es an der Haustür. Ein schrilles Geräusch, das nicht zu dem Gebäude passte, dafür aber in den tiefsten Winkeln zu hören war.

Da Mr Green zu Besorgungen unterwegs war, musste Diana selbst die Tür öffnen. Von ihrem Laptop ablassend erhob sie sich von dem bequemen Ledersofa und eilte durch das Labyrinth von Gängen, bis sie schließlich das Foyer erreichte.

Der Besucher schien das Warten gewohnt zu sein. Als sie zur Glastür kam, stand er noch immer davor, geduldig den Kopf gesenkt, den Hut in der Hand. Noch verbarg das mit Jugendstilmustern durchbrochene Milchglas sein Aussehen, doch als Diana den Türflügel aufzog, sah sie sich einem etwa achtzig Jahre alten Gentleman mit dichtem grauen Haar und schwarzem Trenchcoat gegenüber.

»Dr. Sayers?«, platzte es aus ihr heraus.

Der Mann, der die Augen aufriss, als sähe er einen Geist, nickte. Erst einen erstaunten Augenblick später schien ihm zu dämmern, wer sie war.

»Sie sind die Enkelin von Beatrice, nicht wahr?«

»Ja, die bin ich.« Diana lächelte. Wie lange hatte sie diesen Mann nicht mehr gesehen? In ihrer Kindheit hatte er Tremayne House des Öfteren besucht, durch seinen Dienst als Arzt hier hatte er freundschaftliche Beziehungen zu Emmelys Familie geknüpft. Als Dianas Besuche immer spärlicher wurden, weil sie begann, ihr eigenes Leben zu leben, hatte sie ihn nicht mehr zu Gesicht bekommen. Hin und wieder hatte Tante Emmely von ihm gesprochen, doch er war mehr und mehr zu einem Phantom geworden. Nun schärften sich seine Züge in ihrer Erinnerung wieder.

»Meine Güte, wann habe ich Sie zuletzt gesehen?« Ein Lächeln erweichte sein strenges Gesicht. »Als Sie vierzehn waren? Muss mehr als zwanzig Jahre her sein.«

»Gut möglich. Aber Sie haben sich nicht verändert, Doktor.«

Sayers stieß ein spöttisches Lachen aus. Das Eis war gebrochen. Er tätschelte ihren Arm.

»Schmeicheln Sie doch keinem alten Mann, der kommt womöglich noch auf dumme Gedanken!«

»Sie kommen wegen Tante Emmely, nicht wahr?«

»Ja, ich habe schon seit einigen Tagen nichts gehört. Geht es ihr gut? Dass ihre Nichte hier ist, wird sie sicher freuen, Sie waren für sie immer so was wie eine Enkelin.«

Diana senkte traurig den Kopf. Offenbar wusste er es noch nicht. »Kommen Sie doch erst einmal herein, Dr. Sayers, ich erzähle Ihnen dann alles.«

Ahnungsvoll schweigend folgte ihr der Arzt in die Küche, die von der durch die Wolken brechenden Nachmittagssonne regelrecht geflutet wurde. Obwohl Mr Green seine Arbeit sehr gewissenhaft versah, tanzten kleine Staubpartikel in den Lichtstrahlen. Alte Häuser stauben von allein zu, hatte ihre Mutter immer wieder gesagt.

Den lebenden Beweis hatte sie hier.

»Bitte setzen Sie sich und entschuldigen Sie, dass ich Sie gerade in die Küche schleppe. Im Wohnzimmer habe ich ein wenig Unordnung angerichtet. Papierkram.«

Der Arzt nickte einsichtig, während er sich auf dem Küchenstuhl niederließ. »Ja, die Behörden lassen einen nie in Ruhe. Emmely freut sich sicher, dass Sie ihr unter die Arme greifen.«

Diana würgte den Kloß in ihrem Hals herunter. Einmal muss ich ja doch raus mit der Sprache. »Tante Emmely ist ins Krankenhaus gekommen, vorgestern, wie Mr Green sagte. Sie hatte wieder einen Schlaganfall.«

»O mein Gott!« Dr. Sayers hob hilflos die Hände. »Wo ist sie jetzt?«

»Im St. James. Da sie zusätzlich noch eine Lungenentzündung hat, wird sie künstlich beatmet und ist nicht ansprechbar. Ich war heute Vormittag bei ihr.«

Sayers brauchte eine Weile, um sich wieder zu fassen. »Das ist ja so furchtbar. Tut mir leid, Miss Diana.«

»Das ist sehr nett von Ihnen.« Diana atmete tief durch, während sie beklommen auf ihre Hände starrte. Da Mr Green das Haus nicht verlassen hatte, ohne eine Kanne Tee warm zu stellen, erhob sie sich schließlich und goss Dr. Sayers und sich eine Tasse ein. Der Teeduft konnte ihre Beklommenheit diesmal nicht auflösen, aber in Gegenwart des Gastes nahm sie sich zusammen.

»Schade nur, dass ich nicht mehr praktiziere und somit das Recht habe, in jedes Krankenhaus zu stapfen und mich als Hausarzt auszugeben. Ich hätte dem alten Mädchen Bescheid gesagt, dass sie sich noch nicht aus dem Staub machen darf. Mit wem soll ich sonst jeden Mittwochnachmittag reden und zanken?«

Ein bitteres Lächeln huschte über sein Gesicht.

Diana fragte sich unwillkürlich, ob er je versucht hatte, ihrer Tante näherzukommen. Selbst als sie verwitwet war, war Emmely doch jung genug gewesen, um sich zumindest einen Liebhaber zu leisten.

»Ich erinnere mich noch gut an Ihre Großmutter, Miss Diana«, sagte der Arzt, nahm dann einen Schluck und schloss schwelgend die Augen. »Was für ein wunderbarer Tee! Wie stehen die Chancen, dass Mr Green mir seine Bezugsquelle verrät?«

»Da müssen Sie ihn selbst fragen.«

Sayers stieß einen zweifelnden Laut aus. »Ich bezweifle, dass er das tun würde, der alte Geheimniskrämer. Klingt sicher komisch, wenn ich das sage, wo ich doch noch gut dreißig Jahre älter bin als er.« Er lachte auf und nahm dann noch einen Schluck.

»Ach ja, Ihre Großmutter«, setzte der Arzt dann wieder dort an, wo der Tee ihn unterbrochen hatte. »Was für ein hübsches Ding sie doch war! Ich bin ihr in der Nacht, nachdem sie hier angekommen war, begegnet.«

Ein winziger Teil ihrer Familiengeschichte war Diana bekannt. Ihre Vorfahrin Grace und ihr Ehemann hatten in Ostpreußen, jenem Teil, der nun zu Polen gehörte, Ende des 19. Jahrhunderts ein Haus an der Ostsee gebaut. Bei der Flucht 1945 waren Beatrices Ehemann und ihre Mutter Helena, Graces Tochter, ums Leben gekommen. Dianas Großmutter hatte sich irgendwie nach England durchgeschlagen, schwanger und halb verhungert. Emmelys Mutter hatte sie hier aufgenommen, als das Gutshaus noch als Lazarett diente.

»Obwohl sie aufgrund ihres Zustandes nicht viel im Lazarett helfen konnte, hat sie sich doch bemüht, zuzupacken und uns zur Seite zu stehen. Auch wenn Deidre das nicht gern gesehen hat.«

Seine Augen schienen nun wieder in die alte Zeit zu wandern, jene Zeit, in der er ein junger Mann war und wahrscheinlich der Schwarm vieler Mädchen.

»Sie sollte sich wegen ihres Zustandes schonen, nehme ich an.«

»Das zum einen, und zum anderen schien Deidre ihr nicht zu vertrauen. Immerhin gab es keinen Beweis ihrer Herkunft. Nur einen Brief.«

Diana wurde hellhörig. »Einen Brief?«

»Ja, etwas, das sie bei sich trug. Einen Brief, den ihr ihre Mutter mitgegeben haben soll. Ich selbst habe ihn nicht gesehen, doch ich habe Deidre und Emmely davon reden hören. Das war offenbar der einzige Strohhalm, an den sich Beatrice halten konnte. Sonst hätte Deidre sie wohl fortgeschickt.«

»Und Emmely?«

»Oh, die war von Anfang an vernarrt in Beatrice, sah in ihr wohl so etwas wie eine ältere Schwester.«

Die Männerherrschaft wurde zu einem Matriarchat, schlichen Mr Greens Worte wieder durch Dianas Kopf.

»Auf jeden Fall waren Emmely und Beatrice von Anfang an unzertrennlich, was zunächst wohl eher von Emmely ausging, die es sich in den Kopf gesetzt hatte, der Verlorenen etwas Gutes zu tun. Beatrice war sehr in sich zurückgezogen, wahrscheinlich wurde sie von Erinnerungen an die Flucht gequält. Erst nach einigen Monaten wurde sie etwas zugänglicher. Das, was sie erlebt hatte, vertraute sie niemandem an, doch es verlieh ihr eine Stärke, die ihre gesamte Gestalt noch schöner und strahlender wirken ließ.«

Ein entrücktes Leuchten erschien in den Augen des Arztes, das kurz darauf von einem Schatten vertrieben wurde. »Beatrices Tod bei der Geburt ihrer Tochter Johanna war für uns alle ein großer Schock. Hin und wieder war sie schwächlich gewesen, doch das schoben wir auf die Entbehrungen der Flucht und auf die Schwangerschaft. Auch wenn wir hier einigermaßen gut versorgt waren, reichte es nicht, um Fett anzusetzen.«

Diana umschlang ihre Schultern. Die Geschichte des Todes ihrer Großmutter war nie ein Thema bei ihnen gewesen. Emmely erzählte sie niemandem, und ihre Mutter kannte sie nicht. Damit, sie jetzt zu hören, hätte Diana nicht gerechnet.

»Während des Pressens kam es auf einmal zu einer unvermutet starken Blutung. Die Hebamme und ich waren vollkommen ratlos. Wir vermuteten einen Riss im Gewebe, hofften, die Blutung durch eine Operation stoppen zu können. Nachdem das Kind geboren war, kämpfte ich noch eine Stunde um sie, doch vergebens. Der Blutverlust war zu hoch.« Sayers' Schultern, die sich plötzlich angespannt hatten, als stünde er noch immer im OP-Saal, fielen schlaff herunter. »Als ich ihre Leiche obduzierte, bemerkte ich, dass sie einen Granatsplitter im Leib hatte. Keine Ahnung, warum er ihr nie aufgefallen ist. Denkbar ist, dass er nicht bemerkt wurde, im Körper gewandert ist, bis er die Bauchschlagader erreichte.«

»Dann war ihr Tod nur aufgeschoben worden«, bemerkte Diana beklommen, während ihr klar wurde, wie kurz ihre Familie vor der Auslöschung gestanden hatte.

»Ja, so war es. Sie hätte auch während der Schwangerschaft sterben können. Doch Gott oder wer auch immer hatte gewollt, dass ihr Kind geboren wurde. In Anbetracht der späteren Ereignisse könnte man sogar sagen, dass das Schicksal wenigstens einmal etwas Gnade mit den Nachkommen der Tremaynes gezeigt hatte. Emmely blieb es zeitlebens verwehrt, noch ein Kind zu bekommen, nachdem das erste gestorben war.«

Die Stille, die seinen Worten folgte, wirkte wie ein Echo aus ferner Zeit. Die Bilder der Vergangenheit rückten näher, umstellten sie wie Soldaten, die Diana und auch dem Arzt keine andere Wahl ließen, als sich zu ergeben.

»Gibt es ihr Grab eigentlich noch? Ich meine, das von Ihrer Großmutter Beatrice?« Sayers' Stimme durchbrach das Schweigen wie ein Hammer eine Glasscheibe und ließ Diana doppelt aufhorchen. »Ich war schon lange nicht mehr auf dem Friedhof, jetzt, da sich mein eigenes Ende nähert, meide ich diesen Ort wie die Pest, weil ich fürchte, dass er mich sonst nicht mehr gehen lässt.«

Während sich die Vergangenheit in die Schatten des Hauses zurückzog, zuckte Diana ein wenig verwirrt mit den Schultern und überhörte den Scherz des Arztes.

Das Grab ihrer Großmutter war nur noch ein undeutlicher Schemen in ihren Kindheitserinnerungen. Ein Schemen mit Flügeln, denn Emmely hatte einen marmornen Engel die Grabstelle bewachen lassen. »Ich bin noch nicht dazu gekommen, nachzuschauen. Tante Emmely beschäftigte einen Gärtner dafür.«

»Vielleicht sollten Sie Ihrer Großmutter mal einen Besuch abstatten. Im Gegensatz zu mir brauchen Sie den Tod noch nicht zu fürchten. Es würde Beatrice sicher interessieren, was für eine Frau ihre Enkelin geworden ist. Sie sind ihr wie aus dem Gesicht geschnitten, wenn ich mir die Bemerkung erlauben darf.«

Plötzlich überkam Diana ein schlechtes Gewissen. Stimmte es wirklich, dass die Toten sehen konnten? Wenn ja, waren sowohl ihre Mutter als auch ihre Großmutter sicher entsetzt über das, was Philipp ihr angetan hatte – und über ihre Reaktion darauf natürlich. Sicher hatte keine Frau vor ihr Stücke des Wohnzimmers zertrümmert.

»Ich werde hingehen, sobald ich den Papierkram erledigt habe.«

Sayers sah sie an, als wollte er prüfen, ob sie ihr Wort auch einzuhalten gedachte. Dann nickte er und griff in die Innentasche seines Jacketts. »Hier ist meine Karte, falls sich etwas ergibt oder Emmely wieder bereit ist, Besuch zu empfangen. Sie können mich jederzeit anrufen, auch wenn Sie sich etwas von der Seele reden wollen oder Hilfe beim Haus brauchen.«

Nachdem sich Diana bedankt hatte, lehnte er sich zurück, blickte dann an die Decke und lächelte, als würde er dort etwas Vertrautes entdecken. »Ja, dieses Haus! Es ist beinahe so etwas wie mein Zuhause. Noch immer meine ich die heimelige Unordnung zu sehen, die hier geherrscht hat, als ich jung war. Die Arbeit im Lazarett war zuweilen furchtbar, die Enge unerträglich und der Hunger groß, aber diese Zeit würde ich nicht aus meiner Biografie streichen wollen. Trotz allen Leids war sie auch schön.«

Nachdem sie sich noch ein Weilchen über weniger schwere Themen unterhalten hatten, verabschiedete sich Dr. Sayers mit dem Versprechen, in der kommenden Woche wieder nach dem Rechten zu sehen. Diana erkannte die eigentliche Absicht dahinter – er wollte den Mittwochnachmittag nicht allein verbringen –, doch die Anwesenheit des Doktors war ihr nicht unangenehm gewesen, auch wenn sie viel verdrängtes Wissen wieder aufgewühlt hatte.

Bei ihrer Rückkehr ins Wohnzimmer ließ sich Diana auf das Sofa fallen. Auf einmal waren ihr die Beine unendlich schwer. Dr. Sayers' Erzählung hatte so deutliche Bilder vor ihr geistiges Auge projiziert, dass es ihr vorkam, als sei ihre Großmutter erst gestern gestorben. Die schöne Beatrice, die sie nur von einem Foto kannte und zu der sie nie eine Beziehung hatte aufbauen können. Irgendwie überlagerte sich nun ihr Bild mit dem von Emmely, die ebenfalls an der Schwelle des Todes stand.

Vielleicht sollte ich das Grab wirklich aufsuchen und nach dem Rechten sehen, jetzt, wo Emmely es nicht mehr tun kann. Außerdem, wisperte eine kleine Stimme in ihrem Hinterkopf, solltest du dir überlegen, an welchen Platz Emmely gebettet werden kann, wenn es zum Äußersten kommt.

In Bluse und Pullunder gegen die Kühle stapfte sie wenig später zum Dorffriedhof, der nur etwa zehn Minuten entfernt war. Das Knirschen der Steine unter ihren Schuhen hatte etwas Hypnotisches an sich, das ihren Verstand klärte und es ihr erlaubte, das Gehörte in ihre Erinnerung einzuordnen und abzulegen.

Als sie die Hälfte des Weges hinter sich gebracht hatte, gelang es der Sonne endlich, sich durch die Wolkendecke zu schieben. Auf einmal wirkte dieser Ort ganz anders, die wilden Brombeerhecken glitzerten vom Regenwasser mit dem Gras um die Wette, die Vögel sangen lauter, und irgendwo kündigte ein Kuckucksruf den nahenden Sommer an.

Dass gerade jetzt die Sonne durchkommt, dachte Diana. Ist das vielleicht ein Zeichen? Obwohl sie nicht an so etwas glaubte, erfüllte das unvermutete Licht ihr Herz plötzlich mit Leichtigkeit, als sie den von einer Steinmauer umsäumten Friedhof erblickte. Linden und Kastanien flankierten den Ort, an dem es immer ein wenig windiger zu sein schien als anderswo. Zwischen eisernen Grabkreuzen erhob sich eine kleine Kapelle, die Begräbnisstätte der Tremayne-Familie. Über den Grund, weshalb ihre Großmutter dort nicht begraben worden war, hatte sich Diana nie Gedanken gemacht. Doch jetzt drängte sich diese Frage beinahe schon penetrant in ihren Verstand. War in der Kapelle kein Platz mehr gewesen? Hatte Deidre verhindert, dass sie dort hinkam? Oder war es ihr eigener Wunsch gewesen?

Lange brauchte sie nach dem Grab von Beatrice Jungblut nicht zu suchen. Schon von weitem grüßte der Engel, der schützend einen Kranz über die efeugeschmückte Grabplatte hielt.

Früher war wahrscheinlich die Kapelle das Zentrum des Gottesackers gewesen, doch die Zeit und die wachsende Ausdehnung des Platzes hatten dafür gesorgt, dass sich der Mittelpunkt um gut fünfzig Meter verschoben hatte. Der Engel, der die Kapelle dank seiner Flügel knapp überragte, war nun das leuchtende Zentrum des Friedhofes.

Ob es Absicht war, dass der Schatten des Kranzes bei Sonnenlicht das Geburts- und Todesdatum einrahmte, war nicht zu erkennen, aber es war ein hübscher Effekt, der Diana lächeln ließ.

»Hallo Großmutter«, sagte sie leise, während sie sich hinhockte und mit dem Finger über die eingravierten Buchstaben und Zahlen fuhr.

Beatrice Jungblut
geb. Feldmann
1918 – 1945

Wer auch immer sich um das Grab kümmerte, versah seine Arbeit sehr gut.

Eigentlich hatte sie es immer für unsinnig gehalten, zu den Toten zu sprechen, denn schon als Kind war sie davon überzeugt, dass es keine Wiederkehr gab. Doch jetzt hatte sie das dringende Bedürfnis, der Frau, deren Vermächtnis für Diana nur in einem Bild und in den eigenen Genen gespeichert war, zu erzählen, was in den vergangenen Jahren passiert war, seit sie das letzte Mal an ihrem Grab gestanden hatte. Sie begann bei ihrem Studium, wie sie Philipp kennengelernt und ihr Büro aufgebaut hatte. Sie endete damit, dass Philipp sie betrogen hatte, Emmely im Sterben lag und sie das Gefühl hatte, ihre Welt würde auseinanderbrechen.

Als sie zu dem Kranz aufsah, den der Engel nun auch über sie hielt, bemerkte sie, dass an den Blättern etwas seltsam war. Auf ihren Reisen und in Geschäften hatte sie schon viele Lorbeerkränze gesehen, manche realistisch, manche stilisiert, doch nie einen mit solchen Blättern! Das war kein Lorbeer. Mit einem seltsamen Kribbeln in der Magengrube erhob sich Diana und nahm den Kranz näher in Augenschein. Es war die merkwürdigste Bildhauerarbeit, die sie je gesehen hatte. Die Blätter waren sehr detailliert, so als habe es genaue Anweisungen für ihre Anfertigung gegeben. Seufzend strich Diana über den Marmor, der so glatt war, dass nicht einmal Algen sich darauf festsetzten. Ach, Emmely, wenn ich dich fragen könnte.

Da fiel ihr plötzlich ein, dass sie Blätter wie diese schon einmal gesehen hatte. Sie konnte sich nicht genau erinnern wo, aber sie kamen ihr ungeheuer bekannt vor. Das Kribbeln in ihrer Magengrube wurde stärker, und der Drang, ihre Erinnerung aufzufrischen, überkam sie so heftig, dass sie auf der Stelle kehrtmachte und zum Tor rannte, wobei sie beinahe zwei alte Damen rammte, die gerade mit Gießkannen und Harken bewaffnet auf dem Weg zu den Gräbern ihrer Angehörigen waren. Das missbilligende Kopfschütteln bekam sie schon nicht mehr mit, denn sie stürmte bereits den sandigen Landweg hinauf.

Sport war nie ihre Stärke gewesen, das wurde ihr wieder bewusst, als sie sich keuchend die Freitreppe von Tremayne House hinaufschleppte. Mr Green war mittlerweile zurückgekehrt und hatte den Bentley in die Garage gefahren – deren Türen aber offen gelassen für den Fall der Fälle.

Nach einer kurzen Verschnaufpause, den Krampf ihrer Bauchmuskeln ignorierend, stürmte sie wie ein geölter Blitz in die Küche und erschreckte Mr Green dermaßen, dass er fast die Teekanne fallen ließ. »Miss Diana, ist etwas passiert?«

Diana hörte nicht auf ihn. Am Küchenschrank angekommen, riss sie die beiden kleinen Schubladen auf, dann öffnete sie eine der kleinen Türen.

Treffer! Mit einem triumphalen »Ha!« zog sie ein kleines Päckchen hervor. Erst dann bemerkte sie, dass Mr Green sie ansah, als hätte sie den Verstand verloren.

»Entschuldigen Sie bitte, Mr Green«, sagte Diana verlegen, während sie die Verpackung an ihre Brust drückte wie etwas unsagbar Kostbares. »Ich wollte Sie nicht erschrecken. Ich wollte nur Gewissheit haben.«

Der Butler hob die Augenbrauen. »Gewissheit? Darüber, dass wir noch genügend Tee haben?«

Diana lachte auf. »Nein, Mr Green. Doch wie es aussieht, hat sich Tante Emmely eine kleine Extravaganz am Grab meiner Großmutter erlaubt.«

»Was meinen Sie?«, fragte der Butler stirnrunzelnd.

Diana berichtete von dem Gespräch mit Dr. Sayers, der sie darauf gebracht hatte, das Grab ihrer Großmutter zu besuchen.

»Wahrscheinlich lag es daran, dass ich schon lange nicht mehr da war und nun einen unbefangenen Blick auf die Details hatte«, setzte sie hinzu, dann drehte sie die Packung, die sie aus dem Schrank gerissen hatte, herum und hielt sie hoch, als sei sie der Sensationsfund des Jahres. »Der Kranz, den der Engel über das Grab hält und dessen Schatten die Lebensdaten meiner Großmutter einrahmt, besteht aus Teeblättern.«

»Ein Kranz aus Teeblättern«, murmelte Mr Green nachdenklich, als sie wenig später bei Tee und Kuchen am Küchentisch saßen. »Sind Sie sicher?«

»Ganz sicher«, beharrte Diana, nachdem sie ihren Bissen mit einem Schluck Tee heruntergespült hatte. »Die Blätter sind haargenau die auf dieser Packung. Natürlich noch etwas kunstvoller, aber ich bin mir sicher, dass der Kranz des Grabengels nicht aus Lorbeer besteht.«

Mr Green musterte nachdenklich die Tischplatte, die zahlreiche Kerben von abgerutschten Messern aufwies. »Warum sollte Madam so etwas tun?«

»Fragen Sie mich nicht«, entgegnete Diana. »Auf jeden Fall ist es sehr seltsam.«

»Vielleicht hatte Ihre Großmutter eine Vorliebe für Tee? Oder es war irgendwas Mysteriöses? Nicht umsonst lesen Wahrsager aus dem Teesatz.«

Diana schüttelte den Kopf. Diese Erklärungen befriedigten sie nicht. Emmely war nicht abergläubisch. Darüber, jemanden aus ihrem Teesatz lesen zu lassen, hätte sie nur gelacht. Dass Dianas Großmutter Tee mochte, war da schon glaubhafter, immerhin entstammte sie einer Seemannsfamilie und war an der Küste aufgewachsen. Doch reichte diese Vorliebe aus, um ihr Grab mit Teeblättern zu schmücken?

»Haben Sie etwas dagegen, wenn ich das Päckchen mitnehme und zu meinen anderen Fundstücken lege?«, fragte sie, worauf Mr Green überrascht von seiner Teetasse aufsah.

»Natürlich nicht, wir haben noch genug davon im Haus.

Außerdem sind Sie jetzt die Hausherrin, zumindest so lange, bis Madam zurückkehrt.«

Dass der Butler seine Herrin noch nicht aufgegeben hatte, rührte Diana, und sie schämte sich beinahe dafür, dass ihr Herz ihr sagte, dass Emmelys letzte Tage angebrochen waren.

Nach der Teestunde kehrte sie ins Wohnzimmer zurück, wo sie die Teepackung, der ein würziger Geruch entströmte, zu dem Schal und dem Telegramm legte.

Ich werde mir eine Kiste suchen müssen, wenn das so weitergeht.

Bis zum Abend setzte sie sich an ihre Arbeit, beantwortete E-Mails aus der Kanzlei und ignorierte eine weitere – diesmal per Mail gesendete – Nachricht von Philipp. Was außer einem Rechtfertigungsgespräch konnte er wollen? Und worüber wollte er sprechen? Ihr zorniges Herz wollte das gar nicht wissen.

Als sie sich müde gegen die Sofalehne kuschelte, kam ihr in den Sinn, dass die Suche nach der Familiengeschichte einem Spiel glich, das sie mit Emmely als Kind gespielt hatte. Schnitzeljagd nannte man es in Deutschland, und ihre Tante war eine Meisterin darin gewesen, Bruchstücke einer Nachricht zu verstecken. Schade nur, dass sie im Krankenhaus war und ihr keine Hinweise geben konnte.

6

In der Nacht, unter den schweren, ein wenig muffig riechenden Decken des alten Bettes, kehrte Diana in ihrem Traum zum Friedhof zurück. Diesmal war er von Morgennebel verhangen, hinter dem sie geheimnisvolle Stimmen zu hören meinte. Als sie an sich hinabsah, bemerkte sie, dass sie nichts weiter als ihr Nachthemd trug. Ihre nackten Füße hinterließen leichte Fußabdrücke auf dem sandigen Weg, ihr offenes Haar, das länger war, als sie es sonst trug, wehte wie ein Schleier hinter ihr her.

Seit ihrem Besuch schien sich außer dem seltsamen Wispern, dessen Quelle sie wegen der dichten, rosafarbenen Nebelschwaden nicht ausmachen konnte, nichts verändert zu haben. Noch immer hielt der Engel den Kranz über das Grab. Da die Sonne vom Nebel verschluckt wurde, fiel kein Schatten auf Beatrices Lebensdaten, doch auch so war der Anblick sehr imposant.

Auf einmal streifte etwas zart Dianas Wange. Zurückweichend erkannte sie, dass ein Schmetterling aus dem Nebel aufgetaucht war, ein kleines, exotisch wirkendes Tier, das an ihr vorbeiflog und auf den Engel zuhielt, um sich schließlich auf dem Kranz niederzusetzen.

Unter seiner Berührung erwachten die Blätter zum Leben, wurden grün und glänzend, dann nahm der Arm, der den Kranz hielt, Farbe an. So ging es weiter, bis sich Diana zuletzt anstelle eines Engels einer Frau mit flammend rotem Haar gegenübersah, die in ein weißes Leichenhemd gekleidet war. Tränen rannen über ihr Gesicht, Tränen golden wie Tee, als sie plötzlich zu ihr aufsah und flehte: »Bring ihn mir zurück.«

Diese Worte voller unsäglicher Trauer ließen sie aufschrecken. Verwirrt blickte sich Diana um und realisierte wenig später, dass sie sich in ihrem Zimmer befand und sämtliche Decken von sich weggestrampelt hatte.

Keuchend ließ sie sich wieder auf die Matratze sinken. Es war nur ein Traum, sagte sie sich, doch der Gedanke, dass ihre Urahnin persönlich zu ihr gekommen war, um ihre Bitte zu übermitteln, ließ eine Gänsehaut über ihren Rücken laufen.

Unfähig, wieder einzuschlafen, starrte sie an die Decke und dachte aufgeregt darüber nach, welcher Art der Schmetterling wohl angehörte und wie er ins kalte England gekommen war. Mit einem Schiff? Über den Luftweg? Eingeschleppt von einem Flugzeug, dessen Personal ihn beim Reinigen übersehen hatte?

Erst gegen Morgen fielen ihre Augen wieder zu, und sie schlief traumlos, bis das Klingeln ihres Handys sie weckte. Als hätte sie geahnt, dass die Nacht unruhig werden würde, hatte Diana die Weckfunktion aktiviert, denn sie wollte schon am Vormittag zu Emmely, um anschließend Zeit für den Schlüsseldienst zu haben, der etwas von Nachmittag gesagt hatte.

Nach einer erfrischenden Dusche – das Warmwasser hatte irgendwie keine Lust gehabt, durch die Leitungen zu kommen – und Tee und Marmeladentoast in der Küche ging sie ins Wohnzimmer, wo sie einen Moment lang mit dem Gedanken spielte, Emmely von ihrer Entdeckung zu erzählen. Doch dann fiel ihr ein, dass Emmely wohl kaum aus ihrem künstlichen Koma geholt worden war.

Diana hatte gerade ihre Handtasche über die Schulter geworfen, als das Haustelefon klingelte. Ebenso wie Mr Green, der in der Tür wartete, erstarrte sie.

Sie wusste nicht, warum, doch auf einmal überkam sie ein mulmiges Gefühl. Wer sollte sie anrufen?

»Das wird sicher einer von Madams Bekannten sein«, beschwichtigte sie Mr Green, doch auch seine Stimme klang unsicher.

»Ich geh ran«, entschloss sich Diana und erreichte das Telefon gerade nach dem dritten Klingeln.

»Hallo, bei Woodhouse?«, meldete sie sich für den Fall, dass es doch einer von Emmelys Freunden war. Dr. Sayers vielleicht, der sich nach ihrem Befinden erkundigen wollte.

»St. James Hospital, Dr. Hunter.« Der Pakistani, registrierte Diana im Geiste. »Spreche ich mit der Enkelin von Mrs Woodhouse?«

»Ja, hier ist Diana Wagenbach«, antwortete sie, während sich unter ihrem Bauchnabel etwas zusammenkrampfte.

»Es tut mir sehr leid, Miss Wagenbach«, fuhr er nach einer kurzen Pause fort. »Ihre Großmutter ist vor einer Stunde verstorben. Wir haben alles in unserer Macht Stehende getan, doch die Maßnahmen haben nicht gegriffen.«

Diana ließ den Hörer sinken. Ihr Arm hatte auf einmal keine Kraft mehr, ihn zu halten. »Hallo?«, hörte sie es aus dem Hörer fragen. »Alles in Ordnung mit Ihnen?«

Nach einem kurzen Moment, in dem sie ins Leere gestarrt hatte, legte sie den Hörer einfach wieder auf, dann kehrte sie wie betäubt in die Halle zurück.

Mr Greens Gesicht verfinsterte sich.

»Alles in Ordnung, Miss Diana?«

Diana schüttelte den Kopf, während sich ihre Augen mit Tränen füllten. »Sie ist vor einer Stunde gestorben.«

Von den darauffolgenden Momenten bekam Diana nur

mit, dass Mr Green sie auf das Sofa im Wohnzimmer bugsierte. Seine Frage, ob er etwas für sie tun könnte, beantwortete sie mit einem Kopfschütteln. Dennoch tauchte er wenig später mit einem frisch geöffneten Päckchen Taschentücher auf und brachte ihr eine Tasse Tee, bevor er sich diskret in die Küche zurückzog.

Nachdem sie eine Weile auf den Kamin gestarrt hatte, der von Bildnissen längst verstorbener Personen gesäumt wurde, löste sich der Schock der Nachricht, und Diana gab sich nun ganz ihrer Trauer hin.

Wie betäubt stand Mr Green vor dem Küchenfenster, von wo aus er einen guten Blick auf den Küchengarten und einen Teil des Parks hatte, der nach dem Krieg nie mehr zu altem Glanz zurückgefunden hatte.

Obwohl er kein besonders sentimentaler Mann war, rannen Tränen über seine Wangen. Stumme Tränen, denn er hätte sich nie gestattet, laut zu weinen. Immerhin war er hier im Dienst.

Doch der Tod seiner Herrin bekümmerte ihn, nicht nur, weil sie eine gute Herrin gewesen war, sondern weil die Verantwortung, Miss Diana das Geheimnis lüften zu lassen, nun allein bei ihm lag. Er würde nicht mehr nachfragen können und musste sich auf die bereits ausgesprochenen Befehle von Mrs Woodhouse verlassen.

Gezielt eilte er zu der Kommode neben der Tür und holte das dicke Buch hervor, das schon lange nicht mehr benutzt worden war. Der darin enthaltene Umschlag wanderte in seine Jackentasche. Die Madam hatte ihm nie gesagt, was der Brief enthielt, doch offenbar war er sehr wertvoll. Ihre Anweisung lautete, ihn ihrer Großnichte auf diskrete Weise zuzuspielen. So, als würde sie ihn zufällig finden. Die Annahme, dass sich Madam noch eine Weile unter ihnen befinden würde, hatte ihn bisher davon abgehalten, sich darüber Gedanken zu machen. Doch vielleicht würde ihm während der Fahrt eine Idee kommen. Sicher würde Miss Diana ins Krankenhaus fahren wollen, nachdem sie den Bestatter benachrichtigt hatte.

Mit dem Telefonbuch eilte er schließlich die Stufen zum Wohnbereich hinauf.

Diana war Mr Green sehr dankbar, als er mit dem Telefonbuch anrückte, das auf der Seite der Bestattungsunternehmen in der Gegend aufgeschlagen war.

Auf einmal war die Erinnerung an die Beerdigung ihrer Mutter wieder da, der Berg an Formalitäten, die zu erledigen gewesen waren. Glücklicherweise hatte sie hier Mr Green zur Seite, der das Gefühl der Überforderung ein wenig abmilderte.

»Norton & Fenwick haben einen sehr guten Ruf in der Gegend, die Mitarbeiter sind sauber und diskret, es werden keine Billigsärge aus Osteuropa eingekauft«, erklärte er, während er auf einen eher unscheinbaren Eintrag deutete. Der Name der Firma war recht klein und wurde von einfachen schwarzen Linien eingerahmt. Neben den Einträgen, die mit Palmwedeln, protzigen Rosen, Kreuzen und Kränzen verziert waren, ging er beinahe unter.

»Wäre das Tante Emmelys Wille gewesen?«

»Sie wäre auf jeden Fall für ein stilvolles Begräbnis gewesen, und ich bin sicher, dass Sie das von dieser Firma erwarten können. Möchten Sie, dass ich dort anrufe?«

»Nein, das mache ich von unterwegs. Wir sollten vielleicht so schnell wie möglich losfahren.«

»Aber sicher doch, Miss Diana.«

Während sich Mr Green nach draußen begab, lief Diana die Treppe hinauf. Nachdem der erste Schock verflogen war, überkam sie jetzt so etwas wie die absurde Hoffnung, dass sich der Arzt geirrt haben könnte. Dass vielleicht ein Wunder geschehen war und Emmely es sich überlegt hatte.

Doch in ihrem Zimmer holte sie die Realität wieder ein und drückte wie ein zu schwerer Rucksack auf ihre Schultern.

Da sie keine rein schwarze Kleidung dabeihatte, knöpfte sie ihre schwarze Jacke kurzerhand zu und schnappte ihre Handtasche. Auf dem Rückweg nach unten streifte ihr Blick wieder das Bild mit der Seeszene. Für einen Moment meinte sie in Victorias Kindergesicht das Gesicht ihrer Tante zu erblicken. Um Fassung bemüht stieg sie schließlich in den Bentley, der mit röhrendem Motor über den Schotter fegte.

Während das beruhigende Brummen des Motors sie wie eine schützende Decke einhüllte, verhandelte Diana mit einer etwas älteren Dame, die sie sehr zuvorkommend behandelte und versprach, den Leichenwagen so rasch wie möglich zum Hospital zu schicken.

»Sie hatten recht, Mr Green, die Firma erscheint mir wirklich kompetent.«

»Es freut mich, dass ich helfen konnte.«

»Sie wollen in einer halben Stunde bei der Klinik sein.« Diana seufzte. »Wenn ich ehrlich bin, weiß ich gar nicht, ob ich bereit bin für den Anblick.«

»Sie wird sich nicht wesentlich verändert haben«, entgegnete Mr Green. »Ich hatte mich auch vor dem gefürchtet, was der Tod aus meiner Mutter gemacht hat. Doch letztlich war es nicht schlimm. Sie hat ausgesehen, als würde sie schlafen. Vielleicht hat die Klinik Mrs Woodhouse auch schon in den Keller gebracht, um sie für den Bestatter bereitzumachen.«

Als er den Pragmatismus in seinen Worten bemerkte, verstummte Mr Green.

Diana war das gar nicht aufgefallen. Sie starrte auf die vorbeiziehende Landschaft, dann sagte sie unvermittelt: »Sie halten mich jetzt vielleicht für verrückt, aber ich würde sie, trotz meiner Angst, jetzt gern noch einmal sehen. Ich habe nur vor Augen, wie sie an die Schläuche und Kabel gefesselt war. Ich würde sie gern schlafend sehen, so als würde sie jeden Augenblick aufwachen und sich darüber wundern, was ich hier mache.«

»Das klingt in meinen Ohren alles andere als verrückt«, entgegnete der Butler, dann gab er Gas und ignorierte die Geschwindigkeitsbegrenzung, die gerade an ihm vorbeigezogen war.

Auf der Station herrschte glücklicherweise genug Trubel, so dass niemand Zeit hatte, Diana mitleidige Blicke zuzuwerfen. Die Schwester am Tresen bedeutete ihr, sich einen Moment auf die Stühle im Gang zu setzen. Während Diana wie betäubt einem Bett hinterhersah, das an ihr vorbeigeschoben wurde, fühlte sie sich seltsam ruhig. Natürlich wütete die Trauer in ihr, aber die Angst war fort. Sie brauchte sich nun keine Sorgen mehr um Emmely zu machen. Wenn es doch so etwas wie einen Himmel gab, war sie bei den Ihren und konnte ihnen berichten, was sie in ihren Jahren ohne sie erlebt hatte.

Dr. Hunter tauchte ganz unvermittelt neben ihr auf und erschreckte sie damit bis ins Mark.

»Oh, Doktor, entschuldigen Sie bitte!« Diana schlug die Hand auf die Brust. »Ich war in Gedanken.«

»Kann man Ihnen nicht übelnehmen.« Der Arzt reichte ihr die Hand. »Es tut mir sehr leid.«

Diana nickte, dann erhob sie sich in der Annahme, dass Dr. Hunter das Gespräch nicht im Gang führen wollte.

»Wir haben sie ins Sterbezimmer gebracht. Da wir wussten, dass Sie hier sind, wollten wir sie nicht gleich in den Keller bringen. Ich nehme an, der Bestatter ist informiert?«

»Ja.« Diana war es plötzlich, als würde der Boden unter ihren Füßen schwanken, gleich so, als hätte sie eine Panikattacke. Du bist in der Nähe eines Arztes, sagte sie sich rasch. Er wird dich schon auffangen, wenn du schlappmachst.

»Gut, dann wollen wir? Sie möchten sie doch bestimmt noch einmal sehen, oder?«

Sie musste genickt haben, denn Dr. Hunter führte Diana nun zu einem Zimmer am anderen Ende des Korridors, das sie nie betreten hatte.

Auf einmal schlug ihr das Herz bis zum Hals und sie hätte dem Arzt am liebsten mitgeteilt, dass sie es sich überlegt hätte. Dass ihr die Galerie von Emmely reichte, die sie bereits in ihrem Herzen trug.

Doch dann öffnete sich die Tür, und Diana sah sie.

Unter dem Laken wirkte Emmelys Körper zerbrechlich wie der einer alten Porzellanpuppe.

Von den Schläuchen und Kabeln befreit wirkte sie tatsächlich, als würde sie schlafen. Nur die dunklen Schatten unter ihren eingefallenen Augenhöhlen zeugten von dem zurückliegenden Leiden.

Ihr Haar, das jemand beinahe liebevoll auf dem Kissen ausgebreitet hatte, wirkte wie ein Brautschleier, in den jemand kupferne Fäden eingewebt hatte.

»Sie hatte einen ruhigen Tod«, erklärte Dr. Hunter. »Sie ist ganz einfach eingeschlafen. Als der Alarm losging, haben wir noch versucht, sie wiederzubeleben, aber sie hat sich anders entschieden.«

War der Tod wirklich eine Frage der Entscheidung? Hätte Emmely zurückgekonnt, wenn sie gewollt hätte? Oder hatte sie geglaubt, endlich gehen zu können, weil sie ihrer Großnichte nun von der Existenz des Geheimnisses erzählt hatte?

Diana presste die Hand vor den Mund, während Tränen aus ihren Augenwinkeln liefen. Trotz des Brennens in ihrer Brust war sie nicht imstande, laut zu weinen. Sie musste immerfort daran denken, dass Emmely nur deswegen so lange ausgehalten hatte, weil sie ihr den Auftrag geben wollte, das Familiengeheimnis aufzudecken.

Darüber überhörte sie auch die Ausführungen des Arztes zur Todesursache. Erst als er ihr mitfühlend eine Hand auf den Arm legte, kam sie wieder zu sich.

»Ich lasse Sie jetzt einen Moment allein. Verlassen Sie das Zimmer, wann immer Sie wollen. Wenn die Bestatter eintreffen, schicke ich sie rein.«

Diana bedankte sich mit einem Nicken und hörte dann, wie die Tür leise ins Schloss fiel.

Nachdem sie eine Weile vor dem Bett gestanden hatte, zog sie sich einen Stuhl heran und setzte sich.

»Ich habe die ersten Hinweise gefunden«, wisperte sie, als sie über Emmelys Haar strich und dabei die Kälte ihrer Haut spürte. »Nur, wie soll alles zusammenpassen? Ich wünschte so sehr, dass du noch da wärst, um mir zu helfen.«

Diana verstummte. Wartete auf eine Antwort, von der sie wusste, dass sie nicht kommen würde. Irgendwann klopfte es, und zwei Männer in schwarzen Anzügen traten ein. Diana begrüßte sie kurz, dann zog sie sich, nachdem sie noch einen Blick auf Emmely geworfen hatte, zurück. Ich werde mein Versprechen erfüllen, dachte sie, als sie sich gegen die Wand des Stationsganges lehnte und leise vor sich hin weinte.

Wie besprochen erschien am Nachmittag der Schlüsselmacher. Sein Klingeln riss Diana aus dem Schlaf.

Nachdem sie vollkommen erschöpft heimgekehrt war, hatte sie sich ein wenig auf dem Sofa ausgestreckt, doch noch immer fühlten sich ihre Knochen bleischwer an. Den Gedanken, einfach nicht zu öffnen, verwarf sie gleich wieder und eilte zur Tür. Ich habe es Tante Emmely versprochen.

Der Schlüsselmacher, ein weißhaariger Mann in blauem Overall, der die sechzig schon weit überschritten hatte, straffte sich, als sie öffnete, und sah sie verwundert an. »Alles in Ordnung, Miss? Soll ich vielleicht später wiederkommen?«

Natürlich hatte er gesehen, dass sie geweint hatte. »Es geht schon«, antwortete Diana, während sie eine Träne wegwischte, die sich aus ihrem linken Augenwinkel gestohlen hatte. »Ich habe heute die Nachricht erhalten, dass meine Tante gestorben ist.«

»Oh, das tut mir leid. Mrs Woodhouse war eine ganz reizende Person, die hin und wieder Schlüssel bei mir anfertigen ließ.«

»Danke, das ist sehr freundlich«, gab Diana zurück, während sie gegen das Tageslicht anblinzelte, das ihren tränenverbrannten Augen ein wenig zu grell erschien.

»Und Sie sind sicher, dass ich nicht doch ein anderes Mal wiederkommen soll?«

»Nein, kommen Sie doch rein, Mr Talbott.«

Während sie beiseitetrat, um den Schlüsselmacher einzulassen, bemerkte sie, dass Mr Green gerade mit verbissener Miene eine Schubkarre voller Heckenschnitt vor sich herschob.

Jeder hat seine Art, mit Trauer fertig zu werden, dachte Diana und wünschte sich insgeheim, dass sie sich auch irgendwie körperlich abreagieren könnte. Vielleicht sollte ich einen Spaziergang machen. Oder Rad fahren.

Mit der Gleichgültigkeit, die Menschen an den Tag legen, wenn sie nur oft genug an demselben Ort sind, folgte Mr Talbott ihr durch die Gänge, ohne für länger den Blick zu heben.

»Ich wusste gar nicht, dass Sie schon für meine Tante gearbeitet haben«, bemerkte Diana, die sich irgendwie dazu verpflichtet fühlte, ein Gespräch mit ihm anzufangen. Es war wie beim Friseur. Auch wenn man keine Lust hatte, mit einer weitestgehend Unbekannten zu reden, fing man schließlich doch vom Wetter an, nur um die missmutige Miene im Spiegel nicht mehr sehen zu müssen.

»Ja, Mrs Woodhouse war nicht gerade von der geschwätzigen Sorte. Aber eine sehr angenehme Frau. Solange alles nach ihren Wünschen lief, hat sie einen machen lassen. Schade nur, dass sie nicht wieder einen Mann gefunden hat. Bewerber soll es ja etliche gegeben haben, das erzählen jedenfalls die Leute im Dorf.«

War Tante Emmely wirklich Dorfgespräch gewesen?, fragte sich Diana. Als Kind hatte sie davon irgendwie nichts mitbekommen, denn sie hatte den schützenden Park nur selten verlassen und kaum Kontakt zu den Dorfkindern gehabt.

Da sie das Arbeitszimmer erreicht hatten, verzichtete Diana auf weitere Fragen. Das, was hinter der Flügeltür lag, schien den Schlüsselmacher ebenfalls nicht zu beeindrucken. Doch das Geheimfach hinter dem Regal entlockte ihm einen erstaunten Ausruf.

»Was wäre Tremayne House ohne Geheimfächer und Geheimgänge! Kein englisches Herrenhaus wurde ohne etwas dergleichen gebaut. Das habe ich immer zu Mrs Woodhouse gesagt, aber sie hatte nichts davon hören wollen.«

Ob es hier wirklich Geheimgänge gab? Oder einen Keller voller Geheimnisse?

Diana trat beiseite und beobachtete, wie der Mann den

Rand der kleinen Tür abtastete, als erwarte er, dass magische Zeichen auftauchten. Nachdem er das Fach und das kleine Schloss einer gründlichen Musterung unterzogen hatte, holte er eine Art Knetmasse aus seiner Tasche.

»Heutzutage schwören die Schlüsselmacher auf Silikonpistolen«, erklärte er dabei. »Aber ich halte nichts davon, weil sie manchmal die Schlösser verkleben. Da arbeite ich lieber mit der alten Methode.«

Diana konnte dazu nichts sagen, denn sie kannte sich überhaupt nicht in der Schlüsselmacherei aus.

Sie ließ Mr Talbott machen, was er für richtig hielt, und nickte beifällig, als er ihr den Abdruck des Schlosses zeigte.

»Sehen Sie sich das an! Ich glaube, das wird einer der schönsten Schlüssel, die ich je angefertigt habe! Geben Sie mir nur ein paar Tage Zeit, dann bringe ich ihn vorbei.«

Diana erklärte sich einverstanden und geleitete den Schlüsselmacher zur Haustür. Anstelle des Wohnzimmers kehrte sie noch einmal in Tremaynes Arbeitszimmer zurück. Ein seltsamer Friede hatte sie hier in Gegenwart des Schlüsselmachers überkommen. Andächtig strich sie mit den Fingerspitzen über die Tischplatte, dann nahm sie auf dem Stuhl Platz, der ein leises Knarren von sich gab. Nach kurzer Betrachtung des Geheimfachs und der Bücher, die es umgaben, wandte sie sich dem Fenster zu.

Wie prachtvoll musste der Garten früher gewesen sein! Mr Green tat alles, um ihn sauber und ordentlich zu halten, doch Bilder von üppigen englischen Gärten sahen anders aus. Und doch hatte der Anblick etwas Beruhigendes. Allmählich begriff Diana, warum ihre Vorfahren dieses Zimmer zum Arbeiten ausgesucht hatten. Dieses Zimmer, das ihr als Kind immer eine Gänsehaut eingejagt hatte. Das hatte sich jetzt, da Emmely tot war, geändert, wie sie erstaunt feststellen musste.

Es war, als hätte das Haus jetzt sie vollständig als neue Herrin akzeptiert.

Da die Trauer um ihre Großtante sich ein wenig gelegt hatte, beschloss Diana kurzerhand, ihre »Zentrale« in diesen Raum zu verlegen. Nach und nach holte sie ihren Laptop, das schnurlose Telefon, den Schal, das Teepäckchen und das alte Telegramm aus dem Wohnzimmer und richtete sich in dem Arbeitszimmer ein.

Als sie fertig war, fiel ihr jedoch wieder ein, dass zunächst andere Dinge anstanden. Ein Pastor musste bestellt werden, die Grabstelle angesehen und die Formalitäten mit den Ämtern erledigt werden. Seufzend strich sie über die weiche Seide des Schals und setzte dann eine Checkliste auf.

7

In den nächsten beiden Tagen nahmen die Beerdigungsvorbereitungen so viel von Dianas Zeit ein, dass sie weder dazu kam, sich um ihr Büro zu kümmern, noch dem Geheimnis weiter nachzugehen.

Nachdem sie den Sarg ausgesucht, mit dem Pastor gesprochen und die Formalitäten erledigt hatte, erstand sie in einer kleinen Boutique in der Nähe des Krankenhauses ein klassisch geschnittenes schwarzes Kostüm und eine schwarze Seidenbluse, außerdem dezent glänzende Strümpfe und schwarze Pumps. Nun musste sie sich nur noch um die Grabstelle kümmern.

Mr Green war ihr stets einen Schritt voraus und hatte schon die Schlüssel für die Gruft parat, bevor sie überhaupt danach fragen konnte.

»Was würde ich bloß ohne Sie machen!«, sagte Diana, worauf der Butler eine leichte Verbeugung andeutete.

»Es ist meine Pflicht, Ihnen zur Hand zu gehen, Miss Diana, nichts weiter.«

»Sie sind einfach zu bescheiden, Mr Green«, gab Diana amüsiert über die altmodische Geste zurück. »Wenn ich das Vermögen meiner Tante gesichtet habe, werde ich Ihnen eine Lohnerhöhung geben. Und dann werden Sie mir hoffentlich auch Ihren Vornamen verraten.«

Darauf reagierte Mr Green ebenfalls nur mit einem diskreten Lächeln.

Zum Friedhof fuhren sie diesmal, was ihnen bewundernde Blicke seitens der an verschiedenen Grabstellen anwesenden Leute eintrug. Obwohl die Zeiten, in denen sich ein Dorf im Glanz seines Grundbesitzers sonnte, vorbei waren, versetzte es die Menschen immer noch in ehrfürchtige Starre, wenn ihnen ein Mitglied der Familie unter die Augen kam. Besonders an einem Ort wie dem Friedhof und nach einer Nachricht wie der von Emmelys Tod.

Während die Blicke regelrecht auf ihrer Haut prickelten, betrat Diana zum ersten Mal in ihrem Leben die Grabstelle der Tremaynes, ihrer entfernten Urahnen.

Auch hier hatte der Friedhofsgärtner gute Arbeit geleistet. Offenbar hatte er einen Zweitschlüssel, denn weder kam ihr beim Öffnen der Holztür eine riesige Staubwolke entgegen, noch trat sie in einen Haufen alten Laubes.

Zunächst hatte sie sich gefragt, wie eine so kleine Gruft all die Särge aufnehmen konnte. Jetzt, wo sie in der Tür stand, suchte sie vergeblich nach Sarkophagen oder Urnen.

Des Rätsels Lösung hatte wie immer Mr Green parat. Mit einer Halogen-Taschenlampe bewaffnet, leuchtete er auf eine kleine Gittertür, hinter der es zunächst nur Schwärze zu geben schien.

»Die eigentliche Gruft liegt unter der Erde. Der schlanke silberfarbene Schlüssel öffnet die Tür.«

Es kam Diana äußerst merkwürdig vor, die kleine Totenstadt zu betreten. Der Raum erinnerte sie irgendwie an eine alte ägyptische Grabkammer, die sie in einer *National Geographic*-Reportage gesehen hatte. Natürlich war es nicht neu für sie, dass reiche Familien sich derartige Gruften zulegten, doch betreten hatte sie dergleichen noch nicht. Und dies hier war außerdem die Grablege ihrer Vorfahren. Als Kind hatte sie sich manchmal gefragt, wie es wäre, all die Ahnen, die vor ihr da waren, zu treffen, mit ihnen spazieren zu gehen oder sie über die Zeit auszufragen, in der sie gelebt hatten.

Doch nun empfand sie anstelle von Neugier Beklommenheit. Dieser Raum mit seinen in Regalen aufgestapelten Särgen und den die Mitte beherrschenden Sarkophagen zeigte ihr nur zu deutlich, was eines Tages aus jedem Menschen wurde.

»Die Sarkophage gehören dem Stammvater der Tremaynes und seiner Frau, nicht wahr?«, fragte Diana, während sie über die Namensschilder an den mächtigen Steingebilden leuchtete.

»Ja, soweit ich weiß«, antwortete der Butler, der ehrfurchtsvoll an der Treppe zurückgeblieben war, über die blasses Tageslicht glitt. »Die anderen Familienmitglieder wurden nach und nach in die Regale gelegt. In manchen Gruften ist es sogar üblich, den Toten ein eigenes Fach in einer Wand zu geben.«

Diana begann vorn links und arbeitete sich dann langsam im Uhrzeigersinn durch den runden Raum. Name für Name sickerte in ihren Verstand ein, der anhand der Daten versuchte, sie auf einem imaginären Stammbaum mit ausladender Krone einzuordnen.

Vor einem der Särge machte sie schließlich halt. Das prachtvolle Eichenholz war poliert und mit wunderbaren Intarsien verziert, die unter der Zeit kaum gelitten hatten. Als Diana das verstaubte Messingschild freirieb, las sie: Hier ruht in Gott Victoria Princeton, geborene Tremayne, 12. September 1873 – 15. August 1929.

Die berühmte Victoria, Emmelys Großmutter. Dianas Tante hatte kaum von ihr gesprochen, was nicht weiter verwunderlich war, denn bei ihrem Tod war Emmely erst 9 Jahre alt gewesen.

Wenn sie das System, nach dem die Särge aufgestellt waren,

richtig verstanden hatte, hätte entweder vor oder hinter ihr Victorias Schwester Grace bestattet werden müssen. Doch der Sarg fehlte, wie Diana feststellte, als sie die anderen Särge abgeleuchtet hatte. Da waren die Särge von Henry Tremayne, der von Claudia, seiner Frau, der von Deidre und ihrem Gatten. Besonders alt war keiner der Tremaynes geworden. Soweit sie wusste, galt das auch für ihre eigene Familie. Niemand hatte die siebzig erreicht. Emmely war die große Ausnahme.

Das Fehlen von Grace wäre noch damit zu erklären gewesen, dass ihr Gatte darauf bestanden hatte, sie bei sich zu haben. Er war Kapitän gewesen und vermutlich in Ostpreußen beigesetzt, das zumindest wusste Diana von ihrer Mutter. Und warum lag Beatrice, die zu niemandem mehr gehörte, aber dennoch eine Nachfahrin der Tremaynes war, nicht hier? Warum hatte sie ihr eigenes Grab bekommen – mit einem Engel, der einen Kranz Teeblätter hielt?

»Haben Sie je erfahren, warum meine Großmutter außerhalb der Gruft beerdigt wurde, Mr Green?«

»Tut mir leid, nein«, antwortete Mr Green, der immer noch an der Tür stand. »Das gehörte zu den Dingen, die niemals angesprochen wurden. Aber vielleicht war es der Wunsch Ihrer Großmutter.«

Diana fragte sich, ob Beatrice, verwundet durch die Geburt, überhaupt in der Lage gewesen war, noch einen Wunsch zu äußern. Wenn sie im Sterben läge, wäre es ihr egal, wo man sie begrub.

Oder hatte Deidre, die noch immer misstrauisch war, dafür gesorgt?

Als sich Diana dem freien Fach unter Deidre zuwenden wollte, streifte ihr Lichtstrahl einen Gegenstand unter dem Sarg.

»Was ist das?«, murmelte sie verwundert, während sie weiter unter Deidres Sarg leuchtete. Das Papierstück war vergilbt und ein wenig zerknittert, lag von einer Staubschicht bedeckt unter dem Fußende, etwa eine Armlänge von ihr entfernt. Zunächst glaubte sie, der Gärtner hätte versucht, sein Butterbrotpapier darunter zu entsorgen, doch als sie es hervorzog, sah sie, dass es sich um einen Umschlag handelte.

»Mr Green?«

Ihre Stimme verhallte ohne Antwort in der Gruft. Der Butler war längst wieder oben. »Entschuldigen Sie, Miss Diana, Sie haben nach mir gerufen?«, fragte er nach einigen Augenblicken und eilte rasch die Stufen hinunter. »Ich habe nur mal nachgesehen, ob der Friedhofsgärtner schon da ist.«

Diana wandte sich um, den Blick immer noch auf den Brief in ihrer Hand gerichtet. »Das hier habe ich unter Deidres Sarg gefunden. Einen Umschlag.« Sie drehte den Brief herum. Adressiert war er an Grace Tremayne, doch weder fand sich darauf ein Absender noch ein Datum. Obwohl der Umschlag nur lose verschlossen war, entschied Diana sich dafür, ihn erst später zu öffnen. Die Gruft wurde ihr mit jedem Augenblick unangenehmer, denn sie fühlte sich auf einmal, als würden die Blicke ihrer Vorfahren auf ihr ruhen.

»Haben Sie reingeschaut, was er enthält?«

Irgendwie wirkte Mr Green nicht überrascht.

»Nein, das werde ich nachher tun.« Diana schob den Umschlag in die Tasche. »Ich glaube, dieser Platz ist für meine Tante angebracht, meinen Sie nicht? Unter ihrer Mutter.«

»Ich bin sicher, dass Mrs Woodhouse damit zufrieden sein wird.«

Diana blickte in die Finsternis unter dem Sarg, erschauderte und zog sich wieder zurück. Vielleicht wollte Großmutter wirklich nicht hier liegen, sondern lieber im Freien, wo sie auf die Sterne blicken kann. Oder auf den Kranz aus Teeblättern.

Oben wurde sie tatsächlich vom Friedhofsgärtner erwartet. Nach kurzer Absprache über die Beerdigungsmodalitäten schickte sie Mr Green wieder nach Hause. Sie selbst entschied sich, zu Fuß zu gehen. Unterwegs begegneten ihr ein paar Leute, die sie freundlich grüßte, obwohl sie nur verwunderte Blicke erntete. Einmal griff sie in ihre Tasche, um den Brief hervorzuziehen, ließ es dann aber bleiben. Stattdessen dachte sie darüber nach, wer ihn unter dem Sarg versteckt haben mochte. Emmely vielleicht? Hatte ihn jemand gestohlen und vom schlechten Gewissen gepackt nicht gewusst, wohin er ihn sonst tun soll? Doch wer konnte einfach so in die Gruft kommen?

Wieder in Tremayne House angekommen, ging sie direkt ins Arbeitszimmer und ließ sich auf den Stuhl fallen. Bleierne Schwere senkte sich auf ihre Gliedmaßen. Der Stress der vergangenen Tage machte sich bemerkbar.

Eigentlich wäre ihr mehr danach gewesen, sich auf dem Sofa langzumachen, doch der Brief ließ ihr keine Ruhe. Was beinhaltete er? Konnte es sein, dass er all die Jahre seid Deidres Beerdigung dort auf sie gewartet hatte? Verstaubt genug war er gewesen, und da er in der Dunkelheit gelegen hatte, wunderte es auch nicht, dass er kaum Stockflecken und Gilb angesetzt hatte. Allerdings wies der Umschlag zahlreiche schmutzige Fingerabdrücke und speckige Ränder auf. Als Diana ihn herumdrehte, meinte sie sogar ein paar Blutspritzer zu sehen.

Vorsichtig strich sie den Umschlag auf der Glasplatte glatt. Wahrscheinlich war er irgendwann einmal zusammengeknüllt und anschließend akkurat geglättet, vielleicht sogar in ein Buch gepresst worden. Die feinen Kniffe hatten sich erhalten, sie wirkten wie ein zerknittertes Kleidungsstück, das man mit zu schwacher Temperatur gebügelt hatte.

In Maschinenschrift war er an Grace Tremayne auf Tremayne House adressiert. Dianas Urahnin. War das der Brief eines Verehrers? Ein Absender stand nicht darauf.

Mit leicht zitternden Händen zog Diana ein Blatt heraus. Dieses wirkte nicht weniger schmutzig, doch es gab immerhin keine Blutspuren. Die ausgelaufene Tinte deutete darauf hin, dass das Schreiben irgendwann einmal nass geworden war. Die Stellen, an denen es zusammengefaltet worden war, wirkten brüchig, ja beinahe, als würden die dünnen Holzfasern des Papiers bei Berührung zerfallen.

Der Brief war nur recht kurz, doch die wenigen Zeilen brachten Diana dazu, sich erstaunt zurückzulehnen. Emmelys Großmutter Victoria entschuldigte sich darin bei ihrer Schwester, sprach von einem Skandal und kündigte den Besuch eines Mannes an, in den Grace wohl verliebt gewesen war. Außerdem versprach Victoria, immer für Graces Familie da zu sein.

Was war da geschehen? Und warum waren Grace und Victoria nicht gemeinsam an einem Ort gewesen? Diana drehte das Blatt herum, fand aber keinen Hinweis auf den Absendeort. Nur das Datum: 15. Februar 1888.

Knapp anderthalb Jahre zuvor hatte Henry das Telegramm bekommen, das den Tod des Bruders verkündete. Nun dieser Brief. Was hatten die beiden Dinge miteinander zu tun?

Bedauernd blickte Diana zu dem Geheimfach. Lag darin die Antwort? Schade nur, dass der Schlüssel noch eine Weile auf sich warten lassen würde. Jetzt war es erst Donnerstag, und die Beerdigung stand direkt vor der Tür.

Nachdem sie den Brief noch einmal betrachtet hatte, kam ihr plötzlich in den Sinn, was Dr. Sayers erzählt hatte. Dass

Beatrice einen Brief bei sich gehabt hatte, mit dem sie um Hilfe gebeten hatte. War das dieser Brief? Diese alte Zusage, zu helfen?

Der Wortlaut des Schreibens ließ jedenfalls darauf schließen.

Verwirrt grübelte Diana noch eine Weile nach, doch eine Antwort wollte ihr nicht einfallen. Schließlich sah sie ein, dass es besser sein würde, zu Bett zu gehen. Nachdem sie ihn vorsichtig in den Umschlag zurückgeschoben hatte, legte sie den Brief zum Telegramm und dem Teepäckchen, dann löschte sie das Licht und ging nach oben.

8

Am Beerdigungstag schloss sich das Wetter der Trauer um Emmely an. Draußen wurde es gar nicht richtig hell. Das elektrische Licht schien aus den Fenstern zu sickern und hinterließ nichts als trübes Zwielicht.

»Hätten wir nicht die Spiegel zuhängen müssen?«, fragte Diana nachdenklich, während sie in dem kleinen Küchenspiegel, der der Köchin früher erlaubt hatte, das Personal auch dann zu überwachen, wenn sie ihm den Rücken zukehrte, ihre Frisur richtete. Nur selten trug sie ihr Haar so streng zusammengebunden, doch es passte zum Anlass und zu ihrem Kostüm.

»Das ist ein überholter Brauch«, gab Mr Green abwinkend zurück. »Mrs Woodhouse hätte das für Unfug gehalten.« Prüfend betrachtete er Diana. »Sie geben einen sehr würdevollen Anblick ab, Miss Diana, Ihre Tante wäre gewiss stolz auf Sie.«

»Danke, Mr Green«, entgegnete sie, während sie Daumen und Zeigefinger auf die Nase legte, um die Tränen zurückzuhalten. »Aber Sie sollten sich mit solchen Komplimenten ein wenig zurückhalten, sonst sehe ich noch aus wie Alice Cooper.«

Mr Green lächelte sie breit an. »Gut zu sehen, dass Ihr Humor immer noch da ist.«

»Ich denke, wir Deutschen haben keinen Humor.«

Ein schelmisches Funkeln trat in die dunklen Augen des

Butlers. »Sie sind keine richtige Deutsche, Miss Diana. In Ihrem Blut ist sicher noch genug britischer Anteil.«

»Dann bin ich ja beruhigt.«

Gefolgt von Mr Green verließ Diana wenig später das Haus. Die Trauerfeier für ihre Tante sollte in der kleinen Dorfkirche stattfinden. Diana rechnete damit, dass viele Menschen ihr die letzte Ehre geben würden, also wappnete sie sich rechtzeitig mit Taschentüchern vor Gefühlsausbrüchen. Sie mochte vielleicht noch einen guten britischen Anteil in ihren Genen haben, aber von der britischen Erhabenheit war sie meilenweit entfernt.

Vor der kleinen Dorfkirche reihten sich etliche, ganz verschiedene Fahrzeuge auf.

»Offenbar sind alle gekommen, die geladenen wie die ungeladenen Gäste.« Mr Green wirkte zufrieden. Schon seit dem Vortrag war er mit den Vorbereitungen für die Totenfeier beschäftigt gewesen. All die Kuchen umsonst gebacken zu haben, hätte ihn gewiss gekränkt.

Diana blickte ein wenig beunruhigt zu dem Pulk schwarzgekleideter Menschen, die zumeist kleine Blumensträuße bei sich trugen. Eine große Verantwortung lag auf ihren Schultern. All diese Menschen, die ihre Tante offenbar gemocht oder zumindest geschätzt hatten, erwarteten eine angemessene Trauerfeier. Wenn es nach ihr ging, würde ihre Tante diese bekommen, aber zuweilen steckte der Teufel im Detail, und Diana musste zugeben, dass ihre Gedanken immer wieder zu dem Geheimnis abgeschweift waren. In der Nacht zuvor hatte sie gar von Emmely geträumt, die ihr klargemacht hatte, keine Zeit zu verlieren. Die Hinweise könnten sonst wie Spuren am Strand von den Wellen der Zeit ausgelöscht werden. Den eiskalten Schweiß, der ihre Haut bedeckt hatte, als sie hochgeschreckt war, meinte Diana noch immer zu spüren.

»Sollen wir?«, fragte Mr Green und bot ihr seinen Arm an. Diana hakte sich bei ihm ein und schritt dann an den Trauergästen vorbei zum Portal. Vor dem Altar war der Sarg aufgebahrt worden, allerdings geschlossen, wie es auf einer Verfügung gestanden hatte, die Diana in Emmelys Unterlagen gefunden hatte.

»Ich möchte nicht, dass man mich ansieht, wenn ich mich nicht mehr dagegen wehren kann«, hatte sie in ihrer typischen Handschrift zu Papier gebracht, was Diana ein breites Lächeln aufs Gesicht gezaubert hatte.

Ob die Leute das seltsam finden würden?, fragte sie sich jetzt. Doch die Gäste reihten sich alle schweigend hinter ihr ein, einige Männer verneigten sich still im Gang vor Emmelys Sarg.

Zu ihrer großen Erleichterung wurde die Zeremonie genau so, wie sie es sich vorgestellt hatte – und wie Emmely es sich sicher gewünscht hätte. Der Pastor ließ mit warmen Worten ihr Leben Revue passieren, würdigte ihre Verdienste während des Krieges und ging auch auf ihre Ehe und ihr verlorenes Kind ein. Dianas Familie wurde nur kurz angesprochen – auf ihren eigenen Wunsch –, danach bot der Damenchor der Gemeinde noch zwei Kirchenlieder dar.

Als der Sarg von den Trägern nach draußen geschafft wurde, gelang es Diana überraschenderweise, nicht laut in Tränen auszubrechen. Würdevoll und leise weinend wie eine englische Lady folgte sie unter den Blicken der Anwesenden dem Sarg zur Gruft, wo bereits Kränze und Blumensträuße niedergelegt worden waren.

Nachdem sie sichergestellt hatte, dass Emmely ihren Platz unter ihren Ahnen eingenommen hatte, verließ Diana die Gruft wieder. »Schlaf gut, Tante Emmely«, wisperte sie, als sie die Tür verschloss und sich die Kette mit dem Schlüssel um den Hals hängte. Dann dankte sie den Trägern, Männern aus dem Ort, die kaum jünger waren als Emmely selbst, es sich aber dennoch nicht hatten nehmen lassen, der Herrin von Tremayne House die letzte Ehre zu erweisen.

Die Trauergäste hatten sich inzwischen am Tor eingefunden, einige unterhielten sich leise mit Reverend Thorpe, bei dem Diana sich ebenfalls noch bedanken wollte.

Auf dem Weg zum Wagen blickte sie noch einmal zu dem Engel auf, der mit gleichgültiger Miene den Kranz über Beatrices Grab hielt. In Erinnerung an ihren seltsamen Traum betrachtete sie das Gesicht näher – doch es war kein Frauengesicht, das sie sah. Die Züge waren eindeutig männlich. Männlich und irgendwie – exotisch.

Diana legte den Kopf schräg, während sie zu erfassen versuchte, welche Nationalität der Engel haben könnte. Gab es das überhaupt? Oder hatte der Bildhauer nur eine persönliche Vorliebe wiedergegeben? Vielleicht eine Person, die er kannte und die er in dem Grabmal verewigen wollte?

Eine Hand an ihrem Ellbogen zog sie aus ihren Überlegungen fort. Ohne dass sie es mitbekommen hatte, war Mr Green neben ihr aufgetaucht.

»Alles in Ordnung, Miss Diana?« Seine Stimme war kaum mehr als ein Flüstern.

»Ja, ich denke schon. Ich habe mir nur den Engel angesehen. Sein Gesicht …«

Mr Green hob den Kopf und kniff die Augen zusammen. »Es ist ein Mann«, stellte er dann fest. »Ich nehme mal an, einer der Erzengel.«

»Finden Sie nicht auch, dass er irgendwas Exotisches an sich hat?«

»Das ist mir bisher nicht aufgefallen …« Der Butler stockte kurz, dann nickte er. »Sie haben recht, er hat tatsächlich keine rein europäischen Züge. Vielleicht die persönliche Note des Schöpfers.«

»Mag sein.« Ein Gedanke flammte kurz in Dianas Verstand auf, doch sie konnte ihn nicht festhalten. »Dann sollten wir die anderen wohl nicht mehr warten lassen.«

Beinahe alle Trauergäste folgten ihnen nach Tremayne House. Mr Green hatte ein paar Hilfskräfte aufgetan, Frauen aus dem Dorf, die sich bereit erklärt hatten, den Kuchen aufzuschneiden und zu verteilen.

Nachdem Diana ein paar Worte an die Gäste gerichtet und ihnen für ihr Erscheinen gedankt hatte, erfüllte gedämpftes Gemurmel das alte Gebäude und verlieh ihm dadurch ironischerweise den Hauch von Leben, den es in all den Jahren entbehrt hatte.

Diana war froh, unter den vielen unbekannten Gesichtern, deren Namen sie sich gewiss nicht alle merkte, das von Dr. Sayers zu entdecken.

»Schön, dass Sie gekommen sind«, sagte sie, als sie ihm die Hand reichte.

Der Arzt lächelte traurig. »Es war das Mindeste, was ich für meine alte Freundin tun konnte. Es ist ein Jammer, dass sie von der Welt abberufen wurde, aber das ist der Lauf der Dinge. Wahrscheinlich werde ich der Nächste sein.«

Diana wollte nicht dagegenhalten, denn wer war sie denn schon, dass sie die Lebenszeit eines Menschen kannte? Stattdessen kam ihr etwas anderes in den Sinn. »Sie haben sicher gesehen, dass das Grab meiner Großmutter noch in recht gutem Zustand ist.«

»Ja, das habe ich. Und der Anblick hat ehrlich gesagt mein Herz erfreut. Schade, dass ich so lange nicht dort war, aber ich habe Ihnen ja schon erklärt, wie sehr der Tod mit Männern meines Alters liebäugelt.«

Diana verharrte nachdenklich. Soll ich ihn wirklich fragen?

»Ich habe das Grab kurz nach Ihrem Besuch aufgesucht, und dabei sind mir einige seltsame Dinge aufgefallen.«

Ein wissendes Leuchten strich über das Gesicht des Arztes. »Sie haben sich sicher darüber gewundert, warum sie nicht in der Gruft liegt.«

»Unter anderem.«

»Nun, das gehört zu den Dingen, die Miss Deidre mit ins Grab genommen hat. Wir haben uns seinerzeit auch sehr darüber gewundert.«

»Lag es vielleicht daran, dass sie noch immer geglaubt hat, meine Grandma sei eine Schwindlerin?«

»Nein, das sicher nicht. Ich glaube, der Grund liegt viel weiter in der Vergangenheit, doch die kennt hier niemand. Fakt ist nur, dass es zu irgendeinem Zwischenfall zwischen Deidres Tante Grace und deren Vater gekommen sein musste, der dazu führte, dass er Grace aus der Erblinie der Tremaynes gestrichen hatte.«

Diana zog die Augenbrauen hoch. Das hatte sie noch nicht gewusst.

»Im Ernst?«

Dr. Sayers nickte. »Nach dem Tod des alten Henry Tremayne übernahm Miss Victoria, die Zweitgeborene, das Haus und das Anwesen und vererbte es später an ihre Tochter Deidre.«

»Vielleicht wollte Grace Tremayne House nicht. Meine Mutter erzählte mir mal, dass sie vermutlich um 1888 geheiratet hatte. Sie besaß ihr eigenes Haus an der Ostsee.«

»Wie gesagt, niemand weiß etwas Genaues. Deidre begegnete Beatrice allenfalls kühl und reserviert, als sei sie über den Vorfall von damals im Bilde. Beatrice selbst wusste nichts von alledem. Sie hielt sich von Deidre fern, hing aber beinahe die ganze Zeit über mit Emmely zusammen. Die beiden waren wie Schwestern, kein Wunder, sie waren ja in einem ähnlichen Alter. Ihr Tod hat Emmely das Herz gebrochen und war wahrscheinlich schuld daran, dass sie sich auch als junge Frau mehr und mehr zurückzog.«

Das Bedauern in Sayers' Stimme war unüberhörbar und gab Dianas Vermutung, dass sich der Arzt in Emmely verliebt hatte, neue Nahrung.

Da sie allerdings glaubte, der Lösung des Rätsels um den Engel ganz nahe zu sein, fragte sie weiter.

»Und der Engel? Stellt der jemand Bestimmtes dar?«

»Soweit ich weiß, nicht. Emmely ließ ihn nach dem Tode ihrer Mutter errichten, vorher zierte nur die Grabplatte das Grab. Keine Ahnung, ob sie den Engel einer lebenden Person nachempfinden ließ. Möglich wäre allerdings, dass der Engel Beatrices Mann darstellt, der auf der Flucht getötet wurde. Das wäre doch wunderschön, finden Sie nicht? Im Tode schützt der Mann noch seine Frau.« Tränen glitzerten plötzlich in Sayers' Augenwinkeln. Peinlich berührt wischte er sie weg, während seine Unterlippe bebte.

»Das ist wirklich ein sehr schöner Gedanke.«

Bevor der Arzt etwas dazu sagen konnte, erschien eine der Frauen mit einem Tablett neben ihnen.

»Etwas Kuchen, die Herrschaften?«

Diana war nicht wirklich danach, etwas zu essen, doch sie nahm sich ebenso wie Dr. Sayers einen Teller mit einem schwarz-weiß verzierten Cremeteilchen.

»Nun ja, es ist jedenfalls ein sehr schönes Denkmal für Ihre Großmutter, nicht wahr?«, griff Dr. Sayers ihr Gespräch wieder auf. »Sollten Sie herausfinden, ob es für den Engel wirklich ein reales Vorbild gibt, sagen Sie mir Bescheid, nach unserem Gespräch würde es mich brennend interessieren.«

»Das mache ich«, entgegnete Diana, und als sie in den Kuchen biss, meldete sich nun doch ein wenig Appetit.

Als alle Gäste gegangen waren, stand Diana lange vor den Fenstern des Wintergartens und sah dem Tag dabei zu, wie er das Grau allmählich in Schwarz verwandelte, ohne dass auch nur ein einziger Sonnenstrahl die graue Wolkendecke durchbrach.

Entfernt vernahm sie das Klappern der Teller in der Küche, die Mr Green aus der Spülmaschine holte. Die wackeren Helferinnen namens Idy, Sophie, Jennifer, Marcy und Joan hatten das Haus schon vor einer Weile verlassen. Die Aufwandsentschädigung, die Diana ihnen geben wollte, hatten sie alle abgelehnt.

»Wir mochten Ihre Tante sehr«, erklärte die rundliche Marcy, die ihr beim Gespräch mit Dr. Sayers auch den Kuchen gebracht hatte. »Es ist nur schade, dass sie in letzter Zeit nicht mehr viel aus dem Haus gekommen ist. Meine Mutter hat stets davon geschwärmt, wie sehr sie sich für Kriegsverletzte und Traumatisierte eingesetzt hat.«

Das schienen die anderen Frauen ähnlich zu sehen, denn sie verabschiedeten sich herzlich und boten Diana ihre Hilfe an, falls sie diese benötigte. Doch sie bezweifelte, dass diese netten Frauen ihr weiterhelfen konnten. In allen Belangen ihres Lebens.

Als Mr Green das Licht im Wintergarten anschaltete, zog sie sich vom Fenster zurück und wandte sich um.

»Ich werde jetzt Feierabend machen«, verkündete der Butler. »Ich habe in der Küche noch etwas Kaffee warm gestellt, und es ist auch noch genügend Kuchen da, falls Sie der kleine Hunger überfällt.«

»Vielen Dank, Mr Green.« Diana fiel auf, dass er seine Jacke über dem Arm trug. Wollte er noch irgendwo hin? Auf dem Weg in den Ostflügel, wo er seine Wohnung hatte, würde er doch gewiss nicht frieren.

»Es war eine sehr gelungene Trauerfeier, wenn ich das anmerken darf. Mrs Woodhouse wäre stolz auf Sie. Und ich müsste mich schon sehr täuschen, wenn Sie sich jetzt keinen Namen unter den Dorfbewohnern gemacht haben. Immerhin sind Sie die neue Hausherrin.«

Diana lächelte bitter. »Da wäre ich mir nicht so sicher.«

Mr Green legte verwundert den Kopf schräg. »Wollen Sie das Erbe etwa ausschlagen? Soweit ich weiß, hatte Mrs Woodhouse keine anderen Verwandten.«

»Auf der Trauerfeier habe ich von Dr. Sayers erfahren, dass meine Ur-Ur-Großmutter von ihrem Vater enterbt wurde. Den Grund kannte er nicht, aber es wäre doch möglich, dass irgendwelche alten Regelungen bestehen.«

»Darüber zerbrechen Sie sich nur nicht den Kopf. Dr. Sayers müsste Ihnen doch auch erzählt haben, dass Mrs Woodhouse Ihre Mutter über alles geliebt hat. Und Sie auch. Ich glaube kaum, dass sie sich von alten Streitigkeiten hat beeinflussen lassen. Sonst hätte sie Sie wohl kaum gebeten, dem Familiengeheimnis auf den Grund zu gehen.«

Obwohl Mr Green damit recht hatte, fühlte sich Diana immer noch beklommen. Welchen Grund hatte das Zerwürfnis zwischen Vater und Tochter gehabt? Wieder dachte sie an den Brief, den sie unter Deidres Sarg gefunden hatte. Warum hatte er dort gelegen? Hatte Emmely ihn dort deponiert, damit Diana ihn finden würde, wenn sie starb?

»Ich gehe noch auf ein Bier ins Dorfpub, möchten Sie vielleicht mit?«

Diana sah den Butler ein wenig verwirrt an. »Nein, danke, Mr Green, ich werde mich hinlegen.«

»Nach dem Stress der vergangenen Tage sehr verständlich. Gute Nacht, Miss Diana.«

»Gute Nacht, Mr Green.«

Als der Butler gegangen war, stieg Diana die Treppe hinauf. Dem Bildnis von Grace und Victoria schenkte sie diesmal nur einen flüchtigen Blick. In ihrem Zimmer entledigte sie sich ihrer Kleider und schlüpfte in ein nach Lavendel duftendes Nachthemd aus der Truhe zu Füßen des Bettes. Emmely hatte immer Nachtkleidung vorrätig gehalten, auch wenn sich die Besucher immer rarer machten. Obwohl Dianas Körper furchtbar müde war, rasten die Gedanken in ihrem Kopf, gingen jeden Hinweis noch einmal durch und sahen schließlich ein, dass erst das Öffnen des Geheimfaches Klarheit bringen konnte.

Als der Schlüsselmacher am nächsten Vormittag erschien, hatte Diana gerade wieder einen kleinen Weinkrampf hinter sich, einen von der Sorte, der Menschen bei den kleinsten Hinweisen auf den Verstorbenen überkommt, wenn sich erst mal genug stumme Trauer in seinem Innersten angesammelt hatte.

In einem alten Fotoalbum, das sie in der Hoffnung hervorgekramt hatte, ein Bild ihres Großvaters zu finden, hatte sie eine Aufnahme entdeckt, die sie als kleines Mädchen mit ihrer Mutter und Emmely im Park zeigte. Das Bild wirkte so ungekünstelt, dass sie auf einmal wieder das Gefühl gehabt hatte, dort zu sein. Sie meinte, die Rosenbüsche zu riechen, das Gras, das der damalige Gärtner immer korrekt kurz geschnitten hielt, und vor allem den Duft nach Tee und Veilchen, der immer von Tante Emmely ausging, auch damals schon, als sie noch in einem Alter war, da sich Männer für sie interessiert hätten.

Auf einmal war ihr wieder eingefallen, was Dr. Sayers bei der Trauerfeier über den Engel gesagt hatte. Und darüber, dass es schön sei, wenn der Mann noch im Tode über seine Frau wachen würde. Das war zu viel für ihr angekratztes seelisches Gleichgewicht gewesen.

Die Tränen hatten sie davon abgehalten, weiter nach einem Bild von ihrem Großvater zu suchen. Und nun, da sie zur Tür ging, erschien es ihr reichlich absurd. Warum sollte gerade Emmely ein Bild aufgehoben haben, das Beatrices Ehemann zeigte?

»Meine Güte, ich komme auch immer zum falschen Zeitpunkt, wie mir scheint.« Mr Talbott bot ihr sein sauberes Taschentuch an, doch Diana schüttelte den Kopf.

»Es geht schon wieder. Haben Sie den Schlüssel?«

»Natürlich.« Der Mann hielt eine kleine braune Papiertüte hoch, die mit einem glänzenden Firmenaufkleber verschlossen war. »Sie sollten ihn allerdings ausprobieren, bevor Sie bezahlen. Bei so alten Schlössern weiß man nie.«

»Ich vertraue Ihren Fähigkeiten. Das hat meine Tante doch sicher auch getan, oder?«

»Sie hat mich durch das ganze Haus geschleppt und jeden Schlüssel selbst ausprobieren lassen. Anschließend hat sie sich beschwert, wenn ihr der Kopf nicht kunstvoll genug erschien. Da ich nicht weiß, wie Ihr Geschmack so ist, habe ich mich an das gehalten, was Mrs Woodhouse gefallen hätte.«

»Dann gefällt es mir ebenfalls. Kommen Sie rein, ich hole das Geld.«

Diana eilte zurück und hätte um ein Haar nach den in ihrer Geldbörse befindlichen Euroscheinen gegriffen. Doch sie bemerkte ihren Irrtum noch rechtzeitig und reichte ihm wenig später die geforderte Summe Pfund im Austausch gegen die Tüte. »Den Aufkleber hat mein Enkel gemacht, er meinte, dass meine Dienstleistungen angemessen präsentiert werden sollten.«

»Das ist sehr nett von ihm.«

»Pah, er will mir nur zeigen, zu welchen Spielereien er am Computer fähig ist!«, platzte Talbott heraus. »Als ich sechzehn war, habe ich mich eher um die Mädchen geschert als um eine Maschine, die auf Knopfdruck bunte Bilder und Aufkleber ausspuckt. Aber die Jugend ist eine andere geworden, die alten Werte werden nach und nach weggeweht.«

Wahrscheinlich erzählte er das seinem Enkel bei jeder Gelegenheit, natürlich mit derselben Geste, mit der er jetzt seine Worte unterstrich.

Ein Lächeln huschte über Dianas Gesicht, als sie sich vorstellte, wie der junge Mann die Augen hochdrehte und gleich danach wieder in die virtuelle Welt verschwand.

»Na sehen Sie, jetzt lächeln Sie ja doch noch. Also liegt die Traurigkeit wohl nicht an mir.«

»Natürlich nicht, Mr Talbott. Und wenn Sie Ihr Geschäft noch ein wenig offenhalten, werde ich mich wieder bei Ihnen melden, sollte ich einen Schlüssel benötigen.«

»Oder sich selbst aussperren. Aber ich glaube, dann würde sich Mr Green persönlich an der Dachrinne entlanghangeln und durch irgendein Dachfenster schlüpfen, nur um Sie einzulassen.«

Damit brachte er Diana endgültig zum Lachen. Ein Lachen, das in ihrer Brust schmerzte, aber immerhin war es mal wieder eines.

Als der Schlüsselmacher gegangen war, öffnete Diana die Tüte, allerdings so, dass der Aufkleber nicht beschädigt wurde. Zum Vorschein kam ein kleiner, altmodisch wirkender Messingschlüssel, dessen Kopf wirklich sehr hübsch mit einem Rankenmuster und einer kleinen Blume verziert war.

Wahrscheinlich hatte er die meiste Zeit in Anspruch genommen, denn der Bart war relativ simpel.

Machte sich noch irgendein anderer Schlüsselmacher die Mühe, einen Schlüssel derart aufwendig zu gestalten? Oder tat Talbott das einfach, weil er glaubte, sie sei eine zweite Emmely?

Während sich ihre Trauer ein wenig zurückzog, klopfte ihr auf einmal das Herz bis zum Hals. Der Schlüssel in ihrer Hand schien von Magie beseelt zu pulsieren. Das Geheimnis ihrer Familie. Heute würde sie es finden.

Noch einmal atmete sie tief durch, dann wandte sich Diana um und beschritt den Gang, den sie seit ein paar Tagen nicht wieder betreten hatte. Diesmal begleitete sie nicht das Leuchten der Lampen, sondern Licht, das durch zwei offenstehende Türen fiel. Mr Green war hier zugange gewesen, vermutlich hatte er die furchterregenden Jagdtrophäen abgestaubt.

Vor der Flügeltür hielt sie kurz inne, stieß sie dann tief durchatmend auf. Nichts hatte sich verändert. Der Staub, der in der Zwischenzeit gefallen war, war von Mr Green gewissenhaft beseitigt worden.

Diana umschloss den kleinen Schlüssel so fest, dass sie jede Kontur zu spüren meinte. Emmelys Vermächtnis. Was sich wohl hinter der kleinen Tür verbarg? Das Geheimnis der Familie.

Als sich das Metall erwärmt hatte, trat sie vor das Regal und schob den Schlüssel ins Schloss. Ein Moment der Spannung, kurzes Atemanhalten, dann drehte Diana den Schlüssel herum. Der Bart traf auf einen kleinen Widerstand, schob ihn aber beiseite und ließ das Schloss mit einem leisen Klicken aufschnappen.

Ihre Hand zitterte ein wenig und ihr Magen zwickte wie vor einer Prüfung, als sie die Tür aufzog. Während der Geruch nach alter Mauer kurz in ihre Nase stieg, entdeckte Diana einen länglichen Gegenstand.

Eine Schatulle. Etwa so lang wie ihr Unterarm und so hoch wie ihre Hand. Aus Rosenholz gefertigt und mit verschlungenen Ranken verziert. Auf den ersten Blick wirkte das Muster irisch, doch Diana wusste nur zu gut, dass diese Schatulle in einem Land in weiter Ferne angefertigt worden war.

Der Drang, daran riechen zu müssen, war auf einmal so stark, dass sie das Kästchen vor ihre Nase hob. Erstaunt stellte sie fest, dass es nicht nach Schimmel oder stockiger Wand roch. Tatsächlich, nach all den Jahren, ging ein leicht süßlicher Duft von ihm aus, der ihr bekannt vorkam. Hatte jemand Zimtstangen darin aufbewahrt?

Diana trug das Kästchen zum Tisch, strich andächtig über den Deckel und hob diesen dann an. Auf dem roten Samt, mit dem es ausgeschlagen war, lagen vier Gegenstände.

Ein Anhänger mit einem großen blauen Stein. Ein vertrocknetes, längliches Blatt, das mit seltsamen Zeichen bedeckt war. Eine Fotografie von einem Berg. Und ein kleines Büchlein. Dieses nahm Diana zuerst hervor. Eine seltsame Spannung zog durch ihren Körper. Genauso musste es sich anfühlen, wenn man die Möglichkeit bekam, durch ein Fenster in die Vergangenheit zu schauen. Wenn man die Chance erhielt, die eigenen Wurzeln zu betrachten.

Andächtig strich Diana über das Buch, während ihr Verstand alle Eindrücke gierig aufsaugte. Ein Reiseführer aus dem Jahr 1887. Blaugrüner Pappeinband, blauer Aufdruck.

The Passengers Guide To Colombo.

Zwischen den Seiten eine gepresste Blüte. Frangipani, eine der schönsten Blüten Indiens. Dieses Exemplar war weiß und hatte ein blutrotes Auge.

Auf den abgegriffenen, doch von Gilb verschont gebliebenen Seiten gab es ein paar angestrichene Stellen, vermutlich Orte, die der Besitzer hatte besichtigen wollen.

Andächtig blätterte Diana die Seiten auf, die mit wunderhübschen Vignetten verziert waren und einen umfassenden Überblick über die Sehenswürdigkeiten der Stadt versprachen. Gehörte dieses Buch einst dem Bruder von Henry Tremayne, der in Colombo verunglückt war? Auf einmal kam es ihr so vor, als würde jemand hinter sie treten und ihr leise die Geschichte dieses Gegenstandes ins Ohr flüstern.

9

COLOMBO, 1887

»Schau mal, was ich hier habe!« Victoria streckte ihrer Schwester ein kleines, in grobes grünes Papier gebundenes Büchlein entgegen, auf das in blauen Lettern der Schriftzug *The Passengers Guide To Colombo* gedruckt war. Dabei leuchteten ihre blauen Augen wie der klare Himmel über dem Hafen, den sie von ihrem Zimmer im Grand Oriental gut überblicken konnten.

»Ein Reiseführer?«, wunderte sich Grace, die älteste Tochter von Henry Tremayne, während sie das Buch herumdrehte. Eine Ranke aus stilisierten Blumen umgab den eher schlicht gehaltenen Einband, der sowohl auf der Vorder- als auch auf der Rückseite denselben Aufdruck aufwies.

»Für eine Rupie!«, verkündete Victoria stolz, während sie den Reiseführer wieder an sich drückte, als wäre er ein seltenes Schmuckstück.

»Da lässt dich Papa schon mit Wilkes in die Stadt, und du kaufst einen Reiseführer!« Grace schüttelte vorwurfsvoll den Kopf und lehnte sich dann wieder in die breite Laibung des Hotelfensters, von dem aus sie den gesamten Hafen überblicken konnte.

»Den werden wir hier noch gebrauchen können!«, verteidigte sich Victoria schmollend. »Immerhin sind wir in einem fremden Land. Wie willst du dich hier ohne Hilfe zurechtfinden?«

Am liebsten gar nicht, wäre es Grace beinahe herausgerutscht, doch sie schluckte die Worte im letzten Augenblick hinunter. Obwohl sie die Begeisterung ihrer Schwester nicht teilte, wollte sie ihr den Spaß nicht ganz verderben. Schlimm genug, dass man sie hier im Hotel abgestellt hatte wie eine Fuhre Gepäck!

Während sich ihre kleine Schwester in die Lektüre vertiefte, ließ Grace seufzend ihren Blick über das dahinterliegende, tiefblaue Meer schweifen, auf dem neben orientalischen Dhaus und chinesischen Dschunken moderne Dampfschiffe schaukelten, als seien sie aus Versehen in eine längst vergangene und vergessene Zeit geraten.

Die Anlegestellen wimmelten zu dieser Stunde vor Menschen. Zwischen Seeleuten aller möglichen Nationen wuselten Einheimische umher, entweder in schlichte weiße Hosen gekleidet oder in prächtige gelbe und rote Gewänder. Viele von ihnen trugen Turbane auf dem Kopf, einige hatten auf die Mitte ihrer Stirn einen roten Strich gemalt.

Zwei Frauen, die gerade die Straße überquerten, fielen Grace besonders ins Auge. Ihre türkisfarbenen und grellrosa Saris bildeten einen reizvollen Kontrast zu ihrer goldbraunen Haut und dem rabenschwarzen Haar. Natürlich zogen sie damit die Aufmerksamkeit sämtlicher Männer, egal welcher Nation, auf sich.

Grace musste zugeben, dass allein der Anblick des Hafens wesentlich reizvoller war als alles, was sie im tristen grauen London betrachten konnte. Aber in jenem grauen und nebelverhangenen Ort hatte sie nun mal ihre Freundinnen. Wahrscheinlich sind Eliza und Alyson gerade dabei, ihre Kleider für den Debütantinnenball anzuprobieren, dachte Grace traurig. Der Termin, den sie sich nun seit Monaten merkte, war bald heran – doch anstatt sich ebenfalls für den Ball und die anschließende Saison zu rüsten, befand sie sich am anderen Ende der Welt, in sengender Hitze und von Fischgeruch umgeben. Das Debüt vor Königin Victoria war aufgeschoben worden, »so lange, bis Papa die Plantage ins Laufen gebracht hat«, so die Worte ihrer Mutter.

Grace wusste es besser. Auch wenn man offiziell den Mantel des Stillschweigens über die Angelegenheit breitete, war es doch nicht zu übersehen, dass sie Schwierigkeiten hatten, die nur durch die Übernahme der Plantage gelöst werden konnten. Der alte Familienbesitz in Schottland fraß ein Loch in die Kasse des Tremayne-Haushaltes, und auch der Stammsitz nahe London wollte unterhalten werden.

Ihr Vater hatte schon lange nicht mehr mit ihrem verstorbenen Onkel Richard gesprochen – ebenso wie man die finanzielle Misere verschwieg, wurde auch er verschwiegen – ja, es wurde sogar geleugnet, dass er der erfolgreichere der beiden Brüder war. Die Plantage musste nicht ins Laufen gebracht werden, sie lief, das hatte sie einem Schreiben entnommen, das sie im Arbeitszimmer ihres Vaters gefunden und unerlaubterweise gelesen hatte. Und die Umstände des Todes ihres Onkels …

»O sieh mal!«, kreischte Victoria und klatschte in die Hände, als sei sie vier und nicht dreizehn Jahre alt. »Hier ist eine Karte! Und darauf ist sogar die Irrenanstalt eingezeichnet.«

»Irrenanstalt?«, wiederholte Grace verwundert.

»Eine der Sehenswürdigkeiten, die im Reiseführer aufgezählt werden. Das Gebäude soll ganz neu und sehr sehenswert sein.« Victoria klappte die Landkarte wieder ein und blätterte umständlich in dem Büchlein, bis sie die entsprechende Stelle gefunden hatte, aus der sie rezitierte: »Das Neue Irrenhaus, eine wohltätige Institution, die allein vom Government unterstützt wird, hat der Kolonie in der Vergangenheit sehr viel Kopfzerbrechen verursacht. Die Kosten von sechshunderttausend Rupien für seine Errichtung erschienen vielen als unnötig, weshalb die ursprünglichen Baupläne verändert werden mussten. Vierhundert einheimische Irre sind in diesem Bau untergebracht, der zu den größten zählt, die wir dem Gouverneur Sir James R. Longden verdanken.«

»Irrenhäuser hättest du dir in ganz England anschauen können«, bemerkte Grace lakonisch. »Ich erinnere mich nicht, dass du vor ein paar Monaten schon Interesse an diesen wohltätigen Institutionen gezeigt hättest.«

»Weil Mama bei dem Vorschlag, eines von ihnen zu besuchen, sicher einen Anfall bekommen hätte«, entgegnete ihre Schwester unbeirrt.

»Den bekommt sie auch jetzt.«

»Weshalb ich dir davon erzähle und nicht ihr!«, gab Victoria schlagfertig zurück.

»Du solltest vielleicht besser nach irgendwelchen Kirchen oder Tempeln Ausschau halten. Dorthin würde Mama dich sicher gehen lassen.«

»Kirchen sind langweilig, aber die Tempel hier sollen wirklich schön sein.« Erneut fing Victoria an zu blättern. Nach einer Weile wurde sie fündig.

»Hier schau mal, das muss dich doch auch interessieren!« Sie hielt ihrer Schwester das Buch so dicht unter die Nase, dass sie gar nicht anders konnte als hinschauen.

»Die Zimtgärten«, las Grace vor. »Gleich in der Nähe gibt es ein Museum, Mutter braucht also keine Angst um unsere geistige Erbauung zu haben.«

Grace wollte auch diesen Vorschlag zurückweisen, doch sie musste zugeben, dass die Zimtgärten ihr Interesse weckten. Sie liebte das Gewürz, das ihre Köchin Mrs Haynes manchmal Süßspeisen und Kuchen zugefügt hatte.

Victoria schien das Bröckeln ihrer Abwehr zu bemerken,

denn sie fuhr fort: »In den Zimtgärten kannst du dir ansehen, wie die Zimtrinde von den Bäumen geschält und anschließend getrocknet wird. Wenn wir dort sind, dürfen wir vielleicht ein wenig davon mitnehmen. Du hast auf dem Schiff bestimmt deine Zimtmilch vermisst.«

»O ja, und wie!« Grace schloss schwelgend die Augen, während sie in ihrer Erinnerung dem Geschmack nachspürte. Leider war Mrs Haynes in England geblieben, hier mussten sie mit der Köchin ihres Onkels vorliebnehmen. Aber vielleicht kannte die sich ebenfalls in der Verwendung von Zimt aus und ließ sich beschwatzen, ihr mit dieser Art Nachttrunk die Trennung zu versüßen.

Als Kind war sie regelrecht verrückt danach gewesen und hatte alles über den Zimt wissen wollen. Ihr Vater hatte ihre Fragen freundlich, aber bestimmt abgewiesen, ihre Mutter Unwissenheit vorgeschützt. Nur die Köchin, bei der sich Grace verbotenerweise zu gern aufhielt, gab etwas von ihren Kenntnissen preis. »Der Zimt kommt aus Indien und Indonesien«, hatte sie stets geantwortet. »Die Menschen, die ihn anbauen, sind so schwarz wie die Neger von Mr Plummer.«

Damit spielte sie auf die afrikanischen Diener des Earl of Waxford an, die er sich von einer Reise nach Amerika mitgebracht hatte.

Grace hatte daraufhin viele Nächte damit zugebracht, sich das Land vorzustellen, in dem schwarze Menschen den köstlichen Zimt anbauten. Als sie erfuhr, dass sie nach Ceylon umziehen würden, hatte sie diese Geschichten längst vergessen, doch nun, dank des Reiseführers ihrer Schwester, waren sie zum Leben erwacht und milderten auf einmal ein wenig die Hitze und auch die Langeweile.

»Also, fahren wir zu den Zimtgärten?«, quengelte Victoria.

»Du weißt doch gar nicht, wie lange wir hier in Colombo

bleiben«, gab Grace zurück, während sie ihrer Schwester den Reiseführer zurückgab. »Die Plantage von Onkel Richard liegt nahe dem Adams Peak. Das ist weitab von hier.«

»Wie es aussieht, werden wir hier noch Wurzeln schlagen!«, entgegnete Victoria und deutete wütend auf das Gebäude des Hafenmeisters. »Vater scheint sich da drin ziemlich wohl zu fühlen. Wenn wir vorhin mit einer Rikscha losgefahren wären, würden wir jetzt schon in den Zimtgärten stehen. Nein, wir würden sogar schon wieder vom Museumsbesuch zurück sein.«

»Sei nicht albern«, mahnte Grace sie kopfschüttelnd. »Sollten wir in den nächsten Tagen noch immer hier sein, werde ich Mutter persönlich fragen. Gegen die Zimtgärten hätte selbst sie nichts einzuwenden, glaube ich.«

»Du meine Güte, wie lange dauert das denn noch!«, wandte sich inzwischen Claudia Tremayne im Zimmer nebenan an ihren Butler Wilkes, während sie vorwurfsvoll aus dem Hotelfenster zu dem Gebäude blickte, in dem ihr Gatte schon vor zwei Stunden verschwunden war. Da der Hafenmeister ohnehin ihre Papiere überprüfen musste, wollte Henry gleich die Gelegenheit nutzen, um sich mit Mr Cahill, dem Anwalt seines Bruders, zu treffen.

»Er wird sicher gleich zurück sein, Madam«, gab Martin Wilkes zurück, der mit seinen fünfzig Jahren noch immer Junggeselle war und beinahe zum Inventar gehörte wie die Koffer.

»Das sagen Sie so, Wilkes! Dabei kennen Sie doch Mr Tremayne!« Claudia, die bei Aufregung immer in den schottischen Akzent ihrer Heimat verfiel, warf einen prüfenden Blick durch die Verbindungstür zum Zimmer ihrer Töchter. Die beiden beugten sich gerade über ein schmales Büchlein, das Victoria offenbar erstanden hatte, als sie Wilkes zum Harbour Office begleitete.

Etwas wehmütig stellte Claudia fest, dass Grace wie eine verjüngte Version ihrer Mutter aussah, an die sie sich trotz ihres frühen Todes immer noch gut erinnern konnte. Claudia hatte Bella Avery wegen ihres rotgoldenen Haars, des blassen Teints und der grünen Augen immer bewundert.

Sie selbst war eher nach ihrem Vater geraten, grobknochig, zäh, dunkelhaarig. Manchmal fragte sie sich, wie Henry Tremayne, der gutaussehende Sohn eines einflussreichen Parlamentsmitglieds, gerade auf sie hatte aufmerksam werden können. Damals, als sie vor Königin Victoria debütierte, wurde Henry von so vielen schönen Mädchen umgeben, dass sie wegen ihres dunklen Haars nicht unter ihnen auffiel. Und dennoch war er eines Tages bei ihrem Vater erschienen und hatte gebeten, ihr den Hof machen zu dürfen.

Der erste Sohn des Hauses Tremayne wäre ihren Eltern zwar lieber gewesen, doch schon damals zeigte Richard Anzeichen von Rebellion gegen sein angestammtes Erbe. Spätestens, als er nach Ceylon zog, um sich dem Abenteuer des Teeanbaus zu widmen, waren Claudias Eltern zufrieden, wurde doch nun Henry, den sie zwischenzeitlich geehelicht hatte, zum Erben der Tremaynes und zum Besitzer von Tremayne House. Einem Haus, das sich nach und nach als Fluch entpuppt hatte. Wahrscheinlich gründete ein Teil des Grolls, den Henry auf Richard gehegt hatte, darauf, dass er ihm das Haus mit all seinen Pflichten überlassen hatte, denn im Gegensatz zu seinen Schwiegereltern hatte er sich nie mit dem Gedanken getragen, das väterliche Erbe zu übernehmen.

Und jetzt war Henry sogar gezwungen, das Erbe seines Bruders in Ceylon zu übernehmen, da der vor einigen Monaten unter ungeklärten Umständen ums Leben gekommen war.

Seufzend strich Claudia ein paar Falten aus dem blaugrünen Taftrock, der ihr in dieser Tropenhitze wie ein Gewächshaus vorkam, das die Hitze bündelte.

Als ihr Blick erneut zum Fenster schweifte, meinte sie, ihren Mann zu erblicken. War die Besprechung nun endlich zu Ende?

Offenbar nicht, denn als sich die Gestalt umwandte, erkannte sie, dass es sich nicht um Henry, sondern wahrscheinlich um seinen Gesprächspartner handelte.

Hoffentlich bald, dachte sie, während sie sich mit einem chinesischen Papierfächer, den sie in Victorias Tasche gefunden hatte, Luft zufächelte.

»Die Plantage umfasst dreihundert Morgen Land in der Nähe des Adams Peak«, erklärte John Cahill, während er den Kneifer von der Nase löste, der begann, ihm allmählich Kopfschmerzen zu bereiten. Gemeinsam mit Henry Tremayne, dem neuen Eigner der Tremayne Teeplantage, ging er die Papiere durch, nachdem in Sachen Einreise alles geklärt war. »Damit sind Sie einer der größten Plantagenbesitzer nach den Stocktons und den Walburys, deren Besitz sich allerdings auf der gegenüberliegenden Seite des Berges ausbreitet.«

Henry wirkte angespannt. Kein Wunder nach den Strapazen der Reise und dem aufreibenden Gespräch in einem der Büros des Hafenmeisters. Der Raum war stickig und erfüllt von allen Gerüchen, die der Wind vom Hafen herübertrug. Wenn der Wind von Süden kam, so hatte man ihm versichert, würde es hier nach Zimt riechen, doch nun stank es nach Fisch, Seetang, Brackwasser und einem Gemisch von Gewürzen und Früchten, die auf dem nahen Markt angeboten wurden.

Wenn wir doch wenigstens einen gut gekühlten Raum für die Besprechung hätten, dachte Tremayne, während er den Drang unterdrückte, sich mit den Papieren in seiner Hand Luft zuzufächeln.

»Sie wirft einen recht guten Ertrag ab, wie Sie an diesen Zahlen sehen, und es steht zu erwarten, dass sich der Gewinn in diesem Jahr verdoppeln wird. Alles, was die Plantage braucht, ist ein starker Grundbesitzer, dann sollten sich die Probleme schon geben.«

Missmutig blickte Henry auf das Buch, das Cahill ihm auf den Schoß schob. Trotz der recht optimistischen Worte des Advokaten hatte er keine Lust, sich mit den Zahlen auseinanderzusetzen. Die Trauer um seinen Bruder wechselte sich in schöner Regelmäßigkeit mit regelrechten Zorn- und Hassanfällen ab. In diesem Augenblick war das eine Gefühl gerade dabei, wieder ins andere umzuschlagen.

Der Tod von Richard Tremayne, Henrys fünf Jahre älterem Bruder, hatte ein Chaos hinterlassen. Schlecht geführte Bücher, ausstehende Zahlungen und Unordnung in den persönlichen Papieren. Offenbar hatte sich sein Bruder mehr und mehr zu einem Bauern entwickelt, der zwar gute Äcker hatte, diese aber nicht verwalten konnte.

Immerhin stimmten die Zahlen Henry ein wenig froher. Wenn Cahill mit der Verdopplung recht behielt, würde er den Familienbesitz nicht aufgeben und sogar das Schloss in Schottland behalten können.

»Weiß man schon, warum mein Bruder abgestürzt ist?«, fragte Henry, als er das Buch wieder zuklappte. Seine Worte brachten Cahill, der ihm gewiss noch mehr Zahlen zeigen wollte, aus dem Konzept.

»Nein, Sir, leider Gottes laufen die Ermittlungen noch. Und obwohl sich Engländer mit dem Fall befassen, geht es nur schleppend voran. Ich glaube aber, wir können von einem Unfall ausgehen. Der Adams Peak ist zwar kein gefährlicher Berg, birgt aber auch Risiken. Ich weiß ohnehin nicht, warum Ihr Bruder mit diesem Naturforscher ständig dort herumkraxeln musste.«

»War dieser Forscher dabei?«

Cahill schüttelte den Kopf. »Nein, an dem fraglichen Abend nicht. Offenbar war er vollkommen allein unterwegs, seltsamerweise. Die Angestellten behaupteten, er sei wegen etwas aufgebracht gewesen. Sie nahmen an, dass er sich auf dem Berg mal ein wenig abreagieren wollte.«

»Und das ohne einen Begleiter?«

»Ja, Sir, soweit wir wissen. Aber ...«

Henry blickte betreten auf seine Schuhspitzen. »Er ist doch nicht etwa in den Tod gegangen?«

»Nein, das ist ausgeschlossen. Ich kannte Ihren Bruder. Auch wenn seine Buchführung etwas abenteuerlich ist, war er doch kein Mann, der die Dinge unerledigt hinterließ. Wenn er plante, sich das Leben zu nehmen, dann hätte er vorher zumindest den Versuch unternommen, etwas Ordnung zu schaffen. Oder einen Abschiedsbrief hinterlassen. Doch nichts dergleichen.«

»Und könnte es Mord gewesen sein?«

Cahill wurde bleich um die Nase. »Lassen Sie uns hoffen, dass dem nicht so ist. Sie würden die Behörden für viele Monate nicht loswerden, sollte sich ein entsprechender Verdacht erhärten.«

»Hatte mein Bruder denn irgendwelche Feinde, von denen Sie wussten?«

»Nein, Sir, er ist eigentlich mit allen mehr oder weniger gut ausgekommen. Wenn es doch mal Streit gab, wurde er friedlich beigelegt. Teeanbau ist ein Handwerk für Gentlemen, sie schießen sich nicht wie texanische Viehbarone gegenseitig aus dem Sattel.«

Henry verfiel in Nachdenklichkeit. Sollte sein Bruder tatsächlich Opfer eines tragischen Unglücksfalls geworden sein? Vielleicht war es besser, wenn er nicht mehr weiter darüber nachdachte oder gar nachbohrte. Ärger mit den Behörden wollte er auf keinen Fall haben, es war auch so schon alles verworren genug.

»Wann, meinen Sie, können wir auf der Plantage einziehen?«, lenkte er das Gespräch also auf ein anderes Thema.

»Momentan sind noch Handwerker dabei, das Haus auf Vordermann zu bringen. Während der letzten Monate hat es ebenfalls ein wenig unter der Vernachlässigung durch Ihren Bruder gelitten. Aber ich halte die Leute zur Eile an und bin zuversichtlich, dass sie in ein paar Tagen so weit sind. Sie werden sehen, es lohnt sich, Vannattuppūcci ist ein ganz besonderer Ort, ein Paradies genaugenommen, Sie werden schon sehen!«

Beim Abendessen in einer stillen Nische des Hotelspeisesaals berichtete Henry seiner Familie von dem, was John Cahill erzählt hatte – jedenfalls teilte er ihnen all die Informationen mit, die sie weder aufregen noch verwirren konnten. Für Claudia war dies allerdings alles andere als zufriedenstellend.

»Du meine Güte, wie lange sollen wir denn hier noch ausharren?« Sie warf einen missbilligenden Blick auf andere Gäste im Speisesaal, die allerdings keine Notiz von ihr nahmen. »Du weißt doch, wie Handwerker sind: zögern ihre Arbeit immer weiter hinaus, um mehr Geld zu verlangen.«

»Mr Cahill hat versprochen, sie zur Eile anzutreiben.«

»Wenn sie sich wirklich beeilen, kommt dabei sicher nur Pfusch heraus.«

»Claudia, Liebes.« Henry bedachte seine Gemahlin mit einem beinahe flehenden Blick. Wurde denn alles besser, wenn man sich beschwerte?

Claudia schien das ebenfalls einzusehen, denn sie senkte ein wenig beschämt den Kopf, worauf ihr Mann nach ihrer Hand griff.

»Vielleicht solltest du dich auf den Edelsteinmärkten der Stadt umsehen. Hier soll es ganz prachtvolle Stücke geben, für die Hälfte des Preises, der in England verlangt wird.«

»Und zu welchen Gelegenheiten soll ich den Schmuck in dieser Einöde tragen?«, fragte Claudia, noch immer ein wenig ungnädig, denn sie sah sich schon gefangen zwischen Palmen und Teebüschen.

»Mr Cahill sprach von einem regen gesellschaftlichen Leben in Nuwara Eliya. Es soll dort Hotels geben, viele Villen, die von teilweise sehr hochrangigen englischen Familien als Feriendomizile genutzt werden, und außerdem gibt es weitere Plantagenbesitzer, die ein sehr hohes Ansehen genießen. Ich bin sicher, dass du mit deinem gesellschaftlichen Geschick schon bald Freunde finden wirst – und Bälle geben kannst, von denen ganz Ceylon reden wird.«

Jetzt trat wieder ein Lächeln auf Claudias Lippen. Und auch wenn Grace wusste, dass das nur ein schwacher Trost für den entgangenen Debütantinnenball sein würde, freute sie sich ebenfalls auf die nächste Gelegenheit, wieder zu tanzen.

10

BERLIN, 2008

Die Rückkehr nach Berlin kam Diana irgendwie falsch vor. So, als gehörte sie nicht mehr hierhin. Schon im Flieger vermisste sie Tremayne House so sehr, dass sie sich dazu hinreißen ließ, Mr Green eine E-Mail zu schicken. Wahrscheinlich wird er sich darüber wundern, dachte Diana, während sie die Worte in die Tastatur hämmerte. Doch vielleicht gibt es ihm die Zuversicht, dass ich nicht wieder Jahre verstreichen lasse, bis ich zurückkehre.

Immerhin war sie jetzt die Herrin von Tremayne House. Bei der Eröffnung von Emmelys Testament hatte sich herausgestellt, dass ihre Tante Diana die Gebäude samt Grundstück vererbte. Wenn sie dem Notar Dr. Burton glaubte, gab es niemanden, der sonst Anspruch auf das Erbe erheben konnte.

An die zukünftige Instandhaltung des Hauses wollte sie besser noch nicht denken. Emmely hatte ihr auch eine etwas größere Summe an Geld und ein paar Wertpapiere vermacht, doch damit würde sich ein Besitz wie dieser nicht allein halten lassen.

Außerdem war da auch noch die Schatulle aus dem Geheimfach. Den ganzen Flug über waren ihr dazu Fragen durch den Kopf gegangen. In Victorias altem Brief, den sie unter Deidres Sarg gefunden hatte, wurde von »etwas« gesprochen, das ihr der ominöse Mann hinterlassen hätte, bis er zu Grace kommen konnte. Der einzige wirklich außergewöhnliche Gegenstand in der Schatulle war das Palmblatt gewesen.

Hatte dieses Palmblatt etwas mit dem schlechten Gewissen zu tun, das Emmely erwähnt hatte?

Auf jeden Fall würde sie erst einmal in Erfahrung bringen müssen, was auf dem Palmblatt stand. Vielleicht war es ja so etwas wie ein verschlüsselter Liebesbrief. In Berlin wusste sie jemanden, der sich mit asiatischen Schriften auskannte.

Aber zunächst hatte sie andere Sorgen. Sie musste hinter das Familiengeheimnis kommen – und sich mit Philipp auseinandersetzen. Sie hatte es tatsächlich geschafft, ihm kein einziges Mal zu antworten, was es nicht gerade leichter machen würde, ihm jetzt unter die Augen zu treten.

Schon als sie die Straße hinauffuhr, überkam sie das merkwürdige Gefühl, dass ihr Mann sie erwarten würde. Sein Wagen in der Auffahrt bestätigte, dass sie damit richtig lag. Offenbar hatte er heute mal kein Geschäftsessen mit seiner neuen Freundin. Hatte ihre Flucht ihm etwa zu denken gegeben?

Knapp hinter seinem Wagen brachte sie ihren Mini zum Stehen und wappnete sich schon beim Aussteigen gegen seinen Vorwurf, sich nicht gemeldet zu haben. Obwohl er das Recht dazu seit seinem Seitensprung verwirkt hatte, klopfte ihr Herz wie das eines Kindes, das zu spät vom Spielen heimgekehrt war und sich vor seinem Vater rechtfertigen musste.

Als sie die Schlüssel herumdrehte, schoss ihr etwas in den Sinn, das ihren Puls noch beschleunigte, allerdings nicht vor Angst.

Was tust du, wenn du die beiden im Bett vorfindest? Vielleicht hat er deine Abwesenheit gleich gut genutzt …

Beklommen nach irgendwelchem Gelächter oder anderen verräterischen Geräuschen horchend, zog sie die Tür hinter sich so leise wie möglich zu, dann schlich sie durch den Flur.

Licht drang aus der halb offenen Wohnzimmertür. Der Fernseher lief. Keine anderen Geräusche. Diana machte sich keine Mühe, leise zu sein, als sie an die Schiebetür zum Wohnzimmer trat. Da saß er vor dem Fernseher, seelenruhig, als wäre es ein ganz normaler Abend. Die Unordnung war beseitigt worden, nur das fehlende Glas zeugte noch von ihrem Wutausbruch. Seine Geliebte war nicht bei ihm, doch er schien auch nicht darauf versessen gewesen zu sein, seine Ehefrau zu finden, sonst hätte sich längst die Polizei bei ihr gemeldet.

Erst als Diana ihre Tasche auf den Boden setzte, wandte er sich um.

»Diana!« Er schnellte von seinem Sitz hoch und kam auf sie zu. »Um Himmels willen, wo warst du?«

»In England«, antwortete sie kühl, während sie seinem Blick auswich. Sein kantiges Gesicht mit dem Grübchen, die braunen Augen und das kurzgeschnittene Lockenhaar, jene Dinge, in die sie sich als erste verliebt hatte, hätten sie vielleicht dazu gebracht, Bedauern über ihr Verhalten zu fühlen. Nein, sie war nicht diejenige, die sich etwas hatte zuschulden kommen lassen!

»Bei deiner Tante?« Philipp stemmte die Hände auf die Hüften. »Und warum hast du mir nichts gesagt? Mir nicht mal eine Nachricht geschrieben?«

»Das weißt du doch genau.« Trotz der Absicht, ruhig zu bleiben, sich an Mr Greens Besonnenheit ein Beispiel zu nehmen, bemerkte Diana, dass sie wie ein beleidigtes Kind klang.

»Es war nur eine einmalige Sache.«

»So? Und wie lange geht diese einmalige Sache nun schon?«

»Diana …«

»Wenn du doch nur einmal ehrlich sein könntest!«, fauchte sie ihn an.

Philipp presste die Lippen zusammen. Nicht aus Sprachlosigkeit, sondern aus Wut.

»Wie geht es deiner Tante denn?«, fragte er beherrscht, als hätte es die vorherigen Worte nicht gegeben.

Diana kniff die Augen zusammen, konnte aber nicht verhindern, dass ihr die Tränen kamen. Er muss es nicht wissen, versuchte sie sich einzureden. Er hat sich doch sonst nicht um sie gekümmert.

»Sie ist tot«, platzte es dennoch aus ihr heraus.

Philipp blickte geschockt drein, dann machte er Anstalten, sie zu umarmen. Grob stieß Diana seine Arme weg. »Fass mich nicht an! Dass du mich bemitleiden willst, ändert nichts an dem, was vorgefallen ist!«

Philipp schnaufte, schüttelte dann den Kopf. »Und wie soll es nun mit uns weitergehen?«

»Mit uns?« Diana lachte schmerzvoll auf. »Wir sollten uns eine Weile aus dem Weg gehen, ich werde im Gästezimmer schlafen.«

Damit nahm sie ihre Tasche wieder auf und stapfte nach oben.

Keuchend vor unterdrücktem Zorn ließ sich Diana hinter ihrem Schreibtisch nieder. Mein Gefühl war richtig, dachte sie, während sie ihren Laptop auspackte. Ich hätte noch eine Weile in Tremayne House bleiben sollen.

Doch sie musste sich um ihre Kanzlei kümmern. Viel zu lange hatte sie ihre Klienten warten lassen. Natürlich würden sie Verständnis zeigen, wenn sie ihnen vom Tod ihrer Verwandten erzählte, aber für immer konnte sie der Arbeit nicht fernbleiben.

Außerdem musste sie ihren Bekannten wegen des seltsamen Palmblatts kontaktieren. Wenn einer wusste, was das zu bedeuten hatte, dann er.

»Nächster Halt, Dahlem-Dorf«, schmetterte die verzerrte Stimme durch das U-Bahn-Geräusch. Diana verstaute den Reiseführer vorsichtig in ihrer Tasche und prüfte noch einmal, ob der Umschlag mit dem seltsamen Blatt nicht gelitten hatte. Dann erhob sie sich.

Wie immer fand Diana die Gleichgültigkeit, die die meisten ihren Mitmenschen entgegenbrachten, bemerkenswert. Ob man nun in einem seltsamen Buch blätterte, grüne Haare hatte oder im Gammellook herumlief, in Berlin störte das niemanden. Schon gar nicht in der U-Bahn, wo die Leute bemüht woanders hinschauten, um ja nicht selbst angesehen zu werden.

Nur wenige Augenblicke später glitt die gelbe Bahn aus dem Tunnel und schob sich vor eine Reihe Wartender, meist Studenten, aber auch ein paar ältere Leute. Eine Welle der Ungeduld schlug ihr beim Aussteigen entgegen. Glücklicherweise folgte ihr an dieser Tür niemand nach, so dass die jungen Leute gleich in den Zug stürmen konnten. Als das Türschließsignal ertönte, war sie bereits beim Aufzug, der gerade eine neue Fuhre Passagiere brachte. Zusammen mit einem älteren Herrn mit Aktenkoffer, offenbar ein Professor auf dem Weg zu seiner Vorlesung, fuhr sie nach oben.

Versonnen lächelte Diana vor sich hin. Viel hatte sich nicht verändert, seit sie selbst an der Freien Universität studiert hatte. Die Klamotten waren vielleicht ein bisschen anders, die Lehrpläne überholt und moderner, aber noch immer wimmelte Dahlem von Wissensdurstigen und jenen, die sich vor Jahren entschieden hatten, die Universität nicht mehr zu verlassen.

Im Gegensatz zu früher kehrte sie dem Universitätsgebäude den Rücken und strebte dem grauen Gebilde aus Glas und Beton zu, in dem das Museum für Ostasiatische Kunst untergebracht war.

Ihren Bekannten aus Unizeiten hatte sie glücklicherweise am Vormittag erreicht und prompt einen Termin bei ihm bekommen. Eine absolute Seltenheit, wie er betonte, ansonsten sei er immer ausgebucht.

Die unverhältnismäßig lauten Stimmen, die ihr beim Eintreten entgegentönten, gehörten zu einer Studentengruppe, die sich gerade zu einer Führung aufstellte und missbilligende Blicke von der Dame hinter dem Empfangstresen erntete.

Diana baute sich vor ihr auf. »Guten Tag, ich habe einen Termin mit Dr. Fellner. Mein Name ist Diana Wagenbach.«

Mit einem Blick, als hätte Diana ihr eine faustdicke Lüge aufgetischt, griff die Assistentin nach dem Telefonhörer und meldete Dianas Ankunft an. Der Teilnehmer am anderen Ende der Leitung bestätigte den Termin, worauf die Züge der Frau ein wenig weicher wurden.

»Einen Moment bitte, er kommt gleich.«

Diana bedankte sich und nahm auf einer Sitzbank Platz. Lange konnte sie die gelangweilt wirkenden Studenten nicht beobachten, denn schon fünf Minuten später kam ihr Bekannter auf sie zu. Michael Fellner war noch immer schlank und hochgewachsen, hatte seine Schlaksigkeit aus Unizeiten allerdings abgelegt. Er trug ein graues Jackett zur blauen Jeans, der Kragen des hellblauen Hemdes war offen. Dass er, der ehemalige Punk, jemals so herumlaufen würde, hätte damals niemand geglaubt, am allerwenigsten Diana selbst.

Lächelnd reichte er ihr die Hand. »Diana, schön, dich zu sehen! Seit Jahren arbeiten wir in derselben Stadt, aber nie laufen wir uns über den Weg.«

»Ist jetzt vielleicht nie?«, gab Diana zurück und umarmte ihn, wie sie es früher immer getan hatten, wenn sie sich mit ihren Cliquen über den Weg gelaufen waren.

»Gut siehst du aus! Du hast dich kaum verändert.«

»Ich bin doch diejenige, die was von dir will, eigentlich müsste ich dir also Honig um den Bart schmieren«, lachte Diana.

Michael griff sich an das glattrasierte Kinn. »Nur dass es keinen Bart zum Schmieren gibt. Außerdem braucht mich niemand auf meinen Bauchansatz und das erste Grau an meinen Schläfen aufmerksam machen, das sehe ich jeden Morgen selbst im Spiegel.«

Diana schüttelte missbilligend den Kopf. Weder hatte er einen Bauchansatz, noch wurde er grau. Etwas dünner war seine Haarpracht zwar geworden, aber in seinem Gesicht erkannte sie immer noch den Jungen, der früher mit einer viel zu großen Brille und blondgefärbtem Irokesenschnitt herumgelaufen war und sie über ostasiatische Kunstgeschichte belehren wollte. Die Sache mit der Brille hatte er hinbekommen, seine Haare waren alle einheitlich lang, und jetzt wäre sie ihm für sein Wissen sogar dankbar.

»Gehen wir doch in mein Büro, da kannst du mir deinen Schatz zeigen.«

Nachdem sie eine Treppe erklommen und einige Gänge durchquert hatten, standen sie vor Michaels Allerheiligstem. Das Büro wies akademische Unordnung auf und hatte einen guten Blick auf die Grünanlage der Universität, aus der die Gebäude wie liegen gelassene Bausteine ragten.

»Diana Bornemann«, sagte er, als er sich auf seinen Schreibtischstuhl fallen ließ.

Wie lange war es her, dass sie ihren Mädchennamen gehört hatte? Auf einmal schien sich die Zeit ein Stück zurückzudrehen. Sie war noch unverheiratet, stand kurz vor ihrem Examen und war voller Ideen und hochtrabender Pläne. Vor ihr saß der angehende Ostasienwissenschaftler, der noch ein wenig holprig Japanisch und Chinesisch sprach und der sich in seiner Freizeit selbst Indisch beibrachte.

»Du hast geheiratet«, stellte er mit Blick auf ihren Ringfinger fest. »Ich habe mich zunächst gefragt, wer diese Diana Wagenbach sein könnte, doch dann habe ich deine Stimme erkannt. Weißt du eigentlich, dass fast jeder aus unserer Truppe heimlich davon geträumt hat, dich ins Bett zu kriegen?«

Diana tat schockiert. Natürlich hatte sie die Avancen der Jungs mitbekommen – und ihre albernen Balgereien, wenn sie ihr zeigen wollten, wer der Stärkere war. Michael hatte sich immer zurückgehalten, aber seine Blicke waren ebenfalls eindeutig gewesen.

»Und ich dachte, ihr wärt nur an Diskussionen über Missstände in der Gesellschaft interessiert. Aber ich glaube nicht, dass wir unsere Zeit damit vergeuden sollten, um über ausgebliebene Männergeschichten zu diskutieren.«

»Du hast recht«, gab Michael zu, während er sich zurücklehnte und sie genau musterte. »Was führt dich also zu mir? Du hast so geheimnisvoll geklungen.«

Diana griff in ihre Tasche, holte den B4-Umschlag hervor und legte das seltsame Blatt auf den Tisch.

Michael schnappte unwillkürlich nach Luft. »Das gibt's doch nicht!«

Diana knetete ihre eiskalten Hände. So musste sich jemand fühlen, der den Krempel vom Dachboden einem Kunstexperten vorführte und dieser einen waschechten, noch unbekannten da Vinci erkennt.

»Was gibt es nicht?«, fragte sie neugierig, während Michael

das Blatt fast schon andächtig zu sich zog, die Brille ein Stück die Nase hinunterschob und dann wie viele Kurzsichtige über den Rand stierte, weil er so besser sehen konnte.

Eine ganze Weile antwortete Michael, ganz in den Forschermodus versunken, nicht. Dann atmete er tief durch, als bräuchte er für das, was er ihr jetzt offenbaren wollte, sehr viel Luft.

»Sag mal, hast du je etwas von den Palmblattbibliotheken in Indien oder Sri Lanka gehört?«

Diana schüttelte den Kopf. »Auch auf die Gefahr hin, dass ich in deinen Augen ungebildet wirke, davon höre ich zum ersten Mal.«

Das Zittern, das durch den Körper ihres Freundes ging, deutete darauf hin, dass sie wirklich etwas Großartiges aufgetan hatte. Nur was hatte das mit ihrer Familiengeschichte zu tun?

»In Indien und auf Sri Lanka schreibt man seit vielen Jahrhunderten, nein Jahrtausenden auf getrocknete Palmblätter und bindet diese zu Büchern zusammen, die teilweise sehr kunstvoll verziert werden.«

Er tippte etwas in seinen Computer und drehte den Bildschirm herum, so dass Diana sehen konnte.

Die Palmblattbücher, von denen Michael sprach, wirkten auf den ersten Blick wie große Fächer. Die Gravuren auf den Deckeln bestanden aus den schneckenartigen Buchstaben, die sie auch auf dem Blatt gesehen hatte, und wurden von kunstvollen Mustern eingerahmt. Auf manchen »Buchdeckeln« befand sich nur das Muster.

»Und du meinst, mein Blatt ist eine Seite aus einem dieser Bücher?«

Michael schüttelte den Kopf, schob dann seine Brille wieder hoch. »Nein, meine Liebe, das hier ist etwas ganz anderes. Normalerweise dürftest du gar nicht im Besitz dieses Blattes sein.«

»Aber wieso? Ist es etwa verboten, das einzuführen? Dann kann ich zu meiner Verteidigung sagen, dass es wahrscheinlich mehr als hundert Jahre alt ist.«

Michael setzte sich auf den Tisch. Hinter seiner Stirn schienen die Gedanken zu rasen. Nachdem er den Kopf geschüttelt hatte, als könnte er das alles nicht glauben, erklärte er: »Du hast, davon bin ich überzeugt, ein Blatt aus den sagenhaften Palmblattbibliotheken gefunden, einem uralten indischen Orakel. Die meisten sind in Alt-Tamil abgefasst, einer Sprache, die heute kaum noch jemand versteht. Eine der Legenden um die Palmblätter erzählt davon, dass Bringhu, der Sohn eines Weisen, der das Privileg genoss, mit den Göttern zu verkehren, eines Tages die Unverfrorenheit besaß, Vishnu zu ohrfeigen. Dafür belegte ihn Vishnus Gemahlin Lakshmi mit dem Fluch der Glücklosigkeit. Obwohl Bringhu tiefe Reue zeigte, konnte die Göttin den Fluch nicht zurücknehmen. Sie gewährte ihm allerdings Einblick in eine sagenhafte kosmische Schriftrolle, die es ihm ermöglichte, das Schicksal aller Menschen zu kennen. Die Göttin befahl ihm, die von ihm gesehenen Schicksale von Brahmanen auf Palmblätter aufzeichnen zu lassen.«

»Klingt interessant«, entgegnete Diana, wenngleich ihr diese Information herzlich wenig bezüglich ihrer Familiengeschichte brachte. »Dieses Blatt wurde vielleicht von irgendeinem Kolonialisten entwendet. Genau weiß ich es leider noch nicht.« Ihre Vermutung, dass das Palmblatt die Gabe für Grace sein könnte, behielt sie für sich.

»Möglich wäre es«, gab Michael zurück. »Dem Kolonialisten war offenbar nicht klar gewesen, dass das Entwenden eines dieser Blätter großes Unglück nach sich ziehen soll.

Normalerweise werden Palmblätter niemals herausgegeben, sondern von sogenannten Nadi-Readern ausgelesen und interpretiert. Die Menschen lassen sie sich vorlesen, um etwas über das eigene Schicksal in Vergangenheit, Gegenwart und Zukunft zu erfahren. Manchmal gibt es auch Aufschluss über frühere Leben, die man geführt hat, denn wie du vielleicht weißt, glauben die Hindus ebenso wie die Buddhisten an Wiedergeburt und das Nirvana.«

»Das man erst betreten kann, wenn sich der betreffende Mensch von allen Sünden befreit und Buße getan hat.«

Die Hippiezeit war zu ihrer Studienzeit zwar längst vorbei gewesen, aber dennoch hatten sich recht viele Studenten in ihrem Jahrgang zum Buddhismus hingezogen gefühlt.

»So kann man es ausdrücken. Wenn man es nicht schafft, sein Karma positiv zu beeinflussen, durchläuft man Reinkarnationen, bis man begriffen hat, was man tun darf und was nicht. Vereinfacht gesagt.«

Ein Schauder lief über Dianas Arme. Könnte es sein, dass Henry Tremayne diesen Fluch über seine Familie gebracht hatte? Oder vielleicht der verunglückte Richard? Weil er ein Palmblatt aus einer Bibliothek entwendet hatte?

»Sollte an diesem Fluch wirklich etwas dran sein?«

»Nun, das muss jeder für sich entscheiden. Berichte erzählen, dass Menschen, die beispielsweise den Maori einen heiligen Gegenstand stehlen, vom Pech verfolgt werden oder sogar unter seltsamen Umständen sterben. Vom modernen wissenschaftlichen Standpunkt her kann ich es nur begrüßen, wenn etwas, das nicht hierher gehört, wieder an seinen eigentlichen Bestimmungsort gebracht wird – natürlich nachdem man ausführliche Aufnahmen beziehungsweise eine Kopie davon gemacht hat. Wo wir bei der Frage wären, ob du mir gestattest, diese Kostbarkeit abzufotografieren.«

»Natürlich«, gab Diana ein wenig unsicher zurück, denn ihre Gedanken waren noch immer bei den Flüchen und dem, was Emmely auf ihrem Sterbebett gesagt hatte.

»Es ist wirklich faszinierend.« Michael sah sie fast schon bohrend an. »Mich würde interessieren, wo du es herhast.«

»Ich habe es in einem Geheimfach gefunden.«

»Das sich wo befindet?«

»In einem alten Herrenhaus in England. Meine Tante ist gestorben und hat mir aufgetragen, ein Schließfach zu öffnen. Da war es drin.«

»Tut mir leid«, gab Michael zurück. »Das mit deiner Tante. Dein Fund jedenfalls ist sensationell.«

Sollte ich ihm vielleicht auch von den anderen Fundstücken erzählen? Diana entschied sich dagegen und fragte stattdessen: »Kann man herausfinden, aus welcher der Bibliotheken dieses Blatt stammt? Damit ich es zurückgeben kann, meine ich.«

»Nun, das dürfte schwierig werden. Selbst wenn du jede der Bibliotheken aufsuchst, wird dir niemand sagen können, ob das Blatt gerade aus ihrer Bibliothek stammt. Wie du siehst, ist es nicht katalogisiert worden.«

»Aber irgendwo muss doch aufgefallen sein, dass eins fehlt.«

»Bei der Masse an Blättern wird niemandem etwas auffallen. Nur könnte es sein, dass jemand, der nach seinem Schicksal sucht, es nicht finden kann, weil sein Blatt die ganze Zeit über in einem Schließfach geschlummert hat.«

»Gibt es denn für jeden Menschen solch ein Blatt?«

»Nein, aber sehr viele. Ich persönlich begründe das immer damit, dass viele Seelen neu auf die Welt kommen und noch gar kein Karma haben. Die meisten Menschen, die ihr Schicksal auf den Blättern finden, haben nach Ansicht der Brahmanen viele Leben und Inkarnationen hinter sich.«

Diana blickte auf das Blatt. Ihre Neugierde zerfetzte sie geradezu. Was stand darauf? Wem wurde dort das Schicksal prophezeit? Grace oder ihrem geheimnisvollen Liebhaber? Vielleicht einem anderen Familienmitglied? Auf einmal sehnte sie sich wieder danach, mit Emmely zu sprechen. Warum hatte sie ihr nie etwas über die Zeit ihrer Großmutter in Sri Lanka erzählt? Über die Brüder Henry und Richard? Warum waren die beiden ebenso wie Henrys Töchter Zahlen und Fakten in ihrer Ahnenreihe geblieben, Gesichter auf Bildern, deren Firnis langsam vergilbte.

War das, was Victoria ein schlechtes Gewissen gemacht hatte, so schrecklich gewesen?

»Und was soll ich nun tun?«, hörte sie sich schließlich fragen.

»Am besten, du findest jemanden, der dir dieses Blatt erst einmal ausliest«, antwortete Michael, während auch er den Blick nicht von dem Palmblatt nehmen konnte. »Vielleicht gehörte es ja einem Familienmitglied. Wenn du den Reader gefunden hast, kann er dir vielleicht auch sagen, zu welcher Bibliothek es gehört. Aber das verspreche ich dir lieber nicht, wie gesagt, es gibt eine Unmenge von diesen Blättern.«

»Das heißt, ich müsste nach Indien.«

»So sieht es aus, denn ich glaube nicht, dass es außerhalb von Indien Nadi-Reader gibt.«

»Oder Sri Lanka.« Der Reiseführer fiel ihr wieder ein. »Gibt es in Colombo auch so eine Bibliothek?«

»Wie kommst du gerade auf Colombo?«, wunderte sich Michael.

»In dem Schließfach befand sich auch ein uralter Reiseführer. Deshalb meine Annahme, dass dieses Palmblatt aus dem späten neunzehnten Jahrhundert stammt.«

»Es ist wahrscheinlich viel älter. Wenn du es mir eine

Weile überlässt, kann ich dir sogar genau sagen, wann es erstellt wurde.«

»Du kannst es in den nächsten Tagen untersuchen. Ich werde noch ein Weilchen dafür brauchen herauszufinden, wo ich eigentlich hin muss.«

Michael strahlte übers ganze Gesicht. »Wenn du es mir überlässt, werde ich es fotografieren und Proben für eine Altersbestimmung entnehmen. So etwas bekommt man nicht so schnell wieder in die Hand.«

»Aber ich würde es gern wiederhaben!«, entgegnete Diana.

»Keine Sorge, das wirst du. Ich rufe dich an, sobald ich Fotos gemacht und Proben genommen habe. Dauert nur ein paar Tage.«

11

COLOMBO, 1887

Am nächsten Morgen bekam Victoria tatsächlich von ihrer Mutter die Erlaubnis, zu den Zimtgärten zu fahren. Wegen ihrer Migräne, die wahrscheinlich der Hauptgrund für ihr Nachgeben war, konnte sie selbst nicht mitkommen, doch sie gab den Mädchen Miss Giles und Mr Wilkes an die Seite, damit sie nicht verloren gingen.

Dass ihre beiden Begleiter wie die Schießhunde auf sie achtgeben würden, schien Victoria nicht im Geringsten zu bekümmern.

»Vielleicht nimmt der Kutscher den Weg, der an der Irrenanstalt vorbeiführt«, flüsterte sie Grace verschwörerisch zu, nachdem sie in der Kutsche Platz genommen hatten.

»Und was willst du dort sehen? Ein deprimierendes Gebäude, umgeben von einem hohen Zaun?«

»Das mag es für dich sein, doch wer weiß, welche jungen Damen dort unschuldig eingewiesen wurden, weil ihre verbrecherischen Ehemänner hinter ihrem Erbe her sind.«

Grace konnte sich ein Grinsen nicht verkneifen. »Du hast wieder eine von diesen Sixpence-Novels gelesen, nicht wahr?«

»Ich?« Vergeblich bemühte sich Victoria um eine Unschuldsmiene. »Das sei fern von mir! Du weißt, was Vater über diese Art von Literatur denkt.«

»Das hat dich doch bisher auch nicht davon abgehalten, sie zu lesen. Versteckst du sie in einem Geheimfach in deinem Koffer?«

Ein schelmisches Lächeln schlich sich auf Victorias Lippen. »Du weißt also davon?«

Grace nickte.

»Und du hast Papa nichts davon erzählt?«

»Du bist meine Schwester, schon vergessen? Schwestern verraten einander nicht.«

Victoria kuschelte sich nun liebevoll an ihren Arm. »Danke, Schwesterherz! Wenn du willst, leihe ich dir mal ein paar davon.«

»Ich glaube nicht, dass mich die Abenteuer von Lord Ruthven interessieren, aber danke für das Angebot.«

Als Miss Giles und Mr Wilkes ebenfalls die Kutsche bestiegen hatten, ging die Fahrt los.

Der Wagenlenker, ein Einheimischer in Diensten des Hotels, verstand es geschickt, die Menschengruppen, Rikshas und Ochsenkarren zu umgehen. Nur einmal, als sich ihnen eine Gruppe von Elefanten in den Weg stellte, waren sie zum Halten gezwungen.

»Was für prachtvolle Riesen!«, staunte Victoria über die Dickhäuter, denen man farbenfrohe Decken übergelegt hatte und die teilweise pagodenähnliche Aufbauten auf dem Rücken trugen.

»Elefanten auf Weg zu Tempel«, erklärte der Kutscher. »Sein heilig, wir warten müssen.«

Da die Prozession der Elefanten eine Weile dauerte, begann Miss Giles unter der glühenden Sonne bereits um ihren Teint zu fürchten.

»Wir werden uns alle furchtbar verbrennen, wenn wir weiterhin stehenbleiben. Miss Grace, ziehen Sie doch den Hut ein wenig mehr ins Gesicht. Das gilt auch für Sie, Miss Victoria.«

Beide junge Frauen kamen der Aufforderung nach, doch

Victoria schnitt ihrer Gouvernante eine Grimasse, als Miss Giles ängstlich zur Seite schaute, wo ein kleiner Junge ihr eine geschnitzte Figur hinstreckte.

Die *Cinnamon Gardens* waren mehr ein Stadtteil als ein wirklicher Garten. Zwischen den Anpflanzungen der Plantage und an deren Rand erhoben sich zahlreiche Häuser. Im Zentrum stand ein großes Gutshaus, umgeben von Gärten mit weißem Sand, in dem die Bäume gediehen, aus denen man den Zimt gewann.

»Wenn wir Glück haben, können wir eine Führung mitmachen«, verkündete Victoria begeistert. »Das steht hier jedenfalls in dem Reiseführer.«

Miss Giles blickte ein wenig leidend auf die Wege, die sich zwischen den Bäumen hindurchschlängelten, als wüsste sie bereits jetzt, dass ihre Stiefeletten ihr ganz furchtbare Qualen bereiten würden.

»Ich bin sicher, dass man diesen Führer mit in die Kutsche holen kann«, behauptete Mr Wilkes, der sich sogleich auf die Suche nach jemandem machte, der sich auskannte.

Grace bemerkte, dass Victoria vor sich hin brütete. Den ganzen Morgen über hatte sie die Nase in dem Reiseführer stecken gehabt. Wie in einem alten Märchen hatte sie offenbar an dem, was sie bekommen konnte, nicht genug.

»Da hast du nun deine Zimtgärten«, sagte Grace und deutete auf die Bäume, die so gar nicht nach Zimt aussahen. »Warum ziehst du trotzdem so ein langes Gesicht?«

»Ich ziehe kein langes Gesicht!«, behauptete Victoria. »Ich denke nur nach.«

»Worüber?«

»Über dieses und jenes.«

»Für eine junge Dame ist es nicht gut, ihre Gedanken einfach ziellos umherirren zu lassen«, fühlte sich Miss Giles bemüßigt, hinzuzufügen.

Grace ahnte jedoch, warum ihre Schwester verstimmt war. Entgegen ihrer Hoffnung war die Kutsche nicht am Irrenhaus vorbeigekommen – worüber sie selbst ganz froh war, denn die Geschichten, die man sich bereits in London von solchen Orten erzählte, waren ganz grauenhaft.

Nach einer Weile gelang es Mr Wilkes, jemanden aufzutreiben, der bereit war, sie durch die Plantage zu führen. Der kleine, etwas untersetzte junge Mann, dessen Hautton an Haselnüsse erinnerte, erklärte ihnen gleich beim Einsteigen in die Kutsche, dass sie ein Stück würden laufen müssen, da die Wege zwischen den Bäumen zu schmal seien, um mit einer Kutsche durchzukommen.

Aber vorerst erläuterte er ihnen in fast unverständlichem Englisch die Geschichte der Plantage, die schon zu Zeiten der Niederländer existiert habe und von den Engländern schließlich zu vollster Blüte gebracht worden war. Als sie schließlich haltmachten, weil die befürchtete Wegenge erreicht war, stieg Miss Giles nur widerwillig aus. Obwohl der Weg zu den Zimtbäumen nicht sonderlich weit war und wesentlich interessanter zu werden versprach als die Fahrt an dem etwas eintönig wirkenden Haupthaus vorbei.

Wie gern wäre ich jetzt in London, dachte Grace gelangweilt. Nicht nur dem Debüt, das sie nie haben würde, trauerte sie nach, auch den Frühjahrsbällen, die die Grundbesitzer in ihrer Gegend reihum gaben. Es würde ihr schrecklich fehlen, Pasteten und Konfekt zu naschen und Quadrillen zu tanzen. Stattdessen wurde sie durch die Gluthitze gekarrt, um zuzusehen, wie Zimt hergestellt wurde, den sie zugegebenermaßen mochte, dessen Entstehung ihr allerdings recht egal war.

Gedankenverloren beobachtete sie die Arbeiter dabei, wie

sie die Rinde von den Zimtbäumen schälten, sie weitergaben, damit sie gerollt wurden und dann am Wegrand zu Bündeln verschnürt lagerten. Die Bündel befanden sich alle in unterschiedlichen Trocknungsstadien. Während einige eher verschrumpeltem Holz ähnelten, sahen andere bereits aus wie die Zimtstangen, die ihre Köchin immer in einem Deckelglas aufbewahrt hatte.

»Wir sollten Papa einige von den Zimtzigarren mitnehmen«, schlug Victoria vor.

»Meinst du wirklich, dass er die rauchen will?«

»Er raucht diese schrecklichen Zigarren, die ihm seine Freunde aus Sumatra schicken«, hielt Victoria fast schon altklug dagegen. »Warum nicht Zimtzigarren? Die riechen sicher wesentlich besser.«

»Also gut, meinetwegen kauf ihm ein paar davon«, sagte Grace. »Ich werde ein paar Zimtstangen kaufen, für den Fall, dass es auf Onkel Richards Plantage keine gibt. Wer weiß, wann wir das nächste Mal in einen Laden kommen, wenn wir erst einmal da sind.«

An einem kleinen Stand deckten sie sich mit ein paar Schachteln Zimt und ein paar Zimtzigarren ein, doch anstatt mit Grace zur Kutsche zurückzukehren, entfernte Victoria sich ein paar Schritte und blieb schließlich stehen.

»Victoria!«, rief Grace ihr hinterher, doch es blieb ihr nichts anderes übrig, als ihr zu folgen.

»Sieh mal dort drüben!« Victoria deutete auf die Häuser jenseits der Büsche, die den Rand der Plantage markierten. Stimmengewirr drang von dort herauf. Ein schmaler Trampelpfad wand sich durch das Gewirr von Frangipani-Büschen. »Was ist, hast du Lust auf ein Abenteuer?«

»Du meinst, wir sollten dort hingehen?« Grace blickte sich zu Mr Wilkes und Miss Giles um, die immer noch am Stand für Zimtstangen standen und sich mit dem Verkäufer unterhielten.

»Warum nicht? Ich hatte mich getäuscht, als ich gedacht habe, die Zimtgärten wären ein aufregender Ort. Wie du siehst, herrscht hier gähnende Langeweile. Aber dort unten«, sie deutete auf die Dächer, vor denen der Trubel aufwallte, »pulsiert das Leben. Schon in der Kutsche habe ich große Lust darauf gehabt, mich in die Menge zu stürzen. Vielleicht finden wir ja den Tempel, zu dem die Elefanten gezogen sind.«

»Aber Miss Giles und Mr Wilkes haben den Auftrag bekommen, uns nicht allein zu lassen.«

»Die werden unsere Abwesenheit gar nicht mitbekommen.«

Ohne sich nach ihren Aufpassern umzudrehen, lief sie auf den kleinen Pfad zu.

»Aber …« Grace stockte. Sie brauchte nur zu schreien, um den Butler und die Gouvernante auf den Plan zu rufen. Victoria würde von ihnen zurück in die Kutsche gezerrt werden und schmollen, aber das würde schon wieder vergehen.

Doch Grace brachte es nicht über sich, ihre Schwester zu verraten. Da Victoria bereits im Gebüsch verschwunden war, raffte sie ihren Rock hoch und lief, so schnell sie konnte, hinterher.

»Du willst also doch mitkommen«, stellte Victoria triumphierend fest, während sie Zweige und kleine Ranken beiseitestrich, die ihnen den Weg versperrten.

»Nur, um aufzupassen, dass du keinen Unsinn machst.«

Victoria lächelte still in sich hinein. Es müsste doch schon mit dem Teufel zugehen, wenn sie ihre ältere Schwester nicht dazu bringen würde, die Fesseln des Erwachsenseins abzulegen. Früher nämlich hatte Grace jeden Spaß mitgemacht und sich nicht nur um Kleider und Bälle gekümmert. Sie hatten sich im Garten unter den Rosenhecken oder in den Laubengängen des Parks versteckt und sich Geschichten ausgedacht. Doch dann hatte ihre Mutter begonnen, Grace auf das Erwachsensein vorzubereiten. Von heute auf morgen gab es nur noch Bälle, Teestunden und Kleideranproben. Victoria graute vor all dem, das sie zweifelsohne auch erwarten würde, wenn sie sechzehn war. Und so wollte sie ihre Kindheit in vollen Zügen genießen – und Grace wieder daran erinnern, wie es früher gewesen war.

Dass sie ihr durch das Gestrüpp folgte und damit ebenfalls Ärger riskierte, stimmte sie ungemein hoffnungsfroh.

»Wir bleiben aber nur ein paar Minuten, dann sehen wir zu, dass wir wieder zurückkommen«, zischte Grace ihr ins Ohr.

Nur einen Augenblick später bereute sie, nachgegeben zu haben. Hinter ihnen hatte sich der Menschenstrom geschlossen und trug sie nun wie die Wogen eines Flusses in der Straße voran. Auf die Schnelle kehrtzumachen, war nahezu unmöglich.

Als sie schließlich in einer Seitengasse wieder herauskamen, lag die Zimtplantage weit hinter ihnen. Jetzt wurde Grace klar, dass sie nicht zufällig an diesem Ort waren. Ihre durchtriebene kleine Schwester hatte alles bis ins kleinste Detail geplant!

»Komm schon!«, rief Victoria, während sie sie an der Hand voranzog. »Es müsste hier irgendwo sein!«

»Du meinst den Tempel?«

»Nein, etwas viel Spannenderes.«

»Hast du davon in dem Stadtführer gelesen?«, fragte Grace besorgt.

»Nein, auf einem Handzettel, der auf dem Fensterbrett im Speisesaal lag.«

»Und was stand darauf?«

Grace erinnerte sich an das abgegriffene Pamphlet und ärgerte sich nun, es ausgeschlagen zu haben, einen Blick darauf zu werfen. So konnte sie Victoria nicht einmal ihr Vorhaben ausreden.

»Das verrate ich dir nachher. Jetzt lass dich nicht ziehen wie ein störrischer Esel.«

Zwischen den Einheimischen in ihren Saris und Sarongs fühlte sich Grace vollkommen fehl am Platze. Schweiß lief unter dem Korsett ihren Rücken hinunter, und ihre Haut fühlte sich an, als würde sie nicht nur wegen der Sonne brennen. Die Blicke der Einheimischen, die Verwunderung über den Aufzug der beiden Engländerinnen, stachen wie Nadeln auf ihren Körper ein, und am liebsten hätte sie mit Victoria kehrtgemacht.

Doch da machte ihre Schwester schon vor einem etwas verfallen wirkenden Gebäude halt. Der Putz bröckelte in großen Fladen ab, ein Fensterladen hing schief in den Angeln. Anstelle von Gardinen hingen bunte Tücher vor den Fenstern, neben dem Eingang entdeckte Grace eine bunt bemalte, vielarmige Männerstatue. Unter dem Vordach aus geflochtenen Palmblättern saß ein junger Mann in farbenfrohen Gewändern, auf dessen Stirn zwei rote Striche leuchteten, wie sie sie schon bei Männern am Hafen gesehen hatte. Er musterte die beiden jungen Frauen eindringlich, ja beinahe dämonisch.

»Sie Engländer«, sagte er schließlich. »Sie wissen wollen Schicksal?«

»Aber natürlich!«, rief Victoria begeistert aus. »Grace, das ist eine Palmblattbibliothek! Hier soll es Hunderte von diesen Blättern geben, auf denen die Schicksale der Menschen geschrieben stehen. Das stand auf dem Zettel!«

Deshalb hatte Victoria nichts gesagt! Sie wusste, dass ich dazu nein sagen würde! Grace zog sie an der Hand zurück.

»Das ist nur Budenzauber, Victoria! Lass uns wieder gehen!«

»Wenn es nur Budenzauber ist, brauchen wir davon ja nichts zu befürchten.« Victoria setzte ihr flehendes Kleinmädchengesicht auf, von dem sie wusste, dass ihre Schwester ihm nicht widerstehen konnte. »Bitte, Grace, lass ihn uns die Zukunft vorhersagen!«

»Aber er wird bestimmt versuchen, uns auszurauben!«, hielt Grace dagegen, wobei sie allerdings wusste, dass das keinen Effekt auf ihre nach Abenteuern dürstende Schwester haben würde.

»Dazu hätten die anderen Leute auch schon Gelegenheit gehabt, oder nicht? Nicht mal die aufdringlichen Juwelenhändler am Hafen haben uns etwas getan!«

Grace seufzte. Wenn sie nicht nachgab, würde Victoria ihr den ganzen Weg über Vorhaltungen machen, was für ein Angsthase sie war.

»Also gut, was kostet das?«, fragte Grace, worauf sie der Mann mit seinen dunkelbraunen Augen so eindringlich musterte, als wollte er in die tiefsten Regionen ihrer Seelen schauen. Wahrscheinlich gehört das zu der Gaukelei dazu, sagte sie sich, wich seinem entblößenden Blick aber nach einer Weile aus.

»Fünf Rupien!« Um seine Worte zu unterstreichen, spreizte er die Finger seiner rechten Hand und hielt sie ihr entgegen.

Victoria stieß Grace ihren Ellbogen in die Seite. »Na mach schon, sei kein Angsthase. Noch vor zwei Jahren wärst du diejenige gewesen, die mich in solch ein Haus geschleppt hätte.«

Stimmte das? Grace war mittlerweile nicht mehr sicher, ob sie wirklich je so wild gewesen war wie ihre Schwester. Der Unterricht in Benehmen und die angekündigten Pflichten als

Erwachsene hatten die Streiche der Vergangenheit in Vergessenheit geraten lassen.

Grace reichte dem jungen Mann das Geld, das er flink unter seinem Gewand verschwinden ließ. Dann erhob er sich und führte sie in einen kleinen Raum, in dem die blaue Farbe ebenfalls von den Wänden bröckelte. Das, was offenbar so etwas wie ein Wartezimmer sein sollte, war vollkommen leer. Hinter einem Vorhang aus buntem Stoff rumorte es.

Grace spürte, dass sich ihre Nackenhaare aufstellten. Und wenn dahinten eine Bande von Vergewaltigern lauerte?

»Du kommen.« Der Mann deutete auf Grace. Diese schlug erschrocken die Hand auf die Brust.

»Nicht wir beide?«

Der Mann schüttelte den Kopf. »Immer ein Blatt pro Person. Du kommen erst, dann andere Miss.«

Grace blickte panisch zu Victoria. Diese schien ein wenig enttäuscht zu sein, dass sie nicht als Erste hinter den Vorhang durfte, ihre Ängste schien sie trotz des Konsums von vor Gewalt nur so strotzenden Schauerromanen nicht zu teilen.

»Du kommen!«, sagte der Mann nun mit Nachdruck, während er den Vorhang beiseiteschob. Aus dem kurzen Gang dahinter leuchtete ihnen helles Tageslicht entgegen.

Mit einem klammen Gefühl in der Magengegend folgte Grace dem Mann ins Hinterzimmer. Mit einem Ohr lauschte sie dabei immer wieder nach vorne, in banger Erwartung, dass Victoria aufschreien würde, weil ein Mädchenhändler sie packte. In London hätte das in einer Gegend wie dieser passieren können.

Unvorstellbar, dass ich hierbei mitmache, dachte sie erneut. Wenn Mutter das wüsste, würde sie uns von Miss Giles eine ganze Woche lang Lektionen über gutes Benehmen geben lassen. Dazu gehörte es, in einem fremden Land nicht von der

Straße abzuweichen, ja sich gar nicht erst in solch ärmliche Gegenden zu begeben, wo es vor Dieben und Halsabschneidern nur so wimmelte. Schon auf dem Weg hierher war ihr jeder Blick, jedes unverständliche Wort feindselig erschienen. Es wäre besser gewesen, in lichteren Gefilden Colombos zu bleiben.

Ihr stummer Sermon fand ein Ende, als sie einen weißhaarigen, braungebrannten Mann in einer weißen Kutte erblickte. Trotz seines recht hohen Alters saß er in einer seltsamen Haltung auf einer Palmblattmatte, neben sich ein kleines Gefäß, dem ein würziger Geruch entströmte.

Während ihr Begleiter dem Alten jetzt etwas in seiner Muttersprache sagte, schämte sich Grace nun für ihren Verdacht. Der Alte könnte gut ihr Großvater sein und hatte offensichtlich kein Verlangen danach, über eine junge Frau herzufallen. Neben ihm auf dem Boden lagen längliche Gebilde, die Grace an chinesische Fächer erinnerten, nur dass sie wesentlich größer und mit seltsamen Zeichen bedeckt waren.

»Ich dir Frage stellen, du antworten«, kündigte der junge Mann an, während er nach einer Feder und einem Stück Papier griff. Erschrocken blickte Grace auf und bemerkte, dass der alte Mann sie musterte. Erst jetzt fiel ihr ein, dass sie ihn beim Eintreten nicht gegrüßt hatte. Wie ungehobelt von ihr! Doch was sollte sie zu diesem Mann sagen? Sie nickte ihm kurz zu, dann schoss der Gehilfe des Alten – nichts anderes war der Mann mit der roten Stirnzeichnung – schon die ersten Fragen auf sie ab.

Wie ihr Name sei, wer ihre Eltern waren, woher sie kam, wann sie geboren sei und so weiter.

Nur äußerst widerwillig gab Grace die Antworten, denn noch immer vermutete sie einen Betrug hinter dem Geschehen. Den Gedanken, falsche Angaben zu machen, verwarf sie allerdings rasch wieder, denn wenn dies hier wirklich ein Zukunftsorakel war, würde es vielleicht schlimme Auswirkungen auf ihre Prophezeiung haben. Nicht, dass sie daran glaubte, aber sie kannte sich gut genug aus, um zu wissen, dass ein schlechtes Zukunftsomen ihr tagelang den Schlaf rauben würde, weil sie nicht sicher sein würde, ob doch etwas daran war.

Nachdem er alle Antworten niedergeschrieben hatte, verschwand der Gehilfe in einem weiteren Raum und verschloss die Tür davor so sorgsam, als fürchte er, dass etwas daraus gestohlen werden konnte. Grace blickte sich unsicher um. Der alte Mann, der während der ganzen Zeit kein einziges Wort gesagt hatte, sah sie noch immer bohrend an. Um seinem Blick zu entgehen, wandte sich Grace dem Vorhang zu, hinter dem Victoria im Wartezimmer saß. Dort war alles ruhig. Wahrscheinlich langweilte sie sich gerade oder fragte sich, wo ihre Schwester abgeblieben war …

Ein Rascheln brachte sie dazu, wieder auf die gegenüberliegende Tür zu blicken, in der der Gehilfe mit einem schmalen braunen Blatt, das einem Lineal ähnelte, erschien.

»Ich finden Blatt für Miss«, verkündete er lächelnd. »Ich es geben zum Lesen Brahma.«

Offenbar war das der Name des Alten, der nun das Blatt mit einer huldvollen Verbeugung gereicht bekam. Brahma wandte den Blick endlich von ihr ab und ließ seinen Finger über das trockene Palmblatt gleiten. Nach einer Weile sprudelten die ersten fremdartigen Worte aus seinem Mund, die der junge Gehilfe simultan übersetzte.

Nur schwerlich konnte Grace den von schwerem Akzent gefärbten Worten folgen.

»Vater reicher Mann … große Reise … Entscheidung … Sturm, der alles verändert … Hochzeit …«

Nach einer Weile gab Grace es auf, den Worten folgen zu wollen. Sie ließ die Informationen, die sie eigentlich gar nicht haben wollte, wie Wasser an sich herunterrieseln, bis der junge Mann schließlich sagte: »Du gehen in dreiundsechzigste Jahr in nächste Leben ein. Du noch drei Leben bis erreichen Nirvana.«

Sagte er ihr etwa ihren Tod voraus? Mit dem fremden Wort am Ende konnte sie nichts anfangen, doch es klang ziemlich nach Jenseits.

Auf einmal schnürte ihr das Korsett die Luft noch mehr ab als zuvor, die Hitze in dem Raum war unerträglich, und ihre Glieder begannen zu zittern. Nur unter Aufbietung ihrer gesamten Beherrschung schaffte sie es, nicht aufzuspringen und aus dem Raum zu stürmen.

Als der Alte verstummte und der Gehilfe endlich mit seiner Übersetzung am Ende war, griff Letzterer zu einem Blatt Papier, auf das er in Windeseile die Zeichen von dem seltsamen Blatt herunterkopierte.

Als er es ihr reichte, war Graces Hals so trocken, als hätte sie Sand geschluckt.

»Das nehmen, Miss, als Erinnerung und wenn noch Fragen.«

Grace war sicher, dass sie nicht noch einmal an diesen Ort kommen würde. Das Gebrabbel des Gehilfen hatte sie beinahe schon wieder vergessen. Und gewiss war es doch nur Unsinn, was er ihr prophezeit hatte.

Dennoch bedankte sie sich höflich und verließ dann mit großen Schritten den Raum. Draußen flog ihr Victoria regelrecht entgegen.

»Und? Was hat er dir vorhergesagt?«

»Dass wir einen Haufen Ärger bekommen werden und das alles für unsinniges Gestammel und Zeichen, die keiner lesen kann.«

Mit leuchtenden Augen riss Victoria ihr das Blatt aus der Hand. »Was bedeutet das? Was hat er zu dir gesagt?«

»Nichts von Belang. Wir sollten jetzt lieber wieder gehen.«

»Aber ich war doch noch nicht an der Reihe!«, protestierte Victoria und hielt ihre Schwester mit einem beherzten Griff an ihren Rock zurück. »Außerdem galten die fünf Rupien für uns beide!«

Da erschien auch schon der Gehilfe, der die zweite Miss hereinrief.

Beinahe rannte Victoria hinter dem Mann her, der gekommen war, um sie abzuholen. Grace sah ihr seufzend nach, ließ sich dann auf die Holzbank sinken und richtete einen Blick auf den Papierbogen. Sagten die Schriftzeichen wirklich das aus, was man ihr erzählt hatte? Hatte sie den Mann richtig verstanden? Vielleicht sollte ich das Blatt noch einmal von jemand anderem lesen lassen? Auf der Plantage gab es doch sicher Leute, die dazu bereit wären.

Doch was kümmere ich mich überhaupt darum? Die Vorhersagen passen bestimmt auf jede andere Engländerin auch, die nach Ceylon kommt. Der Alte und sein Gehilfe, der vielleicht sogar sein Sohn war, boten ihre Dienste gewiss nur an, um sich am Leben zu erhalten. Wer weiß, vielleicht hatten sie diese Palmblätter selbst geschrieben und machten nun ein großes Brimborium darum, um die Aura des Mystischen zu wahren? Vielleicht gab es hinter der Tür, die er schnell wieder zugemacht hatte, gar keine Bibliothek dieser Blätter, sondern nur ein einziges, das den Leuten immer wieder gezeigt wurde, während sich der ältere Mann Geschichten dazu ausdachte. Wer konnte schon nachprüfen, was auf dem Blatt wirklich stand?

Ich werde es herausfinden, dachte Grace auf einmal entschlossen, und dem Betrug ein Ende setzen.

Nach einer schier endlos erscheinenden Zeitspanne kehrte Victoria zurück. Sie trug keinen Zettel bei sich und zog ein langes Gesicht. »Sie haben keines für mich«, berichtete sie enttäuscht.

»Was?« Grace zog verwundert die Augenbrauen hoch. Dann packte sie der Zorn. Natürlich ist das alles nur fauler Zauber. Sie hatte es doch gewusst! Wenn mehr als eines von diesen lächerlichen Blättern existieren würde, hätten sie es nicht nötig gehabt, Victoria zu enttäuschen. So fürchteten sie natürlich, dass es auffliegen würde, wenn sie zweimal dieselbe Vorhersage machten. »Ich werde mit dem Mann sprechen!«

»Nein, lass ihn ...« Doch Victorias Hände griffen ins Leere, Grace stürmte im nächsten Augenblick durch den Perlenvorhang.

»Können Sie mir erklären, warum Sie meiner Schwester keins von diesen lächerlichen Palmblättern geben wollen?« Grace richtete sich zu ihrer vollen Größe auf und verschränkte die Hände vor dem Körper.

Der alte Mann hob den Kopf und blickte sie ruhig an. Ja, er lächelte sogar, als hätte er sich mit ihr einen Scherz erlaubt. »Manche Menschen kein Palmblatt, weil Seele neu auf Welt. Noch kein Karma, noch kein Leben davor.«

Er sprach Englisch? Und dann auch noch so gut? Warum tat er dann so, als verstünde er nichts? Gehörte das zu seinem Betrug dazu?

Nach einem Moment des Erstaunens fing sich Grace wieder. Da ihr die Erklärung äußerst fadenscheinig erschien, forderte sie: »Ich möchte Ihre angebliche Palmblattbibliothek sehen!«

»Das können Sie nicht«, gab der Alte seelenruhig zurück.

Grace verschränkte angriffslustig die Arme vor der Brust. »Und warum nicht? Weil Sie nur ein einziges von diesen vertrockneten Blättern besitzen, oder? Ich werde mich beim Gouverneur persönlich darüber beschweren, dass solche Betrügereien in seinem Herrschaftsbereich möglich sind!«

Obwohl der Alte sie nun wieder seltsam und bohrend musterte, sah Grace ihn weiterhin herausfordernd an.

Schließlich wandte sich der Alte wieder an seinen Gehilfen. »Zeig sie ihr.«

»Aber sie sind heilig!«, wandte er ein.

»Sie wird uns bei Behörden anzeigen. Zeig sie ihr.«

Der junge Mann sah sie finster an, ging zur Tür und öffnete sie.

»Kommen, Miss.«

Misstrauisch trat Grace näher. Würde der Kerl ihr eins überziehen? Ihr Herz raste wie wild, doch ihr Stolz verbot ihr den Rückzug. Als sie durch die Tür spähte, stockte ihr der Atem. In einem Raum, der ungefähr die Größe des Arbeitszimmers ihres Vaters hatte, lagen auf etwas windschiefen Regalen angeordnet fächerartige Bücher aus diesen beschriebenen Palmblättern, so viele, dass sie sie auf Anhieb nicht zählen konnte. Jedes dieser Bücher enthielt Dutzende von getrockneten Palmblättern, die von der Zeit geblichen worden waren.

Erschüttert zog sich Grace zurück. Ihr Ausbruch war ihr auf einmal furchtbar peinlich.

»Ich habe gespürt, dass Sie zweifeln«, sagte der alte Mann hinter ihr. »Doch Schicksal kümmert sich nicht darum. Ich habe Ihnen vorgelesen, was geschehen wird. Wenn Sie meinen Rat dazu brauchen oder die Vorhersage noch einmal wissen wollen, kommen Sie jederzeit her.«

»Verzeihen Sie, ich …« Grace verstummte beschämt.

»Sie sind Engländerin. Sie nicht kennen unsere Wege. Noch nicht.«

Zu ihrem großen Erstaunen klang seine Stimme weder

grollend noch beleidigt. »Höre immer auf dein Herz und folge ihm«, setzte er hinzu. »Tust du das nicht, wirst du Unglück bringen über dich und jene, die du liebst.«

Verwirrt sah Grace ihn an, dann verabschiedete sie sich von dem Alten und trat nach draußen.

»Sie haben doch kein Blatt für mich, stimmt's?«, fragte Victoria, als sie zu ihr gelaufen kam.

Grace schüttelte den Kopf. »Komm, Victoria, wir müssen zurück!« Nachdem sie sich kurz nach dem Mann, der hinter ihr in den Warteraum getreten war, umgesehen hatte, nahm sie ihre Schwester bei der Hand und zerrte sie nach draußen.

Am Abend, zurück im Hotel und nach einer anständigen Standpauke durch ihre Mutter und einem Vortrag über gutes Benehmen seitens Miss Giles, setzte sich Grace wieder in die Fensterlaibung.

Mondlicht versilberte den Hafen und das Meer, der goldene Schein der Lampen warf ihre Gestalt als Spiegelbild auf die Scheiben. Durch die Dunkelheit leuchteten die Lampen der Schiffe, und in der Ferne schickte der Leuchtturm sein Licht durch die Nacht.

Aus irgendeinem Grund war ihr der Besuch in der Palmblattbibliothek nicht aus dem Sinn gegangen. Vielleicht, weil ich mich so unmöglich benommen habe?

Je länger die Sitzung zurücklag, desto mehr Details, die ihr in ihrer Voreingenommenheit nicht bewusst geworden waren, kamen ihr in den Sinn, wie ein Zauber, der langsam zu wirken begann.

Die Art, wie der alte Mann die Fingerkuppen über die eingebrannten Buchstaben hatte gleiten lassen und dazu mit leierndem Singsang die Worte intonierte, die von seinem Schüler übersetzt worden waren. Das Blatt, das schon viele hundert

Jahre alt sein musste. Der Duft nach Weihrauch, Patschuli und anderen Dingen, die sie nicht benennen konnte. Und dann der Blick des Mannes!

Obwohl sie sich sagte, dass das Horoskop Humbug war, holte sie den Zettel und einen Schreibblock samt Bleistift heran. Dann versuchte sie, sich an das Kauderwelsch des Assistenten zu erinnern.

»Was machst du da?«, fragte Victoria, während sie von ihrem geliebten Stadtplan aufblickte.

»Ich schreibe etwas.«

»Und was?«

»Nur ein paar Gedanken. Nichts Besonderes.«

»Gedanken zu deinem Palmblatt?«

Ihren scharfen Augen war nicht entgangen, dass Grace den Zettel aus der Bibliothek neben sich liegen hatte.

»Gedanken darüber, dass ich mich wahrscheinlich nie wieder dazu hinreißen lassen werde, dich in irgendwelche windigen Ecken der Stadt zu begleiten«, entgegnete Grace giftig, um ihre Verlegenheit zu kaschieren. Nach dem Aufstand, den sie auf dem Rückweg gemacht hatte, konnte sie unmöglich zugeben, dass sie vorhatte, den Wortlaut der Sitzung zu rekonstruieren.

»So schlimm war es doch gar nicht!«, gab Victoria zurück, während sie eine weitere Seite des Plans aufschlug. »Und wir waren doch noch gar nicht bei den Edelsteinhändlern. Da will ich morgen hin!«

»Nur, wenn wir eine Kutsche nehmen, die nicht durch das Elendsviertel der Stadt fährt! Außerdem werden Mutter und Miss Giles sicher mitkommen wollen, du hast gehört, was sie beim Abendessen gesagt hat.«

»Ja, ja, ihr geht mir nie wieder unter die Einheimischen, Kinder, sie könnten euch fressen.«

Victorias Tonfall reizte Grace zum Lachen.

»Na siehst du, da ist deine ganze Ernsthaftigkeit dahin!«, setzte Victoria hinzu, denn sie hatte bemerkt, dass ihre Schwester sich sehr zurückhalten musste, um nicht in lautes Gelächter auszubrechen.

»Du lässt das besser nicht Miss Giles oder Mutter hören, sonst kriegen wir hier noch Hausarrest!«

»Keine Sorge, ich werde morgen brav sein wie ein Engel.« Während sich Victoria nun wieder in ihren Reiseführer vertiefte, spürte Grace den Worten des Gehilfen nach.

Was hatte der Mann gesagt? Dass sie noch vor ihrem zwanzigsten Jahr ihre große Liebe finden würde? Dass sie heiraten und ein Kind bekommen würde? Um das vorherzusagen, brauchte sie keinen Hellseher. Ihre Mutter würde gewiss dafür sorgen, dass sie heiratete und Kinder bekam. Wahrscheinlich erging das jeder Frau so. Und es war unwahrscheinlich, dass sie von hier fortkam. Bestenfalls würde sie in Colombo leben, direkt am Meer.

Eine Passage war ihr gleich beunruhigend erschienen. In demselben Jahr, in dem ihr Kind geboren wurde, sollte ein großer Sturm über sie hereinbrechen, der ihr Leben, wie sie es kannte, beenden sollte. Hieß das, sie würde in einem Unwetter umkommen? Oder erwartete sie der Sturm der Veränderung?

Letzteres war wahrscheinlich, denn unter dem Gebrabbel, das immer undeutlicher wurde, hatte sie noch verstanden, dass ihr ein gutes Ende beschieden sei und sie nach fast dreiundsechzig Jahren ins nächste Leben eingehen würde. Ach ja, und sie würde den Rest ihres Lebens am Meer verbringen.

All diese Fakten schrieb Grace nieder, und nachdem sie sie gelesen hatte, schüttelte sie den Kopf.

Wie es aussah, würde ihre Familie Ceylon nicht so bald verlassen, Hochzeit und Kinderkriegen waren nichts Besonderes, und wenn sie insgesamt zweiundsechzig Jahre leben sollte, dann war das zwar nicht viel, aber noch weit entfernt vom heutigen Tag. Abgesehen von ihrem Todesalter – was sie doch ziemlich makaber fand – hätte ihr das jeder Jahrmarktsgaukler vorhersagen können.

Dann fiel ihr aber noch etwas ein, der Satz, den ihr der alte Mann als Rat auf den Weg mitgegeben hatte. Höre immer auf dein Herz und folge ihm. Tust du es nicht, wirst du Unglück bringen über dich und jene, die du liebst.

So oder zumindest so ähnlich hatte er es ausgedrückt. Auf mein Herz hören, dachte Grace, während sie den Kopf an die Fensterscheibe lehnte. Was will denn mein Herz überhaupt? Und warum sollten meine Wünsche das Schicksal unserer Familie beeinflussen? Die Tremaynes waren es gewohnt, auf ihren Verstand zu hören, zu tun, was ihre Pflicht ist.

Dieser Gedanke beschäftigte sie selbst dann noch, als sie zu Bett ging und schlaflos an die Decke starrte.

12

Berlin, 2008

Während die U-Bahn in Richtung Innenstadt ratterte, versuchte Diana die bisherigen Informationen über das Geheimnis zu ordnen. Sie hatte den Teil eines Orakels gefunden, praktisch ein uraltes Horoskop. Über diese kleinen Vorhersagen in der Zeitung lachte sie meist, denn sie waren immer so formuliert, dass sie auf jeden zutrafen. Auch glaubte sie nicht, dass irgendeine Instanz bereits die gesamte Zukunft eines Menschen kannte, selbst wenn es hieß, dass mit der Stunde der Geburt auch die Todesstunde des Menschen festgeschrieben wurde. Doch von diesem Palmblatt ging eine seltsame Wirkung aus. Ob Tremayne House erleichtert aufatmete, jetzt, da das Blatt aus seinen Mauern entfernt worden war? Hatten die Steine gewusst, was sie da verbargen? Den pragmatischen Mr Green danach zu fragen, wäre zwecklos gewesen …

Eine Dreiviertelstunde später stand sie erneut vor ihrem Haus. Beim Eintreten schlug ihr wieder die eisige Atmosphäre entgegen, die schon beim Frühstück geherrscht und an der sie nicht unmaßgeblichen Anteil hatte.

Verdammt, warum ist er denn schon so früh hier, dachte Diana ärgerlich. Er hat doch sonst seinen Feierabend immer gern nach hinten verlegt.

»Du bist zurück.«

Diana hob den Kopf. Philipp lehnte an der Treppe.

»Willst du jetzt jeden Tag im Haus herumlungern und darauf warten, dass ich wiederkomme? Das hast du doch früher nicht gemacht.«

»Ich habe frei, schon vergessen? Eigentlich sollte das unser gemeinsamer Urlaub sein.«

»Urlaub«, schnaufte Diana spöttisch. »Wann hast du denn das beschlossen? In den zwei Wochen, in denen ich in England war? Wir haben doch schon lange keinen gemeinsamen Urlaub mehr gemacht.«

»Aber vielleicht sollten wir damit anfangen.«

Diana schüttelte den Kopf. Was war nur in ihn gefahren?

»Entschuldige mich, ich habe zu tun«, murmelte sie traurig.

»Lass uns doch endlich reden«, sagte er dann. »Glaub mir, es war nur eine einmalige Sache.«

Diana schüttelte den Kopf als Zeichen, dass sie nicht reden wollte. Ihr Kopf schwirrte von allem, was sie heute erfahren hatte, außerdem wollte Eva ihr wichtige Unterlagen zumailen.

Als sie an ihm vorbei die Treppe hinaufwollte, schnellte seine Hand an ihren Arm und hielt sie fest. Diana sah ihn finster an. »Was soll das?«

»Ich will die Sache doch nur aufklären.«

Erst jetzt bemerkte sie, dass er eine Alkoholfahne hatte. Offenbar hatte er sich Mut antrinken müssen.

Diana wurde klar, dass sie mit Wut hier nicht weiterkommen würde. Beinahe fürchtete sie sich ein wenig vor ihrem Mann.

»Philipp, lass mich los«, sagte sie so beherrscht, wie sie in dieser Situation sein konnte. Ihre Blicke trafen sich, dann stellte Diana fest, dass seine Augen, an denen sie sich früher nicht hatte sattsehen können, auf einmal kalt wie zwei dunkle Gruben wirkten. Da wusste sie, dass jede Erklärung, mit der er herausrückte, eine Lüge sein würde. Eine Lüge, die sie in

Sicherheit wiegen und ihm den Freiraum gewähren sollte, es wieder zu tun, sobald sich eine Gelegenheit ergab.

»Philipp, bitte!« Ihre Stimme klang nicht flehentlich, sondern bestimmt, als drohte sie ihm eine Tracht Prügel an, wenn er ihrem Wunsch nicht nachkam. Augenblicklich löste sich die Klammer um ihren Arm wieder.

»Verdammt!«, fluchte er im nächsten Augenblick und schlug wütend mit der Faust auf das Geländer. Diana wich erschrocken zurück. Hin und wieder hatte sie ihn schon wütend erlebt, aber nicht so.

»Dann rede nicht mit mir!«, fauchte er sie an. »Verkriech dich doch in deiner geliebten Arbeit. Oder vielleicht ganz in dem verfallenen englischen Kasten!«

Auf dem Absatz kehrtmachend stürmte er aus dem Haus. Wenig später sprang der Motor seines Wagens an. Diana lehnte sich gegen die Wand.

Er hat recht, dachte sie, ich hätte in England bleiben sollen. Und er bei seiner Geliebten. Warum zum Teufel war er hier? Doch nur, weil er sein Gewissen beruhigen wollte.

Er ist wirklich nicht mehr der Mann, den ich vor Jahren kennengelernt habe. Oder bin ich nicht mehr dieselbe Frau?

Als das Motorengeräusch verklungen war, ging sie nach oben und holte die Schatulle hervor.

»Welche Geheimnisse stecken noch in dir?«, fragte sie, während sie mit dem Finger vorsichtig über die verzierte Oberfläche strich und zu rekapitulieren versuchte, was Michael gesagt hatte. Philipps Zorn hielt sie ein wenig zurück, doch schließlich gelang es ihr, die Informationen in eine Reihe zu bringen.

Minuten später saß sie vor dem Computer und versuchte, so viele Informationen wie möglich aus dem Internet zu holen. Augenzeugenberichte über Nadi-Readings, Erfahrungsberichte über die Trefferquote der Vorhersagen. Wenn es stimmte, was die Leute behaupteten – und Dianas skeptischer Geist schlug regelmäßig Alarm bei den Behauptungen –, war das Palmblattorakel ungeheuer genau. War es möglich, dass auch eingetroffen war, was auf diesem Blatt stand?

Nachdem sie eine Weile überlegt hatte, griff Diana nach der alten Fotoplatte, die ebenfalls im Kästchen gelegen hatte und die unter ihren Händen beinahe zerfiel. Zum ersten Mal nahm sie sich die Zeit, sie genauer anzuschauen, nachdem sie sie auf Tremayne House eher beiläufig betrachtet hatte. Ich werde einen Abzug davon machen lassen müssen, ging es ihr durch den Sinn, während ihr Blick über die vergilbten hellen und nachgedunkelten dunklen Flächen glitt, die eine Berglandschaft vor strahlendem Himmel darstellten.

Bei genauerem Hinsehen stellte sie fest, dass nicht nur der imposante Berg festgehalten worden war. In der Ferne, beinahe verwischt durch einen Altersfleck, bemerkte sie eine weiße Gestalt. Nachdem sie vergeblich versucht hatte, zu erkennen, wer sie war, kramte sie eine Lupe, die sie sonst nur zum Entfernen von Holzsplittern aus ihren Fingern benutzte, aus der Schublade. Viel aufschlussreicher wurde die Aufnahme dadurch nicht, aber immerhin erkannte sie, dass es sich um eine Frau handelte. Eine Frau in typischem viktorianischen Kleid. Das Gemälde im Korridor von Tremayne House fiel ihr wieder ein. War es möglich, dass es sich um Grace oder Victoria handelte?

Ein weiterer Blick durch die Lupe sagte ihr, dass es sich bei der Person um eine Erwachsene handeln musste. Da Victoria zu der Zeit etwa dreizehn oder vierzehn gewesen sein mochte, kam nur Grace in Frage. Grace, ihre Ururgroßmutter.

Diana ließ sich gegen die Stuhllehne sinken. Ein seltsames Gefühl überkam sie. Zwar hatte sie sie bereits auf dem Gemälde gesehen, doch das war gewiss vom Stil des Malers und dem Geschmack der Zeit beeinflusst. Eine Fotografie zeigte den Menschen unverfälscht. Schade nur, dass sie das Gesicht nicht sehen konnte, dass sie nicht erkennen konnte, was Grace in dem Augenblick gefühlt hatte.

Was den Hintergrund anging, war sie sich schon etwas sicherer. Eine ähnliche Landschaft wie diese hatte sie schon einmal in einer Reportage über Indien gesehen. Grace stand unverkennbar vor einem Hügel, der mit Teepflanzen bedeckt war. Sie musste nach Ceylon gereist sein, zusammen mit ihrer Familie. Anlässlich des Todes ihres Onkels? Oder gab es noch einen anderen Grund?

Auf einmal wusste Diana, wohin sie ihr Weg führen würde. Rasch verstaute sie die Sachen in der Schatulle, die sie sich unter den Arm klemmte, um damit die Treppe hinunterzustürmen.

Nachdem sie ihren Wagen im Parkhaus zum Stehen gebracht hatte, zog Diana die angelaufene Fotoplatte mit der Frau, die sie für ihre Urahnin hielt, zwischen den Seiten des Reiseführers hervor. Es musste doch möglich sein, ihr ihre Geheimnisse zu entreißen. Geheimnisse, die bislang in den Schatten und unter den Flecken des Verfalls verborgen gewesen waren. Mit zusammengekniffenen Augen betrachtete sie die Aufnahme. Doch weder kam die Gestalt näher, noch nahm sie konkretere Züge an. Auch die Sonne schob sich nicht weiter über den Hügel, als hielten unsichtbare Ketten sie fest. Was blieb, war ein längst vergessener Wimpernschlag, der durch die Kamera festgehalten worden war und der sich nie verändern würde.

Seufzend schob sie das Foto wieder zwischen die brüchigen Seiten des Passengers Guide und ließ ihn in ihrer Tasche verschwinden. Das Büchlein schien der ideale Begleiter für ihr Vorhaben zu sein, das auf der Fahrt immer konkretere Formen angenommen hatte.

Die Spontaneität ihres Entschlusses verwunderte sie selbst, eigentlich benötigte sie schon einige Zeit, um eine Reise zu planen. Aber es fühlte sich richtig an, herzufahren und die Sache gleich in Angriff zu nehmen.

Nachdem sie das Parkhaus verlassen hatte, strebte sie dem Reisebüro zu, dessen Schaufenster von einem lächelnden Flugzeug und einer strahlend gelben Sonne beinahe zugeklebt war.

Sobald der Fall, den Eva während ihrer Abwesenheit an Land gezogen hatte, beendet war, würde Diana nach Colombo fliegen und sich von dort aus auf die Suche nach Spuren ihrer Vorfahren machen. Und natürlich die Bibliothek finden, aus der das Palmblatt entwendet worden war.

Eine junge, adrett gekleidete Frau, die ein wenig an eine Stewardess erinnerte, nahm sie in Empfang und bugsierte sie zum sauber aufgeräumten Beratungstisch mit Computer, dem lediglich das Foto eines kleinen Mädchens eine persönliche Note verlieh.

Diana versagte sich, zu fragen, ob es die Tochter der Frau war. Sie nannte ihr Reiseziel und beobachtete, wie die Frau geschäftig Kataloge vor ihr ausbreitete und Diana die verschiedenen Angebote der Ferienanlagen erklärte.

»Ich suche eigentlich keine Ferienanlage«, entgegnete sie daraufhin. »Ich brauche nur ein Hotel und einen Flug.«

»Sie möchten das Land also ursprünglich kennenlernen.«

»Das kann man so nennen.«

»Dann empfehle ich Ihnen das …«

»Gibt es das Grand Oriental Hotel heutzutage noch?«, fiel Diana ihr ins Wort. Dieses Hotel hatte sie in dem Reiseführer gefunden, es war einer der Orte, die angestrichen waren. Hatte Richard Tremayne hier gewohnt?

»Aber natürlich gibt es das. Es wäre eine meiner Empfehlungen gewesen.«

»Erzählen Sie mir mehr darüber!«, bat Diana lächelnd und lehnte sich zurück, während die junge Frau darüber referierte, dass es sich, erbaut um 1837, um eines der ältesten Hotels in der Stadt handelte, das von den jetzigen Betreibern sogar als Legende vermarktet wurde. Es befand sich heutzutage in direkter Nachbarschaft zum World Trade Center Colombos und bot einen einzigartigen Blick auf den Hafen.

Ein Lächeln huschte über Dianas Gesicht, als die Angestellte ihr ein Foto des Baus zeigte. Das klassizistische Bauwerk, das eingerahmt war von Wolkenkratzern, hätte so auch in New York oder London stehen können. Der Ochsenkarren davor schien ebenso wie die Palmen aus einer anderen Welt zu kommen. Dabei war es das Haus, das aus einer anderen Welt stammte.

»Die Zimmer sind alle sehr schön eingerichtet, teilweise noch so wie im 19. Jahrhundert. Es befindet sich übrigens im ehemaligen Fort der Stadt und bietet seriösen Edelsteinhändlern auch sehr interessante Ausflugstouren in die Stadt.«

»Dann habe ich gefunden, was ich suche«, entgegnete Diana, während sie den Hotelflyer zu sich zog.

Zunächst sah die Angestellte sie ein wenig verwundert an, wahrscheinlich war sie langwierigere Beratungen gewöhnt. Doch dann zog sie weitere Broschüren hervor.

»Momentan gibt es einige Sicherheitswarnungen bezüglich Ihres Reiseziels. Haben Sie sich darüber schon informiert?«

Diana schüttelte den Kopf. Sie hatte vielmehr versucht,

etwas über Richard Tremayne herauszufinden. Dass er auf Ceylon umgekommen war, war klar, doch wobei? Und wie war das Palmblatt nach Tremayne House gekommen?

Die Beraterin schob ihr eine kleine Broschüre über den Tisch. »Hier finden Sie alle wichtigen Informationen dazu. Als Reisevermittler sind wir dazu angehalten, Sie zu informieren, dass die Unruhen zwischen tamilischen und singhalesischen Volksgruppen immer noch bestehen. Es sind sogar Terrorwarnungen ausgesprochen worden, weshalb wir von Reisen in den Norden ganz abraten.«

»Aber ich will ja eher in den Südwesten.«

»Das ist richtig. Dennoch sollten Sie sich alles gut durchlesen und die Ratschläge beherzigen. Und denken Sie an die notwendigen Impfungen. Tetanus, Hepatitis-A und so weiter. Was empfohlen wird, steht ebenfalls in der Broschüre.«

Eine halbe Stunde später verließ Diana mit den nötigen Unterlagen das Reisebüro. Eine frische Brise wirbelte eine Plastiktüte auf, die eine Weile in der Luft schwebte und dann an einem Baum vorbeiflog. Ähnlich leicht fühlte sich Diana auf einmal. Die Tage bis zur Reise würden vergehen, sie würde sich solange voll in die Arbeit stürzen und versuchen, nicht mehr an Philipp zu denken. Wenn sie es geschickt anstellte, würde sie nach Hause kommen, wenn er nicht da war, und gehen, bevor er wach wurde.

Mit diesem Gedanken setzte sie sich wieder ins Auto und fuhr in Richtung Kanzlei.

Unterwegs klingelte ihr Handy. In der Annahme, dass es Philipp war, machte sie sich nicht die Mühe, auf den nächsten Parkplatz zu fahren. Sie folgte weiterhin der Stadtautobahn, bis sie an ihrem Abzweig abfahren musste. Erst als sie einen Parkplatz in der Nähe ihrer Kanzlei in Charlottenburg gefunden hatte, sah sie nach.

Der Anrufer hatte ihr auf die Mailbox gesprochen. Obwohl sie die Nummer noch nicht gespeichert hatte, erkannte sie sie wieder und wählte sogleich die Mailbox an.

»Ich bin's, Michael«, sagte die Stimme. »Ich bin mit deinem Palmblatt doch schon früher fertig geworden. Melde dich doch bitte, meine Nummer hast du ja.«

Ohne Umschweife drückte sie die grüne Taste und rief die letzte versäumte Nummer zurück.

Michael klang hektisch, als er sich meldete.

»Was ist denn los bei dir? Machst du einen Dauerlauf?«

»Nein, ich bin nur auf der Suche nach etwas«, entgegnete er. »Schön, dass du dich so schnell meldest, Diana!«

»Ist es jetzt vielleicht ungünstig?«

»Nein, nein, keine Sorge, ich freue mich, dass du anrufst. Du hast meine Nachricht also erhalten?«

»Ja, und ich dachte mir, wenn du so eilig klingst, hast du eine Sensation für mich.«

»Nicht ganz, ich habe erst einmal alles von vorn bis hinten fotografiert und Proben für die Altersanalyse genommen. Das Ergebnis bekommen wir frühestens in ein paar Wochen.«

Das enttäuschte Diana ein wenig, doch in der Zwischenzeit brauchte sie ja nicht untätig herumzusitzen. »Aber zwischendurch kann ich es doch wiederbekommen, oder? Ich habe gerade eine Reise nach Sri Lanka gebucht, nächste Woche geht es los.«

»Oha, machst du Urlaub, oder willst du dich auf die Suche nach der Bibliothek machen?«

»Das zum einen, und zum anderen möchte ich etwas über meine Familie herausfinden. Ich glaube, Ceylon hat in ihrer Geschichte eine wichtige Rolle gespielt.«

»Und wohin willst du genau reisen?«, erkundigte sich Michael weiter, während Diana im Hintergrund vernahm, wie er sich durch irgendwelche Papiere wühlte. Den Schreibtisch hatte er bei ihrem Treffen wohl nur aufgeräumt, weil er vor ihr nicht ganz so unordentlich wirken wollte.

»Nach Colombo. Ich habe doch diesen uralten Reiseführer gefunden, von dem ich annehme, dass er einer meiner Vorfahrinnen gehört hat.«

»Ah!« Der Ausruf galt allerdings nicht ihrer Aussage, sondern der Tatsache, dass Michael gefunden hatte, wonach er suchte. »Ich hab's!«

»Was hast du?«, wunderte sich Diana.

»Die Visitenkarte, nach der ich gesucht habe. Ich werde sie dir mitgeben, wenn du kommst. Meinetwegen gleich, denn du wirst sicher Reisevorbereitungen treffen müssen.«

»Dafür werde ich keine Woche brauchen, zwischendurch muss ich mich aber in der Kanzlei sehen lassen. Du hast also eine Visitenkarte für mich? Von wem?«

»Wenn du nach Colombo fährst, solltest du unbedingt meinen Freund Jonathan Singh aufsuchen. Er wird nicht nur dafür sorgen, dass du auf Sri Lanka nicht unter die Räder kommst, du kannst ihn auch als Fremdenführer und Informationsquelle missbrauchen.«

Diana zögerte. »Ich weiß nicht, wäre ihm das recht?«

»Wir sind alte Freunde, und er schuldet mir noch was. Wenn ich ihn bitte, kann er sich sicher freischaufeln.«

»Ist er denn auch Wissenschaftler? Woher kommt er? Jonathan hört sich nicht gerade wie der typische indische Vorname an.«

»Er ist halb Engländer und halb Tamile. Er hat mal fürs Nationalmuseum von Sri Lanka gearbeitet. Vor einiger Zeit hat er sich selbständig gemacht und schreibt Bücher. In seiner

Heimat sind seine Werke ziemlich bekannt, und ich dränge ihn gerade dazu, mir bei einer Veröffentlichung für unser Museum zu helfen. Er kennt sich sehr gut mit der Geschichte Sri Lankas und den Bräuchen des Landes aus. Wenn einer dir helfen könnte, dann er.«

»Aber nicht, dass du meinetwegen den Gefallen aufbrauchst, den er dir schuldet.«

Durch den Hörer bemerkte Diana, dass Michael lächelte.

»Keine Sorge. Er wäre mir vielmehr böse, wenn ich eine Freundin in sein Land schicke, ohne ihm Bescheid zu sagen. Die Menschen auf Sri Lanka sind sehr hilfsbereit, musst du wissen, und Jonathan ist ein wirklich netter Kerl.«

»Also gut, dann sag ihm Bescheid und gib mir die Adresse. Ach ja, und wann soll ich das Blatt vorbeibringen?«

TREMAYNE HOUSE, 2008

Als Mr Green nach erledigter Arbeit aus dem Garten ins Haus kam und sich an den Computer setzte, fand er eine E-Mail von Diana Wagenbach.

Sehr geehrter Mr Green,

ich hoffe, bei Ihnen ist alles in Ordnung. Ich wollte Ihnen nur mitteilen, dass ich in einer Woche nach Sri Lanka reisen werde. In den vergangenen Tagen habe ich etliche Entdeckungen gemacht, nach denen ich keine andere Möglichkeit mehr habe, als in das Land zu reisen, das mein Vorfahr mit seiner Familie aufgesucht haben muss. Ich werde mich dort mit einem Wissenschaftler treffen, der mir von einem Freund empfohlen wurde, Sie brauchen sich also keine Sorgen zu machen. Falls Sie mich erreichen wollen, können

Sie das jederzeit per Internet tun, mein Laptop wird mich begleiten, und ich werde meine Mails regelmäßig abrufen.

Ich glaube, wenn ich zurück bin, habe ich Ihnen einiges zu erzählen.

Mit herzlichen Grüßen
Diana Wagenbach

Ein Lächeln huschte über das Gesicht des Butlers.

Er erhob sich, ging dann zu dem kleinen Schrank, aus dessen oberster Schublade er ein in braunes Papier eingewickeltes Päckchen nahm. Dieses schlummerte schon eine ganze Weile an diesem Ort, jetzt war seine Zeit gekommen.

Der nächste Hinweis, dachte Mr Green, als er seinen Mantel überwarf und das Päckchen in der Tasche verstaute. Eigentlich hätte er es mit der Post aufgeben können, denn er hatte noch genügend Zeit. Doch etwas Wichtiges wie dieses wollte er nicht der Post überlassen. Er schwang sich also in den Bentley und fuhr in Richtung London.

13

Colombo / Vannattuppūcci, 1887

Nach drei weiteren Tagen Aufenthalt erreichte Henry Tremayne die Nachricht, dass die Handwerker ihre Arbeit beendet hatten und das Haus bezugsfähig war.

»Endlich!«, stöhnte Claudia erleichtert, während sie das Schreiben gegen ihren spitzenverzierten Ausschnitt drückte. »Ich dachte schon, wir würden ewig in diesem Hotel bleiben müssen.«

»So schlecht ist es hier doch gar nicht, meine Liebe«, entgegnete Henry, dem die Erleichterung, endlich auf der Plantage einziehen zu können, aber ebenfalls ins Gesicht geschrieben stand. »Wir werden von vorn bis hinten versorgt und haben einen wunderbaren Ausblick auf das Meer.«

»Auf Dampfschiffe, die den Hafen in schwarzen Rauch hüllen«, korrigierte Claudia. »Und auf Scharen von Händlern, die sich wie Schmeißfliegen auf alles stürzen, was europäische Kleidung trägt.«

Henry lachte auf. »Wenn wir erst einmal auf Vannattuppūcci sind, wirst du nur noch Tee zu Gesicht bekommen. Und Palmen.«

»Dafür aber einen Berg, der mich an meine Highlands erinnert.«

Henry kam zu ihr, ergriff ihre Hände und küsste sie. »Ich weiß, wie sehr du deine Heimat vermisst. Doch ich werde alles dafür tun, dass du dich schon bald heimisch fühlst.«

»Könntest du die Plantage nicht einem Verwalter überlassen? Dieser Mr Cahill scheint nach dem, was du von ihm erzählst, sehr fähig zu sein.«

»Ein Ort wie dieser benötigt die Aufsicht seines Herrn. Mr Cahill hat mir genau das klargemacht. Seit Richard fort ist, ist der Ort endgültig im Chaos versunken. Die Teepflückerinnen und Arbeiter brauchen jemanden, der sie führt.«

Claudia senkte seufzend den Kopf, worauf Henry sie in seine Arme zog.

»Außerdem ist Vannattuppūcci unsere große Chance. Du weißt doch, wie die Dinge in England gestanden haben. Wenn alles so läuft, wie ich es mir vorstelle, werden wir unseren Landsitz sanieren und dein Schloss in den Highlands ebenfalls erhalten können. Vielleicht finden wir auch eines Tages einen geeigneten Vormann, der die Leitung der Plantage übernehmen kann. Aber jetzt, nachdem Richard gestorben ist, muss jemand Ordnung in das Chaos bringen.«

Grace und Victoria waren in die Betrachtung eines Rohedelsteins versunken, den die jüngere der beiden bei *Sylvie's* in der Chatham Street erstanden hatte. Obwohl ihre Mutter ihnen nach ihrem Abenteuer in der Palmblattbibliothek sämtliche Spaziergänge untersagt hatte, hatte sie ihren Töchtern doch erlaubt, sie beim Einkauf zu begleiten – unter der Maßgabe natürlich, sich nicht mehr als drei Schritte von ihr zu entfernen.

Im Gegensatz zu den Händlern, die den ausländischen Besuchern am Hafen auflauerten, standen die Läden in dem Ruf, seriös zu sein. Gekauft hatte Grace nichts, in ihren Augen waren diese Steine reine Geldverschwendung und vielleicht auch ein grober Betrug, doch das bunte Leuchten, das sie an eine blühende Wiese erinnerte, und der Duft der Räucherstäbchen hatten sie für einen Moment ihren Unmut vergessen lassen.

»Ich bin sicher, dass das ein Saphir ist«, behauptete Victoria, während sie den ungeschliffenen, sattblauen Stein in der Hand drehte. »Er muss nur geschliffen werden, dann habe ich ein Juwel, das in den Schmuckschatullen englischer Ladies seinesgleichen sucht.«

»Ein Juwel für zehn Rupien? Glaubst du nicht, dass das ein wenig billig ist?«

Grace nahm Victoria den Stein aus der Hand und betrachtete ihn selbst. Er hatte die richtige Farbe für einen Saphir, doch sie konnte sich nicht vorstellen, dass die Menschen solch große, wertvolle Steine für einen derart niedrigen Preis verkaufen würden. Auch an diesem Ende der Welt taten sie das gewiss nicht. Die Händler waren ihr sehr geschäftstüchtig erschienen, wahrscheinlich waren zehn Rupien noch zu teuer für den Tand, den man ihrer Schwester angedreht hatte.

»Als ob du Ahnung von Edelsteinen hättest!«, plusterte sich Victoria auf, die sich durch die nüchterne Art ihrer Schwester auf keinen Fall die Freude über ihren Fang kaputtmachen lassen wollte. »Außerdem habe ich dir doch vorgelesen, dass dies das Land der Edelsteine ist. Sie wachsen hier förmlich auf Bäumen!«

»Das heißt aber noch lange nicht, dass es alles sehr kostbare Exemplare sein müssen. Wie du bei Mr Norris sicher gelernt hast, gibt es auch Halbedelsteine.«

Es war kein Geheimnis, dass Victorias Hauslehrer, der in einigen Tagen ebenfalls hier ankommen würde, eine Schwäche für die Mineralogie hatte.

»Du solltest ihm den Brocken zeigen.« Grace legte den Stein wieder in die Hände ihrer Schwester.

»Brocken?«, ereiferte sich Victoria. »Das hier ist vielleicht wertvoller als alles, was Vater auf der Plantage vorfinden wird! Dieser Stein, geliebte Schwester, könnte mich zu einer der begehrtesten Partien in ganz England machen!«

»Glaubst du nicht, dass solche großen Steine schon längst die Krone unserer Königin zieren würden, wenn sie echt wären?«

»Wer sagt denn, dass sie sich jeden Stein von außergewöhnlicher Größe liefern lässt? Einiges werden die Edelsteinschürfer hier schon beiseiteschaffen, um es an die Besucher aus aller Welt zu verkaufen.«

»Und das für zehn Rupien?«

Als ihre Zimmertür aufsprang, endete der Streit für einen Moment.

»Miss Giles!«, rief Grace verwundert, denn Victorias Kindermädchen war vollkommen außer Atem und presste sich die Hand auf den vom Korsett beinahe unmöglich stark eingeschnürten Bauch. »Was ist passiert?«

»Es geht los!«, keuchte sie, als hätte sie sämtliche Treppen des Grand Oriental Hotel im Laufschritt hinter sich gebracht. In Wirklichkeit war es aber die Hitze, an die sich die junge Gouvernante nicht so recht gewöhnen konnte. »Ihre Mutter informierte mich gerade darüber, dass wir abreisen werden. Sie sollten Ihr Handgepäck bereitmachen, ich werde mich um Ihre Kleider kümmern.«

Geschäftig eilte sie zu der Chaiselongue, über die die Morgenmäntel und Nachmittagskleider der Schwestern drapiert waren. Dabei vergaß sie sich, wie immer, wenn sie in Eile war, und begann ein Lied zu summen, mit dem sie sich wahrscheinlich selbst antreiben wollte.

»Wenn sie sich weiterhin so fest schnürt, wird sie noch umkippen«, flüsterte Victoria, die Gelegenheit ausnutzend, Grace respektlos zu. Die Ältere schlug die Hand vor den Mund, um ihr breites Grinsen zu verbergen. Dasselbe dachte sie, wenn sie Miss Giles sah. In England mochte sie mit dem Korsett gut zurechtkommen, doch hier herrschte ein vollkommen anderes Klima, das das Atmen schon erschwerte, wenn man nicht eingeschnürt war.

»Wir wissen ja alle, warum sie das tut«, wisperte sie zurück. »Sie will Mr Norris gefallen.«

»Aber wenn das so weitergeht, ist sie eher an einem Luftstau gestorben, als er einen Fuß auf diese Insel setzt.«

Als die beiden Mädchen losprusteten, wandte sich Miss Giles mit einem missbilligenden Blick um. Hatte sie ihr Geflüster gehört?

»Ich muss Ihnen doch wohl nicht sagen, dass Ihre Frau Mutter sehr ungehalten reagieren wird, wenn Sie sich verspäten.«

»Ja, Miss Giles«, sagten die Schwestern im Chor, und nachdem die Jüngere die Ältere kurz mit dem Ellbogen angestoßen hatte, machten sie sich an die Arbeit.

Eine Stunde später waren sämtliche Koffer auf den Wagen geladen. Die schwereren Möbelstücke mussten inzwischen schon auf Vannattuppūcci angekommen sein. Der Hauslehrer sowie einige Bedienstete, auf die Mrs Tremayne nicht verzichten wollte, würden in ein paar Tagen folgen.

»Wenn du mich fragst, bin ich gar nicht so verrückt danach, wieder mit dem Unterricht zu beginnen«, flüsterte Victoria, als Grace und sie ihre Plätze in der offenen Kutsche eingenommen hatten, in der sie der Sonne nur durch das Aufspannen ihrer Schirme entkommen konnten. »Vielleicht ist Mr Norris unterwegs von einem Seemonster verschlungen worden.«

»Sei froh, dass Vater die Ansicht vertritt, dass Bildung auch einer jungen Frau nicht schadet. Sonst würdest du wohl kaum so viel über skandalöse Maler des Mittelalters wissen oder deine geliebten Abenteuerbücher lesen können, die Miss

Giles am liebsten konfiszieren würde.« Grace blickte zur Gouvernante, die sich noch ein wenig im Hintergrund hielt, als würde sie eine Anweisung ihrer Herrin erwarten.

»Außerdem wäre unsere Gouvernante todtraurig, wenn Mr Norris nicht hier ankommen würde. Sieh mal, wie sie den Hals in Richtung Hafen reckt.«

»Von hier aus wird sie ihn wohl kaum sehen«, gab Victoria vergnügt zurück. »Doch selbst wenn er nicht kommt, gibt es doch hier genug Männer. Hast du die Hafenarbeiter gesehen? Ihre goldbraune Haut. Ich sage dir, einige von ihnen würden auch die Damenwelt in London zu begeistern wissen.«

»Das hat dich eigentlich noch gar nicht zu interessieren!«, entgegnete Grace mit gespielter Entrüstung.

»Warum denn nicht? In früheren Zeiten wäre ich jetzt schon im heiratsfähigen Alter. Manche Familien verheiraten ihre Töchter immer noch so jung.«

Diese Worte brachten Grace den wehmütigen Gedanken an die Saison in London zurück. Wahrscheinlich werde ich hier als alte Jungfer enden, dachte sie. Die interessanten jungen Männer in England werden weg sein, ehe ich wieder einen Fuß auf die Insel setze.

Victoria schien ihren Kummer zu bemerken, denn sie legte sanft eine Hand auf ihren Arm. »Keine Sorge, ich werde bestimmt nicht vor dir heiraten. Jetzt solltest du dich erst einmal auf unser Abenteuer freuen. Ich bin schon gespannt auf die Tiere im Dschungel, vielleicht bekomme ich Mr Norris dazu, sich von den kalten Steinen abzuwenden und sich stattdessen für lebende Dinge zu interessieren.«

Kaum waren ihre Worte verklungen, gesellte sich Miss Giles zu ihnen. Ihr Blick wirkte ein wenig entrückt, ja beinahe sorgenvoll.

»Grace, wusstest du eigentlich schon, dass Postschiffe

meist nachts anlegen?« Während Victoria ihren kleinen Reiseführer wieder hervorzauberte, zwinkerte sie Grace verschwörerisch zu.

»Nein, woher?«

»Das steht in dem Reiseführer. Ich bin sicher, dass Mr Norris auf einem dieser Schiffe ankommen wird.«

Aus dem Augenwinkel schielte Victoria zu Miss Giles, doch die reagierte nicht auf die Worte. Als Grace sie betrachtete, entdeckte sie allerdings einen wehmütigen Zug auf dem sonst so beherrschten Gesicht der Gouvernante.

Würde ich auch so sehnsüchtig auf den Hafen schauen, wenn mein Liebster auf der anderen Seite des Meeres wäre und ich nicht wüsste, ob er heil ankommen wird?, fragte sie sich, als die Kutsche anruckte.

Sie erreichten die Plantage am Nachmittag des folgenden Tages, nachdem sie in einer kleinen Dorfherberge, die von Mr Cahill ausgesucht worden war, Rast gemacht hatten. Vor dem klaren blauen Himmel bildete der Berg eine grandiose Kulisse. Wie von einem grünen Plaid überworfen wirkte er, das hin und wieder dunkle oder helle Flickstellen aufwies. Davor erhoben sich die Teefelder, sattgrün, von einzelnen Palmen und unbekannten Sträuchern gesäumt.

Durch das Rasseln der Wagen und das Klappern der Pferdehufe drangen fremdartige Geräusche. Grace blickte zu den Palmen auf, die über ihre Köpfe hinwegzogen, und meinte, das Schimmern bunter Federn zu sehen.

»Das sind Papageien«, sagte Victoria, die ihren Kopf ebenfalls in den Nacken gelegt hatte. »Vielleicht sollte ich einen fangen für Mamas Salon.«

»Wie willst du das anstellen?«, fragte Grace, während sie aufschauend immer noch hoffte, eines der Tiere würde näher herankommen. Sie hatte bereits einen Papagei gesehen, im Salon von Mrs Roswell in London. Doch das war ein steinaltes, etwas räudiges Tier gewesen, das die Angewohnheit gehabt hatte, sich den Kopf an den Gitterstäben zu scheuern, und ständig seltsame Laute von sich gegeben hatte, von denen Mrs Roswell meinte, sie bewiesen, er könne sprechen.

Die Tiere über ihr unterhielten sich in ihrer natürlichen Sprache, die so anders klang als das, was Polly – so der Name des Papageis – von sich gegeben hatte.

»Oh, schau mal!«, rief Victoria plötzlich aus und zerrte sie am Ärmel. In dem Busch, auf den sie deutete, saß ein kleiner Affe, der die Wagenprozession aufmerksam beobachtete. Dabei hielt er sich mit einer Hand an einem Ast fest und kaute wie ein Baby auf dem Daumen der anderen herum.

»Ob Mama mir erlaubt, so einen zu besitzen?«

»Ich denke, du willst erst einmal einen Papagei fangen.«

»Das werde ich auch, wart's ab. Sicher möchten sie Zuckerwürfel, und wenn sie auf mein Fensterbrett kommen, fange ich einen mit dem Schmetterlingskescher.«

»Den du ebenfalls nicht besitzt.«

»Aber ich weiß, wie man einen baut!«, behauptete Victoria. »Letztes Jahr habe ich gesehen, wie Bobby Fisher, der Sohn des Gärtners, einen gebaut hat, aus einem Metallring, etwas Gaze und einem Stock. Ich bin sicher, das bekomme ich auch hin. Und wenn nicht, werde ich einen der Angestellten hier bitten. Bestimmt gibt es so etwas wie einen Gärtner, schau dir doch mal die Anlage an!«

Grace musste zugeben, dass der Garten wirklich wunderschön war. Neben den in diesen Breiten unvermeidlichen Frangipani-Sträuchern wuchsen hier Rhododendren, um die sie jedes Anwesen in Europa beneidet hätte. Das Gras war ordentlich geschnitten, wie es sich für einen englischen Garten gehörte, und obwohl sie keinen besonderen Sinn für Botanik hatte, brannte Grace doch darauf, zu erfahren, wie die flammend roten Blüten hießen, die aus den sauber angelegten Beeten sprossen.

Das im kolonialen Stil errichtete Herrenhaus wirkte gegen all das Grün wie eine Perle. Ein wenig erinnerte es Grace an Tremayne House, wenngleich dessen Wände dunkler und von Efeu überwuchert waren. Auch gab es auf dem Rondell keinen Springbrunnen, dafür aber zahlreiche größere und kleinere Wirtschaftsgebäude.

Neben der Blütenpracht fielen Grace die Menschen ins Auge, die geschäftig über das Gelände eilten. Frauen mit vollen Teekörben auf dem Kopf verschwanden in Schuppen, wo ihnen die Last abgenommen wurde. Obwohl ihre Gewänder recht einfach gehalten waren, strahlten sie doch in prachtvollen Farben, wie Grace sie nie zuvor gesehen hatte.

Überall schwebte der Geruch von Tee und süßen Blüten in der Luft. Das hatte London zu dieser Jahreszeit nicht zu bieten, außer in stickigen Salons, deren Besitzerinnen ein Faible für Exotik hatten.

Als die Wagen anhielten, fand die Familie wieder zusammen. Grace zog Victoria, die in die Betrachtung eines Baumes mit orange-roten Blüten versunken war, mit zu ihren Eltern, die sich gerade einen Vortrag von Mr Cahill anhören mussten.

»Bevor Ihr Bruder kam, hatte hier jemand versucht, Kaffee anzubauen.« Der Advokat stieß ein selbstgefälliges Lachen aus. »Mit katastrophalem Erfolg. Die Pflanzen wurden von dem sogenannten Kaffeerostpilz befallen, so dass dem Vorbesitzer nichts anderes übrigblieb, als zu verkaufen. Ihr Bruder hat sich dafür entschieden, hier Tee anzubauen, weil Boden und Klima dafür ideal sind. »

»Mein Bruder scheint die Zeichen der Zeit wirklich erkannt zu haben.« Bewundernd blickte sich Henry Tremayne um. Wenn es wirklich das von Cahill beschriebene Chaos gegeben hatte, hatten die Handwerker und Bediensteten beste Arbeit geleistet.

»O ja, Sir, Ihr Bruder wird hier überall geschätzt, und Sie können mir glauben, dass man ihn schmerzlich vermisst. Doch ich bin sicher, dass Sie die Lücke, die er hinterlassen hat, bestens ausfüllen.«

Als sie sicher war, dass Cahill sie nicht sehen konnte, schüttelte Grace den Kopf. Solch ein pathetisches Geschwätz hatte sie ja noch nie gehört! Natürlich redete der Mann hier um sein Leben, oder besser gesagt, um seine Einkünfte, denn wenn ihr Vater nun der Herr von Vannattuppücci war, stand es ihm frei, sich einen anderen Berater zu suchen. Doch Grace kannte ihren Vater gut genug, um zu wissen, dass er Cahill vorerst in seinen Diensten behalten würde, wenn sich dieser keine allzu häufigen Fehltritte leistete.

Als sie kurz zur Seite blickte, um den herrlich blühenden Busch zu betrachten, der auch schon den Blick ihrer Schwester angezogen hatte, bemerkte Grace einen hübschen, großgewachsenen Mann, der sich beinahe schüchtern abseits hielt und darauf zu warten schien, dass man auf ihn aufmerksam wurde. Obwohl er englische Kleidung trug, ging etwas Fremdartiges von ihm aus. Sein schwarzbraunes Haar war etwas länger als zu diesen Zeiten üblich, auf seinen schmalen, kantigen Zügen lag ein goldener Schimmer. Dichte, leicht geschwungene Brauen thronten über einem Paar dunkler Augen, ein kurzgeschnittener schwarzer Bart an Oberlippe und Kinn umkränzte ein Paar voller Lippen.

»Ah, da sind Sie ja, mein Junge!«, rief Cahill plötzlich aus und winkte den Fremden herbei. »Wenn ich vorstellen darf, Mister R. Vikrama, der Vorarbeiter der Plantage.«

»R?«, wunderte sich Victoria, was ihr einen mahnenden Blick seitens ihrer Mutter eintrug.

Mr Vikrama setzte ein mildes Lächeln auf, ging aber nicht darauf ein. Stattdessen verneigte er sich vor Henry und sagte: »Es freut mich sehr, Sie kennenzulernen, Sir. Auch wenn die Umstände nicht glücklich sind. Sie haben mein vollstes Mitgefühl.«

»Das ist sehr freundlich von Ihnen«, entgegnete Henry unverbindlich, dann legte er die Hand auf die Schulter seiner Frau. »Wenn ich vorstellen darf, das ist meine Frau Claudia. Und das sind meine Töchter Grace und Victoria.« Während sich Mrs Tremayne leicht verneigte, knicksten die beiden Schwestern.

»Freut mich, Sie kennenzulernen«, sagte Vikrama, während er Grace und Victoria kurz zunickte und sich dann der Hausherrin zuwandte. »Wenn ich irgendetwas für Sie tun kann, lassen Sie es mich wissen.«

»Sind Sie ein Einheimischer?«, fragt Henry, während er den Burschen genau musterte. »Ihr Englisch ist wirklich hervorragend.«

Etwas an ihm passte ganz und gar nicht in diese Gegend, fand Grace, als wenn er nicht von hier wäre. War es der Ton seiner Haut, der beinahe europäisch, ja fast italienisch wirkte? Oder die tadellosen Manieren?

Vikrama neigte geschmeichelt den Kopf. »Vielen Dank, Sir. Meine Mutter stammte von hier, daher meine dunklere Haut.«

»Und Ihr Vater?«

»Ist unbekannt, Sir. Aber meine Mutter meinte immer, dass es ein weißer Mann gewesen sei.«

»Vermutlich einer von den englischen Angestellten Ihres Bruders«, setzte Cahill hinzu. »Ist öfter vorgekommen, dass unsere Jungs die Schönheit der tamilischen Frauen entdeckt haben.«

Grace fand das Lachen, das er ausstieß, zutiefst unpassend. Auch wenn die Dinge zwischen Mann und Frau kein Thema waren, über das offen gesprochen wurde, wusste Grace mittlerweile, was die Ehefrauen in der Hochzeitsnacht erwartete und woher die Kinder kamen. Und sie wusste auch, dass es von einem Mann sehr schäbig war, seine schwangere Geliebte sitzen zu lassen.

»Sie kennen Ihren Vater also nicht?«, fragte Claudia erschüttert.

»Nein, Madam, er starb, bevor ich geboren wurde.«

»Sie müssen wissen, dass die Einheimischen nicht immer so friedlich waren wie jetzt«, fühlte sich Cahill verpflichtet, hinzuzusetzen. »Vor mehr als zwanzig Jahren konnte es noch passieren, dass man auf offener Straße angefallen und ausgeraubt wurde. Solch einem Unglück muss Mr Vikramas Vater zum Opfer gefallen sein.«

Der junge Mann verzog keine Miene zu der Geschichte. Offenbar hatte er sich bisher nicht viele Gedanken um seinen namenlosen Vater gemacht.

»Und was ist mit Ihrer Mutter, Sie reden von ihr in der Vergangenheitsform«, fuhr Claudia fort, die es sich offenbar in den Kopf gesetzt hatte, alles über den neuen Mitarbeiter ihres Gatten herauszufinden.

Jetzt nahm Vikramas Gesicht einen bekümmerten Zug an. »Sie starb vor zwei Jahren an Krebs.«

Cahill legte ihm gönnerhaft die Hand auf die Schulter. »Seine Mutter gehörte zum Stab der Teepflückerinnen Ihres Bruders, Sir. Mr Tremayne erkannte das Talent des Jungen und schickte ihn zur Schule. Sie werden hier viele Tamilen in Verwaltungspositionen finden. Sie haben sogar ihre eigene

Sprache und Schrift. Vorausschauende Plantagenbesitzer lassen ihre Tamilen unterrichten und gewinnen damit loyale Mitarbeiter, die imstande sind, selbständig die Plantage im Auge zu behalten. Ich wüsste nicht, was wir ohne ihn hätten tun sollen nach dem tragischen Unglück.«

Grace bemerkte, dass Vikrama ein wenig verlegen den Kopf senkte. Schämte er sich seiner Herkunft? Oder mochte er es einfach nur nicht, dass er gelobt wurde?

Als sie sich dabei ertappte, wie sie ihn beinahe schon unverschämt anstarrte, senkte sie errötend den Blick.

»Das klingt, als hätten wir mit Ihnen einen guten Fang gemacht, Mr Vikrama«, polterte ihr Vater. »Sie müssen mich unbedingt über die Vorgänge auf der Plantage ins Bild setzen.«

»Ich werde mein Bestes tun, um Sie nicht zu enttäuschen.«

»Gut, dann treffen wir uns gleich morgen früh zu einer Besprechung und einem Rundgang. Die Damen sind müde, und ich muss leider gestehen, dass die Reise auch mich ein wenig mitgenommen hat. Was halten Sie von neun Uhr?«

»Ich werde pünktlich zur Stelle sein, Sir.«

»Gut! Ich fürchte, Sie werden aus mir erst noch einen Teebauern machen müssen, ich hätte mein Lebtag nicht damit gerechnet, jemals Herr über solch eine Plantage zu werden. Doch Gott hat es so gewollt, und so hoffe ich auf Ihre tatkräftige Unterstützung.«

»Die werde ich Ihnen in allen Belangen zukommen lassen, so es in meiner Macht steht.«

»Und darauf können Sie sich verlassen, Sir«, setzte Cahill wieder einmal ungefragt hinzu.

Irrte sie sich, oder sah Grace plötzlich einen kleinen Groll in Vikramas Augen aufwallen? Bevor sie Bestätigung für ihre Vermutung fand, war der Ausdruck bereits wieder verschwunden. Damit niemand merkte, dass sie ihn erneut anstarrte, wandte sie sich lächelnd Victoria zu, die allerdings schon wieder den Blick in den Baumkronen über ihr hatte. Affen hangelten dort nicht entlang, dafür stießen Papageien ihre rauen Rufe aus, und Grace konnte förmlich die Entschlossenheit, einen dieser Vögel zu fangen, in Victorias Augen funkeln sehen.

Als sie den Blick wieder auf ihre Eltern richtete, verabschiedeten sich diese gerade von Mr Vikrama. Cahill murmelte dem Jungen noch etwas zu, dann wandte er sich um. Zu gern hätte Grace noch einmal sein Gesicht gesehen, doch er sah nicht zurück.

»Kommt, Mädchen, träumt nicht!«, rief ihre Mutter da.

Grace fasste Victoria bei der Hand und zog sie die Treppe hinauf.

»Hast du diese Prachtexemplare gesehen?«, rief Victoria begeistert. »Ich schwöre, ich habe einen vollkommen blauen gesehen. Den will ich unbedingt haben!«

»Dann solltest du versuchen, ihn mit Futter anzulocken«, entgegnete Grace ein wenig halbherzig, denn aus irgendeinem Grund wollte ihr der junge Mann nicht aus dem Sinn.

In London, vorausgesetzt, er wäre der Sohn eines Adligen, wäre er die Sensation der Saison gewesen. Einen Mann wie ihn hatte sie noch nie gesehen! Und dann die Augen! War es normal, dass Menschen Augen wie Bernsteine hatten? In England hatte sie dergleichen noch nie gesehen. Ein Schauer lief über ihre Haut, und etwas Merkwürdiges regte sich in ihrer Magengrube. Doch schon im nächsten Augenblick erwachte die Vernunft wieder.

Du solltest dich besser um andere Dinge kümmern, schalt sie sich, als sie durch die Eingangstür schritten. Der Bursche ist Vaters Angestellter, und er hat nicht ein einziges Mal zu dir rübergeschaut.

Das Herrenhaus glich auch innen in vielem den Herrenhäusern Englands, doch schon beim Betreten der Halle wurde deutlich, dass Richard Tremayne seine Liebe für die einheimische Kultur gefunden hatte. Während in Tremayne House das goldgerahmte Bildnis des Urgroßvaters mit strengem Blick von der Treppe auf den Besucher herabsah, hing an ähnlicher Stelle ein farbenfrohes Bild, wie sie es noch nie gesehen hatte. Auch für Victoria und ihre Eltern war es eine Überraschung.

Die beiden abgebildeten Männer schienen miteinander zu tanzen. Während einer den Betrachter mit lachender Miene ansah, trug der andere einen mit einer Krone geschmückten Elefantenkopf auf den Schultern. Beide waren in bunte Pumphosen gekleidet, die im Schritt weit durchhingen, dazu gold- und edelsteingeschmückte Gürtel sowie farbige Westen, die ihre Brust bedeckten. Auf den ersten Blick erschienen sie Grace wie Artisten in einem Zirkus. Was sie aber sehr faszinierend fand, waren die Blumenkränze, die man an den Rahmen gehängt hatte, und die Blumenschalen, die zu den Füßen des Bildes standen. Offenbar hatte man sie erst heute aufgehängt.

»Ist das etwa ein Götzenbild?«, fragte Claudia schockiert.

»Das da sind die Götter Shiva und Ganesha, die von den Hindus verehrt werden«, antwortete Cahill im Tonfall eines Fremdenführers. »Viele Menschen der Gegend hängen diesem Glauben an, außerdem gibt es hier noch Buddhisten und Moslems, Letztere aber in recht kleiner Zahl. Ein Überbleibsel von den Arabern, die vor vielen Jahrhunderten die Insel besucht und Handel mit den Einheimischen getrieben haben.«

»Warum hat mein Bruder dieses Bild aufgehängt?«

Auch Henry schien nicht sonderlich erfreut zu sein.

»Vielleicht hat er sich davon Glück für seine Plantage versprochen. Shiva ist der Hauptgott der Hindus – wo er tanzt, herrscht Wohlstand. Ganesha, dem der Kopf abgerissen wurde …«

»Mr Cahill!«, mahnte Claudia den Advokaten empört und deutete auf ihre Töchter. »Sie werden doch wohl keine Schauergeschichten vor solch jungen Damen erzählen!«

»Das sei fern von mir, Mrs Tremayne!«, wehrte Cahill ab, während sein Gesicht von der Stirn her rot anschwoll. »Es gehört aber leider zum Mythos dieser Gegend. Nun ja, wie dem auch sei, Ganeshas Kopf wurde von einer Göttin durch einen Elefantenkopf ersetzt. Seitdem gelten hierzulande Elefanten als Glücksbringer.«

»Elefanten!«, rief Victoria begeistert aus und klatschte in die Hände. Als sich alle Augen auf sie richteten, senkte sie verlegen den Kopf. »Entschuldigt, aber ich musste wieder an die Elefanten in Colombo denken. Ich würde zu gern eines dieser Tiere ganz natürlich, ohne irgendwelchen Schmuck und glitzernde Decken sehen.«

»Wenn ich das sagen darf, junge Dame, Sie werden hier den Elefanten sicher so natürlich wie möglich sehen«, antwortete Cahill mit Blick auf Claudia, die jedes seiner Worte zu wiegen schien. »Ein Stück weit den Berg hinauf wird gerade ein neues Teefeld angelegt. Um die dort stehenden Palmen zu entfernen, benutzt man Elefanten als Lastträger. Heute ist ja leider Sonntag, doch schon morgen oder übermorgen werden Sie die Kolosse beobachten können.«

Victorias Wangen glühten vor Aufregung, dann griff sie nach Graces Hand. »Wir gehen hin und sehen uns das an, oder?«

»Wenn Mama es erlaubt.«

Claudia seufzte und sagte dann theatralisch: »Gab es denn jemals ein Verbot von mir, das euer Vater nicht aufgehoben hätte?«

»Aber ich lasse euch nur gehen, wenn ihr versprecht, vorsichtig zu sein«, wandte Henry Tremayne ein. »Elefanten sind keine Schoßhunde, sie können unter ihren Beinen einen Menschen zerquetschen.«

»Wir schauen sie uns von weitem an und laufen schnell weg, wenn sie kommen!«, versprach Victoria, während sie aufgeregt die Hand ihrer Schwester streichelte, als wollte sie sie auf diese Weise davon abhalten, irgendwelche Einwände zu äußern.

»Ja, das tun wir«, entgegnete Grace ihrer Schwester zum Gefallen.

»Nun gut, dann dürft ihr in den nächsten Tagen einen Spaziergang zum Berg hinauf machen. Vielleicht erbietet sich unser junger Freund von vorhin als Führer?« Mit hochgezogenen Brauen blickte er auf Cahill, der wiederum untertänig den Nacken beugte.

»Aber natürlich! Ich werde ihn gleich fragen, wenn ich ins Verwaltungsgebäude gehe.«

»Das ist sehr nett von Ihnen, aber keine Eile«, entgegnete Henry, während er ihm auf die Schulter klopfte. »Die Elefanten werden sicher nicht weglaufen. So, wie Sie es mir erklärt haben, wird die Rodung noch eine Weile dauern.«

»Natürlich wird sie das.«

»Gut, dann können meine Töchter sich ja noch ein wenig an das veränderte Klima gewöhnen.« Nun wandte sich Henry wieder dem Bild zu. »Ich glaube, wir lassen es da, was meinst du, Liebling?« Er lächelte seine Frau entwaffnend an. »Ein wenig Glück könnte uns nicht schaden.«

Während Claudia eine skeptische Miene machte, schaltete sich Cahill wieder ein.

»Wie Sie an dem Blumenschmuck erkennen können, ist dieser Ort für die Arbeiter auf diesem Gut so etwas wie ein

Heiligtum. Sie bringen regelmäßig Geschenke für ihre Götter. Sie würden außerordentliche Weisheit an den Tag legen, indem Sie das Bild an seinem Platz beließen.«

Henry nickte nach kurzer Überlegung. »Also gut, es bleibt hängen. Angestellte, denen man ein paar kleine Freiheiten lässt, arbeiten schließlich besser, oder, Mr Cahill?«

Zweites Buch

Die Insel der Schmetterlinge

1

Berlin, 2008

Eine Woche später saß Diana wieder in einer Maschine in Richtung London. Von Heathrow aus würde sie mit Sri Lanka Airlines nach Colombo fliegen. Obwohl es nicht ihr erster Langstreckenflug war, hatte sie einen Knoten im Magen. Ist es Flugangst oder Erwartung?

Erwartung wohl eher, dachte Diana, während sie versonnen vor sich hin lächelte und die Hand über Emmelys Seidenschal gleiten ließ, den sie als Glücksbringer mitgenommen hatte. In den vergangenen Tagen hatte sich noch so einiges getan. Unter anderem war ihr kurz vor ihrer Abreise von Mr Green ein kleiner Schatz zugeschickt worden. Angeblich hatte er ihn in einer alten Kiste auf dem Dachboden gefunden, als er dort die jährliche Reinigung vorgenommen hatte.

Diana bedauerte, dass sie nicht dazu gekommen war, sich auf dem Dachboden umzusehen. Auch wenn Emmely immer betont hatte, vieles von dem alten Krempel, der dort stand, weggegeben zu haben, schienen doch noch ein paar Erinnerungsstücke vorhanden zu sein. Mit etwas Derartigem hatte sie jedenfalls nicht gerechnet. Gleichzeitig mit dem Dank an Mr Green hatte sie ihn angewiesen, weiterhin die Augen aufzuhalten. Sie bezweifelte allerdings, dass er noch etwas Brauchbares finden konnte.

Nachdem die Stewardess Getränke ausgeteilt hatte und ihr Nachbar, ein japanischer Geschäftsmann, eingenickt war, erhob sie sich so vorsichtig wie möglich und reckte sich nach ihrem Handgepäck. Der uralte Reiseführer befand sich in der vorderen Tasche. Ein Lächeln huschte über Dianas Gesicht, als sie das grobe Papier unter den Fingern spürte. Als sie sich wieder auf ihren Sitz niederließ, strich sie mit dem Finger liebevoll über den groben Aufdruck, dann zog sie ein gefaltetes Papier hervor.

Darauf hatte sie das Foto des alten Teepäckchens, das Mr Green ihr geschickt hatte, ausgedruckt. Neben dem Namen der Handelscompany, die ihn verschifft hatte, befand sich auch ein Hinweis auf den Erzeuger. Als sie zum ersten Mal den Namen Tremayne Tea Company, Vannattuppūcci gelesen hatte, war ihr kurz der Atem gestockt. Das Foto war bereits ein erster Hinweis gewesen. Dass die Tremaynes eine Teeplantage besessen hatten, hatte ebenfalls zu den gut gehüteten Geheimnissen von Emmely gehört. Doch warum hatte sie es ihrer Mutter und ihr verschwiegen? Schämte sich die Familie dafür?

Das konnte sie kaum glauben, denn viele britische Familien gründeten ihren Reichtum auf Plantagenwirtschaft. Bei ihren Recherchen hatte Diana herausgefunden, dass man zunächst versucht hatte, aus Ceylon eine Kaffeeinsel zu machen, damit aber kläglich gescheitert war. Die brachliegenden Plantagen wurden nach Mitte des 19. Jahrhunderts zu Teeplantagen umgewandelt, die die erfolgreiche Teeproduktion des Landes begründeten. Schon bald wurde Ceylon zu einer bekannten Teesorte, die in alle Welt verschifft wurde.

Ihre Vorfahren hatten ihren Beitrag dazu geleistet, dass der Tee auch heute noch genossen werden konnte.

Das war ganz sicher nichts, dessen man sich schämen musste. Nur warum war nie davon die Rede gewesen?

Die Tatsache, dass ein Teepäckchen auf dem Dachboden die Zeit überdauert hatte, deutete darauf hin, dass Emmely von der Plantage gewusst haben musste. Hatte sie es vielleicht vergessen? Oder hätte sie davon berichtet, wenn sie nur gefragt hätten? Hin und wieder ertappte Diana sich selbst dabei, wie sie Ereignisse in ihrem Leben, die eigentlich wichtig waren, in entfernte Regionen ihrer Erinnerungen schob.

Doch eigentlich war es egal, ob Emmely diese Information bewusst oder unbewusst zurückgehalten hatte. Mit dem Teepäckchen kam es Diana vor, als hätte sie sämtliche Rahmenteile eines Puzzles zusammengefügt und brauchte jetzt nur noch das Innere zu füllen.

Nun kannte sie den Grund, warum Teeblätter das Grab von Beatrice Jungblut zierten. Und was Richard dort gesucht hatte. Jetzt wusste sie, welche Pflanzen den Berg hinaufwucherten, vor dem die junge Grace fotografiert worden war.

Doch gleichzeitig war die Frage, warum Beatrice aus der Gruft ausgeschlossen worden war, immer noch unbeantwortet, genauso wie die Frage, was Beatrice selbst mit Sri Lanka verband, den Grund für Richard Tremaynes Absturz kannte Diana ebenfalls noch nicht, und das allergrößte Rätsel war das Palmblatt, seine Herkunft, seine Bedeutung und die Umstände, wie es in den Besitz der Tremaynes geraten war. Nur eines wusste sie genau: Die Familie musste nach Ceylon gezogen sein. Und dort würde sie vielleicht die Antworten finden.

Nach kurzem Aufenthalt in London und weiteren Stunden Flug, die sie meist schlafend verbrachte, setzte die Maschine in den Morgenstunden des nächsten Tages sanft auf dem Katunayake Airport auf. Der Kapitän verabschiedete sich in perfektem Englisch von den Fluggästen, während das Flugzeug ausrollte.

Diana massierte ihre Waden, die sich vom Sitzen ganz taub anfühlten, dann löste sie den Gurt und reckte sich nach ihrem Handgepäck. Da jetzt alle zum Ausgang drängten, nahm sie sich einen Moment Zeit, um aus dem Fenster zu schauen. Außer Palmen am äußersten Rand des Flughafens erblickte sie nur noch eine weitere Maschine, die kurz vor ihnen gelandet sein musste.

Durch die Türen des Flughafengebäudes drang schwülwarme Luft, die vom Gestank nach Abgas durchsetzt war. Keine exotischen Düfte, wie sie in Reiseführern angepriesen wurden. Doch das würde sich ändern, wenn sie erst einmal in der Stadt war.

Während der Fahrt mit dem Shuttle kramte Diana die Visitenkarte hervor, die sie bei ihrem letzten Treffen von Michael bekommen hatte. Die nüchterne Aufschrift

Jonathan Singh, Chatham Street 23, Colombo, Sri Lanka

begleitet von einer Telefonnummer deutete auf einen geradlinigen und vielleicht etwas verstaubten Forscher hin, der es gewohnt war, unverschnörkelte Ideen in klare Worte zu fassen. Ob er der Richtige für meine Suche ist?

Immerhin war sie froh, zunächst eine Anlaufstelle zu haben. Vielleicht hatte dieser Mr Singh ja tatsächlich ein paar interessante Hinweise für sie.

In einem der Minibusse, die so eine Art Taxiflotte der Stadt bildeten, setzte sie die Fahrt fort und konnte dabei hautnah den berüchtigten Straßenverkehr von Colombo erleben. Begleitet von lauter indischer Musik und einem Hupkonzert, das dem rasanten Fahrer eines Tuktuks galt, der todesverachtend ein paar größere Fahrzeuge schnitt, erreichte sie schließlich das ehrwürdige Grand Oriental Hotel, dessen Fassade in der Sonne leuchtete.

Obwohl die Wolkenkratzer im Hintergrund dem für damalige Verhältnisse recht großen Gebäude ein wenig an Wirkung nahmen, konnte sich Diana gut vorstellen, wie imposant es früher auf die Reisenden gewirkt haben musste.

Innerhalb des sogenannten Forts gab es noch etliche der alten Gebäude, selbst Straßennamen hatten sich erhalten, wie sie beim Vergleich mit dem alten Reiseführer von 1887 festgestellt hatte.

Das Grand Oriental gehörte zu diesen Hinterlassenschaften aus ferner Zeit.

Das lebendige Gewimmel auf der Straße davor hätte auch aus einer Dokumentation stammen können. Zwischen Männern in dunklen Hosen und hellem Hemd, was so etwas wie die Standardbekleidung für die Herren war, entdeckte sie Geschäftsleute verschiedener Nationen, Frauen, sowohl in traditionellen Saris als auch in modernen Kleidern, Kinder und Touristen.

Mit einem guten Gefühl schritt sie grüßend an dem Portier in rot-goldener Livree vorbei durch die Glastür des Hotels auf den Empfang zu.

Auch das Innere des Hotels war sorgfältig restauriert und um ein paar moderne Elemente bereichert worden. Neben dem Buchladen, den es hier schon seit langer Zeit gab, verfügte das Hotel auch über verschiedene andere Läden, unter anderem einen Floristen, aus dessen Schaufenster sie wunderbare Frangipani-Blüten anstrahlten.

In einer Broschüre hatte Diana gelesen, dass es in den achtziger Jahren des zwanzigsten Jahrhunderts den Namen Taprobane Hotel getragen hatte. Mittlerweile wollte man aber wieder an den früheren Glanz, den Gäste wie der Dichter Somerset Maugham genießen durften, anknüpfen.

»Willkommen im Grand Oriental Hotel, was kann ich für Sie tun?«, begrüßte sie die Empfangsdame, die in ein adrettes Kostüm gekleidet war und die Haare zu einem strengen Knoten im Nacken zusammengebunden trug.

Diana stellte sich vor und legte ihre Reservierungsbescheinigung auf den Tisch. Nachdem sie ein paar Formulare ausgefüllt und die Zimmerschlüssel ausgehändigt bekommen hatte, erschien ein Page, der Diana in ihr Zimmer führte.

Wie mochten sich die Tremaynes gefühlt haben, als sie die Treppe hinaufstiegen?, fragte sie sich, während sie dem jungen Mann folgte. Die Ehefrau und ihre Töchter in ihren üppigen Kleidern und engen Korsetts, der Mann in steifem Vatermörderkragen. Eine Schar von Angestellten im Schlepptau nach sich ziehend.

Selbst in ihrer modernen Kleidung schwitzte Diana. Wie soll es ihren Vorfahren da ergangen sein?

Das Hotelzimmer, obwohl es saniert und gut gepflegt war, zog sie endgültig ins 19. Jahrhundert hinein. Die braunen Bodenfliesen, die zu einem kunstvollen Mosaik zusammengefügt waren, hätten genauso gut auch damals schon hier liegen können, das den Raum beherrschende Himmelbett war dem Augenschein nach eine genaue Kopie des Bettes, das den Gästen auch in früheren Zeiten eine gute Nachtruhe bieten wollte. Die Sessel waren ebenfalls neu, passten stilistisch aber sehr gut in das Ambiente des Raumes, dessen Fenster einen wunderbaren Blick auf den Hafen bot.

Einen Deckenventilator, wie man ihn aus Filmen kannte, suchte Diana allerdings vergeblich, er war durch eine moderne Klimaanlage ersetzt worden.

Nachdem sie dem Pagen Trinkgeld gegeben hatte, schloss sie die Tür hinter sich und ließ den Raum eine Weile auf sich wirken. Dann ging sie zum Fenster, das einen wunderbaren Ausblick auf den Hafen und das Meer bot. Die warme Brise, die durch ihr Haar und über ihr Gesicht strich, löste ihre Anspannung ein wenig. Ich bin auf dem richtigen Weg.

Nach dem Auspacken trug sie die Posterröhre zum Schreibtisch, in der sie das Palmblatt aufbewahrte. Die Sicherheitsleute hatten sie bei der Kontrolle etwas merkwürdig angesehen, ihr die Behauptung, dass sie es einem Bekannten in Colombo zurückgeben wollte, allerdings abgenommen.

Vielleicht wäre es besser, wenn ich es dem Hotelsafe anvertraue, dachte sie. Um herausfinden zu können, zu welcher Bibliothek es gehörte, würden die Fotos reichen, von denen Michael ihr Abzüge geschickt hatte.

Obwohl sie hundemüde war, entschloss sie sich, eine kurze Erkundungstour durch die Stadt zu unternehmen.

Nachdem sie geduscht und sich umgezogen hatte, teilte sie Eva und Mr Green mit, dass sie sicher in Colombo gelandet war. Mit dem alten und einem neuen Reiseführer bewaffnet, um sich auf den Weg zu Mr Singh zu machen, sowie der Posterrolle unter dem Arm verließ sie eine halbe Stunde später ihr Zimmer.

Auf dem Weg in die Lobby geriet sie in einen Gang, in dem reges Treiben herrschte. Im Lotus Ballroom, wie das blank polierte Schild vor der Tür verriet, liefen offenbar die Vorbereitungen für eine Großveranstaltung auf Hochtouren. Die festlichen weißen, mit goldenen Schleifen verzierten Überwürfe auf den Stühlen machten den Eindruck, als wären sie Teil einer Hochzeitsfeier.

Auf einmal krampfte sich etwas in ihr zusammen. Ihre Hochzeitsfeier war recht bescheiden gewesen. Eigentlich hatte sie ein großes Fest haben wollen, doch letztlich hatte sie Philipp, der mit seiner riesigen Verwandtschaft drohte, nachgegeben. Nun bedauerte sie es fast ein wenig, nicht pompöser geheiratet zu haben. An dem Ende ihrer Ehe hätte dies nichts geändert, doch sie hätte immerhin eine wunderbare Erinnerung zurückbehalten.

Da jetzt weitere Angestellte mit Tischtüchern anrückten, zog sie sich zurück. Anstatt den Dingen nachzutrauern, die niemals waren, solltest du dich um die Gegenwart kümmern – und um dein Vorhaben, dachte sie. In der Hotellobby zog sie den alten Reiseführer aus der Tasche. Zwischen die Seiten, an denen Orte angestrichen waren, hatte sie feine Zettelchen geklemmt. Besonders interessant erschienen ihr das Fort, die Chatham Street und die Cinnamon Gardens, ein Stadtteil, der mittlerweile die vollkommen unromantische Bezeichnung Colombo 7 trug. Ob es dort noch immer Zimtgärten gab?

Nachdem sie das Palmblatt im Safe untergebracht hatte, verließ sie das Hotel. Mr Singh erwartet mich sicher schon, wie ich Michael kenne. Er wird ihn regelrecht verrückt gemacht haben. Und je eher ich etwas herausfinde, umso besser.

Obwohl sie zahlreiche Informationen über Sri Lanka gefunden und einige Bildbände durchgesehen hatte, fühlte sich Diana nicht ausreichend vorbereitet auf die Kontraste, die beim Gang durch die Stadt auf sie einströmten. Auf der einen Seite Wolkenkratzer und blinkende Reklame, Autos und Handys, auf der anderen Seite Saris, Ochsenkarren, Häuser aus der Kolonialzeit, Bretterbuden.

Auf der Straße musste sie aufpassen, nicht von einem der roten Minibusse angefahren zu werden, die ihre Passagiere in halsbrecherischem Tempo durch die Stadt kutschierten. Durch die Menschenmenge, die sich in der York Street staute, versuchte doch tatsächlich ein Mann seinen reich geschmückten Elefanten zu bugsieren. Dahinter hupten Tuktuks und schrillten protestierend die Fahrradklingeln.

Auch in der Chatham Street wimmelte es vor Menschen zu Fuß und auf Fahrrädern. Viele alte Gebäude waren modernen Bauten gewichen. Chinesische Seidenhändler hatten die meisten Geschäfte übernommen. Dennoch wurde hier immer noch mit den Schätzen des Landes gehandelt, besonders

Rohedelsteine sollte es zu einem verhältnismäßig günstigen Preis geben.

Diana dachte an den großen blauen Stein aus dem Geheimfach, den sie im Hotel in ihrer Reisetasche zurückgelassen hatte. Vielleicht hätte ich ihn mitnehmen sollen, um prüfen zu lassen, ob er echt ist – und vor allem, um rauszufinden, um was für einen Stein es sich handelt.

Diana blieb stehen und zückte ihren Reiseführer auf der Suche nach dem Haus, in dem sich der alte Edelsteinhändler befunden hatte. Nach einer Weile wurde sie fündig, doch leider befand sich in dem Haus kein Edelsteinhändler mehr. Die Fensterläden waren vernagelt, ein Werbeplakat blätterte von der Fassade ab.

Dafür entdeckte sie zwei Häuser weiter das Schaufenster eines kleinen Edelsteinverkäufers, auf dem in Rot das Wort »Sale« leuchtete. Wahrscheinlich ist das wie bei unseren Teppichhändlern, die auch ständig Dauerausverkauf haben, dachte Diana mit einem Anflug von Spott.

Da ihre Suche nach den Edelsteinhändlern nicht von Erfolg gekrönt war, lief sie die Straße entlang, bis sie schließlich die Nummer 23 fand. Das im Kolonialstil errichtete Gebäude wirkte ein wenig heruntergekommen, hatte aber dennoch nichts von seiner Eleganz eingebüßt. Die moderne Klingelanlage wirkte vollkommen fehl am Platz. Unter den in den typischen schneckenähnlichen Schriftzeichen des Landes geschriebenen Namen entdeckte sie ein Schild mit doppelter Aufschrift. Das war er! Vielleicht wusste er, an wen sie sich wegen des Palmblattes wenden konnte.

Während ihr Herz vor Aufregung wild zu pochen begann, drückte sie den Knopf, trat dann ein Stück zurück und blickte nach oben in der Hoffnung, dass sich irgendwo etwas rühren würde.

Eine ganze Zeit tat sich nichts. Als sie erneut klingeln wollte, öffnete sich quietschend ein Fenster und ein dunkler Haarschopf erschien über ihr. Da die Sonne ein wenig ungünstig stand, musste sie die Augen mit der Hand beschirmen, erkennen konnte sie das Gesicht aber trotzdem nicht.

»Miss, wollen Sie zu mir?«, rief er nach unten.

»Wenn Sie Jonathan Singh sind, ja!«, antwortete Diana.

Nachdem er kurz überlegt hatte, entgegnete er: »Ich bin gleich bei Ihnen!«

Der Schopf verschwand, das Fenster schloss sich. Hinter ihr ertönte ein markerschütterndes Hupen, das sie zusammenschrecken ließ. Der Reiseführer fiel ihr aus der Hand und verfehlte nur knapp den Unrat, der sich in der kleinen Nische neben der Regenrinne ansammelte.

Als sie sich danach bückte, ging die Tür. Diana richtete sich hastig auf und blickte in ein Paar bernsteinfarbener Augen inmitten eines leicht gebräunten Gesichts. Der dunkelhaarige, großgewachsene Mann, der leger mit heller Hose und weißem Hemd bekleidet war, wirkte auf den ersten Blick wie ein Künstler und nicht wie ein angestaubter Geschichtswissenschaftler. So hatte sie sich Michaels Freund nun wirklich nicht vorgestellt.

»Sie sind also Mr Singh.«

Ein Lächeln flammte auf dem Gesicht des Mannes auf. »Ja, der bin ich. Und Sie müssen Michaels Freundin sein. Diana Wagenbach, ist das richtig?«

»Ja, richtig.« Nervös streckte sie ihm die Hand entgegen und merkte dabei nicht, dass etwas aus ihrem Reiseführer fiel. Erschrocken wich sie zurück, als Jonathan sich danach bückte.

»Sie haben etwas verloren!« Mit einem einnehmenden Lächeln streckte er ihr ein graues Stück Papier entgegen. Diana betrachtete es zunächst skeptisch, dann durchfuhr es sie heiß und kalt, als sie es erkannte. Das Foto ihrer Ururgroßmutter! Zumindest der Abzug, den sie vor der Reise von der Platte hatte machen lassen. Jetzt erinnerte sie sich wieder, dass sie es im Flugzeug zwischen die Seiten des Reiseführers gelegt hatte. Eigentlich hatte sie es gleich wieder in ihre Geldbörse wandern lassen wollen, doch dann war sie eingeschlafen und hatte beim Aufwachen den Reiseführer einfach in ihre Tasche gepackt.

»Oh, vielen Dank, es wäre schlimm, wenn ich es verloren hätte.«

Der Mann warf einen kurzen Blick auf das graugrüne Büchlein in ihrer Hand, wobei sich sein Lächeln verbreiterte. »Glauben Sie nicht, dass Sie einen aktuelleren Plan verwenden sollten?«

»Oh, den habe ich!«, gab Diana zurück. »Dieser hier ist nur dazu da, um das Damals mit dem Heute zu vergleichen.«

»Dann sind Sie Historikerin?«

»Nein, Anwältin.« Hatte Michael ihm das nicht gesagt?

»Verzeihen Sie mir, aber Michael hat aus der Sache ein großes Geheimnis gemacht, so, als könnte ich schon im Voraus das Interesse verlieren. Es ist offenbar schon sehr lange her, dass er hier war, wenn er nicht mehr weiß, dass wir Suchenden gern helfen.«

Als hinter ihnen ein paar protestierende Stimmen laut wurden, zog der Mann sie ein wenig näher zur Hauswand, damit sie den anderen Passanten nicht im Weg standen.

»Über mich wird er Ihnen hoffentlich mehr erzählt haben.«

»Nur, dass Sie mal Wissenschaftler waren und jetzt Bücher schreiben.«

»Das ist richtig. Wie mein Name verrät, bin ich der Sohn

eines Inders und einer Engländerin. Ihr Englisch ist übrigens sehr gut.«

Diana schoss das Blut in die Wangen. Nein, so hatte sie sich Jonathan Singh wirklich nicht vorgestellt. Nicht so charmant, nicht auf so verwirrende Weise anziehend vom ersten Moment an …

»Meine Tante … ich meine Großtante, lebte in England. Ich selbst habe englische Vorfahren.«

»Dann sind wir ja praktisch Landsleute!«, gab Singh herzlich zurück. »Was halten Sie davon, wenn wir erst mal einen Tee trinken gehen. Da können Sie mir mehr über sich und Ihr Anliegen erzählen. Ich weiß in der Nähe eine gute Teestube.«

»Reiße ich Sie denn nicht aus Ihrer Arbeit?«, fragte Diana zweifelnd.

»Nein, ehrlich gesagt habe ich schon auf Sie gewartet. Mein Wechsel aus der Forschung in das Autorendasein hat meine sozialen Kontakte noch weiter eingeschränkt, ich bin also froh, endlich mal wieder mit jemandem aus Fleisch und Blut anstelle von Papier zu tun zu bekommen.«

»Sie suchen nach Palmblättern, nicht wahr?«, fragte er, während sie sich durch die Menschenmenge in der Baillie Street schlängelten. »Das war das Einzige, das Michael angedeutet hat.«

»Ja, das ist richtig«, entgegnete Diana.

»Dann sollten wir am besten ins Nationalmusem gehen, die haben eine wunderbare Sammlung von *Ola*.«

»Ola?«

»Das ist die hiesige Bezeichnung für die Palmblattbücher.«

Diana konnte sich nicht vorstellen, dass die Vorhersagen in einem Museum gehortet wurden. Michael hatte ihr doch gesagt, dass es dafür eigene Bibliotheken gab, die von Readern bewahrt wurden, Tamilen, die sich in den uralten Dialekten ihrer Sprache auskannten. Oder hatte er sich geirrt? Hatte sich die Geschichtsforschung mittlerweile auch die Schicksale der Menschen einverleibt?

»Was steht denn in diesen Ola?«, fragte Diana, um sicherzugehen, dass sie wirklich von ein und denselben Palmblättern sprachen.

»Nun, alles an Wissen, was es wert war, aufgezeichnet zu werden«, antwortete Singh. »Die Tamilen waren schon seit jeher ein schriftkundiges Volk. Die meisten dieser Aufzeichnungen sind während der Kolonialzeit vernichtet worden, aber einen großen Teil kann man sich immer noch in den Museen anschauen.«

»Dann fürchte ich, sind es nicht die Palmblattbücher, nach denen ich suche.«

Zunächst sah Singh sie fragend an, dann erschien hinter seinen Augen das Licht der Erkenntnis.

»Ah, verzeihen Sie mir, Sie wollen sich die Zukunft weissagen lassen. Diese Art von Olas suchen Sie.«

»Genau genommen will ich mir nichts weissagen lassen.« Hat Michael ihm wirklich nichts erzählt?, fragte sie sich auf einmal. »Ich habe im Nachlass meiner Tante ein Palmblatt gefunden, von dem ich annehme, dass es damals gestohlen wurde. Ich möchte es der entsprechenden Bibliothek gern wiedergeben.«

Jetzt war Singh für einen Moment sprachlos.

»Ein Palmblatt in England?«

»Ich hoffe, es ist nicht strafbar, dass ich es mitgebracht habe.«

»Nein, natürlich nicht«, gab Singh kopfschüttelnd zurück. »Ich dachte nur, die Reader passen darauf auf und geben keines dieser Blätter aus der Hand.«

»Das dachte Michael auch«, entgegnete Diana. »Doch es

lag in einem Geheimfach hinter dem Buchregal. Ich vermute, dass es im 19. Jahrhundert nach England kam. Im Gepäck meiner Vorfahren, die eine Reise hierher unternommen hatten. Und, wie ich vor kurzem erfahren habe, hier auch eine Plantage besaßen.«

Singh sah sie mit leuchtenden Augen an. »Das klingt wahnsinnig interessant. Ich verstehe nicht, warum Michael mir das alles nicht schon vorher erzählt hat.«

»Er wollte Ihnen sicher nicht die Überraschung verderben«, gab Diana ein wenig unsicher zurück und schalt sich daraufhin dafür. Du bist eine gestandene Frau und kein schüchterner Backfisch!

Plötzlich blieb Singh stehen. »Sehen Sie mal dorthin!« Er deutete auf ein Haus, dessen Bauweise noch älter erschien als die der Häuser in der Chatham Street.

Diana runzelte die Stirn, als sie die Inschrift über der Tür entdeckte.

»Das ist Niederländisch, nicht wahr?«

»Ganz richtig. Übersetzt heißt es so viel wie ›Zerstört durch Willkür, wiedererrichtet durch Gerechtigkeit‹.«

»Und was bedeutet das?«

»Während der holländischen Kolonialzeit herrschte hier ein Gouverneur namens Pieter Vuist. Ihm wird nachgesagt, einer der schrecklichsten und grausamsten Herren des Landes gewesen zu sein. Aus einer Laune heraus, manche behaupten auch, aus Eifersucht, hat er dieses Haus einfach niederreißen lassen. Sein Amtsnachfolger, der ein wenig gemäßigter war, hat das Haus wieder aufbauen und die Inschrift einfügen lassen.«

Während er erzählte, kroch ein angenehmer Schauer über Dianas Nacken. Es war, als hätte die kalte Hand der Vergangenheit sie gestreift und lockte sie nun, ihr zu folgen.

An der Seite von Jonathan Sing konnte sie das offenbar ungestraft tun.

Die kleine Teestube in der York Street wirkte, als sei sie zwischen zwei Geschäfte gequetscht worden. Wahrscheinlicher war allerdings, dass die anderen Gebäude ihren bescheidenen und alten Nachbarn mit der Zeit überragt und eingepfercht hatten.

Der in einem kräftigen Rostrot gestrichene Innenraum war eng und mit allerlei Kunstgegenständen zugestellt. Indische Musik dudelte aus einem Radio, irgendwo liefen Nachrichten in einem Fernseher. Die üblichen Darstellungen von Shiva, Ganesha und anderen Göttern fehlten, dafür entdeckte Diana eine wunderschöne arabische Kalligrafie, die offenbar schon mehr als ein Jahrhundert auf dem Buckel hatte.

»Der Besitzer ist Muslim«, erklärte Singh, als sie sich auf eines der Kissen niederließen. »Jedem, der es hören will, erzählt er stolz, dass seine Vorfahren aus dem Jemen gekommen seien, um die Lehre Mohammeds hier zu verbreiten. Das ist ihnen auch teilweise gelungen, doch noch immer sind Hinduismus und Buddhismus vorherrschend auf der Schmetterlingsinsel.«

»Schmetterlingsinsel?«

»Ja, so wird Sri Lanka genannt. Weil sie die Form eines Schmetterlingsflügels hat.« Er unterstrich seine Worte mit einer passenden Handbewegung.

»Wieder was dazugelernt«, stellte Diana verblüfft fest, verriet ihm aber nicht, dass ihr dabei der Schmetterling einfiel, der in ihrem Traum den Engel zum Leben erweckt hatte.

»Sri Lanka steckt voller Überraschungen«, behauptete Singh und orderte dann in makellosem Tamil bei dem herbeigeeilten Wirt zwei Gläser Tee.

»Er hat den besten in der ganzen Gegend«, erklärte Singh, als der Wirt davoneilte. »Ich habe mir erlaubt, auch gleich noch etwas Gebäck dazu zu bestellen. Für Lunch ist es noch ein bisschen früh, finden Sie nicht?«

Diana schwirrte der Kopf. Machte sich der Jetlag bemerkbar? Oder brauchte sie einfach nur eine Weile, um alles zu ordnen?

»Vielleicht sollte ich Ihnen zur Abwechslung etwas über mich erzählen, bevor ich Ihnen wieder Löcher in den Bauch frage.«

Diana nickte ihm zu. »Ja, das wäre nett, dann kann ich mich schon mal wappnen.«

Nachdem der Wirt die dampfenden Teegläser und eine Schale mit pastetenartigen Gebäckteilchen vor ihnen abgestellt hatte, begann Singh seinen Bericht.

»Aufgewachsen bin ich in England, mein Vater gehörte zu den tamilischstämmigen Indern, wodurch ich beide seiner Muttersprachen beherrsche. Er kam als Professor für indische Geschichte nach England, irgendwie hat dieses Interesse auf mich abgefärbt, nur dass ich mir mein Wirkungsfeld hier gesucht habe. Man kann allerdings sagen, dass ich mich nur wegen ihm für ein im neunzehnten Jahrhundert nach England verschlepptes Palmblatt interessiere.«

Er hielt kurz inne und kaute auf seiner Unterlippe herum, als wüsste er nicht, wie er etwas Bestimmtes sagen sollte. »Sie haben Ihr Blatt nicht zufällig hier?«, fragte er schließlich.

Diana schüttelte den Kopf. »Nein, leider nicht, aber …« Sie stockte. Konnte sie ihn einfach zu sich ins Hotel einladen? Welchen Eindruck machte das denn?

Im nächsten Augenblick schüttelte sie über sich selbst den Kopf. Er will dir bei deinem Palmblatt helfen und dich nicht heiraten! Sei froh, dass Michael den Kontakt hergestellt hat.

»Es ist in meinem Hotel. Dort habe ich auch Fotos davon, es ist einfach zu kostbar, um es ständig mit mir herumzutragen.«

»Das verstehe ich.« Singh schwenkte den Tee in seinem Glas kurz umher, dann sagte er: »Ich würde wahnsinnig gern einen Blick darauf werfen. Leider muss ich morgen bei meinem Verleger antreten. Er möchte mein neues Projekt mit mir besprechen.«

Diana zog die Augenbrauen hoch. »Ach ja? Worum geht es, wenn ich fragen darf?«

»Es geht um den Konflikt zwischen Tamilen und Singhalesen, seine Ursachen, seine Auswirkungen, seine Geschichte. Die Spannung zwischen unseren beiden Völkern schwelt nun schon seit mehreren Jahrzehnten, wobei die Tamil Tigers immer kompromissloser in ihren Aktionen werden. Ich möchte mit meiner Schrift ein wenig Aufklärungsarbeit leisten.«

Diana fielen wieder die mahnenden Worte der Reisebüromitarbeiterin ein, als sie ihr die Infobroschüre aushändigte. »Das klingt nach einem sehr schwierigen, nein gefährlichen Thema.«

»Das ist es auch. Aber einer muss sich seiner annehmen. Schweigen bringt uns nicht weiter, nur wenn wir einen Konsens finden, wird es eines Tages Frieden auf der gesamten Insel geben.«

Diana schwieg beeindruckt.

»Aber das heißt nicht, dass ich keine Zeit für Sie habe. Wir können uns gern am Abend treffen, da ist es in der Stadt am schönsten. Was halten Sie davon?«

»Meinetwegen gern«, antwortete Diana mit einem seltsam aufgeregten Kribbeln in der Magengrube.

»In welchem Hotel sind Sie abgestiegen?«

»Im Grand Oriental.«

Singh schob bewundernd die Unterlippe vor. »Sie scheinen es wirklich ernst zu meinen mit Ihren Nachforschungen. Das Grand Oriental Hotel war in Kolonialzeiten neben dem Mount Lavinia Hotel eine der ersten Adressen der Engländer auf Sri Lanka. Es ist genau das Richtige, um eine Reise in die Vergangenheit zu beginnen.«

»Ich habe dieses Haus in meinem Reiseführer gefunden, es war angestrichen. Ich weiß es nicht genau, aber der Gedanke, dass meine Vorfahren dort logiert haben, gefällt mir irgendwie.«

»Ich werde um 8 Uhr abends da sein«, versprach Singh. »Allerdings werde ich mir dann erlauben, Sie in die Stadt zu entführen. Egal, wo man hinkommt, die Hotelküche ist immer der Meinung, dass man als Ausländer so essen will, wie man es aus der Heimat gewöhnt ist. Dabei kommt man doch auch in ein fernes Land, um sich dessen kulinarischen Sünden hinzugeben.«

Damit ließ er ein weiteres der Gebäckteilchen in seinem Mund verschwinden.

2

Zur Vorbereitung auf das Treffen mit Jonathan Singh unternahm Diana am nächsten Vormittag eine geführte Tour durch die Stadt, die sie ins Museum und in einige sehr schöne Tempel brachte, die sie mit ihrer Kamera festhielt. Wie sie richtig vermutet hatte, handelte es sich bei den Palmblattmanuskripten im Museum nicht um Weissagungen, sondern um Erzählungen und Geschichtsaufzeichnungen, wie ihr Führer, Mr P. Suma, erklärte. Obwohl er recht gutes Englisch sprach, schwirrte Diana schon bald der Kopf von den zahlreichen tamilischen Bezeichnungen und Namen, die er aufzählte, als es um die Geschichte seines Landes ging.

Um sich von der kurzen Fahrt in einem der halsbrecherisch fahrenden roten Minibusse abzulenken, dachte Diana an den kommenden Abend und verspürte eine vorfreudige Erregung. Nicht nur, weil sie sich Informationen über das Palmblatt erhoffte, irgendwie freute sie sich auch, Jonathan Singh wiederzusehen.

Als sie in der vergangenen Nacht ihr Gespräch noch einmal rekapituliert hatte, war ihr aufgefallen, dass er ein sehr sympathischer und humorvoller Mann war. Und wieder waren ihr seine Augen in den Sinn gekommen, die sie wunderschön gefunden hatte. Unsinnigerweise versuchte sie sich vorzustellen, wie diese Augen in unterschiedlichen Situationen dreinblicken würden.

Zurück im Hotel, nach einer Dusche und einigen Augenblicken Ruhe, stand sie ratlos vor ihrem Spiegel und war der festen Überzeugung, zu wenig an Kleidern mitgenommen zu haben. Sie wollte einen möglichst guten Eindruck auf Mr Singh machen. Auch wenn der sich wahrscheinlich nur für ihre Fotos interessierte.

Ihre Wahl fiel schließlich auf einen knielangen, weit schwingenden weißen Rock, der am Saum mit einem Blütenmotiv bestickt war, und auf eine kurzärmelige schwarze Bluse.

Wie sie von Mr P. Suma erfahren hatte, wurden T-Shirts zwar geduldet, aber man sah sie hier nur als ordentliche Kleidung für Kinder an. Da sie das Hotel verlassen würden, wollte sie auf keinen Fall durch schludrige Kleiderwahl auf sich aufmerksam machen.

Nachdem sie einen dezenten Duft aufgelegt und die Fotos samt einem Notizbuch in der Tasche verstaut hatte, begab sie sich in die Lobby, in der gerade eine Reisegruppe angekommen war. Suchend reckte sie den Hals, konnte Singh aber nicht finden. Ihr Blick wanderte zur Uhr oberhalb des Empfangstresens. Fünf vor acht. Wahrscheinlich ist er pünktlich. Oder ein bisschen zu spät, was bei seinem Job kein Wunder wäre.

Als sie die Blicke einiger männlicher Reiseteilnehmer gewahrte, begab sie sich zu der Sitzgruppe, die wie vieles andere hier im spätviktorianischen Kolonialstil gehalten war. Das Stimmengewirr auszublenden gelang ihr ebenso wenig, wie ihre Nervosität unter Kontrolle zu bekommen.

Was würde sie an diesem Abend erwarten?

»Miss Wagenbach?«

Diana blickte überrascht auf. Jonathan Singh stand neben ihr wie plötzlich aus dem Boden gewachsen.

»Oh, hallo!«, entgegnete sie ein wenig verlegen, während

sie sich erhob und ihm die Hand reichte. »Schön, Sie zu sehen, Mr Singh.«

»Das Vergnügen ist ganz auf meiner Seite. Ich hoffe, Sie warten noch nicht allzu lange.«

»Nur ein paar Minuten.« Diana lachte verlegen. »Deutsche Pünktlichkeit, Sie wissen schon.« Kaum hatte sie das gesagt, hätte sie sich ohrfeigen können. Schlimm genug, dass dieses Klischee immer noch am Leben war. Doch Singh schmunzelte darüber nur.

»Was halten Sie davon, wenn wir nach Pettah gehen? Wie Sie feststellen werden, ist die Stadt zu Nachtzeiten recht ruhig, aber in Pettah erwacht der große Bazar erst am Abend. Dort finden wir sicher ein Restaurant, in dem Sie die Küche Sri Lankas unverfälscht kennenlernen können.«

»Das klingt sehr gut«, gab Diana zurück, worauf sie das Hotel verließen und dann zu Fuß durch die Stadt gingen.

Tatsächlich hatte sich der Verkehr auf den Straßen ein wenig beruhigt. Da auch die Zahl der Passanten abnahm, konnte man einen Blick auf die Straßen werfen, auf denen Früchte vor sich hin faulten und kleine Hunde auf der Suche nach Futter waren. Einige Schlaglöcher waren so tief, dass man sich wunderte, dass keine größeren Unglücke geschahen. Dennoch wirkte hier alles freundlicher als in einer unbelebten deutschen Straße, wo Häuser mit leeren Augen auf den makellosen bis geflickten Asphalt blickten.

»Wie ist das Gespräch mit Ihrem Verleger verlaufen?«, fragte Diana, als sie das Hotel hinter sich gelassen hatten.

»Besser, als ich erwartet hätte«, gab Jonathan zurück. »Er ist sehr interessiert und hofft auf großes Echo – auch im Ausland. Dort ist es, finde ich, noch am wichtigsten, immerhin ist neben dem Tee der Tourismus eine große Einnahmequelle in unserem Land. Nach dem Anschlag auf den Flughafen waren sehr viele Leute verunsichert.«

»Das kann ich mir vorstellen.«

»Reisewarnungen werden nicht mehr ausgesprochen, aber dennoch rät man Touristen zur Vorsicht. Das war bei Ihnen sicher auch der Fall, oder?«

»Ja, allerdings habe ich die Broschüre nur überflogen. Ich überzeuge mich lieber mit eigenen Augen und schätze die Gefahr gern selbst ein.«

»Das machen aber nicht viele. Ich möchte auch den Touristen helfen zu verstehen und Gefahren zu sehen.«

»Sie werden es Ihnen danken. Das ganze Land.«

Jonathan zuckte bescheiden mit den Schultern. »Wir werden sehen.«

Nach einer Weile erreichten sie die Strandpromenade Colombos, die Jonathan Galle Face Green nannte. Die Hütten der Limonadenverkäufer ragten wie Pilze nach einem Regenguss aus dem Boden. Der Blick auf das Meer und den Himmel, die durch einen goldenen Streifen voneinander getrennt erschienen, war überwältigend.

»Das ist aber kein Bazar«, gab Diana lächelnd zu bedenken.

»Nein, aber einer der schönsten Ausblicke, die es hier gibt. Wenn Sie am Morgen herkommen, nachdem es geregnet hat, tauchen die Menschen wie Sagengestalten plötzlich aus dem Nebel auf.«

Sie gingen weiter, bis sie schließlich in eine Straße einbogen, in der Petroleumlampen in der leichten Abendbrise schaukelten. Ein Straßengrill verbreitete einen himmlischen Duft, in den sich der Geruch verbrannten Holzes mischte.

Jonathan breitete die Arme aus. »Das ist Pettah!«

Nach einer Weile erreichten sie eine große Halle, die zu dieser Zeit sehr gut belebt war.

»Hier ist der Bazar?«

»Genau, jedenfalls ein Teil davon«, erklärte Jonathan. »In dieser Halle befindet sich der Stoffmarkt. Wenn Sie vorhaben, sich einen echten Sari schneidern zu lassen, sollten Sie auf alle Fälle hier vorbeischauen, es lohnt sich.«

Das glaubte Diana gern, denn die Stände quollen geradezu über vor leuchtenden Farben. Vielleicht würde sie hier etwas kaufen – nachdem sie die Rätsel ihrer Familie gelöst hatte.

Jonathan führte sie nun an berauschend duftenden Gewürzständen und Schmuckhändlern vorbei, bis sie schließlich ein kleines Lokal fanden, in dem sie Touristen vergeblich suchte.

»Das hier ist der absolute Geheimtipp«, erklärte Jonathan, als sie vor dem kleinen Tresen darauf warteten, platziert zu werden. »Zumindest im Moment. Die Besitzer der Teestuben und Restaurants wechseln ständig, es ist gut möglich, dass es dieses Lokal hier in ein, zwei Jahren nicht mehr gibt.«

»Kann ich mir bei der Zahl von Besuchern nicht vorstellen.«

»Die Lokale unterliegen ganz eigenen Gesetzmäßigkeiten. Was in einem Moment top ist, kann schon Monate später den Bach runtergehen. Wir sollten uns also an dem, was man uns hier vorsetzt, erfreuen.«

Den Moment, bis der Kellner erschien, nutzte Diana, um sich umzusehen. Einige der Frauen, die hier saßen, waren in Saris gekleidet, die Männer trugen meist dunkle Hosen und einfarbige Hemden. Die Wände waren mit Heiligenbildern und Masken geschmückt, ein großes, gerahmtes Foto zeigte eine farbenprächtig gekleidete Tänzerin. Unter einem kleinen Altar, der dem Gott Shiva gewidmet war, stapelten sich die Frangipani-Blüten. Räucherstäbchen schickten zarte Qualmfäden in die Luft.

Über allem schwebte ein Gewirr aus Gesprächsfetzen und

dezenter Musik. Diana saugte die Eindrücke förmlich in sich ein, damit sie später etwas hatte, das sie ins gegen diese Pracht recht farblose Deutschland mitnehmen konnte.

Kurz nachdem einer der Tische frei geworden war, erschien ein junger Mann. Während im Hintergrund ein Mädchen flink abräumte, unterhielt er sich kurz mit Jonathan. Kurze Zeit später fanden sie sich an dem Tisch wieder, von dem jeder Krümel abgefegt war und auf dem neue Platzmatten aus Palmblättern lagen.

»Nun, was hat es mit Ihrem Palmblatt auf sich?«, fragte Jonathan, nachdem ihnen der flinke Kellner die Speisekarten gebracht hatte, grobes Papier, das an Elefantenhaut erinnerte, bedeckt mit fremdartigen Schriftzeichen und Zahlen.

»Ich fürchte, da werden Sie mir helfen müssen. Ich verstehe nicht ein Wort, das hier steht.«

Singh lachte leise auf. »Keine Sorge, verlassen Sie sich einfach auf mich. Haben Sie die Fotos mit?«

Diana nickte und kramte dann kurz in ihrer Handtasche. Während sie versuchte, die richtige Reihenfolge einzuhalten, breitete sie die Bilder auf dem Tisch aus. Michaels Aufnahmen waren so gestochen scharf, dass man auch kleinste Fasern erkennen konnte. Die Schrift auf dem Palmblatt wirkte deutlich wie ein Muster, das mit einem Lötkolben in Holz gebrannt worden war.

Bevor Jonathan die Bilder in Augenschein nehmen konnte, erschien der flinke Kellner schon wieder. Wenn er sich über die Aufnahmen auf dem Tisch wunderte, ließ er es sich nicht anmerken.

Jonathan sagte etwas auf Tamil, worauf der junge Mann wieder verschwand.

»Was haben Sie uns bestellt?«, erkundigte sich Diana neugierig.

»Das werden Sie sehen«, antwortete Jonathan mit einem rätselhaften Lächeln.

»Und Sie wollen mir keinen Hinweis geben?«

»Es ist etwas, das Sie mögen werden, vertrauen Sie mir. Die tamilische Küche ist sehr köstlich – vor allem, wenn Sie etwas Schärfe vertragen.«

»Wenn ein großer Wassereimer zum Löschen bereitsteht, immer.«

»Wasser richtet gegen Schärfe nur im Moment etwas aus. Aber auch dafür habe ich Sorge getragen.«

Lächelnd nahm Jonathan nun eines der Fotos und betrachtete es eingehend. Während sie ihn dabei beobachtete, kaute Diana gespannt auf ihrer Unterlippe herum. Würde er es lesen können? Das plötzliche Stirnrunzeln hielt sie für kein gutes Zeichen.

»Das ist Alt-Tamil«, stellte er schließlich fest. »So was habe ich mir beinahe gedacht.«

»Sie können es also nicht lesen?«

»Die tamilische Schrift hat sich im Laufe der Jahrhunderte sehr verändert. Ola wie diese sind bestimmt mehr als tausend Jahre alt.« Jonathan legte die Fotos wieder beiseite. »Ich fürchte, Sie werden einen Nadi-Reader finden müssen, jemanden, der diese Sprache noch spricht.«

»Und den finde ich nur in den Bibliotheken.«

»Oder in einem der Dörfer am Rand von Colombo. Sie wollen dieses Blatt der entsprechenden Bibliothek wiedergeben?«

Diana nickte. »Ja, das ist noch immer mein Vorhaben.«

»Ich würde Ihnen raten, es zunächst von einer unabhängigen Quelle auslesen zu lassen. Vielleicht findet sich dann ein Hinweis darauf, aus welcher Bibliothek es stammt.«

»Erkennt man das denn aus dem Text?«

Jonathan zuckte mit den Schultern. »Wer weiß. Einen Versuch wäre es wert, finden Sie nicht?«

Diana nickte, worauf Jonathan sie eine Weile ansah.

»Welche Geschichte steckt hinter Ihrer Reise, welche Motivation haben Sie?«, fragte er schließlich.

Diana holte das Foto mit dem Berg und der weißgekleideten Frau hervor – das Foto, das Jonathan davor bewahrt hatte, verloren zu gehen. Sein Lächeln zeigte ihr an, dass er es wiedererkannte.

»Ich nehme an, dass dies meine Ururgroßmutter ist. Genau kann ich es leider nicht sagen, dadurch, dass meine Großmutter im Krieg fliehen musste, sind sämtliche Unterlagen, auch die Bilder, verloren gegangen. Auf einer alten Teepackung stand unter dem Namen des Erzeugers das Wort Vannattuppūcci. Ich bin mir nicht sicher, ob das der Name der Plantage war oder der Ort, an dem sie stand.«

»Schmetterling«, brachte Jonathan lächelnd hervor.

»Wie bitte?«

»Schmetterling. Vannattuppūcci heißt aus dem Tamil übersetzt Schmetterling. Ihre Vorfahren müssen eine poetische Ader gehabt haben.«

Dazu konnte Diana nichts sagen, doch auf einmal fiel ihr wieder der Traum ein. Der Schmetterling, der den Engel zum Leben erweckt hatte. War das bereits eine Vorahnung gewesen?

Nein, unmöglich …

»Ich würde darauf tippen, dass es sich um den Namen der Plantage handelte. Die Engländer hatten die Angewohnheit, ihre *estates* zu benennen.«

»Kaum vorstellbar, dass einer meiner Vorfahren so viel Feingefühl besessen hätte, die Plantage so zu nennen. Der typische Engländer der damaligen Zeit hat doch seine Gefühle eher versteckt als gezeigt.«

»Sicher hatten Ihre Vorfahren einen Grund dafür.«

Jonathan betrachtete noch einmal das Bild, dann seufzte er. »Da haben Sie ja noch einen Haufen Arbeit vor sich.«

»Ich habe meine Tante Emmely sehr gern gehabt, sie war so etwas wie eine Großmutter für mich. Ihre Bitte zu erfüllen ist Ehrensache für mich, zumal …«

Nein, das geht zu weit, dachte Diana. Ich kann ihm nicht die Geschichte meiner verkorksten Ehe auftischen. Er ist ein hilfsbereiter Fremder, nichts weiter.

Als sie verstummte, sah Jonathan sie fragend an. Diana suchte verzweifelt nach Worten, mit denen sie anknüpfen konnte.

»Auf jeden Fall möchte ich unbedingt wissen, was hinter dem Vorhang jenseits meiner Großmutter steckt. Wenn Sie verstehen, was ich meine.«

Singh nickte. »Ja, ich glaube schon.« Ein nachdenklicher Ausdruck legte sich auf sein Gesicht, dann schüttelte er leicht den Kopf. »Es ist schon seltsam. Zu ihren Lebzeiten bemühen sich unsere Ahnen, die Flecken auf ihrer Vergangenheit geheim zu halten. Und dann bitten sie uns Nachfahren, sie zu finden, weil sie diese Last gern los wären und selbst nicht die Kraft haben, sie zu offenbaren.«

Die Weisheit seiner Worte ließ Diana staunen. Gleichzeitig fragte sie sich, ob das Geheimnis ihrer Familie ein derart großer Fleck war, dass sich Emmely seiner schämte.

»Wir sollten dies als unsere Verpflichtung für unsere Nachkommen ansehen, nicht wahr?« Singh sah sie mit einem seltsamen Ausdruck an. So als sei ihm gerade irgendein Fleck auf seiner eigenen Vergangenheit bewusst geworden. »Die Vergangenheit selbst offenzulegen, bevor sich unsere Kinder damit abmühen müssen.«

»Ich betrachte das nicht als Mühe«, gab Diana ein wenig

beklommen zurück. »Im Gegenteil. Als Kind habe ich mir immer vorgestellt, wie meine Vorfahren gelebt haben könnten. Durch den Zweiten Weltkrieg ist viel verloren gegangen. Meine Großmutter, die mir vieles hätte erzählen können, starb bei der Geburt meiner Mutter. Und Tante Emmely war immer schon sehr verschwiegen. Vielleicht wollte sie sich selbst nicht erinnern …«

»Das hat sie sicher getan«, entgegnete Jonathan, der jetzt wieder ein wenig entspannter wirkte. »Sonst hätte sie diese Bitte nicht an Sie gerichtet. Vielleicht glaubte sie, dass Sie besser verstehen würden, wenn Sie sich die Vergangenheit erarbeiten anstatt einfach nur eine Geschichte erzählt zu bekommen.«

Schweigen folgte seinen Worten. Nach kurzem Nachdenken konnte Diana nur bestätigen, dass er recht hatte. Bevor sie das Gespräch fortsetzen konnten, erschien der Kellner mit einigen dampfenden Schalen, aus denen es wunderbar duftete. Diana entdeckte kleine Küchlein, verschiedene Chutneys und etwas, das wie das rote Curry aussah, das man auch im Thai-Restaurant bekam.

Der Kellner sagte etwas auf schnellem Tamil, dann zog er sich wieder zurück. Staunend betrachtete Diana das Mahl und atmete tief die verschiedenen Düfte ein.

»Das ist einfach wunderbar! Was ist das?«

»Ein Querschnitt durch die tamilische Küche.« Jonathan deutete nacheinander auf die Speisen. »Idli und Vadai, bei uns die Bezeichnung für gedämpfte beziehungsweise frittierte Küchlein aus Urdbohnen und Reis, Chutney, Rasam, das ist eine dünne Pfeffersoße, und ein rot gekochtes Curry. Danach gibt es noch kühlen Joghurt.«

»Wenn dann noch etwas in mich hineinpasst«, gab Diana lachend zurück, wobei sie aufpassen musste, dass ihr nicht zu sehr das Wasser im Mund zusammenlief.

»Bei uns isst man traditionell mit den Fingern aus einem Bananenblatt«, erklärte Jonathan, während er Diana zeigte, wie sie das steife grüne Blatt zu halten hatte. »Sie können auch mit Besteck essen, doch so ist es ursprünglicher.« Als seine Hand ihre streifte, sahen sie sich kurz in die Augen. Der Bernstein wirkte nun dunkler, fast braun, und Diana hatte auf einmal das Gefühl, sich in ihm zu verlieren. Doch ebenso rasch, wie die Empfindung sie überkommen hatte, rief sie sich wieder zur Ordnung, und als sie den ersten Bissen nahm, wich die Verwirrung einem Genuss, wie sie ihn zuvor noch nie auf die Zunge bekommen hatte.

Als sie kurz nach Mitternacht ins Hotel zurückkehrte, fühlte sich Diana irgendwie seltsam. Das lag nicht an dem hervorragenden Essen, und auch nicht an Jonathan, der die ganze Zeit über ein sehr freundlicher und zuvorkommender Fremdenführer war. Dass sie sich ihm offenbart, das Geheimnis geteilt hatte, gab ihr das Gefühl, einige Dinge klarer zu sehen, obwohl sie noch immer nicht mehr wusste als zuvor.

Für den kommenden Tag hatte Jonathan ihr versprochen, sich ein wenig bezüglich der Nadi-Reader umzuhören. Diana konnte es kaum abwarten, von ihm Bescheid zu bekommen.

Nachdem sie ihre Mail-Adressen ausgetauscht hatten, hatte er sie zurück ins Hotel gebracht. Schweigend, ein jeder in seine eigenen Gedanken versunken, waren sie durch die Stadt gelaufen. Dabei war Dianas Blick immer wieder verstohlen zu Jonathan gewandert. Absurde Fragen wie: Ob er ins Fitnesscenter geht? Welche Schuhgröße trägt er wohl? Wie mag seine Wohnung aussehen? waren ihr durch den Kopf gegangen, und beinahe hatte sie sich in ihre Schulzeit zurückversetzt gefühlt, in der alle Mädchen von dem großen

Jungen geträumt hatten, der bereits Moped fahren konnte und ein Sport-Ass war.

Und auch jetzt, da das warme Wasser der Dusche über ihren Körper rann, ging er ihr nicht aus dem Kopf. Wann hast du schon mal so lange über einen Mann nachgedacht? Dabei fiel ihr auf, dass sie Philipp seit ihrer Ankunft in Colombo regelrecht aus ihrem Gedächtnis gestrichen hatte. Und sie schalt sich selbst dafür, dass sie nun zuließ, dass er sich wieder in ihren Verstand mogelte.

Als sie unter die leichte Bettdecke schlüpfte, den Blick auf die Lichter des Hafens gerichtet, überkam sie eine tiefgreifende Sehnsucht. Wie lange hatten Philipp und sie nicht mehr miteinander geschlafen? In den letzten Monaten war der Sex eher zur Pflichtübung verkommen, die zwischen geschäftliche Termine und alltägliche Besorgungen geschoben wurde. Bis zu dem Zeitpunkt, da sie Philipps Untreue entdeckte, hatte ihr das nicht viel ausgemacht, danach war sie durch ihre Erkenntnis und Emmelys Erkranken dermaßen abgelenkt gewesen, dass sie ihren eigenen Körper gar nicht mehr richtig wahrgenommen hatte.

Doch hier, fernab von der Heimat, umgeben von exotischen Düften und einer Luft, die sie glauben machte, sie könnte sich jederzeit in ihr auflösen, um vom Wind über die Palmenhaine getragen zu werden, kehrte dieses Bewusstsein zu ihr zurück. Sie spürte das Blut in ihren Gliedmaßen pulsieren, das Herz, das gleichmäßig gegen ihre Brust pochte, ein aufgeregtes Kribbeln in ihrer Magengrube, wenn sie an den Mann dachte, der eigentlich nicht mehr war als eine Zufallsbekanntschaft. Allein dieser Abend, der eigentlich ganz unverbindlich abgelaufen war, hatte ihr mehr gegeben als das Zusammenleben mit Philipp in den letzten Monaten. Und insgeheim freute sie sich darauf, Jonathan Singh wiederzusehen, wenngleich sie sich sagte, dass er einfach nur hilfsbereit und freundlich war und sie ihn wahrscheinlich niemals wiedersehen würde, sobald sie ihre Aufgabe auf dieser Insel beendet hatte.

Als sie über diesen Gedanken einschlief, dämmerte über dem Galle Face bereits der Morgen herauf. Trotzdem erwachte sie bereits gegen zehn wieder, als helles Morgenlicht auf ihr Gesicht fiel. Die Luft hatte sich noch mehr erwärmt, das tiefe Brummen eines Tankerhorns echote durch den Hafen, und in den Sonnenstrahlen vor den Fenstern tanzten ein paar Staubpartikel wie winzige Glühwürmchen. Lächelnd erhob sich Diana und verspürte sogleich den Stich der Erwartung in ihrer Magengrube. Ob er schon geschrieben hat?

Nur mit Mühe versagte sie sich, gleich an ihren Laptop zu gehen und die Mails abzurufen. Er wird noch nicht geschrieben haben. Immerhin muss er wieder an seine Arbeit.

Nach einer erfrischenden Dusche und einem guten Frühstück beschloss Diana, ein Stück auf der Strandpromenade spazieren zu gehen.

»Miss Wagenbach?«

Als Diana stehenblieb und sich umwandte, lächelte die Empfangsdame ihr freundlich zu. »Entschuldigen Sie bitte, vorhin ist ein Brief für Sie abgegeben worden. Ich hatte gerade auf Ihrem Zimmer angerufen, aber leider waren Sie nicht da.«

Ein Brief für mich?, dachte Diana erstaunt. Sollte Mr Green mir geschrieben haben? Nein, so schnell ist die Post hierher bestimmt nicht.

Als sie an den Tresen trat, reichte ihr die Empfangsdame einen großen Umschlag, der mit dem Logo des Hotels bedruckt und mit einer Kordel verschlossen war. Er enthielt einen kleineren, cremefarbenen Umschlag, dessen Fassungsvermögen voll ausgereizt wurde. Die rotblauen Balken der Luftpost fehlten allerdings.

Nachdem sie sich bedankt hatte, trug sie den Brief nach oben, wo sie ihn mit pochendem Herzen auf den Schreibtisch legte. Mit einer sachlich, aber dennoch elegant wirkenden Handschrift war ihr Name auf das Papier geschrieben worden – sonst nichts.

Nachdem sie mit den Fingerspitzen über das Papier gestrichen hatte, griff sie nach dem Brieföffner, der zur Zimmerausstattung gehörte.

Beinahe erleichtert gab das Papier nach und den Blick auf ein Papierbündel frei. Kopien, wie Diana am Geruch erkannte. Davor steckte eine schmucklose Karte, beschrieben in einer Handschrift, die sowohl englische als auch tamilische Einflüsse erkennen ließ.

Verehrte Miss Wagenbach,

vielen Dank für den reizenden Abend, der mich dermaßen inspiriert hat, dass ich mich gleich nach dem Nachhausekommen auf die Suche nach einem Nadi-Reader gemacht habe. Nachdem ich einen Bekannten aus dem Bett geklingelt und mich der Frage gestellt habe, ob ich denn verrückt sei, habe ich den Hinweis bekommen, dass ein Mann, der sich mit Alt-Tamil auskennt, in dem kleinen Dorf Ambalangoda lebt. Seinen Namen konnte er mir nicht verraten, aber ich bin sicher, dass es Männer wie ihn nicht häufig in der Gegend gibt.

Ich würde vorschlagen, wir treffen uns gleich morgen früh vor dem Hotel – vorausgesetzt, Sie wollen nicht auf eigene Faust losziehen. In diesem Fall schicken Sie mir doch bitte eine kurze Mail.

Anbei eine Landkarte, auf dem ich das Dorf bereits eingezeich-

net habe. Sofern Sie es wünschen, können Sie gleich im Anschluss nach Nuwara Eliya reisen, dort habe ich Ihre Teeplantage ausfindig gemacht. Die Unterlagen finden Sie in diesem Brief.

Ich hoffe sehr, dass Sie mich weiterhin an diesem Abenteuer teilhaben lassen, Miss Holmes.

Ihr ergebener
Jonathan »Watson« Singh

Erst nachdem sie die Karte dreimal gelesen hatte, wurde ihr klar, dass Singh tatsächlich so verrückt gewesen war, sich die ganze Nacht allein für sie um die Ohren zu schlagen. Obwohl sie ganz ruhig stand, klopfte ihr Herz, als hätte sie einen Sprint hinter sich, und ihre Hände waren auf einmal eiskalt. Das änderte sich auch nicht, als sie die Kopien und die dazwischen verborgene Landkarte durchblätterte. Ihr Plan, an der Strandpromenade entlangzuspazieren, war auf einmal passé, sie wusste nun, dass sie den ganzen Tag vor den Unterlagen sitzen und alles an Informationen in sich einsaugen würde, was die Papiere hergaben.

Zunächst musste sie Jonathan aber eine Antwort zukommen lassen.

Nachdem sie sich auf ihr Zimmer und an den Schreibtisch begeben hatte, schaltete sie ihren Laptop ein und tippte wenig später eine Mail.

Lieber Mr Singh,

ich wusste ja gar nicht, dass Sie eine Schwäche für Conan Doyle haben. Doch was das angeht, kann ich Sie beruhigen. Nach der überaus beeindruckenden Kostprobe Ihrer Detektivarbeit, für die ich Ihnen sehr dankbar bin, kann ich mir keinen besseren Begleiter für die Reise nach Ambalangoda vorstellen als Sie. Ich hoffe, Sie schaffen es, sich von Ihren Verpflichtungen zu befreien, um mich zu begleiten, denn ich fürchte, dass ich ohne Ihre Tamil-Kenntnisse aufgeschmissen bin.

Es grüßt Sie herzlich
Diana »Holmes« Wagenbach

3

Vannattuppücci, 1887

Das Zimmer, das Grace und Victoria vorerst gemeinsam bewohnen sollten, bis weitere Räume renoviert waren, wirkte in seiner gesamten Gestaltung dermaßen orientalisch, dass es sich auch in einem arabischen oder türkischen Haus hätte befinden können. Die Spitzbögen der Glasfenster waren mit durchbrochenen Ornamenten verziert worden, die an einen Serail erinnerten. Leuchtend orangefarbene Seidengardinen, die über und über mit Stickereien bedeckt waren, bauschten sich unter einer warmen Brise, die durch einen halb offenen Fensterflügel drang. Irgendwo klimperte ein Windspiel. Ansonsten war der Raum eher schlicht eingerichtet und wirkte, als dürstete er danach, beseelt zu werden.

Auf den ockerfarbenen Bodenfliesen standen ein Schreibtisch, ein mit aufwendigen Intarsien verzierter Schrank, eine Kommode sowie auf der gegenüberliegenden Seite der Wand zwei Betten, vor denen ein schmaler Teppich ausgebreitet war. In der Mitte des Raumes türmten sich die Koffer und Taschen, die die Habe der beiden Schwestern enthielten.

»Vielleicht hat sich unser Onkel hier einen Harem gehalten!«, platzte Victoria heraus, nachdem Miss Giles gegangen war. Die Vorstellung, dass ihr skandalöser Onkel der Vielweiberei gefrönt haben könnte, ließ ihre Augen wie Edelsteine leuchten, in die ein Lichtstrahl fiel.

»Ich glaube nicht, dass Onkel Richard den Glauben gewechselt hat«, hielt Grace dagegen. »Du musst Muslim sein, um dir einen Harem halten zu dürfen.«

»Wer weiß, vielleicht ist er konvertiert!«, behauptete Victoria sensationslüstern. »Ich habe Vater reden hören, dass er sich hat verbrennen lassen wie die Hindus. Wir werden kein Grab von ihm finden.«

»Ich glaube dennoch nicht, dass er den Glauben gewechselt hat. Wahrscheinlich hatte sein letzter Wille praktische Gründe, ein Toter muss bei dieser Hitze furchtbar schnell zerfallen.«

Victoria ließ sich davon nicht beeindrucken. »Wer kennt ihn denn schon, unseren mysteriösen Onkel! Nicht einmal du hast ihn leibhaftig kennengelernt, weil er sich seit seinem Weggang aus Tremayne House nie mehr in England hat blicken lassen.«

Da hatte sie allerdings recht. Ihr Onkel Richard war kaum mehr als ein Bildnis, das in einem der einsamen Gänge von Tremayne House hing. Ein Mann mit dunklem Haar und anziehenden grauen Augen, der dreinschaute, als würde er von dem hohen Kragen seines Hemdes gewürgt. Wirklich kennengelernt hatte ihn niemand, wenn es nach den Reden ihres Vaters ging, nicht einmal er und Großvater. Sein fünfundzwanzig Jahre zurückliegender Entschluss, nach Ceylon zu gehen, um sein Glück zu suchen, hatte alle entsetzt und dazu gebracht, so wenig wie möglich von ihm zu reden, um nicht noch andere Tremaynes dazu anzustiften, entgegen der Wünsche des Vaters in die weite Welt hinauszuziehen.

Impulsiv sprang Victoria auf, streckte die Arme aus und wirbelte herum. »Wäre das nicht aufregend, in einem Harem zu leben?«

»Eher langweilig«, entgegnete Grace, während sie ebenfalls der Drang überkam, einfach loszutanzen. Victoria konnte in solchen Dingen ziemlich ansteckend sein. Doch durfte sie das tun? Sie war immerhin schon achtzehn und galt damit als Erwachsene. »Du liegst den ganzen Tag auf seidenen Kissen herum, lauschst irgendwelchen Geschichten, ohne die Möglichkeit zu haben, sie selbst zu erleben, und hast als einzige Gesellschaft dickleibige Eunuchen in knappen Lendenschurzen, die dich den ganzen Tag mit heller Stimme nach deinen Wünschen fragen. Von den Intrigen, die die anderen Frauen spinnen, einmal abgesehen.« Erschrocken stellte sie fest, dass ihr Bild vom Leben in einem Harem durchaus einer von Victorias Sixpence-Novels entsprungen sein könnte.

»Aber mein Ehemann wäre ein reicher Sultan, der mich mit Geschenken überhäufen und verwöhnen würde, denn ich wäre seine Lieblingsfrau!« Noch immer drehte sich Victoria im Kreis. Anstatt dass ihr schwindelig wurde, schien sie immer mehr Gefallen an ihrem Tanz zu finden.

»Woher willst du das denn wissen?«, entgegnete Grace und sprang plötzlich auf.

»Ich schaue morgens für gewöhnlich in meinen Spiegel, der sagt mir, dass ich schön genug bin, um die Lieblingsfrau eines Scheichs zu sein.«

»Meinst du nicht, dass du ein bisschen eitel bist?«

»Sicher, aber das sind doch andere auch. Komm, mach mit, Grace, es ist wie fliegen!«

Grace zögerte nur einen Augenblick. Erwachsensein hin oder her, in der Gesellschaft ihrer kleinen Schwester fielen nun alle Schranken, und sie kam sich vor, als sei sie selbst noch immer vierzehn. Jetzt begann auch sie, sich um die eigene Achse zu drehen. Immer schneller und schneller, während sich ihr Lachen mit dem ihrer Schwester mischte. Der Schwindel fühlte sich köstlich in ihrem Kopf an und vermittelte ihr nach einer Weile tatsächlich das Gefühl zu fliegen.

»Meine Damen!«

Miss Giles' tadelnde Stimme ließ sie auf der Stelle stoppen. Taumelnd schafften sie es gerade noch, einander zu umarmen, bevor sie beide zu Boden fielen.

Ihre Gouvernante schüttelte missbilligend den Kopf. »Sie sollten wirklich etwas Besseres vorhaben als solche Albernheiten! Ihre Mutter fragt, ob Sie bereit für die Teestunde sind.«

Keuchend und noch immer kichernd setzten sich die beiden Schwestern auf.

»Aber natürlich, Miss Giles«, antwortete Grace, die sich zum ersten Mal seit langem wieder für einen Moment unbeschwert gefühlt hatte. »Wenn Sie die Güte hätten, uns zwei Kleider aus unseren Koffern herauszusuchen? Sie wissen doch, dass es unsere Mutter nicht schätzt, wenn wir in den Reisekleidern beim Tee erscheinen.«

Kopfschüttelnd begab sich die Gouvernante zu dem Schrankkoffer und begann, ihn zu durchwühlen.

Die ganze Nacht über wurde Grace von den fremdartigen Geräuschen wach gehalten, die durch die Fenster drangen. Wegen der Hitze war es unmöglich, die Flügel ganz zu schließen, die Nachtluft brachte immerhin ein wenig Abkühlung. So hörte sie die Gesänge der Nachtvögel und die fernen Rufe der Affen ebenso wie das Rauschen des Laubes und Grases. Als ihr das Umherwälzen schließlich zu viel wurde, legte sie sich auf den Rücken und starrte mit weit offenen Augen auf die Gardinen, die seltsam verblichen im Mondlicht wirkten. Noch immer bauschten sie sich leicht im Wind, wie die vergessenen Schleier einer Feenkönigin. Hin und wieder glitzerte eines der Ornamente leicht – wie Grace schon zuvor herausgefunden hatte, bestanden die Stickereien teilweise aus Goldfäden. Als sie ihre Entdeckung Victoria mitgeteilt hatte, meinte ihre kleine Schwester dazu: »Wahrscheinlich hat nur die Königin ebenfalls solche Gardinen.«

Auf einmal überkam Grace der Drang, aus dem Bett zu steigen und aus dem Fenster zu schauen. Vielleicht gab es ja irgendwelche fremdartigen Tiere, die des Nachts durch den Garten liefen. Oder Schlangen. Auf dem Weg hierher hatten sie keine gesehen, dafür aber in der Stadt, im Korb eines jungen Schlangenbeschwörers. Grace lief ein Schauer über die Arme, als sie daran dachte, wie der Junge die Kobra, die ihn wütend anzischelte, besänftigt und zum Tanzen gebracht hatte. War es vielleicht gut, hier ständig eine Flöte dabeizuhaben, für den Fall, dass sich eine Kobra blicken ließ?

Am Fenster angekommen zog sie sich eines der Bodenkissen heran und ließ sich darauf nieder. Dank der sehr niedrigen Fensterbretter konnte sie auch im Sitzen einen ganzen Teil des Gartens überblicken.

Obwohl niemand sie beobachten konnte, zog Grace sittsam ihr Nachthemd über ihre leicht angewinkelten Beine und versank in den Anblick des Mondes, der wie ein riesiges Glühwürmchen über den Baumkronen schwebte.

In England hatte der Mond nie so ausgesehen. Meist war er von einem dunstigen Rand umgeben, der von neuerlichem Regen zeugte. Doch hier leuchtete der Mond so sattgelb wie ein holländischer Käselaib, und der Himmel schien auch in der Nacht seinen violetten Unterton nicht zu verlieren.

Plötzlich huschte etwas Dunkles über die Bäume hinweg. Zunächst hielt Grace es für einen Vogel, doch dafür waren seine Bewegungen viel zu hektisch.

Dann fiel es ihr ein: Das musste eine Fledermaus sein! Auch in Tremayne House ließen sich in der Abenddämmerung Fledermäuse sehen, allerdings waren diese nicht mal halb so groß. Der wohlige Schauer, der sie sonst nur beim

Lesen einer Gruselgeschichte überkam, strich auf einmal über ihren Rücken. Waren diese großen Fledermäuse etwa blutsaugende Vampire? Oder gar Flughunde, die in Indien in ganzen Scharen von den Bäumen hingen?

Grace notierte sich im Geiste, morgen Victoria darauf anzusprechen. Sie würde gewiss begeistert sein und darauf bestehen, sehr zum Schrecken ihrer Mutter einen Flughund fangen zu wollen.

Als sie den Blick wieder senkte, leuchtete ihr zwischen den dunklen Hecken etwas Weißes entgegen.

Zunächst hielt sie es für eine Täuschung, doch dann sah sie, dass es sich bewegte. Victoria hätte jetzt sicher behauptet, dass es ein Geist war, den sie sah, doch Graces Verstand erkannte, dass es sich um eine Person handelte, die in weiße Pluderhosen gekleidet war.

Als das Mondlicht die Gestalt traf, riss Grace die Augen auf. Es war ein Mann, ein Mann mit nacktem Oberkörper! Unwillkürlich hielt sie die Luft an. Noch nie hatte sie einen Mann so gesehen. Obwohl ihr das Blut in die Wangen schoss und die mahnende Stimme von Miss Giles durch ihren Verstand echote, konnte sie den Blick einfach nicht abwenden.

Der Mann, der sich unbeobachtet wähnte, trug ein längliches, in Stoff eingeschlagenes Bündel unter dem Arm. Offenbar kehrte er von irgendwoher zurück.

Als Grace langsam wieder ausatmete, streifte ein Lichtstrahl sein Gesicht. Der dunkle Oberlippen- und Kinnbart hob sich deutlich von seiner Haut ab, die zu hell für einen Tamilen und zu dunkel für einen Engländer war. Ganz eindeutig handelte es sich hier um den jungen Mr Vikrama!

Nach dem kurzen Moment des Erkennens verschluckte der Schatten seine Züge wieder, doch Grace starrte auch weiterhin wie elektrisiert und mit wie vom Fieber glühenden Wangen auf die Stelle, an der sie ihn gesehen hatte.

Wo war er gewesen? Und warum trug er diesen Aufzug, der an Abbildungen aus dem Orient erinnerte? Warum hatte er weder Schuhe noch ein Hemd an? Und was trug er da bei sich?

Als sie das Gefühl hatte, dass er den Kopf heben wollte, verschwand sie rasch hinter einem der Vorhänge. Dabei trommelte ihr Herz schnell gegen ihren Brustkorb und ihr Atem erschien ihr auf einmal überlaut. Vergebens lauschte sie nach Schritten. Selbst wenn ihr Körper nicht so heftig reagiert hätte, hätte sie wahrscheinlich nichts hören können, denn das Gras dämpfte die Schritte der nackten Füße.

Als sie sich wieder traute, hinter dem Vorhang hervorzusehen, war Vikrama verschwunden.

Unruhe überkam Grace auf einmal. Der Drang, durchs Haus zu laufen und nachzusehen, ob er so, wie er war, auch über den Hof ging, wurde so groß, dass sie sich kurzerhand erhob und auf Zehenspitzen aus dem Raum schlich.

Im ganzen Haus war es still bis auf ein leises Raunen, das vom Wind kam, der durch viele offene Fenster und unter Türritzen hindurchstrich. Grace eilte den Korridor entlang, passierte das Zimmer von Miss Giles, die leise vor sich hin schnarchte, und erreichte schließlich die Treppe. Angestrengt ließ sie den Blick über den Hof schweifen. War da etwas Weißes?

Nein, es handelte sich nur um den Brunnen, der vom Mondlicht beschienen wurde. Hinter ihr erhob sich dunkel der Pferdestall, weiterhin das Verwaltungsgebäude. War Vikrama schon fort? Hatte er vielleicht einen anderen Weg eingeschlagen?

Eine Weile verharrte Grace reglos vor den Fenstern der

Halle. Noch immer pochte ihr Herz vor Aufregung. Ihr Vater hatte einen Angestellten, der nachts seltsame Dinge trieb. Ob sie ihn darauf aufmerksam machen sollte?

Nein, besser nicht, entschied sie für sich. Nicht, bevor ich weiß, was das alles zu bedeuten hat.

Als sie sich umwandte, fiel ihr Blick auf die beiden tanzenden Götter. Erst jetzt bemerkte sie, dass beide ein Kurzschwert oder Messer in der rechten Hand hielten, während in der anderen Blüten lagen. Ihre Hosen erinnerten sie an das, was Vikrama getragen hatte, und auf einmal fiel ihr wieder ein, was Mr Cahill gesagt hatte. Hing Vikrama etwa diesem sogenannten Hinduismus an und hatte gerade irgendeine heilige Handlung vollzogen? Oder war es doch etwas Verbotenes, was er getrieben hatte? Warum sonst hätte er so schnell verschwinden sollen?

Alles in ihr drängte danach, das herauszufinden. Vielleicht sollte ich damit anfangen, Vikrama tagsüber ein wenig zu beobachten, überlegte sie. Mit diesem Vorsatz huschte sie zurück in ihr Zimmer und legte sich nach einem kurzen Blick aus dem Fenster, wo sie aber keine weiteren Nachtwandler sah, wieder auf ihr Bett.

Nachdem es ihr irgendwann gelungen war, doch einzuschlafen, wurde Grace bereits im Morgengrauen vom Geschrei der Papageien geweckt. Da sie nicht liegen bleiben wollte, huschte sie zur Waschschüssel und entledigte sich ihres Nachthemdes. Das Wasser war über Nacht angenehm lauwarm geworden. Als sie die Hände hineintauchte, flatterte ein Schmetterling auf den Rand der Schüssel und ließ sich darauf nieder, als gäbe es auf der Welt keinen besseren Platz. Grace hielt inne, in der Angst, dass sie ihn aus Versehen nass machen würde. Mr Norris behauptete immer, dass dies den

Flügeln der Tiere schaden würde, weshalb sie sie immer zusammenklappten, wenn der Regen hereinbrach.

Das Tier schien sich vor dem Wasser aber nicht zu fürchten. Auf und zu klappte es seine blau und schwarz gemusterten Flügel. Ein Prachtexemplar, an dem jeder Botaniker seine Freude gehabt hätte – auch Victoria. Doch Grace brachte es nicht über sich, sie zu wecken und den Schmetterling damit zum sicheren Tod zu verdammen. Während das Wasser über ihre Unterarme lief, beobachtete sie den Schmetterling, bis das Tier sich schließlich entschloss, wieder davonzuflattern. Fasziniert blickte Grace ihm hinterher, von einem seltsamen Zauber berührt, den sie diesem Ort gar nicht zugetraut hätte.

Nachdem sie ihre Morgentoilette beendet hatte, setzte sie sich ans Fenster und beobachtete den Nebel, der die Teeplantage wie eine Daunendecke einhüllte. Das Morgenlicht verlieh ihm einen zarten Blauton, wie er in England vollkommen unmöglich war. Kein Ball in London, keine noch so schöne Robe konnte ihr das Gefühl vermitteln, das bei diesem Anblick auf sie einströmte. Sie fühlte Frieden, Ruhe und fast schon ein wenig Geborgenheit, Dinge, die sie selbst in ihrem Elternhaus nur selten gespürt hatte und von denen sie dachte, sie seien nicht wichtig.

Erst als die Nebel allmählich dem Sonnenlicht wichen und Victoria sich regte, zog Grace sich von dem Fenster zurück, fest entschlossen, jetzt nicht mehr dem verlorenen Glanz nachzutrauern, sondern hier nach neuem Glanz zu suchen – und dem wunderbaren Gefühl der Morgenstunden.

»Heute nach dem Frühstück schleichen wir uns vom Garten aus an die Fenster von Vaters Arbeitszimmer!«, schlug Grace ihrer noch recht verschlafen dreinschauenden Schwester vor, während sie deren Haar bürstete.

»Und was soll das bringen?«, gab Victoria missmutig zurück. »Ich würde lieber Papageien fangen.«

»Dazu brauchst du aber ein Netz.«

»Bestimmt gibt es hier jemanden, der mir eins bauen kann«, beharrte Victoria, während sie sich über die Augen rieb.

»Selbst wenn du ein Netz hast, weißt du aber noch immer nicht, wo du die besten Tiere bekommen kannst.«

»Es würde mir schon reichen, wenn ich diesen wunderschönen blauen bekomme.«

Grace blickte sie prüfend im Spiegel an, zog dann eine Augenbraue hoch, wie Vater es manchmal tat, wenn er an irgendetwas zweifelte. »Wirklich? Aber woher willst du wissen, ob es nicht noch andere Papageien gibt? Violette vielleicht?«

»Ich mag kein Violett«, quengelte Victoria. »Sonst hätte ich mir auch diesen Amethyst in der Chatham Street kaufen können.« Sie deutete auf den vermeintlichen Saphir, den sie vor das kleine goldgerahmte Bild ihres verstorbenen Hundes Oscar gestellt hatte.

»Aber du magst Rot und Orange«, hielt Grace dagegen, während sie den Zopf beinahe vollendet hatte. »Und vielleicht findest du auch einen regenbogenfarbenen.«

»Meinst du, die gibt es?« Neugier blitzte in Victorias Augen auf.

»Aber sicher! Und er würde sich bestimmt sehr hübsch mit deinem blauen Papagei in der Voliere machen.«

»Voliere? Aber werden Papageien nicht in Käfigen gehalten?«

»Sicher, aber in einer Voliere kann man viel mehr Papageien halten. Und sie schlüpfen dann nicht durch die Gitterstäbe.« Auf einmal fiel Grace noch etwas anderes ein. Sie hätte es beinahe vergessen. »Außerdem gibt es hier sicher Flughunde. Mr Norris hat doch schon von ihnen erzählt, oder?«

Victorias Augen begannen zu leuchten.

»Flughunde! Natürlich hat er davon berichtet. Schon lange! Sie sollen auf Bäumen wohnen und sich auf ihre ahnungslosen Opfer fallen lassen.«

»Meinst du nicht, dass sie tagsüber schlafen?«

»Sicher tun sie das, aber nachts lassen sie sich auf ihre Opfer fallen.« Die theatralische Geste, mit der Victoria ihre Worte unterstrich, brachte Grace beinahe zum Lachen.

»Also gut, machen wir nachher einen Spaziergang. Dann kannst du auch vor Papas Fenster lauschen.«

»Danke, Schwesterherz, du wirst es nicht bereuen!«

Zufrieden lächelnd flocht Grace ihrer Schwester den Zopf im Nacken. Sie hätte eigentlich auf Victorias Begleitung verzichten können, doch sie benötigte sie als Alibi. Wenn man sie bemerkte, konnte sie vorgeben, mit Victoria in den Garten gelaufen und zufällig dort aufgetaucht zu sein, wo ihr Vater mit dem jungen Mann herumlief.

Ein seltsames Kribbeln erwachte in ihrem Bauch, als sie wieder an ihre Beobachtung dachte. Seit sie erwacht war, hatte sie die Szene immer wieder rekapituliert und sich dabei an mehr und mehr Details erinnert. Die Wölbung seiner Muskeln, seine kräftigen Waden, das schwarze Haar, das wild um seinen Kopf herumflog …

»Warum wirst du denn auf einmal rot?«, riss Victoria sie aus ihrem Nachdenken fort. »Hast du gerade irgendwelche unanständigen Gedanken?«

Manchmal fand Grace es beinahe schon unheimlich, wie gut ihre Schwester sie kannte und ihre Mimik deuten konnte.

»Nein, natürlich nicht!«, wehrte sie ab und senkte den Blick, damit Victoria nicht noch fragen konnte, ob ein Mann dahintersteckte. »Und jetzt halt still, ich will deinen Zopf zusammenstecken.«

Das Frühstück wurde laut Familientradition im Speisesaal eingenommen, den die Schwestern am Abend bereits kennengelernt hatten. Nur im Krankheitsfall und nach einer langen Abendveranstaltung brachten die Dienstmädchen das Frühstück auf die Zimmer. Henry Tremayne schätzte es sehr, den Morgen im Kreis seiner Familie zu verbringen, da er sich meist spät von seiner Arbeit und seinen Verpflichtungen abwandte und bestenfalls zum Abendessen erschien.

Im Gegensatz zu gestern, wo der Raum noch ziemlich unpersönlich ausgesehen hatte, schmückten nun Blütenarrangements in Weiß und Orange das Tischtuch. Das Geschirr stand blankpoliert bereit.

»Offenbar hat Mama mit dem Einrichten begonnen«, bemerkte Victoria freudig.

»Und sie hat Mr Wilkes angewiesen, den Dienstmädchen Beine zu machen«, setzte Grace hinzu. Als hätte er seinen Namen schon aus der Ferne vernommen, erschien der Butler plötzlich hinter ihnen.

»Guten Morgen, Miss Grace, Miss Victoria. Sie sind reichlich früh dran. Ich hoffe, Sie hatten eine gute Nacht.«

»Sie war ein wenig unruhig«, antwortete Grace, während sie sich zu ihrem Platz begab. Mr Wilkes trat hinter sie und zog den hohen Lehnstuhl zurück, damit sie sich setzen konnte. »Aber das ist kein Wunder bei diesen Temperaturen, nicht wahr?«

»Da haben Sie vollkommen recht«, stimmte Wilkes zu, dann wandte er sich Victoria zu, um ihr ebenfalls beim Hinsetzen behilflich zu sein.

»Wie war Ihre Nacht, Mr Wilkes?«, fragte sie scheinbar unbefangen, doch Grace wusste nur zu gut, dass sie es liebte, den korrekten Butler aus der Fassung zu bringen. Für gewöhnlich interessierten sich Herrschaften nicht für die persönlichen Belange ihrer Bediensteten.

»Bestens, Miss Victoria«, antwortete er nach einer kurzen Pause, dann wandte er sich wieder Grace zu.

»Darf ich Ihnen bereits etwas bringen lassen?«

»Kakao wäre nicht schlecht. Was meinst du, Victoria? Dann rutschen das Porridge und der Toast wesentlich besser.«

Victoria klatschte in die Hände. »O ja, Kakao wäre gut, Mr Wilkes.«

Sichtlich froh, sich nicht noch weitere persönliche Fragen stellen lassen zu müssen, verließ der Butler den Speisesaal.

An diesem Morgen begab sich Henry Tremayne mit geschäftiger Miene an den Frühstückstisch. Claudia wirkte mitgenommen. Während Victoria ihren Kakao löffelte und Grace gedankenvoll vor sich hin starrte, beklagte sie sich seufzend über die Wärme in ihrem Schlafzimmer und die Luft, die ihr zum Schneiden dick erschien. Wahrscheinlich würde sie im Laufe des Tages noch eine Migräne bekommen, wenn das so weiterging.

Das Frühstück, das die hiesige Köchin zubereitet hatte, war reich an fremdartigem Obst, einem kuchenartigen Gebäck und Joghurt.

Porridge suchten Grace und Victoria vergeblich auf dem Tisch. Ebenso erging es Henry, der in einer Zeitung blätterte, die Wilkes ihm am vergangenen Abend besorgt hatte.

»Seltsame Sitten hat Richard hier einziehen lassen. Wir sollten der Köchin mitteilen, dass sie sich von nun an mehr unseren Frühstücksgewohnheiten anpassen soll.«

»Also ich finde, die Mangos sind gar nicht so schlecht«, bemerkte Victoria schmatzend, was ihr einen missbilligenden Blick von ihrer Mutter einbrachte.

»Das mag vielleicht eine passende Mahlzeit für die Leute

hier sein, aber wir werden uns an dem fremdartigen Zeug den Magen verderben. Wer weiß, was das für Früchte sind.«

Als Grace zu Victoria schaute, verdrehte diese die Augen, dann sagte sie: »Aber Mama, probier doch erst einmal, sie sind ganz süß! Außerdem wird die Dienerschaft wohl nicht bestrebt sein, ihre Herren umzubringen, oder?«

Claudia schnaufte, als wollte sie das Gegenteil behaupten, doch dann ließ sie sich dazu hinreißen, einen von den seltsamen Kuchen zu essen.

Nach dem Frühstück zogen sich Grace und Victoria zurück, bevor Miss Giles sie erwischen konnte – wahrscheinlich träumte sie gerade wieder von Mr Norris. Da ihr Vater noch nicht in seinem Arbeitszimmer war und bis zu seinem Rundgang noch ein wenig Zeit vergehen würde, verschwanden die Schwestern in einem der bislang unbekannten Seitengänge des Hauses.

»Meinst du, sie findet uns hier nicht?«, flüsterte Victoria, während sie sich immer wieder über die Schulter umsah, als seien sie Spioninnen auf der Flucht.

»Ganz sicher nicht. Diesen Teil des Hauses haben wir uns noch nicht angesehen, und du weißt doch, dass sie ein wenig ängstlich ist.«

»Ja, aber ich dachte, das ist sie nur, damit Mr Norris ihr seine starke Hand leiht.«

»Glaub mir, hier wird sie uns nicht finden.«

Und Mr Vikrama wird erst in einer halben Stunde zu Papa kommen, dachte sie bei sich.

Während sie voranschritt, musste Grace zugeben, dass ihr selbst etwas unheimlich zumute war. Die Räume, die sie bezogen hatten, waren alle frisch renoviert und wirkten hell, doch es gab noch etliche andere, die noch immer so waren wie an dem Tag, als ihr unbekannter Onkel Richard abgestürzt war.

»Vielleicht treffen wir hier ja den Geist unseres Onkels«, brachte es Victoria wispernd auf den Punkt.

»Unsinn, es gibt keine Geister!«, hielt Grace dagegen, doch tatsächlich klang das Raunen des Windes hier ein wenig anders.

Nachdem sie zwei Türen passiert hatten, ohne sie zu öffnen, siegte die Neugier.

Vorsichtig stießen sie eine hohe Flügeltür auf, die mit dunklen Intarsien geschmückt war. Vor ihren staunenden Augen tat sich so etwas wie ein Herrensalon auf. Die Sessel und das Sofa unterhalb der Fenster waren ebenso mit Tüchern verhangen wie die beiden großen Vitrinen und der Schreibtisch. Außerdem gab es noch einen Billardtisch, ein Piano und einen großen Globus, der als einziger Gegenstand nicht verdeckt war, so als würde man seine Dienste dann und wann noch benötigen.

»Findest du es nicht merkwürdig, dass es hier nie eine Hausherrin gab?«, fragte Victoria, während sie die Hand über das Piano gleiten ließ, von dem der Überwurf schon ein wenig heruntergerutscht war. »Oder weißt du etwas davon, dass Onkel Richard je geheiratet hätte?«

»Gestern wolltest du ihm noch einen Harem andichten«, entgegnete Grace spöttisch.

»Das war nur Spaß. Auch wenn er das schwarze Schaf in der Familie war, wird er doch wohl nicht so tief gesunken sein, oder?«

Grace schüttelte den Kopf, während sie den prachtvollen alten Globus betrachtete. Dieser war inzwischen längst überholt, denn Ceylon war darauf noch als niederländische Kolonie eingezeichnet. »Wahrscheinlich hat er nie eine Frau gefunden, die ihm gefallen hat. Du kennst doch Papas Geschichten. Sein Bruder war schon immer recht eigensinnig.«

»Oder er hatte eine Geliebte, die nicht standesgemäß war.«

Grace richtete sich ruckartig auf. »Davon solltest du eigentlich noch gar nichts wissen!«

»Warum denn nicht? Es gibt viele Männer, die sich in Frauen unter ihrem Stand verlieben.«

»Aber nicht Onkel Richard. Er hatte nur die Arbeit im Kopf und nicht mal Zeit für seine Familie.«

»Dem Vergnügen scheint er aber nicht abgeneigt gewesen zu sein«, meinte Victoria altklug und deutete auf das riesige tischartige Gebilde, das unter dem Abdecktuch wie ein großer Sarkophag wirkte. »Warum sonst hätte er sich einen Billardtisch leisten sollen!«

Ehe Grace sie zurückhalten konnte, war Victoria schon dabei, das Tuch zur Seite zu ziehen. Solch ein Gegenstand war in Tremayne House nicht zu finden, weil Mr Tremayne senior der Meinung war, dass solche Vergnügungen nur in Pubs und Bordelle gehörten. Dass in seinem Herrenclub ebenfalls Billard gespielt wurde, übersah er dabei geflissentlich.

Mit einem Ausruf des Erstaunens ließ Victoria die Hand über die grüne Matte gleiten, mit der der Tisch ausgelegt war. Zahlreiche Kratzspuren deuteten auf einen regen Gebrauch hin. Von den schweren Marmorkugeln und den Queues war allerdings nichts zu sehen.

»Vielleicht sollten wir eine Runde spielen und uns dabei ganz verrucht vorkommen!«, schlug Victoria vor.

»Und womit willst du spielen?« Grace deutete auf den leeren Tisch.

»Die Kugeln sind bestimmt in einem der Schränke. Ich werde mal nachsehen.«

»Victoria!«, rief Grace ihr mahnend hinterher, doch Victoria begann sogleich, eine Schranktür nach der anderen zu öffnen. Da ihre Schwester ohnehin nicht zu stoppen war, ohne den gemeinsamen Spaziergang aufs Spiel zu setzen, ließ Grace sie gewähren und ging zu einer kleinen Kommode neben dem Fenster. In dieser waren gewiss keine Billardkugeln untergebracht. Eigentlich wirkte sie sogar recht fehl am Platz. So als wäre sie einem anderen Raum entrissen und hier abgestellt worden. Darauf, dass diese Kommode früher einmal woanders gestanden haben musste, deutete auch das Fehlen einer Abdeckung hin.

Aus dem Augenwinkel nahm Grace eine Bewegung wahr und wandte sich den Fenstern zu. Der Rücken von Mr Vikrama huschte vorbei. Das Erforschen der kleinen Kommode musste warten.

»Wir sollten jetzt gehen«, sagte sie, während Hitze durch ihre Adern schoss und eine seltsame Ungeduld sie erfasste.

»Aber warum?« Victoria zog diese Worte lang wie ein Kind, das keine Lust hatte, aus dem Spielzimmer gerufen zu werden.

»Weil Papas Besuch da ist. Dieser junge Mann von gestern, der Verwalter.«

»Wegen dem willst du also durch das Fenster spähen?«

Grace schnappte ertappt nach Luft, doch glücklicherweise fielen ihr auch die anderen Argumente ein, die sie in der Nacht immer wieder durchgegangen war.

»Wegen ihm und wegen dem, was er zu erzählen hat. Hast du nicht gehört, wie er Papa angeboten hat, ihm etwas über den Teeanbau beizubringen? Ich finde, wir sollten uns das anhören, denn wir werden immerhin eine Weile hier sein.«

Victoria grinste sie breit und wortlos an, als sie das Zimmer verließen und sich dann entschieden, doch aus der Vordertür zu gehen.

»Was ist?«, fragte Grace, die das Lächeln ihrer Schwester wie Nadelspitzen auf der Haut fühlen konnte.

»Nichts«, antwortete Victoria unschuldig.

»Dann bist du jetzt also schwachsinnig geworden? War in dem Schrank irgendwas, das dich erschreckt hat?«

Victoria kicherte leise, schlug sich dann die Hand vor den Mund. »Nein, keine Sorge, Schwesterherz, ich bin noch sehr gut bei Verstand. Ich erinnere mich nur an deine sauertöpfische Miene während der Überfahrt und im Hotel. Und jetzt strahlen deine Augen, wenn du vom Teeanbau redest. Ich wusste doch, dass du etwas finden würdest, das dir an deiner neuen Heimat gefällt.«

Grace rang um Fassung. »Ich habe nie behauptet, dass mir dieses Land nicht gefällt!« Sie straffte sich und reckte das Kinn nach oben. »Ich bedaure nur, dass ich nicht zum Debüt vor der Königin gehen kann.«

»Keine Sorge!« In Victorias Augen erschien ein schelmisches Funkeln. »Ich bin sicher, dass Papa auch so einen reichen Mann für dich finden wird. Oder du heiratest einfach diesen Mr Vikrama, dessen Vorname allen ein Rätsel ist.«

»Du!« Grace hätte ihr am liebsten eine saftige Drohung entgegengeschleudert, doch da klapperte auch schon ein Paar Absätze heran, die sie nur zu gut kannten.

»Miss Giles!«, flüsterte Grace, und die Aussicht, den ganzen Tag lang ihre Koffer auspacken und die Garderobe durchgehen zu müssen, machte sie sogleich wieder zu Victorias Verbündeten. »Komm, verschwinden wir in den Garten, ehe sie uns sieht.«

4

Tremayne House, 2008

Lieber Mr Green,

ich bin auf dem Sprung nach Nuwara Eliya und wollte Ihnen nur mitteilen, dass ich glaube, auf der richtigen Spur zu sein. Mr Jonathan Singh, ein sehr netter Wissenschaftler und Autor, hat sich bereit erklärt, mich in ein Dorf zu begleiten, in dem es angeblich einen alten Nadi-Reader gibt, der vielleicht in der Lage ist, das gefundene Palmblatt zu entziffern. Sie wissen gar nicht, wie ich vor Ungeduld brenne! Außerdem haben wir herausgefunden, dass es die Plantage, die meinen Vorfahren gehörte, noch immer gibt. Natürlich hat sie längst andere Besitzer, ein staatliches Unternehmen, dessen Mitarbeiter am Telefon sehr freundlich waren und es mir gestatten wollen, ihre alten Archive durchzusehen. Vielleicht finde ich dort weitere Hinweise auf Grace und die anderen. Ich habe zwar noch immer keine Ahnung, was das große Geheimnis sein soll, aber der Aufenthalt hier und die Forschungsarbeiten tun meiner Seele gut. Ich wünschte, Tante Emmely könnte das alles sehen.

Ich hoffe, es geht Ihnen gut, und verbleibe mit herzlichen Grüßen

Ihre Diana Wagenbach

Tief durchatmend lehnte sich der Butler auf dem Bürostuhl zurück. Das Geheimnis war noch nicht entdeckt worden, aber Miss Diana war auf der richtigen Fährte. Das Entziffern des Palmblatts und der Aufenthalt auf der Plantage würden die Wahrheit sicher ans Licht kommen lassen.

Nachdem er die Nachricht noch einmal überflogen hatte, ging er in die Küche, stellte den Wasserkessel auf den Herd und begab sich dann ins Arbeitszimmer des Masters im Untergeschoss. Dort lag neben der Schreibtischmatte ein brauner Umschlag. Der letzte Hinweis. Diesen musste er gut dosiert einsetzen, könnte er doch vielleicht mehr Verwirrung stiften als Klarheit schaffen. Vorsichtig zog er das Foto hervor und betrachtete es, wie so oft in den vergangenen Tagen, seit Miss Diana abgereist war. Ihm sagte die Abbildung weiter nichts, allerdings musste auch er zugeben, dass etwas daran sehr merkwürdig war.

Glücklicherweise gab es mittlerweile moderne Methoden, um Informationen zu übermitteln. Green trug das Foto so vorsichtig wie ein volles Teetablett zu dem Drucker, der gleichzeitig als Scanner diente, und legte das Foto unter die Klappe auf die Glasplatte.

Der letzte Hinweis, ging es ihm durch den Sinn, als der Lichtstrahl das Foto abtastete, um es wenig später auf dem Bildschirm seines Computers erscheinen zu lassen. Wird Miss Diana das Rätsel der Vergangenheit lösen können? Und was wird es aus ihr machen?

Noch nie hatte ein gelöstes Geheimnis einen Menschen so gelassen, wie er war …

Der alte, ein wenig übervorsichtige Mann steuerte seinen Minibus zielstrebig, aber ziemlich langsam über die rote Sandstraße, die Diana ein wenig an die Straßen in Australien erinnerte. Rechts und links von ihnen wucherten Palmen und Bambusrohre, die hin und wieder so dicht standen, dass sie den Weg in tiefsten Schatten hüllten. Ein wenig ungeduldig blickte sie zu Jonathan, dem das geringe Tempo und das Hupen bei jedem entgegenkommenden Fahrzeug nichts auszumachen schienen. Seelenruhig las er in der Zeitung, die er bei ihrem Treffen bereits bei sich getragen hatte. Auch als sie beinahe mit einem Tuktuk zusammenstießen, das wie ein Pfeil aus einer Seitenstraße geschossen kam, brachte ihn das nicht von den Nachrichten des Tages ab.

»Vielleicht hätten wir einen anderen Fahrer anheuern sollen«, flüsterte Diana ihm zu, als der Schreck wieder vergangen war.

Jonathan nahm seine Zeitung herunter und faltete sie zusammen. Auf seinen Lippen stand ein Lächeln, seine Augen funkelten. »Jeder Einheimische würde Ihnen empfehlen, einen alten Fahrer zu nehmen. Die jungen fahren etwas … rasanter.«

»Um nicht zu sagen halsbrecherisch? So wie dieser Bursche vorhin! Der hätte genauso gut in Colombo unterwegs sein können.«

»Hier draußen fahren sie meist noch riskanter, weil sie glauben, Platz zu haben. Die Einheimischen nennen das bezeichnenderweise Colombo Driving. Sie können sich denken, warum.«

»O ja, seit ich hier bin schon.« Diana klammerte sich an den Nylongriff über ihrem Kopf, der verhindern sollte, dass

Passagiere in scharfen Kurven gegen die Tür geworfen wurden.

»Ich sage Ihnen, wir sind mit Mr Gilshan sehr gut bedient.«

»Aber es wird dunkel sein, bis wir das Dorf erreichen.«

»Na und?«

»Na und?«, wunderte sich Diana. »Sie müssen doch sicher wieder nach Colombo zurück.«

»Ja, aber nicht heute und nicht morgen. Sie wollen doch sicher im Anschluss die Teeplantage besuchen, oder nicht?«

»Ja, aber …«

»Ich habe mir erlaubt, eine Woche Urlaub zu nehmen«, fiel Jonathan ihr ins Wort. »Als selbständiger Unternehmer kann ich das.«

Diana brachte keinen Ton heraus. Überrascht riss sie die Augen auf.

»Ist Ihnen das recht? Ich dachte, Sie könnten auch in Nuwara Eliya ein wenig Hilfe gebrauchen.«

»Aber Ihr Buch! Ihr Verleger … Außerdem bin ich doch wildfremd für Sie!«

Singh schüttelte lachend den Kopf. »Nein, das sind Sie nicht mehr. Sie haben mir doch Ihre Familiengeschichte erzählt, wissen Sie nicht mehr? Und ich habe Michael versprochen, Ihnen zu helfen.«

»Ich weiß.«

»Als Historiker finde ich es aufregend, mit Ihnen auf Spurensuche zu gehen. Vorausgesetzt, Sie möchten mich dabeihaben.«

Diana senkte verlegen den Kopf. »Ich weiß aber nicht, wie ich das alles wiedergutmachen soll. Immerhin opfern Sie für mich Ihre freie Zeit, die Sie doch eigentlich mit Frau und Kindern verbringen sollten.«

»Ich bin nicht verheiratet«, antwortete er ernst. »Nicht mehr.«

»Was ist passiert?«, platzte Diana heraus, bevor sie sich darauf besann, dass es sie nichts anging. »Verzeihen Sie, ich wollte nicht unhöflich sein.«

»Ist schon in Ordnung«, entgegnete Jonathan, doch der dunkle Schatten auf seinem Gesicht verschwand nicht. »Wir haben uns auseinandergelebt, wie man so schön sagt. Natürlich kommt einem das bei fünf Jahren Ehe etwas seltsam vor, doch es war so. Sie wollte Karriere bei einer Computerfirma machen, ich wollte die Gelegenheit nutzen, endlich meiner Leidenschaft nachzugehen und der Heimat meiner Vorfahren wieder ein wenig näher zu sein. Das ließ sich nicht vereinbaren, also haben wir uns getrennt.«

»Und haben Sie Kinder?«

»Eine Tochter. Sie lebt bei ihrer Mutter in Delhi.«

»Sehen Sie sie denn hin und wieder?«

»Ja, zu Feiertagen fliege ich nach Delhi und besuche sie. Und auch im Urlaub. Aber machen Sie sich wegen diesem hier keine Gedanken, ich habe noch genügend Zeit übrig für Rani.« Jetzt hellte sich seine Miene wieder etwas auf. »Und wann hat man dann schon die Gelegenheit, mit einer Deutsch-Engländerin auf Forschungsreise zu gehen? Sie sind einer der interessantesten Menschen, die mir in den vergangenen Monaten begegnet sind. Und das will schon was heißen, denn während meiner Zeit im Museum habe ich zuweilen sogar Präsidenten getroffen.«

Diana lächelte stumm in sich hinein. Dass Jonathan sie auch zur Teeplantage begleiten würde, hatte sie insgeheim gehofft, aber keinesfalls erwartet.

Irgendwann war die Fahrt nach Ambalangoda, die von weiteren Beinah-Zusammenstößen verschont blieb, zu Ende, und der Fahrer setzte sie am Rand einer Ansammlung von Fischerhütten und Palmen ab.

Froh, wieder festen Boden unter den Füßen zu haben, sah sich Diana um. Von irgendwoher dröhnte Musik, in die sich laute Stimmen mischten.

»Wahrscheinlich feiert man hier gerade«, erklärte Jonathan nach kurzem Lauschen. »Ich bin sicher, dass ein großer Teil des Dorfes dort sein wird.«

»Dann ist es also nicht so günstig, dass wir hier sind?«

»Ganz im Gegenteil, die Feier erspart uns langes Suchen, denn wirklich jeder ist dann dort. Vielleicht auch unser Nadi-Reader. Und wenn er es doch vorgezogen hat, zu Hause zu bleiben, können wir immerhin fragen.«

Nach einem Fußmarsch vorbei an scheinbar leeren Häusern erreichten sie schließlich die Quelle der Musik und des Lachens.

Sehr viele in grellbunte Sarongs und Saris gekleidete Frauen und Männer in traditionellen Anzügen hatten sich vor einem geschmückten Haus eingefunden. Eine glänzende Limousine, die nicht so recht ins Bild passen wollte, wartete unweit des Hauses.

»Oh, wir haben Glück!«, rief Jonathan. »Das hier ist eine Hochzeit. Das Brautpaar wird sicher gleich zur Poruwa-Zeremonie aufbrechen.«

Er löste sich von Diana und ging unbefangen auf die Gäste zu. Diese schienen sich von seinem Auftauchen keinesfalls gestört zu fühlen. Unbeschwert redeten sie mit ihm, hin und wieder wandten sie sich nach Diana um, die ein wenig verlegen abseits blieb.

Breit lächelnd kehrte Jonathan schließlich zu ihr zurück. »Sie haben uns eingeladen, nachher zur Feier. Ich glaube, wir sollten ein Weilchen bleiben.«

»Und der Nadi-Reader?«

»Was das angeht, haben wir Pech. A. Vijita ist vor ein paar

Tagen ins Krankenhaus gekommen. Mit fünfundachtzig Jahren ist das kein Wunder.«

Die Erwähnung des Krankenhauses beschwor in Diana wieder das Bild von Emmely an den lebenserhaltenden Maschinen herauf. »Ich hoffe, es ist nicht so schlimm.«

»Dasmaya, mit dem ich gesprochen habe, meinte, er würde schon wieder auf die Beine kommen. Aber es könnte ein Weilchen dauern.«

Das warf natürlich alle Pläne um. Abgesehen davon war es in dem Alter möglich, dass er nicht mehr wiederkehrte.

Jonathan sah ihr die Enttäuschung an, denn er sagte: »Hier glaubt man fest daran, dass die Götter schon alles richten werden. Vertrauen wir darauf. Der alte Mann ist so was wie ein Heiliger, wenn er keinen guten Draht zu den Göttern hat, wer dann?«

»Und wenn er doch stirbt?«

»Dann finden wir jemand anderen, der uns hilft. Doch ich glaube, wir sollten positiv denken, damit helfen wir Vijita am meisten.«

Dianas anfängliche Befangenheit gegenüber der Hochzeitsgesellschaft schwand rasch, als die Feier in vollem Gange war. Als wäre sie ein Teil der Familie, befand sie sich in der Nähe des glücklichen Paares, das auf einem Korbsofa thronte, das über und über mit Blüten bedeckt war. Als ein paar buddhistische Mönche eintrafen, ging ein Raunen durch die Menge. Die Männer, deren orangefarbene Kutten sich leuchtend von ihrer dunklen Haut abhoben, fächelten sich mit Palmblättern Luft zu und traten dann vor das Brautpaar, um es zu segnen. Als Dank dafür wusch das Paar ihnen die Füße und lud sie ein, mit ihnen zu essen.

Während der Mahlzeit konnte Diana nicht den Blick von

ihnen abwenden. Sie hatte buddhistische Mönche in Filmen gesehen, aber noch nie leibhaftig mit ihnen in einem Raum gesessen.

Als die Männer fertig waren, begannen sie mit ihren rituellen Gesängen, denen die Gäste andächtig und teilweise im Lotussitz, den Diana noch nie hinbekommen hatte, lauschten.

Schließlich erhoben sich die Mönche, und einer von ihnen sagte etwas, das die anderen dazu brachte, nacheinander vor ihn zu knien, um ein weißes Band ums Handgelenk gebunden zu bekommen.

Diana zögerte. Hatte sie überhaupt das Recht dazu, sich segnen zu lassen? Schließlich war sie keine Buddhistin …

»Lassen Sie sich darauf ein!«, ermutigte Jonathan sie im Flüsterton. »Damit zeigen Sie Anstand, und es kann nicht schaden, einen Segen von diesen Männern zu bekommen.«

Diana kniete ebenfalls nieder und blickte den Mönch an, dessen Gesicht von hunderten Falten durchzogen war. Lächelnd strich er ihr mit seinen zum Gebet gefalteten Händen über die Stirn, dann band er ihr einen weißen Faden ums Handgelenk.

»Das soll Glück bringen«, flüsterte Jonathan ihr zu, als er ebenfalls sein Band erhalten hatte. »Ich glaube, das können Sie bei Ihrer Suche gebrauchen.«

Diana nickte, richtete dann versonnen den Blick auf das Band und dachte dabei an den unbekannten Nadi-Reader, von dessen Genesung so viel abhing.

5

Vannattuppūcci, 1887

Henry Tremayne fühlte sich seltsam, als er das Arbeitszimmer seines Bruders betrat. Ein Teil von Richards Seele schien noch immer dort zu sein, denn dieser Raum wirkte, als hätte er ihn nur kurz für einen Rundgang über die Plantage verlassen. Ein bitteres Lächeln huschte über Henrys Lippen. All die Jahre hatte er damit zugebracht, seinen Bruder dafür zu verabscheuen, dass er seine Verpflichtungen gegenüber seiner Familie in den Wind geschrieben hatte. Doch jetzt, wo er in der Anordnung der Einrichtung, der Bücher und der Schreibutensilien auf dem Mahagonischreibtisch deutlich seine Gewohnheiten wiedererkannte, fühlte er eine beinahe zärtliche Zuneigung zu Richard.

Die Ursache seines Grolls gegen ihn kannte er nur zu gut.

Eigentlich hatte Henry davon geträumt, Wissenschaftler zu werden, Chemiker oder Physiker, doch da niemand da war, der sich um das elterliche Gut kümmern konnte und sein Vater bald nach seinem Abschluss in Eton verstarb, war Tremayne House an ihm hängen geblieben. An ihm, der sich grollend vorstellte, wie sein Bruder in der Fremde seine Freiheit genoss und Abenteuer erlebte, die ihm für immer verschlossen sein würden, weil er die Kette mit sich herumschleppte, die Richard zugedacht gewesen war.

Ein Klopfen riss Henry aus seinen Überlegungen fort. Der Blick auf die Uhr sagte ihm, dass es Zeit für seine Verabredung war.

»Herein!«, rief er, während er sich hinter den Schreibtisch stellte.

Beim Eintreten straffte sich Mr Vikrama sichtlich und neigte dann grüßend den Kopf. »Guten Morgen, Sir, ich hoffe, Sie hatten eine angenehme Nachtruhe.«

»Darauf kann ich Ihnen nur antworten, was ich auch schon meinem Butler heute Morgen erzählt habe: Ich habe geschlafen wie ein Stein und hätte mich im Schoße meiner Mutter nicht wohler fühlen können.« Als er dem jungen Mann die Hand reichte, umzuckte dessen Lippen ein kleines Lächeln. Henry bemerkte, dass sein Blick zum Fenster abschweifte, doch als er sich umwandte, konnte er nichts entdecken.

»Das freut mich zu hören, Sir«, sagte Vikrama, während seine Miene wieder ernst wurde. »Einige Europäer haben anfangs Probleme mit den klimatischen Verhältnissen des Landes.«

»Wir hatten in Colombo etwas Zeit, uns einzugewöhnen. In der ersten Nacht in diesem Land war ich so müde, dass ich neben einer Schiffsturbine hätte schlafen können. – Setzen Sie sich doch.«

Henry deutete auf den Stuhl vor dem Schreibtisch. Mit einer Geschmeidigkeit, die ihm selbst über die Jahre verloren gegangen war, setzte sich sein Besucher.

»Sie sind also so eine Art Vormann auf der Plantage.«

»Das kann man so nennen. Ihr Bruder bestellte mich in seiner Güte dazu.«

Henry betrachtete ihn eine Weile. Kaum zu glauben, dass dieser kultivierte und offenbar kluge Mann der Sohn eines Arbeiters und einer Tamilin war!

»Seit wann standen Sie in den Diensten meines Bruders?«

»Seit ich vierzehn bin«, antwortete Vikrama. »Aber auf der Plantage lebe ich schon, seit ich ein Kind war. Meine Mutter hat hier als Pflückerin gearbeitet, Sir Richard hat mich zusammen mit anderen Kindern in die Schule geschickt, damit wir schreiben und lesen lernen. Er war der Meinung, dass ihm kluge Mitarbeiter mehr nützen würden als ungebildete – besonders bei so einem sensitiven Geschäft wie Tee. Ich glaube, auf diese Idee hat ihn Mr Taylor gebracht, von dem er die ersten Teepflanzen erwarb.«

Henry erinnerte sich noch gut daran, dass Richard James Taylor in einem seiner ersten Briefe erwähnt hatte. Damals, als er noch versucht hatte, um Verständnis für seinen Entschluss zu werben und zumindest die Zuneigung seines Bruders zu behalten.

Henry hatte vorgegeben, sich nicht dafür zu interessieren, doch der Brief, den er immerhin einmal gelesen hatte, war so gut in seinem Verstand haften geblieben, dass er noch immer wusste, dass James Taylor mit einer Kiste Setzlingen aus Kalkutta nach Ceylon gereist war, um dem damals noch üblichen Kaffeeanbau Konkurrenz zu machen. Das Schicksal war ihm hold gewesen, aus Kaffeebauern wurden Teebauern, und mittlerweile breiteten sich die Anbaugebiete immer weiter aus.

Die Erinnerung beiseiteschiebend räusperte sich Henry, dann sagte er: »Und wo hat mein Bruder diese ausgebildeten jungen Leute beschäftigt?«

»Vorwiegend in der Verwaltung. Es sei denn, ein Schüler hat sich dumm angestellt.« Eine ferne Erinnerung ließ Vikrama kurz lächeln. »Meine Mutter hat mich stets dazu angehalten, der Beste zu sein. Nur so würde ich es zu etwas bringen. Natürlich haben alle anderen sie für verrückt gehalten, doch Sir Richard hat meine Fähigkeiten erkannt und gefördert. Nur durch ihn bin ich zu dem Mann geworden, der vor Ihnen sitzt, und von daher bedaure ich sein furchtbares Schicksal sehr.«

»Das tun wir alle.« Henry faltete die Hände vor sich auf der Tischplatte, als wollte er beten. Die unbekannte Seite an seinem Bruder verwirrte ihn genauso wie dieser Junge vor ihm, dessen Fähigkeiten offenbar über normale Schulbildung hinausgingen. »Aber ich versichere Ihnen, dass der Geist meines Bruders hier weiterleben wird. Gibt es diese Schule, von der Sie gesprochen haben, noch?«

Vikrama nickte. »Ja, Sir, einer meiner ehemaligen Klassenkameraden führt sie und bringt den tamilischen Jungen alles bei, was sie wissen müssen.«

»Und die Singhalesen?«

Ein leichter Ausdruck von Verachtung erschien in Vikramas Augen. »Die wollen lieber unter sich sein. Kaum eine Familie ist bereit, ihre Kinder zur Schule zu schicken.«

»Nun, auf der Welt muss es auch jene geben, die weniger feinsinnige Arbeiten verrichten, nicht wahr?« Henry erhob sich. »Ich bin schon sehr gespannt auf Ihre Führung und hoffe, dass Sie mit Ihrem Wissen über den Tee nicht hinter dem Berg halten.«

»Ich werde mein Möglichstes tun.«

Die beiden Männer erhoben sich nun wieder und verließen das Arbeitszimmer.

Keuchend presste sich Grace gegen die Hauswand. Ihr Herz klopfte wild, als hätte man sie bei etwas Unerlaubtem ertappt. »Hast du den Verstand verloren?«, zischte sie ihrer Schwester zu. »Ich könnte wetten, dieser Vikrama hat uns gesehen.«

»Dann hätte er Papa doch ohne Zweifel Bescheid gegeben, und der wäre zum Fenster gekommen!«, gab Victoria zurück. »Du solltest ein wenig mutiger sein, immerhin hast du den Vorschlag gemacht, ihnen nachzuschleichen.«

Grace wollte darauf etwas antworten, doch das Knirschen

von Kieseln ließ die Worte in ihrer Kehle versiegen. »Sie kommen!«

Rasch erhoben sich die beiden und huschten zu einem Rhododendron mit weißen Blüten, durch dessen Zweige sie ihren Vater und den Vormann beobachteten. Ohne den Blick zur Seite zu wenden, strebten sie dem Nebengelass zu, in dem die Verwaltung der Plantage untergebracht war. Das würde noch nicht sonderlich spannend werden, also beschloss Grace, dass sie noch ein Weilchen hier warten und sich beruhigen würden.

»Vielleicht sollten wir zu den Teeschuppen vorlaufen«, schlug Victoria ungeduldig vor. »Wahrscheinlich werden sie als Nächstes dorthin gehen.«

»Und du glaubst nicht, dass sich die Leute über unser scheinbar grundloses Auftauchen wundern würden?«

»Sie wundern sich auch, wenn wir Papa hinterherschleichen. Also lass uns gehen, bevor uns der Gärtner entdeckt.«

Tatsächlich war der dunkelhäutige Mann gerade dabei, nicht weit von ihr entfernt eine Hecke zu schneiden. Das gleichmäßige Schnippen der Schere war deutlich zu vernehmen, wenn die Papageien in den Bäumen kurz Ruhe gaben.

»Also gut, dann komm.«

Grace richtete sich auf, zupfte ein Blatt, das versehentlich an der Spitze ihres Ärmels hängen geblieben war, ab und strich sich den Rock glatt. Mit ihrer Schwester an der Hand schritt sie den Weg entlang, als würde sie lediglich einen Spaziergang machen. Ein paar Männer kamen ihnen mit gesenktem Haupt entgegen, eine Frau mit leerem Teekorb auf dem Kopf lächelte sie freundlich an.

Bei den Teeschuppen erwartete sie ein überwältigender Duft. Das, was den Teedosen in der Küche entströmte, war nur ein schwacher Abglanz des wahren Teeduftes. Auf Rosten und Hürden waren Teeblätter in unterschiedlichen

Welkstadien ausgebreitet. Während einige Blätter noch frisch waren und einen grünen Geruch verbreiteten, lagerten auf anderen Rosten hellbraune, dunkelbraune und sogar rostrote Teeblätter. An Tischen neben den Schuppen saßen Frauen, die die Teeblätter, bei denen die Welke schon etwas fortgeschritten war, zu kleinen Rollen formten.

Weitere Eindrücke konnten Grace und Victoria erst einmal nicht sammeln.

»Sie kommen!«, zischte Victoria, deren wachsame Augen das Verwaltungsgebäude beobachtet hatten. Gemeinsam verschwanden die beiden Mädchen hinter den Teeschuppen, wo einige Körbe aufgeschichtet waren.

Wenn die konzentriert arbeitenden Frauen ihre kurze Anwesenheit mitbekommen hatten, ließen sie sich nichts anmerken. Auch angesichts ihres neuen Herrn und seines Vormannes unterbrachen sie ihre Arbeit nicht.

»Dies hier sind die Teeschuppen, in denen der Tee noch per Hand gefertigt wird, wie es auch in China Brauch ist«, führte Vikrama aus, während Henry Tremayne den Blick über die Gebäude schweifen ließ, die mit Bananen- und Palmlaub gedeckt waren. »Nachdem der Tee den richtigen Welkegrad erreicht hat, wird er in den Trocknungsofen gebracht. Unser Teemaster, Mr A. Soresh, ist ein Meister im Erkennen des richtigen Welkegrades. Bisher war noch jeder Jahrgang, der unsere Plantage verlassen hat, hervorragend.«

Henry sagte darauf nichts, er sah sich nur um, als hätte ihn irgendein Sturm in ein fernes Märchenland befördert.

»Er scheint ihn zu beeindrucken«, wisperte Grace gegen die Hausecke. »Vater ist nur selten sprachlos.«

»Dieser Mr Vikrama ist auch beeindruckend«, gab Victoria augenzwinkernd zurück. »Schade nur, dass ich zu jung für ihn bin.«

»Du würdest einen Einheimischen heiraten wollen? Mama würde einen Herzanfall erleiden!«

»Du vergisst, dass Mr Vikrama zur Hälfte Engländer ist. Ich habe gelesen, dass die Mischlinge hier sehr hohes Ansehen genießen. Sie bilden sogar eine eigene Kaste.«

»Kaste?«, wunderte sich Grace, doch bevor Victoria antworten konnte, setzten sich ihr Vater und Vikrama wieder in Bewegung.

Als sie ihnen den Rücken zugekehrt hatten, huschten Grace und Victoria um den Teeschuppen herum und erreichten ein weiteres Gebäude, aus dessen Fenster ein heißer Luftzug drang, als sie darunter hinwegschlichen.

»Ihr Bruder hat in der letzten Zeit begonnen, die maschinelle Teefertigung einzuführen«, setzte Vikrama seine Ausführungen fort. »Die Qualität ist natürlich etwas niedriger als bei Handfertigung, dafür können wir größere Mengen zu einem günstigeren Preis herstellen, was besonders bei Kunden mit schmalerer Geldbörse gut ankommt.«

Weiter ging es zum nächsten Gebäude, in dem unverkennbar eine Maschine arbeitete. Durch eines der Fenster zu spähen wagten sie allerdings nicht, denn ihr Vater und Vikrama verschwanden eine Weile in dem Gebäude. Die Ausführungen über die Funktionsweise wurden durch die dicken Lehmmauern so weit abgedämpft, dass sie nur Fetzen aufschnappten, die sich nicht zu einem Ganzen zusammenfügen ließen.

Als sie alle Gebäude in Augenschein genommen hatten, wandten sie sich dem Busch zu, in den ein mit Holzbohlen befestigter Pfad führte.

Nachdem sie den beiden Männern in großem Abstand durch die Botanik gefolgt waren, tauchte vor ihnen eine Art Dorf auf, Holzhütten mit Palmblattdächern, zwischen denen Kinder mit einem kleinen Hund spielten.

»Hier wohnen wohl unsere Arbeiter.« Victoria reckte neugierig den Hals, worauf Grace sie ein Stück nach unten zog.

»Sie werden uns noch entdecken.«

»Keine Sorge, Vikrama spricht gerade mit einem alten Mann. Ist dir schon mal aufgefallen, dass die Männer hier Röcke tragen?«

»Das sind Sarongs«, belehrte Grace sie.

»Woher weißt du das?«, wunderte sich Victoria darüber, dass ihr ihre ältere Schwester, die sich in letzter Zeit nur noch für Bälle und Teestunden interessiert hatte, nun doch ein Stück voraus war.

»Ich habe ein paar Leute im Hotel darüber reden hören. Die Frauenkleider nennt man übrigens Sari.«

In Victorias Augen funkelte die Lust, ihre Schwester zu schockieren. »Vielleicht sollten wir auch Saris tragen. Wie man an ihren nackten Bäuchen erkennen kann, tragen sie keine Korsetts.«

»Vic…« Grace schlug sich die Hand vor den Mund und beobachtete, wie ein zufriedenes Lächeln über das Gesicht ihrer Schwester huschte. Sie hatte gewonnen. »Das meinst du nicht ernst, oder? Diese Kleider sind recht unanständig, Mama würde …«

»Einen Migräneanfall bekommen, genau«, vervollständigte Victoria ihren Satz. »Aber findest du nicht, dass die Korsetts in der Wärme noch mehr einschnüren?«

Grace antwortete nicht darauf. Sie selbst hatte sich ein wenig mehr aus dem hohen Gras hervorgewagt. Genau in diesem Augenblick lachte Vikrama auf. Er legte den Kopf in den Nacken und lachte so unverfälscht, dass sich selbst ihr strenger, Emotionen unterdrückender Vater davon anstecken ließ. Und auch Grace musste lächeln. Zu gern hätte sie gewusst, ob irgendein Scherz der Anlass für die Belustigung war.

Doch dann verflog dieser Augenblick wieder, und nachdem sich die Männer verabschiedet hatten, kamen sie auf dem gleichen Weg, den sie gekommen waren, zurück.

»Nichts wie weg hier!«, raunte Grace ihrer Schwester zu, dann liefen sie geduckt wieder ins Buschwerk zurück. Dass ihr Vater sie dabei beobachtet haben könnte, fiel ihnen erst ein, als sie hinter einem Busch Schutz suchten.

Sterne flirrten unter Graces Lidern, als sie versuchte, ihren keuchenden Atem zu unterdrücken. Sie war das Rennen einfach nicht mehr gewöhnt.

Als sie die Augen wieder öffnete, spähte Victoria gerade durch die Zweige. »Sie gehen zur Pflanzung hinauf!«

Grace überlegte, ob sie die ganze Sache nicht abbrechen sollte. Außer bei den Schuppen hatten sie nicht lauschen können, und sie bezweifelte mittlerweile, dass sie etwas über den Vormann herausfinden würden. Doch da Victoria Feuer und Flamme war und sie selbst ihr Gesicht wahren wollte, erhob sie sich.

»Also los, hinterher!«

Der folgende Marsch dauerte noch länger und führte über künstlich angelegte, mit Holzbohlen verstärkte Treppen. Während ihr Vater und Vikrama in großem Abstand von ihnen die Stufen erklommen, unterhielten sie sich lebhaft, und Grace ärgerte sich ein wenig, dass der milde Wind nicht genug Kraft hatte, um die Worte zu ihnen zu tragen. Nur die Bäume ringsherum raschelten, selbst die Rufe der Papageien wurden weniger.

Wie weit oben liegt die Plantage?, fragte sich Grace mit Blick auf den Adams Peak, der seine Spitze beinahe wie einen Zuckerhut in den Himmel reckte. Ein Vogelruf über ihnen ließ sie zusammenzucken. Das Tier, das über ihnen kreiste, erinnerte an einen Greif, aber Grace bezweifelte, dass es einer war.

Erschrocken blieb sie stehen, als sie sah, dass ihnen ein paar Teepflückerinnen entgegenkamen. Doch Victoria zog sie weiter. »Tu einfach, als sei es normal, dass wir hier sind«, riet sie ihrer älteren Schwester. Dennoch meinte Grace, dass die Frauen sie verwundert anstarren würden, nachdem sie die beiden Männer hinter sich gelassen und sie entdeckt hatten. Darüber entging ihr beinahe die Farbenpracht, die die Frauen zur Schau stellten. Ihre Saris waren zwar aus einfachen Stoffen hergestellt worden, aber dafür leuchteten sie in grellem Rosa, feurigem Orange und sonnigem Gelb. Dagegen wirkten Grace und Victoria in ihren beigefarbenen Kleidern wie Hühner neben einem Papagei.

Als sie an ihnen vorübergingen, verstummte das leise Gespräch der Frauen. Konzentriert auf ihre Schritte trugen sie die Körbe an ihnen vorbei. Erst als sie sich ein Stück entfernt hatten, flammte der exotische Singsang, der Grace die Erinnerung an die Sitzung mit dem merkwürdigen Alten zurückbrachte, wieder auf.

Ein merkwürdiger Schauer huschte über Graces Rücken.

»Höre immer auf dein Herz und folge ihm. Tust du es nicht, wirst du Unglück bringen über dich und jene, die du liebst.«

Die Worte, denen sie noch vor einigen Tagen keine Bedeutung beigemessen hatte, lähmten sie plötzlich.

»Was ist mit dir?«

Als Victoria an ihrem Ärmel zerrte, verschwanden die Worte und auch die Starre wieder.

»Nichts«, entgegnete Grace verwirrt. »Es ist nichts. Lass uns weitergehen.«

Victoria blickte sie zweifelnd an, doch Grace schritt jetzt weiter aus, und so blieb ihr nichts weiter übrig, als zu folgen.

Die Teepflückerinnen wirkten zwischen dem Grün der Teebüsche wie die ersten Rosenknospen im Frühjahr. Henry Tremayne war überwältigt von der grünen Pracht, die nun sein Eigentum war.

»Das ist das größte der drei Teefelder«, erklärte Vikrama mit einer ausladenden Handbewegung. »Hier ziehen wir den Tee heran, der in den Teeschuppen von Hand gerollt wird. Die beiden anderen Felder und das neue, das gerade noch gerodet wird, sind für die maschinelle Aufbereitung gedacht. Der Tee dort wächst dichter, aber die Qualität der Blätter ist aufgrund der höheren Lage etwas schlechter.«

Henry betrachtete den jungen Mann, dessen Augen, wenn er vom Tee sprach, stets leuchteten, als würde er ihn über seinen eigenen Besitz führen.

»Sie scheinen sehr viel für die Plantage zu empfinden.«

»Sie ist, solange ich denken kann, mein Zuhause. Ich kann mir keinen schöneren Ort auf dieser Welt vorstellen. Außerdem gibt die Plantage meinem Volk Arbeit und Brot, gegen solch einen Platz kann man keine Abneigung empfinden.«

Darauf schwieg Henry beeindruckt. Der Bursche ist wirklich gut. Beinahe schon gefährlich gut, wenn in seinen Augen nicht echte Hingabe leuchten würde.

»Erzählen Sie mir doch etwas über den Tee, der hier angebaut wird«, sagte er schließlich, bevor das Schweigen zwischen ihnen unangenehm werden konnte.

Ein leichtes Lächeln huschte über Vikramas Züge, dann begann er. »Ursprünglich waren dies hier Assam-Setzlinge, doch dank Mr Taylors Hilfe bei den Veredelungen sind wir dabei, eine eigene Art zu entwickeln, die mittlerweile sogar einen Namen bekommen hat. Ceylon.«

»Wie diese Insel.«

»Ganz recht. Und ich versichere Ihnen, eines Tages werden wir die anderen Sorten übertrumpfen.«

Mit angehaltenem Atem lauschten Grace und Victoria den Ausführungen Vikramas über den Tee. Zu gern hätte Grace gegenüber ihrer Schwester angemerkt, wie beeindruckend sie sein Wissen fand, doch sie hatten sich ein Stück zu weit vorgewagt, so dass sie nicht miteinander sprechen konnten, ohne dass es ihr Vater mitbekam.

Als sich die beiden Männer schließlich zum Gehen wandten, verharrten die Schwestern zwischen den Teebüschen und richteten sich erst auf, als die Männer außer Reichweite waren.

»Und jetzt?«, fragte Victoria, die sich ein wenig trockenes Teelaub vom Kleid sammelte.

»Wir bleiben noch ein bisschen hier«, beschloss Grace, denn sie wollte nicht zurück hinter die stickigen Mauern. »Wir könnten uns vielleicht die Elefanten ansehen, die den Wald roden. Was meinst du dazu?«

Victoria nickte mit leuchtenden Augen. Doch sogleich schlich sich der Zweifel wieder an. »Aber Mama wird uns vermissen. Der Vormittag ist fast rum, und bestimmt hat Miss Giles ihr schon Bescheid gegeben, dass wir nicht aufzufinden sind.«

»Wir erklären ihr hinterher, wo wir waren. Immerhin kann sie es sich denken, wir hatten ja schon gestern von den Elefanten gesprochen. Vielleicht sehen wir unterwegs noch ein paar hübsche Schmetterlinge.«

Das überzeugte Victoria. Obwohl ihre einzige Richtungsangabe war, dass sich das frisch gerodete Feld weiter höher auf dem Hang befand, schritt sie entschlossen den Weg entlang, der durch das Teefeld führte. Hin und wieder traf sie der Blick einer Pflückerin, die sich aber sogleich wieder ihrer Arbeit zuwandte, wenn Grace sie ansah.

Nach einer Weile erreichten sie ein Waldstück, durch das laute Rufe hallten. Das Gelände hier war recht steil und ziemlich unwegig, aber immerhin gab es einen breiten steinigen Weg, der mit riesigen Fußabdrücken der Elefanten übersät war. Ein Haufen abgesägter Stämme türmte sich am Rand. Hier waren sie richtig.

»Pass nur auf, wo du hintrittst«, mahnte Grace ihre Schwester, während sie ihren Blick am Boden kleben ließ, um ja keine gefährliche Unebenheit zu übersehen. »Womöglich rollst du den ganzen Berg hinunter und bist unten nichts weiter als ein Haufen Knochen, die nicht mehr wiederzuerkennen sind.«

»Das wäre ein Spaß!«, erwiderte Victoria vergnügt. »Ich wollte schon immer wissen, wie sich Würfel fühlen.«

»Würfel?«, wunderte sich Grace und wäre daraufhin beinahe hinter einer Baumwurzel festgehakt, die der Regen aus dem Boden gewaschen hatte.

»Na, die werden im Becher auch durcheinandergeworfen!« Victoria lächelte breit. »Außerdem solltest du mal besser aufpassen, nicht ich bin eben gestolpert.«

Als sie Stimmen vernahmen, machten Grace und Victoria halt. Wenig später tauchten drei Männer auf, die einen Elefanten mit sich führten. Dieser war nicht so prachtvoll geschmückt wie die Tempelelefanten in Colombo. Die Kette um seinen rechten Vorderfuß, die von einem der Arbeiter festgehalten wurde, schnitt sich in sein Fleisch. Grace schluckte, als sie außerdem Spuren von Misshandlung an dem Tier erkannte. War das der Grund, weshalb Vikrama ihren Vater nicht hier raufgeführt hatte? Weil er ihn nicht damit schockieren wollte, wie hier mit den Arbeitstieren umgegangen wurde? Auch Victoria wirkte sichtlich erschrocken über das Tier, dessen graue Baumrindenhaut von Blutschlieren bedeckt war.

»Wir sollten besser wieder gehen«, sagte Grace, während sie nach der Hand ihrer Schwester griff. Diese ließ sich ohne Protest von dem Ort wegführen.

Während des Abstieges sprachen beide kein Wort. Vor dem Teefeld entschlossen sie sich, einen anderen Weg einzuschlagen als den, auf dem sie gekommen waren.

Vielleicht bekommen wir hier etwas zu sehen, das uns fröhlicher stimmt, dachte Grace beklommen und nahm sich vor, ihren Vater auf den Elefanten anzusprechen.

Noch immer schweigsam trotteten sie den Weg entlang. Grace bemerkte, wie sehr der vergangene Anblick ihre Schwester mitnahm.

»Heute Morgen war ich schon sehr früh wach«, begann Grace schließlich. »Ich habe einen recht großen blauen Falter gesehen. Der hätte dir gefallen.«

»Und warum hast du mich dann nicht geweckt?«, fragte Victoria ohne wirkliches Interesse, denn die Bilder hatten sich in ihren Augen festgesetzt. Im nächsten Augenblick kam sich Grace dumm vor. Victoria war kein kleines Kind mehr, dem man etwas Schlimmes, das es gesehen hatte, mit einer hübschen Geschichte austreiben konnte.

»Du hast so schön geschlafen. Und es war noch so früh. Aber ich bin sicher, er kommt wieder. Dann …«

Plötzlich schoss ein Reiter aus dem Gestrüpp. Erschrocken schrie Victoria auf. Grace zögerte keinen Moment und packte sie am Handgelenk. Gerade so gelang es ihr, ihre Schwester beiseitezuziehen, bevor sie unter die Hufe des Tiers geraten konnte. Der Rotfuchs stieg erschrocken auf die Hinterhand, während der Reiter verzweifelt versuchte, im Sattel zu bleiben. Es dauerte eine Weile, bis er das Tier wieder unter Kontrolle hatte. »Verdammt, Kinder, was sucht ihr hier?«

Der Mann, der sie mit vor Schreck und Zorn flammenden Augen ansah, war dunkelhaarig und trug einen Bart. Seine Kleidung wie auch seine Sprache wiesen ihn als Mitglied der englischen Oberschicht aus.

Grace richtete sich auf und strich ihr Kleid glatt. »Verzeihen Sie, Sir, wir sind gerade erst hier angekommen und haben nicht mit so regem Verkehr gerechnet.«

Der Mann musterte sie von Kopf bis Fuß. Der Groll in seinem Gesicht verschwand ein wenig. »Sie müssen zu den Neuankömmlingen gehören. Tremayne, nehme ich an.«

Als Grace nickte, stieg der Mann aus dem Sattel und kam auf sie zu. Dabei ließ er ihr Gesicht nicht aus den Augen. »Mein Name ist Dean Stockton, es freut mich, Ihre Bekanntschaft zu machen, Miss …«

»Grace. Grace Tremayne. Das ist meine jüngere Schwester Victoria.«

Der Mann nahm ihre Hand und hauchte einen Handkuss darauf, dann wandte er sich lächelnd an Victoria. »Bitte verzeihen Sie, dass ich Sie beinahe über den Haufen geritten habe. Aber hier oben kommt nur selten jemand vorbei, und ich fürchte, ich habe den halsbrecherischen Stil der Einheimischen angenommen. Sie müssten mal sehen, was sie mit Pferdewagen anstellen.«

Grace antwortete nicht. Etwas an dem Mann war ihr plötzlich unangenehm. Sein Geruch? Sein Lächeln? Das seltsame Funkeln in seinen Augen?

»Soll ich Sie vielleicht nach Hause begleiten?« Sein Lächeln verbreiterte sich, als er das, wonach er in ihren Zügen offenbar gesucht hatte, fand. »Wie Sie gesehen haben, kann es in dieser Gegend recht gefährlich sein. Es würde mir leidtun, wenn den beiden reizenden Töchtern meines neuen Nachbarn etwas zustieße.«

»Das ist sehr freundlich von Ihnen«, gab Grace gestelzt zurück. »Doch wir wollen Sie nicht länger von den Geschäften abhalten, die Sie in so offensichtliche Eile gestürzt haben. Haben wir den Weg hierher gefunden, finden wir ihn auch wieder zurück. Guten Tag, Mr Stockton.«

Grace nahm ihre Schwester bei der Hand und zog sie mit sich. Dabei spürte sie den Blick des Mannes in ihrem Rücken, so lange, bis er aufsaß und davonritt. Ihre Befürchtung, dass er an ihnen vorbeiziehen könnte, bewahrheitete sich nicht, er verschwand in einem Seitenweg.

»Warum warst du denn so böse auf ihn?«, fragte Victoria, als sie eine Weile schweigend nebeneinander hergegangen waren.

»Er hätte dich beinahe über den Haufen geritten!«, entgegnete Grace, während sie voranschritt, als hätte sie Siebenmeilenstiefel unter den Füßen. »Und dann gibt er auch noch uns die Schuld!«

»Aber er hat sich ja entschuldigt. Und er wusste, dass wir da sind! Als er erfahren hat, wer wir sind, war er doch ganz freundlich.«

»Zu freundlich, wenn du mich fragst«, gab Grace gereizt zurück. Sie wusste auch nicht, woher dieser Groll kam, eigentlich war sie Fremden gegenüber nicht so schnell aufgebracht. »Und wenn du mich fragst, so was Besonderes ist es nicht, dass er von unserer Ankunft wusste. Wahrscheinlich wissen das mittlerweile alle hier. Hast du auf dem Weg hierher die vielen Villen gesehen? Die Leute dort warten doch nur, dass etwas Neues passiert. Pass auf, eines Tages sind wir genauso und stürzen uns auf jeden, der neu auf diesen Berg zieht.«

6

Nuwara Eliya, 2008

Am nächsten Morgen wurden Diana und Jonathan von einem Verwandten des Brautpaars zu einer kleinen Bahnstation gefahren, von der ein Zug nach Nuwara Eliya fahren sollte. Der Zug, der aus dichten Nebelschwaden auftauchte, war zu dieser Zeit schon ziemlich überfüllt, doch die Menschen verhielten sich bei aller Enge gesittet, und niemand beschwerte sich, wenn er von Diana oder Jonathan versehentlich angerempelt wurde.

Nach einigen Stationen wurden sogar ein paar Sitzplätze frei, so dass die beiden nicht mehr stehen mussten.

»Man nennt Nuwara Eliya auch das kleine England«, sagte Jonathan, als der Zug an den grünen Hügeln vorbeifuhr. »Sie können sich vielleicht denken, warum?«

Diana war ganz gefesselt von dem Anblick. Hier und da wurde das Grün von einem weißen Punkt durchbrochen. Einem Punkt, den es sicher erst seit zweihundert Jahren hier gab.

»Die Villa dort oben ist englisch«, antwortete sie lächelnd. »Tremayne House sieht ähnlich aus, nur die Landschaft ist dort nicht so schön.«

»Solche Villen gibt es hier sehr viele, sicher mehr als Teeplantagen. Eine Zeitlang war dieses Land bei den Engländern sehr beliebt, ein krasser Gegensatz zu ihrer eher kühlen Heimat. Der Monsunregen indes mag sie vielleicht gerade an ihr Land erinnert haben, weshalb sie sich sofort heimisch fühlten. Außerdem wird es hier im Gegensatz zur Küste niemals brütend heiß.«

»Sie scheinen schon mal hier gewesen zu sein«, bemerkte Diana schmunzelnd, denn mit seinem Wissen hätte er genauso gut Fremdenführer sein können.

»Ich lebe schon eine Weile hier, und nichts bereitet den Einheimischen so viel Freude, wie Fremden stolz ihr Land zu zeigen.«

»Aber man kann Sie wohl kaum als Fremden bezeichnen mit Ihrer Ahnenreihe.«

»Aber nichtsdestotrotz habe ich nur die englische und indische Staatsbürgerschaft und nicht die von Sri Lanka. Also bin ich genauso ein Fremder wie Sie. Mit einer Aufenthaltsgenehmigung natürlich.« Nach einem kurzen Blick aus dem Fenster bemerkte er schließlich: »Sie haben sich übrigens keine besonders gute Zeit ausgesucht, der Monsun müsste bald losgehen.«

»Ich wollte ja auch eigentlich nicht sehr lange bleiben. Nur lange genug, bis ich etwas über meine Familie herausgefunden habe.«

Ein hintergründiges Lächeln huschte über Jonathans Gesicht, doch er sagte nichts dazu.

Inzwischen fuhr der Zug auf einer kleinen Bahnstation am Fuße des Berges ein. »Hier müssen wir raus«, erklärte Jonathan, dann fischte er ihre Tasche aus dem übervollen Gepäcknetz, das die ganze Zeit unheilschwanger über ihnen geschwebt hatte.

Sich einen Weg durch die anderen Reisenden zu bahnen, erwies sich als schwierig, doch der Lokführer hatte glücklicherweise keine Eile. Geduldig wartete er, bis alle, die nach draußen drängten, den Zug verlassen hatten, dann gab der Schaffner das Signal. Während der Zug mit seiner schweren und teilweise recht laut plappernden Last wieder anrollte, verließen sie die Bahnstation und bogen in einen gewundenen Sandweg ein, von dem ein Wegweiser behauptete, er würde zum Hill Hotel führen.

»Das ist eines der ältesten Häuser hier. Schon zu Kolonialzeiten wurde es als Pension für Reisende geführt. Ich glaube, es ist ein guter Ausgangspunkt für Ihre Suche.«

»Einen Nadi-Reader gibt es hier nicht zufällig, oder?«

»Nein, ganz sicher nicht. Hier finden Sie nur viele englische Spuren. Aber ich versichere Ihnen, dass Vijita aus dem Krankenhaus zurückkehren wird. Sie haben doch gesehen, wie reich der Schrein für ihn geschmückt war. Und unsere Medizin ist mittlerweile auch auf dem neuesten Stand, zumindest in Colombo. Da er dort ist, brauchen Sie sich keine Sorgen zu machen, er wird Ihr Blatt entziffern, sobald er kann.«

Vielleicht hätte ich doch lieber zu der Bibliothek in Colombo gehen sollen, dachte sie, doch dann kam ihr wieder Jonathans Einwand in den Sinn. Natürlich würden es die dortigen Reader nicht gern sehen, wenn sie darum bat, ein mitgebrachtes Blatt zu entziffern.

Nach einer Viertelstunde Fußmarsch auf ansteigendem Gelände tauchte das Hotel zwischen den Bäumen auf. Im Sonnenschein wirkte die Fassade wie eine blankpolierte Perle auf grünem Samt.

»Drehen Sie sich mal um!«, rief Jonathan unvermittelt. Als Diana seiner Anweisung nachkam, wurde sie mit einem atemberaubenden Ausblick belohnt. Die grünen Hügel schmiegten sich aneinander wie Liebende, die nie mehr voneinander ablassen wollten.

»Da unten muss irgendwo unsere Bahnstation sein.« An dem Punkt, auf den Singh deutete, konnte Diana nur die Bahnschienen sehen, die sich wie eine Ader zwischen den Hügeln hindurchschlängelten.

»Das hat sogar ein bisschen was von den schottischen Highlands«, bemerkte Diana lächelnd, als sie sich Jonathan wieder zuwandte. Dabei bemerkte sie, dass er sie die ganze Zeit über beobachtet hatte. Als wäre ihm das unangenehm, senkte er kurz den Blick.

»Ja, nur sind unsere Temperaturen auch im Winter etwas besser als dort.«

»Da haben Sie recht!«

Das Betreten des Hotelgeländes war für Diana wie eine Rückkehr nach Tremayne House. Das Gebäude war ähnlich marode, vielleicht noch einen Tick ursprünglicher, denn ein Allround-Genie wie Mr Green, der sich ums Haus und um den Garten kümmerte, schien hier zu fehlen. Der einstmals sicher prächtige Garten, der unterhalb der Sonnenterrasse angelegt war, wirkte verwildert. Dafür machte die Sonnenterrasse selbst den Eindruck, als würde jeden Moment ein Gentleman in Vatermörderkragen und Gehrock um die Ecke kommen, um im Schatten eine gute indonesische Zigarre und einen Gin zu genießen.

Die Urlauber, die sich hier tummelten, stammten vorwiegend aus dem asiatischen Raum. Diana erkannte ein paar Japaner und ein Paar, das wahrscheinlich aus Thailand stammte. Zwei Amerikaner verrieten sich durch ihren Akzent, der bei ihrer lautstarken Unterhaltung nicht zu überhören war.

An der Rezeption, die auch schon vor hundertfünfzig Jahren so ausgesehen haben musste, erwartete sie ein adrett gekleideter junger Mann, dessen weißes Hemd sich beinahe strahlend von der gebräunten Haut abhob.

»Was kann ich für Sie tun?«, fragte er in stark akzentgefärbtem Englisch.

Jonathan fragte in der Landessprache nach zwei Zimmern,

worauf der junge Mann zu einem altmodischen Schlüsselbrett eilte, an dem einige etwas angelaufene Messingschlüssel hingen. Keine Spur von modernen Zimmerkarten oder den seltsamen, schweren Schlüsselanhängern, die es in Deutschland beinahe unmöglich machten, den Zimmerschlüssel in der Handtasche zu verstauen.

»Er sagt, dass er nur noch Zimmer in unterschiedlichen Etagen hat«, raunte Jonathan ihr zu. »Wollen Sie lieber oben oder unten wohnen?«

»Das ist mir eigentlich egal«, gab Diana zurück.

Jonathan lächelte. »Gut, dann bekommen Sie das Zimmer oben. Damit Sie etwas von der wunderbaren Aussicht haben.«

Als der Concierge mit den Schlüsseln zurückkehrte, verlangte er von Jonathan, sich im Gästebuch einzuschreiben. Nachdem das erledigt war, erschien auf das Läuten einer Glocke ein junger Mann, der Diana auf ihr Zimmer führen sollte.

»Also, wir treffen uns in einer Stunde hier unten, okay?«, fragte Jonathan, während er seine Tasche schulterte.

Diana nickte und folgte dem Boy dann die leicht gewundene Treppe hinauf.

Das Zimmer war keineswegs so modern eingerichtet wie das im Grand Oriental in Colombo, doch sein Charme nahm Diana sofort gefangen. Hier gab es den Deckenventilator, der in alten Filmen immer träge vor sich hin kreiste und die Schicksale beobachtete, die sich unter ihm abspielten.

Jonathan hatte nicht übertrieben, was die Aussicht anging. Die Teeplantagen und vereinzelt eingestreuten Villen wirkten im Sonnenlicht wie aus einem Reisemagazin.

Ob Jonathan mit seiner Frau hier gewesen ist?, fragte sie sich unwillkürlich, dann fiel ihr aber wieder ein, dass er sich getrennt haben musste, bevor er sich selbständig gemacht hatte.

Nachdem sie ihre Tasche ausgepackt hatte, entledigte sie

sich ihrer Kleider und stellte sich unter die Dusche. Während das angenehm lauwarme Wasser auf sie niederprasselte, ließ sie ihre Gedanken schweifen. Ich sollte mich mal wieder in der Kanzlei melden, flüsterte ihr schlechtes Gewissen, aber in diesem Augenblick war sie dermaßen gespannt auf das, was sie auf der Teeplantage finden würde, dass sie gar nicht an die Arbeit denken wollte.

Wie verabredet traf sie gegen ein Uhr in der Lobby ein. Auch Jonathan hatte sich eine Dusche gegönnt und roch angenehm nach Sandelholz und Limone.

»Ich habe mir erlaubt, schon um einen Platz auf der Terrasse zu bitten. Es würde mich nicht wundern, wenn dort der Eistee schon bereitstünde.«

Die Luft draußen hatte sich innerhalb der vergangenen Stunde verändert. Der Geruch erinnerte Diana an einen Regenfall nach vielen Tagen Sommer, wenn die Natur bereits nach einem erfrischenden Guss lechzt, der dann viel zu schnell in der heißen Erde versickert.

»Ich fürchte, wir werden uns mit der Wanderung zur Plantage beeilen müssen. Wenn mich nicht alles täuscht, wird der Monsun bald einsetzen, und dann sind wir gut einen Monat im Regen gefangen.«

Wenn Diana ehrlich war, hätte sie nichts dagegen gehabt. Doch der Anflug von Vernunft, der sie an ihre Pflichten im Büro erinnerte, vertrieb diesen Gedanken gleich wieder.

»Ich habe etwas für Sie«, eröffnete Jonathan, nachdem er Platz genommen hatte. Aus seiner Hosentasche zog er einen groben grauen Umschlag.

Diana hob überrascht die Augenbrauen. »Was ist das?«

»Informationen, die ich über die Teeplantage eingeholt habe. Ich hätte sie Ihnen auch schon früher geben können, doch ich hielt es für angebrachter, es vor Ort zu tun.«

Diana schlug das Herz bis zum Hals, und ihre Hände begannen zu zittern. »Vielen Dank.«

»Ich muss zugeben, es ist erfrischend, dass ich mich im Moment nicht mit dem Thema Terror im Land befassen muss. Bei dem Kapitel bin ich gerade, und es ist alles andere als sonnig.«

»Der Anschlag auf den Flughafen war vor drei Jahren, nicht wahr?«

Jonathan nickte. »Ja, und seitdem befindet sich nicht nur unsere Fluglinie im Besitz der Vereinigten Arabischen Emirate, wir haben auch sehr viele neue Sicherheitsvorkehrungen zu treffen. Der Süden und Westen des Landes wird zwar weitestgehend von den Tigers verschont, dennoch dürfen wir nicht leichtsinnig sein.«

»Sie meinen die Tamil Tigers.«

Jonathan nickte. »Hierzulande nennt man sie meist Tigers. Aus einer Organisation, die sich für die Rechte der Tamilen einsetzte, wurde eine Terrororganisation, die vor Anschlägen, Mord und Entführungen nicht zurückschreckt.«

Deshalb also die Terrorwarnungen, dachte Diana. Die Broschüre mit den Sicherheitshinweisen hatte sie über ihre Reisevorbereitungen und Nachforschungen ignoriert.

»Kennt überhaupt noch irgendwer die Ursachen dieses Konflikts?«

»Spannungen gab es schon weit vor der Kolonialzeit. Zu Zeiten der Engländer wurden die aus Südindien eingewanderten Tamilen als schriftkundiges Volk von den Engländern bevorzugt. Man setzte sie in Verwaltungspositionen und Büros ein, man machte sie zu Vorarbeitern auf Plantagen und zu leitenden Angestellten in den Städten. Die Singhalesen hingegen wurden schon immer als Arbeiter furchtbar ausgebeutet. In den ihnen übergeordneten Tamilen sahen sie schon bald die Gehilfen ihrer Unterdrücker. Als die Kolonialzeit endete und die Engländer abzogen, richtete sich die Wut der zahlenmäßig überlegenen Singhalesen gegen die Tamilen. Im Jahr 1983 kam es zu einem schrecklichen Pogrom gegen die Tamilen, in den folgenden Jahren wollte man ihnen sogar ihre eigene Sprache verbieten. Das war die Geburtsstunde der Tamil Tigers.«

Nur verschwommen erinnerte sich Diana an Nachrichten über Konflikte in Südindien und Sri Lanka.

»Mittlerweile leben Tamilen und Singhalesen in diesem Teil Sri Lankas wieder friedlich zusammen. Doch im Norden werden Forderungen nach einem eigenen Tamilenstaat laut. Darauf wird die Regierung so schnell nicht eingehen. Nein, wahrscheinlich wird sie es nie tun.«

In der kleinen Pause, die nun eintrat, dachte Diana darüber nach, wie tief die Verletzungen beider Volksgruppen saßen. Würden sie jemals wirklichen Frieden finden können?

»Mit Ihrem Wissen könnten Sie auch ein guter Journalist sein«, bemerkte sie schließlich.

Jonathan nickte. »Wahrscheinlich. Doch glauben Sie mir, wenn ich das jetzige Projekt beendet habe, werde ich mich wieder der alten Geschichte zuwenden. Immerhin bin ich Historiker. Haben Sie schon mal etwas von dem Königreich Kandy gehört?«

»Es ist hier ganz in der Nähe, oder?«

Jonathan nickte. »Ja, das wird mein nächstes Projekt sein. Ich werde auf den Spuren der alten Könige wandeln und den berühmten Zahntempel erforschen. Dort soll ein Backenzahn von Buddha höchstpersönlich ruhen.« Versonnen lächelte er in sich hinein, als könnte er es schon gar nicht mehr erwarten, damit zu beginnen, dann setzte er hinzu: »Hin und wieder braucht der Mensch was Leichtes zwischendurch.«

»Ich glaube nicht, dass die Erforschung eines längst vergangenen Königreichs einfach ist.«

»Man muss nur an den richtigen Stellen suchen, dann findet man auch. Und ich glaube, dass die Vannattuppūcci Tea Company eine sehr große Fundgrube ist.«

Als hätte er den Stapel schon hunderte Male durchgesehen, zog er einen Prospekt hervor, der neben Werbung auch noch einen kleinen Absatz über die Geschichte der Plantage aufwies.

Jonathan tippte auf einen bestimmten Absatz und lächelte sie breit an.

»Das gibt es doch nicht!«, rief Diana erstaunt.

»Offenbar schon. Ich würde mein gesamtes Buchhonorar darauf setzen, dass Sie finden, wonach Sie suchen.«

Am Abend rüsteten sich Diana und Jonathan für den Aufstieg zur Teeplantage. Öffentliche Verkehrsmittel gab es dort nicht, höchstens ein paar Elefanten, die wie eh und je für die Feldarbeit eingesetzt wurden. Aber Jonathan hatte im Hotel einen Mann ausfindig gemacht, der sie bis zu einem bestimmten Punkt fahren würde.

Freudige Erregung erfasste Diana bei dem Gedanken, endlich den Ort zu sehen, an dem ihre Ururgroßmutter einst gelebt hatte.

Was würde sie dort finden? Hatten tatsächlich einige Akten die Zeit überdauert? Oder würde sie einfach nur ins Leere greifen?

Ein Klopfen an der Tür riss sie aus ihren Gedanken.

»Herein«, sagte sie, in der Annahme, dass es ein Dienstmädchen war, das die Minibar auffüllen wollte.

»Ah, Sie sind schon fast fertig.«

Lächelnd lehnte sich Jonathan an die Tür. Diana richtete sich auf und strich sich ein paar Strähnen aus dem Gesicht.

»Ja, das Nötigste. Wer weiß, ob wir auf der Plantage irgendwas finden.«

»Wenn nicht, haben Sie immerhin den Ort gesehen, an dem Ihre Vorfahren gelebt haben. Die eigenen Wurzeln zu finden ist sehr wichtig.«

Diana schmunzelte. »Ich glaube, ich sollte mir von Ihrem Optimismus eine dicke Scheibe abschneiden.«

Jonathan breitete die Arme aus. »Ich habe genug für uns beide, schätze ich.«

Wie gern hätte sie sich jetzt in diese Umarmung sinken lassen, auch wenn sie wusste, dass es keine Umarmung war, sondern nur eine Geste, die seine Worte untermauern sollte. Doch das verbot sie sich gleich wieder. Du bist eine verheiratete Frau. Deine Ehe ist zwar kaputt, aber dennoch solltest du dich ihm nicht einfach an den Hals werfen.

Jonathan schien jedenfalls nicht erwartet zu haben, dass sie irgendwie auf seine Geste reagierte.

»Eigentlich bin ich nicht hier, um Ihnen beim Packen zuzusehen«, erklärte er geheimnisvoll. »Ich habe etwas entdeckt, das Sie sich ansehen sollten. Es könnte Ihre Nachforschungen vielleicht ein Stück weiterbringen.«

»Und was ist das?«

»Das werden Sie sehen. Kommen Sie mit runter in den Club.«

Diana zog verwundert die Augenbrauen hoch. »Darf ich das denn einfach so?« Die Frage war scherzhaft gemeint, jedermann wusste, dass die meisten ehemaligen Männerclubs mittlerweile auch Frauen aufnahmen beziehungsweise sie in ihren Räumlichkeiten duldeten.

»Natürlich, immerhin haben Sie doch einen Mann bei sich! Ein Abendkleid wäre allerdings sehr angebracht, wenn Sie sich unten blicken lassen.«

»Ein Abendkleid?«, wunderte sich Diana. »Meinen Sie das ernst, oder ist das einer Ihrer Scherze.«

»Ich glaube schon, dass der Club eine gewisse Eleganz bei den Mitgliedern voraussetzt. Vorhin hat man mir doch tatsächlich eine der Leihkrawatten angeboten, als ich den Clubraum betreten wollte. Noch bevor ich ablehnen konnte, habe ich gesehen, was ich Ihnen zeigen will, und mich dazu breitschlagen lassen, die Krawatte anzulegen.«

Diana blickte auf seinen offenen Hemdkragen. »Und wo ist die Krawatte jetzt?«

»Die musste ich leider wieder abgeben. Wahrscheinlich wird mir aber der Türsteher des Clubs gleich wieder dieselbe anbieten. Oder ein ähnlich lächerliches Modell.«

»Gut, ich bin gleich bei ihnen!«

Während Diana die Tür schloss und zum Kleiderschrank eilte, der nun um die Wandersachen erleichtert war, fragte sie sich, was Jonathan wohl an diesem Ort entdeckt haben mochte. Oder war dies nur seine Masche, um sie zu einem netten Abend in einem der bekanntesten Herrenclubs der Gegend zu überreden?

Nachdem sie sich für dasselbe Outfit entschieden hatte, das sie damals im Grand Oriental Hotel getragen hatte, trat sie wieder vor die Tür.

Jonathan lehnte an der gegenüberliegenden Wand. Sein Blick ging ihr durch und durch. Er erinnerte sie an Philipp, in der Zeit, als sie sich die ersten Male trafen. Damals hatte sie noch gedacht, dass sie ein ziemlicher Glückspilz sei. Ein Gefühl, das sich mittlerweile vollkommen verflüchtigt hatte.

»Ich weiß, das ist kein Abendkleid«, sagte sie ein wenig verlegen, obwohl sie wusste, dass sein Blick nicht Unzufriedenheit mit ihrem Outfit ausdrückte. »Aber deswegen werden sie mich wohl nicht aussperren, oder?«

»Wenn Sie ebenfalls eine Krawatte anlegen, bestimmt nicht.«

Diana musste laut lachen, sie liebte diesen englischen Humor. Tatsächlich erwartete sie vor dem Club eine Art Türsteher, wenngleich dieser keinem der durchtrainierten Bullen ähnelte, die deutsche Clubs und Discos sicherten. Freundlich, aber bestimmt wies er auf Jonathans fehlende Krawatte hin und ließ sich nicht anmerken, dass er ihn erst vor wenigen Augenblicken gesehen hatte.

Die Krawatten in dem kleinen Schränkchen waren die wohl schrecklichsten, die Diana je gesehen hatte. Wahrscheinlich stammten sie aus den Siebzigern und Achtzigern, die Muster waren klobig und die Farben grell. Immerhin waren sie, soweit Diana es von weitem beurteilen konnte, sauber und ordentlich, so dass Mann sie bedenkenlos anlegen konnte, ohne den Schweiß des Vorgängers fürchten zu müssen.

Es musste an Jonathans Sinn für Humor liegen, dass er die eindeutig schrecklichste auswählte: gelbe und türkisblaue Streifen mit einem pinkfarbenen Rautenmuster in dem gelben Stoffanteil.

»Selbst wenn im Club eine Bombe explodieren würde, könnte sie nicht lauter sein als Ihre Krawatte«, raunte Diana Jonathan zu, als sie den Türsteher passieren konnten. Es fiel ihr schwer, nicht erneut in lautes Gelächter auszubrechen.

»Ich wusste ja, dass Sie etwas für meinen dezenten Geschmack übrighaben.«

Mit einem breiten Lächeln führte er sie an den anwesenden Clubbesuchern vorbei, die sie teilweise mit verwunderten Blicken musterten. Dabei war es fraglich, ob Dianas fehlendes Abendkleid sie mehr störte oder die Krawatte, die so gar nicht zum Rest von Jonathans Kleidung passen wollte.

Doch niemand äußerte seinen Unmut, und wenn, hätte

Diana ohnehin nicht darauf reagiert, denn ihre Augen hefteten sich an die Wand mit den alten Fotografien. Sie zeigten die Mitglieder des Hills Club zur Blütezeit des Hotels. Ihre Ahnung wurde nur wenig später von Jonathan bestätigt.

»Schauen Sie sich mal die Namen unter diesem Bild an«, sagte er, während er auf eine alte, von Glas geschützte Fotoplatte deutete, deren Zustand dem Bild von Grace ähnelte, nur dass die Personen dicht genug aufgenommen worden waren, so dass man ihre Gesichter erkennen konnte.

Die meisten, in elegante Anzüge gekleideten Männer blickten ein wenig gequält drein, zum Ersten, weil es damals nicht üblich war, in die Kamera zu lächeln, und zum Zweiten, weil die Anfertigung eines Fotos sehr lange dauerte.

Mit klopfendem Herzen überflog Diana die Namen. Emmerson Walbury, Trent Jennings, Dean Stockton, Henry Tremayne …

Sie zählte nach, bis sie am vierten Mann von links angekommen war. Henry Tremayne war blond und hochgewachsen. Offenbar hatte er seiner Tochter Grace die Haarfarbe vererbt.

»Das gibt's nicht!«, presste sie hervor.

»Anscheinend doch!«, antwortete Jonathan. »Ihr Vorfahr scheint ein Clubmitglied gewesen zu sein. Sie wissen hoffentlich, dass nur die angesehensten Mitglieder der Gesellschaft hier aufgenommen wurden.«

»Ich kann es mir denken. In England war das genauso. Und ist es teilweise auch heute noch.«

Jonathan ließ ihr ein wenig Zeit, um das Bild zu betrachten.

»Wie fühlen Sie sich?«, fragte er dann.

Diana musste zugeben, dass ihr ein Schauer über den Rücken lief. »Als würde ich durch ein Fenster der Vergangenheit blicken«, antwortete sie dann. »Ob es wohl möglich ist, eine

Kopie davon zu bekommen? Immerhin ist es die einzige erhaltene Darstellung meines Ururgroßvaters. Irgendwie hat er es nicht in die Ahnengalerie von Tremayne House geschafft.«

»Ich glaube schon. Ich werde nachher mal den Türsteher fragen. Für diese Krawatte ist er mir einen Gefallen schuldig.«

»Sie haben sich die Krawatte doch selbst ausgesucht«, entgegnete Diana schmunzelnd.

»Haben Sie die Auswahl gesehen? Da war eine schrecklicher als die andere!« Jonathan lächelte sie breit an. »Warten Sie einen Moment, ich frage ihn gleich. Mit einem entsprechenden Obolus sollte er Ihren Wunsch erfüllen.«

Bevor Diana einwenden konnte, dass er, wenn er den Türsteher schon bestechen wollte, ihr Geld nehmen sollte, war er schon weg.

Nicht mal zehn Minuten später hielt Diana eine Kopie des Fotos in ihren Händen. Für zwanzig Dollar hatte sich der Türsteher bereit erklärt, das Bild persönlich abzuhängen und seinen Posten zu vernachlässigen, um eine Kopie zu ziehen. Eine Kopie, die außerordentlich gut war.

»Das war viel zu teuer!« Diana sah Jonathan vorwurfsvoll an.

»Finden Sie? Ich glaube, es war ein angemessener Preis dafür, dass Sie jetzt eine weitere Spur haben. Oder zumindest wissen, wie Ihr Vorfahr ausgesehen hat.«

Versonnen blickte sie auf das Bild. Das war sie nun, die feine Gesellschaft der Tee- und Handelsbarone. Wie deutlich zu erkennen war, hatte sich der Clubraum nur minimal verändert, vorwiegend durch Renovierungen. Doch im Großen und Ganzen war er wie damals.

Was hast du Grace nur angetan?, fragte sie in Gedanken Henry Tremayne, während sie mit dem Finger über sein Gesicht fuhr. Was hat dazu geführt, dass du mit deiner Tochter gebrochen und sie enterbt hast …

Den Rest des Abends verbrachte sie mit Jonathan im Club bei Eistee und einem leichten Imbiss, der vorwiegend aus Obst der Region bestand. Ihr Thema, die Plantage und das, was vermutlich dort vorgefallen war, schien unerschöpflich, und erst als sie dezent darauf hingewiesen wurden, dass der Club geschlossen werden würde, dachten sie ans Zubettgehen.

Obwohl es eigentlich nicht nötig gewesen wäre, begleitete Jonathan sie bis zu ihrem Zimmer. »Man kann ja nie wissen, welch unmoralische Strolche einer Lady zu dieser Stunde auflauern.«

Lachend hatte sie ihn daran erinnert, dass sie nicht mehr zu Zeiten Henry Tremaynes lebten – obwohl sie zugeben musste, dass in diesem Hotel der Eindruck entstand, die Zeit sei stehengeblieben.

Als Diana sich aufs Bett legte, hörte sie, wie Regen gegen die Scheibe prasselte. Das monotone Geräusch lullte sie ein und ließ sie schließlich in die Tiefen des Schlafes sinken.

7

VANNATTUPPŪCCI, 1887

Graces Hoffnung, diesen unverschämten Mr Stockton nicht wiederzusehen, wurde schon am nächsten Morgen zerschmettert. Beim Frühstück, ganz unvermittelt zwischen Porridge mit Honig und braunem Zucker und den wunderbaren Küchlein, an die sich jetzt sogar ihre Mutter gewöhnt hatte, eröffnete ihr Vater seiner Familie: »Gestern hatte ich noch eine sehr nette Begegnung mit einem unserer Nachbarn. Sein Name ist Dean Stockton, ihm gehört die Plantage westlich von unserer. Er hatte sich extra auf den Weg gemacht, um mit mir zu sprechen, ist das nicht nett?«

»Oh, wirklich sehr nett. Hattet ihr ein anregendes Gespräch?«

»Sehr nett sogar. Ich glaube, die örtliche Mentalität muss auf ihn abgefärbt haben, denn er hat sich sogleich erboten, einige seiner Arbeiter zu schicken, damit sie beim Roden des Waldes helfen.«

War das vor oder nach ihrem Zusammentreffen gewesen? Grace lief feuerrot an, dann blickte sie zu Victoria. Diese zog überrascht die Augenbrauen hoch.

»Er sagte mir auch, dass er bereits das Vergnügen gehabt hätte, meine Töchter kennenzulernen«, setzte ihr Vater hinzu. »Davon habt ihr gar nichts erwähnt.«

Grace räusperte sich. »Ich habe es nicht für wichtig erachtet. Er hätte Victoria um ein Haar über den Haufen geritten.«

»Und sich nicht entschuldigt?«, fragte ihre Mutter.

Als ob das das Wichtigste wäre, dachte Grace grimmig. Und was ist mit Victoria? Solltest du nicht eher fragen, ob ihr etwas zugestoßen ist?

»Natürlich hat er sich entschuldigt, und wir haben die Entschuldigung auch angenommen«, gab Grace zurück und wandte sich dann wieder ihrem Teller zu.

»Von dem Zusammenstoß hat er mir gar nichts erzählt. Alles in Ordnung mit dir, Victoria?«

»Natürlich, Papa. Grace hat mich rechtzeitig aus seinem Weg gezogen. Und war danach stinksauer auf ihn, weil er mich hätte tottrampeln können.«

Als Grace erleichtert zu ihrer Schwester blickte, zwinkerte diese ihr kurz zu.

»Oh, wie mir scheint, haben wir eine Heldin in unserer Familie.«

»Das war keine Heldentat, Papa!«, wehrte Grace ab. »Ich habe nur, wie es meine Pflicht ist, auf meine Schwester achtgegeben.«

»Was hattet ihr eigentlich dort oben zu suchen?«, fragte Claudia, deren prüfender Blick zwischen ihren Töchtern hin und her wanderte.

»Wir wollten uns ansehen, wie die Elefanten den Wald roden«, kam Victoria ihrer Schwester zuvor. »Das hattest du uns doch versprochen, Papa.«

»Übrigens ist einer der Elefanten in einem ziemlich schlechten Zustand«, platzte es aus Grace heraus. Irgendwie hatte sie am Vorabend vergessen, das zur Sprache zu bringen. »Ich glaube, die Arbeiter misshandeln diese Tiere. Du solltest unbedingt etwas dagegen tun.«

Ihr Vater sah sie daraufhin ein wenig merkwürdig an. Grace fiel selbst auf, dass sie patzig wirkte – was sie eigentlich gar nicht sein wollte. Wenn sie dem Elefanten helfen wollte, sollte sie freundlicher sein und nicht riskieren, dass ihr Vater seine Ohren vor ihrer Bitte verschloss.

Doch der Gedanke allein, dass Stockton sie wieder so anstarren könnte, missfiel ihr zutiefst.

»Ich werde mich um den Elefanten kümmern«, sagte Henry kühl, während er seine Tochter gründlich musterte. »Gibt es noch eine andere Ursache für deinen Groll?«

Ja, Stockton, dachte Grace wütend. Doch sie sagte nur: »Ich schlafe ein wenig schlecht. Das muss die Luft hier sein.«

»Daran wirst du dich gewöhnen müssen. Und an alles andere auch.«

»Nun, es wäre nur höflich gewesen, wenn ihr Mr Stocktons Hilfe angenommen hättet«, lenkte Claudia das Gespräch nun wieder in die vorherige Richtung, denn sie fürchtete einen Eklat am Frühstückstisch.

Hilfe?, dachte Grace spöttisch. Er hat meine Hand geküsst, auf vollkommen unschickliche Weise. Und seine Blicke schienen immer noch auf ihrer Haut zu kleben. Dabei war er mindestens zwanzig Jahre älter als sie!

»Ich hielt es für besser, sie auszuschlagen. Immerhin habe ich da draußen die Verantwortung für Victoria.«

Grace entging nicht, dass ihre Mutter und ihr Vater sich ansahen. Doch anstatt sie für ihren Ton zu rügen, stellte Henry seine Teetasse ab und sagte nur: »Das klingt alles nicht so, als wärst du mit Mr Stockton besonders warm geworden. Aber das wird sich hoffentlich bald ändern. Ich habe ihn eingeladen, heute Nachmittag mit uns Tee zu trinken. Wäre das für dich in Ordnung, meine Liebe?«

Über die Aussicht, endlich wieder Besuch empfangen zu dürfen, strahlten Claudias Augen.

»Aber natürlich ist das in Ordnung! Wir sollten bei der

Gelegenheit gleich auch seine Familie einladen. Er ist doch verheiratet, oder?«

»Ja, das ist er, und er hat einen Sohn. Er ist ein wenig älter als Grace und organisiert die Verwaltung seiner Plantage.«

»Dann werde ich heute gleich eine Einladung aussprechen. Wenn du nichts dagegen hast.«

»Es kann nicht schaden, seine Nachbarn ein wenig kennenzulernen, oder?« Damit wandte er sich wieder seinem Frühstück zu.

Grace saß zunächst da wie angewurzelt, dann besann sie sich wieder darauf, dass eine Lady ihre Gefühle im Zaum halten und verbergen musste.

Wenn ich jetzt etwas dagegen sage, mache ich alles noch schlimmer. Die Teestunde ist sicher die Bestrafung für mein Verhalten.

Ihre Eltern schienen mit ihrem Schweigen zufrieden zu sein.

Nur Victoria erkannte, dass sie noch immer zornig war, und fragte sie nach dem Frühstück, als sie gerade eine Runde durch den Garten machten: »Ist es denn so schlimm, dass er herkommt? Er hat dir doch wirklich nichts getan, sondern wollte nur nett sein. Der erste Eindruck täuscht manchmal. Außerdem musst du die Teestunde doch nicht führen, sondern Mama. Er wird sich gar nicht mehr an dich erinnern, und irgendwann ist auch die Teestunde vorbei.«

»Du hast recht.« Grace senkte verlegen den Kopf. »Ich weiß auch nicht, was in mich gefahren ist. Manchmal habe ich … ich meine, manchmal meine ich zu spüren, wenn jemand unaufrichtig ist. Seine Freundlichkeit war beinahe ein bisschen zu viel für eine erste Begegnung, findest du nicht? Und dann dieser Handkuss. Im Moment zuvor hatte er noch den Anschein gemacht, als wollte er uns eins mit der Reitgerte überziehen.«

»Da hast du recht. Aber Papa würde nicht anders reagieren, wenn ihm jemand vors Pferd läuft. Du weißt, was für schreckliche Unfälle es geben kann. Denk an Onkel Richard.«

»Der ist vom Adams Peak gestürzt, nicht vom Pferd.«

»Sturz ist Sturz!«, beharrte Victoria. Dann lenkte etwas ihren Blick ab.

»Ah, schau mal, Mr Vikrama! Ob ich ihn mal fragen soll, ob er mir einen Papagei fängt?«

»Du solltest dich lieber auf das Fangen von Schmetterlingen verlegen.«

»Aber ein Papagei würde prima in Mamas Salon passen!«

»Dann solltest du aber einen roten fangen, Miss Giles hat doch gestern berichtet, dass sie rote Seide aus Indien bestellt haben.«

Als hätte Vikrama bemerkt, dass sie zu ihm rüberschauten, wandte er sich um, hob dann kurz die Hand zum Gruß und lächelte.

»Na, was sagt deine Intuition zu ihm?«

Grace wandte schnell den Blick ab. »Wie meinst du das?«

»Was hältst du von Mr Vikrama?«

»Ich habe noch nicht einmal ein Wort mit ihm gewechselt, also kann ich es nicht sagen.«

»Aber wir haben ihn doch mit Vater beobachtet. Mir erschien er ganz nett.«

»Ich glaube nicht, dass dein Urteilsvermögen bereits groß genug ist.« Grace wusste genau, dass ein kleiner Streit sie von dem Thema abbringen würde.

»Mein Urteilsvermögen?«, sprang Victoria sogleich an. »Das musst du gerade sagen! Du bist genauso wenig herumgekommen wie ich!«

»Aber fünf Jahre länger auf der Welt als du.«

»Vier!«, korrigierte die Jüngere. »Und Mr Norris sagt immer, dass Menschenkenntnis und Intuition nicht vom Alter abhängen. Auch sehr junge Menschen können wissen, wie der Hase läuft.«

»Das hat er bestimmt nicht gesagt.«

»Nein, aber er hat es gemeint. Und ich fühle mich schon überaus reif.« Victoria reckte das Kinn in die Höhe, doch Grace hatte auf einmal keine Lust mehr zu streiten. Ihr Blick war bei Vikrama hängen geblieben. Zwei Frauen unterhielten sich mit ihm und gestikulierten dabei wild. Worum ging es?

Es war unmöglich, das von weitem zu erkennen, und näher herangehen wollte sie nicht. Aber sie fragte sich plötzlich, ob Vikrama eine Frau oder zumindest eine Braut hatte. Im richtigen Alter dafür war er, und er war auch gutaussehend genug, dass sie ihm eine Ehefrau zutraute. Wahrscheinlich waren die Teepflückerinnen ganz verrückt nach ihm, denn durch sein Amt auf der Plantage war er auch eine gute Partie.

»Grace, träumst du?«, fragte Victoria, während sie ihr kurz in den Arm kniff.

Grace sah sie erschrocken an. Erst einen Moment später spürte sie den Schmerz.

»Was soll denn das?«

Victoria lächelte schelmisch. »Ich habe dich gefragt, ob du glaubst, dass er jemals hier ankommen wird.«

»Wen meinst du?«

»Na, Mr Norris. Wenn nicht, müssen wir die arme Miss Giles doch noch mit einem Einheimischen verkuppeln. Vielleicht sogar mit Mr Vikrama.«

Grace versuchte, den eifersüchtigen Stich, der sie traf, zu verbergen.

»Ich glaube nicht, dass sie ihn haben wollen würde. Immerhin ist er kein Engländer.«

Wieder wanderte ihr Blick zu Vikrama, der sich jetzt

lächelnd von den Frauen verabschiedete und dem Verwaltungsgebäude zustrebte. »Nein, er ist wirklich kein Mann für sie.«

Am Nachmittag saß Grace mit ihrer Mutter und Victoria im Salon, wo sie gemeinsam auf die Ankunft ihres Vaters und Mr Stocktons warteten. In ihrer Heimat hatte Grace es geliebt, wenn jemand auf Tremayne House zu Besuch gekommen war. Hin und wieder waren Schriftsteller oder Maler darunter gewesen, meist Empfehlungen von Bekannten. Jetzt konnte sie nur daran denken, dass der Kragen ihres rosafarbenen Nachmittagskleides kratzte und dass die Zeit so schleppend verging, als hätte jemand einen Fluch auf die Wartenden gelegt.

Welche Geschichten mochte Stockton erzählen? Diese Frage versetzte Grace in keine sonderliche Aufregung. Er würde gewiss langweilig über Tee plaudern und dann neugierige Fragen stellen. Zum Beispiel, ob sie ihr Debüt schon hinter sich hatte. Und dann würde in ihr der Wunsch aufkommen, ihn mit seinem Ascot tie zu würgen.

Als Hufgetrappel ertönte, atmeten alle drei Tremayne-Frauen gleichzeitig auf. Der Besuch war da, es konnte losgehen. Verstohlen blickte Grace zur Uhr. Eine Stunde. Vielleicht zwei. Dann würde er wieder gehen und sie hatte Zeit, an ihre Freundin Eliza Thornton zu schreiben, die jetzt wahrscheinlich beim Tanzunterricht schwitzte und es gar nicht mehr abwarten konnte, sich in die Ballsaison zu stürzen.

Während die Stimme des Butlers durch das Foyer tönte, blickte Grace zu ihrer Schwester. Zuvor hatten sie ausgemacht, dass sie beide Stockton genau im Auge behalten und ihre Eindrücke miteinander vergleichen würden.

Stockton kam allein. Wo war ihr Vater? Verwundert blickten sich die Schwestern an.

»Ah, Mr Stockton!«, rief Claudia aus und erhob sich, um ihrem Gast entgegenzugehen. »Es freut mich sehr, Sie kennenzulernen. Mein Mann hat mir schon viel von Ihnen erzählt.«

»Hoffentlich nur Gutes«, gab er galant zurück, ohne Grace und Victoria auch nur im Geringsten seine Aufmerksamkeit zu schenken. »Es wäre eine Schande, wenn ich mich Ihres Salons nicht für würdig erweisen würde.«

»Da haben Sie wohl nichts zu befürchten, wenn mein erster Eindruck sich nicht irrt«, entgegnete Claudia kokettierend, dann stellte sie ihm ihre Töchter vor.

»Das sind Grace und Victoria.«

»Wir hatten bereits das Vergnügen«, entgegnete Stockton mit einer leichten Verbeugung. »Ich hoffe, Sie haben sich inzwischen von dem Schrecken erholt.«

»Sicher doch, Mr Stockton!«, entgegnete Victoria und blickte zu ihrer Schwester. Grace bemühte sich um ein Lächeln. Vielleicht schätze ich ihn wirklich falsch ein, dachte sie. Ich sollte Mutter keinen Ärger machen.

»Wir wissen ja, dass es keine böse Absicht Ihrerseits war«, entgegnete sie und reichte ihm die Hand. Stockton lächelte, als er sie ergriff.

»Das freut mich. Ich wäre untröstlich, wenn ich Sie in irgendeiner Weise verärgert hätte.«

»Das haben Sie ganz sicher nicht«, schaltete sich Claudia ein. »Meine Tochter ist nur ein wenig impulsiv und beschützt natürlich ihre kleine Schwester.«

»Alles gute Eigenschaften für eine spätere Ehefrau«, bestätigte Stockton, noch immer lächelnd, und deutete eine spöttische Verbeugung an.

Glücklicherweise waren die Höflichkeiten damit beendet, und Claudia führte ihren Gast zur Teetafel.

»Entschuldigen Sie bitte, wenn das Gebäck ein wenig anders ist, als Sie es gewohnt sind. Mein Schwager hatte es versäumt, der Köchin beizubringen, vernünftige Scones zu backen.«

»Ich glaube nicht, dass das Ihrem Schwager anzulasten ist«, gab Stockton zurück. »Meine Köchin ist manchmal auch ein wenig eigenwillig, aber sie ist sehr fleißig, und darauf kommt es meiner Meinung nach an.«

Als sie sich setzten, fühlte Grace eine seltsame Anspannung. Stockton hatte sich bisher nichts zuschulden kommen lassen, was ihren Unmut hätte erregen können. Aber etwas lag in der Luft, wie ein Gewitter, das sich langsam zusammenballte, bis es sich mit aller Macht entlud. War es die Bemerkung mit der Ehefrau gewesen? Eigentlich hatte sie nichts gegen das Heiraten, und der Wahrsager hatte ihr ja auch eine Ehe vorhergesagt …

»Es tut mir sehr leid, was mit Ihrem Schwager und Bruder passiert ist«, begann Stockton nun. »Es war für uns alle ein Schock, und ich persönlich kann Ihnen versichern, dass ich nichts auf die bösartigen Gerüchte gebe, die hin und wieder aufflammen.«

Bösartige Gerüchte? Grace blickte zunächst zu Victoria, dann zu ihrer Mutter. Doch die war schon immer ein Muster an Selbstbeherrschung gewesen. Wenn ihr diese Bemerkung irgendetwas ausmachte, ließ sie sich nichts anmerken. Und ihre Erziehung verbot ihr auch, nach den Gerüchten zu fragen.

Auf ihr Läuten hin erschien eines der tamilischen Dienstmädchen, die Claudia für das Servieren der Speisen bestimmt hatte. Sie hatten zwar nicht die Gewandtheit englischer

Dienstmädchen, doch unter dem strengen Blick ihrer Herrin gab sich Rani die größte Mühe.

Als Grace verstohlen zu Mr Stockton schielte, bemerkte sie, wie seine Blicke der in einen leuchtendblauen Sari gekleideten Frau folgten.

»Sie erlauben Ihren Dienstmädchen die traditionelle Kleidung? Sehr fortschrittlich von Ihnen.«

Ein leicht rötlicher Schimmer erschien auf Claudias blasser Haut.

»Leider haben wir festgestellt, dass keine einzige Dienstmädchenuniform im Haus vorhanden ist. Offenbar hat mein Schwager das Personal bereits in dieser Kleidung arbeiten lassen. Aber sie dürften mit dem nächsten Schiff, das in Colombo eintrifft, einlaufen.«

»Das sollte keine Kritik sein«, gab Stockton zurück, während er den Tee umrührte und dann den Duft tief einsog. »Ich finde die Kleidung dieser Frauen sehr reizvoll. Damit sehen sie fast so farbenprächtig aus wie die Papageien in den Bäumen. Bei all dem Grün, das uns umgibt, sind ein paar Farbtupfer doch sehr willkommen, finden Sie nicht?«

Während er trank, blickte Grace zu ihrer Mutter. Ob sie ihn jetzt immer noch nett findet? Die Kleidung der Bediensteten zu bemerken, galt in England immer als Kritik an der Gastgeberin.

»Ihr Tee ist wirklich hervorragend«, bemerkte Stockton, nachdem er probiert hatte. »Ja, ich behaupte neidvoll, dass dieser Jahrgang sogar meine eigene Ernte übertrumpft. *First flush,* nicht wahr?«

Claudia sah ratlos drein. »Verzeihen Sie, wenn ich Ihnen darauf eine Antwort schuldig bleiben muss, ich bin mit dem Teeanbau noch nicht vertraut.«

»Oh, verzeihen Sie, wenn ich Sie in Verlegenheit gebracht

habe. Mir, dem der Teeanbau schon seit Jugendjahren bekannt ist, rutscht immer wieder Fachvokabular heraus, ohne zu bedenken, dass andere mich vielleicht nicht verstehen.«

»Was ist denn der *First flush,* Mr Stockton?«, fragte Victoria neugierig.

»Das ist eine der vier Erntezeiten.« Stocktons Blick blieb an Grace haften, als hätte er diese Frage von ihr erwartet. Nervös senkte sie die Lider, bemerkte aber noch, dass der Mann lächelte. »Man wendet sie hauptsächlich bei Darjeeling an, aber auch bei Assam ist es üblich, die Erntezeiten zu unterscheiden. Der hier angebaute Tee ist hauptsächlich Assam, wenngleich wir ihn jetzt Ceylon nennen.«

Die Erinnerung an Vikramas Erklärungen gegenüber ihrem Vater kamen ihr wieder in den Sinn und brachten sie zum Lächeln, was Stockton nicht entging.

»Ihre Tochter ist wirklich sehr reizend, Mrs Tremayne. Hat sie ihr Debüt schon hinter sich?«

Dass die Frage so schnell kommen würde, hätte Grace nicht erwartet. Glücklicherweise hatte er nicht sie, sondern ihre Mutter gefragt.

Claudia wirkte verlegen. »Nein, leider hatten wir keine Zeit mehr dazu. Der Tod meines Schwagers hat uns ganz furchtbar überrascht. Aber wir planen, es nächstes Jahr nachzuholen, wenn die Lage hier einigermaßen stabil ist.«

»Nun, wenn das so ist, sage ich Ihnen schon heute voraus, dass die junge Dame sich besser nach einer guten Schneiderin umsehen soll. Die Gesellschaft von Nuwara Eliya ist zwar klein, aber sehr anspruchsvoll. Mit einem schönen Kleid wäre ihre Tochter gewiss in der Lage, sämtlichen jungen Männern hier den Kopf zu verdrehen.«

»Das ist zu freundlich von Ihnen, Mr Stockton«, entgegnete Claudia geschmeichelt. »Vielleicht kann Ihre Gattin mir bezüglich der Schneiderin einen Rat geben.«

»Das wird sie mit Vergnügen tun.«

Endlich spürte Grace, dass er seinen Blick abwandte.

Doch das bedeutete nicht, dass Stockton sie nicht weiter zum Thema der Unterhaltung machen würde. »Was halten Sie davon, wenn Ihre Töchter meine Kinder kennenlernten?«, begann er, nachdem er ein Stück Gebäck probiert hatte. »George ist zwanzig und Clara vierzehn. Ich glaube, sie würden gut zusammenpassen.«

So, wie er das sagte, schien er darauf zu hoffen, dass Grace und sein Sohn aneinander Gefallen finden würden. Auf einmal wusste Grace, was sein Starren bedeutete. Er misst mich wie eine Zuchtstute.

Am liebsten wäre sie aufgesprungen, doch sie beherrschte sich auch weiterhin. Allerdings wurde ihr stilles Flehen, dass die Teestunde endlich vorübergehen sollte, dringlicher.

»Das wäre uns ein großes Vergnügen, Mr Stockton!«, hörte sie ihre Mutter antworten. »Ich plane ohnehin, einen kleinen Einstandsball zu veranstalten. Allerdings müsste ich mich zuvor mit den anderen Damen bekannt machen.«

»Ich glaube, es reicht, wenn Sie ihnen Einladungen schicken. Ich kann Ihnen versichern, dass meine Ehefrau die Neugierde auf Sie schon geschürt hat. Nachrichten verbreiten sich in Nuwara Eliya recht schnell, die Damen sind begierig darauf, Sie kennenzulernen.«

So wie er sie daraufhin musterte, war er begierig darauf, sie mit seinem Sohn zu verkuppeln, davon war Grace überzeugt. Doch bevor er weiterreden konnte, tönten Schritte auf den Salon zu. Nur einen Atemzug später trat ihr Vater durch die Tür.

»Dean, was für eine Freude, Sie hier zu sehen!« Henry begrüßte seinen Gast herzlich, und Grace konnte nur schwerlich einen Erleichterungsseufzer unterdrücken, denn sie war davon überzeugt, dass sich Stocktons Aufmerksamkeit nun auf ihren Vater und den Tee verlagern würde.

Doch sie irrte sich. »Verzeihen Sie bitte die Verspätung«, entschuldigte sich ihr Vater, während er Platz nahm. »Ich musste auf dem neuen Feld nach dem Rechten sehen. Meine Tochter hatte mich auf einen Missstand aufmerksam gemacht.«

»So, einen Missstand?«

Als wüsste er, von wem dieser Hinweis gekommen ist, sah Stockton sie wieder an.

»Einer der Elefanten war verletzt, und sie befürchtete schon, dass die Arbeiter ihn misshandelt haben könnten. Allerdings hatte sich das Tier die Verletzung im Streit mit einem anderen Elefantenbullen zugezogen. Meine Arbeiter haben sich dafür entschieden, ihn an anderer Stelle einzusetzen, damit es nicht wieder zu Konflikten kommt.«

Henry blickte nun zu seiner Tochter, die daraufhin errötete. Ich hätte Papa nicht angehen dürfen, dachte sie. Beim nächsten Mal lasse ich meinen Zorn lieber gleich an Stockton aus.

Die Teestunde wurde beinahe bis in den Abend hinein verlängert. Nur unter dem Vorschützen von leichtem Schwindel gelang es Grace, der Gesellschaft Stocktons zu entkommen. Zwar wurde nicht mehr über Heirat und Debüt gesprochen, dennoch fühlte sie sich ungemein erleichtert, als sie Stocktons Blicke nicht mehr spürte.

Draußen vor der Tür, in der Absicht, spazieren zu gehen und sich Stockton vom Wind aus dem Kopf pusten zu lassen, lief sie unvermittelt Mr Vikrama in die Arme, der offenbar auf dem Weg ins Haus war.

»Entschuldigen Sie, Miss«, sagte dieser, als er sich wieder gefangen hatte. »Ich wollte nicht …«

»Ich habe mich zu entschuldigen, Mr Vikrama«, sagte Grace rasch. »Ich hätte besser hinschauen sollen. So habe ich Sie beinahe umgerissen.«

Einen Moment schwiegen sie sich an, dann setzte sie hinzu: »Wollen Sie zu meinem Vater? Er ist gerade mit Mr Stockton im Salon.«

»Oh«, sagte er dazu und machte einen Schritt zurück. »Dann werde ich wohl besser nachher noch mal wiederkommen.«

»Aber wieso?«, wunderte sich Grace. »Wenn es etwas Wichtiges ist, wird mein Vater Ihnen die Störung nachsehen.«

»Das ist es nicht«, gab Vikrama zurück und blickte sie dann an, als hätte er bereits zu viel gesagt. »Ich werde es später mit ihm besprechen, es hat keine Eile.«

Als er sich umwandte, hielt Grace ihn zurück. »Mr Vikrama!«

»Ja?«, fragte er, und sein Blick jagte plötzlich etwas Warmes durch ihre Adern, das sie vergessen ließ, was sie hatte sagen wollen. Oder hatte sie gar nichts sagen wollen? Verlegen rang sie nach Worten und fand schließlich welche, die ihn nicht glauben ließen, dass sie den Verstand verloren hätte.

»Meine Schwester ist ganz vernarrt in diese Papageien. Ob Sie ihr wohl zeigen könnten, wie man einen fängt?«

Während seine Miene zwischen Unglauben und Überraschung schwankte, antwortete er: »Natürlich könnte ich das tun. Ich muss dazu allerdings bemerken, dass diese Tiere in Käfigen und Volieren alles andere als glücklich sind. Sie lieben es, mit ihren Schwärmen zu fliegen, und die schönsten von ihnen sind doch wesentlich kostbarer, wenn man sie durch Zufall mal in den Palmen sieht.«

Auf einmal hatte Grace einen Kloß im Hals. Das Bild des geistesgestörten Vogels ihrer Bekannten kam ihr wieder in den Sinn. Wahrscheinlich war er tatsächlich verrückt – verrückt vor Sehnsucht.

»Aber wenn Ihre Schwester sich einen Papagei mal aus der Nähe ansehen möchte, könnte ich das arrangieren.«

Sein warmherziges Lächeln zerstreute ihre Bedenken, ihn beleidigt zu haben.

»Das wäre überaus nett«, entgegnete sie. »Wenn ich ehrlich bin, würde ich von den Papageien auch gern mehr sehen als die Unterseite. Ich verspreche Ihnen, dass wir ihn auch wieder freilassen nach unserer Begutachtung.«

Vikrama nickte ihr lächelnd zu und wollte sich schon wieder umwenden, als Grace etwas anderes einfiel: »Können Sie mir vielleicht erklären, was die Erntezeiten des Tees sind? Mr Stockton sagte etwas von einem *First flush*.«

Dasselbe Lächeln, das sie schon bei den Ausführungen Vikramas gegenüber ihrem Vater beobachtet hatte, erhellte nun seine Züge. Konnte ein Mann derart verschieden lächeln? Grace war verwirrt und überhörte darüber beinahe, was er sagte.

»Haben Sie einen Moment Zeit?«, fragte er. »Wir sollten das nicht hier auf der Treppe besprechen.«

»Aber sicher doch!«

Grace folgte ihm die Treppe hinunter und dann in den Garten, zu den Rhododendren, hinter denen sie und Victoria gelauscht hatten.

»Sie wollen sich also Wissen über den Tee aneignen?«, fragte er seltsamerweise.

Grace nickte überrumpelt. Eigentlich hatte sie mit einer Antwort gerechnet. »Ich werde doch von jetzt an hier leben, nicht wahr? Dann sollte ich auch etwas über Tee wissen. So

Mutter nicht noch einen Bruder gebiert, werde ich eines Tages die Herrin von Vannattuppūcci sein.«

Noch ein Gedankenblitz jagte durch ihren Verstand. »Was bedeutet eigentlich Vannattuppūcci?«, fragte sie, bevor Vikrama auf ihre Worte eingehen konnte. »Das ist Ihre Muttersprache, nicht wahr?«

Vikrama nickte. »Es bedeutet Schmetterling. Ihrem Onkel ist aufgefallen, dass wir sehr viele schöne Exemplare auf der Plantage haben. Da hat er diesem Anwesen den entsprechenden Namen gegeben.«

»Einen Schmetterling habe ich vor ein paar Tagen auch gesehen, einen wunderschönen blauen. Leider war er ebenso schnell wieder weg, wie er aufgetaucht ist.«

»Manche Menschen glauben, dass Schmetterlinge die Seelen von Verstorbenen sind. Die Hindus glauben, dass ein Mensch im nächsten Leben auch durchaus in ein Tier hineingeboren werden kann. Vielleicht war es Ihr Onkel, der nachsehen wollte, wer auf seiner Plantage eingezogen ist.«

Der Gedanke gefiel Grace, obwohl sie mit ihrem Onkel keinerlei Gefühle verband. Dafür glomm in Vikramas Augen ein Anflug echter Trauer. Offenbar hatte er seinen Herrn sehr geschätzt.

Doch seinen Empfindungen gab er sich nur für einen Moment hin.

»Nun, ich glaube, er freut sich sehr über das Interesse seiner Nichte an seinem Lebenswerk. Sie wollten etwas über die Ernteperioden wissen, nicht wahr?«

Als Grace nickte, erklärte Vikrama ihr, dass vier Erntezeiten unterschieden wurden. Beim *First flush* wurden die jungen Blätter nach dem Winter geerntet, der *Second flush* war die Sommerernte, in der sie sich gerade befanden. Der *Rain flush* fand in der Monsunzeit statt, und schließlich endete das Jahr mit dem *Autumn flush*, der letzten Pflückung nach der Winterruhe.

»Wenn Sie wollen, erläutere ich Ihnen bei jeder Ernte die Unterschiede. Sie müssen wissen, dass jeder *flush* einen anderen Tee ergibt. Der *First flush* ist leicht und bitter, der *Second flush* ein wenig milder, aber dunkler. Man muss nur aufmerksam sein beim Trinken des Tees.«

Grace wollte dazu etwas sagen, doch die Worte versiegten in ihrer Kehle. Ihr Vater war mit seinem Gast vor die Tür getreten und schritt nun über den Hof. Als würde er nach etwas suchen, sah sich Stockton um. Schließlich wandte er sich ihr zu. Grace erstarrte und blickte beschämt nach unten.

»Was ist?«, fragte sie Vikrama.

»Ich glaube, mein Vater wird Ihnen nun Gehör schenken«, sagte sie enttäuscht. »Er verabschiedet seinen Gast gerade.«

Vikrama hob verwundert die Augenbrauen. Grace wollte allerdings nicht länger bei ihm verweilen.

»Ich muss jetzt gehen. Vielen Dank für Ihre Ausführungen, Mr Vikrama.«

Damit raffte sie ihre Röcke und eilte den Sandweg entlang zum Haus.

Ein Lächeln spielte auf Dean Stocktons Lippen, während er die Plantage hinter sich ließ. Die kleine Grace war vielversprechend, das hatte er schon erkannt, als sie ihre Schwester vor seinem Pferd fortgezogen hatte. Sie besaß Temperament und Mut, hatte Feuer und war augenscheinlich gesund – alles Eigenschaften, die er von einer Schwiegertochter erwartete.

Seine Frau war all das nicht gewesen. Die zarte Alice wäre bei der Geburt ihres zweiten Kindes beinahe gestorben, und die Kinder, die sie zustande gebracht hatte, waren schwächlich. George, sein Sohn, beschäftigte sich den ganzen Tag mit dem Ausstopfen von Vögeln, anstatt Interesse am Teeanbau zu zeigen. Seine Tochter Clara war kränklich und dämmerte die meiste Zeit des Jahres in ihrem Zimmer vor sich hin.

Früher hatte ihn das nicht so sehr gestört, doch nun kam er in die Jahre, und mit zunehmendem Alter musste er sich Gedanken machen, was aus seiner Plantage werden sollte.

Grace kam zwar aus dem fernen England, doch er spürte, dass ihr der Tee liegen würde. Außerdem schien sie bereits jetzt einen guten Draht zu den Angestellten zu haben, denn warum hätte sie sonst mit dem Vormann ihres Vaters sprechen sollen?

Die andere Erklärung dafür ließ seinen Mund schlagartig trocken werden.

Machte sich dieser Kerl an die Kleine ran?

Der Gedanke, sie nackt mit einem Mann in leidenschaftlicher Umarmung zu sehen, erregte Dean Stockton so sehr, dass er sein Pferd zum Stehen bringen musste. Da er nun nicht unter ständiger Beobachtung der Gesellschaft und seiner blassen Frau stand, konnte er sich ungestört seinen Fantasien hingeben, und die zeigten ihm das von Lust gerötete Gesicht der jungen Frau, blonde Locken auf ihren nackten Schultern und Brüste, die sich unter leidenschaftlichen Stößen auf und ab bewegten. Auf einmal verwandelte er sich in den Fremden, der zwischen ihren Schenkeln lag und …

Keuchend riss er sich den Kragen auf. Er musste sich wieder abregen. Immerhin stand ihm jetzt das Abendessen mit seiner Familie bevor, da durften seine Augen nicht vor Verlangen glänzen. Auch wenn das Bett seiner Gattin schon lange erkaltet war, hatte sie doch den siebten Sinn, der allen Frauen zu eigen war, die sich davor fürchteten, ihren Mann zu verlieren. Sie würde es sehen, dass er an eine andere dachte.

Während er sein Pferd wieder antrieb, versuchte er, seinen Geist auf andere Dinge zu lenken. Doch selbst als er die Pforten zu seiner Plantage durchquerte, wollten ihm die zarten Lippen und die blauen Augen von Grace Tremayne nicht aus dem Kopf.

Ich werde dafür sorgen, dass George sie heiratet, sagte er sich. Koste es, was es wolle.

Am nächsten Vormittag, als Grace und Victoria mit Miss Giles einen kleinen Spaziergang unternehmen wollten, kam Vikrama zu ihnen, in der Hand einen aus Rohr gefertigten Käfig, in dem ein feuerroter Papagei mit grünen und blauen Schwanzfedern lauthals krakeelte.

»Guten Morgen, die Damen!«, sagte er mit einer kleinen Verneigung. »Mir ist zu Ohren gekommen, dass Miss Victoria gern einen Papagei aus der Nähe betrachten möchte. Zufällig ist mir heute Morgen einer über den Weg gelaufen, der sich dazu bereit erklärt hat. Allerdings nur unter der Bedingung, dass er danach die Freiheit wiederbekommt.«

Während Miss Giles dreinschaute, als erwartete sie einen Flohzirkus auf dem Vogel, leuchteten Victorias Augen auf.

»O danke, Mr Vikrama! Ich verspreche Ihnen, ich werde mich mit dem Zeichnen beeilen.«

»Aber Miss Victoria!«, rief Miss Giles empört. »Sie wollen doch nicht diesen verlausten Vogel …«

»Dieser Vogel ist vollkommen gesund und wird Ihrem Schützling nichts antun, Madam«, mischte sich Vikrama ein und warf Grace einen verschwörerischen Blick zu. »Außerdem rate ich ohnehin davon ab, ihn anzufassen. Wenn man es falsch anstellt, kann der Biss eines Papageis sehr schmerzhaft sein.«

»Sind Sie denn schon mal von einem dieser Vögel gebissen

worden?«, fragte Victoria aufgeregt, während sie den Käfig übernahm.

»Ja, als ich ein Kind war, ständig. Wenn man einen fängt, muss man darauf achten, ihn vorsichtig von hinten zu packen, so dass er mit dem Schnabel nicht die Finger erreicht. Wenn man ihm nicht weh tut, ist die Chance, dass man unverletzt bleibt, größer, aber nicht immer weiß man, wann man dem Tier Schmerzen bereitet.«

»Also ich weiß dennoch nicht …«

»Miss Giles«, meldete sich Grace jetzt zu Wort. »Ich habe Mr Vikrama gebeten, nach einem Papagei Ausschau zu halten. Es war sehr nett von ihm, und wir sind ihm überaus dankbar. Wie, wenn nicht durch Anschauung, sollte meine Schwester etwas über die Botanik lernen? Mr Norris ist ja leider noch nicht hier, um sie zu unterweisen.«

Die Erwähnung des Hauslehrers ließ Miss Giles' Wangen aufblühen. Zufrieden stellte Grace fest, dass es ihr gelungen war, die Gouvernante aus dem Konzept zu bringen. Als sie sich lächelnd Vikrama zuwandte, leuchtete etwas in seinen Augen, das ihr Herz schneller schlagen ließ.

»Komm, Victoria, lass uns den Papagei schnell zeichnen«, sagte sie und legte ihrer Schwester die Hand auf die Schulter. Bevor sie sich umwandte, schenkte sie Vikrama noch ein Lächeln und beobachtete, dass es eine Spur auf seinem Gesicht hinterließ.

8

Hills Club Hotel, Mai 2008

Der Regen machte Diana einen dicken Strich durch die Rechnung. Auch an den folgenden beiden Tagen schüttete es wie aus Kannen. Jetzt zur Plantage hochzufahren, war unmöglich. Nicht, weil es niemanden gegeben hätte, der sie fahren wollte, sondern weil ihr der riskante Fahrstil der hiesigen Fahrer dann noch gefährlicher vorgekommen wäre.

»Kann es sein, dass der Monsun ein wenig früher einsetzt?«, fragte sie Jonathan beim Frühstück. »Sie sagten doch im Zug etwas von bald.«

»Möglich wäre es. Aber ich glaube nicht, dass dies schon der Monsunregen ist. Vielleicht bekommen wir in den nächsten Tagen die Gelegenheit, zur Plantage zu wandern.«

Diana nickte ein wenig enttäuscht. Sie hatte so sehr gehofft, bald Klarheit zu erlangen, doch alles, was sie besaß, waren Fragmente, und das Palmblatt war noch immer nicht entschlüsselt. Wilde Vermutungen, die aufkamen, während sie aus dem Fenster auf die grüne Landschaft und die tiefhängenden Wolken blickte, drängte sie wieder zurück. Nein, sie würde ihre Vorfahren nicht vorverurteilen. Sie würde die Fakten sprechen lassen, und erst wenn sie nichts mehr fand, ihrer Fantasie erlauben, die Lücken aufzufüllen.

Kurz bevor sie Jonathan aufsuchen wollte, um mit ihm zu Abend zu essen, schaltete sie noch einmal ihren Laptop an, um ein paar Mails durchzusehen. Das Internet des Hotels war ziemlich lahm, es dauerte ewig, bis alles abgerufen war.

Sei zufrieden, dass es hier wenigstens so etwas gibt, schalt sie sich.

Als sie die Liste vor sich hatte, seufzte sie.

Dass Eva sie auf dem Laufenden hielt, gehörte noch zu den angenehmen Nachrichten. Doch auch Philipp hatte ihr dreimal geschrieben, jedes Mal ohne Betreff, als hoffte er, sie dadurch eher dazu zu bekommen, seine E-Mails zu lesen.

Diana unterdrückte den Impuls, die Nachrichten zu löschen. Ich werde sie mir später ansehen, vielleicht kündigt er mir ja die Scheidung an.

Die E-Mail von Mr Green versprach, wesentlich angenehmer zu werden. Er berichtete kurz über die Geschehnisse in Tremayne House und darüber, dass er einen Handwerker holen musste, weil ein Teil der Regenrinne am Haupthaus heruntergekommen war. Dann folgte noch die Bitte, den Anhang zu öffnen und ihn sich genau anzusehen. Es handelte sich um ein Bild, das nur mit der Bezeichnung »IMG7635489« betitelt war. Hatte Mr Green die neue Regenrinne etwa fotografiert?

Aufgrund der Dateigröße stöhnte Diana auf. Wie sollte sie fünf Megabytes durch diese schlechte Leitung bekommen? Vielleicht sollte ich die Nachricht speichern, bis wir wieder in Colombo sind, dachte sie. Warum den Aufwand für das Bild einer Regenrinne auf sich nehmen?

Doch ihre Neugier war zu groß. Die Datei kann laden, während ich mit Jonathan esse. Bis wir fertig sind, sollte das Bild da sein.

Sie klickte also den entsprechenden Button, dann erhob sie sich und ging nach unten.

Während des Abendessens unterhielten sie sich über die Kolonialherrschaft auf Sri Lanka und über die Tamilen.

»Wenn uns noch etwas Zeit bleibt, sollten wir unbedingt

einen der Hochlandtempel aufsuchen«, schlug Jonathan vor. »Die Hindus gestalten ihre Tempel immer sehr prächtig, auch wenn sie selbst nicht besonders viel zum Leben haben. Ihre Götter sind ihnen sehr wichtig.«

Einen dieser Tempel hatte Diana in einem Buch über die Gegend gesehen. Direkt vor ihm zu stehen, die bunte Bemalung berühren zu dürfen und den Duft der geopferten Blüten einzuatmen, gefiel ihr.

»Das wäre sehr schön. Kennen Sie denn Tempel in der Gegend?«

»Es gibt einen ganz in der Nähe von Vannattuppūcci. Und noch zwei weitere im Umland. Sobald der Regen aufgehört hat, sollte man sie gut erreichen können. Aber«, er griff nach seinem Teeglas, das inzwischen abgekühlt war, »die Geschichte Ihrer Familie hat Vorrang.«

»Vielleicht ist die Geschichte meiner Familie ja enger mit dem Hinduismus verknüpft, als ich denke.« Diana seufzte. »Ach, wenn ich doch schon ein wenig mehr Klarheit hätte. Alles, was ich bisher habe, sind Vermutungen und allgemeine Dinge, die noch nichts mit dem Geheimnis zu tun haben.«

»Ich glaube, das ist die Natur von Geheimnissen«, murmelte Jonathan nachdenklich vor sich hin, während sich derselbe Schatten über seine Augen legte, der ihn auch schon bei der Erwähnung seiner Ex-Frau heimgesucht hatte. Hatte er auch ein Geheimnis?

Während Diana ihn beobachtete, stieg in ihr auf einmal das Bedürfnis auf, mehr über ihn zu erfahren. Die Geschichte seiner gescheiterten Ehe und seines Kindes reichte vielleicht einem Fremden, aber mittlerweile hatte sie so viele kleine Eigenheiten an ihm entdeckt, dass sie wissen wollte, wie er sie erworben hatte. Außerdem überkam sie jedes Mal, wenn sie Zeit hatte, länger in seine Augen zu blicken, die Sehnsucht, umarmt und geküsst zu werden – und im Bett wieder einmal zu erleben, was Philipp ihr schon lange nicht mehr gegeben hatte.

Den Rest des Abends saßen sie an einer Art Mindmap, die sie auf eine Serviette kritzelten. Sie trugen alles zusammen, was sie wussten, ergänzten es mit allgemeinen Informationen, und plötzlich hatte Diana wenigstens eine Vorstellung davon, wie das Leben ihrer Vorfahren ausgesehen haben konnte. Das Geheimnis selbst würden sie vielleicht direkt an dem Ort ergründen können, an dem sich die Ereignisse abgespielt hatten.

Auf dem Weg zurück in ihr Zimmer zog Diana den Prospekt von der Plantage aus der Tasche und faltete ihn so, dass sie die Telefonnummer vor sich hatte. Da morgen Montag war, würden die Angestellten dort sein und sie konnte vielleicht einen Termin ausmachen – vorausgesetzt, der Regen ließ nach.

Beim Betreten des Hotelzimmers hatte sie das geladene Foto beinahe vergessen. Erst als der Bildschirmschoner ein neues Bild anzeigte, fiel es ihr wieder ein.

Der Computer zeigte die Datei als vollständig heruntergeladen an. Als sie sie anklickte, sah Diana zunächst nichts anderes als eine graue und weiße Fläche, die dem Foto von Grace vor der Plantage ähnelte. Dann schärften sich die Pixel zu einer Landschaft, die nichts mit Sri Lanka zu tun hatte. Die Fotografie musste in Europa aufgenommen worden sein, etwa in den Sechzigern, wie der Rand um das Foto und die fehlenden Stockflecken bewiesen. Zu Dianas großem Erstaunen handelte es sich um das Bildnis eines Friedhofes. Eines Friedhofes, dessen Mittelpunkt ein Grabkreuz bildete, das alle anderen überragte.

Schon am nächsten Tag schien Jonathan mit seiner Vermutung, dass der Regenguss noch nicht der Monsun war, recht zu bekommen. Die Wolken lockerten ein wenig auf, bis endlich ein paar Sonnenstrahlen durchdrangen. Der Anblick der glitzernden Tropfen auf dem Laub erinnerten Diana an das Märchen einer Prinzessin, die sich ein Diadem aus Tautropfen wünschte, weil das Wasser wie Edelsteine glitzerte. Emmely hatte ihr dieses Märchen manchmal erzählt, und nachdem Mr Green den Rasen gesprengt hatte, hatte sie sich manchmal vorgestellt, durch einen Garten voller Edelsteinrosen zu wandeln.

Ach Emmely, dachte sie mit Blick auf den Schreibtisch. Warum hast du mir nicht mehr eindeutige Spuren hinterlassen …

Als es klopfte, war sie gerade dabei, ihre Hinweise in eine Plastiktüte zu packen, um sie vor neuerlichem Regen zu schützen. Ein Gefühl sagte ihr, dass es gut sein würde, sie mitzunehmen. Vielleicht passten sie zu dem, was sie auf der Plantage finden würde.

»Herein!«, rief sie, worauf Jonathan im Türgeviert auftauchte. Seine Bekleidung war überaus wandertauglich, über seiner Schulter hing seine kleine Reisetasche. »Was meinen Sie, sollen wir es wagen?«

»Natürlich!«, antwortete Diana. »Wenn wir noch länger warten, wird es nichts mehr. In fünf Tagen geht mein Flug zurück, wir haben also nicht mehr viel Zeit. Außerdem habe ich heute Morgen bei der Plantage angerufen. Die Sekretärin meinte, dass die nächsten Tage günstig seien, denn der Geschäftsführer ist gerade im Haus und könnte mir alles zeigen.«

Jonathan war es gelungen, einen Jeep aufzutreiben, der ihnen den Weg durch den Dschungel ersparte.

»War es auch einer von Ihren Scherzen, als Sie sagten, wir

müssten laufen?«, fragte sie ihn skeptisch, nachdem sie eingestiegen war.

»Für gewöhnlich ist es eine hübsche Strecke«, entgegnete Jonathan. »Eine Wanderung durch den Busch kann sehr schön sein. Doch bei den Wetterverhältnissen ist es besser, wenn wir uns fahren lassen. Außerdem wollen wir doch auf keinen Lippenbären treten, oder? Die Burschen können einem Menschen sehr gefährlich werden, wenn man sie erschreckt.«

Bevor Diana etwas dazu entgegnen konnte, ließ der Fahrer den Jeep an, und los ging die holprige Reise. Wegen des lauten Motorengeräusches war es beinahe unmöglich, ein Gespräch zu führen, auch bohrte sich die Angst, sie könnten umkippen oder sich festfahren, in ihre Magengrube. Wie lange würde es wohl dauern, bis man hier gerettet wurde?

Ein Blick zu Jonathan zeigte ihr nichts anderes als eine ruhige, nachdenkliche Miene, aber mittlerweile glaubte sie, dass er das Pokerface nur aufsetzte, um sie nicht noch zusätzlich zu beunruhigen.

Schließlich, als ihr Verstand alle Möglichkeiten, auf dieser Dschungelstraße umzukommen, durchgegangen war, ergab sie sich in das Schaukeln und ließ ihre Gedanken wieder zu dem seltsamen Bild schweifen, das Mr Green ihr geschickt hatte. Ein Friedhof in irgendeiner gottverlassenen Gegend. Warum schickte er ihr solch ein Bild?

Bisher hatte sie noch nicht nachgefragt, was er damit bezweckte und wo er es gefunden hatte, aber das würde sie tun, sobald sie von der Plantage zurückgekehrt war.

9

VANNATTUPPŪCCI, 1887

Beflügelt von der Betrachtung des Papageis ging Victoria nun ständig mit einem Zeichenblock nach draußen, um die Eindrücke, die sich ihr boten, einzufangen. Als ahnten die Tiere, dass sie nicht länger darauf aus war, sie zu fangen, zeigten sie sich ihr häufiger, so dass Victoria schon bald eine schöne Sammlung von gezeichneten Papageien, Schmetterlingen und anderen Insekten hatte. Nur ein Flughund ließ sich nicht auftreiben.

»Kannst du Mr Vikrama nicht fragen, ob er einen Flughund ausfindig machen kann?«, fragte Victoria, nachdem sie wieder einmal vergeblich nach diesen Tieren gesucht hatte.

Grace zuckte zusammen und spürte, wie ihr allein die Erwähnung seines Namens das Blut ins Gesicht schießen ließ. Sie wusste nicht, warum, doch immer, wenn sie den Vormann sah, überkam sie eine nie gekannte Nervosität, die sie sich nicht erklären konnte. Stets behandelte er sie freundlich und zuvorkommend, ohne dabei so schmierig zu wirken wie Dean Stockton. Dennoch hatte sie immer dann, wenn sie auf ihn traf, das Gefühl, vollkommen unpassend gekleidet zu sein, eine falsch liegende Frisur zu tragen und sich kindisch aufzuführen. Was war bloß mit ihr los?

Als Mr Norris eintraf, war es mit den morgendlichen Wanderungen vorbei. Victoria musste von nun an regelmäßig zum Unterricht, während Grace dazu verdonnert wurde, sich mit Miss Giles um die Kleider zu kümmern, von denen einige die Reise nur schlecht überstanden hatten.

Wenn ihr die Flickarbeiten zu viel wurden, schlich sie sich in den Unterrichtsraum zu Victoria, wo Mr Norris gerade über die heimische Botanik referierte – ein Fach, in dem er eigentlich nicht besonders firm war. Wahrscheinlich hatte ihr Vater gefordert, dass er seine zweite Tochter mit der Flora und Fauna der Umgebung vertraut machte.

Ein wenig beneidete Grace Victoria nun darum, dass sie noch zur Schule gehen durfte und sich nicht ausschließlich den Pflichten im Haus widmen musste. Besonders an einem Vormittag, als der Hauslehrer der Tremaynes von den einheimischen Blumen sprach.

»Den Busch, den Sie vor dem Haus sehen, nennt man hier Frangipani, lateinisch Plumeria. Es gibt ihn in verschiedenen Ausführungen und Farben, wobei meist Gelb und Rot dominieren. Im gesamten indischen Raum ist dieser Busch, der zur Gattung der Hundsgiftgewächse gehört, beheimatet.«

»Gibt es auch blaue Frangipani?«, fragte Victoria, nachdem sie ihre Niederschriften beendet hatte.

»Da bin ich ehrlich gesagt überfragt, aber wer weiß schon, welche Fülle an Farben Gott dieser Pflanze zugedacht hat.« Mr Norris nahm seine Nickelbrille von den Augen und setzte sich leger auf die Tischkante. »Vielleicht entdecken Sie oder Ihre Schwester bei einem Ihrer Rundgänge ein paar blaue Exemplare.«

Victoria wirbelte herum, während sich Grace ertappt erhob. Auf dem Gesicht der Jüngeren stand der Unglaube geschrieben, dass die Ältere freiwillig an einer Schulstunde teilnahm, obwohl sie jetzt etwas anderes tun könnte.

»Ich wollte nur ein bisschen zuhören«, erklärte Grace verlegen. Obwohl ihr Unterricht schon seit drei Jahren beendet war, kam sie sich auf einmal wieder wie die Schülerin vor, die großen Respekt vor ihrem Lehrer hatte. »Entschuldigen Sie, wenn ich Sie unterbrochen habe.«

Der Hauslehrer lächelte breit. »Es ist schon seltsam mit meinen Schülern«, sagte er, als würde er mit sich selbst sprechen. »Wenn ich sie unterrichte, wollen sie am liebsten alle meinem Unterricht entfliehen. Und wenn sie dann die Halle des Lernens für immer verlassen haben, zieht es sie an jenen Ort zurück.«

»Nur dass Sie damals nichts über exotische Pflanzen und Tiere erzählt haben«, gab Grace zurück.

»Das ist allerdings richtig. Und ich muss zugeben, dass mich, obwohl ich eher ein Freund des Gesteins bin, die Natur dieses Landstrichs fasziniert.«

Jetzt setzte er seine Brille wieder auf. »Wenn Sie möchten und Ihre Pflichten Sie nicht davon abhalten, können Sie meinetwegen gern wieder meinem Unterricht lauschen. Ohne die lästigen Pflichten der Diktate natürlich.«

Victoria zog eine Flunsch. »Für mich gilt die Befreiung von den Diktaten nicht, oder, Mr Norris?«

»Natürlich nicht«, gab Norris streng zurück. »Miss Grace hat ihre Schulzeit bereits hinter sich und wird gewiss nicht immer hier auftauchen können. Sicher wird sie eines Tages heiraten und einen eigenen Hausstand gründen. Damit Ihnen das auch gelingt, wenn Sie älter sind, Miss Victoria, sollten wir jetzt mit dem Unterricht fortfahren. Nächste Woche werde ich Sie dann einen Aufsatz schreiben lassen.«

Aufseufzend wandte sich Victoria wieder ihrem Heft zu.

Während Mr Norris mit den Nutzungsmöglichkeiten der Kokospalme fortfuhr, blickte Grace aus dem Fenster und erstarrte ein wenig. Genau in dem Augenblick ging Mr Vikrama vorbei, der wahrscheinlich gerade bei den Trocknungsschuppen nach dem Rechten gesehen hatte. Wieder musste Grace an das denken, was er über die Erntezeiten des Tees erzählt hatte. Ob Mr Norris das auch schon wusste?

Im Gegensatz zur vergangenen Nacht, wo sie ihn erneut beobachtet hatte, trug Vikrama wieder normale englische Kleidung, die braunen Hosen steckten in hohen Stiefeln, die Weste über dem halbärmeligen Hemd war in einem Beigeton gemustert. Der Kasten unter seinem Arm wirkte wichtig.

Wohin geht er nur immer?, fragte sie sich und wäre am liebsten aufgesprungen, um ihn zu fragen. Doch sie rang den Impuls nieder und betrachtete die fernen Palmen, während die Stimme des Lehrers wie ein Sommerregen auf sie niederprasselte.

Die Zeit des Monsuns brachte trübe Tage, Dauerregen und ein wenig Abkühlung, die eigentlich gar nicht so genannt werden durfte, denn die Temperaturen sanken nur um wenige Grad und übertrafen noch immer die Wärme des englischen Sommers.

Für Grace und Victoria brachen lange Tage im Haus an, was besonders der jüngeren Schwester sehr zusetzte. Zwar hielt sie den Unterricht nicht mehr für verschwendete Zeit, doch der Trost der nachmittäglichen Spaziergänge fehlte ihr ganz furchtbar.

Während ihrer freien Zeit zogen sich die beiden Schwestern häufig in den Wintergarten zurück, wo sie ihre Staffeleien aufstellten. Innerhalb weniger Augenblicke wurde der frische Duft des Regens von den Gerüchen nach Ölfarbe, Terpentin und Grundierung überdeckt.

»Weißt du noch, damals am See«, bemerkte Victoria, während ihr Pinsel aus blauer Farbe einen Papageienflügel entstehen ließ.

»Du meinst, als wir selbst gemalt wurden?«, fragte Grace zurück, die gerade mit den ersten zartrosa Farbtönen auf einem Frangipani-Zweig begann.

»Ja«, antwortete Victoria schwärmend. »War das nicht eine herrliche Zeit? Wir haben den armen Maler ewig zur Weißglut gebracht, als dieser versuchte, uns auf die Leinwand zu bannen.«

»Dass du dich noch daran erinnerst«, entgegnete Grace verwundert. Selbst für sie war der Nachmittag am See nur noch eine verwaschene Erinnerung. Damals war sie neun gewesen und hatte es gründlich sattgehabt, für den Maler stillsitzen zu müssen. Den Ermahnungen ihrer Mutter zum Trotz waren sie schließlich doch herumgelaufen, als ihre Beine schon ganz taub vom vielen Sitzen am Seeufer waren, das von Mücken nur so wimmelte.

»Ich war damals immerhin fünf Jahre alt!«, protestierte Victoria. »Ich erinnere mich sogar noch an Dinge, die ich mit vier gemacht habe.«

»Und was zum Beispiel?«, fragte Grace und versteckte ihr Lächeln hinter ihrer Staffelei. Victoria zu necken machte ihr trotz ihrer achtzehn Jahre immer noch großen Spaß.

»Dass Papa mich zur Spitze des Weihnachtsbaums hinaufgehoben hat, damit ich dort den Engel befestigen konnte! Und wie wir im Winter durch den Wald gelaufen sind und beinahe erfroren wären, weil du dir den Weg nicht gemerkt hast!«

Der vorwurfsvolle Ton ihrer Schwester ließ Grace losprusten. »Wir sind doch gerettet worden. Wie lange willst du mir die Geschichte denn noch vorhalten, Schwesterherz?«

»So lange, bis du aufhörst, daran zu zweifeln, dass ich mich an meine frühe Kindheit erinnern kann!« Auf einmal weiteten sich ihre Augen und sie legte den Pinsel auf ihrer Palette voller Blautöne ab.

»Was ist los?«, fragte Grace und wappnete sich innerlich gegen einen von Victorias Scherzen.

»Mr Vikrama scheint sich ziemlich für moderne Kunst zu interessieren.«

Als Grace herumwirbelte, machte er ertappt einen Schritt nach hinten. Offenbar hatte er sie schon eine Weile beobachtet. Victoria winkte ihm freudig, was er leicht erwiderte, dann nickte er Grace grüßend zu und zog sich wieder zurück. Grace fühlte sich auf einmal wie angewurzelt. Warum konnte sie sich nicht einfach umdrehen und wieder ihrem Bild zuwenden? Warum nur musste sie ständig die Stelle anstarren, an der seine Stiefelabdrücke im Gras langsam verschwanden?

In dieser Nacht erschien Vikrama nicht. Was auch immer er anstellte, schien bei diesem Sturzregen, der wie Geisterfinger auf das Haus und das Laub trommelte, unmöglich zu sein. Grace bedauerte das ein wenig, hatte sie sich doch an sein nächtliches Vorbeistreifen gewöhnt, und die Neugier wuchs mit jedem Mal, da sie ihn zwischen den Büschen verschwinden und schließlich wieder auftauchen sah.

Als der Regen nach einer Woche ein wenig nachließ und der Hof so weit getrocknet war, dass sie sich rauswagen konnte, ohne bis zum Knie im Schlamm zu versinken, lief sie hinüber zu dem Schuppen, in dem die Teeblätter getrocknet wurden. Obwohl die Trocknungsgitter leer waren, fand sie Vikrama dort, der dabei war, die Stabilität des Gebäudes zu kontrollieren. Nach der Regenzeit würde es nicht mehr lange bis zur Ernte dauern. Bis dahin musste alles repariert und auf Vordermann gebracht worden sein.

»Miss Grace!«, rief er überrascht aus, als er sie bemerkte. »Sie hätten eines der Dienstmädchen schicken können, wenn Sie meine Dienste benötigen.«

»Ich bin hier, weil ich Sie etwas fragen wollte. Außerdem fällt mir im Haus die Decke auf den Kopf. In England hätte ich mir nicht träumen lassen, dass ich eines Tages mal so viel Gefallen daran finden würde, draußen zu sein.«

Vikrama lächelte, ließ aber nicht von seiner Arbeit ab. »Ihre Heimat soll recht feucht und kühl sein. Feuchtigkeit haben wir hier auch zu bieten, aber die Temperatur ist wesentlich angenehmer. Sie sollten in den nächsten Tagen unbedingt ein wenig früher aufstehen, dann sehen Sie, wie der Berg und die Teefelder dampfen. Ein wunderschöner Anblick in der Dämmerung.«

»Das habe ich bereits beobachten können«, gab Grace zurück und verstummte. Sollte sie es wagen? Wann würde sich wieder eine Gelegenheit ergeben, ihn danach zu fragen?

»Ich habe Sie neulich nachts zufällig beobachtet«, offenbarte Grace mit klopfendem Herzen. »Jedenfalls glaube ich, dass Sie es waren.«

Vikrama versteifte sich. Jeder Muskel in seinem Körper schien angespannt, während seine Züge sich verhärteten.

»Wohin gehen Sie um diese Zeit in diesem seltsamen Aufzug?«

»Ich weiß nicht, was Sie meinen, Miss.«

Auf einmal hatte Grace das Gefühl, dass sie besser nichts hätte sagen sollen. Was ging es sie auch an, was Vikrama zu Nachtzeiten machte. Er war Angestellter und hing dem Hinduismus an. Warum bin ich nicht eher darauf gekommen, dass er vielleicht einer heiligen Handlung nachgeht? Vielleicht sollte ich mich besser mit dem Glauben dieses Landes befassen.

Räuspernd zog sie sich zurück. Sie wollte es nicht noch schlimmer machen, als es ohnehin schon war. »Ich glaube, ich gehe lieber wieder.«

»Miss Grace, ich …«

Doch da eilte sie schon mit langen Schritten in Richtung Haus.

Trotz der Erklärung, die sie sich selbst gegeben hatte und die auch plausibel klang, wälzte Grace sich unruhig im Bett hin und her. Sobald sie die Augen schloss, hatte sie den Gesichtsausdruck des jungen Mannes vor sich. Er hatte wütend, aber auch ein wenig ängstlich ausgesehen. So als fürchtete er, ertappt zu werden. Als Tochter des Grundbesitzers hätte sie von ihm natürlich fordern können, sein Geheimnis zu offenbaren, notfalls hätte sie sogar drohen können, ihn zu verraten. Aber das hatte sie nicht über sich gebracht und war im Nachhinein auch froh darüber. Sonst hätte sie Vikrama nie wieder unter die Augen treten können. Ja, vielleicht hätte sie ihn auch seine Anstellung gekostet.

Da sie gesehen hatte, wie die weniger glücklichen Menschen hier leben mussten, wollte sie ihn auf keinen Fall in Not stürzen.

Die bohrende Frage, was diese heilige Handlung sein könnte, verfolgte sie allerdings bis in die Nacht. So leise wie möglich, um Victoria nicht zu wecken, erhob sich Grace und trat neben den Vorhang ans Fenster.

Vielleicht sollte ich ihm hinterherschleichen.

Während sie sich hundert Möglichkeiten ausdachte, dem Vormann ungesehen zu folgen, starrte sie wie gebannt auf den Grasfleck vor den Büschen, hinter denen sich das nächtliche Geheimnis befinden musste. Doch Vikrama tauchte nicht auf. Nur der Schatten eines Papageis zog über die mondbeschienene Fläche hinweg.

Nach einer Weile gab Grace es auf, nach draußen zu starren. Sie huschte zurück in ihr Bett und schob das Laken, das ihr auf einmal schwer wie ein Daunenbett erschien, beiseite. Ihr Herz fühlte sich merkwürdig schwer an. Jetzt, wo ich ihn darauf angesprochen habe, hat er sicher einen anderen Weg gefunden, zu seinem geheimen Treffen zu kommen …

10

Vannattuppūcci Tea Company, 2008

Wider Erwarten überlebten sie die Fahrt zur Plantage, obwohl der Jeep zwischendurch ziemliche Mühe gehabt hatte, den aufgeweichten Boden zu überqueren. Hin und wieder hatte Diana fast schon befürchtet, sie könnten eine steile Böschung hinunterfallen. Doch der Fahrer gewann immer wieder die Kontrolle über ihr Fahrzeug, manchmal stillschweigend, manchmal schimpfend, als könnte das Gefährt etwas für seine Art zu fahren.

»Nur gut, dass es nicht wirklich der Monsun war, sonst hätten wir wohl einen Hubschrauber gebraucht«, erklärte Jonathan augenzwinkernd.

Da sie den Fahrer noch für den Weg zurück brauchten, steckte Jonathan ihm Geld und ein Päckchen Zigaretten zu und erklärte ihm, dass er warten sollte.

Nachdem sie sich an der Gegensprechanlage am Tor gemeldet hatten, versuchte Diana, einen Blick auf das Haupthaus zu erhaschen, das sich hinter Palmen und ausladenden Rhododendren versteckte. Wahrscheinlich wollte der Erbauer vermeiden, dass vom Tor her neugierige Blicke auf sein Wohnhaus geworfen werden konnten.

Der zum Tor passende Zaun hatte sicher schon vor hundert Jahren hier gestanden, denn seine Gestaltung war eindeutig viktorianisch mit seinen speerförmig verzierten Spitzen.

Auch die Gartenanlage wirkte überaus englisch. Diana versuchte, sich vorzustellen, wie Grace und Victoria, in weißen

Kleidern und mit zarten Spitzenschirmen gegen die Sonne bewaffnet, über die gepflegten Wege geschritten waren.

Schließlich erschien ein Mann in Khakihose und beigefarbenem Tropenhemd. Diana schätzte ihn auf Mitte fünfzig. Seine gesamte Gestalt strahlte befehlsgewohnte Autorität aus. Mit einer lässigen Bewegung betätigte er den Toröffner, das hohe Eisengitter schwang auf.

»Sie müssen die Dame aus Deutschland sein.« Der Mann, der überraschenderweise sehr europäische Züge hatte, reichte ihr die Hand. »Ich bin Jason Manderley, der Geschäftsführer der Vannattuppūcci Tea Company.«

Diana stellte sich und Jonathan kurz vor. »Es freut mich, dass Sie Zeit für mich gefunden haben.«

Ein breites Lächeln erschien auf Manderleys Gesicht. »Das Vergnügen ist ganz auf meiner Seite. Wie ich von meiner Mitarbeiterin erfahren habe, sind Sie eine der Nachfahrinnen der ehemaligen Besitzer.«

Die einzige Nachfahrin nunmehr, dachte Diana, nickte aber nur. »Zu meinen Vorfahren gehörte eine Grace Tremayne, sie war die Tochter von Henry.«

Der Name schien dem Mann tatsächlich etwas zu sagen.

»Wenn das so ist, dann hat unser Archiv sicher einiges für Sie zu bieten. Kommen Sie, ich zeige es Ihnen.«

Manderley führte sie die gepflegten Wege entlang, vorbei an altertümlich wirkenden Gebäuden, die leer standen, aber dennoch nicht den Eindruck machten, als seien sie unbenutzt.

»Das sind die früheren Welk- und Trocknungsgebäude. Bis 1950 standen hier noch die Roste mit den zu trocknenden Blättern.« Er deutete auf das frisch gestrichene Gebäude in der Mitte. »Dort haben die Frauen gesessen, die den Tee von Hand gerollt haben. Vannattuppūcci war in früheren Zeiten dafür berühmt, einen der besten handgemachten Tees zu verkaufen. Leider haben die Eigner in der Folgezeit eher auf maschinelle Produktion umsteigen müssen, weil sich das Geschäft mit handgemachtem Tee nicht mehr rentiert hat. Mittlerweile beginnen wir aber wieder mit einer kleinen Produktion, weil Feinschmecker durchaus bereit sind, mehr für den Genuss zu bezahlen.«

Während Manderley sprach, meinte Diana im Wispern der Palmen und der Heveabäume die Stimmen der Frauen zu vernehmen, die damals hier gelebt und gearbeitet hatten. Die seltsame innere Ruhe, die sie auch schon auf Tremayne House überkommen hatte, ergriff nun wieder von ihr Besitz und milderte ihre Aufregung. Es war, als wäre sie nach Hause gekommen. Steckte das Erbe von Grace noch so tief in ihren Genen?

»Ich weiß nicht, inwiefern Sie mit der Geschichte des Tees auf Sri Lanka vertraut sind«, fuhr der Geschäftsführer fort, als sie über den knirschenden Kieselweg zum Haus schritten.

»Ich fürchte, nicht besonders«, antwortete Diana. »Meine Suche ist bisher eher objekt- und personenbezogen verlaufen. Ich wollte so viel wie möglich über meine Ururgroßmutter herausfinden und über Dinge, die ich im Haus meiner Tante gefunden habe.«

»So, was haben Sie denn gefunden?«

Diana hielt kurz an und zog das Foto aus der Brieftasche.

»Meine Gute!«, platzte Manderley heraus. »Das ist tatsächlich unsere Teeplantage. Ich weiß sogar, an welcher Stelle das aufgenommen worden sein muss. Kommen Sie, ich führe Sie hin!«

Sie bogen vom Weg ab und folgten einem Pfad, der direkt zu den Teefeldern führte.

Als sie schließlich haltmachten, sah sich Diana einem noch relativ jung wirkenden Wald gegenüber. Ein prüfender

Blick auf das Foto zeigte ihr zwar den Berg, aber weder das Teefeld noch die freie Fläche, an der Grace gestanden hatte.

»Wir haben vor einigen Jahren begonnen, diesen Teil der Plantage wieder aufzuforsten. Aus unerfindlichen Gründen brachte dieser Flecken nicht so große Erträge wie die anderen Felder. Die Teepflückerinnen meinen, auf diesem Flecken läge ein Fluch.«

Ein Schauer überlief Diana. »Ein Fluch?«

»Ja, solche Geschichten sind noch heute im Umlauf. Aber ich halte sie für pure Folklore. Wenn Sie einer der Frauen Ihr Foto zeigen würden, würde sie Ihre Vorfahrin sicher für einen Geist halten. Vielleicht sogar den Geist, der diesem Feld einen Teil seiner Fruchtbarkeit geraubt hat. Ich sage jedoch, dass wir mit diesem Feld eine Grenze überschritten haben. Je höher man den Tee anpflanzt, desto geringer werden die Erträge. Wie bei allem in der Welt kommt es auf die richtige Balance an, und hier kippt die Waagschale und erreicht wahrscheinlich einen Punkt, an dem der Tee das Klima eher schädlich findet. Wie Sie selbst merken, ist die Luft hier wesentlich kühler als unten am Fuß des Berges.«

Diana war sicher, dass der Schauder nicht von der kalten Luft gekommen war. Vielleicht hatten die Teepflückerinnen ja recht.

»Wenn Sie mögen, können Sie sich diesen Ort näher ansehen«, bot Manderley an. »Oder die Akten hier mit rausnehmen. Das Archiv ist ein recht freudloser Ort, an den nur leblose Dinge gehören. Ich werde Ihnen einen Tisch und vielleicht auch ein kleines Zelt stellen, falls Sie das wünschen.«

»Das ist sehr freundlich von Ihnen, vielen Dank!«

»Nun, dann lassen Sie uns mal nachsehen, welche Schätze das Archiv birgt.«

Als er sich umwandte, blieb Diana ein Stück zurück und

raunte Jonathan dann zu: »Vielleicht gibt es ja doch einen Fluch.«

»Dann sollten wir uns diesen Ort wirklich genauer ansehen, vielleicht gibt es einen Hinweis.«

»Was sagen Sie da?«

Manderley wandte sich um.

»Ach nichts, ich habe Mr Singh nur auf etwas aufmerksam gemacht.«

Der Geschäftsführer nickte, dann ging er ihnen weiter voraus.

Während sie ihm folgten, entdeckte Diana einen seltsamen Baum neben dem Haus, der ihr irgendwie vertraut vorkam.

»Ein Apfelbaum?«, fragte sie Manderley, denn dieses Gewächs kam ihr vollkommen fehl am Platz vor.

»Die Engländer hatten die Angewohnheit, ihre neue Umgebung in vielen Dingen ihrer alten anzupassen. Sie setzten Füchse für Jagden aus oder pflanzten Obstbäume. Dieser knorrige Baum geht der Geschichte nach auf Richard Tremayne zurück. Er muss eingesehen haben, dass das einheimische Obst ebenfalls köstlich ist, denn dieser Baum ist der einzige geblieben.«

Was für ein Symbol für die Fremdartigkeit der Engländer in diesen Breiten, schoss es Diana durch den Kopf, und sie nahm sich vor, Jonathan diesen Gedanken für sein Buch zu offenbaren – wenn er nicht schon selbst drauf gekommen war.

Wenig später erreichten sie das ehemalige Herrenhaus, das mittlerweile als Verwaltungsgebäude diente. Zwei Etagen reckten sich weißgestrichen und durchbrochen von schlanken Fenstern gen Himmel. Diana entdeckte neben typischen altenglischen Elementen auch europäischen Klassizismus und einheimische Einflüsse, die dezent, aber unübersehbar eingesetzt wurden.

»Ist es nicht herrlich?«, bemerkte der Geschäftsführer schwärmerisch. »In den siebziger Jahren spielte der frühere Besitzer mit dem Gedanken, ein Hotel aus dem Bau zu machen. Urlaub inmitten von Teefeldern, inklusive passenden kulinarischen Genüssen. Die Idee ist nie verwirklicht worden, denn dem Mann ging ganz schnöde das Geld aus. Zum Glück kann man sagen, denn Heerscharen von Touristen würden zum einen der Bausubstanz schaden und außerdem auch die Abläufe auf der Plantage stören. Allerdings bieten wir einzelnen Gästen gern Quartier an, wenn sie hier zu tun haben.«

»Wir haben ein sehr schönes Hotel ganz in der Nähe«, entgegnete Jonathan.

»Oh, das sollten Sie schleunigst wieder verlassen. Ich werde Ihnen für die Zimmer hier keine einzige Rupie abknöpfen.«

Die Aussicht, in dem Haus wohnen zu dürfen, das früher einmal ihren Vorfahren gehört hatte, ließ Diana innerlich frohlocken. Was Emmely wohl dazu sagen würde …

»Ich glaube, wir sollten Mr Manderleys Angebot annehmen«, wandte sich Diana an Jonathan. »Vorausgesetzt, wir stören hier niemanden.«

»Keineswegs, wenn Sie nicht gerade vorhaben, eine wilde Party zu schmeißen. Die Gästezimmer haben einen separaten Eingang. Und was die Verpflegung angeht, für die werde ich persönlich sorgen. Meine Frau ist eine großartige Köchin, die sich freuen würde, Sie kennenzulernen.«

»Und das alles, ohne Geld von uns zu nehmen?«, wunderte sich Jonathan.

»Warum denn nicht?« Das Lächeln des Geschäftsführers war entwaffnend herzlich. »Betrachten Sie sich als meine Gäste – nachdem Sie Ihr Gepäck aus dem Hotel geholt haben.«

Beim Betreten des Foyers, das gepflegt wie ein Museum wirkte, kamen ihnen zwei junge Frauen entgegen, die offenbar in der Verwaltung arbeiteten. Über den schmalen Röcken in Schwarz und Khaki trugen sie Oberteile, die, obwohl sie modern waren, doch traditionell wirkten. Nachdem sie Manderley kurz grüßend zugenickt hatten, verschwanden sie in Richtung eines anderen Gebäudes.

»Wahrscheinlich wollen sie in der Versandzentrale nach dem Rechten sehen«, erklärte der Mann, während sie durch das prachtvolle Foyer schritten, das den Erfolg der Plantage nur allzu deutlich zeigte.

An einer Stelle bemerkte Diana einen hellen Fleck an der Wand, unter dem einige Blumengebinde lagen.

»Mr Manderley, was haben die Blumen da zu bedeuten?«

Ein trauriges Lächeln huschte über das Gesicht des Mannes. »Dort soll früher mal ein wunderbares Bild gehangen haben. Shiva und Ganesha beim Tanz oder so ähnlich. Das Bild ist ... zerstört worden.«

»Die Arbeiter hier haben dieses Bild als eine Art Altar genutzt, nicht wahr?«, schaltete sich Jonathan ein, während er auf die Blumen deutete.

»Ja, und wie Sie sehen, tun sie das auch heute noch. Der Platz, an dem das Bild gehangen hat, ist heilig, aus welchen Gründen auch immer.«

»Warum hat man es denn nicht ersetzt?«, wunderte sich Diana.

Der Geschäftsführer zögerte, als wüsste er um eine Geschichte, die er ihr nicht erzählen wollte.

»Das müssten Sie den Besitzer fragen, ich führe hier nur die Geschäfte. Auf jeden Fall ist das Bild schon lange fort, ich glaube, es ist sogar zu Zeiten der Tremaynes verloren gegangen. Vielleicht finden Sie etwas darüber in den Akten.«

Er bedeutete Diana und Jonathan, ihm ins Untergeschoss zu folgen, und entzog sich so weiteren Fragen nach dem Bild. Diana nahm sich allerdings vor, zu ergründen, wie es zu der Zerstörung des Bildes kam.

»Wie in englischen Herrenhäusern üblich, arbeitete das Personal auch hier *downstairs,* während die Herrschaft ihr Leben *upstairs* führte.«

Dieser Satz erinnerte Diana an eine Fernsehserie, die sie als Kind gesehen hatte und die sie dazu verleitet hatte, ihrer Tante und auch Mr Green ständig irgendwelche Fragen über Dienstboten zu stellen.

»Da wir jetzt keine Dienstboten mehr benötigen, haben wir das Archiv hier eingerichtet.« Schwungvoll öffnete er eine Tür, hinter der sich lange Regal- und Schrankzeilen erstreckten. Auf den ersten Blick entdeckte Diana nur Geschäftsbücher, die wahren Schätze mussten wohl in den Schränken verborgen sein.

»Das ist wirklich beeindruckend!«

»Treten Sie ruhig ein, es ist mehr eine private Bibliothek als ein Ort, an dem man um die von Verfall bedrohten Dokumente zittert. Die Witterungsbedingungen sind hier ideal, um alte Papiere zu erhalten. Nicht zu trocken und nicht zu feucht. Die Archive in Europa würden uns um diese Bedingungen beneiden.«

Als würde sie die Tür zu einem geheimnisvollen Märchenland durchschreiten, fühlte sich Diana, als sie zu dem altmodischen Schreibtisch ging, der dem in Tremayne House ziemlich ähnelte. Neben der abgeschabten Lederunterlage stand eine Tiffany-Lampe mit einem etwas ramponierten Schirm, die Kerben am Rand waren nicht restauriert worden. Welche Bedeutung hatten sie?

»Sie können hier nachforschen, so viel Sie wollen, müssen

aber gelegentlich meinen Angestellten Platz machen, die in irgendwelche Akten sehen wollen.«

»Das lässt sich einrichten«, entgegnete Diana, die nun zum ersten Mal das Gefühl hatte, an genau dem richtigen Ort zu sein. »Ich will Ihnen auf keinen Fall im Weg stehen.«

»Das tun Sie nicht. Ich freue mich, dass sich endlich mal jemand mit der Geschichte beschäftigt. In groben Zügen darf ich Ihre Ergebnisse doch sicher als Werbung für diesen Ort nutzen, oder?«

»Wenn ich nicht allzu furchtbare Dinge herausfinde, schon«, entgegnete Diana zögerlich.

»Keine Sorge, ich will keine privaten Details. Aber es wäre doch möglich, dass Sie etwas Allgemeines über die Plantage herausfinden. Das würde sich hervorragend in unserer noch etwas mageren Informationsbroschüre machen.«

Diana nickte. »In Ordnung, unter diesen Umständen stelle ich Ihnen die Informationen zur Verfügung.«

Während sich Jonathan bereit erklärte, ihr Gepäck aus dem Hills Club Hotel zu holen und die Formalitäten zu klären, richtete sich Diana im Archiv ein. Ihr Laptop stand noch im Hotel, dafür hatte sie einen Schreibblock dabei, auf dem sie alles Wichtige notieren konnte. Und natürlich ihren Reiseführer von Colombo, der zwar nicht direkt etwas mit der Plantage zu tun hatte, aber dafür als Aufbewahrungsort für das Bild und die Kopie aus dem Hills Club diente.

Zwei Stunden später kehrte Jonathan zurück.

»Ich hoffe, ich habe nichts vergessen«, sagte er, als er Diana die Tasche reichte, die verriet, dass er die Sachen nicht einfach nur hineingestopft, sondern ordentlich zusammengepackt hatte.

Inzwischen breitete der Abend purpurfarbene Seidentücher über der Plantage aus. Die Sonne ließ die Bäume und Palmen zu schwarzen Schemen werden, die wie Scherenschnitte aus einem Trickfilm wirkten, und die Rufe in den Bäumen, mit denen die Vögel entweder ihre Nachtruhe ankündigten oder ihr Erwachen, wirkten jetzt wesentlich lauter.

»So schwer, wie die Tasche ist, ist alles, was ich brauche, dabei«, gab Diana ächzend zurück. »Meinen Laptop scheinen Sie jedenfalls mitzuhaben, das ist das Wichtigste. Auf Unterwäsche und Kleidung kann ich notfalls verzichten.«

Jonathans rechte Augenbraue schnellte nach oben. »Ach wirklich?«

Erst jetzt bemerkte Diana die Doppeldeutigkeit ihrer Worte. »Natürlich nicht so! Aber ich bin durchaus in der Lage, mit wenig Gepäck auszukommen. Kleider lassen sich waschen.«

Verwirrt stellte sie fest, dass sein Schmunzeln sie prompt erröten ließ.

»Ich glaube schon, dass ich wirklich alles mitgenommen habe. Sie hatten Ihre Tasche teilweise noch gar nicht richtig ausgepackt. Bestimmt haben Sie insgeheim gehofft, dass wir hier unterkommen werden, oder?«

Er zwinkerte ihr zu, schulterte dann seine eigene Tasche und begleitete sie ins Haus.

»Mr Manderley war vorhin bei mir und hat mir die Schlüssel zu unseren Zimmern gegeben«, erklärte Diana, während sie durch das Foyer schritten. Die Schlüssel klimperten dabei leise in ihrer Tasche. »Er glaubte, dass dies die Zimmer der beiden Tremayne-Schwestern waren. Von der ursprünglichen Einrichtung ist leider nichts mehr vorhanden, aber in meinem Zimmer befinden sich ein Kamin und ein Fenster, das durchaus so schon damals vorhanden gewesen sein könnte.«

»Vielleicht finden Sie ja noch irgendein geheimes Tagebuch im Kamin«, entgegnete Jonathan lächelnd.

»Wenn ich ehrlich bin, hoffe ich darauf. Aber ich glaube nicht an solche Zufälle. Das ist, wie auf einen Sechser im Lotto zu hoffen und ihn dann doch nicht zu bekommen.«

»Man sollte niemals nie sagen«, Jonathan ließ seinen Blick durch den Gang schweifen. »Wer weiß, was in diesem Gemäuer zurückgeblieben ist. Vielleicht begegnen Sie ja sogar irgendeinem Geist, den Sie fragen können. Die Menschen auf Sri Lanka glauben fest daran, dass es Geister gibt, die über die Lebenden wachen.«

»Ich denke, die meisten Tamilen sind Hindus.«

»Das sind sie auch, aber dennoch glauben sie an Geister. Manche Seelen widersetzen sich dem göttlichen Gefüge und gehen nicht in eine neue Inkarnation ein, sondern bleiben als Schatten.« Dass er plötzlich verstummte, schob Diana auf die seltsame Atmosphäre des Hauses.

An der ersten Tür reichte sie ihm den Schlüssel.

»Da ich hier war, als die Zimmer zugeteilt wurden, habe ich mir natürlich das bessere genommen«, scherzte sie dabei. »Meines hat den schöneren Blick auf den Garten.«

Jonathan schloss auf und lächelte, als er die Tür öffnete. »Ich kann mich über meinen Ausblick auch nicht beklagen und bezweifle ernsthaft, dass Sie so egoistisch waren, sich das bessere Zimmer zu nehmen.«

Diana lächelte breit. »Vielmehr glaube ich, dass unsere Zimmer früher einmal eins waren. Sehen Sie sich die Wand an!«

Selbst ein Laie konnte erkennen, dass sie zu dicht an einem der Fenster gezogen worden war.

»Sie haben recht. Wahrscheinlich war der Raum vorher zu groß. Ein Ballsaal vielleicht.«

Diana schüttelte den Kopf. »Nein, der Raum, der als Ballsaal in Frage kommt, ist jetzt eine Art Großraumbüro. Wenn dies das Zimmer der beiden Tremayne-Schwestern war, müssen sie wahnsinnig viel Platz gehabt haben.«

»Nun, wenn das so ist, werde ich in meinem Kamin nach Dokumenten Ausschau halten.«

Diana deutete auf den kleinen Kachelofen an der rechten Wand. »Ich glaube, darin werden Sie nichts finden. Dort sind höchstens irgendwelche alten Papiere verheizt worden.«

»Wollen wir hoffen, dass keine wichtigen Beweisstücke Ihrer Vorfahren darunter waren.«

Diana wollte schon entgegnen, dass dies ganz sicher nicht der Fall war, dann fiel ihr aber wieder Emmelys Geheimniskrämerei ein. Es wäre nicht verwunderlich, wenn die Tremaynes versucht hätten, Dinge, die nicht für die Öffentlichkeit gedacht gewesen waren, verschwinden zu lassen.

»Auf jeden Fall bin ich mit dem Zimmer zufrieden«, fegten Jonathans Worte das beklommene Schweigen beiseite. »Wenn ich etwas von Bedeutung finde, sage ich Ihnen Bescheid.«

Nachdem sie die Taschen in den Zimmern verstaut hatten, begaben sich Diana und Jonathan ins Archiv. Stolz präsentierte sie ihm ihre bisherige Beute.

»Ich habe allerdings nur den ersten Schrank in Angriff nehmen können, das Durcheinander der alten Akten ist ziemlich groß.«

»Das wundert mich nicht«, entgegnete Jonathan, in dessen Augen der Forscherdrang leuchtete, als er mit dem Finger über die ledernen Einbände der Geschäftsbücher strich. »Immerhin ist das hier kein Museum, sondern ein privates Archiv. Das Hauptaugenmerk liegt eben auf der Produktion von Tee und nicht auf dem Erforschen alter Akten. Die Vergangenheit ist im Zeitalter der Produktivität zweitrangig geworden.«

»Aber sie wirkt sich noch heute aus, fürchte ich«, entgegnete Diana und konnte sich dabei nicht von seinem Gesicht lösen. Zum ersten Mal fiel ihr das leichte Zucken an seiner Schläfe auf und die feinen Härchen an den Spitzen seiner Augenbrauen.

»Dann lassen Sie uns der Sache auf den Grund gehen«, beendete er ihre Betrachtung, dann trafen sich ihre Blicke. »Aber nicht ohne etwas im Magen. Ich sterbe vor Hunger!«

Da Mr Manderley ihnen freundlicherweise die Küche zur Verfügung gestellt hatte, bot sich Jonathan an, ein wenig Reis auf tamilische Art zu kochen. »Mit Kokosmilch«, erklärte er, als er sich an den Herd stellte. »Das ist hier das traditionelle ländliche Geburtstagsessen.«

Diana betrachtete ihn versonnen. Was wohl Michael sagen würde, wenn er uns hier so sehen könnte? Wenn ich zurück bin, muss ich ihm einen haarkleinen Bericht zukommen lassen. Das hat er mehr als verdient, nachdem er mir so geholfen hat.

Eine halbe Stunde später saßen sie beim Essen. Zu dem Reis hatte Jonathan noch ein paar frische Mangos aufgeschnitten, die er dem Jeepfahrer abgekauft hatte – der Mann hatte eine ganze Kiste für seine Familie mitgenommen, zu der er im Anschluss an die Fahrt zurückkehren wollte.

»Ob wir wollen oder nicht, wir sind jetzt erst einmal hier eingeschlossen«, erklärte Jonathan, während er sich einen Mangoschnitz nahm. »Der Fahrer kommt erst in vier Tagen wieder hier vorbei.«

»Vier Tage!«, entgegnete Diana erschrocken. »Aber mein Flieger …«

»Gibt es denn keine Möglichkeit, den Rückflug zu verschieben?«

Diana wollte schon verneinen, doch auf einmal war es ihr, als würde ihr eine kleine Stimme zuwispern: »Warum nicht?«

»Natürlich wäre es möglich ...«

Jonathan strahlte. »Bestens! Ohnehin bezweifle ich, dass wir auf die Schnelle etwas finden werden. Diese Schränke müssen gründlich durchsucht werden, wir wollen doch nichts übersehen, oder?«

11

Vannattuppücci, 1887

Wie er es versprochen hatte, nahm Mr Stockton Henry mit in den berühmten Hills Club, wo er zahlreichen Plantagenbesitzern und anderen einflussreichen Leuten vorgestellt wurde. Sie zögerten nicht lange, ihn in ihre Mitte aufzunehmen und aus ihm ein reguläres Clubmitglied zu machen. Immerhin entstammte Henry Tremayne einer guten Familie, und das Unglück seines Bruders fand überall Anteilnahme.

Zum Dank für die Vermittlung dieser ihm äußerst wichtig erscheinenden Mitgliedschaft und Kontakte, die sich gewiss in der Zukunft noch auszahlen würden, lud Henry Stockton mitsamt seiner ganzen Familie sowie einige andere Männer aus dem Club zu dem Einstandsempfang ein, den Claudia nun schon seit einer Weile plante.

In den Tagen bis zum Empfang trieb Mr Wilkes die Dienstmädchen zu Höchstleistungen an und bat erfolgreich darum, einen Hausdiener einzustellen, einen jungen Tamilen, der vor kurzem die Schule verlassen hatte, die Henry großzügigerweise weiterhin betreiben ließ. Auch die Köchin kam in den Genuss von Mr Wilkes' reichem Erfahrungsschatz. Er zeigte ihr, wie man Scones zubereitete und wie man das Rezept für Teekuchen abwandelte und an die heimischen Zutaten anpasste. Als dann schließlich der Lieferant mit dem gewünschten Gemüse und dem Fisch pünktlich eintraf, schien er im siebten Himmel zu schweben. Und Claudia mit ihm, würde sie doch den Stocktons, auch wenn sie Mr Stockton nicht sonderlich sympathisch fand, zeigen, dass es nicht auf die Kleider der Dienstmädchen ankam – die Uniformen waren noch immer nicht eingetroffen –, sondern auf das, was ein guter Gastgeber seinen Gästen zu bieten hatte.

Zu diesem Empfang gehörte es natürlich auch, dass die beiden Töchter neue Kleider trugen – oder zumindest welche, die neu aussahen. Da die modischen Veränderungen der vergangenen Jahre bedingt durch finanzielle Mängel nicht umgesetzt werden konnten, musste Miss Giles mit Hilfe eines Magazins, das Wilkes in Colombo besorgt hatte, die Kleider abändern.

Zwei junge Tamilinnen, die auf der Plantage neben ihrer Pflückarbeit auch die Kleider der anderen Arbeiterinnen ausbesserten, halfen ihr dabei. Grace war sicher, dass das Kichern der beiden, das sie bei der Arbeit immer wieder ausstießen, den in ihren Augen seltsamen Kleidern und Unterwäschestücken galt. Victoria hatte recht, die hiesigen Frauen trugen unter ihren bequemen Wickelgewändern keinerlei Mieder oder Korsett, die schwere Arbeit hielt sie schlank, und ihre dunkle Haut schien der Alterung besser zu trotzen als die Haut weißer Frauen.

In den Augenblicken, als Miss Giles an ihr zerrte, um ihre Atemluft noch mehr einzuschränken, beneidete sie sie dafür.

Um nicht ständig bei den Änderungen dabei sein zu müssen, verließ Grace den Raum unter dem Vorwand, sich etwas zu trinken holen zu müssen. Als Miss Giles eines der Dienstmädchen heranklingeln wollte, lehnte Grace mit der Begründung ab, dass sie ohnehin schon so viel zu tun hätten, und verschwand aus dem Raum.

Tatsächlich machte sie sich auf den Weg nach unten in den Küchentrakt. Schon in Tremayne House hatte ihre Mutter es nicht gern gesehen, dass die Mädchen sich in der Küche blicken ließen, denn das bringe die Bediensteten, die es nicht gewohnt waren, dass die Familie sich bei ihnen aufhielt, aus der Fassung.

Schon von weitem tönte ihr der Lärm entgegen. Die Köchin erteilte ihren Gehilfinnen Befehle in scharfem Tamilisch, das Grace zwar nicht verstand, doch sie spürte, dass sie alles andere als zufrieden mit den Mädchen war. Vorsichtig spähte Grace um die Ecke. Zum ersten Mal sah sie die Köchin, die vielleicht Anfang vierzig und selbst Tamilin war. Die Mädchen waren alle ungefähr in ihrem Alter und zuckten auf die Kommandos der Köchin schreckhaft zusammen. Mr Wilkes hielt sich vornehm zurück und beschränkte sich darauf, das Silber zu putzen.

Nachdem sie das Treiben kurz beobachtet hatte, ohne dass die Angestellten sie bemerkten, fiel ihr unter dem Tisch ein Mädchen ins Auge. Ganz offensichtlich gehörte die Kleine nicht hierher. In einem unbemerkten Augenblick musste sie sich reingeschlichen haben, und nun war sie gefangen unter dem dunklen Tisch.

Das schien sie nicht sonderlich zu bekümmern, denn sie hatte sich ein paar Früchte vom Tisch stibitzt.

Als das Kind ihren Blick jedoch bemerkte, erstarrte es und wurde bleich. Die Frucht verschwand zwischen den Fingern. Wahrscheinlich hätte Mr Wilkes ihm gehörig an den Ohren gezogen, wenn er den Diebstahl bemerkt hätte, doch Grace lächelte dem Kind zu. Miss Giles hätte natürlich empört eingewendet, dass es der Erziehung eines Kindes nicht zuträglich sei, wenn man ihm einen Diebstahl nachsah, doch das Mädchen sah mit ihren großen dunklen Augen und den zarten Wangen, an denen Spuren von Fruchtsaft klebten, so anrührend aus, dass sie es nicht übers Herz brachte, sie zu verraten.

Nach einer Weile lösten sich die Züge der Kleinen wieder, dann blickte sie sich ängstlich nach der Hintertür um, die nur angelehnt war und durch die sie gekommen sein musste.

Auf einmal wusste Grace, was sie tun konnte. Sie löste sich von dem Türrahmen und trat in die Küche.

»Guten Morgen, Mr Wilkes!«

Augenblicklich richteten sich alle Blicke auf sie. Die Dienstmädchen machten große Augen, die Köchin schnitt sich um ein Haar in den Finger, und Mr Wilkes legte rasch das Besteck weg.

»Guten Morgen, Miss Grace!« Der Butler straffte sich und bedeutete den Hausmädchen und der Köchin, dass sie sich aufstellen sollten. »Verzeihen Sie, dass ich Sie nicht eher bemerkt habe.«

Genau in dem Augenblick, als alle Anwesenden außer Grace ihr den Rücken zudrehten, suchte die kleine Diebin das Weite. Grace verbarg ihr Lächeln und sagte: »Ich bin eigentlich nur gekommen, weil ich mal sehen wollte, wie weit die Arbeit in der Küche ist.«

»Ihre Frau Mutter schickt Sie, verstehe.«

Grace ließ ihn in dem Glauben. Die Tatsache, dass sie sich von allein für die Vorgänge hier unten interessierte, hätte ihn nur aus seinem Gleichgewicht gebracht.

»Die Vorbereitungen sind in vollem Gange, und ich kann Ihnen versichern, dass alles zur Zufriedenheit von Madam Tremayne laufen wird. Wir sind uns natürlich der großen Verantwortung bewusst, die auf uns liegt, und jeder von uns«, sein Blick wanderte zu den Küchenhilfen, die vorhin noch Schelte bezogen hatten, »wird sein Bestes geben, um den Ansprüchen der Familie Tremayne gerecht zu werden.«

»Meine Mutter wird sich bestimmt sehr freuen, das zu hören, Mr Wilkes. Fahren Sie ruhig mit Ihrer Arbeit fort und … wenn Sie so freundlich wären, mir ein wenig Eistee einzuschenken?«

Eine Stunde später war es so weit, dass die umgestalteten Kleider anprobiert werden konnten. Angesichts ihres Spiegelbildes – obwohl das blau-weiß gestreifte Kleid wirklich sehr schön aussah – überkam Grace ein wenig Traurigkeit. Da hatte sie den Debütantinnen-Ball beinahe vergessen gehabt, und nun wurde sie durch die Schneiderarbeiten wieder daran erinnert. Vor ein paar Tagen hatte sie Miss Giles beim Tratschen mit Mr Norris belauscht.

»Es ist eine Schande, dass die junge Miss nicht vorgestellt wird«, hatte die Gouvernante seufzend bemerkt, worauf Mr Norris geantwortet hatte: »Auf dem Weg hierher habe ich dermaßen viele Herrenhäuser und Plantagen gesehen, dass sich sicher auf einer von ihnen ein Ehemann für Miss Grace findet.«

Die ungute Ahnung, dass dieser Ehemann aus der Stockton-Familie kommen würde, ließ Graces Magen zusammenkrampfen, als sie über den hellblauen Stoff strich, der mit einigen neuen Schleifen und Bändern sowie Spitze aus Colombo verziert war.

»Nun, was sagen Sie, Miss Grace?« Miss Giles stand mit erwartungsvollem Blick neben ihr, wie ein Maler, der auf gute Kritik von seinem Mazen hofft.

»Es ist sehr schön geworden«, antwortete Grace pflichtschuldig, denn sie wusste, dass man aus einem Esel kein Prachtross machen konnte. Aber vor den Stocktons – wenn sie denn dem Hausherrn glichen – würde sie sich damit auf keinen Fall blamieren.

»Vielleicht hätten wir eines von den Gewändern der Frauen hier tragen sollen«, meldete sich Victoria aus der anderen

Ecke des Raumes zu Wort. »Sie kratzen sicher weniger als die Spitze an meinem Ausschnitt.«

»Kommt gar nicht in Frage!« Claudia war an der Tür erschienen, um die Kleider ihrer Töchter zu begutachten. Sie selbst würde auch ein ausgebessertes Kleid tragen, das allerdings bereits am Vortag fertig gewesen war. »Ihr seid englische Ladies und keine Teepflückerinnen!«

Grace bemerkte den Blick, den eines der Mädchen, das recht gut Englisch verstand, ihr auf diese Worte zuwarf. Doch selbst wenn ihre Mutter das bemerkt hatte, überging sie es geflissentlich.

Wie ein Inspektor bei einer Feldbegehung schritt sie um ihre Töchter herum, begutachtete jeden Saum, den Sitz jeder Perle und die Länge der Röcke. Als sie damit fertig war, nickte sie der Gouvernante zu.

»Sehr gute Arbeit, Miss Giles. Ich bin sicher, dass meine zauberhaften Töchter der glanzvolle Mittelpunkt des Empfangs sein werden.«

Als das Fest direkt vor der Tür stand, wurde Vannattuppūcci in jenen Glanz getaucht, der auch das alte Tremayne House zu besonderen Anlässen verzaubert und aus ihm einen Ort gemacht hatte, an dem es keinen Verfall und keine Risse im Mauerwerk gab. Der Festsaal, wahrscheinlich lange ungenutzt, wurde von einem Heer von Bediensteten hergerichtet. Da nicht genügend Hauspersonal zur Verfügung stand, hatte Claudia kurzerhand einige Teearbeiterinnen aus dem Dorf angestellt. Auch wenn ihre Bedenken gegenüber diesem Ort noch längst nicht ausgeräumt waren, war sie sicher, einen großartigen Triumph feiern zu können.

Am Ballabend saß Grace nervös vor dem Fenster. Da sie wusste, dass auch Dean Stockton mit seiner Familie anrücken würde, wäre sie am liebsten in den Garten geflohen und dort verschwunden.

»Was meinst du, wird mich einer der Gentlemen zum Tanzen auffordern?« Victoria hob ihren rechten Arm und deutete eine Pirouette an.

Grace wandte sich um. Wenigstens ihre Schwester schien Spaß zu haben. Aber sie war ja auch noch nicht im heiratsfähigen Alter.

»Eigentlich könntest du diesen Ball als dein Debüt betrachten«, wandte Victoria ein, in der Absicht, ihre Schwester ein wenig aufzumuntern. »Immerhin wirst du der Gesellschaft von Nuwara Eliya vorgestellt.«

»Und wahrscheinlich wird mich Mr Stockton gleich an den Arm seines Sohnes hängen.«

»Vielleicht hat er einen hübschen Sohn. Auch wenn du ihn nicht leiden kannst, kannst du nicht abstreiten, dass sein Vater gut aussieht.«

»Als ob du davon schon Ahnung hast«, murmelte Grace, und während sie ihren Blick wieder aus dem Fenster richtete, fragte sie sich, was Mr Vikrama wohl an diesem Abend anstellte. Er war ganz sicher nicht eingeladen worden, immerhin zählte er nur zum Personal. Bei den Cahills war es schon etwas anderes, Mr Cahill hatte ihren Vater gefragt, ob es ihn stören würde, wenn seine Frau und seine Töchter kommen würden. Aus Höflichkeit und auch weil er sich dem Advokaten verpflichtet fühlte, hatte Henry zugestimmt. Doch lieber traf Grace sich mit den beiden Mauerblümchen, auf die sie bei einem ihrer Spaziergänge getroffen war, als mit Stockton und seinem Sohn.

Bevor Victoria eine Diskussion darüber beginnen konnte, dass sie recht wohl Augen im Kopf habe und wüsste, wann ein Mann gut aussähe und wann nicht, erschien Miss Giles. Als Gouvernante hatte sie nicht die Möglichkeiten, mit den eleganten Damen mitzuhalten, doch aus dem, was ihr zur Verfügung stand, hatte sie das Beste gemacht.

Zwar waren sie und Mr Norris auch Angestellte, da sie allerdings die Erziehung der Töchter überwachten, war ihnen gestattet worden, bei dem Ball zu erscheinen.

»Sie sehen hinreißend aus, Miss Giles!«, sagte Victoria, während sie um ihre Gouvernante herumtänzelte. »Mr Norris wird Sie wahrscheinlich gar nicht vom Tanzboden weglassen!«

Eigentlich hatte Miss Giles ihnen wieder einen Vortrag über gutes Benehmen auf dem Ball halten wollen, doch Victorias Schmeichelei brachte sie so sehr aus dem Konzept, dass sie errötete. Bis sie sich wieder gefangen hatte, waren wertvolle Augenblicke verstrichen, und schließlich sah sie ein, dass der Vortrag dazu führen würde, dass sie zu spät kamen.

Als Grace sich vom Fensterbrett erhob, verspürte sie ein unangenehmes Ziehen in der Magengegend. Der Abend wird schon vergehen, sagte sie sich. Ich werde mich benehmen, wie es sich für eine Dame der Gesellschaft gehört, und versuchen, meiner Familie keine Schande zu machen.

An der Treppe wurden sie bereits von ihren Eltern erwartet. Claudia trug ein Kleid aus blauem Taft, das mit weißen Spitzen verziert war. Henry wirkte in seinem grauen Gehrock, zu dem er eine schwarze Weste und einen dunkelroten, von einer Perlennadel zusammengehaltenen Krawattenschal trug, sehr festlich.

Beide musterten ihre Töchter prüfend, dann schritt Claudia vor und richtete an Graces hellblau gestreiftem Kleid noch einmal die Schleifen.

»Ich glaube, ihr werdet wirklich Eindruck auf die Leute machen. Was kein Wunder sein dürfte bei Engländern, die schon lange nicht mehr die heimische Küste gesehen haben.«

»Liebes, urteile doch nicht schon im Voraus über die Leute hier. Die Männer, die ich im Club kennengelernt habe, waren alle sehr freundlich und kultiviert. Ich glaube kaum, dass deren Familien verwildert sind.«

Henry neigte sich zu Claudia und gab ihr einen Kuss. Da ertönte auch schon das Rattern von Pferdewagen vor dem Haus.

»Ich glaube, sie kommen. Zeigen wir uns von unserer besten Seite!« Henry Tremayne strich ein nicht vorhandenes Stäubchen vom Revers seines Rockes und stellte sich in Positur, während Wilkes sich zur Tür begab, um zu öffnen.

Innerhalb der nächsten Minuten strömte ein großer Teil der Gesellschaft von Nuwara Eliya durch das Tor Vannattuppūccis. Kutschen machten auf dem Rondell halt, elegant gekleidete Menschen strömten die Freitreppe hinauf.

»Ah, da sind ja die Stocktons!«

Der Ausruf ihres Vaters durchfuhr Grace wie ein Peitschenhieb, und sie verlor die Kontrolle über ihre Miene.

»Sieh nicht so finster drein«, mahnte sie ihre Mutter. »Du wirst den Burschen noch verschrecken.«

Das wollte sie auch! Auch wenn George Stockton eher Ähnlichkeit mit seiner Mutter hatte, die blass und rothaarig war, fand sie an ihm nichts, was sie wirklich kennenlernen wollte. Als ihren Ehemann konnte sie ihn sich schon gar nicht vorstellen.

Stockton ging seiner Familie voraus wie ein aufgeputzter Hahn in einem Gehrock aus blaugrünem Brokat. Sein Blick streifte zunächst ihre Eltern, dann traf er sie. Zufriedenheit breitete sich auf seinen Zügen aus, als Henry ihn in Empfang nahm.

»Ich freue mich sehr, Sie hier begrüßen zu dürfen, Mr Stockton!«

»Die Freude ist ganz meinerseits«, entgegnete Stockton, dann stellte er seine Familie vor. Der rothaarige George, auf dessen Gesicht ein zarter rötlicher Bartflaum heranwuchs, hatte noch eine Schwester, die die dunklen Haare des Vaters geerbt hatte, aber dennoch recht schwächlich erschien mit ihrer durchscheinenden Haut und den zarten Gliedmaßen.

Grace lächelte ihnen allen freundlich zu und bemerkte gleichzeitig, dass der Bursche sie eindringlich musterte, als hätte sein Vater ihm bereits einiges von ihr berichtet.

Ihre Vermutung stimmte also! Stockton wollte sie mit ihrem Sohn verkuppeln. Und bei dem Ansehen, das er bei ihrem Vater genoss, würde der sich über dieses Ansinnen auch noch freuen!

»Ihre Frauen sehen ganz reizend aus, Mr Tremayne«, bemerkte Stockton, nachdem er Claudia einen formvollendeten Handkuss gegeben hatte.

»Dieses Kompliment kann ich zurückgeben«, entgegnete Henry höflich. »Und zudem haben Sie einen sehr stattlichen Stammhalter. Ich gratuliere, dieser junge Mann macht Ihnen sicher viel Freude.«

»Das tut er.« Stockton legte seinem Sohn die Hand auf die Schulter. »Und er brennt darauf, Ihre Tochter kennenzulernen. Schließlich werden beide eines Tages die Plantagen führen, nicht wahr?«

Die Bedeutung der Worte entging Grace nicht. Als Frau würde sie die Plantage nicht allein führen können, sondern nur an der Seite eines Mannes. Oder gar nicht, denn der Mann würde die Geschäfte übernehmen.

Noch vor einigen Wochen hätte sie daran nichts gefunden. Sie hätte sich, wie es von ihr erwartet wurde, gefügt und sich ganz in die Pflichten einer Ehefrau hineinbegeben.

Aber nun regte sich leichter Widerstand in ihr, eine Tatsache, die sie selbst sowohl erstaunte als auch erschreckte. An der Seite eines anderen Mannes als George Stockton wäre sie bereit, die gesellschaftlichen Konventionen zu achten, aber nicht mit diesem Burschen, dem schon von weitem anzusehen war, dass er schwächer sein würde als sie selbst.

Glücklicherweise kamen noch andere Gäste, und so mussten sich Henry und Claudia vorerst von den Stocktons verabschieden. Die Tatsache, den Blicken von Mr Stockton und George entkommen zu sein, ließ Grace die Begrüßungen und Komplimente der anderen Leute wesentlich freudiger ertragen. Einigen merkte sie sogar an, dass sie es ehrlich meinten, und manche waren ihr auch sympathisch, denn sie maßen sie nicht wie eine Kuh auf dem Viehmarkt.

Als alle Gäste anwesend waren, hielt ihr Vater eine kleine Rede darüber, wie sehr er sich freue, die feine Gesellschaft Nuwara Eliyas zu begrüßen und Gelegenheit erhalte, in diesem schönen Land Wurzeln zu schlagen. Das Andenken an seinen Bruder kam nur kurz zur Sprache, als geübter Redner erkannte er, wann ein Thema für Betretenheit sorgte und die Stimmung zu töten drohte. Also schwenkte er schnell wieder über zu dem Fest und bedeutete den Musikern, die er mit Wilkes' Hilfe aus Colombo geholt hatte, dass sie beginnen konnten.

Als ihr der Kopf von dem vielen Gerede, den Höflichkeiten und dem aufgesetzten Lächeln schwirrte, verließ Grace das Haus für einen kleinen Spaziergang. Sie musste zugeben, dass sich die Gäste nicht wesentlich von der Gesellschaft in London unterschieden. Obwohl sie schon jahrelang hier waren, schien sich nichts an ihrem Verhalten geändert zu haben.

Der Garten empfing sie mit wohltuender Ruhe und Dunkelheit, die tiefer wurde, je weiter sie sich von den Lichtern entfernte. Früher wäre sie auf keinen Fall in ihrem schönen Ballkleid rausgelaufen, aber die vergangenen Wochen hatten sie verändert. Sie wusste selbst nicht, was es war. Die Abneigung gegen diesen Ort hatte sich ins Gegenteil verkehrt, ihr Interesse für den Teeanbau war erwacht, und allmählich erging es ihr wie Victoria, die den Aufenthalt hier für ein großes Abenteuer hielt.

»Miss Grace«, sagte eine leise Stimme.

Als sie sich umwandte, stand Vikrama neben ihr. Weder trug er seine Arbeitskleidung noch seinen mysteriösen Anzug, und Grace konnte nicht anders, als ihn anzustarren. In seinem schwarzen Hemd, das er am Kragen leicht offen trug, die Ärmel ein wenig hochgerollt, und seinen weiten schwarzen Hosen, zu denen er keinerlei Schuhe trug, wirkte er wie ein orientalischer Ritter aus einer der Geschichten, die sie vor langer Zeit gelesen hatte. Auch diese Männer trugen bevorzugt Schwarz. Im Gegensatz zu ihnen verschleierte er sein Gesicht allerdings nicht. Im Mondschein wirkte es sogar ein wenig blass aufgrund seiner schwarzen Locken, den dunklen Brauen und dem Bart, den er wieder sauber zurechtgestutzt hatte. Und er sah noch besser aus, als sie ihn von den vergangenen Tagen in Erinnerung hatte.

»Mr Vikrama, ich …«

Lächelnd hob er die Hand. »Ich habe mich zu entschuldigen. Meine Reaktion war sehr unpassend, sie hat den Eindruck entstehen lassen, dass ich illegalen Aktivitäten nachgehe. Doch dem ist nicht so.«

Grace lächelte ihn beinahe schon erleichtert an. Offenbar ist er mir nicht mehr böse.

»Das habe ich auch nie geglaubt«, entgegnete sie. »Ich bin nur sehr neugierig, eine Eigenschaft, die meine Mutter früher immer getadelt hat. In den vergangenen Jahren hatte ich sie abgelegt, aber hier ist alles so neu und anders, dass ich fürchte, sie ist zu neuem Leben erwacht.«

»Neugierde ist nicht immer schlecht«, gab Vikrama zurück. »Manchmal hilft sie, den Geist für andere Kulturen zu öffnen.«

»Ist das von einem berühmten Dichter?« Grace hob verwundert die Brauen.

»Nein, von mir. Es ist meine Erfahrung. Und die meiner Leute. Auch wir sind sehr neugierig, besonders auf neue Menschen. Aus diesem Grund werden Sie hier immer Menschen finden, die bereit sind, Ihnen zu helfen. Denn indem sie es tun, lernen sie Sie kennen.«

Schweigen drängte sich zwischen sie. In der Ferne ertönte ein seltsamer Ruf, wahrscheinlich von einem Vogel.

»Ich hatte dennoch kein Recht, Sie danach zu fragen«, stellte Grace zerknirscht fest. »Sie mögen der Angestellte meines Vaters sein, aber haben Ihr eigenes Leben.«

Darauf sah Vikrama sie ein wenig seltsam an. Etwas schien ihm auf den Lippen zu liegen, doch er wischte es mit einem beinahe unmerklichen Kopfschütteln beiseite. Dann sagte er: »Kalarippayat.«

Grace sah ihn verwundert an. »Wie bitte?« War das ein einheimischer Gruß?

Vikrama lächelte. »Das ist es, was ich mache. Kalarippayat.«

»Und was ist das?«

»Eine Kampfkunst. Ich übe sie jeden Abend mit ein paar Freunden. Der Mediziner im Pflückerdorf ist der Gurukal, der Meister. Ich bin einer seiner Schüler.«

»Und was macht man bei dieser Kampfkunst?«, fragte Grace atemlos. Wenn sie hinter dem freundlichen und korrekten Vorarbeiter auch alles vermutet hatte – es war sicher kein Kämpfer.

»Wir kämpfen mit Schwertern und Schilden oder auch nur mit unseren Händen und Füßen. Eigentlich ist es mehr ein Tanz als blindes Draufhauen. Wenn wir üben, kämpfen wir mit unserem Gegner, nicht gegen ihn.«

Grace versuchte, sich vorzustellen, wie das aussah. Trugen alle Männer dabei solche Kleidung wie Vikrama? Welches Geräusch machten die Schwerter? Wie wurden sie geführt? Doch sicher nicht so wie in Theaterstücken über Richard III.!

»Es gibt eine interessante Geschichte zu dieser Kampfkunst«, setzte Vikrama hinzu, während er mit auf dem Rücken verschränkten Händen neben ihr ging. Seine Bewegungen waren dabei so geschmeidig wie die einer Raubkatze. Oder bildete sich Grace das nur ein, jetzt, wo sie von der Kampfkunst wusste?

»Lassen Sie hören!«

»Früher waren die indischen Herrscher so weise, dass sie bei einer Schlacht unnötiges Blutvergießen vermeiden wollten. So schickten beide Parteien jeweils einen Kalarippayat-Kämpfer aus ihrer Leibgarde nach vorn, um ein Duell auf Leben und Tod auszufechten. Der Fürst des Kämpfers, der starb, musste sich geschlagen geben.«

»Das klingt sehr weise«, gab Grace beeindruckt zurück. Bisher hatte sie nur von den indischen Sikh-Kriegern gehört, die für ihren Wagemut und ihre Grausamkeit bekannt waren.

»Das ist es auch. Leider ist diese Tradition mit der Zeit ein wenig in Vergessenheit geraten, weil der Krieg zwischen indischen Fürsten irgendwann einmal weniger wurde und sich die Heere mit Invasoren messen mussten, die mit dem Brauch nicht vertraut waren. Aber die Kalarippayat-Kämpfer bildeten dennoch stets die Elitegarde eines Maharadschas.«

Von der Erzählung vollkommen eingenommen, schwieg Grace.

»Wir kämpfen im südlichen Stil des Kalarippayat, obwohl wir diese Kunst nicht mehr wie angestammt am helllichten Tag ausführen können.«

Vor lauter Begeisterung bemerkte Grace nicht, dass Vikrama verstummte, als hätte er schon zu viel gesagt.

»Und wie sieht so ein Kampf aus?« Ein Leuchten zog durch ihre Augen. »Könnte ich vielleicht einmal dabei zusehen?«

Vikrama runzelte die Stirn. »Das wird nicht so einfach, fürchte ich. Bei unseren Kampfübungen sind ausschließlich Männer zugegen. Frauen halten sich zurück, es wird ihnen nicht verboten zuzuschauen, aber dennoch sieht man sie nicht gern, weil sie eine Ablenkung darstellen oder die Krieger zu Leichtsinn verleiten, weil sie ihnen gefallen wollen.«

»Genauso wie bei uns«, schmunzelte Grace. »Junge Engländer, die ihren Mädchen gefallen wollen, stellen manchmal auch irgendwelchen Unfug an.«

»Vielleicht findet sich eine Möglichkeit, dass Sie heimlich zusehen können«, lenkte Vikrama ein. »Allerdings sollten Sie sich bis dahin wesentlich besser im Gelände auskennen. Ich werde Sie vielleicht hinführen, aber nicht so schnell wieder zurückbringen können.«

Graces Wangen glühten, als hätte sie zu lange in ein Herdfeuer geschaut. War das alles aufregend! So etwas war im guten alten England nicht möglich.

Doch nun bemerkte sie, dass Vikramas Miene auf einmal ernst geworden war.

»Was ist?«, fragte sie besorgt, worauf der Mann vor ihr stehen blieb und sanft seine Hände auf ihre Arme legte.

»Es ist sehr wichtig, dass Sie Ihrem Vater nichts davon verraten. Bitte, behalten Sie das, was ich Ihnen erzählt habe, für sich.«

Grace war überrascht. »Aber …«

»Ich bin mir noch nicht sicher, was für ein Mann Ihr Vater ist. Während der Eroberung Indiens haben Kalarippayat-Kämpfer den Engländern schwer zugesetzt. Ich weiß von einigen Plantagen, auf denen Kämpfer hart bestraft wurden, als man entdeckte, dass sie übten. Unsere Art zu kämpfen ist verboten.«

Nach Luft schnappend, presste Grace hervor: »Aber Sie wollen doch nicht …«

»Nein, wir wollen die Engländer nicht damit angreifen. Wir sind zahlenmäßig gar nicht stark genug, und Männern wie mir geht es einzig um die Erhaltung dieser Tradition. Deshalb schleiche ich nachts vom Hof und treffe mich im Schutz der Wälder mit den anderen. Und deshalb wollte ich Ihnen nicht sagen, was ich tue.«

Der Vergleich mit dem Ritter war also nicht ganz falsch gewesen. Grace brauchte eine Weile, um das Gehörte zu verdauen. Der freundliche junge Mann praktizierte unter den Augen der Kolonialisten eine verbotene Kampfkunst, für die er hart bestraft werden konnte. Und er zog sie, die Tochter seines Herrn, ins Vertrauen.

»Warum haben Sie mir das alles erzählt?«, presste sie atemlos hervor. »Ich könnte doch zu meinem Vater gehen und ihm alles berichten!«

»Das könnten Sie.« Wieder lächelte Vikrama. »Aber das werden Sie nicht tun, ich weiß es. Ich weiß es seit dem Augenblick, als Sie das kleine Mädchen, das Ihrer Köchin einen Kuchen gestohlen hat, nicht verraten haben. Sie wissen es vielleicht nicht, aber unter den Herren hier gilt Diebstahl, auch wenn es Mundraub ist, als schweres Verbrechen und wird mit Auspeitschen geahndet.«

»Aber doch nicht bei Kindern.«

Vikrama nickte traurig. »Doch, auch bei Kindern. Sie nehmen weder Rücksicht auf das Geschlecht noch das Alter des Diebes.«

Erschüttert schüttelte Grace den Kopf. »Und woher wissen Sie das mit dem Mädchen?«

»Die Kleine hat es mir vorhin erzählt. Sie ist die Tochter von ein paar Freunden, die ich gerade besucht habe. Deshalb sind Sie mir begegnet, ich war gerade auf dem Weg nach Hause.«

Jetzt lächelte Vikrama wieder und ließ ihre Arme los. Obwohl er nicht fest zugepackt hatte, spürte Grace seine Hände immer noch, und ein seltsames Gefühl der Erregung durchzog sie.

»Ich verspreche, er wird von mir nichts erfahren«, sagte sie, und bevor Vikrama darauf etwas entgegnen konnte, setzte sie rasch hinzu: »Aber Sie müssen mir versprechen, vorsichtig zu sein. Die Strafe dafür, dass man Sie entdeckt, ist sicher noch schlimmer als die für Diebe.«

»Keine Sorge, Miss Grace, solange niemand erfährt, was ich trcibc, wird mich auch niemand bestrafen. Aber jetzt sollte ich Sie besser wieder zum Haus begleiten. Ich kann mir vorstellen, dass man Sie auf der Ballgesellschaft bereits vermisst.«

Während sie schweigend den Weg zurückgingen, fragte sich Grace, ob ihr Fehlen bereits bemerkt worden war. Wahrscheinlich hatten ihr Vater und ihre Mutter so sehr mit den Stocktons zu tun, dass dies nicht der Fall war. Und Victoria würde sich inzwischen sicher mit irgendwelchen Kindern verbrüdert haben und schlimmstenfalls versuchen, die Dienstmädchen zu ärgern oder an Wein heranzukommen.

»Ah, Mr Vikrama, Sie haben meine Tochter gefunden!«

Grace zuckte zusammen, als sie ihren Vater auf sich zukommen sah. Obwohl sie nichts Unrechtes getan hatten, überkam sie nun die Sorge, dass er sich irgendwelche Gedanken gemacht haben konnte.

»Mir war nicht gut«, erklärte sie schnell. »Ich musste einen Moment an die frische Luft.«

»Und Mr Vikrama hat dabei für deine Sicherheit gesorgt.«

»Ich war auf dem Weg nach Hause, Sir«, sagte er ruhig und pflichtbewusst. »Ich hatte mir erlaubt, ein paar Freunde in den Pflückerschuppen zu besuchen. Da Ihre Tochter ein wenig verloren wirkte, habe ich ihr meine Gesellschaft angeboten.«

»Das war sehr freundlich von Ihnen. Komm, Grace, ich möchte dich gern ein paar Leuten vorstellen.«

Als Grace sich zu Vikrama umwandte, verneigte er sich leicht und zog sich, nachdem er ihr einen eindringlichen Blick zugeworfen hatte, zurück.

Nun sah sie, dass Stockton hinter ihrem Vater aufgetaucht war und die Unterredung mit angehört hatte. Sein Lächeln wirkte teilweise grimmig, teilweise spöttisch, und Grace konnte sich denken, was der Grund war. Damals, als er Victoria beinahe über den Haufen geritten hatte, hatte sie auf seine Begleitung verzichtet, und nun ließ sie sich von einem Tamilen Gesellschaft leisten. Grace tat, als bemerke sie es nicht, doch Stocktons Blick bohrte sich wie ein Pfeil zwischen ihre Schulterblätter.

Im Ballsaal fühlte sich Grace auf einmal vollkommen fehl am Platz. Sie lächelte, wie es von ihr erwartet wurde, ließ ein paar Bemerkungen fallen, doch immer dann, wenn man sie nicht in Anspruch nahm, wanderte ihr Blick zu den Fenstern, gegen die sich die Dunkelheit wie ein großes Tier lehnte.

Ist er jetzt wieder bei den Kampfübungen?, fragte sie sich. Wie gern wäre sie jetzt dort draußen und würde ihm zusehen! Doch abgesehen davon, dass sie ihn und sein Geheimnis damit in Gefahr gebracht hätte, hätte ihr Vater sie auch nicht wieder verschwinden lassen. Immer wieder zogen entweder er oder ihre Mutter Grace mit sich, um mit den Leuten zu sprechen. Letztlich konnte Grace den Namen schon keine Gesichter mehr zuordnen, weil es einfach zu viele waren, die sie sich hätte merken müssen.

Nach schier unzähligen Stunden hatte der Empfang ein Ende. Die Stocktons verabschiedeten sich, allerdings nicht, ohne dass Dean ihrem Vater noch einmal Komplimente für seine »schönen Frauen« machte und versprach, bald wiederzukommen. Auch die anderen Gäste gingen; einige Damen lachten beschwipst, während so mancher Mann lief wie ein Matrose auf einem altmodischen Teeklipper.

»Stocktons Tochter ist vollkommen langweilig«, beschied Victoria, als sie zu ihrem Zimmer schlenderten. »Hast du gesehen, wie blass sie ist? Das kommt von den vielen Krankheiten, die sie hatte. Der Arzt ist Dauergast bei ihnen.«

Grace, die gar nicht richtig zugehört hatte, antwortete lediglich mit einem »Hm«.

»Du fragst dich jetzt vielleicht, woher ich das weiß. Eine ihrer Eigenheiten ist es, damit zu prahlen, welches Leiden sie wieder auf ihr Bett gezwungen hat. Im Moment, meinte sie, leide sie an Schwindelanfällen und falschem Herzrhythmus, eigentlich hätte sie gar nicht mitkommen wollen, aber ihre Mutter hat darauf bestanden.«

Die Worte zogen an Grace nur so vorbei, selbst dann noch, als sie ihr Zimmer betreten hatten und sich aus ihren Kleidern schälten.

»Mary Cahill ist da schon wesentlich interessanter. Hast du die Tochter von Mr Cahill gesehen?«

Grace schüttelte mechanisch den Kopf, als diese Worte zu ihr durchdrangen.

»Ich sage dir, die wird keine Probleme haben, sich den richtigen Ehemann zu angeln. Nur gut, dass wir keine Jungs sind, sonst hätte sie sich bestimmt an einen von uns herangemacht.«

Als sie merkte, dass ihre Schwester ihr nicht zuhörte, verstummte Victoria und wandte sich ihr zu. »Ist etwas mit dir? Du bist so schweigsam.«

»Nein, es ist nichts. Ich bin nur hundemüde, Vater und Mutter haben mich wirklich bei jedem Gast persönlich vorgestellt. Ich könnte dir nicht einmal mehr sagen, welcher Sohn oder welche Tochter zu welcher Familie gehört.«

»Na, wenn es um die Söhne geht, so haben sich deine Chancen, nicht bei den Stocktons einheiraten zu müssen, durch diesen Ball beträchtlich erhöht, glaube ich.« Victoria lachte kurz auf, als sie jedoch sah, dass ihr Scherz nicht zu Grace durchgedrungen war, setzte sie sich neben ihrer großen Schwester auf die Bettkante.

»Wo warst du eigentlich, als Vater dich draußen suchen gegangen ist?«

»Spazieren«, gab Grace zurück, und während sie die Knöpfe ihres Kleides öffnete, wünschte sie sich nur, endlich im Bett zu liegen oder allein am Fenster zu sitzen, um nachdenken zu können.

»Spazieren? Allein in der Dunkelheit?« Victorias Augen weiteten sich, als hätte sie etwas Furchtbares erblickt. »Dich hätte ein Unhold erwischen können.«

»Aber doch nicht hier. Die Einzigen, die zum Unhold taugen, befanden sich im Ballsaal. In den Teeschuppen war alles ruhig, und ich bezweifle, dass es hier so was wie Teegeister gibt.«

»Das kannst du nicht wissen!« Victoria hob mahnend den Zeigefinger in die Höhe. »Jeder Ort hat seine Geister, dieser hier bestimmt auch. Vielleicht streift Onkel Richard des Nachts durch die Teefelder, um seinen Besitz zu betrachten.«

Der unheilvolle Ton, den ihre Schwester so meisterhaft beherrschte, wenn sie den Inhalt eines ihrer Gruselromane wiedergab, ließ Grace unwillkürlich einen Schauer über den Nacken streichen. »Unsinn«, sagte sie schließlich und erhob sich, um aus dem Kleid zu steigen. »Onkel Richard spukt hier nicht. Sonst hätte er sich uns schon gezeigt. Geister wollen Publikum, vergiss das nicht.«

Grace küsste ihrer Schwester die Stirn, dann entledigte sie sich der restlichen Röcke, bis sie, nur noch mit Leibchen und Unterhose bekleidet, unter die Bettdecke schlüpfte. Ihre Schwester gab daraufhin seufzend auf und begab sich ebenfalls ins Bett.

In dieser Nacht jedoch setzte Grace sich nicht ans Fenster. Mit weit offenen Augen starrte sie an die einfache, weißgetünchte Zimmerdecke und spürte den Fragen nach, die sich in ihrem Verstand wanden.

Die wichtigste von ihnen hätte sie Vikrama am liebsten schon dann gestellt, als sie mit ihm durch den Park gegangen war. Hatte er eine Frau? Oder eine Braut?

Verwirrt stellte sie fest, dass sie beinahe so etwas wie Eifersucht spürte, obwohl sie doch gar nicht wusste, wie die Antwort lautete.

Damit diese beiden Frauen aus ihrer Fantasie sie nicht noch weiter durcheinanderbrachten, versuchte sie sich vorzustellen, wie diese seltsame Kampfkunst aussehen würde. Fochten sie wie die Ritter? Oder kämpften sie eher wie bei diesen Ringkämpfen in den Hinterhöfen Londons? Natürlich hatte sie dergleichen noch nie beobachten können, Victorias reißerische Romane hatten allerdings ausgereicht, um ihre Fantasie zu entfachten. Von seltsamer Erregung erfasst, schloss sie die Augen und glitt in einen unruhigen Schlaf voller Träume von seltsamen Männern in noch seltsameren weißen Gewändern.

In den nächsten Wochen suchte Grace beständig nach Möglichkeiten, das Leben der Pflückerinnen kennenzulernen, die Umgebung zu erkunden und dabei zufällig auf Vikrama zu treffen, von dem sie das Gefühl hatte, dass unter seinem Pflichtbewusstsein nach und nach auch sein Charakter und seine Gefühle zum Vorschein traten.

Noch immer verschwand er beinahe jede Nacht im Gebüsch und tauchte nach Stunden wieder auf. Manchmal blickte er auf, und wenn er sie am Fenster entdeckte, lächelte er. Manchmal war er jedoch so tief in Gedanken, dass er nicht nach oben schaute und Grace dazu veranlasste, sich den Kopf darüber zu zerbrechen, was er wohl dachte.

Als die Stunden des Wachseins ihren Tribut forderten, schlief Grace morgens ein wenig länger.

»Du tauchst ja gar nicht mehr im Unterricht auf«, wunderte sich Victoria eines Morgens, als sich Grace gerade träge aus dem Bett erhob. »Mr Norris vermisst dich schon. Und Vater wundert sich, warum du seit zwei Wochen das Frühstück lieber aufs Zimmer gebracht haben möchtest.«

»Ich schaue mir das Leben auf der Plantage an«, entgegnete Grace ausweichend und hoffte, dass ihre Schwester ihr den wahren Grund ihrer einsamen Spaziergänge nicht ansah.

»Und was machst du nachts, nachdem wir schlafen gegangen sind?«

Ertappt schwieg Grace.

»Ich habe neulich gesehen, dass du am Fenster gesessen und den Mond angestarrt hast. Du bist doch wohl kein Schlafwandler, oder?«

»Ich … ich kann bei Mondschein nicht ordentlich schlafen«, entgegnete Grace und hoffte, dass Victoria ihr das abkaufte. Immerhin war es von ihrem Bett aus unmöglich zu sehen, was vor dem Fenster vor sich ging.

»Ich habe auch gesehen, wie du vor dich hin lächelst, als hättest du gerade einen guten Gedanken«, setzte Victoria hinzu, beinahe erfreut, hinter ein Geheimnis ihrer großen Schwester gekommen zu sein. »Du wirst doch wohl nicht wie einer dieser Dichter, die Oden an den Mond schreiben. Oder wie dieser deutsche Maler, der immer nur Mondlandschaften malt.«

»Du meinst Caspar David Friedrich? Nein, ich glaube nicht, dass ich je dessen Meisterschaft erringen werde.« Angesichts der unschuldigen Gedanken ihrer Schwester fühlte sich Grace nun wieder etwas sicherer. »Glaub mir, seit unserer Ankunft hier schrecke ich immer wieder zur gleichen Stunde aus dem Schlaf, und erst weit nach Mitternacht kann ich wieder einschlafen.«

»Das klingt nicht normal«, stellte Victoria fest. »Du solltest das einem Arzt erzählen.«

»Wir haben ja noch gar keinen Arzt, Dummerchen«, gab Grace zurück und strich ihr übers Haar. »Außerdem fühle ich mich vollkommen gesund. Es wird daran liegen, dass hier die Zeit im Gegensatz zu England verschoben ist. In einem von Vaters Journalen habe ich gelesen, dass hier die Sonne viele Stunden früher aufgeht als in unserer alten Heimat. Wahrscheinlich kann ich mich nur schlecht daran gewöhnen. Immerhin wird es hier auch früher Abend als bei uns.«

Je länger sie redete, desto mehr gefiel ihr diese Erklärung. Nicht einmal Mr Norris könnte etwas dagegen einwenden.

Tatsächlich sprach ihr Vater sie beim Abendessen auf den Umstand an. Als sie selbstsicher die Erklärung vortrug, blickte Henry beinahe vorwurfsvoll zu ihrer Mutter. »Unsere

Tochter muss sich an die Umstände hier gewöhnen. Kann Miss Giles nichts tun?«

»Was sollte sie gegen Schlaflosigkeit tun?«, fragte Claudia verblüfft zurück. »Ihr vielleicht Schlaflieder vorsingen?«

Dann beugte sie sich lächelnd zu Grace. »Liebes, ich denke, fürs Erste können wir dich beim Frühstück entbehren. Aber du solltest wirklich daran arbeiten, deinen Zeitrhythmus wiederzufinden.«

»Das werde ich«, versprach Grace ernst, war in Gedanken aber schon wieder bei ihrem Fenster und Vikrama, der sich in seinem seltsamen Aufzug in die Büsche schlug.

Zu den Punkten, die Mr Stockton mit ihrem Vater während des Empfangs besprochen hatte, zählte auch das Anwerben englischer Arbeiter für die Plantage. Diese sollten bei Fuhrarbeiten eingesetzt werden und die Arbeit der Teepflückerinnen überwachen. Henry stellte einen zweiten Vormann ein, einen grobknochigen, blonden Mann namens Jeff Petersen, der früher einmal auf einer neuseeländischen Schaffarm gearbeitet hatte. Dessen auffälligstes Merkmal war neben einer großen Nase eine geflochtene Lederpeitsche, die er ständig bei sich trug. Obwohl er leise sprach, hatten seine Worte eine bedrohliche Kraft. Dies war kein Mann, der Ausfälle duldete. Wenn er erst einmal das Vertrauen seines Herrn gewonnen hatte, würde er mit harter Hand durchgreifen.

Vikrama war darüber alles andere als erfreut. Schafe waren nicht Tee, und die Arbeiterinnen brauchten keinen Antreiber. Bisher gaben sie ihr Bestes, weil sie das Leben auf der Plantage schätzten. Weil sie Richard Tremayne auch nach seinem Tod schätzten. Und weil ihre Kaste, der von den Göttern vorbestimmte Platz in ihrem Leben, ihnen außerhalb der Plantage ein Leben im Elend bescheren würde.

»Verzeihen Sie, Sir, aber sind Sie mit meiner Arbeit nicht zufrieden?«, wandte sich Vikrama also an Henry, als sie sich zum täglichen Gespräch zusammenfanden. Noch war der neue Vormann nicht da, aber das würde sich sicher bald ändern.

»Ganz im Gegenteil, mein Lieber, ich bin sehr zufrieden mit Ihnen. So zufrieden, dass ich beschlossen habe, Sie zu meinem Verwalter zu machen.«

Vikrama starrte ihn überrascht an. »Aber Mr Cahill ...«

»Mr Cahill ist mein Advokat, und ich bin der Meinung, dass ihn dieses Amt auch vollständig ausfüllt. Ihre Talente sind meines Erachtens im Amt des Vormanns völlig verschwendet. Ich werde Mr Petersen Ihrem Kommando unterstellen; sollte er etwas tun, das Ihrer Erfahrung widerspricht, sind Sie befugt, ihm Weisungen zu erteilen.«

Dennoch war Vikrama nicht ganz zufrieden. Er kannte die Arbeiterinnen und wusste sie zu motivieren, ohne die Peitsche zu gebrauchen. Ein Blick auf Petersen hatte ihm gesagt, dass sich das ändern würde, sobald er auf den Feldern herumgehen konnte.

»Sie sehen so aus, als würde Ihnen meine Entscheidung nicht gefallen.«

»Sie sind der Herr, Sir. Sie werden immer tun, was für die Plantage am besten ist.«

Henry betrachtete ihn prüfend, dann nickte er. »Trinken Sie noch ein bisschen Tee, Mr Vikrama. Sie haben recht, unsere Plantage produziert wirklich erstklassige Qualität.«

Schweigend kam Vikrama seinem Vorschlag nach, dann sagte er: »Ist Ihnen schon einmal aufgefallen, dass die Frauen auf dem Teefeld singen?«

Henry runzelte die Stirn. Wie kam er nur darauf?

»Als wir uns die Plantage angesehen haben, war alles still.«

»Das stimmt, denn die Frauen haben uns kommen sehen.

Aber wenn Sie sich dem Teefeld nähern, ohne gesehen zu werden, können Sie ihren Gesängen lauschen.«

»Das ist ja alles gut und schön, aber was hat das mit unserem Gespräch zu tun?«

»Nichts, Sir, ich wollte Sie nur darauf hinweisen. Diese Gesänge sind sehr schön, sie zeigen, wie zufrieden die Pflückerinnen sind. Solange diese Gesänge über den Teepflanzungen schweben, wird Vannattuppūcci auch weiterhin so guten Tee produzieren, und Sie werden sich in aller Welt einen Namen machen.«

Henry fand das Gesagte seltsam, ließ es sich aber nicht anmerken. Was mochte er damit meinen? Ein kluger Mann wie er sagte doch nicht einfach etwas so dahin …

Auf einmal spürte er den Stachel des Misstrauens. Hatte dieser Bursche vor, seine Leute gegen ihn aufzuwiegeln, wenn er nicht tat, was er verlangte?

Er blickte in das Gesicht seines Gegenübers, das unbewegt erschien, dennoch wurde er den Eindruck nicht los, dass es dahinter brodelte. Ich werde ihn im Auge behalten müssen, und zwar gründlich, sagte er sich.

Als Henrys neue Arbeiter ihren Dienst antraten, änderte sich einiges auf der Plantage. Die Produktivität stieg – und auf den Teefeldern wurde es still. Die Frauen arbeiteten schneller als zuvor, sangen aber nicht mehr. Singen, das fand Mr Petersen, würde sie von der Arbeit abhalten.

Henry Tremayne fiel die Veränderung nicht auf. Ohnehin hatte er Vikramas Worte verdrängt, und sein Verwalter war auch nicht mehr darauf eingegangen.

Aber auch Vikrama veränderte sich. Er wurde stiller, in sich gekehrter. Er wusste, dass sich Petersen und seine Leute von einem Mischling nichts sagen lassen würden. Und dass

Mr Tremayne auf ihrer Seite sein würde, sollte es zum Streit kommen.

Er führte es darauf zurück, dass er Tremaynes Tochter an dem Ballabend begleitet hatte. Stockton hatte ihm sicher klargemacht, dass dies nicht schicklich war. Stockton, mit dem sich Master Richard zuletzt bis aufs Blut gestritten hatte und den Vikrama insgeheim für dessen Tod verantwortlich machte. Doch konnte er dergleichen gegenüber Mr Tremayne behaupten?

Schließlich hielt er es für besser, zu schweigen – die Engländer hielten letztlich zusammen, das wusste er – und auch Tremaynes Töchtern so weit wie möglich aus dem Weg zu gehen, obwohl es ihm schwerfallen würde, Grace zu meiden. Grace, die mit ihrer milchweißen Haut so anders war als andere Frauen. Noch nie hatte er für eine Frau innerhalb so kurzer Zeit so viel Sympathie empfunden.

Aber zum Wohle seiner Leute zwang er sich, ihr auszuweichen. Nicht, dass Tremayne einen falschen Eindruck gewann …

Mochte ihr Vater Vikramas Veränderung auch übersehen, Grace bemerkte sie sehr wohl. Wenn sie aufeinandertrafen, plauderte er nicht mehr unbeschwert mit ihr. Vikrama hielt sich zurück, wirkte manchmal regelrecht steif, so dass Grace sich nach einigen Augenblicken völlig verunsichert zurückzog und sich für ihre Gedanken schalt, in denen er immer öfter die Hauptrolle spielte. Doch wenn ihre Enttäuschung verraucht war, fragte sie sich, was dazu geführt haben konnte. Gab es Probleme auf der Plantage? Probleme mit ihrem Vater? Ihr war die Ankunft der Männer, die Stockton empfohlen hatte, nicht entgangen. Und dass Vikrama jetzt immer öfter im Büro festgehalten wurde, anstatt wie sonst umherzugehen. Hatte auch das mit Stockton zu tun? Auch wenn sie dafür keinen Beweis hatte, steigerte es ihren Zorn auf ihren Nachbar nur noch.

An einem schönen warmen Vormittag, als Victoria gerade im Unterrichtsraum über einem Diktat von Mr Norris schwitzte, beschloss Grace, dass es Zeit war, ihren Freundinnen in London zu schreiben. Das hatte sie bereits kurz nach der Ankunft in Colombo vorgehabt, doch dazu war es nicht gekommen, zu viel hatte es zu sehen gegeben, zu viel war passiert.

Ein schriller Aufschrei ließ Grace mit der Feder abrutschen. Ein hässlicher Strich zog sich wie eine Schnittwunde über das Geschriebene.

Doch das war nebensächlich. In der Annahme, dass irgendwas geschehen sein musste, eilte sie zum Fenster, und als sie nichts entdeckte, verließ sie ihr Zimmer.

Überraschenderweise schien niemand außer ihr auf den Tumult aufmerksam geworden zu sein. Als sie in der Halle durch die hohen Fenster spähte, entdeckte sie eine Menschenmenge, die sich bei den Teeschuppen zusammengefunden hatte. Die Schreie hallten noch immer über den Hof. Was war da los?

Zunächst wollte sie ihrem Vater Bescheid geben, doch der hatte die Plantage in aller Frühe verlassen. Ihre Mutter lag wieder einmal mit Migräne im Bett.

Da niemand sonst etwas unternehmen würde, raffte Grace ihre Röcke und lief nach draußen.

Das scharfe, zischende Geräusch, das zwischen den Schreien ertönte, ließ ihr Blut zu Eis werden. Sie hatte es schon einmal gehört, in Plymouth, wo sie das Schiff nach Ceylon bestiegen hatten.

Die Frauen wichen verwundert zurück, als Grace sich ihren Weg durch sie hindurch bahnte.

Petersen schlug mit einer Reitpeitsche auf eine Frau ein, die an eine Palme gebunden war.

Grace erstarrte, als sie das Blut auf ihren Kleidern sah.

»Hören Sie auf!«, rief sie, doch der Mann ließ erneut die Peitsche auf den Rücken der Frau niedersausen.

Grace zuckte zusammen, rannte dann weiter. Erschrocken wichen einige Männer zurück, einer rief Petersen etwas zu, das sie nicht verstand.

Auf einmal wurde ihr klar, dass nur eines den Vormann stoppen konnte. Als sie kurzerhand vor die Frau trat, hielt er inne.

Petersen stieß ein wütendes Brummen aus, doch dann schien ihm wieder einzufallen, wer sie war.

»Gehen Sie mir aus dem Weg, Miss Grace!«

Unverschämter Kerl, dachte Grace zornig. Was fällt ihm ein, mir Befehle zu erteilen?

»Sie können noch einmal ausholen, aber dann trifft der Schlag mich!«, fuhr sie Petersen an, der mit erhobener Hand noch immer innehielt. »Und ich sage Ihnen, dass Sie gegenüber meinem Vater keine gute Erklärung dafür finden werden, warum seine Tochter einen blutigen Striemen über dem Gesicht hat!«

Auf einmal schien die Zeit ringsherum stillzustehen. Das plötzlich aufgeflammte Murmeln der Teepflückerinnen verstummte.

Petersen kaute auf seiner Unterlippe herum, als würde er abwägen, ob er doch zuschlagen sollte. Dann senkte sich endlich sein Arm.

»Ich habe das Recht, diese Frau zu bestrafen!«, knurrte er. »Sie hat gestohlen.«

»Was hat sie gestohlen, Mr Petersen? Tee?«

»Sie hat sich an dem Apfelbaum vergriffen.«

Grace schnappte nach Luft und schüttelte fassungslos den Kopf.

»Sie peitschen sie aus, weil sie ein paar Äpfel genommen hat? Von diesem Baum da?« Sie deutete auf den Baum, dessen Gestalt allein schon darauf hinwies, dass er nicht an diesen Ort gehörte. Was hatte ihren Onkel Richard bewogen, ihn zu pflanzen und der Degeneration preiszugeben?

»Haben Sie schon mal von den Äpfeln gekostet?«

»Das würde ich nie wagen, Ma'am!«, entgegnete Petersen und drückte stolz die Brust durch.

»Dann sollten Sie das tun!«, fauchte Grace ihn an. »Diese Äpfel da sind für die Küche vollkommen wertlos, nur aus diesem Grund sind sie noch da! Wenn jemand auf der Plantage einen davon essen will, soll er es tun!«

»Aber Ihr Vater würde doch sicher nicht …«

»Meinem Vater ist der Apfelbaum egal! Und selbst wenn nicht, wäre er nicht damit einverstanden, eine Frau auspeitschen zu lassen. Strafen wie diese, Mr Petersen, gehören ins Mittelalter und nicht in eine kultivierte Gesellschaft. Sie werden die Frau losmachen und dafür sorgen, dass sie medizinisch versorgt wird!«

Der Vormann knirschte mit den Zähnen. Doch da sich Grace davon kein bisschen abschrecken ließ, rollte er die Peitsche wieder zusammen. Dennoch konnte er sich nicht zurückhalten hinzuzufügen: »Ich werde Ihrem Vater von dem Vorfall berichten!«

»Das können Sie gern tun, aber lassen Sie Ihr Verhalten nicht außer Acht! Denn ich werde ihm zweifelsohne davon berichten, Mr Petersen!«

Kurz trafen sich ihre Blicke, und in den Augen des Vormanns konnte Grace deutlich erkennen, dass er vorhatte, es ihr in irgendeiner Weise heimzuzahlen. Doch ich bin die

Tochter des Hauses, sagte sich Grace. Und eines Tages werde ich die Plantage führen, ob nun mit Ehemann oder ohne.

Als ihr Vater zurückkehrte, dauerte es tatsächlich nur wenige Minuten, bis er von dem Vorfall erfuhr und Grace zu sich zitierte. Als sie eintrat, bemerkte sie, dass Vikrama, der neben ihrem Vater stand, kreidebleich war.

»Setz dich, Grace!«, sagte Henry, der ziemlich aufgebracht wirkte. Während sie sich auf dem Stuhl vor dem Schreibtisch niederließ, erhob sich ihr Vater und ging ein paar Schritte durch den Raum. Grace blickte zu Vikrama, doch der Schrecken auf seinem Gesicht war so groß, dass sie nicht wagte, ihn länger anzusehen. Wahrscheinlich würde ihr Vater sie für ihr Eingreifen empfindlich bestrafen.

»Mr Petersen hat mir vorhin erzählt, was sich auf dem Hof ereignet hat.«

»Er hat eine Frau ausgepeitscht, Vater!«, fuhr Grace auf. »Alles andere, was er dir erzählt hat, ist eine Lüge!«

»Grace!« Sein grollender Tonfall ließ sie verstummen.

»Entschuldige.« Grace senkte den Kopf und konnte nur schwerlich ihren Zorn bezähmen. Sollte sie jetzt dafür bestraft werden, dass sich der Vormann wie ein mittelalterlicher Folterknecht aufgeführt hatte?

»Ich muss dir wohl nicht sagen, dass dein Verhalten für eine junge Dame vollkommen indiskutabel war! Du hättest verletzt werden können!«

»Dann hast du Mr Petersen also erlaubt, die Pflückerinnen auszupeitschen? Wegen Äpfeln von einem Baum, den wir nicht mal anrühren?«

»Es ging ums Prinzip. Diebstahl ist Diebstahl!«

»Es ist bestenfalls Mundraub! Und selbst in England wird Diebstahl nicht mehr mit Auspeitschen bestraft.«

»Nein, aber man entlässt den Dieb und schickt ihn ohne Referenzen davon.«

»Du müsstest diese Frau eigentlich entschädigen für die Verletzungen, die sie erlitten hat!« Graces Augen glühten. Was war mit dem Vater passiert, den sie kannte? Hatte Stockton ihn durch eine böse Marionette ersetzt? »Seit wann führen wir uns auf wie Barbaren?«

Henry presste die Lippen zusammen. Seine Wangen röteten sich. Alles Anzeichen für einen Wutanfall. Plötzlich krampfte sich etwas in Graces Magengrube zusammen. Es war keine Angst, sondern die Erkenntnis, dass ihr Vater nicht auf ihrer Seite stand. Wahrscheinlich hatte er bereits beim Gespräch mit Petersen Partei für ihn ergriffen.

»Du wirst dich nie wieder in die Angelegenheiten meiner Angestellten einmischen!«, sagte er betont leise, doch die Drohung in seinen Worten, der Zorn auf sie, waren nicht zu überhören. »Für deine Respektlosigkeit gebe ich dir für den Rest des Tages Hausarrest, ich will dich auf keinen Fall draußen sehen, hörst du?«

Grace blickte ihren Vater fassungslos an. Das letzte Mal, als er ihr Hausarrest erteilt hatte, lag acht Jahre zurück. Damals war sie bei einem Gartenfest in einem weißen Spitzenkleid in einem Baum herumgeklettert, um die Aussicht auf den Park zu genießen. Das Kleid war ruiniert gewesen, und sie hatte sich anschließend den ganzen Tag in ihrem Zimmer langweilen müssen, denn die kleine Victoria musste bei ihrer Mutter bleiben.

Das ist nicht dein Ernst, hätte sie ihn am liebsten gefragt, doch die Worte blieben an dem Kloß in ihrem Hals hängen. Sie blickte zu Vikrama, dessen Blick sie nicht so recht deuten konnte, dann fuhr sie von ihrem Stuhl hoch.

Ihr Vater funkelte sie wütend an. »Morgen erwarte ich eine angemessene Entschuldigung von dir. Du kannst gehen.«

Grace schnürte es das Herz zusammen. Tränen stiegen in ihr auf, Tränen des Zorns und der Enttäuschung, doch sie unterdrückte sie, als sie sich langsam umwandte und dann den Raum verließ. Sie beherrschte sich selbst dann noch, als sie die Halle durchquerte. Ihre Mutter unterhielt sich an der Treppe mit Miss Giles über das Bild mit den indischen Göttern, vor dem noch immer beständig Blumen von unsichtbaren Händen abgelegt wurden. Selbst nach einem Monat hier sah niemand die Gläubigen, sie schienen den günstigsten Moment abzupassen.

Grace gelang es, lautlos an ihnen vorbeizuhuschen und in den Gang einzutauchen. Hier, im Schutze des Zwielichts, ließ sie ihren Tränen freien Lauf. Sie weinte lautlos über die ihr widerfahrene Ungerechtigkeit und über das fehlende Interesse ihres Vaters am Wohlergehen seiner Angestellten. Sie weinte darüber, dass Vikrama Zeuge ihrer Zurechtweisung geworden war. Das wog von allem am schwersten.

Am Ende des Ganges machte sie halt. Überdeutlich war zu hören, dass Victoria leise vor sich hin sang. Wahrscheinlich saß sie wieder an ihrer Staffelei und malte.

Zweifelsohne würde sie Grace nach dem Grund fragen, wenn sie verheult durch die Tür kam. Obwohl sie wusste, dass Victoria auf ihrer Seite sein würde, wollte Grace ihr nichts sagen, ihr nicht zeigen, wie sehr ihr Vater sie verletzt hatte.

Nach kurzem Nachdenken fiel Grace wieder das Herrenzimmer ein. Soweit sie wusste, hatte es ihr Vater noch nicht in Besitz genommen. Sie machte also kehrt und lief mit zugeschnürter Kehle zu der Tür, die ihre Schwester und sie vor einigen Wochen geöffnet hatten.

Aus der Halle tönten immer noch die Stimmen ihrer Mutter und von Miss Giles. Als fürchtete sie, dass sie sie hören könnten, drehte Grace den Türknauf ganz vorsichtig herum.

Doch kaum hatte sie die Türschwelle überschritten, schien eine seltsame Magie von ihr Besitz zu ergreifen. So als würde Onkel Richard persönlich auf sie warten, um sie zu trösten. Die Tränen versiegten, ihr Verstand klarte sich. Die erfahrene Ungerechtigkeit wurde zur Nebensache und wich einem anderen Gedanken.

Wer war Richard Tremayne?

Auf einmal tat es Grace leid, so wenig über ihn zu wissen. Hätte er sie vielleicht auch bestraft, weil sie einer Frau auf seinem Gut zu Hilfe gekommen war? Wie ist er mit seinen Leuten umgegangen? Die wenigen Sätze, die Vikrama über ihn hatte fallen lassen, waren voller Hochachtung gewesen.

Die Hoffnung, dass Richard irgendwelche Aufzeichnungen geführt haben könnte, verwarf Grace gleich wieder. Es war nicht die Art der Tremayne-Männer, Tagebücher zu führen. Wenn Richard seinem Bruder auch nur ein wenig ähnlich gewesen war, musste man sich ihn als einen zupackenden Mann vorstellen, der im Hier und Jetzt lebte und nicht irgendwelchen Erinnerungen und Gedanken nachhing.

Dass sie, als Nachkommin der Tremaynes, das tat, musste an dem mütterlichen Erbe liegen. Auch ihre Mutter machte sich zu viele Gedanken, Gedanken, die der Arzt als Ursache ihrer Migräne bezeichnete und die sie dennoch nicht aufgab.

Als sie die Tür hinter sich schloss, war von ihrem wutentbrannten Weinen nur noch ein leichtes Schluchzen übrig, wie bei einem Kind, das im nächsten Augenblick schon vergessen hatte, warum es überhaupt weinte. Bedächtig schritt sie durch den Raum, strich über die Laken, fühlte die Konturen der Möbel darunter. Sie klappte den Deckel des Pianos auf und drückte eine der weißen Tasten. Der Ton, der ihrer Geste folgte, klang reichlich verstimmt, offenbar war das Instrument schon vor dem Tod ihres Onkels nicht mehr gespielt worden. Doch warum hatte er es sich dann angeschafft? Weil er spielen lernen wollte?

Auch das hielt sie für unwahrscheinlich. Eher hatte er damit bei seinen Freunden und Clubkameraden Eindruck schinden wollen.

Von einem plötzlichen Impuls getrieben, ging sie zu der kleinen Empire-Kommode, die unterhalb eines Landschaftsbildes stand, das einen See und ein Herrenhaus zeigte. Graces anfängliche Annahme, dass es sich um Tremayne House handelte, wurde enttäuscht. Dieses Bild hatte keinen nostalgischen Wert, ihr Onkel musste es sich zugelegt haben, um den Raum damit zu schmücken.

Nachdem sie das Laken von der Kommode gezogen hatte, öffnete sie die erste Schublade. Dabei pochte ihr Herz erwartungsvoll. Würde sie hier drin etwas finden, womit sie sich ein Bild von Onkel Richard machen konnte?

Dem trockenen Schaben des Holzes folgte der Anblick von fusselbedecktem roten Samt. Die abgestoßenen Stellen auf dem Stoff deuteten darauf hin, dass hier etwas gelagert worden sein musste, etwas, das schon vor langer Zeit entfernt worden war. Grace ließ die Finger über den Stoff gleiten, und als sie darunter nichts fand, schob sie die Schublade wieder zu und widmete sich der darunterliegenden. In dieser lagen ein paar Zettel, vergilbte Rechnungen mit tamilischen Zeichen, eine leere Tabakdose, die ein Scharnier verloren hatte, und ein Stück einer Messingkette. Plunder, der liegen geblieben war, nachdem man der Schublade das Wichtige entnommen hatte.

In der letzten Schublade, die sich besonders schwer öffnen ließ, schien es zunächst auch nichts zu geben, doch beim Hervorziehen mischte sich ein dumpfes Rumpeln in das Schaben. Davon angespornt zog Grace die Schublade noch weiter hervor – und wurde schließlich mit einem Glitzern belohnt.

Ob der Gegenstand mit Absicht so weit hinten in der Schublade lag oder durch das Aufziehen dorthin gepurzelt war, wusste Grace nicht, doch es war auch nicht von Belang. Andächtig zog sie ihn hervor. Das Medaillon war sehr alt, das Silber angelaufen und fleckig, die Kette beinahe schwarz. Mit zitternden Händen versuchte Grace es aufzuklappen, doch das gelang ihr zunächst nicht. Wehrte sich der Inhalt dagegen, ihren Blicken preisgegeben zu werden?

Als Stimmen vor der Tür laut wurden, erstarrte sie. Wollten Miss Giles und ihre Mutter zu ihr? Sie widerstand dem Impuls, nach draußen zu laufen und so zu tun, als würde sie gerade von der Unterredung mit ihrem Vater kommen. Stattdessen presste sie sich an die Wand neben dem Bild und hielt das Medaillon fest umklammert in einer Hand, als sei es ein magisches Artefakt, das sie unsichtbar machen könnte. Die Stimmen zogen vorbei, verschwanden. Irgendwo ging eine Tür. Unser Zimmer, dachte Grace erschrocken. Victoria wird Mutter gleich sagen, dass ich nicht da bin. Dass Vater mich gerufen hatte.

Würden sie hier nachsehen? Doch warum hatte sie Angst? War dieser Raum nicht ebenfalls Teil des Hauses?

Während sie nur leise atmete und spürte, wie sich das Medaillon allmählich in ihrer Hand erwärmte, ging die Tür erneut. Schritte ertönten, diesmal keine Stimmen. Die beiden Personen – ihre Mutter und Miss Giles – passierten die Tür zum Herrenzimmer, erreichten schließlich wieder die Halle.

Grace atmete aus, blickte dann auf das Medaillon in ihrer Hand. Ohne die Hilfe eines Brieföffners oder einer Nadel würde sie es nicht aufbekommen. Sie hängte sich die nach rostigem Metall riechende Kette um und verbarg das Medaillon unter ihrem Kleid. Dann schob sie die Schublade zu, deckte das Tuch wieder darüber, und nachdem sie noch einen kurzen Blick auf das Bild geworfen hatte, verließ sie den Raum.

Wie sie es vermutet hatte, saß Victoria an ihrer Staffelei. Sie malte gerade ein Arrangement aus Frangipani-Blüten, das in einer silberfarbenen Schale vor ihr stand.

»Ah, du bist das! Ich dachte schon, Miss Giles kommt wieder. Wie war die Unterredung mit Vater?«

»Nicht besonders gut«, entgegnete Grace.

»Ich habe schon gehört, was du getan hast, auf der ganzen Plantage spricht man von nichts anderem. Einer der Arbeiter hat es Mr Norris gesteckt, als er glaubte, ich sei in meine Arbeit versunken. Das war wahnsinnig mutig von dir.«

»Findest du?« Seufzend ließ sich Grace auf dem Bett nieder. »Es hat mir jedenfalls für heute Hausarrest eingebracht. Und das Schlimmste daran war, dass er mich vor Mr Vikrama zurechtgewiesen hat, als sei ich ein kleines Kind!«

Victoria zog die Augenbrauen hoch. »Hausarrest? Aber du bist doch schon achtzehn! Wie kann er dir Hausarrest geben?«

Grace zuckte trotzig mit den Schultern. »Offenbar geht das, wenn du dich nicht wie eine Erwachsene aufführst. Ich weiß auch nicht, was mit mir los ist, bis vor ein paar Wochen konnte ich doch noch tun, was die anderen verlangt haben.«

»Du bist hier nicht mehr in England. Bei uns gibt es solche Barbarei wie Auspeitschen nicht in kultivierten Kreisen. Du kannst sicher sein, dass Vater etwas gegen den Vormann unternehmen wird. Er ist der Herr über Vannattuppūcci und nicht du!«

»Aber wer hätte der Frau denn sonst helfen sollen? Es war niemand sonst da, der ihn aufgehalten hätte.« Vikrama kam ihr in den Sinn, doch den ließ ihr Vater ja kaum von seiner Seite.

Anstatt das Abendessen anzurühren, das ihr eines der Dienstmädchen gebracht hatte, setzte sich Grace ans offene Fenster. Das konnte ihr Vater ihr immerhin nicht verbieten. Die grünen Büsche verschwammen unter Tränenschleiern, während sie sich dem Selbstmitleid hingab. Nachdem Victoria das Zimmer verlassen hatte, um ins Esszimmer zu gehen, hatte es sie wieder überfallen.

Warum hatte er ihr nicht recht gegeben? Warum hatte er sie vor Vikrama mit einer Bestrafung belegen müssen?

Das und die Tatsache, dass sich Petersen jetzt wohl köstlich über sie amüsierte, bohrten sich ihr wie ein glühendes Messer in die Brust.

Ihr Vater hatte sie verraten. Nie hätte sie gedacht, dass dies je passieren würde!

»Das war sehr dumm von Ihnen!«

Grace zuckte zusammen. Als sie aus dem Fenster blickte, stand dort Vikrama in seiner schwarzen Kleidung. Sein Gesicht war blass, seine Augen funkelten. Was hatte er hier am Haus zu suchen? Wenn ihn jemand sah …

Aber Grace hatte nicht die Kraft, ihn wegzuschicken.

»Es war das Einzige, was ich tun konnte«, entgegnete sie, während sie sich mit einer fahrigen Handbewegung die Tränen vom Gesicht wischte. »Ich wollte nicht zusehen, wie diese Frau ausgepeitscht wird. Sie hatte doch nichts weiter getan, als ein paar saure Äpfel zu nehmen.«

»Äpfel, die Ihrem Vater gehören«, wandte Vikrama ein.

Schlug er sich jetzt auch noch auf Vaters Seite? Auf einmal wurde die Sehnsucht, nach London zurückzureisen, riesengroß in ihr. Wie hatte sie sich von der schönen Landschaft nur täuschen lassen. Offenbar kam in den Menschen, wenn sie nur weit genug von ihrer Heimat entfernt waren, das Tier zum Vorschein.

»Die Äpfel gehören genauso gut mir! Genauso gut hätte ich sie abpflücken und sie ihr schenken können«, wandte sie trotzig ein.

»Das wäre etwas anderes gewesen. Diebstahl ist es trotzdem, und ich werde die Frauen anweisen, das künftig zu unterlassen. Wir haben jetzt einen neuen Herrn, der die Bräuche seines Vorgängers nicht kennt.«

Die Verachtung in seinen Worten erschreckte Grace.

»Heißt das, dass mein Onkel den Leuten erlaubt hat, Äpfel zu pflücken?«

Ein etwas wehmütiges Lächeln huschte über Vikramas Gesicht. »Ja, das hat er.«

»Und warum haben Sie das meinem Vater nicht gesagt? Er kann doch nicht wissen …« Grace stockte, als sie den traurigen Ausdruck in seinen Augen sah.

»Die Dinge haben sich ein wenig geändert, seit er diese neuen Leute angestellt hat«, sagte er leise. »Er hat mich zu seinem Schoßhund gemacht, zu einem Mann, der mit den Leuten da draußen kaum noch etwas zu tun hat. Ich muss ihn bei Terminen begleiten und seinem Vormann Anweisungen erteilen. Aber ich weiß, dass nach und nach die anderen das Sagen bekommen. Eines Tages werde ich überflüssig sein, und er wird mir ans Herz legen, zu gehen. Es passt einfach nicht, dass ein Tamilenmischling eine wichtige Position auf der Plantage innehat.«

Verdammter Stockton, dachte Grace zornig, nur er setzt Vater solche Flöhe ins Ohr.

»Ich glaube nicht, dass mein Vater so sein wird. Er schätzt Ihre Fähigkeiten und hält Sie nur deshalb bei sich, weil er auf dem Gebiet des Teeanbaus noch sehr unsicher ist.«

»Vielleicht«, gab Vikrama zurück, während er auf seine Finger schaute, die vergeblich versuchten, seine Aufgewühltheit zu verbergen, »irre ich mich tatsächlich. Nur beunruhigt es mich ziemlich, dass ich kaum noch mit den Pflückern und Arbeitern zu tun habe. Mir vertrauen sie, und unter meinem Kommando haben sie gern für ihren Herrn gearbeitet. Jetzt patrouillieren Petersens Leute über die Plantage, und ohne dass es dazu einen Grund gibt, tragen sie Waffen, und Petersen peitscht eine Frau wegen des angeblichen Diebstahls von Äpfeln aus.« Ein Zittern ging durch seinen Körper. Offenbar hätte er Petersen und seinen Männern nur zu gern die Leviten gelesen. Dann sah er Grace an. Sein Blick jagte Hitze durch ihre Adern.

»Ich danke Ihnen, dass Sie für meine Leute eingestanden sind. Dass Sie Naala beschützt haben.«

»Naala heißt sie?«

Vikrama nickte.

»Ich werde es mir merken.«

»Die Narben, die die Peitsche hinterlässt, werden sie ihr ganzes Leben lang begleiten. Sie wird nie vergessen, wer ihr das angetan hat und wofür ihr das angetan wurde. Doch sie wird auch nicht vergessen, dass es die Tochter des Masters war, die sie vor Schlimmerem bewahrt hat. Niemand in meinem Volk wird das vergessen.«

Auf einmal waren sich ihre Gesichter so nahe, dass er sie jederzeit hätte küssen können. Doch dann blickte er zu Boden und zog sich zurück.

»Mr Vikrama!«, rief sie, bevor er sich umwenden konnte.

»Ja, Miss Grace?«

»Wäre es vielleicht möglich …« Sie stockte kurz, weil sie befürchtete, zu viel zu verlangen.

»Was denn?« Vikrama lächelte jetzt wieder.

Dadurch ermuntert, sagte Grace: »Wäre es möglich, dass Sie mir ein wenig Tamil beibringen?«

»Aber die meisten Leute hier sprechen Englisch.«

»Ich weiß, aber ich … bei dem Vorfall hätte ich die Frau … Naala zu gern in ihrer Sprache getröstet. Und ich hätte gern verstanden, was die Frauen ringsherum gesagt haben. Ich glaube, es wäre nur … höflich, ihre Sprache zu verstehen, finden Sie nicht?«

Das Herz schlug ihr bis zum Hals, und der Knoten in ihrer Magengrube zog sich weiter zusammen. Auf einmal kam sie sich ziemlich dumm vor. Vikrama hatte recht, hier sprachen alle Englisch. Und nach dem Vorfall von heute Nachmittag würden die Leute sicher nicht wollen, dass die Herrschaften ihre Sprache verstanden. Denn nur so konnten sie sich beklagen, ohne dass der Vorarbeiter sie bestrafen würde.

»Tamil ist keine leichte Sprache«, bemerkte Vikrama, nachdem er sie eine Weile gemustert hatte. »Aber ich will mein Bestes tun, es Ihnen beizubringen.«

Damit wandte er sich um und verschwand zwischen den Büschen.

Grace sah ihm lächelnd nach, dann erinnerte sie sich wieder an das Medaillon. Sie zog es unter ihrem Kleid hervor, betrachtete es und wollte schon eine ihrer Haarnadeln holen, als Victoria zur Tür hereinstürmte.

Rasch ließ sie das Medaillon wieder unter ihrem Kragen verschwinden.

»Du isst nicht?«, fragte ihre Schwester verwundert, als sie das volle Tablett sah.

»Doch, ich wollte gerade.«

»Du tust auch besser daran, der Vogel ist vorzüglich! Außerdem bringt es nichts, dass du schmollst, Papa hat sich inzwischen wieder eingekriegt und berichtet, dass er Mr Petersen wegen der Auspeitschung zurechtgewiesen hat. Wahrscheinlich hat er es dir nur übelgenommen, dass du dazwischengegangen bist.«

Nein, er hat mir übelgenommen, dass ich nicht das brave Mädchen war, das er seit einigen Jahren gewöhnt ist, dachte Grace, nickte aber.

»Gleich morgen werde ich zu Vater gehen und mich entschuldigen«, kündigte sie an, und sie wusste auch schon, was sie mit ihrer zurückgewonnenen Freiheit tun würde.

Nachdem sie sich am nächsten Morgen bei ihrem Vater entschuldigt und dieser den Arrest aufgehoben hatte, ging Grace zu den Unterkünften der Pflückerinnen. Naala gehörte zu jenen, die mit ihren Kindern am Rand der Teeplantage lebten. Einen Mann hatte sie offenbar nicht, dafür aber zwei Kinder. Während ihr Sohn schon alt genug war, bei der Arbeit mitzuhelfen, war die Tochter erst drei oder vier Jahre alt. Mit großen Augen musterte sie Grace, als diese sich der Hütte näherte, dann wirbelte sie herum und lief ins Innere.

Wie versteinert betrachtete Grace die Unterkunft, die man weder Haus noch Hütte oder Schuppen nennen konnte. Die Wände wurden aus löchrigen Brettern gebildet, das mit Palmblättern gedeckte Dach wirkte alles andere als wasserdicht. Beinahe schämte sich Grace für den Luxus, in dem sie lebte.

Wenig später tauchte die Kleine wieder auf und winkte Grace in die Behausung. Dunkel war es dort, die Luft erfüllt vom Geruch nach getrocknetem Blut und bitteren Kräutern.

Neben der Schlafstätte, auf der Naala bäuchlings ausgestreckt lag, stand eine alte Frau, deren Haut so braun wie die Schale von Walnüssen war. Das Leben hatte eine furchige Landkarte auf ihrem Gesicht hinterlassen. Mit ihren dunklen Augen musterte sie Grace von Kopf bis Fuß, dann flammte Erkenntnis in ihren Augen auf. »Du musst sein junge Miss.«

Grace brauchte einen Moment, um die stark akzentgefärbten Worte zu verstehen, dann nickte sie. »Die bin ich.«

»Du helfen Naala.«

»Ja, und ich wollte wissen, wie es ihr geht.«

»Es geht schlecht«, sagte die Frau und zog das Tuch auf Naalas Rücken ein Stück hinunter. Die Wunden waren mit einer Paste bedeckt, die die Schwere der Verletzungen nicht verschleierte, sondern sie noch hervorhob. Wie blutige Mäuler klaffte die Haut auf.

Grace schlug entsetzt die Hand vor den Mund.

»Das sollte sich ein Arzt ansehen.«

Die alte Frau schüttelte den Kopf. »Kein Arzt. Ich bin da und sorgen für sie. Meine Medizin heilt Wunden, nur dauert.«

Der Nachdruck in ihren Worten brachte Grace davon ab, auf den Arzt zu bestehen. Dennoch hatte sie Zweifel, ob die traditionelle Medizin ausreichen würde. Was, wenn die Frau Wundbrand bekam? Wie schrecklich man daran sterben konnte, hatte sie einmal in einem Zeitungsartikel gelesen.

»Darf ich wiederkommen und mich erkundigen, wie es ihr geht?«

»Herrin kann gehen, wohin sie will«, antwortete die Alte nur, dann zog sie das Tuch wieder hoch.

Grace kam sich auf einmal vollkommen nutzlos vor. Zu gern hätte sie der Frau geholfen. Doch wie?

Das Schweigen, das sich zwischen sie stellte, wurde schließlich so unangenehm, dass Grace es vorzog, sich zu verabschieden und zu versprechen, dass sie in den nächsten Tagen wieder vorbeischauen würde.

Den Weg zurück nahm sie durch die Teefelder, die wie eine weiche grüne Decke wirkten. Unter den verwunderten Blicken der Pflückerinnen, die sich aber sogleich wieder an die Arbeit machten, schritt sie den schmalen Weg entlang und sah immer wieder in die Wolken, die vor dem satten Blau dramatische Formen annahmen. Würden sie Regen bringen?

»Miss Grace!«, rief da jemand von der Seite.

Als sie ihre Augen beschirmte, erkannte sie Vikrama. Heute trug er eine Weste über seinem Hemd, dessen Ärmel er grob hochgeschlagen hatte. Seine dunkle Hose wies ebenso wie die hohen Stiefel Staubschlieren auf. Offenbar war er gerade von einem Rundritt zurück.

»Ja, Mr Vikrama?«, fragte Grace lächelnd.

»Sind Sie immer noch daran interessiert, unsere Sprache zu lernen?«

»Aber natürlich!«, entgegnete sie. »Gerade eben habe ich mir wieder gewünscht, sie sprechen zu können. Ich habe Naala besucht. Die Frau, die bei ihr war, ist eine Heilerin, nicht wahr?«

Vikrama nickte. »Sie ist gleich gestern aus dem Dorf gekommen, um sich um die Wunden zu kümmern. Sie sorgt schon dafür, dass Naala bald wieder arbeiten kann.«

Grace entging der leise Vorwurf nicht. Wann wird er endlich damit aufhören, in mir nur die Tochter seines Herrn zu sehen?

»Mir geht es vorrangig darum, dass sie die Hiebe überlebt und keinen Wundbrand bekommt. Ich habe Geschichten über die Sitten auf alten Segelschiffen gelesen: Männer, die ausgepeitscht wurden, starben nicht selten an den Verletzungen. Ich will nicht, dass Naala stirbt.«

»Sie sind ganz anders als die englischen Frauen, die ich kenne, Miss Grace.«

»Das nehme ich als Kompliment!«, entgegnete sie lächelnd. »Lange Zeit dachte ich, dass ich auch so sei, aber irgendwie hat dieser Ort hier etwas Magisches.«

»Ja, er verändert die Menschen, wenn sie es zulassen.« Versonnen lächelte er in sich hinein, verschränkte dann die Hände auf dem Rücken. »Was halten Sie davon, wenn wir uns morgen zu unserer ersten Unterrichtsstunde treffen? Ich habe einen freien Nachmittag.«

»Und den wollen Sie wirklich mit meinem Unterricht verbringen?«

»Ich habe sonst nichts anderes zu tun. Außerdem dient es einer guten Sache. Vielleicht zeigt Ihr Vater auch irgendwann einmal Interesse an Tamil, dann können Sie es ihm selbst beibringen.«

Beinahe hätte Grace aufgelacht. Ihr Vater sollte sich von ihr etwas beibringen lassen? Wo er sie doch wie ein Kind bestrafte, wenn sie eine eigene Entscheidung fällte?

»Das werde ich tun, sofern er Interesse hat«, entgegnete sie aber nur, denn sie wollte sich vor Vikrama nicht wie ein bockiges Kind aufführen. »Ich danke Ihnen sehr und werde pünktlich sein!«

Zurück im Haus, kamen Grace die Zweifel. Ob ich es ihm wirklich erzählen soll? Doch dann erinnerte sie sich wieder an den Blick des Vormanns. Einen Blick, der ihr Vergeltung für ihr Eingreifen ankündigte. Wenn er sie mit Vikrama zusammensah, würde er ihrem Vater vielleicht irgendwelche Lügen auftischen, die sie beide in Schwierigkeiten brachten. Also beschloss sie, mit offenen Karten zu spielen.

Als sie nervös, ja beinahe ängstlich ihr Vorhaben beim Abendessen anbrachte, erntete sie Verwunderung.

»Aber was willst du denn mit dieser unkultivierten Sprache, wo hier doch fast alle Englisch sprechen?«, fragte ihre Mutter, die von der Bestrafung ihrer Tochter gewiss wusste, sie aber offenbar als abgegolten ansah.

»Ich will hören, was die Leute wirklich denken«, erklärte Grace und blickte zu ihrem Vater, der nicht den Eindruck machte, als sei er gewillt, ihr diese Bitte zu erfüllen.

Erst einen Augenblick später fiel ihr ein, dass diese Worte falsch verstanden werden könnten. Doch es war zu spät.

»Du meinst, sie könnten sich gegen uns verschwören?« Die Miene ihres Vaters wurde ernst.

»Nein, es ist nur …« Grace stockte. Auf keinen Fall durfte sie den Eindruck entstehen lassen, dass die Menschen hier etwas gegen ihren Herrn im Schilde führten. Sonst würde Petersen schon bald die nächste Frau auspeitschen. »Ich will mich mit ihnen unterhalten können. Ich habe Schwierigkeiten, ihren Akzent zu verstehen, und es wäre doch nur höflich, wenn ich ihre Sprache sprechen könnte.«

»Höflichkeit gegenüber diesen Leuten!« Henry schnaufte spöttisch, dann ergriff er sein Glas und trank zwei hastige Schlucke. »Diese Leute kennen nichts anderes als Befehle und Pflichten, sie wären verwundert, wenn ihre Herren ihnen gegenüber freundlich wären.«

Grace presste die Lippen zusammen. War das ein Nein?

»Aber ich gebe zu, dass es von Vorteil wäre, die Sprache zu kennen. Dann erfährt man wenigstens rechtzeitig, wenn sie vorhaben, sich aufzulehnen. Du könntest mir wertvolle Dienste leisten, wenn du dich ein wenig bei ihnen umhören würdest. Ich würde nur zu gern wissen, was sie denken.«

Grace hatte auf einmal das Gefühl, einen Stein gegessen zu haben. Der Duft des Bratens wirkte auf einmal fad. Ihr Vater wollte, dass sie spionierte. Jetzt tat es ihr leid, dass sie gefragt hatte. Bei so viel Arbeit hatte er ohnehin keine Zeit, sich um die Geheimnisse seiner Tochter zu kümmern.

»Dann möchte ich die Sprache auch können!«, platzte Victoria heraus.

»Du wirst dich um deinen eigenen Unterricht und die Aufgaben von Mr Norris kümmern«, entgegnete ihr Vater sogleich. »Er hat mir vor einigen Stunden dein letztes Diktat gezeigt. Es kann doch nicht sein, dass eine junge Frau solch eine schreckliche Handschrift hat!«

Victoria zog einen Schmollmund, während Grace nur schwer einen erleichterten Seufzer unterdrücken konnte. Sie liebte ihre Schwester über alles, doch aus einem Grund, den sie nicht ganz verstand, wollte sie nicht, dass sie dabei war, wenn sie mit Vikrama übte.

»Also gut, Grace, lass dich von Mr Vikrama unterrichten. Allerdings nur unter der Bedingung, dass du ihn nicht von seinen eigentlichen Pflichten abhältst.«

»Er hat sich einverstanden erklärt, mich außerhalb seiner Arbeitszeiten zu unterrichten.«

»Und du wirst Miss Giles zu den Stunden mitnehmen. Als Anstandsdame.«

»Anstandsdame?«, platzte es aus Grace heraus. »Was denkst du denn, was passieren wird!«

»Hoffentlich nichts, deshalb wird sie dich begleiten. Bist du damit nicht einverstanden, wirst du leider auf den Unterricht verzichten müssen.«

Grace schnaufte, doch sie wusste, dass sie den Bogen nicht überspannen durfte. Dass ihr Vater ihr erlaubte, die Sprache zu erlernen, war eine Gnade, die sie besser nicht aufs Spiel setzte.

»In Ordnung, Vater, ich werde Miss Giles mitnehmen«, sagte sie süßlich. »Hoffentlich langweilt die Arme sich nicht zu Tode.«

»Sie hat bestimmt noch die eine oder andere Handarbeit, der sie sich in der Zeit widmen kann«, setzte Claudia hinzu, ganz offensichtlich froh darüber, dass sie keine Beschäftigung für die Gouvernante suchen musste. »Ich finde es auch besser, wenn du nicht mit diesem Mann allein bist. Er mag ein guter Angestellter sein, aber über sein Privatleben wissen wir gar nichts.« Sie blickte kurz zu ihrem Mann, als hoffte sie, dass er sie aufklären konnte. »Dass du ihn gefragt hast, war schon sehr mutig von dir, immerhin hätte er es falsch verstehen können.«

Grace presste die Lippen zusammen. Was in aller Welt dachten sie denn von ihm? Dass er wie ein Wüstling über sie herfallen würde?

»Wenn du das sagst, Mutter«, entgegnete sie schließlich, und obwohl sie keinen Hunger mehr hatte, schaufelte sie noch etwas Fleisch in ihren Mund und kaute langsam darauf herum, damit niemand mehr eine Antwort von ihr erwartete.

»Wie kommst du eigentlich darauf, die Tamilensprache lernen zu wollen?«, wunderte sich Victoria, als sie sich in ihr Zimmer zurückgezogen hatten. »Ich denke, du kannst dieses Land nicht ausstehen. Jedenfalls war es doch vor drei Wochen noch so.«

Grace lächelte versonnen in sich hinein, während sie ihre Stickarbeit begutachtete. Schon vor einigen Tagen hatte sie begonnen, eine kleine Frangipani-Blüte auf ein seidenes Taschentuch zu sticken. »Es ist wegen der Frau von gestern. Die ausgepeitscht wurde.«

Victoria sah sie unverständig an. »Ja, und?«

»Die anderen Frauen haben sich aufgeregt etwas zugeflüstert, das ich gern verstanden hätte.«

»Dann willst du also für Papa spionieren?«

»Natürlich nicht!«, entgegnete Grace empört. »Ich glaube kaum, dass diese Leute etwas Schlechtes über uns sagen würden.«

»Das hat sich vielleicht geändert, seit dieser Vormann die Frau ausgepeitscht hat.«

»Wollen wir hoffen, dass dem nicht so ist. Auf alle Fälle

habe ich aber nicht vor, sie auszuhorchen und dadurch noch misstrauischer zu machen. Ich will mich nur mit ihnen unterhalten können.«

Damit wandte sich Grace wieder ihrer Stickerei zu. Sie hatte gerade den Rand eines weiteren Blütenblatts fertig, als Victoria unvermittelt fragte: »Du magst Mr Vikrama, nicht wahr?«

Nur knapp verfehlte Grace ihre Fingerkuppe mit der Nadel. »Was erzählst du da für einen Unsinn?«

»Leugne es nicht! Ich bin deine Schwester. Ich sehe ja, wie deine Augen leuchten, wenn von ihm geredet wird. Und wenn du über ihn redest. Kein Wunder, dass Vater dir Miss Giles mitgibt.«

Ist meine Sympathie denn wirklich so offensichtlich?, fragte sich Grace erschrocken. Ihre Wangen färbten sich dunkelrot.

»Er ist wirklich sehr nett«, gab sie zu. »Und er sieht gut aus, findest du nicht?«

»Er sieht aus wie ein Londoner Dandy, der zu lange in der Sonne gesessen hat.« Victorias Augen funkelten vergnügt.

»Von Dandys solltest du eigentlich noch nichts wissen«, gab Grace gespielt empört zurück.

»Hast du die Gäste von unserer Abschiedsparty vergessen?«, entgegnete Victoria, während sie sich ihrer großen Schwester gegenüber auf das Fensterbrett setzte. »Mr Hutchinson sah aus, als wäre er auf Brautschau. Dabei hat er eine reiche und, wenn man den anderen Frauen glaubt, gutmütige Ehefrau.«

Die Erinnerung an den Mann, den man wirklich als Dandy bezeichnen konnte, vertrieb Graces Unsicherheit und brachte sie zum Lachen.

»Ja, dieses lächerlich gemusterte Jackett!«, gab sie zu. »Wie eine Vogelscheuche!«

»Und alles andere als passend für sein Alter!«, setzte Victoria noch einen obendrauf. »Die jungen Frauen haben sich über ihn lustig gemacht.«

Die beiden Mädchen brachen in Gelächter aus. »Weißt du«, sagte Victoria, als sie sich wieder gefangen hatte. »Ich war, glaube ich, nicht ganz ehrlich. Ich vermisse London und seine Feste doch ein wenig.«

Mit einer fast unbeholfen wirkenden Geste griff sie nach der Hand ihrer Schwester. »Du wärst auf dem Debütantinnenball die Schönste gewesen, das sage ich dir.«

»Meinst du wirklich?« Während sie sprach, bemerkte Grace, dass es ihr eigentlich gar nicht mehr leidtat, nicht vor der Königin zu tanzen. Etwas hatte den leeren Fleck, den die verpasste Gelegenheit hinterlassen hatte, ausgefüllt. Etwas, das sie nicht benennen konnte – jedenfalls noch nicht –, doch das wesentlich erfüllender war als der Glanz eines Ballsaals.

»Ich frage mich, ob ich ein Debüt bekommen werde.« Victoria ließ die Beine baumeln und schlug mit den Hacken gegen die Vertäfelung unterhalb des Fenstersimes. »Meinst du, wir werden nach England fahren?«

»Wenn du Papa nur lange genug in den Ohren liegst …« Grace war sicher, dass das nichts bringen würde, aber sie wollte Victoria nicht die Hoffnung nehmen.

»Allerdings habe ich mir sagen lassen, dass es in Nuwara Eliya auch jährlich einen Debütantinnenball gibt«, sagte Victoria. »Sie feiern ihn in einem der Hotels in der Gegend. Die Männer vom Hills Club finanzieren ihn und sorgen damit dafür, dass ihre gelangweilten Ehefrauen auch mal was zu tun haben.«

Grace zwinkerte Victoria verschwörerisch zu, die breit feixte. »Aber eine Doppelgängerin von der Königin haben sie nicht zufällig, oder?«

»Nein, aber ich glaube, sie stellen einen Abzug des offiziellen Gemäldes auf«, behauptete Victoria. »So werden wir auch vor der Königin tanzen.«

Die beiden Mädchen brachen in Gelächter aus.

12

Vannattuppūcci Tea Company, 2008

Als Diana gegen sechs Uhr erwachte, hoben sich die Frühnebel gerade über der Plantage und tauchten alles in ein seltsames blaues Licht. Als hätte das Einfluss auf ihre Rufe, meldeten sich die Papageien zunächst nur zaghaft und vereinzelt. Ansonsten war auf der Plantage alles still. Nur das ferne Rascheln der Teeblätter, über die der Wind strich, drang wie Elfenwispern an ihr Ohr.

Diana erhob sich und lief barfuß zum Fenster. Das Gefühl der kalten Fliesen unter ihren Füßen vertrieb ihre Müdigkeit, ein Übriges tat der Anblick, der sich ihr von hier aus bot. Das Licht war ganz anders als in Europa, und die Nebel hatten hier nichts Deprimierendes an sich. Sie wirkten vielmehr wie die Schleier einer erwartungsvollen Braut, die ihr Antlitz bald ihrem Geliebten zeigte.

Diana setzte sich in die Fensterlaibung und betrachtete den Schemen ihrer eigenen Gestalt in der Scheibe. War in diesem Raum wirklich etwas von Grace zurückgeblieben? Und wo sollte sie beginnen zu suchen?

Als das Morgenlicht an Kraft gewann und der Nebel allmählich von der Sonne aufgesogen wurde, entdeckte sie am Fensterrahmen eine kleine Einkerbung. Wenn man nicht genau hinsah, war sie leicht zu übersehen, doch nachdem Diana sie einmal entdeckt hatte, trat sie überdeutlich aus dem Holz hervor.

Ein Schmetterling, dachte Diana, während ihr Herz zu

pochen begann, als hätte sie soeben Grace Tremaynes Tagebuch gefunden. Sie kletterte vom Fenstersims herunter und beugte sich über den Rahmen. Dabei entdeckte sie, dass es sich um eine recht komplexe und kunstvolle Schnitzarbeit handelte. Stammte sie von Grace? Oder von Victoria?

Emmelys Großmutter war dafür bekannt gewesen, wunderschöne Radierungen und Zeichnungen anzufertigen. Leider hatte die Zeit fast alle ihrer Werke gefressen, nur im Salon von Tremayne House hingen noch zwei Kohlezeichnungen, die in Dianas Erinnerung verblasst waren. Was gäbe sie darum, sie jetzt mit dem Schmetterling vergleichen zu können.

Den Gedanken, Mr Green um ein Foto oder einen Scan zu bitten, verwarf sie allerdings wieder. Stattdessen griff sie zu ihrer Kamera, die bislang nur ein paar Eindrücke während ihrer Besichtigungstour eingefangen hatte.

Beide Aufnahmen entfalteten keinesfalls die Wirkung, die der Schmetterling im Original auf den Betrachter hatte, doch für einen Vergleich würde es reichen.

Als sie von ihrer Kamera aufschaute, bemerkte sie, dass der Spalt zwischen Fensterbrett und Fensterrahmen vor dem Schmetterling ein wenig breiter war. Breit genug, um dort etwas zu verstecken!

Ihrer plötzlichen Eingebung folgend, öffnete sie das Fenster und beugte sich über den Spalt. Zunächst konnte sie nichts erkennen. Ich brauche Licht!, sagte sie sich, lief dann zum Bett und holte ihr Handy. Unter dem schwachen Schein der Display-Beleuchtung wurde sie tatsächlich fündig.

In dem Spalt steckte etwas! Ein Zettel? Oder nur ein Stück Tapete? Mit den Fingern konnte sie unmöglich drankommen, aber vielleicht mit einer Pinzette!

Rasch legte sie die Kamera zurück und nahm ihre Kulturtasche vom Nachtschrank. Für den Fall der Fälle hatte sie immer eine Pinzette dabei. Mit dieser versuchte sie wenig später den grauen Papierzipfel zu erreichen, was kein besonders leichtes Unterfangen war. Offenbar war die schwere Erreichbarkeit der Grund, warum noch niemand das Papierstück entfernt hatte. Als sie ihn zu fassen bekam und vorsichtig hervorzog, bemerkte sie, dass es sich nicht einfach um einen Zettel oder ein Stück Tapete handelte.

Es war ein Brief! Ein Brief, der unter der Vertäfelung in der Wand gesteckt hatte! »Das gibt es doch nicht!«, murmelte sie staunend, während ihr Herz wild zu pochen begann.

Zum Abschied, 1907 stand darauf. Verschlossen war er mit einem schmalen Siegel, das einen Schmetterling zeigte.

Wer hatte ihn verfasst? Vielleicht Victoria? Die Schrift ähnelte der auf dem Brief aus der Gruft, wirkte aber reifer und ein wenig fahrig, so als wäre die Verfasserin sehr aufgewühlt gewesen. Außerdem war Victoria nachweislich nach England zurückgekehrt.

Einen Moment wog Diana den groben braunen Umschlag auf der Hand. Offenbar enthielt er mehr als ein Blatt. Was mochte darauf stehen? Hatte hier jemand eine Nachricht für einen geliebten Menschen hinterlassen? Verbarg sich hier der Grund für Victorias schlechtes Gewissen?

Obwohl die Neugier sie beinahe umbrachte, beschloss Diana, den Brief erst später zu öffnen. Zwischen dem Tod von Richard Tremayne und dieser Nachricht lagen einundzwanzig Jahre. Viel konnte in dieser Zeit passiert sein. Obwohl die Möglichkeit bestand, dass hier ein Teil der Geschichte niedergeschrieben worden war, würde sie erst nach anderen Spuren suchen, beschloss sie.

Nachdem sie noch eine Weile nachdenklich in den beginnenden Morgen geschaut hatte, erhob sie sich und verstaute den Brief in ihrer Tasche, damit sie nicht in Versuchung geriet, ihn doch schon zu öffnen. Dann griff sie nach der Posterhülle mit dem Palmblatt, die Jonathan sorgsam unter ihre Kleider gebettet hatte. Mit einem leichten Rascheln glitt es in ihre Hand.

»Hast du hier einem der Mädchen ihr Schicksal vorausgesagt?«, murmelte Diana, während sie ihren Finger vorsichtig über die Schriftzeichen gleiten ließ. »Oder gehörst du gar nicht hierher?« Stille folgte ihren Worten, Stille, die keine Antworten beinhaltete.

Als Lärm auf dem Hof laut wurde und die ersten Angestellten der Tea Company ankündigte, legte Diana das Blatt wieder in seine Umhüllung zurück und versagte sich, einen erneuten Blick auf den gefundenen Brief von 1907 zu werfen. Alles zu seiner Zeit, sagte sie sich und verschwand in dem kleinen Bad, das sie sich mit Jonathan teilen musste.

Er schien noch nicht wach zu sein, denn die Duschkabine war trocken, und es dauerte eine Weile, bis das lauwarme Wasser endlich warm wurde.

Als sie fertig war und gerade über den Gang huschen wollte, öffnete sich die benachbarte Tür. Jonathan in T-Shirt und Pyjamahose zu sehen, war für Diana etwas vollkommen Neues.

»Guten Morgen!«, rief sie ihm mit einem breiten Lächeln zu, denn sie sah, dass er noch ziemlich müde war. Die Antwort war dann auch eher ein Murmeln als ein fröhlicher Ruf, doch wahrscheinlich würde sich das nach der Dusche ändern.

»Ich hoffe, Sie hatten eine gute Nacht!«, begrüßte Mr Manderley sie, als sie die Küche betrat. Eigentlich hatte sie sich bei Jonathan für das Abendessen revanchieren wollen, doch nun sah sie, dass schon alles vorbereitet war.

»Ich habe mir erlaubt, für ein wenig Frühstück zu sorgen«, erklärte Manderley lächelnd. »Ich musste vorhin ins Archiv, Bücher vom vergangenen Jahr holen wegen einer Marktanalyse, da habe ich gesehen, dass Sie schon einiges angehäuft haben.«

»Ja, die alten Schränke geben wirklich einiges her. Und jetzt habe ich auch Hilfe.«

»Ihr Verlobter ist Wissenschaftler, nicht wahr?«

Diana stockte. »Verlobter?«

Manderley sah sie verwirrt an. »Sind Sie etwa nicht … Oh, verzeihen Sie mir, die Tücken der englischen Sprache! Ich dachte wirklich, Sie beide …«

»Nein, Jonathan, ich meine, Mr Singh ist mir von einem Freund empfohlen worden und hat sich freundlicherweise bereit erklärt, mich bei meinen Nachforschungen zu unterstützen.«

»Aha, na dann …« Um seine Verlegenheit zu verbergen, wandte sich Manderley dem Teekessel zu und stellte ihn auf den kleinen Herd.

»Ich habe eine Entdeckung gemacht«, sagte Diana, um das unangenehme Schweigen zu vertreiben. »In den Rahmen des alten Fensters in meinem Zimmer ist ein Schmetterling geschnitzt.«

»Ich weiß«, gab der Geschäftsführer zurück, und als er sich umwandte, war seine Verlegenheit verschwunden. »Wir nehmen an, dass eine der Töchter der Tremaynes diesen Schmetterling gefertigt hat. Oder ein heimlicher Liebhaber.«

»Hatten die Mädchen denn irgendwelche besonderen Verehrer? Ich weiß nur, dass Grace einen Kapitän geheiratet hat.«

Manderley sah sie ein wenig seltsam an. »Einen Kapitän?«

»Ja, einen deutschen Kapitän, das gehört zu den wenigen Dingen, die ich ganz sicher über meine Vorfahrin weiß. Vielleicht war das ja der Skandal, der sie dazu brachte, mit dem Rest der Familie zu brechen.«

»Nun, ich fürchte, ich kann wenig Erhellendes dazu beitragen, aber ich bin sicher, dass Sie auch bei den Stocktons suchen sollten. Im vergangenen Jahr sind Unterlagen von der Nachbarplantage aufgetaucht, die leider Konkurs anmelden musste. Soweit ich weiß, wurde darin auch die Familie Tremayne erwähnt.«

Diana machte große Augen. Stockton war doch der Mann, der auf dem Clubfoto neben Henry Tremayne gestanden hatte!

»Danke für den Hinweis!«, entgegnete sie. »Ich werde mir, wenn möglich, die Unterlagen dort ansehen.«

Manderley nickte ihr wohlwollend zu, dann erstarrte er plötzlich kurz und sah zur Tür.

»Guten Morgen, Mr Singh. Miss Wagenbach und ich haben uns gerade über Ihre Nachforschungen unterhalten.«

»Mr Manderley war so freundlich, mich auf Dokumente auf der Nachbarplantage hinzuweisen. Die Familie Stockton soll ebenfalls Informationen über meine Familie haben, ist das nicht toll?«

»Stockton? Ist das nicht der Mann von dem Hills-Club-Foto?«

»Genau das ist er!«

»Wie ich sehe, kommen Sie hervorragend zurecht!«, mischte sich Manderley ein und blickte ein wenig gehetzt auf seine Armbanduhr. »Entschuldigen Sie mich bitte, ich muss gleich zu einer Plantagenbegehung. Denken Sie an den Tee!«

Bevor sich Diana für das Frühstück bedanken konnte, war der Geschäftsführer auch schon verschwunden. Das Wasser in dem Kessel kochte inzwischen. Aufmerksamerweise hatte Manderley bereits eine Teebüchse und zwei Tassen bereitgestellt, offenbar hatte er tatsächlich nicht mit ihnen frühstücken wollen.

Während der Tee einen berauschend würzigen Duft verbreitete, kümmerte Diana sich um den Toast. Jonathan deckte den Tisch.

»Nun, wie war Ihre Nacht in dem geteilten Zimmer?«, fragte Diana, als sie schließlich zusammensaßen und mit kratzenden Messern Margarine und Orangenkonfitüre auf ihren Toasts verteilten. Ohne so recht zu wissen, warum, verschwieg sie ihm den Fund aus dem Fensterbrett. Es war, als wollte sie diesen Trumpf hüten, für den Fall, dass sie auf ihrer Suche einen Punkt erreichten, an dem es nicht mehr weiterging.

»Nicht besonders gut, aber das haben Sie ja schon gesehen, als ich auf dem Weg zur Dusche war.«

Diana betrachtete ihn prüfend. Tatsächlich wirkte er auch jetzt noch ein bisschen übernächtigt.

»Haben Sie vielleicht irgendeinen Geist gesehen? Sie hatten doch keine Einschlafprobleme im Hotel.«

»Nein, und für gewöhnlich habe ich die auch nicht. Mir gehen nur so einige Dinge im Kopf herum. Sonst schaffe ich es, sie ganz gut zu verdrängen, aber irgendwie hat dieser Ort etwas an sich, das die Gedanken beflügelt – gute wie schlechte.«

Was meinte er damit?

»Vielleicht hätte ich Sie doch nicht von Ihrer Arbeit abhalten sollen«, begann Diana schuldbewusst. »Ich schleppe Sie hier durch die Botanik, und zu Hause steht Ihr Verleger kopf.«

»Das ist es nicht«, kam es wie aus der Pistole geschossen. »Es geht um meine Ex-Frau.«

»Oh, na dann.« Verlegen biss Diana in ihre Toastscheibe und spülte mit dem besten Ceylontee, den sie je getrunken hatte, nach. Manderley hatte offenbar ein Päckchen von dem handverlesenen Tee spendiert.

»Sie hat mir gestern eine Nachricht geschrieben und mir

mitgeteilt, dass sie jemanden kennengelernt hat«, redete Jonathan unerwartet weiter. »Einen Computerspezialisten aus Melbourne. Sie erwägt sogar, nach Australien zu ziehen und Rana mitzunehmen. Das bedeutet natürlich, dass der Weg zu meiner Tochter erheblich weiter wird. Mal abgesehen davon, dass sie aus ihrer jetzigen Schule gerissen wird.«

»Das tut mir leid.«

»Das muss es nicht. Ich habe schon seit einiger Zeit so etwas geahnt. Oder besser gesagt, Rana hatte es in ihren Briefen angedeutet. Natürlich kann sie noch nicht genug schreiben, um alles bis ins kleinste Detail zu erklären, aber ich spüre schon, dass es sie belastet.«

»Und wenn Sie sich um das Sorgerecht bemühen? Immerhin sind Sie indischer Staatsbürger.«

»Das würde allerdings auch bedeuten, dass ich nach Delhi ziehen müsste. Ich müsste Sri Lanka aufgeben und damit auch alle Pläne, die ich hatte.«

Diana fiel das Königreich von Kandy wieder ein, das er erwähnt hatte.

»Das klingt jetzt furchtbar egoistisch, nicht wahr?« Er lächelte spöttisch und nahm einen Schluck von seinem Tee.

»Und wenn Sie Ihre Tochter mit nach Sri Lanka nehmen?«

»Dann zöge das Argument mit dem Schulwechsel nicht mehr, denn auch hier müsste sie an eine andere Schule gehen. Außerdem ist die Bindung zu ihrer Mutter groß.« Seufzend stellte er die Tasse wieder ab. »Ich fürchte, mein Buch muss ein durchschlagender Erfolg werden, sonst kann ich mir die Besuche in Australien nicht leisten.«

»Und dass Ihre Ex-Frau Ihrer Tochter den Flug hierher bezahlt, ist auch nicht drin?«

Jonathan schüttelte den Kopf. »Rana ist acht, ich glaube, keine Mutter auf der Welt würde ihre Tochter in diesem

Alter allein in ein Flugzeug setzen – wenn es dafür nicht einen gravierenden Grund gibt. Ich werde mich wohl oder übel damit anfreunden müssen, meine Tochter eine ganze Zeit nicht zu sehen.«

Diana spürte deutlich, wie nahe ihm das ging, und ohne lange zu überlegen, griff sie nach seiner Hand. »Sie werden schon eine Lösung finden, da bin ich sicher. Und notfalls gehe ich den Verlegern meines Landes persönlich auf die Nerven, damit sie die Rechte an Ihrem Buch kaufen.«

Jonathan lächelte versonnen in sich hinein, dann verscheuchte er das Thema mit einem leichten Kopfschütteln.

»Wir sollten über die Akten reden und das, was Sie vorhaben. Sie wollen doch sicher die Nachbarplantage aufsuchen, habe ich recht?«

Diana nickte. »Ja, vorausgesetzt, wir können sie erreichen. Immerhin kommt unser Fahrer erst in drei Tagen wieder.« Dabei fiel ihr ein, dass sie den Flug noch umbuchen musste.

»Mr Manderley würde uns bestimmt eines seiner Fahrzeuge leihen. Obwohl er nichts mit der Sache zu tun hat, scheint er Feuer und Flamme für unser Projekt zu sein.«

Bei der Art, wie er das Wort unser betonte, wurde Diana warm ums Herz, doch sie verbarg ihr Lächeln hinter der Teetasse.

Eine halbe Stunde später waren sie auf dem Weg ins Archiv. Die Plantage war inzwischen zu vollem Leben erwacht. Auf dem Hof riefen sich Arbeiter etwas zu, Frauen zogen ihre Saris zurecht und schulterten ihre Körbe. Irgendwo im Haus klingelte ein Telefon, hinter einer Tür klapperte jemand auf der Computertastatur.

Unten, im ehemaligen Dienstbotentrakt, war jedoch alles still. Nur das leise Summen der Neonröhren erfüllte den Gang. Im Archivraum flimmerte der Staub in den Sonnenstrahlen, die auf den Schreibtisch fielen. Über Nacht war ein weiterer Tisch hinzugekommen, der auf die Ablage von Geschäftsbüchern und Folianten wartete.

Jonathan rieb sich die Hände und zog dann die Schranktüren auf. Beinahe andächtig betrachtete er das Durcheinander, dann lächelte er. »Wissen Sie, irgendwie habe ich solch ein Aktenchaos vermisst. Früher, im Museum, hatten wir ständig irgendwelche Funde wie diese, die durchgesehen und katalogisiert werden mussten. Ich habe das manchmal als belastend empfunden, aber nun merke ich, wie sehr mir das eigentlich fehlt.«

»Nun, dann haben Sie genug Gelegenheit, sich hier auszutoben«, entgegnete Diana, während sie sich an ihren Schreibtisch begab. »Ich habe hier schon ein paar Bücher aus der relevanten Zeit gefunden. Sobald ich weiß, worum es sich dabei handelt, hole ich mir die nächsten.«

Mit einem eifrigen Nicken tauchte Jonathan in den alten Schrank ein.

»Wenn ich es richtig sehe, muss Henry Tremayne die Plantage im Jahr 1887 übernommen haben«, sagte Jonathan, während er auf seinen Stapel Bücher herabsah. Zwei ganze Stunden hatte er damit verbracht, Unterlagen aus dem Schrank zutage zu fördern. »Alle anderen Bücher sind von einem Richard Tremayne geführt worden.«

»Wahrscheinlich ist Henry ein paar Monate nach der Todesnachricht hier angekommen«, entgegnete Diana, während sie wieder an das Telegramm dachte. »Er hatte ein Telegramm erhalten, dass sein Bruder auf dem Adams Peak abgestürzt sei.«

»War er Bergsteiger?«

Diana zuckte mit den Schultern. »Keine Ahnung. Vielleicht hat er das Wandern geliebt. Dort oben gibt es doch auch sicher einen Tempel, oder?«

»Es gibt einen Pilgerpfad, ja«, bestätigte Jonathan. »Er ist auch jetzt noch recht steil, wer unachtsam ist, könnte leicht abstürzen. Vor mehr als hundert Jahren war der Aufstieg sicher noch gefährlicher.«

»Wenn wir noch etwas Zeit haben, würde ich den Pfad gern sehen«, sagte Diana, während sie versonnen über die Seiten des Geschäftsbuches strich.

»Gibt es denn Hinweise auf die Stelle, an der Richard Tremayne abgestürzt ist?«

Diana schüttelte den Kopf. »Ich fürchte nicht. Vielleicht steht in alten Polizeiprotokollen etwas, doch die werden ganz sicher nicht hier lagern. Wenn es sie überhaupt noch gibt.«

»Nun, die Engländer waren ziemlich penibel, was das angeht. Sicher lagern in irgendeinem Schrank oder Keller noch Hunderte von alten Akten. Um diese zu sichten, bräuchten Sie aber noch mehr Zeit, und ich weiß nicht, ob Ihre Klienten Sie so lange entbehren können.«

Er hatte recht, irgendwann würde sie dieses Abenteuer beenden müssen, da ihr altes Leben zu Hause auf sie wartete. Doch daran wollte sie jetzt nicht denken. Sie hatte es gestern ausgehalten, überhaupt nicht in ihre Mails zu sehen, und vielleicht war es ihrer Arbeit hier zuträglich, wenn sie das auch in den nächsten beiden Tagen nicht tat.

Als sich der Nachmittag über Vannattuppūcci neigte, lehnte sich Diana stöhnend zurück und presste ihre Finger in die Augenwinkel. Wie viele Bücher war sie jetzt schon durchgegangen? Trockene Aufreihungen von Zahlen, zwar in Schönschrift geschrieben, aber nichtssagend. Dazwischen war immer wieder der verlockende Gedanke, einfach den gefundenen Brief zu lesen, geschlichen. Aber Diana war standhaft geblieben und hatte sich an die Worte ihres alten Professors erinnert, der die angehenden Juristen ermahnt hatte, Beweismittel zum richtigen Zeitpunkt einzusetzen.

Jonathan erhob sich. »Wir sollten eine kleine Pause machen, finden Sie nicht? Wie wäre es mit einem Spaziergang über die Plantage?«

»Eine gute Idee«, entgegnete Diana und schob die Dokumente auf den Tisch zurück.

Angenehme Wärme umfing sie auf den Stufen vor dem Herrensitz. Nach den Stunden unter Kunstlicht mussten sich Dianas Augen erst einmal wieder an das Sonnenlicht gewöhnen, doch dann sog sie die satten Farben gierig in sich auf und versuchte, sich vorzustellen, wie es Grace Tremayne ergangen sein musste, wenn sie das Haus zu einem Spaziergang verlassen hatte, sicher unter einem Sonnenschirm, um ja keine Bräune auf die Haut zu bekommen.

»Vielleicht sollten wir zuerst in den Garten gehen«, schlug Jonathan vor. »Ich habe von meinem Fenster aus ein paar wunderbare alte Rhododendren gesehen.«

Dabei vergaß er, dass Diana denselben Ausblick hatte, aber sie erinnerte ihn nicht daran.

Auf knirschendem Kies umrundeten sie das Haus, bis sie schließlich den Garten erreichten, in dessen Mitte eine Art Mobilfunkantenne stand. Wahrscheinlich garantierte diese den Leuten in der Gegend Handyempfang, ein Komfort, der auch hier unerlässlich geworden zu sein schien.

Doch Jonathan hatte recht, die Rhododendren waren alt und wunderbar. Die Farbenpracht ihrer Blüten reichte von Schneeweiß bis Dunkelpurpur.

In meiner Nachbarschaft in Berlin würden einige Hobbygärtner für solche Prachtexemplare morden, dachte Diana schmunzelnd. Mehr noch als die Rhododendren zogen sie allerdings die Frangipani-Büsche an, die keinen Deut jünger zu sein schienen als die Rhododendren. Wahrscheinlich waren sie schon vor der Errichtung der Plantage dort gewesen.

Angesichts der Blütenpracht musste Diana wieder an die weiße Blüte mit dem roten Auge denken, die in dem alten Reiseführer gepresst worden war. Offenbar stammte sie sogar von hier. Der Gedanke faszinierte sie dermaßen, dass sie einfach auf den Busch zugehen und die fleischigen Blüten berühren musste. Hatten Grace und Victoria das auch getan? Und was war mit dem süßen Duft? Bisher war er Diana nicht aufgefallen, doch nun, da sie dicht vor der Quelle stand, wusste sie, was für eine süßliche Spur sie am Morgen wahrgenommen hatte.

»Unsere Nationalblume«, erklärte Jonathan, als er hinter sie trat. »Was die Orchidee für Thailand ist, ist Frangipani für Indien und Sri Lanka. Diese Büsche wachsen hier praktisch überall.«

»Und in meiner Heimat würde solch eine Pracht bestenfalls im Botanischen Garten oder in einem guten Gewächshaus gedeihen.«

Eine ganze Weile betrachtete Diana den Busch und malte sich kleine Szenen mit den Mädchen auf dem Gemälde in Tremayne House aus – nur dass sie keine Mädchen mehr waren, sondern junge Frauen. Eine merkwürdige Sehnsucht erfasste sie plötzlich, und sie wünschte sich sehnlichst ein Fenster, durch das sie ihre Vorfahrinnen beobachten konnte. Doch bisher hatte sie bestenfalls Bauteile davon, und die Scheibe war mit einer dunklen Folie verklebt, die nur an einigen Stellen kleine Risse aufwies. Der alte Brief, den sie heute Morgen gefunden hatte, war so etwas wie der Fenstergriff, der allerdings als Letztes eingesetzt werden würde und mit dem man das Fenster vielleicht öffnen konnte.

Erst nach einigen weiteren Augenblicken gelang es ihr, sich vom Anblick des Frangipani zu lösen. Als sie sich umwandte, sah sie die hintere Fassade des Herrenhauses in voller Pracht und bemerkte die typische englische Gestaltung der Grünanlage. So ähnlich fand man sie auch in Tremayne House, wenngleich auch etwas gepflegter.

An dem Flügel des Hauses angekommen, in dem ihre Unterkünfte lagen, blieb Jonathan plötzlich stehen.

»Sehen Sie mal dort!« Jonathan deutete auf eine kleine Lücke zwischen der Hecke und einen kahlen Streifen im Gras, der ganz nach einem Trampelpfad aussah. Wohin er wohl führte?

»Wollen wir uns mal ansehen, was dort ist?«

Diana blickte sich zum Haus um. Ob Mr Manderley etwas dagegen hatte, wenn sie dort hindurchschlüpften? Da sie niemanden am Fenster entdeckte, nickte sie und folgte ihm durch die Hecke.

Das Ziel des kleinen Weges verschwand unter dichtem Gestrüpp und hohem Gras.

»Wie groß ist die Wahrscheinlichkeit, hier auf eine Schlange zu treffen?«, fragte sie skeptisch. Natürlich konnten Schlangen auch in kultivierte Gärten kommen, aber zu Fuß im Busch fühlte sie sich doch ein wenig unsicherer.

»Nicht sehr groß«, entgegnete Jonathan. »Ich bin zwar kein Biologe, aber ich glaube, die Schlangen haben mehr Angst vor uns als wir vor ihnen. Vorsehen muss man sich eher vor den Raubkatzen, doch auch diese sind scheu. Allerdings haben Sie sicher schon bemerkt, dass es recht viele Affen gibt. Und Papageien.«

Nachdem sie sich eine Weile durch den Busch geschlagen

und zwischendurch das Gefühl bekommen hatten, nicht weiterzukönnen, ragte plötzlich ein Palmblattdach vor ihnen durch das Gebüsch.

»Eine Hütte? Hier?«

»Lassen Sie uns nachsehen!«, entgegnete Jonathan voller Tatendrang und schob die Äste zur Seite. Obwohl sich der Trampelpfad nach und nach verlor, weil die Natur sich den schmalen Streifen zurückerobert hatte, erreichten sie schließlich das Gebäude. Die aus Holzbohlen und Brettern errichtete Hütte erinnerte Diana ein wenig an die Pfahlhäuser, die sie an der Küste gesehen hatte – nur dass der hohe Bau hier wohl nicht vor der Flut schützen sollte.

Das Dach war von zahlreichen Unwettern nahezu zerstört worden, die Hütte selbst wirkte windschief. Traurig blickten ihre Augen in das grüne Gewirr aus Heveabäumen und Palmen hinaus, als erinnerte sie sich permanent an frühere, an bessere Zeiten.

»Was mag das für ein Haus gewesen sein?«, fragte Diana, während sie ihren Blick über den mit Holzbohlen ausgelegten Vorplatz schweifen ließ. Obwohl das Gras unkontrolliert durch die Spalten wucherte, konnte man die ursprüngliche Form noch erahnen.

»Ich bin mir nicht sicher. Es könnte das Haus eines Gurus gewesen sein, eines religiösen Anführers. Oder ein Versammlungsort für die Bewohner des Dorfes in der Nähe.«

»Aber warum ist dieser Ort hier oben?«, wunderte sich Diana.

»Das müssten Sie die Leute im Dorf fragen. Ich schau mir die Sache mal von innen an.«

Jonathan erklomm die Treppe und sah sich kurz im Innenraum um. Mit einem breiten Lächeln und einem langen Stab in der Hand kehrte er schließlich wieder zurück.

»Ich glaube, ich weiß, was das hier einmal war.«

Diana hob die Augenbrauen. »Und das ersehen Sie aus diesem Stock?«

»Das ist nicht irgendein Stock, das ist ein Übungsstock. Ich möchte mich nicht allzu weit aus dem Fenster lehnen, aber dieses Gebäude ist meiner Ansicht nach eine ehemalige Kampfschule.«

Diana trat näher, erklomm nun ebenfalls die Treppe zu der Veranda und blickte in den Raum. Zahlreiche Gegenstände sowie alte Rattanmöbel lagen von einer dicken Staubschicht bedeckt kreuz und quer auf dem Boden.

»Eine Kampfschule? Gibt es hier so etwas wie Karate?«

»Etwas viel Besseres!« Jonathan wirbelte den Stock durch die Luft und rief: »Kalarippayat!«

»Wie bitte?«

»Das ist der Name der Kampfkunst. Kalarippayat.« Jonathan erläuterte ihr kurz, was es damit auf sich hatte, worauf Diana beeindruckt zugeben musste: »Eine sehr weise Methode des Kräftemessens. Wenn ich mir vorstelle, dass dadurch die verheerenden Verluste in den Weltkriegen hätten vermieden werden können …«

»Das birgt aber auch einige Risiken«, wandte Jonathan ein. »Stellen Sie sich mal vor, der Falsche hätte den besseren Kämpfer und würde dann ein Volk nur aufgrund dieses Sieges unterjochen dürfen.«

»Sie haben recht, das wäre natürlich unfair.«

Diana beobachtete, wie Jonathan das Gebäude beinahe andächtig musterte. Nachgerade so, als gäbe es für ihn einen besonderen Bezug dazu. »Und beherrschen Sie diese Kampfkunst etwa?«

Jonathan schüttelte den Kopf. »Ich bin Wissenschaftler, kein Sportler. Diese Kampfkunst ist sehr fordernd, meist beginnen die Kämpfer in sehr jungen Jahren mit dem Training. Ähnlich wie beim Judo oder Karate. Die Kämpfer springen förmlich ineinander und vollführen entweder mit Schwertern oder unbewaffnet komplizierte Schlagfolgen, deren Muster man nur erkennt, wenn man sehr genau hinsieht und sich auch ein wenig damit befasst hat. Es ist faszinierend, ihnen zuzusehen.«

Diana schob staunend die Unterlippe vor, während sie sich vorstellte, wie die jungen Schüler auf der breiten Veranda gesessen und versucht hatten, sich von den Kämpfenden auf der Holzplattform etwas abzuschauen. »Eine Kampfschule neben der Plantage meiner Vorfahren! Das hätte ich nicht erwartet.«

»Wahrscheinlich war sie bereits zu Zeiten von Henry Tremayne geschlossen und vergessen worden. Es wäre aber auch möglich, dass sich die Männer aus dem Dorf hier getroffen haben, um zu üben. Wenn ja, kann man nur über ihren Mut staunen, denn wären sie von den Plantagenbesitzern erwischt worden, hätte es sehr schlecht für sie ausgesehen.«

Da sie nicht damit gerechnet hatten, einen derartigen Fund zu machen, hatte Diana auch ihre Kamera nicht dabei, um ihn zu dokumentieren.

»Ich werde nachher noch einmal herkommen und alles fotografieren«, sagte Jonathan. »Ein Zeugnis wie dieses wäre eine hübsche Ergänzung für mein Buch.«

»Wirklich?«, fragte Diana lächelnd. »Es ist doch nur eine Kampfschule.«

»Aber ein Zeugnis der tamilischen Tradition zur Kolonialzeit. Da ich die Ursachen des heutigen Konflikts in der Kolonialzeit sehe, gehört es dazu.«

Wieder schlugen sie sich durchs Gestrüpp, und diesmal glaubte Diana, einen Affen über sich gesehen zu haben. Nur kurz erhaschte sie einen Blick auf braunes Fell, das im Nachhinein genauso gut das Gefieder eines seltsamen Vogels hätte sein können, doch sie wollte glauben, dass es ein Affe war.

Kaum hatten sie die Hecke wieder hinter sich gelassen, lief ihnen der Geschäftsführer über den Weg.

»Nanu, wo kommen Sie beide denn her?«, wunderte sich Manderley, an dessen Khakihosen noch ein paar Teeblätter klebten.

»Wir haben eine Entdeckung gemacht«, antwortete Diana. »Wussten Sie schon, dass sich hinter der Plantage eine ehemalige Kampfschule befindet?«

»Eine Kampfschule?«

Jonathan deutete auf die Lücke in der Hecke. »Ist Ihnen dieser schmale Weg noch nie aufgefallen?«

Manderley schüttelte den Kopf. »Bisher noch nicht. Aber meist habe ich meinen Kopf bei anderen Dingen als beim Rasen.«

»Nun, vielleicht sollten Sie mal einen Blick auf das Gebäude werfen. Es ist zwar durch die Zeit etwas mitgenommen, aber historisch«, wandte Jonathan ein. »Wenn Sie es wieder herrichten lassen, könnten Sie es entweder als Gästehaus benutzen oder als Attraktion in der Gegend vermarkten. Geheime Kampfschulen aus der Kolonialzeit gibt es nicht mehr viele, die Engländer waren ziemlich aufmerksam und nicht alle Kämpfer, die trotzdem geübt haben, hatten ein Haus wie dieses zur Verfügung.«

Manderley machte große Augen. Diana kannte diesen Blick, es war derselbe, wie wenn sie irgendwelchen Klienten klarmachte, welches Potenzial in der richtigen Verteidigungsstrategie steckte.

»Ich werde es mir durch den Kopf gehen lassen. Auf alle Fälle vielen Dank für den Hinweis.«

Mit einem Winken eilte er weiter.

»Wir sollten uns auch wieder an die Arbeit machen, nicht wahr?«, wandte sich Jonathan an Diana.

»Ja, das sollten wir.« Noch einmal drehte sie sich zu der Lücke in der Hecke um, dann blickte sie nach vorn zu dem orientalischen Fenster. Das Fenster, hinter dem sich ihr Zimmer befand.

Auf einmal kam ihr ein Gedanke. Ob es Grace oder Victoria möglich gewesen war, zu sehen, wie die Kämpfer hier langschlichen? Hatten sie sich selbst zu der Kampfschule gewagt?

Diana schüttelte den Kopf. Wahrscheinlich nicht, immerhin waren sie wohlerzogene junge Damen. Doch der Gedanke, dass Grace die Männer beim Kämpfen beobachtet haben könnte, gefiel ihr ausnehmend gut.

13

VANNATTUPPŪCCI, 1887

Miss Giles wirkte alles andere als begeistert, als Grace sie zur Unterrichtsstunde abholte. Die Anstandsdame spielen zu müssen, passte nicht so recht in ihren gewohnten Ablauf, außerdem nahm es ihr die Chance, Mr Norris häufiger über den Weg zu laufen. Aber der Anweisung ihres Dienstherrn musste sie sich wohl oder übel fügen.

In Graces Schultertasche befanden sich neben einem Papierstapel aus Vaters Arbeitszimmer auch ein noch frisch versiegeltes Tintenfass sowie ein Federhalter, ein Schächtelchen mit Ersatzfedern und ein Bleistift.

Ein klein wenig fühlte sich Grace wieder in ihre Kindheit zurückversetzt, als sie mit ihren Schulsachen im Unterrichtszimmer von Tremayne House erscheinen musste, wo sie von Mr Norris unterrichtet worden war. Ihr Herz klopfte nervös, als sie Vikrama vor der Tür stehen sah. Ein wenig hatte sie gehofft, dass er die Kleidung der Tamilen tragen würde, doch er steckte in den Sachen, die er heute schon auf der Plantage getragen hatte. Allerdings roch er sehr sauber nach Seife, trug ein neues weißes Hemd mit zarten roten Streifen und hatte seinen Bart wieder gestutzt, so dass er wirklich wie ein junger Dandy aussah.

Als Unterrichtsort suchten sie sich eine freie Fläche nahe des neuen Teefelds, von dem aus man einen guten Blick auf den Adams Peak hatte. Grace erschauderte wohlig bei dem Gedanken, irgendwann einmal dort hinaufzuklettern und dann, wie es die Seeleute behaupteten, die gesamte Insel zu überblicken.

Miss Giles hingegen hatte nicht so viel für die Freuden der Natur übrig. Immer wieder ließ sie Bemerkungen hinsichtlich des Bodenzustandes fallen, und wenn sie sich nicht gerade beklagte, schlug sie nach irgendwelchen Insekten.

»Und wo wollen Sie sich hier hinsetzen?«, tönte es schließlich hinter Grace und Vikrama her.

»Da drüben, Miss Giles!«, rief er und deutete auf ein paar große Steine, die wohl vor sehr langer Zeit mal den Hang hinuntergerollt und hier liegen geblieben waren.

»Wir sollen uns auf Steine setzen?«

»Vorübergehend, Miss Giles«, entgegnete Vikrama, der trotz allem ruhig und freundlich blieb, was Grace überaus bewunderte. Ihr ging die Gouvernante langsam auf die Nerven.

»Ich werde Mr Tremayne bitten, einen Tisch und Stühle hierher schaffen zu lassen. Miss Graces Entschluss, Tamil zu lernen, kam recht plötzlich, und ich weiß nicht, ob sie wirklich Gefallen daran finden wird.«

Als er sie prüfend ansah, nickte Grace ihm zu. Oh, sie würde Gefallen daran finden! Allein schon deswegen, weil er ihr Lehrer war!

Als sie alle einen Platz gefunden hatten und Miss Giles sich in den Schatten zurückgezogen hatte, begann Vikrama mit einfachen Phrasen und Worten. Was für sie unaussprechbar erschien, sprach er mit beneidenswerter Leichtigkeit aus. Geduldig hörte er sich ihre falschen Versuche an und überging auch die gelangweilten Einwände von Miss Giles mit einem freundlichen Lächeln.

Am Ende des Unterrichts fühlte sich Grace wie gerädert, aber eine zuvor nur selten gekannte Zufriedenheit breitete sich in ihr aus. Endlich hatte sie das Gefühl, etwas Sinnvolles zu tun!

Die Hoffnung ihrer Eltern, dass es sich nur um eine kurzzeitige Begeisterung handeln würde, enttäuschte sie beim Abendessen, als sie überschwänglich von den Worten und ihren Bedeutungen berichtete.

»Es ist erstaunlich, wie reich diese Sprache ist! Und erst die Zeichen! Als handle es sich um eine Geheimschrift!«

Eigentlich war es nicht ihre Absicht, Misstrauen bei ihrem Vater gegenüber seinen Arbeiterinnen anzufachen, aber von der Bemerkung mit der Geheimschrift versprach sie sich, dass er ihr weiterhin die Erlaubnis erteilte. Sollte er etwas wissen wollen, konnte sie ihm nur das mitteilen, was sie wusste: dass die Menschen hier weit davon entfernt waren, gegen ihn zu revoltieren.

»Ich würde auch viel lieber Tamil lernen«, quengelte Victoria, als Grace am Abend die Schriftzeiten in ein kleines Heft kopierte, das sie sich von Mr Norris geholt hatte.

»Es ist komplizierter, als du denkst«, gab Grace zurück, ohne von ihrer Arbeit aufzusehen. »Lern du erst mal Französisch, dann kannst du immer noch die Sprache der Einheimischen lernen.«

»Aber Französisch nützt mir hier doch nichts!«

»Natürlich, wenn du von den Damen der Gesellschaft eingeladen wirst. Du hast doch gehört, wie entzückt sie alle waren!«

»Ich habe aber kein Interesse daran, ihren langweiligen Töchtern die Zeit zu vertreiben. Außerdem werden sie sich wohl kaum für Spaziergänge durch die Botanik begeistern lassen.«

Als Victoria verstummte, spürte Grace, dass noch etwas anderes hinter ihren Worten steckte.

Sie legte ihren Federhalter auf den Schreibtisch und ging zu ihrer Schwester. Diese wich ihrem Blick aus.

»Was ist denn, Victoria?«

»Magst du diesen Mr Vikrama?« Ihr Blick bohrte sich glühend in ihre Augen.

Grace schnappte ertappt nach Luft. »Natürlich mag ich ihn, er ist sehr freundlich.«

Victoria sah sie prüfend an. »Du erzählst mir doch, wenn du dich in einen Mann verliebst, oder?«

Jetzt war Grace sprachlos. Konnte sie ihr davon erzählen? Sie wusste, was ihr Vater und ihre Mutter darüber denken würden. Niemals würden sie die Verbindung mit einem Einheimischen tolerieren!

Doch was dachte sie denn da? Sie mochte Vikrama, nichts weiter. Und auch wenn sie es nicht zugeben würde, saß ihr die Prophezeiung von dem Palmblatt im Nacken. Sie würde ihrer Familie sicher kein Unglück bringen!

Grace zog Victoria in ihre Arme. »Natürlich erzähle ich es dir! Aber da ist nichts, was ich dir erzählen müsste. Vikrama ist sehr nett und ein geduldiger Lehrer, sonst nichts.«

Die beiden Schwestern verweilten einen Moment in ihrer Umarmung, dann holte Grace das Heft herbei, so dass Victoria sich davon überzeugen konnte, dass darin nichts anderes stand als die Schriftzeichen, die bei weitem noch nicht ausreichten, um ein geheimes Tagebuch zu führen.

Nach und nach lernte Grace die ersten Redewendungen und entdeckte ihre Freude daran, die fremden Worte zu gebrauchen, wenn sie Naala besuchte, um sich über ihren Zustand zu informierten. Mittlerweile waren ihre Wunden verheilt, doch Vikrama hatte recht, die Narben würden nie verschwinden. Genauso wenig, wie sie vergessen würde, wer daran schuld war. Die Dorfbewohner betrachteten sie zunächst ein wenig misstrauisch, doch die Heilerin sorgte dafür, dass man wusste, wer sie war.

Als die Ruhezeit gekommen war, verschwanden die bunten Saris von den Teefeldern, den Pflanzen wurde Gelegenheit gegeben, zu wachsen. Die Pflückerinnen wurden jetzt hauptsächlich zum Verpacken des Tees eingesetzt. Das hieß nicht, dass sie von Mr Petersen nicht weiter angetrieben wurden. Sein Blick schwebte über ihren Köpfen wie ein Raubvogel. Zeit für »Schludrigkeit«, wie Petersen es nannte, hatte keine von ihnen. Sobald sich eine Frau dabei erwischen ließ, wie sie langsamer als die anderen packte, stellte er sich neben sie und strich ihr demonstrativ mit der zusammengerollten Peitsche über den Rücken. Es mochte vielleicht das Verbot geben, die Arbeiterinnen auszupeitschen, doch die Frauen konnten sich dessen nicht sicher sein. Wenn sie Gelegenheit dazu bekamen, beschwerten sie sich bei Vikrama, der allerdings auch nicht viel machen konnte. Solange Petersen nicht wieder eine der Frauen schlug, ließ Tremayne ihn gewähren.

Grace ging den Männern so gut es ging aus dem Weg. Wenn sie Petersen doch begegnete, versuchte sie, sich ihren Ärger über sein Grinsen nicht anmerken zu lassen.

Wenn es nach Grace gegangen wäre, hätte es ewig so weitergehen können, doch eines Tages wandte sich ihr Vater beim Abendessen an sie.

»Ich fürchte, du wirst für einige Zeit auf deinen Unterricht verzichten müssen. Ich benötige Mr Vikrama jetzt ganztags im Haus. Die Bücher müssen in Ordnung gebracht und neue Handelsverträge aufgesetzt werden.«

Grace sah ihn geschockt an, merkte aber gleich, dass sie hier nicht protestieren durfte. Die Arbeit war wichtiger als ihr Unterricht, die Plantage sicherte ihren Lebensunterhalt.

Da sie am Nachmittag weiter nichts zu tun hatte, unternahm Grace entweder Spaziergänge oder setzte sich mit einer Staffelei in den Garten, um die Blütenpracht des Frangipani und der Rhododendren einzufangen. Einmal kam ein Fotograf, um die Familienmitglieder vor ihrem Besitz zu fotografieren. Leider begann es zu regnen, so dass nur Grace ein Bild erhielt.

Eines Nachts, als Grace wieder auf das Auftauchen von Vikrama wartete, begann Victoria im Schlaf zu stöhnen. Zunächst hielt Grace es für das Geräusch eines wilden Tiers, eines Affen, den Victoria so gern mochte. Doch als es wiederkehrte und ihre kleine Schwester sich hin und her warf und mit den Zähnen klapperte, löste sich Grace vom Fenster und rannte zu ihr.

»Vicky, Schätzchen, was ist los?«

Victoria antwortete nicht. Als Grace ihre Stirn befühlte, schreckte sie zurück. Ihre Schwester glühte regelrecht!

Erschrocken wich sie vom Bett zurück und knetete kurz ihr Nachthemd. Dann wirbelte sie herum und lief aus dem Raum. Jemand musste einen Arzt rufen. In Nuwara Eliya gab es sicher einen.

Obwohl es sich nicht schickte, einfach so ins Schlafzimmer der Eltern zu stürmen, riss sie die Tür auf und rüttelte wenig später ihren Vater unsanft an der Schulter.

»Papa, hörst du mich?«

Henry Tremayne knurrte unwillig, dann fragte er: »Was suchst du hier, Grace?«

»Victoria ist krank. Sie hustet und hat Fieber. Wir brauchen einen Arzt.«

Noch vor ihrem Gatten fuhr Claudia auf. Sie hatte alles mit angehört.

»Henry, schick Wilkes doch zu Dr. Desmond, den du im Club kennengelernt hast.«

Wortlos erhob sich Tremayne und warf sich den Morgenmantel über.

Als er aus dem Zimmer gestürmt war, kehrte Grace wieder zu Victoria zurück. Auf ihre Mutter achtete sie nicht, aber kurz nach ihr musste sie sich ebenfalls aus dem Bett erhoben und sich den Morgenmantel übergeworfen haben. Noch bevor Grace in den Gang einbog, hörte sie Claudias befehlsgewohnte Stimme, die ein Dienstmädchen, das den Tumult mitbekommen hatte, anherrschte, Wasser heiß zu machen.

Wo ihr Vater abgeblieben war, wusste Grace nicht, wahrscheinlich machte er gerade Mr Wilkes wach.

Auf ihrem Bett wand sich Victoria in Fieberkrämpfen. Als Grace neben sie trat, warf sie den Kopf hin und her.

»Victoria, Schätzchen«, redete Grace auf sie ein, doch weder ihre Stimme noch ihre Berührung war imstande, ihre Schwester aus dem Alptraum zu wecken. Was war nur los mit ihr?

»Geh von ihr weg, Grace!«, rief ihre Mutter von der Tür.

Grace, die sich gerade neben das Bett ihrer Schwester hocken wollte, blickte sie fragend an. »Aber Mutter, sie …«

»Ein Fieber in diesen Breiten könnte ansteckend sein. Warten wir auf den Arzt.«

»Aber wer weiß, wann der kommt!«

»Bis dahin können wir ohnehin nichts tun. Geh von dem Bett weg, Grace, ich will nicht zwei Töchter krank daniederliegen haben.«

Niedergeschlagen und mit einem Herz übervoll von Sorge kehrte Grace zu ihrer eigenen Schlafstatt zurück. Ihre Mutter schien das seltsame Fieber, das Victoria befallen hatte, so sehr zu fürchten, dass sie nicht einmal den Raum betrat. Das machte Grace ein wenig wütend. Wenn sie es nicht tun sollte, dann war es an ihrer Mutter, zu versuchen, Victoria wieder zu wecken. Oder sie zumindest zu beruhigen. Doch nichts dergleichen geschah. Wie ein zögernder Todesengel blieb sie vor der Schwelle stehen und starrte auf das Bett.

Es dauerte eine Ewigkeit, bis der Arzt kam. Wie sich herausstellte, war Henry Tremayne persönlich zu ihm geritten.

Dr. Desmond, ein gutmütig aussehender, rotbärtiger Mann, dessen nachlässig übergeworfene Kleider von dem nächtlichen Überfall zeugten, grüßte Claudia und Grace knapp und wandte sich dann Victoria zu.

Als würde die Anwesenheit des Arztes eine schützende Aura über sie ausbreiten, fand Claudia ebenfalls den Mut, den Raum zu betreten. Hinter ihr, in der Halle, rief Henry irgendwelche Befehle.

Wenig später erschienen zwei Dienstmädchen mit Schüsseln voller warmem und kaltem Wasser. Claudia bedeutete ihnen, sie auf die beiden Stühle zu stellen, dann huschten die Mädchen wieder davon.

Dr. Desmonds Untersuchung war recht kurz. Nachdem er Victorias Lunge mit seinem Stethoskop abgehört, ihren Puls gemessen und ihre Stirn befühlt hatte, schob er ihr ein Thermometer unter die Zunge und blickte auf seine Uhr.

»Wie ich es mir gedacht habe«, sagte er dann, verstaute das Stethoskop wieder in seiner Tasche und ging zu den Schüsseln, um sich die Hände zu waschen. »Ich fürchte, die Kleine hat sich die Malaria zugezogen. Ist sie von Moskitos gebissen worden?«

Claudia blickte zu Grace, die mehr Zeit mit Victoria verbrachte.

»Nein, nicht, dass ich wüsste«, entgegnete sie besorgt. »Aber wir waren viel draußen, und Victoria jammert nicht über einen Mückenstich.«

»Moskitos, junge Dame, sind nicht einfach nur Mücken,

sondern ernstzunehmende Überträger von Krankheiten. Sollten Sie ebenfalls gebissen worden sein, sagen Sie es mir lieber gleich.«

Hilfesuchend blickte Grace nun zu ihrer Mutter. Diese war auf einmal ganz grau im Gesicht und wirkte mindestens zehn Jahre älter.

»Nein, nicht, dass ich wüsste«, antwortete sie dann.

»Nun, manchmal heilen diese Stiche sehr schnell weg, aber die Folgen sind verheerend.«

»Was wollen Sie tun, Doktor?«, fragte Claudia rau, während sie ihre Schultern umklammerte.

»Ich werde Ihnen ein Rezept für Chinin ausstellen, das sollten Sie in Colombo bekommen können. Mischen Sie es in der angegebenen Dosis. Außerdem müssen Sie dafür sorgen, dass die Temperatur nicht auf tödliche Werte ansteigt. Ihre Tochter erscheint mir kräftig, allerdings ist sie noch ein Kind, und es kann leicht passieren …«

Als sich Grace schluchzend die Hand vor den Mund presste, hielt der Arzt inne.

»Natürlich wollen wir nicht vom Schlimmsten ausgehen. Sorgen Sie dafür, dass das Mädchen ausreichend abgekühlt wird, wenn es sein muss, am ganzen Körper. Und Sie selbst sollten Chinin auch in Ihr Trinkwasser mischen, zur Vorbeugung.«

Damit begab er sich an Graces Schreibtisch und verfasste eine kurze Notiz. »Hier, geben Sie das einem Ihrer Diener und lassen Sie ihn sofort losreiten. Bis dahin ist es an Ihnen, das Fieber in Schach zu halten.«

Grace nahm das Rezept und lief aus dem Zimmer. Noch im Gang begegnete sie ihrem Vater. »Dr. Desmond sagt, dass das sofort aus der Stadt geholt werden soll.«

»Was ist mit ihr?« Der Blick auf den Zettel sagte es ihm

schneller, als Grace dazu in der Lage gewesen wäre. »Malaria. In unserem Haus!«

»Wir sollen das Mittel auch nehmen«, setzte Grace hinzu.

Henry nickte, dann wirbelte er herum und eilte im Laufschritt in die Halle zurück. Nur wenige Augenblicke später preschte ein Reiter vom Hof.

Nachdem sich der Arzt verabschiedet und ihnen versichert hatte, dass Malaria nur durch Moskitos, aber nicht durch Körperkontakt übertragen werden konnte, läutete Claudia erneut nach den Dienstmädchen. »Ich halte es für besser, wenn wir ihnen nicht sagen, worum es geht«, raunte sie ihrer Ältesten zu. »Wir wollen doch nicht, dass die Angestellten panisch von der Plantage flüchten.«

Grace nickte. Malaria war bisher nur ein Wort gewesen, das in Reiseberichten aus Afrika und Asien hin und wieder erwähnt wurde. Sie hatte keinerlei Ahnung, wie ansteckend die Krankheit war, wie sie verlief und wie die Chancen waren, sie zu überleben. Es war nur vernünftig, keine Panik hervorrufen zu wollen. Doch andersherum: Würden es die Mädchen nicht von allein wissen? Immerhin lebten sie in einem Land, in der die Krankheit vorkam …

Die ganze Nacht über versuchten sie, das Fieber ein wenig herunterzubekommen, doch schneller, als sie die Tücher kühlen konnten, waren sie auch schon wieder warm. Victoria begann, im Fieber zu stöhnen, Perioden der Ruhe wechselten sich mit heftigem Schüttelfrost ab.

Als der Morgen heraufdämmerte, kam sich Grace wie eine Marionette vor, die ihre Bewegungen nur noch vollführte, weil ein unsichtbarer Puppenspieler an den Fäden zog. Das Kühlwasser in der Schüssel schimmerte trübe, der Lappen wirkte wie ein verschrumpeltes Tier.

Ihre Mutter hatte sich nur für einige Minuten hinsetzen

wollen, um ein wenig auszuruhen, doch mittlerweile schlief sie schon seit drei Stunden. Grace wollte sie nicht wecken. Wenn der Tag vollends erwacht war, würde sie sich selbst ein wenig hinlegen, doch so lange wollte sie durchhalten.

Tränen traten in ihre Augen, als sie Victoria ansah. Das beginnende Tageslicht zeigte noch deutlicher, wie sehr die Krankheit ihr zusetzte. Dunkle Augenringe gaben dem Gesicht ihrer Schwester das Aussehen eines Totenschädels, doch die dunkelroten Wangen zeigten deutlich an, dass noch Leben in diesem Körper war. Leben, das in unerträglicher Gefahr schwebte.

Schließlich erwachte ihre Mutter wieder und räkelte sich mit einem schmerzhaften Stöhnen.

»Aus dem Alter, in dem ich an jedem Ort schlafen kann, bin ich wohl raus.«

Doch sogleich schien ihr wieder einzufallen, was der Grund für ihre unbequeme Schlaflage war. Sie erhob sich, taumelte kurz, trat dann aber an das Bett.

»Wie geht es ihr?«, fragte sie dann, als sei ihre Tochter eine Ärztin.

»Unverändert würde ich sagen«, gab Grace zurück. »Wie du siehst, glüht sie noch immer, und das Wasser will gar nicht mehr kalt werden.«

»Ich werde neues kommen lassen.« Mit einer unvermutet zärtlichen Geste streichelte sie zuerst Grace übers Haar, dann fuhren ihre Fingerspitzen vorsichtig über Victorias Stirn, bevor sie sich umwandte.

Kaum war Claudia gegangen, tauchte Vikrama an ihrem Fenster auf. Grace, die an Victorias Krankenbett Wache hielt und die kalten Umschläge auf ihrer Stirn wechselte, eilte sogleich zu ihm. Ein wenig schämte sie sich wegen ihres durchgeschwitzten Kleides und ihrer wirren Frisur, doch wie sollte man aussehen, wenn man eine Kranke pflegte?

»Ich habe gehört, dass Ihre Schwester krank ist.«

Grace nickte, warf dann einen sorgenvollen Blick auf Victoria, deren Gesicht immer noch glühend rot war. »Gestern Abend war ein Arzt aus Nuwara Eliya hier. Unser Diener ist mit dem Chinin leider noch immer nicht zurück. Mutter lässt gerade neues Wasser kommen, aber das Fieber steigt weiter. Immerhin hat sie keine Schüttelfröste mehr, doch das kann sich jeden Augenblick ändern.«

»Malaria, nicht wahr?«, fragte Vikrama ernst.

»Woher …«

»Chinin. Das ist das Mittel, das die Engländer dagegen einsetzen. Und wenn hier jemand Fieber bekommt, dann ist es oft die Malaria.« Er griff nach ihrer Hand. »Bitte seien Sie vorsichtig.«

Grace schüttelte beklommen den Kopf. »Keine Sorge, ich werde nicht krank.«

»Das wollen wir hoffen. Ich reite gleich ins Dorf, dort werde ich die Heilerin fragen, ob ich irgendwie helfen kann.«

»Hat sie vielleicht Chinin da?«

»Nein, etwas anderes. Ich beeile mich.«

Damit verschwand er wieder. Grace sah ihm kurz nach, dann kehrte sie an Victorias Bett zurück, über dem eine Wolke saurer Ausdünstungen schwebte. Stöhnend warf das Mädchen den Kopf hin und her, ihre Lippen bewegten sich, als wollte sie etwas sagen. Doch einen Ton brachte sie nicht hervor.

Während sich ihr Herz wieder zusammenkrampfte und ein Schluchzen in ihrer Brust aufstieg, zog Grace den Lappen wieder von Victorias Stirn und tauchte ihn in das Wasser, das mittlerweile lauwarm war. Bitte, lieber Gott, flehte sie im

Stillen, nimm mir nicht meine Schwester. Wenn du glaubst, dass ich gesündigt habe, bestrafe mich und nicht sie.

Am Vormittag stieg das Fieber so weit, dass Victoria begann, im Delirium zu reden, wirres Zeug, das sich um Papageien und Affen drehte. Schließlich wussten sich Grace und ihre Mutter keinen anderen Rat, als eine Wanne herbeischaffen zu lassen und Victoria in kaltes Wasser zu legen.

Die Zähne des Mädchens klapperten, als das kalte Wasser seine Haut umschloss, doch nach einer Weile hörte es auf und das dunkle Rot ihrer Wangen hellte sich ein wenig auf. Als sie Victoria wieder hinaushoben, fühlte sich ihre Haut kälter an, doch das änderte sich innerhalb von Minuten wieder.

»Dieser verdammte Diener!«, murmelte Claudia zornig, nachdem sie die Dienstmädchen angewiesen hatte, neues Wasser zu holen. »Wahrscheinlich hat er sich mit dem Geld und dem Rezept aus dem Staub gemacht.«

»Er wird schon noch kommen«, versuchte Grace ihre Mutter zu beruhigen. »Du hast doch die Gegend hier gesehen. Außerdem sind nach dem letzten Regen sicher viele Wege aufgeweicht.«

Claudia hörte nicht hin. »Dieses verfluchte Land«, murmelte sie. »Warum hat er die Plantage nicht verkauft?«

»Die Plantage ist nicht schuld daran, Mutter.« Grace strich ihrer Mutter über den Arm. »Das war ein Moskito. Außerdem hätte uns Mr Cahill ruhig sagen können, dass wir Chinin ins Wasser tun sollen, wie es alle hier machen.«

Erst im nächsten Augenblick fiel Grace ein, dass ihre Mutter sich wundern könnte, warum sie das wusste. Doch Claudia war so sehr in ihrem sorgenvollen Zorn gefangen, dass sie es nicht bemerkte.

Kurz nachdem die Mädchen erneut Wasser herbeigeschleppt hatten, begann die Prozedur erneut. Zwischendurch machte es den Anschein, als würde Victoria erwachen, doch dann bemerkten sie, dass ihre Augen zwar offen standen, sie aber dennoch nichts sah.

Gegen Mittag wurde Claudia die Spannung zu viel. »Ich will, dass jemand nach Colombo reitet und diesen verdammten Diener sucht!«

Ehe Grace sie davon abhalten konnte, war sie auch schon aus dem Zimmer. Im nächsten Moment klopfte es an die Scheibe.

Mit pochendem Herzen wandte sich Grace um. Vikrama!

Rasch legte sie ihrer Schwester den halb erkalteten Lappen auf die Stirn, dann rannte sie zum Fenster.

Der Mann hatte inzwischen einen kleinen Stoffbeutel unter seinen Kleidern hervorgeholt. Als sie das Fenster öffnete, reichte er ihn ihr mit den Worten: »Das ist von Kisah, sie sagt, dass du es unter das Wasser mischen sollst.«

»Ist das Chinarinde?«

»Ja, aber noch mit anderen Kräutern gegen das Fieber. Sie sagt, dass ihr Zustand zunächst ein wenig schlechter davon werden kann, doch dann sollte die Besserung bald eintreten.«

»Und könnte das Mittel gefährlich für sie sein?«

Vikrama schüttelte den Kopf. »In unserem Dorf nehmen es die Leute vorbeugend gegen Malaria. Eigentlich hätte ich es Ihrem Vater sagen sollen, aber ich bin davon ausgegangen, dass Sie wie alle Engländer hier Chinin ins Wasser tun.«

»Machen Sie sich keine Gedanken, das haben Sie nicht wissen können. Nicht einmal wir wussten es.«

Vikrama blickte sie auf einmal besorgt an. »Sie sollten vielleicht auch etwas davon nehmen. Nicht, dass Sie auch …«

»Noch fühle ich mich ganz gesund«, entgegnete Grace und stellte fest, dass sie sich über seine Fürsorge freute. »Aber danke, ich werde auch etwas davon nehmen.«

Kurz trafen sich ihre Blicke, dann huschte Vikrama auch schon wieder davon.

»Vielen Dank!«, rief sie ihm nach, worauf er sich umwandte und ihr zuwinkte.

Als er fort war, öffnete sie das kleine Beutelchen. Die Kräutermischung erinnerte ein wenig an Dung, doch der Geruch war wesentlich angenehmer. Wie sollte sie das unter das Wasser mischen, ohne dass es ihre Mutter mitbekam? Und was würde sie dazu sagen, wenn sie Victoria Medizin der Einheimischen gab? Schockiert würde sie sein und das Mittel sofort wegwerfen.

Kurz schlichen sich die Zweifel an. Taugte diese Medizin wirklich etwas? Hör auf dein Herz, wisperte eine Stimme in ihr.

Dann erinnerte sie sich wieder daran, wie die Heilerin Naala wieder auf die Beine gebracht hatte. Langsam zwar, aber mittlerweile arbeitete die Teepflückerin wieder.

Da Claudia ihrem Vater wohl immer noch in den Ohren lag, dem Boten jemanden hinterherzuschicken, ging Grace zur Anrichte, goss zwei Wassergläser ein und mischte kurzerhand etwas von den Kräutern darunter. Nachdem sie den Inhalt des einen Glases hastig hinuntergeschluckt hatte, ging sie mit dem anderen zu Victoria.

Würde sie es trinken? Wenn es giftig war, müsste sie doch als Erste die Auswirkungen spüren. Doch das Wasser tat ihren Eingeweiden nichts, also schöpfte sie Hoffnung. Schlimmstenfalls wirkte es gar nicht, aber das würde Victoria nicht umbringen.

»Victoria, Liebes«, redete sie sanft auf ihre Schwester ein, während sie den vor Fieberhitze glühenden Körper ein wenig anhob. »Ich habe hier Medizin, die musst du trinken.«

Victoria antwortete mit einem abwesenden Stöhnen, worauf Grace sie vorsichtig rüttelte. »Komm, Liebes, mach die Augen auf. Nur ein bisschen trinken, das ist alles.«

Wieder nur ein Stöhnen. Panisch blickte Grace zur Tür und lauschte. Noch waren keine Schritte zu hören, doch lange würde ihre Mutter nicht wegbleiben. Außerdem konnten jederzeit die Dienstmädchen mit dem Wasser kommen.

»Victoria, bitte.«

Jetzt öffneten sich die verklebten Augen des Mädchens ein wenig. Grace bezweifelte, dass Victoria mitbekam, was um sie herum vorging, doch von dieser kleinen Geste ermutigt hielt sie ihr den Rand des Glases an die Lippen.

Nachdem sie schon fürchtete, Victoria könnte sich verschlucken, gelang es Grace, ihrer Schwester das bräunliche Wasser einzuflößen. Der herbe Geschmack brachte sie dazu, ein wenig wacher zu werden, und während Grace beruhigend auf sie einredete, trank Victoria schließlich ein halbes Glas, bevor sie wieder in tiefen Schlaf fiel.

Nachdem sie sie wieder auf ihr Lager gebettet hatte, ging Grace zum Fenster und goss den Rest hinaus. Das Beutelchen verstaute sie unter ihrem Kleid. Dabei betete sie leise, dass es helfen und ihre Schwester retten möge.

Die Warnung der Heilerin bewahrheitete sich: Nach dem Genuss des Wassers wurde Victorias Zustand noch schlechter. Der Schüttelfrost wich einem Delirium, in dem das Mädchen dalag wie tot. Grace krampfte sich der Magen zusammen. Nicht, weil das Wasser ihr ebenfalls Unbehagen verursachte, sondern weil sie fürchtete, einen schlimmen Fehler gemacht zu haben. Was, wenn das Mittel Victoria umbrachte?

Sie blickte zu ihrer Mutter, die im Zimmer auf und ab ging und nervös ihre Hände knetete. Dabei hoffte Grace inständig, dass die Kräuter ihre Wirkung entfalten mochten. Zwischendurch ließ sich ihr Vater blicken und fragte nach Victorias Zustand, wagte sich aber nicht näher an das Krankenbett heran.

Am späten Nachmittag, ohne dass ihm jemand nachreiten musste, erschien der Bote. Grace, die gerade ins Esszimmer gegangen war, um von dort etwas Obst zu holen, sah ihn als Erstes und bemerkte auch, dass das Pferd am Ende seiner Kräfte war, als er es anhielt. Ohne Umschweife stellte sie die Schüssel ab und bemerkte dabei nicht, dass sich das heilige Bild genau neben der Stelle befand, denn die Blumen waren seit einiger Zeit weniger geworden.

Der Bote, ein junger Teearbeiter, schleppte sich erschöpft die Treppe hinauf. Genauso wie er taumelte das Pferd hinter ihm und setzte sich schließlich nieder.

Grace öffnete die Tür und ging ihm ein Stück entgegen.

Der vollkommen durchgeschwitzte Bote meldete, dass er von der Apotheke zurück sei, und reichte ihr eine in braunes Packpapier eingewickelte Schachtel.

»Nanri«, bedankte sich Grace auf Tamilisch, dann schickte sie den Mann in die Küche. Sie selbst rannte mit dem Päckchen in ihr Zimmer zurück.

Als sie durch die Tür stürmte, sprang Claudia auf.

»Er hat es gebracht!«, rief Grace aufgeregt, bevor sie nachfragen konnte. »Er ist eben angekommen und hat beinahe das Pferd zuschanden geritten. Aber wir haben es!«

Claudia stieß einen erleichterten Seufzer aus, und weil ihre Hände so sehr zitterten, überließ sie Grace die Zubereitung des Medikamentes. Als diese sich schließlich neben Victoria hockte, um ihr das Chininwasser einzuflößen, bemerkte sie, dass der Schweiß auf ihrer Stirn ein wenig getrocknet war.

Vorsichtig hob sie sie an und redete dann wieder sanft auf sie ein. Wieder öffnete Victoria die Augen, doch diesmal sah sie sie wirklich an, glasig zwar noch, und es dauerte eine

Weile, bis sie den Mund öffnete, doch diesmal klappte das Schlucken besser.

Vielleicht täuschte sie sich, vielleicht gaukelte ihr Verstand ihr auch etwas vor, doch irgendwie hatte sie das Gefühl, dass Victorias Zustand ein wenig stabiler geworden war.

Nachdem sie ihr das Chininwasser eingeflößt hatte, bettete sie sie wieder zurück auf das durchgeschwitzte Kissen und ordnete ihre Locken.

Während der folgenden Stunden ließ Grace sie nicht aus den Augen. Ihr Magen revoltierte, und obwohl sie hungrig war, brachte sie es nicht über sich, etwas zu essen. Zusammen mit ihrer Mutter erneuerte sie die Umschläge immer wieder, doch obwohl sich die Lappen noch immer sehr schnell erwärmten, blieb Victoria etwas ruhiger und das Delirium ging in Schlaf über.

»Immerhin scheint das Chinin sehr gut zu sein«, bemerkte Claudia am Ende des Tages. Die Erschöpfung hatte dunkle Schatten unter ihre Augen eingegraben und zeigte ihre achtunddreißig Lebensjahre, die sie sonst unter Schminke und Puder verbarg, erbarmungslos an. »Die Temperatur wird sicher noch eine Weile toben, aber ich habe den Eindruck, dass es wenigstens nicht mehr schlechter wird.«

Da hatte sie recht, doch als Grace sich nach beinahe zweitägiger Wache endlich wieder zur Ruhe legte, war sie sicher, dass die Kräuter aus dem Tamilendorf das wirkliche Heilmittel gewesen waren.

In den folgenden Tagen hielt sich die hohe Temperatur, und hin und wieder wurde Victoria von Schüttelfrostanfällen geplagt, doch schließlich gab die Malaria nach. Als die Temperatur sank, erholte sich Victoria zusehends. Abgemagert und schwach saß sie von Kissen gestützt im Bett, aß leichte

Fruchtsuppen, die die Köchin ganz hervorragend zubereitete, und verlangte nach einiger Zeit schon wieder nach Papier und einem Rötelstift.

Obwohl die vergangenen Tage auch an Grace gezehrt hatten, fühlte sie sich so frei und erleichtert wie nie zuvor. Da der Todesengel nun nicht mehr am Bett ihrer Schwester stand, hatte sie wieder Platz für andere Gedanken in ihrem Kopf. Der erste galt Vikrama, dem sie unbedingt danken wollte für die schnelle Hilfe.

Immer wieder hatte er zum Fenster hereingespäht, und wenn es ging, sich bei Grace nach Victorias Befinden erkundigt. Nun, da selbst Dr. Desmond nach einer neuerlichen Untersuchung sicher war, dass Victoria außer Gefahr war, machte sie sich an einem etwas bewölkten Nachmittag auf die Suche nach dem Verwalter.

Sie fand ihn im Teeschuppen, wo er die Qualität des getrockneten Tees kontrollierte.

»Mr Vikrama, dürfte ich Sie vielleicht kurz sprechen?«

Der Verwalter wandte sich um und nickte, dann sagte er etwas auf Tamil zu den Frauen und verließ den Schuppen.

»Was gibt es denn? Es ist doch hoffentlich nichts mit Ihrer Schwester passiert? Die Mädchen haben erzählt, dass sie sehr tapfer gekämpft hat.«

Grace lächelte zum ersten Mal seit Tagen unbeschwert. »Es ist nichts Schlimmes, keine Sorge. Victoria geht es wesentlich besser, Dr. Desmond meinte, sie sei außer Gefahr. Ein wenig schwach wird sie in der kommenden Zeit noch sein, aber auch das wird vergehen.«

Vikrama atmete erleichtert auf. »Das freut mich zu hören. Kisah fragte mich beim letzten Mal auch schon, wie es dem Mädchen ginge.«

»Sie können ihr ausrichten, dass ihre Medikamente bestens angeschlagen haben und dass wir ihr alle sehr dankbar sind.«

»Sie haben Ihrer Mutter nichts davon erzählt, nicht wahr?«, fragte Vikrama, nachdem er sie prüfend angesehen hatte.

»Nein, sie …« Grace senkte beschämt den Kopf. »Sie hätte sicher gedacht, sie seien giftig. Ich habe sie Victoria gegeben, als Mutter nicht da war.«

»Sie haben mir also vertraut.«

Grace sah ihn an. »Ja, ich vertraue Ihnen.«

Die Spur eines Lächelns streifte Vikramas Blick, flüchtig wie ein Windhauch.

»Vielleicht ist Ihre Schwester aber auch nur genesen, weil Sie Shiva und Ganesha geopfert haben«, sagte er dann.

»Ich habe was?«

»Sie haben doch eine Obstschale unter dem Bild abgestellt, nicht wahr?«

Nach kurzem Überlegen fiel es Grace wieder ein. Sie hatte die Schale unter dem Bild vergessen.

»Eines der Mädchen hat überall herumerzählt, dass Sie den Göttern geopfert haben. Deshalb glauben alle, dass Shiva und Ganesha Ihre Schwester wieder gesund gemacht haben.«

Vikrama lächelte Grace breit an, dann streckte er unvermittelt seine Hand aus und strich ihr eine Haarsträhne von der Wange. Die Berührung seiner Finger durchzuckte Grace wie ein Blitzschlag. Verwirrt über die Zärtlichkeit dieser Geste, wich sie zurück.

»Verzeihen Sie, ich wollte nicht …« Vikrama errötete, als er die Hand wieder sinken ließ.

»Nein, es ist … schon in Ordnung.« Mit einer fahrigen Geste strich sich Grace selbst die Strähnen aus dem Gesicht. Ihr Herz pochte ihr bis zum Hals, und ihre Wangen glühten. Alles in ihr sehnte sich danach, wieder von ihm berührt zu werden, doch das hatte sie sich durch ihr Zurückweichen sicher verscherzt.

»Auf jeden Fall danke ich Ihnen sehr. Wir alle danken Ihnen.«

»Es war mir ein Vergnügen, Ihnen zu helfen.« Vikrama deutete eine kleine Verbeugung an, dann bohrte sich sein Blick in ihre Augen. So dunkel, so geheimnisvoll hatte er sie noch nie angesehen. Und noch nie zuvor hatte sie dieses seltsame geheime Sehnen in ihrem Schoß gespürt, das sie nun heimsuchte und selbst dann blieb, als sie sich umwandte und zum Haus zurücklief.

»Wir sind zu den Stocktons eingeladen worden«, verkündete Claudia beim Abendessen. »Jetzt, wo Victoria wieder genesen und einigermaßen bei Kräften ist, können wir es wohl wagen.«

»Das sehe ich genauso«, pflichtete Henry ihr bei, während er sich mit einer Serviette den Mund abtupfte. »Oder was meinst du, Victoria?«

Die Augen des Mädchens, unter denen noch immer Schatten der Krankheit standen, leuchteten auf.

»Oh, das wäre wunderbar! Dann kann ich der Tochter endlich von meiner Krankheit berichten und sie sogar übertrumpfen, denn die Malaria hatte sie noch nicht!«

»Es wird besser sein, wenn du gegenüber den Stocktons von deiner Krankheit schweigst«, wandte ihre Mutter ein. »Nicht, dass sie glauben, du wärst noch immer ansteckend. Da die Tochter ohnehin eine schwache Gesundheit hat, wollen wir nicht, dass sich ihre Mutter sorgen muss.«

»Aber Dr. Desmond hat doch gesagt, dass die Malaria sich nicht von Mensch zu Mensch überträgt.«

»Da wäre ich mir an deiner Stelle nicht so sicher, junge

Lady«, entgegnete ihr Vater. »Die Wissenschaft ist stets in Bewegung, wer weiß, wie die neuesten Erkenntnisse von nächster Woche sind. Vielleicht stellt sich ja heraus, dass die Malaria doch ansteckend ist, und dann bringen wir unsere netten Nachbarn in Schwierigkeiten.«

Henry lachte kurz auf und wischte sich dann schwungvoll mit der Serviette über die Lippen. Claudia tätschelte ihm den Arm, Victoria schob schmollend die Unterlippe vor.

Grace blieb die ganze Zeit über still. Allein schon der Gedanke, einen ganzen Nachmittag in Gesellschaft des langweiligen George verbringen zu müssen, verursachte ihr Unbehagen. Und dann die Blicke des Vaters! Ihre Eltern mussten blind sein, wenn sie es nicht bemerkt hatten.

Insgeheim wünschte sie sich nun, sie hätte sich an der Malaria angesteckt. Ein paar Angestellte hatten sie bekommen, doch dank der Tamilen-Heilerin war niemand ernsthaft zu Schaden gekommen oder gar gestorben.

»Was ist mit dir, Liebes?«, wandte sich Henry an Grace. »Du bist ja so schweigsam. Freust du dich nicht darauf, einen kleinen Ausflug zu machen?«

»Doch, natürlich.«

»Du siehst aber aus, als hätte man dich gezwungen, eine ganze Kiste Zitronen zu essen.«

»Mir geht es nicht gut. Mein Unwohlsein ist wieder da.« Die beste Ausrede, die sie finden konnte und von der sie wusste, dass ihr Vater sie nicht weiter verfolgen würde.

»Oh, dann hoffen wir mal, dass es dir in ein paar Tagen wieder bessergeht. Es wäre ein Jammer, wenn du nicht mitkommen würdest.«

Für Grace wäre dies kein Jammer gewesen, doch sie wusste, dass ihr nichts anderes übrigblieb. Lächelnd nickte sie und fragte dann: »Wann wollen wir denn genau fahren?«

»Kommenden Sonntag, gleich nach unserer Andacht. Wenn ihr wollt, können wir auch in die Kirche nach Nuwara Eliya.«

Keine schlechte Idee, dachte Grace, während sie hoffte, dass ihr Blick ihren Spott nicht verriet. Dann könnte ich gleich darum bitten, dass George Stockton so gar kein Interesse an mir hat.

Die Woche verging wie im Flug. Zusammen mit Grace und Victoria besserte Miss Giles die Kleider aus, die sie bei dem Besuch tragen sollten.

»Ich komme mir allmählich vor wie eine Zofe«, murrte sie in Augenblicken, in denen sie sich unbeobachtet und unbelauscht wähnte. Wäre diese Klage Claudia Tremayne zu Ohren gekommen, hätte sie die Gouvernante sicher gerügt, doch weder Victoria noch Grace hatten Interesse daran, sie zu verraten. Während Victoria daran arbeiten musste, den Unterrichtsstoff nachzuholen, den sie durch ihre Krankheit versäumt hatte, lenkte sich Grace mit Spaziergängen ab oder träumte während ihres lustlosen Annähens von Borten und Spitzen davon, wieder Unterricht bei Vikrama haben zu dürfen. Noch immer hatte er keine Zeit dazu gefunden, und sie befürchtete, dass sie all die mühsam erarbeiteten Schriftzeichen und Vokabeln wieder vergessen würde.

Am Sonntagnachmittag, nach dem Besuch der neu errichteten Kirche in Nuwara Eliya und einem kurzen Lunch, brachen sie auf. Der Weg durch das Buschland war von Lastfuhren ausgefahren und holprig. Hin und wieder stand ein Büffel im Weg, der sie auf Grashalmen kauend musterte, als könnte er sich nicht vorstellen, was Menschen und Pferde hier zu suchen hatten. Über ihnen turnten Papageien und kleine Affen in den Baumkronen, hin und wieder tauchte eines von den possierlichen braunen Tieren neben dem Wagen auf, wie ein Späher, der seiner Sippe mitteilen sollte, wer da die Ruhe des Waldes störte.

All die Eindrücke zogen unbeachtet an Grace vorbei, während sie sich einzureden versuchte, dass es schon nicht so schlimm werden würde. Immerhin hatten sie auch schon in England unangenehme Besuche bei Leuten, von denen sich ihr Vater Geld gepumpt hatte, absolviert. Und Stockton würde sie gewiss nicht beißen – jedenfalls dann nicht, wenn sie bei ihrer Familie blieb.

Nach etwa einstündiger Fahrt tauchte die Stockton-Plantage vor ihnen auf. Das dreistöckige Herrenhaus prangte wie eine Perle auf grünem Samt. Die Pflanzungen waren noch wesentlich größer als auf Vannattuppūcci, und es standen auch mehr Wirtschaftsgebäude herum. Umgeben wurde der Herrensitz von einem hoch aufragenden, kunstvoll verzierten Zaun, der Henry zu dem Ausruf hinriss: »Das ist die beste Schmiedearbeit, die ich je gesehen habe!«

»Unser Zaun ist ebenso schön«, konnte sich Grace nicht verkneifen, anzumerken. Das Haus mochte vielleicht prächtig sein, aber für ihren Geschmack war es eindeutig zu protzig für einen Mann, der nicht einmal einen Adelstitel hatte. Die Tremaynes, die ebenso wenig adelig waren, hielten ihre Häuser immerhin bescheiden zweistöckig.

Als die Kutsche auf das Rondell vor der ausladenden Eingangstreppe rollte, sah Claudia den Moment für eine Ermahnung gekommen. »Ihr beide werdet euch anständig betragen und keine merkwürdigen Bemerkungen machen. Du, Victoria, wirst die Tochter des Hauses nicht mit irgendwelchen Geschichten über die Malaria behelligen, und du, Grace, wirst ein freundlicheres Gesicht als dieses aufsetzen und dich gegenüber den Stocktons anständig benehmen.«

Wann hätte ich mich schon mal nicht anständig betragen, ging es Grace durch den Sinn, doch sie behielt die Worte für sich, denn sie wollte nicht auch noch Streit mit ihrer Mutter haben.

In dem Augenblick, als sie beide pflichtschuldig nickten, brachte der Kutscher das Gefährt zum Stehen.

Die Stocktons, inklusive der schwächlichen Tochter und des blassen Sohnes, der trotz seiner schlanken Gestalt wirkte, als würde ihn der silberfarbene Ascot Tie würgen, erwarteten sie in der Halle, wohin sie von dem recht hochnäsigen Butler geführt wurden.

»Meine Lieben!«, flötete Alice Stockton mit ausgebreiteten Armen, während ihr Mann Henry kräftig die Hand schüttelte und dabei wie zufällig die Augen zu Grace wandern ließ, die seinen Blick wie eine unangenehme Berührung auf ihrer Wange spürte.

Nach der Begrüßung, bei der Grace nicht umhinkam, einen Handkuss von Dean Stockton hinzunehmen, wurden sie in den Salon geführt, einen prachtvollen runden Raum, der sich hinter einer bleiverglasten Schiebetür versteckte. Nicht nur Claudia staunte über die wunderschönen Rattanmöbel und die kostbaren Teppiche und Gemälde, die ganz hinreißende Landschaftsszenen zeigten.

Der Tee wurde aus einem chinesischen Service eingenommen, das Teegebäck war vollendet. Grace bemerkte, dass ihre Mutter beinahe neidvoll die Scones betrachtete, bevor sie hineinbiss.

Sie selbst kam sich vor, als hätte sie einen Stein gegessen, was eindeutig nicht an den Scones lag, sondern an dem Kreuzfeuer von Blicken, die George und Dean Stockton ihr zuwarfen. Einmal ertappte sie George, wie er sich über die blassen Lippen leckte, eine Geste, die ihr einen Schauder über den

Rücken jagte. Rasch wandte sie sich ihrer Teetasse zu, nur um im nächsten Augenblick von Dean Stockton gefragt zu werden: »Sie vermissen doch sicher die Saison in London, nicht wahr? Um diese Zeit finden dort schließlich rauschende Bälle statt.«

»Um ehrlich zu sein, vermisse ich London schon«, entgegnete Grace kühl. »Doch der Anblick der Natur und das Leben auf Vannattuppūcci entschädigen mich hinreichend dafür.«

Diese Antwort war völlig unbedarft gekommen, und eigentlich hätte niemand daran Anstoß finden können. Das tat auch keiner der Anwesenden, doch Dean Stockton riss es zu der Bemerkung hin: »Warum lassen Sie sich nachher nicht einfach von George die Plantage zeigen? Als zukünftiger Herr dieses Fleckens Erde wäre es ihm sicher eine Freude.«

»Aber natürlich«, entgegnete sein Sohn und lief dunkelrot an. »Wenn Sie das wünschen?«

Was blieb Grace da anderes übrig, als zuzustimmen, zumal ihre Mutter und ihr Vater sie ansahen, als wollten sie sie zur Höflichkeit ermahnen. Als sie, wie es erwartet wurde, zustimmte, nickten sie sich lächelnd zu.

Zu allem Überfluss grinste Victoria ihre Schwester in einem unbemerkten Moment breit an.

Dem Geplauder bei Tisch folgte Grace nur beiläufig, ihr Blick wurde von einem grellrosafarbenen Frangipani-Baum angezogen, der in der Mitte des englischen Gartens blühte. Die Frangipani auf Vannattuppūcci waren ebenfalls sehr schön, doch dieser Baum hatte etwas Besonderes. Vielleicht sollte ich George nachher dazu bringen, davor zu verweilen. Oder besser noch, Verstecken zu spielen. Während sie hinter dem Baum im Gras saß und es vermied, irgendeinen Laut von sich zu geben, würde er suchen können, bis er schwarz wurde.

Ihretwegen hätte die Teegesellschaft noch Stunden dauern

können, doch schließlich kam der gefürchtete Augenblick, in dem sich die Runde auflöste. Während Dean Henry mit in sein Arbeitszimmer bat, wo er ihm etwas zeigen wollte, verzog sich Victoria mit Clara in deren Zimmer. Die Damen der jeweiligen Häuser beschlossen, die Ruhe im schattigen Salon zu genießen – und Grace bekam von George Stockton den Arm angeboten.

In diesem Augenblick beneidete Grace ihre kleine Schwester zutiefst, denn lieber hätte sie sich Claras langweilige Krankengeschichten angehört als gezwungene Konversation mit einem Mann zu betreiben, der so gar nichts Interessantes an sich hatte.

George führte sie in den Garten – ein Ausflug in die Teeplantage oder ins angrenzende Pflückerdorf lehnte er kategorisch ab, weil man den Nachmittag nicht mit dem Beobachten primitiver Menschen vergeuden sollte –, und auf ihren Wunsch hin begaben sie sich als Erstes zu dem prachtvollen Frangipani. Was wie ein Baum aussah, war in Wirklichkeit eine Vielzahl ineinander verschlungener Stämme. War dies der Natur zu verdanken oder der Hand eines geschickten Gärtners? Das Ergebnis war auf jeden Fall äußerst beeindruckend und wunderschön.

»Etwas weiter hinten finden Sie einen Bodhi-Baum, von dem die Einheimischen behaupten, dass Buddha unter einem solchen erleuchtet worden sei«, sagte George, der aufgrund der Gewohnheit nichts Besonderes mehr an dem Anblick fand. »Dementsprechend treiben sie einen recht absurden Kult um dieses Gewächs. Nur strikte Verbote halten sie davon ab, ständig irgendwelche Blumen darunter abzulegen.«

Grace dachte wieder an das Götterbild in ihrer Eingangshalle. Seit die Dienstmädchen sie dort beim Ablegen der Früchte beobachtet hatten und Victoria tatsächlich genesen war, nahm die Menge der Blüten darunter wieder zu. Sie hoffte inständig, dass ihr Vater sich von Stockton nicht einreden ließ, den Arbeitern und Pflückerinnen das zu verbieten.

Als sie unter dem Baum mit den weit ausladenden Ästen standen, entdeckte Grace ein paar Papageien.

»Oh, sehen Sie!«, rief sie aus. »Sind diese Vögel nicht schön?«

George warf nur einen kurzen Blick darauf, dann sagte er: »Vor kurzem habe ich einen grünen Papagei erlegt, und es ist mir sogar gelungen, ihn auszustopfen, ohne dass er etwas von seiner Natürlichkeit eingebüßt hat.«

Grace riss erschrocken die Augen auf, was der junge Stockton wohl als Bewunderung missverstand, denn er setzte hinzu: »Sie müssen wissen, dass das Präparieren von Tieren meine große Leidenschaft ist. Ich konserviere auf diese Weise auch Insekten und Falter. Wenn Sie möchten, zeige ich Ihnen meine Sammlung.«

Grace fielen wieder die Trophäen in Vaters Herrenzimmer in Tremayne House ein. Tiere, die er selbst nicht erlegt hatte, die er aber der Erinnerung wegen behielt. Auch als sie schon älter war, hatten die schwarzen Glasaugen der Tiere ihr regelmäßig einen Schauder über den Rücken gejagt.

»Nein, danke«, sagte sie rasch. »Ich beobachte die Tiere lieber in der Natur.«

Wenn sie damit gehofft hatte, George von seinem Lieblingsthema abzubringen, irrte sie. Mit einem Feuer, das man dem blassen Jungen gar nicht zutraute, begann er, über den Vorgang der Präparation zu sprechen, was das Gefühl in Graces Magen noch verstärkte. Als er schließlich gestand, gerade ein Schmuckstück aus einem präparierten Papageienflügel als Weihnachtsgeschenk für seine Mutter zu fertigen, wurde es Grace endgültig zu viel.

»Entschuldigen Sie mich bitte, ich fühle mich nicht wohl!«, sagte sie, ein wenig heftiger, als es eigentlich angebracht war.

»Ich begleite Sie zurück!«, bot sich George an, doch Grace schüttelte den Kopf.

»Nein, nicht nötig, ich möchte Ihnen nicht die Beobachtung Ihrer nächsten … Objekte verderben.«

Damit wandte sie sich um und versuchte zunächst, so würdevoll wie möglich abzutreten. Doch als sie der Meinung war, genug Raum zwischen sich und Stocktons Sohn gebracht zu haben, begann sie zu rennen, als sei sie auf der Flucht vor den Geistern von Georges Präparaten.

Zurück im Haus, versuchte sie, sich ein wenig zu beruhigen. Waren ihre Einwände gegen George Stockton zuvor geradezu lächerlich gewesen, hatte sie nun etwas, weshalb sie ihn wirklich verabscheuen konnte.

Gerade als sie um die Ecke bog und der wunderschönen Glastür zustrebte, vernahm sie die Stimmen ihrer Mutter und von Mrs Stockton. Der Plauderton der beiden brachte Grace dazu, zu verharren und zu lauschen.

»Meine Liebe, unser Sohn ist bereits jetzt ganz vernarrt in Ihre Tochter«, erklärte Alice überschwänglich. »Seit dem Ball will sie ihm nicht mehr aus dem Kopf.«

»Und das, obwohl er sie nur kurz gesehen hat«, setzte Claudia seufzend hinzu. »Ich weiß auch nicht, was mit ihr an diesem Abend los war, so kenne ich sie gar nicht.«

»Das ist das Klima hier, junge Menschen sind dadurch leicht zu verwirren. Obwohl ich schon seit zwanzig Jahren hier bin, habe ich mich noch nicht so recht daran gewöhnt. Aber seien Sie gewiss, unser George und Ihre Grace werden ein ganz hervorragendes Paar abgeben, so Sie denn diese Verbindung in Erwägung ziehen.«

Grace hielt den Atem an. Konnte es sein, dass die Einladung nur deshalb ausgesprochen worden war?

»Liebe Mrs Stockton, das haben wir bereits in Erwägung gezogen. Es hängt jetzt alles davon ab, ob sich die jungen Leute aneinander gewöhnen.«

Grace musste sich die Hand vor den Mund pressen, um nicht vor Entsetzen aufzuschreien. Ihre Mutter würde sie allen Ernstes mit diesem blassen Burschen zusammensehen wollen? Sie, die einen stattlichen Mann wie ihren Vater geheiratet hatte?

Plötzlich wurde ihr so schwindelig, dass sie sich an den Türrahmen lehnen musste. Doch Zeit für einen Schwächeanfall blieb ihr nicht, denn hinter ihr ertönte Stocktons Stimme, der ihrem Vater wieder einmal gute Ratschläge bezüglich der Plantage gab.

Grace fiel es nicht schwer, ein Übel gegen das andere abzuwiegen. Sie straffte sich und kehrte dann in den Salon zurück.

»Ah, da bist du ja, Grace!«, sagte ihre Mutter süßlich. »Wir haben uns gerade über dich unterhalten.«

Eigentlich wäre jetzt eine bescheidene Erwiderung angebracht gewesen, doch Grace wollten derartige Worte nicht über die Lippen. Das Einzige, was sie zu dem, was sie gehört hatte, sagen konnte, verbarg sie hinter ihren Lippen, die ein missglücktes Lächeln formten.

Wenig später betraten Stockton und Henry wieder den Salon. Die Augenbrauen des Hausherrn schnellten verwundert nach oben, als er Grace neben ihrer Mutter entdeckte – allein.

»Wo haben Sie denn meinen Sohn gelassen?«, fragte er scherzhaft, während sich seine Augen in ihr Gesicht bohrten. »Sie werden doch wohl nicht Verstecken mit ihm spielen und den armen Kerl draußen suchen lassen?«

»Nein, natürlich nicht«, antwortete Grace so höflich wie möglich und senkte scheu den Blick, damit er nicht sah, welchen Abscheu die Bilder, die George in ihr heraufbeschworen hatte, noch immer in ihr erregten. »Er wird im Garten sein.«

»Ah, dann hält er wahrscheinlich wieder nach irgendwelchen Tieren Ausschau«, entgegnete Stockton ein wenig verstimmt, ja beinahe abschätzig. Offenbar war er selbst nicht sonderlich erbaut über die Leidenschaft seines Sohnes. »Georges Sammelleidenschaft kennt keine Grenzen, aber ich bin sicher, dass ihn eines Tages eine hübsche Frau auf andere Gedanken bringen kann.« Wieder fiel sein Blick auf sie.

»Hätten Sie etwas dagegen, wenn ich der jungen Dame unseren Aussichtsturm zeige?«, sagte er dann. »Wenn der Garten sie schon nicht zu reizen vermag, dann vielleicht der herrliche Blick auf die Berge – und Ihren Besitz.«

»Aber natürlich nicht!«, entgegnete Henry, während er Grace mahnend ansah.

Der Gedanke, mit Stockton irgendwohin allein gehen zu müssen, erregte tiefes Unbehagen in ihr, doch sie rang sich ein Lächeln ab.

»Wenn Sie wollen, können Sie uns gern begleiten.«

Henry lehnte ab. »Nein, ich glaube, ich möchte den Damen ein wenig bei ihrer Plauderei zuhören.«

Nicht einmal Vater will mit ihm längere Zeit verbringen, dachte Grace grollend, während sie sich mit klopfendem Herzen und eiskalten Händen erhob und die ihr angebotene Hand nahm.

Stockton betrachtete sie lächelnd, dann zog er sie mit sich aus dem Salon. Während sie schweigend die Freitreppe hinuntergingen, fragte sich Grace, wo sich diese Plattform wohl befand und ob es weit bis dorthin war. Ein wenig hoffte sie, dass George oder Clara samt Victoria auftauchen und ihr

Interesse, mitzukommen, anmelden würden, doch als hätte Stockton sie alle in irgendwelche Kammern eingeschlossen, blieben sie fern.

»Kommen Sie, es ist nicht weit«, sagte Stockton so freundlich, dass es Graces Misstrauen erregte. Dann beruhigte sie sich aber wieder damit, dass ihre Eltern ganz in der Nähe waren und er bisher zwar seltsam geschaut, aber nie Anstalten gemacht hatte, sie anzupacken.

Über eine aus Holzbohlen angelegte Treppe, deren Stufen flach genug gehalten waren, dass sie mit leicht gerafftem Rock darüber hinwegsteigen konnte, stiegen sie an den auf Stufen angelegten Teefeldern vorbei den Hang hinauf. Der Anblick und das Rauschen der Teebüsche ließen Grace für einen Moment vergessen, dass Stockton noch immer bei ihr war.

Doch dann holte er auf, so dicht, dass sie die Wärme seines Körpers beinahe spüren, den Geruch seines Rasierwassers beinahe riechen konnte.

»Wir sind gleich da«, erklärte er unnötigerweise, denn Grace hatte die Plattform bereits ausgemacht. Sie war auf einem künstlich angelegten Felsvorsprung angelegt worden, wo ein metallenes Gitter den Betrachter vor einem Absturz bewahrte. Das kleine Teleskop glänzte in der Sonne.

Grace musste zugeben, dass die Aussicht hier oben ganz wundervoll war. In der Ferne sah man den Adams Peak, jenen Berg, der ihrem Onkel den Tod gebracht hatte.

»Dank des Fernrohrs können Sie bis zu den Bergspitzen schauen«, sagte Stockton hinter ihr, wobei sie das Gefühl hatte, dass sein Atem ihre Schulter streifte. »Allerdings sollten Sie dazu schwindelfrei sein.«

»Ich glaube, das bin ich«, gab Grace gefangen zwischen Neugier und Beklommenheit zurück.

»Sie sind also mutig. Das gefällt mir.«

Die Hand sanft auf ihrem Rücken, schob er sie voran.

Als sich Grace zum Fernrohr hinunterbeugte, berührte ihre Hüfte seinen Körper. Erschrocken blickte sie zur Seite, denn sie hatte gar nicht gespürt, wie nahe er ihr gekommen war.

»Sie können die Schärfe des Fernglases hier einstellen.«

Bevor Grace zurückweichen konnte, langte er um sie herum. Seine Hand streifte wie zufällig ihr Haar, sein Arm berührte ihren Rücken. Während er sie geradezu umarmte, drehte er an der Stellschraube, dann zog er die Hand wieder zurück, allerdings nicht, ohne ihre Taille kurz zu berühren.

Grace erschauderte. Wie kam er nur dazu, sie anzufassen?

Im nächsten Augenblick kam sie sich ein wenig lächerlich vor. Wahrscheinlich reagiere ich über, sagte sie sich und versuchte, sich ganz auf den Ausblick zu konzentrieren. Das gelang ihr für eine Weile, in der sie staunend die zerklüfteten Höhen des Adams Peak betrachtete, und dann, als sie das Fernrohr ein wenig senkte, konnte sie tatsächlich einen Blick auf ihre Teefelder und das Herrenhaus von Vannattuppücci werfen. Wie ein Edelstein inmitten von grünem Samt wirkte es!

Doch dann hörte sie Stocktons erregtes Keuchen. Zunächst dachte sie, dass ihm unwohl geworden sei, doch als sie aufsah, blickte sie in ein Paar Augen, das sie dunkel und voll seltsamem Glanz betrachtete. Obwohl sie noch nicht viel Erfahrung mit Männern hatte, wusste sie instinktiv, dass dies der Glanz der Lust, des Verlangens war. Genau diese Empfindungen ließen seinen Körper beben und brachten ihn dazu, sich kurz über die Lippen zu lecken.

»Grace«, flüsterte er beinahe unhörbar, während ein seltsames Lächeln seine Lippen umspielte.

Das und der dunkle Blick ließen sie zurückweichen, doch weit kam sie angesichts des Teleskops und des Metallgitters nicht. Stockton machte einen Schritt auf sie zu, hob seine Hand, um nach ihrem Haar zu greifen.

»Bitte lassen Sie uns wieder gehen«, wisperte Grace ängstlich und mit trockenem Mund. »Mir wird schwindelig. Bitte!«

Stocktons Hand erstarrte in ihrer Bewegung. Nach kurzem Überlegen zog sich der gierige Ausdruck in die schwarzen Tiefen seiner Augen zurück.

»Wie Sie wünschen, Miss«, sagte er etwas steif, dann reichte er ihr die Hand. Grace nahm sie diesmal nicht, sondern stieg allein die Stufen hinab.

Während des gesamten Weges zurück musste sich Grace beherrschen, nicht einfach davonzulaufen. Zwar suchte Stockton ihre Nähe nicht mehr und hielt sich in respektablem Abstand, aber das, was hinter seinen Augen vor sich gehen könnte, ängstigte sie zutiefst, beinahe mehr noch als das, was Mrs Stockton und ihre Mutter besprochen hatten.

Zurück im Salon, stellte sie fest, dass inzwischen auch George, Clara und Victoria wieder anwesend waren.

»Nun, wie war die Aussicht?«, fragte ihr Vater heiter, ohne zu bemerken, dass etwas nicht mit seiner Tochter stimmte.

»Wunderschön«, entgegnete Grace einsilbig und bemerkte, dass Mrs Stockton ihren Mann beinahe fragend ansah. Die Begierde auf Deans Gesicht war fort, aber es schien, als hätte sie eine Spur, ein Mal hinterlassen, das Alice deutlich sehen konnte. Für den restlichen Nachmittag brachte es Grace nicht mehr über sich, Mrs Stockton ins Gesicht zu sehen, obwohl nicht sie es gewesen war, die die Hand nach ihrem Mann ausgestreckt und zuvor zufällige Berührungen gesucht hatte.

Glücklicherweise hatte die Hölle schon eine Stunde später ein Ende und es ging zurück nach Vannattuppūcci. Während der gesamten Zeit brodelte es derart in Grace, dass sie nichts sagen konnte. Das Unwohlsein über den Spaziergang mit Stockton wurde vom Zorn über die angedachte Verlobung zwischen ihr und George überlagert.

Aber niemand bemerkte etwas, denn Victoria plapperte munter drauflos, was für Krankheiten sich Clara Stockton jetzt wieder einbildete. »Es fiel mir schwer, aber ich habe nichts über meine Malaria erzählt«, setzte sie hinzu, als sie den finsteren Blick ihres Vaters bemerkte.

Als die Kutsche endlich anhielt, verspürte Grace eine unbändige Wut in ihrer Magengrube. So wie Mrs Stockton getan hatte, war die Verlobung mit ihrem Sohn bereits beschlossene Sache! Wie konnte ihre Mutter sie nur dem erstbesten Mann an die Hand geben wollen. Nur, weil ihre Plantagen nebeneinander lagen und die Stocktons ganz offensichtlich reicher waren als sie?

Was würde sie dazu sagen, dass Stockton offenbar auch ein Auge auf sie geworfen hatte … Wahrscheinlich würde sie glauben, ich denke mir das nur aus, dachte Grace enttäuscht.

In ihrem Zimmer riss sie sich wütend ihren Hut vom Kopf und schleuderte ihn in die Ecke neben dem Fenster. Dann griff sie sich ins Haar und zerrte ihre Locken auseinander. Victoria, die in kurzem Abstand folgte, zog rasch die Tür zu.

»Was ist los mit dir, hast du ein Insekt unter dem Hut?«

Grace antwortete nicht, sondern riss nun auch ihr Kleid auf. Dann wirbelte sie herum, die Augen leuchtend wie die einer Wahnsinnigen, so dass Victoria erschrocken zurückwich. »Müssen wir dich jetzt in die Irrenanstalt bringen?«

»Dahin solltest du am besten Mrs Stockton bringen!«, fauchte Grace. »Sie findet, ihr George und ich würden ein hervorragendes Paar abgeben! Und Mutter hat dem noch beigepflichtet! Als ob es in der Gegend nicht noch andere junge Männer gäbe.«

Sie brachte es nicht über sich, Victoria zu erzählen, wie Stockton beinahe schon aufdringlich ihre Nähe auf der Aussichtsplattform gesucht hatte.

»Die du genauso wenig heiraten wollen würdest, nicht wahr?«, gab Victoria altklug zurück, während sie mit bedächtigeren Handbewegungen ihren Hut löste.

»Natürlich würde ich einen von ihnen heiraten wollen. Einen, der nicht aussieht wie George Stockton! Wie kommt Mutter nur dazu, überhaupt in Erwägung zu ziehen, mich mit diesem blassen Burschen zu verheiraten? Stell dir vor, was sein liebstes Hobby ist: tote Tiere auszustopfen! Bei unserem Spaziergang hat er mir haarklein erzählt, wie er die Eingeweide mit einem Haken herauszieht. Ich sage dir, dieser Bursche ist nicht normal!«

Victorias Augen funkelten vor dunklem Vergnügen. Neugierig, wie sie war, hätte sie sich die Präparate wohl gern mit eigenen Augen angesehen. »Vielleicht solltest du Mutter davon erzählen.«

»Die würde mir wahrscheinlich gar nicht zuhören, so entzückt klang sie bei dem Vorschlag von Mrs Stockton. Dabei sind wir doch erst seit zwei Monaten hier!«

»Wären wir in London geblieben, hättest du wahrscheinlich auch schon deine Verehrer.«

»Aber keinen, der Tiere schlachtet und mit Holzwolle ausstopft.«

»Du weißt, dass Mutter glaubt, ein Mädchen soll so früh wie möglich heiraten«, fuhr Victoria unbeeindruckt fort. »Sie selbst war auch gerade achtzehn, als sie Papa kennengelernt hatte.«

Beinahe hätte sie herausgeplatzt, dass dies auch ihr Vater gewesen sei, der keine blutrünstigen Hobbys hatte und froh war, aufgrund seines fehlenden Adelstitels keine Fuchsjagden veranstalten zu müssen, doch dann fiel ihr wieder ein, dass sich ihr Empfinden gegenüber ihrem alten Herrn seit der Bestrafung für ihr Eintreten verändert hatte. Sie liebte ihn, ja, aber diese Liebe wirkte wie in einen dunklen Schleier verpackt, seit sie hier waren. Dabei wusste sie nicht, ob sie es war, die verändert wurde, oder er.

»Ich weiß ja, dass ich eines Tages heiraten muss, ja hätte man mir noch vor einem halben Jahr gesagt, dass ich die Ehefrau eines reichen Grundbesitzers werden würde, wäre ich vor Freude außer mir gewesen. Doch nun …« Sie stockte. Hätte sie in England wirklich widerstandslos hingenommen, dass ihre Eltern ihr praktisch den Mann aussuchten?

In England hätte ich eine Ballsaison Zeit gehabt, mir einen der zur Wahl stehenden Männer auszusuchen. Vielleicht hätte ich mich sogar in einen von ihnen verliebt – ohne dass sein Vater mich betrachtet wie ein hungriger Wolf seine Beute.

Die Liebe! Genau das war der Grund. Als Mädchen hatte sie immer davon geträumt, und als sie erwachsen wurde, hatte man versucht ihr einzureden, dass die Pflicht gegenüber ihrer Familie wichtiger sei, doch der Keim der Sehnsucht ließ sich nicht so einfach unter Pflichten und Strenge ersticken.

»Ich liebe George Stockton nicht, ich werde ihn wahrscheinlich nie lieben. Heißt es nicht immer, dass man innerhalb weniger Augenblicke weiß, ob man einen anderen Menschen mag oder nicht?«

»Es heißt auch, dass viele Frauen sich an ihren Ehemann gewöhnen und dass daraus irgendwann Liebe wird.«

»Ja, das heißt es, aber du, die bei romantischen Novellen dahinschmilzt und auch Jane Austens Werke kennst, wärst doch gerade diejenige, die sich nicht gewöhnen wollen würde, oder? Würdest du denn nicht deinen Mr Darcy haben wollen?«

Noch während sie sprach, wusste Grace, dass sie ihren schon gefunden hatte.

»Ich bin ja eher für Colonel Brandon«, gab Victoria schwärmerisch zurück.

»Wie dem auch sei, dann eben Colonel Brandon«, entgegnete Grace. »Der Punkt ist, dass George Stockton weder das eine noch das andere ist. Er mag der Erbe einer prächtigen Plantage sein, doch sicher gibt es hier in der Gegend viele davon. Was in aller Welt bezwecken unsere Eltern damit, mich mit diesem Burschen zu verheiraten. Es gibt viel stattlichere Plantagenbesitzersöhne in der Gegend.«

»Aber wenn du George heiraten würdest, könntest du in der Nähe bleiben. Du weißt, dass Vater erwarten würde, dass du die Plantage übernimmst.«

»Eigentlich sollte ich Tremayne House übernehmen«, hielt Grace dagegen. »Wenn ich ehrlich bin, wäre ich jetzt lieber dort!«

Das stimmte nicht so ganz, denn es gab durchaus einiges, das sie an diesem Ort halten könnte. Doch um einer Heirat mit George Stockton entgehen zu können, wäre sie in diesem Augenblick auch bis ans andere Ende der Welt gereist.

»Was willst du mit dem alten Kasten?«, fragte Victoria verwundert. »Du musst schon zugeben, dass das Klima hier viel besser und das Haus weniger trostlos ist.«

»Das schon, aber bedenke nur, du wärst an meiner Stelle!«

Als ihr die Tränen kamen, setzte sich Victoria neben sie und streichelte sanft über ihre Schulter.

»Vielleicht überlegen sie es sich noch. Außerdem will ich nicht, dass du von hier weggehst. Es wäre doch möglich, dass der junge Stockton auch nicht will. Oder dass er vom Pferd fällt, wenn er seinen Vater zur Plantage begleitet. Niemand weiß, was das Schicksal noch so alles bereithält.«

Eisiges Schweigen folgte dem Besuch bei den Stocktons. Grace schmollte; bis auf die Mahlzeiten ließ sie sich bei niemandem blicken. Claudia schien sich keiner Schuld bewusst zu sein, ihr Vater hatte den Kopf so voller anderer Dinge, dass ihm die Verstimmung seiner Tochter nicht auffiel.

Während sie lustlos in ihrem Essen herumstocherte und das Gefühl hatte, bereits haufenweise von dem klebrigen Porridge gegessen zu haben, wälzte sie immer wieder den Widerwillen gegen eine Verlobung mit George Stockton in ihrem Verstand herum.

Sicher, eine Frau musste ihre Pflicht erfüllen und heiraten. Aber warum nur er? Gleichzeitig fragte sie sich, was aus der folgsamen Tochter geworden war, die nur von ihrem Debüt und einer Hochzeit geträumt hatte.

Und während sie sich nun zwang, etwas von dem servierten Ei zu probieren, fiel es ihr ein: Niemand könnte den Platz in ihrem Herzen einnehmen, denn dieser war schon besetzt. Besetzt von einem Mann, von dem sie nicht einmal wusste, ob er überhaupt noch frei war.

14

Vannattuppūcci Tea Company, 2008

Am nächsten Morgen wartete erneut ein Frühstück auf Diana und Jonathan, doch anstelle von Mr Manderley fanden sie nur eine kleine Karte vor, auf der er sich entschuldigte, weil er in Colombo zu tun hätte und erst am nächsten Tag wieder zurück sein würde.

»Er wird uns fehlen«, bemerkte Diana lächelnd, als sie auf dem Weg zum Archiv die Karte in die Hosentasche schob. »Was, wenn wir eine Frage haben?«

»Das ganze Gebäude ist voller netter Menschen, die nur darauf warten, dass wir sie von ihrer eigentlichen Arbeit abhalten.« Jonathan schmunzelte, dann schob er ihr eine CD-Hülle zu. »Ich habe Ihnen hier mal ein paar Dinge über das Kalarippayat herausgesucht. Unter anderem auch ein Video, anhand dessen Sie sich einen Eindruck über den Kampf verschaffen können. Vielleicht brauchen Sie es für Ihre Sammlung.«

»Woher haben Sie die CD?«, fragte Diana verwundert.

»Na ja, Sie wissen schon, die Damen aus der Verwaltung. Man lächelt sie charmant an, bringt bescheiden seinen Wunsch vor, und schon öffnen sich sämtliche Türen. Sehen Sie sich das Material an, es lohnt sich.«

Diana zog die Hülle zu sich und betrachtete die Beschriftung, die eindeutig von Jonathan stammte.

»Was macht eigentlich Ihr Projekt?«, fragte sie dann. »Ich werde das schlechte Gewissen nicht los, weil ich Sie von der Arbeit abhalte.«

»Ich glaube kaum, dass man das hier als Abhalten von der Arbeit betrachten kann. Ich habe Ihnen ja schon gestern gesagt, dass ich einiges, was wir hier finden, für mein Buch gebrauchen kann. Genau genommen muss ich Ihnen und Michael dankbar sein, denn Sie zeigen mir hier einen ganz anderen Blickwinkel. Hin und wieder neigen wir Historiker dazu, die Dinge viel zu nüchtern anzugehen. An diesem Ort«, er breitete die Arme aus, »kann man die Aspekte des Konflikts hautnah miterleben. Was will man mehr?«

Die folgenden Stunden schritten voran, doch das einzig Neue, das Diana zutage förderte, war ein altes Rezept über Chinin, das von einem Dr. Desmond ausgestellt worden war. Die anderen losen Zettel, von denen sie sich erhofft hatte, dass einige von ihnen persönliche Briefe waren, entpuppten sich als Lieferscheine und Geschäftskorrespondenz. Immerhin entdeckte sie auf einigen die Handschrift ihres Vorfahren, Henry Tremayne. Auch ohne Kenntnisse in Graphologie zu besitzen, konnte Diana sich den Plantagenbesitzer als einen willensstarken Mann vorstellen. Was war nur vorgefallen?

Wieder musste sie an Emmelys Trauerfeier denken. Das Ereignis, der Skandal, wie Victoria selbst in ihrem Brief geschrieben hatte, musste gravierend genug gewesen sein, dass er selbst heute noch ein schwaches Echo nach sich zog.

Niemand wusste mehr, was gerufen worden war, aber alle hörten noch immer, dass etwas gerufen wurde.

»O mein Gott!«, rief Jonathan plötzlich aus.

Diana wirbelte erschrocken herum. »Was ist los?«

»Ich glaube, ich habe hier etwas gefunden, das Sie ganz dringend brauchen.«

Er reichte ihr ein zerfleddertes Heftchen, das von Wasserflecken ganz wellig war. Es befand sich keine Aufschrift darauf, und auf den ersten Seiten standen nichts als tamilische Zeichen.

»Was ist das?«, fragte sie verwundert, während sie auf die leicht verwischte Schrift zeigte. »Sie wissen doch, ich kann kein Tamil.«

»Die Schriftzeichen sind bedeutungslos, bestenfalls Schreibübungen. Aber dahinter befindet sich, glaube ich, ein Schatz.«

Als Diana weiterblätterte, sah sie, was Jonathan meinte.

»Das gibt es nicht!«, presste sie atemlos hervor. Ihre Pulsfrequenz stieg an, als stünde sie kurz vor dem Startschuss zu einem Sprint.

Hinter den Schriftzeichen befanden sich Aufzeichnungen, die so winzig waren, dass sie mit einer Lupe gelesen werden mussten. Als hätte der Autor versucht, wirklich jeden freien Platz in dem Heft zu nutzen, drängten sich die Zeilen eng aneinander. Jemand, der flüchtig darüber blickte, würde dies für sinnloses Gekritzel halten, doch Diana, die die Zeilen dicht vor ihre Augen hielt, als sei sie plötzlich kurzsichtig geworden, erkannte die feinen Spitzen in den Linien.

»Der Schreiber muss eine überaus dünne Feder verwendet haben«, sagte sie, als sie das Heft wieder zurücklegte. »Ich werde Mr Manderley um eine Lupe bitten müssen, schätze ich.«

»Jemand, der etwas so klein schreibt, will darin etwas verbergen«, behauptete Jonathan, als sei er ein Meister des Verborgenen. »Vielleicht lauern dort Graces oder Victorias Geheimnisse!«

»Wenn dieses Heft wirklich einer der Schwestern gehörte, muss es ihr nicht wichtig genug erschienen sein, um es wieder mit nach England zu nehmen. Vielleicht machen wir uns zu große Hoffnungen, und es ist nichts.«

»Das wissen Sie aber erst, wenn Sie es gelesen haben, nicht wahr?«

Diana nickte und strich gedankenverloren über die Seiten, die sich wie feinkörniges Sandpapier anfühlten.

»Wissen Sie was, ich werde die Damen der Verwaltung um eine Lupe bitten. Die mit dem rotgemusterten Sari hat mir auch die CD gegeben, wenn ich ihr ein wenig schöne Augen mache, bekomme ich auch die Lupe.«

Warum durchfuhr sie bei dieser Bemerkung ein eifersüchtiger Stich?

Diana kannte die Antwort, drängte sie allerdings beiseite, denn in diesem Augenblick wollte sie sich nur um dieses Heft kümmern.

»Bin gleich wieder bei Ihnen!«

Jonathan erhob sich und verließ das Archiv. Diana sah ihm nachdenklich nach, dann hob sie das Heft wieder dicht vor ihr Gesicht. Dabei nahm sie den leichten Zimtduft wahr, der auch schon den Gegenständen in der Truhe angehaftet hatte. Ihre Augen begannen bei dem Versuch, die winzige Schrift zu entziffern, zu tränen, doch dann war es, als hätte die Flüssigkeit ihre Pupillen in Lupen verwandelt, und sie las die ersten Sätze.

Ich weiß nicht, wo ich beginnen soll. Meine Gedanken sind so durcheinander, und ich weiß nicht, wem ich mich sonst anvertrauen soll. Da ich hier keine Freundin habe, werde ich meine Gedanken diesem Heft anvertrauen und es verbrennen, sobald es voll ist. Vielleicht gelingt es mir, alles in die richtige Reihenfolge zu bringen …

Bevor sie fortfahren konnte, kehrte Jonathan mit einer Lupe und einem kleinen Obstkorb zurück.

»Die Damen aus der Verwaltung haben ihn mir auf dem Weg in die Hand gedrückt, als ich ihre Einladung zum Lunch ausgeschlagen habe.«

Diana zog die Augenbrauen hoch. »Die Mittagszeit ist vorbei?« Ein Blick auf ihre Armbanduhr bestätigte ihr das.

»Mr Manderley fürchtet wohl, dass wir vom Fleisch fallen werden. Aber als Forscher weiß ich, wie fesselnd die Vergangenheit sein kann. Also lesen Sie ruhig weiter und lassen Sie es mich wissen, wenn Sie etwas Bahnbrechendes herausfinden. Ich werde mich derweil weiter auf die Suche nach solchen Perlen machen.«

Diana lächelte ihm dankbar zu, dann griff sie nach der Lupe. Bevor sie sich allerdings dem Heftchen zuwandte, nahm sie eine Banane. Während sie sie schälte und dann langsam verzehrte, fragte sie sich, wer hier beinahe verzweifelt jemandem etwas mitteilen wollte.

Als sie mit dem Essen fertig war, holte sie den Umschlag, den sie unter Deidres Sarg gefunden hatte, wieder hervor. Die Tinte hatte dieselbe Farbe wie die der Schrift in dem Heftchen. Nicht verwunderlich, beide Schriftstücke waren hier ausgefertigt worden. Doch gehörte das Heft nun Victoria oder Grace?

Bei direktem Vergleich bemerkte sie, dass die Schriften sich zwar ähnelten, als seien sie von ein und demselben Lehrer gelehrt worden. Und doch hatte jede von ihnen ihre Eigenheiten. Die Handschrift auf dem Brief von Victoria wirkte kindlicher, verspielter, während die andere Schrift flacher und kantiger wirkte – in ihrer Eile hatte der Schreiber oder die Schreiberin keinen Wert auf Schönschrift gelegt.

Ist es wirklich von Grace? Hat sie sich hier ihre Gedanken von der Seele geschrieben?

Mit pochendem Herzen griff Diana zur Lupe und begann zu lesen.

Schon nach knapp einer Seite wurde ihr klar, dass es sich um die Niederschrift von Grace handelte. Der Wortlaut wirkte viktorianisch züchtig, und dennoch konnte man deutlich die innere Aufgewühltheit erkennen, die sie zu diesem Schritt bewogen hatte.

An einer bestimmten Stelle angekommen, schnappte Diana nach Luft und blickte auf. »Wissen Sie was?«, fragte sie, während sie das Heft zuklappte.

»Was denn?« Jonathan blickt erstaunt von seinem Zettelstapel auf.

»Wir fahren zur Stockton-Plantage!«

»Jetzt?«

»Warum nicht?«

»Ich frage mich, was Sie dazu bewegt. Steht etwas davon in dem kleinen Heftchen?«

»Und ob es das tut!«, entgegnete Diana. »Meine Vorfahrin berichtet darin, dass das ganze Unheil, wie sie es nennt, mit einem Besuch bei den Stocktons begann. Wenn ich schon einen konkreten Hinweis habe, möchte ich ihm auch so schnell wie möglich nachgehen.«

Jonathan reckte ergeben die Hände in die Höhe. »Okay, Sie sind der Boss! Wollen wir doch mal sehen, wie weit es von hier bis dort ist!«

Damit erhob er sich und ging zur Umgebungskarte, die an der Wand neben der Tür hing. Sie war schon ein bisschen älter, wie der Gilb des Papiers bewies, doch die Wege waren gewiss noch dieselben.

»Wenn Sie bereit für einen strammen Fußmarsch sind, sollten wir in drei Stunden dort sein«, schlussfolgerte er nach dem Studium der Straßen, die weiter nach Norden führten.

»In diesem Fall bin ich zu allem bereit. Ich muss die Stockton-Plantage sehen – und die Dokumente, die dort gelagert werden.«

Jonathan nickte lächelnd, dann holte er seine Tasche.

Obwohl man der Plantage deutlich ansehen konnte, dass sie heruntergewirtschaftet war, wirkte das Herrenhaus erhaben über den Verfall ringsherum. Zwar blätterte von dem Gebäude ebenfalls die Farbe, und einige Fenster waren kurzerhand mit Holzbrettern vernagelt worden, aber Diana, die mit Jonathan vor dem ausladenden Tor stand, konnte sich gut vorstellen, wie das Leben hier vor hundertzwanzig Jahren ausgesehen hatte.

»Entschuldigen Sie!«, rief Jonathan unvermittelt.

Diana, deren Blick von dem Herrenhaus gefesselt war, bemerkte erst jetzt den Mann in Arbeitskleidung, der dabei war, über den Hof zu eilen.

»Was Sie wollen?«, fragte der Mann in ziemlich schlechtem Englisch, worauf Jonathan ins Tamilische wechselte. Was er sagte, verstand Diana nicht, doch sie war sicher, dass er ihm ihre Anwesenheit erklärte und ihn bat, sich hier umsehen zu dürfen.

Der Mann entgegnete etwas, dann verschwand er wieder.

»Und nun?«, fragte Diana verwundert.

»Er holt nur den Schlüssel. Er sagt, dass der Verwalter gerade nicht da sei, aber wenn wir ihm versprechen, alles an seinem Platz zu lassen, dürfen wir uns das Haus ansehen.«

Jonathan betrachtete sie einen Moment lächelnd, dann sagte er: »Dieses Haus ist wirklich beeindruckend. Es wundert mich, dass sich diese Plantage nicht halten konnte, denn die Bedingungen sind dieselben wie für Vannattuppūcci.«

»Es hat wahrscheinlich am Besitzer gelegen«, gab Diana

zurück, während sie an einem zarten Efeutrieb zupfte, ein Gewächs, das hier vollkommen fehl am Platz wirkte. Fast so, als hätten die Stocktons nie vorgehabt, sich in das Land einzufügen. »Was Grace Tremayne über ihn schreibt, ist alles andere als schmeichelhaft.«

»War er denn so ein Mistkerl?«

»Ein Schürzenjäger wohl eher. Mich interessiert, was aus ihm geworden ist. Vielleicht kommen wir Grace dadurch ein wenig näher.«

Bevor Jonathan sie noch weiter ausfragen konnte, erschien der Arbeiter mit klirrenden Schlüsseln. Der klagende Laut, den die Torangeln beim Öffnen von sich gaben, verursachten Diana eine Gänsehaut.

»Dann wollen wir mal«, sagte Jonathan unternehmungslustig, dann schlossen sie sich dem ein wenig gleichgültig wirkenden Mann an.

Mitten auf dem Rasen entdeckte sie ein in drei Sprachen gehaltenes Schild mit der Aufschrift »For sale«.

»Was könnte man wohl aus solch einem Gebäude machen?«, flüsterte sie Jonathan zu.

»Ein Kurhotel vielleicht. Oder ein Museum. Die Zeiten, in denen sich der englische Adel hier ein Wochenenddomizil einrichten würde, sind wohl vorbei.«

»Die Teebüsche sind aber immer noch da«, wandte Diana ein. »Es wäre doch möglich, dass hier eines Tages wieder Tee produziert wird.«

»Ja, das wäre möglich. Ich halte Mr Manderley für einen guten Kandidaten, die Felder liegen ja direkt in der Nachbarschaft. Doch auch er mag sicher keine zwei Herrenhäuser unterhalten. Stockton Manor wird wahrscheinlich eines Tages nur noch Spaziergänge durch die Teeplantage anbieten können.«

Ein Jammer, dachte Diana, trotz der Dinge, die sie in dem Tagebuch gelesen hatte.

Als sie direkt vor dem Haus standen, entdeckte Diana einen Riss im Gemäuer, als hätte es hier ein Erdbeben gegeben. Unterhalb von zwei Fenstern im Obergeschoss blätterten große Fetzen Farbe ab. Die alte Haustür war durch eine moderne ersetzt worden, die wie ein schriller Misston in der Harmonie eines Orchesters wirkte. In Deutschland hätte wohl schon längst der Denkmalschutz Alarm geschlagen, dachte Diana mit blutendem Herzen.

Als sie die hässliche Tür hinter sich gelassen hatten, wurden sie allerdings sogleich von den Schatten einer vergangenen Zeit umfangen. Trotz der fehlenden Möbel und der Schatten, die sie an den Wänden hinterlassen hatten, konnte sich Diana gut vorstellen, wie prachtvoll das Haus einst gewesen sein musste. Beinahe ehrfürchtig betrachtete sie die Marmortreppe, die ins erste Stockwerk führte. Aus einem schweren, goldfarbenen Rahmen blickte ein stattlicher, dunkelhaariger Mann in elegantem Gehrock auf sie herab. Beinahe schon magisch von dem Bildnis angezogen, erklomm Diana die Treppe.

Eine Bildunterschrift besaß das Gemälde nicht, doch angesichts der Landschaft, des Teefeldes hinter ihm und des in der Ferne erkennbaren Herrenhauses glaubte sie, dass dies Dean Stockton war. Außerdem erinnerte sie sich noch schemenhaft an das Foto aus dem Hills Club, wo sie allerdings ihre Aufmerksamkeit mehr auf Henry Tremayne gerichtet hatte.

Er wirkte auf den ersten Blick nicht wie ein Mann, der es nötig hatte, einem blutjungen Mädchen nachzusteigen. Seine kantigen Züge wirkten ernst und gewissenhaft, der sauber getrimmte Bart und seine ordentlich gekämmten, zu dem Zeitpunkt schon leicht grau melierten Locken zeugten von Eitelkeit. Ob der Maler bei seinem Körper ein wenig geschönt hatte oder der Bauch, den viele Männer in seinem Alter bekamen, einfach nicht vorhanden war, würde nicht mehr zu ermitteln sein. Auf jeden Fall war Dean Stockton eine blendende Erscheinung, und nur die schwarzen, unergründlichen Tiefen seiner Augen deuteten auf die unterdrückten Gelüste eines waschechten Viktorianers hin.

Als sie sich umwandte, bemerkte sie, dass Jonathan sie die ganze Zeit über beobachtet hatte.

»Das ist der Mann von dem Clubfoto, nicht wahr?« Jonathan hatte es nicht vergessen.

»Ich nehme es an. Wer, wenn nicht der Herr dieser Plantage, hätte hier ein lebensgroßes Bildnis von sich aufstellen lassen.«

»Vielleicht finden wir etwas, das auf das Verhältnis der Stocktons zu den Tremaynes hindeutet. Der Verwalter hat uns eine Stunde Zeit gegeben, wir sollten uns ans Durchsuchen der Räume machen.«

Diana nickte, und während sie die Treppe hinunterstieg, hatte sie tatsächlich das Gefühl, als würden sich Stocktons tote Augen in ihren Rücken bohren.

Viele Räume waren restlos leer geräumt, die nackten Kabel, die von den Wänden hingen, deuteten darauf hin, dass sich hier irgendwann einmal Büros befunden haben mussten, doch das Mobiliar war längst fortgeschafft worden.

Nachdem sie unten nicht fündig geworden waren – selbst der Raum, den Diana für den Salon gehalten hatte, war leer –, gingen sie an Stocktons Abbild vorbei in die erste Etage.

Hier waren einige Türen verschlossen, der Blick durchs Schlüsselloch offenbarte Räume, die wohl schon zu Zeiten, in denen es der Plantage noch gut ging, nicht mehr benutzt worden waren.

»Sieh an, es gibt in diesem Haus doch so etwas wie ein kleines privates Museum.«

Hinter der Tür, die Jonathan aufgestoßen hatte, befand sich eines der wenigen noch möblierten Zimmer. Das Arbeitszimmer von Dean Stockton, wie Diana beim Eintreten vermutete. Die hohen Buchregale waren um die wertvollsten Exemplare erleichtert worden, nur unansehnliche, verzogene Bücher lagen dort unordentlich herum. Die wertvollen Möbel waren entweder rechtzeitig gesichert worden oder den Dieben einfach zu schwer gewesen. Papier stapelte sich in den breiten Fensterlaibungen, ungeordnete Dokumente aus verschiedenen Zeiten, vergilbte Tageszeitungen, verblichene Papphefter.

Als sie ihren Blick weiterschweifen ließ, entdeckte Diana einen Stapel Broschüren mit einem Foto von dem Herrenhaus aus besseren Tagen auf dem Titel. Vergilbt und von der Sonne ausgeblichen stapelten sie sich kreuz und quer auf einer alten, an den Kanten angeschlagenen Kommode.

Diana zog eines der Heftchen hervor und schlug es auf. Ein Zittern ging durch ihren Körper, als sie las und feststellte, dass sich der Besitzer tatsächlich die Mühe gemacht hatte, die Geschichte der Plantage in zwei Sprachen zu verfassen, Englisch und Singhalesisch.

Neben allgemeinen Fakten fand sie auch ein Familienbild der Stocktons, das ihr die Identität des Mannes auf dem Treppengemälde bestätigte.

»Dean Stockton führte die Plantage zur höchsten Blüte und legte die Geschäfte krankheitsbedingt im Alter von siebzig Jahren in die Hände seines Sohnes. Zwei Jahre später starb er und folgte seiner Frau, die bereits zwanzig Jahre zuvor plötzlich verstorben war.«

Diana warf einen Blick auf die Kurzbiographie. Alice

Stockton starb mit dreiundvierzig – im Jahr 1888. Ob Stockton noch eine weitere Ehe eingegangen war, stand nicht da.

»Ich frage mich, ob Stockton etwas mit dem Tod seiner Frau zu tun hatte«, murmelte sie leise vor sich hin.

»Wie kommen Sie darauf, Holmes?«, entgegnete Jonathan.

»In Graces Notiz habe ich bisher nur eine Datumsangabe gefunden, und zwar den vierten Oktober 1887. Es wäre doch möglich, dass Stockton Grace selbst den Hof machen wollte. Nach der Sache auf dem Aussichtsturm zu urteilen, schien er ja schon länger ein Auge auf sie geworfen zu haben.«

»Aber für sie seine Frau umbringen …«

»So was soll schon vorgekommen sein«, beharrte Diana. »Grace hatte eine offensichtliche Abneigung gegen seinen Sohn, die er wohl auch teilte, wenn Graces Eindruck richtig war. Warum sollte er sich nicht nach einer jungen schönen Frau sehnen.«

»Er hätte sich scheiden lassen können.«

»Was einen Skandal bedeutet hätte.«

Die Bemerkung zum Skandal aus Victorias Brief kam ihr wieder in den Sinn. Hatte Stockton etwas damit zu tun? Hatte er Grace die Ehe versprochen? Hatte er irgendwas getan, das es rechtfertigte, Grace nach England zurückzuschicken?

Kälte strich über ihre Haut, als sie sich vorstellte, dass Stockton nicht davor zurückgeschreckt war, Grace mit Gewalt zu nehmen …

Auf einmal überkam sie der unbändige Drang, die Aufzeichnungen weiterzulesen, um Klarheit zu bekommen. Doch das Heft lag im Archiv von Vannattuppūcci.

»Vielleicht hat Henry Grace auch nicht weggeschickt, weil sie sich mit ihm überworfen hatte, sondern weil er sie vor Stockton schützen wollte«, sprach Jonathan ihren Gedankengang aus.

»Aber warum hätte er sie dann enterben sollen?«

Diana verstummte und blickte zum Fenster hinaus. Befand sich dort irgendwo die Plattform, wo Stockton Grace bedrängt hatte?

Ein Blick auf die Uhr sagte ihr, dass sie noch eine Viertelstunde Zeit hatten, bis der Arbeiter sie bitten würde, zu gehen.

»Lassen Sie uns nach der Aussichtsplattform suchen«, sagte sie, einer plötzlichen Eingebung folgend.

»Sie wollen sich also nicht den Rest des Hauses ansehen?«

»Ich glaube kaum, dass wir dort mehr finden werden als hier.« Sie schob die kleine Broschüre in die Hosentasche. Das Familienbild würde reichen, um ihr beim Überlegen zu helfen. »Ich will den Ort sehen, an dem er mit Grace allein war.«

Leider sah man dem Garten des Anwesens die nachlässige Pflege an. Einzig der kunstvoll verschlungene Frangipani-Baum war noch so erhalten, wie Grace ihn gesehen haben musste.

Da ihre Wegbeschreibung in der Notiz nur recht vage gehalten war und Grace sich eher darauf konzentriert hatte, ihre Gefühle angesichts von Stockton zu beschreiben, fragte Jonathan kurzerhand den Arbeiter, der hinter einer Hecke stand und ertappt die Zigarette wegwarf, die er gerade rauchte.

Die wilden Gesten des Mannes waren für jemanden, der die Sprache nicht verstand, ein wenig wirr, doch Jonathan hatte verstanden.

»Kommen Sie, hier entlang.«

Der Teil des Gartens, den sie nun betraten, war beinahe noch verwilderter als das Gestrüpp rings um die Kampfschule nahe Vannattuppūcci. Schon lange hatte man hier der Natur freien Lauf gelassen. Die Stufen, die Grace mit Stockton erklommen hatte, waren fast vollständig überwachsen. Nur ein schmaler Trampelpfad war übriggeblieben.

Doch noch immer konnte man die Teefelder erahnen, wenn man es schaffte, das dichte Gestrüpp mit Blicken zu durchdringen.

Auf halbem Weg trafen sie auf eine Absperrung. Das Schild, das an der verrosteten Kette baumelte, wies tamilische und singhalesische Schriftzüge auf.

»Kein Durchgang«, übersetzte Jonathan. »Angeblich besteht Absturzgefahr.«

Diese war Diana bereit, zu ignorieren, doch Jonathan griff nach ihrem Arm, als sie dennoch vorangehen wollte.

»Bleiben Sie lieber hier. Ihr Familiengeheimnis wird auf ewig ungelöst bleiben, wenn Sie abstürzen. Wahrscheinlich ist dort oben nichts mehr.«

Widerstand regte sich kurz in Diana, doch dann entsann sie sich wieder, dass Grace von einem künstlich angelegten Vorsprung geschrieben hatte.

Sie gab also nach und blieb stehen.

»Ich hätte es so gern gesehen«, murmelte sie wie ein enttäuschtes Kind.

»Wer weiß, vielleicht haust dort oben immer noch Stocktons Geist«, gab Jonathan mit einem tröstenden Lächeln zurück. »Wenn er Sie sieht, könnte er auf dumme Gedanken kommen, und ich habe gerade meine Ghostbuster-Ausrüstung nicht dabei.«

Jetzt lächelte Diana wieder, und auf einmal wurde die Zeit, die sie mit dem Gang hierher vergeudet hatte, Nebensache.

Als sie zum Haus zurückkehrten, steckte Jonathan dem bereits ungeduldig wartenden Arbeiter ein paar Geldscheine zu und bat um Verzeihung dafür, dass sie die erlaubte Stunde doch ziemlich überschritten hatten. Dann verabschiedete er sich und kehrte zu Diana zurück.

»Er meint, wir können jederzeit wiederkommen, wenn wir

wollen«, erklärte er, als sie den efeuberankten Zaun des Herrenhauses hinter sich gelassen hatten.

»Kein Wunder, wenn Sie ihm Geld zustecken.«

»Ich weiß eben, wie man sich Freunde macht.«

Diana betrachtete ihn eine ganze Weile, dann sagte sie: »Habe ich Ihnen eigentlich schon für alles, was Sie bisher getan haben, gedankt?«

»Ich glaube nicht, dass das jetzt schon nötig ist«, gab Jonathan zurück. »Immerhin haben wir das letzte Puzzleteil noch nicht gefunden.«

Diana lächelte versonnen in sich hinein. Wäre Philipp nur halb so freundlich wie er, würde sie es noch einmal mit ihm versuchen. Doch je mehr Zeit sie mit Jonathan verbrachte, desto klarer wurde ihr, dass es bei ihrer Rückkehr nach Deutschland kein Zurück mehr für sie geben würde.

Und was dann?, fragte eine kleine Stimme. Wirst du je wieder an einem Mann Gefallen finden?

Das habe ich schon, antwortete Diana im Stillen. Das habe ich schon längst.

Zurück auf Vannattuppūcci, fühlte sie sich wie gerädert – aber gleichzeitig elektrisiert. Das Geheimnis erschien ihr zum Greifen nahe, und doch entzog es sich noch immer.

Nachdem sie mit Jonathan rasch zu Abend gegessen hatte, begaben sie sich wieder in den Keller.

»Sie sagen mir, wenn Sie etwas Bahnbrechendes gefunden haben, nicht wahr?«, fragte Jonathan, der es sich auf seinem Stuhl gemütlich machte und für ein paar Augenblicke die Augen schloss.

»Natürlich«, sagte Diana knapp, griff dann zur Lupe und setzte ihre Lektüre fort.

15

Vannattuppūcci, 1887

In der Nacht zwei Tage nach dem Besuch bei den Stocktons beschloss Grace, zu Vikrama zu gehen. Die Erlebnisse auf der Stockton-Plantage gaben ihr das Gefühl zu bersten. In dieser Situation benötigte sie den Rat eines Freundes, keiner Schwester, die noch nicht alt genug für diese Dinge war, und auch nicht den Rat einer fernen Freundin, deren Antwort wahrscheinlich erst eintreffen würde, wenn die Verlobung schon beschlossen war.

Nachdem sie sich vergewissert hatte, dass Victoria tief und fest schlief, warf sie sich ihren blausamtenen Morgenmantel übers Nachthemd und öffnete so geräuschlos wie möglich das Fenster.

Ihre anerzogene Scham ließ sie einen Moment zögern – es gehörte sich nicht, dass eine junge Dame in Nachtkleidung herumlief –, doch dann raffte sie Hemd und Morgenmantel und kletterte aus dem Fenster.

Noch nie war sie nachts allein auf der Plantage unterwegs gewesen. Während sie sich in Tremayne House nicht ohne Begleitung in den Park gewagt hätte, aus anerzogener Angst, dass die alten Hausgeister des Nachts dort umhergingen, wunderte sie sich, dass sie an diesem Ort, der im Dunkeln auch nicht wesentlich freundlicher wirkte, so gar keine Angst hatte. Wem sollte sie hier auch begegnen?

Am Rand des Parks angekommen, fiel ihr ein, dass sie gar nicht wusste, wo sie Vikrama suchen sollte. Sie vermutete sein Haus im Dorf bei den anderen, doch sicher war sie sich dessen nicht. Vielleicht hatte er auch ein Zimmer im Verwaltungsgebäude. Seltsam, dass sie sich noch keine Gedanken darüber gemacht hatte.

Sie entschied sich schließlich, ins Dorf zu laufen und notfalls nach ihm zu fragen, sollte ihr Instinkt sie nicht zu ihm führen. Sie folgte eine Weile dem Weg durch den Busch, wobei sie sich auf ihre Erinnerung verlassen musste, denn sehen konnte sie nahezu nichts.

Irgendwo hörte sie Stimmen. Offenbar war im Dorf noch jemand wach. Oder waren das Vikramas Freunde, die zur Kampfübung aufbrachen?

Als vor ihr eine weiß gekleidete Gestalt auftauchte, lief sie kurzerhand auf sie zu und rief »Vikrama teedureen!«, was so viel bedeutete wie »Wo kann ich Vikrama finden?«.

Die Gestalt wirbelte herum. »Miss Grace, was suchen Sie denn hier?«

Erschrocken stellte sie fest, dass es sich um Vikrama handelte, der offenbar auf dem Weg zu seinem Übungsplatz war.

»Ich … ich habe Sie gesucht«, sagte sie kleinlaut, während sie verlegen die Ärmelspitze ihres Nachthemdes durch den Ärmel des Morgenrockes zog. »Ich wollte … ich wollte Sie nur sprechen.«

Vikrama legte den Kopf ein wenig schief, dann entspannte sich sein Körper wieder. Das in weißes Tuch eingeschlagene Päckchen legte er auf den Boden.

»Ist es wegen des Unterrichts? Ihr Vater nimmt mich derzeit dermaßen stark in Beschlag, dass ich kaum Zeit zum Luftholen habe.«

Grace schüttelte den Kopf. »Nein, es ist nicht wegen des Unterrichts. Ich …«

Sie stockte. War es wirklich gut, ihm davon zu erzählen?

Wahrscheinlich würde auch er meinen, dass es gut für eine Frau sei, zu heiraten. Auch in seinem Dorf bereiteten sich wieder ein paar junge Mädchen darauf vor, verheiratet zu werden, das hatte Grace bei einem ihrer Besuche mitbekommen.

»Was?«, fragte Vikrama, und während er sie so ansah, hatte sie das Gefühl, dass er sie gleich umarmen wollte – eine Geste, die ihr durchaus willkommen gewesen wäre.

»Alle Anzeichen sprechen dafür, dass mich meine Mutter verheiraten will. Mit George Stockton.«

Vikramas Gesichtsausdruck war zunächst nicht zu deuten, doch Grace entging nicht, dass sich sein Körper versteifte.

»Oh, dann …« Mehr sagte er nicht, der Gedanke, den er aussprechen wollte, schien vom Nachtwind davongetragen worden zu sein.

»Es ist nur so, dass ich ihn nicht heiraten will. Ich liebe ihn nicht.«

Zwischen Vikramas Augen erschien eine Falte, die, obgleich sie sehr zart war, sein Gesicht einige Jahre älter wirken ließ.

»Nicht immer hat Heirat etwas mit Liebe zu tun«, sagte er, wobei sich seine Stimme beinahe traurig anhörte. Er wich ein Stück von ihr zurück, so als wäre ein Keil zwischen sie geschoben worden, dann sah er sie ernst an. »Auch in meinem Dorf werden Mädchen an Männer vergeben, die von ihren Familien ausgesucht werden. Hier können Mädchen nur innerhalb ihrer Kasten heiraten.«

»Haben Sie … haben Sie eine Frau?«

Vikrama schüttelte den Kopf. »Nein, denn ich gehöre als Mischling eigentlich zu keiner der Kasten. Ich bin in jedem Haus willkommen, aber niemand würde mir seine Tochter geben. Es ist bestimmt, dass Hindus nur innerhalb ihrer Kasten heiraten können. Ich werde bestenfalls eine Frau von den Burghern haben, Mischlinge, die keiner Kaste angehören.«

Grace sah ihn an. Jede Linie seines Gesichts erschien ihr so vertraut, dass sie sie mit geschlossenen Augen hätte zeichnen können. Eine ungeahnte Wärme überkam sie bei seinem Anblick, seine Worte hatten sie erleichtert. Er war frei, frei sie zu lieben. So wie sie ihn liebte.

Kurz hallte ihr die Prophezeiung durch den Verstand, dass sie Unglück über ihre Familie bringen würde, doch sie schrieb sie in den Wind. Warum ließ sie sich vom Geschwätz eines alten Mannes leiten? Außerdem würde es wahrscheinlich eher ein Unglück geben, wenn sie sich fügte und einen Mann heiratete, für den sie nicht einmal im Entferntesten Gefühle aufbringen konnte.

Auf einmal war er bei ihr, ganz nahe, sein Gesicht nur ein Haarbreit von ihrem entfernt, seine Hände auf ihrem Rücken. Nur kurz sah er sie an, spürte in ihrem Blick eventueller Gegenwehr nach, und als er diese nicht fand, küsste er sie. Seine Lippen waren zunächst trocken, doch als sie sich öffneten, spürte Grace das feuchte Innere. Sie konnte nicht anders, als ihn einzulassen, zuzulassen, dass seine Zunge sich um ihre schlang und tief in ihren Mund glitt. Ihr gesamter Körper kam ihr plötzlich vor, als würde er brennen, der Puls rauschte wie ein Sturm in ihren Ohren.

Als er sich zurückzog, kam es ihr vor, als würde sich Kälte über ihr Gesicht legen. Sogleich sehnte sie sich wieder nach seiner Nähe.

»Ich …«, begann sie, doch sie verstummte, als er ihre Hand nahm.

»Wir sollten uns einen Ort suchen, an dem wir reden können«, sagte er leise.

Grace nickte, dann ließ sie sich mit in die Dunkelheit ziehen. Unterwegs schossen ihr tausend Dinge durch den Kopf, die ihr so laut erschienen, als würde sie sie aussprechen.

Als sie das kleine Holzhaus betraten, schlug Grace das Herz bis zum Hals. Was würde jetzt passieren? Redeten sie die ganze Nacht nur? Oder taten sie noch anderes?

Egal was, sie wollte es aus ganzem Herzen. Sie sehnte sich nach seiner Haut und danach, wieder seine Lippen auf ihrem Mund zu spüren. Sie wollte seine Wärme spüren wie vorhin, als er sie in seinen Armen gehalten hatte.

»Ich …«, begann sie erneut, doch die Worte vertrockneten in ihrem Mund, als sie ihn ansah. Wieder fanden ihre Lippen zueinander, diesmal sanfter, und ihre Hände wanderten über den Körper des jeweils anderen, als gälte es, etwas Zerbrechliches zu erforschen.

Als sie sich wieder voneinander lösten, zog er die Tür hinter sich zu. Die Tatsache, dass sie jetzt wirklich allein waren, erregte sie und ließ sie beinahe vergessen, dass es in der kleinen Unterkunft einiges zu sehen gab. Da er nicht gleich zu ihr kam, sondern sie umrundete und das weiße Bündel auf dem Tisch ablegte, wurde sie förmlich dazu gezwungen, sich umzusehen. Noch waren im Mondschein nur Umrisse zu erkennen, doch sie wurden zu Gegenständen, als Vikrama die Lampen anzündete, die auf dem Fensterbrett standen.

Die Einrichtung der Hütte war sehr einfach gehalten. An der Wand stand ein altes, sauber bezogenes Bett, die Kommode neben der Tür war wahrscheinlich irgendwann aus dem Herrenhaus ausgemustert worden. Ein kleines, orientalisch anmutendes Schränkchen erhob sich gegenüber der Tür, anstelle von Stühlen waren Sitzkissen auf dem Boden verteilt. Rote Farbe blätterte von den Wänden. Die Bodendielen knarrten leise unter seinen Schritten, als er den Raum durchmaß.

Könnte ich in solch einer Hütte leben?, fragte sich Grace.

Ja, sie konnte. Mit dem richtigen Menschen an ihrer Seite würde sie überall leben können. Das wusste sie nun. Sie brauchte kein Landhaus in England, kein Debüt vor der Königin. Nur den richtigen Menschen.

»Es ist bei weitem nicht so elegant wie euer Haus«, bemerkte Vikrama leicht verschämt. Seine Stimme klang seltsam durch die verlegene Stille. »Aber es ist mein Heim, das ich mit eigenen Händen errichtet habe.«

»Es ist das schönste Haus, das ich mir vorstellen kann«, entgegnete Grace, während sie nicht so recht wusste, wo sie hinschauen sollte. Vikramas Gesicht wirkte in dem warmen Licht noch schöner, wie das Antlitz eines Prinzen in einem ihrer alten Märchenbücher.

»Setz dich doch«, sagte Vikrama nun, während er auf eines der Kissen deutete. Die Aussicht, neben ihm zu sitzen, ließ Grace erröten und brachte sie dazu, stehen zu bleiben.

»Nein, ich glaube, es geht auch so. Ich …« Das Herz schlug ihr bis zum Hals. Auf einmal wurde sie sich der Gefahr bewusst, in der sie schwebte – jedenfalls hätten ihre Mutter und Miss Giles das als Gefahr bezeichnet. »Ich muss gehen«, wisperte Grace daraufhin. Sie wusste darüber nicht mehr, als das Gewisper der Dienstboten auf Tremayne House hergegeben hatte, doch es reichte schon, um ihr Angst einzujagen.

»Die Tür ist offen«, entgegnete Vikrama, als wüsste er um die Zweifel in ihr. »Ich werde dir nichts antun, das weißt du.«

Aber alles in ihr schrie danach, dass er ihr etwas antun sollte. Etwas, das sie nie vergessen würde, etwas, das sie aus dem Kreis herausholte, in den sie ihre Eltern unweigerlich hineinziehen würden.

Sie wollte nicht die Braut von George Stockton sein, sie

wollte die Braut dieses Mannes sein, dieses Fremden, der ihr gleich am ersten Tag aufgefallen war.

Und so öffnete sie die Tür nicht, nein, sie näherte sich ihr nicht einmal, sondern blieb auf der Stelle stehen, taumelte, blickte den Mann verlangend an.

Vikrama trat zu ihr, blieb nur zwei Handbreit vor ihr stehen. Wie schon vorhin konnte sie den Duft seiner Haut riechen, seine Wärme spüren.

Als er sie in seine Arme zog, wehrte sie sich nicht. Ihr Körper schien förmlich mit seinem zu verschmelzen, während sie seinen Kuss leidenschaftlich erwiderte und nun, mutiger geworden, begann, seine Brust und seine Schultern zu liebkosen.

Doch plötzlich hielt er inne und wich zurück. Als Grace sich zu ihm neigen wollte, wehrte er sie sanft ab.

»Das dürfen wir nicht tun!«

»Warum denn nicht?«

»Ich möchte dich nicht ins Unglück stürzen. Du weißt sicher, dass du schwanger werden kannst. Das will ich dir nicht antun.«

Geschockt starrte Grace ihn an. Diese Worte wären aus dem Mund eines englischen Mannes nicht so einfach gekommen. Aber er hatte recht. Auch wenn sich ihr Körper nach seinem verzehrte, auch wenn sie gewillt war, alle Vernunft in den Wind zu schreiben, so sagte ihr doch ihr Verstand, dass es richtig war, was Vikrama sagte. Wenn sie schwanger wurde, würde das Unglück bedeuten. Ihrem Herzen waren Konsequenzen jedoch egal. Worauf sollte sie hören?

Sie trennten sich schließlich ohne einen weiteren Kuss, ohne weitere Nähe, aber mit dem Versprechen, einander wiederzutreffen. Als Grace die Hütte verließ, stellte sie fest, dass sie die Klarheit erhalten hatte, die sie haben wollte: Sie wusste nun, dass Vikrama sie ebenso liebte wie sie ihn. Das reichte, um das Schreckgespenst der Ehe mit George Stockton für kurze Zeit verstummen zu lassen.

Auf dem Rückweg zum Haus fühlte sie sich plötzlich beobachtet. Sie konnte nicht sagen, woher dieses Gefühl kam, doch etwas an ihren Schritten kam ihr seltsam vor, ein merkwürdiger Doppelklang, als versuche jemand, sich ihrer Schrittfolge anzupassen.

Plötzlich knackte es hinter ihr. Grace wich mit einem kurzen Aufschrei zurück, bemerkte dann aber, dass das Geräusch über ihr war und dass sie vermutlich nur ein paar Affen aufgeschreckt hatte. Als sie weiterging, war das Geräusch verschwunden, und mit ihm das Gefühl, dass sich Augen in ihren Rücken bohrten. Wahrscheinlich habe ich es mir nur eingebildet, sagte sie sich, als das Herrenhaus endlich vor ihr auftauchte.

Von nun an stahl sich Grace so oft sie konnte aus dem Haus, um sich mit Vikrama zu treffen. Sie küssten sich, gingen Hand in Hand durch den Wald, atmeten die vom Staub geklärte Luft und bewunderten die Schönheit der Nacht, die Geheimnisse, die sich jenen offenbarten, denen es gelungen war, die Welt anders zu sehen.

Wenn sie sich auf irgendwelchen Felsbrocken niederließen, breitete Vikrama seine Jacke über ihre Schultern aus. Seine Wärme und seine Küsse ließen die Sehnsucht nach mehr in ihr erwachen, doch obwohl das Begehren in seinem Körper brannte und in seinen Augen leuchtete, gab er sich ihm nicht hin. Ihre Küsse waren leidenschaftlich, doch ihren Körper berührte er nicht.

Wenn sie dann den Rest der Nacht gegen die Zimmerdecke starrte, verging sie beinahe vor einem Verlangen, das sie nicht kannte und von dem sie nicht wusste, wie sie ihm Linderung verschaffen sollte.

Während dieser Zeit war Grace so gut gelaunt wie noch nie. Selbst ihrer Schwester fiel die Veränderung auf.

»Bekommst du jetzt wieder mehr Schlaf? Du strahlst ja förmlich!«

»Ja, ich schlafe ganz hervorragend«, schwindelte Grace, denn sie wollte Victoria nichts von ihrem Liebsten wissen lassen, selbst wenn sie wusste, dass ihre Schwester ein Geheimnis wahren konnte.

Graces Fröhlichkeit hielt an, bis sich Stockton plötzlich zum Tee ankündigte. Zu spät kam ihr in den Sinn, dass sie vielleicht eine Krankheit hätte vorschützen sollen. So war sie dazu gezwungen, sich wieder einmal seine Schmeicheleien anzuhören, und die nicht ausgesprochene Drohung einer Heirat mit seinem Sohn hing wieder im Raum.

Diesmal musste sie sich nicht aus einem fadenscheinigen Grund verabschieden, ihre Mutter schickte sie und Victoria nach draußen, weil sie noch etwas mit Stockton bereden wollte.

Wahrscheinlich bespricht sie meine Verlobung mit George, dachte Grace bitter und musste all ihre Willenskraft aufbringen, um sich nichts anmerken zu lassen.

»Wollen wir im Garten Verstecken spielen?«, fragte Victoria da, und obwohl Grace absolut nicht nach Spielen zumute war, willigte sie ein.

»Ich fange an, und du versteckst dich!«, rief ihre Schwester, dann lief sie zu dem Frangipani-Baum.

Verstecken sollte ich mich beim nächsten Mal besser vor Stockton, schoss es Grace durch den Sinn, als sie sich auf die Suche nach einem Versteck machte. Während Victorias zählende Stimme hinter ihr herhallte, fiel ihr ein Laubengang ins Auge, dem sie bisher nur beiläufige Aufmerksamkeit geschenkt hatte. Dort würde Victoria sie lange nicht finden. Bis dahin hatte sie sich über Stockton wieder abgeregt.

Als sie in den Gang, der aus knorrigen Bodhi-Bäumen geformt wurde, eintauchte, fühlte sie sich fast wieder wie in Tremayne House, wo es Laubengänge aus Obstbäumen gab. Während sie auf die Stimme ihrer Schwester lauschte, lief sie immer weiter in den Gang hinein. Sonnenlicht fiel durch die Zweige und malte helle Flecken in den Sand unter ihr. Als sie die Mitte des Ganges erreicht hatte, schienen alle Geräusche plötzlich verschwunden zu sein. Sie blieb stehen, legte den Kopf in den Nacken und schloss die Augen. Vielleicht sollte sie sich öfter hier aufhalten …

»Genießen Sie die Ruhe, Miss Grace?«

Unvermittelt tauchte Stockton neben ihr auf. Weiß der Teufel, wo er hergekommen war!

Grace schnappte erschrocken nach Luft und wich zurück.

Schlagartig bereute sie, hier hineingelaufen zu sein. Stockton musste sie auf dem Weg über den Hof gesehen haben und ihr gefolgt sein.

»Mr Stockton, wollten Sie nicht mit meiner Mutter sprechen?«

Stockton lächelte, während er mit auf dem Rücken verschränkten Händen auf sie zukam. »Es war nur ein recht kurzes Gespräch, aber ich wollte nicht gehen, ohne mich vorher von Ihnen verabschiedet zu haben.«

So, wie seine Augen leuchteten, dachte er ganz gewiss nicht an Abschied. Grace hatte diesen Ausdruck auf seinem Gesicht schon bei Vikrama gesehen, in der Nacht, als sie in seiner Hütte gewesen war.

Als hätte er ihre Gedanken gelesen, schoss Stockton plötzlich auf sie zu und drückte sie hart gegen die Wand aus Baumstämmen. Das lüsterne Funkeln in seinen Augen machte ihr furchtbare Angst.

»Endlich bin ich mit meiner kleinen Prinzessin allein.«

»Lassen Sie mich los!« Grace umklammerte seine Handgelenke, schaffte es aber nicht, ihn abzuwehren. Sein Atem strich über ihr Gesicht, als er keuchte: »Ich wollte dich schon an dem Tag, als du mir mit deiner Schwester vor die Hufe gelaufen bist. Keine einzige Minute ist seitdem vergangen, ohne dass ich nicht an dich denken musste. In den Nächten, wenn ich neben meiner Frau lag, habe ich davon geträumt, dich zu besitzen, dich zu meiner Geliebten zu machen. Auf der Plattform war ich so nahe dran, wenn du nicht zurückgeschreckt wärst, hätte ich dich dort oben geliebt.«

»Mr Stockton!«, gab Grace empört zurück. »Das kann nicht Ihr Ernst sein.«

»Und ob es mein Ernst ist! Ich begehre dich, süße Grace, schon so viele Monate! Ich weiß, dass dein Vater mich umbringen würde, wenn ich meinem Begehren nachgeben würde. Da trifft es sich doch herrlich, dass du meinen Sohn heiraten sollst. Meinen missratenen, verweichlichten Sohn, der nur Augen für tote Tiere hat! Wer weiß, ob er überhaupt Nachkommen zeugen kann. Aber dafür werde ich schon sorgen.«

»Lassen Sie mich los, Mr Stockton!« Verzweifelt wand sich Grace, schaffte es aber nicht, ihn loszuwerden. »Sie reden dummes Zeug!«

Plötzlich hielt er inne. In seinen Augen lag ein Ausdruck, den man nur Wahnsinn nennen konnte. »Dummes Zeug? Nun, mir sind da ein paar Gerüchte zu Ohren gekommen, Gerüchte, die deinen Vater sicher sehr interessieren würden. Mal sehen, ob er das für dummes Zeug hält.«

»Ich weiß nicht, wovon Sie reden!« Grace funkelte ihn zornig, aber zugleich ein wenig furchtsam an. Wusste er es wirklich? Wer sollte sie beobachtet und dann verraten haben?

Plötzlich schoss ihr in den Sinn, dass Petersen ihr nach

einem Stelldichein entgegengekommen war. Es hatte zufällig gewirkt, doch wenn sie jetzt darüber nachdachte …

»Ich rede von diesem Mischling, diesem Vikrama. Ein hübscher Kerl, das muss ich ihm lassen. Und offenbar weiß er, wie man dich anpacken muss, um zum Ziel zu kommen!«

Grace glaubte, dass ihr der Boden unter den Füßen weggezogen wurde.

So fehlte ihr auch die Kraft, um sich gegen die Hand zu wehren, die ihren Rock hochraffte, und gegen die Hüften, die sich zwischen ihre Beine drängten.

»Das sind alles nur dumme Gerüchte!«, versuchte sie sich zu verteidigen, während sie sich gleichzeitig verzweifelt fragte, wann jemand etwas von ihren heimlichen Treffen erfahren haben konnte. Dieser Jemand musste eine äußerst schmutzige Fantasie haben, wenn er glaubte, sie würde sich Vikrama wie eine Dirne hingeben.

»Vielleicht solltest du mir den gleichen Dienst erweisen wie diesem Wilden«, keuchte Stockton erregt, ohne ihre Worte zur Kenntnis zu nehmen. »Es wird kaum auffallen, wenn er dich ohnehin schon geöffnet hat.«

Als er ihr in die Unterhose griff, schnappte Grace nach Luft. Angst und Ekel schnürten ihr die Kehle zu, so dass sie nicht einmal schreien konnte. Sein Atem streifte ihr Gesicht, wenig später pressten sich seine Lippen auf ihren Mund und erstickten ihren Schrei mit seiner Zunge. Gleichzeitig fand sein Finger den Weg in ihr Geschlecht. Grace glaubte, vor Abscheu ohnmächtig zu werden, während es in ihren Ohren hämmerte und trommelte.

Erstaunt hielt er inne und ließ von ihren Lippen ab. »Er hat noch nicht …«

Grace schluchzte vor Ekel und Zorn, dann fand sie wieder die Kraft, sich gegen ihn zu stemmen.

Stockton erholte sich von seinem Staunen recht schnell, denn auf einmal lächelte er. »Nun, wenn das so ist …«

»Grace?«

Die Stimme ihrer Schwester klang in ihren Ohren wie eine Freiheitsglocke. Stockton hielt inne, die Röte seines Gesichts nahm noch weiter zu. Grace wimmerte. Würde er nun endlich von ihr ablassen? Oder besaß er die Frechheit und Schamlosigkeit, sich vor Victorias Augen an ihr zu vergehen?

Als ihre Schwester erneut nach ihr rief, zog er sich zurück. Anstatt sie loszulassen, bohrten sich seine Finger in ihre Oberarme.

»Kein Wort zu deinem Vater, verstanden?«, schnarrte er sie im Flüsterton an. »Wenn du ihm von dieser kleinen Begegnung hier erzählst, werde ich ihm erzählen, dass du dich mit dem Mischling triffst.«

»Sie sind ein Schwein, Stockton!«, gab Grace angewidert zurück.

»Mag sein, aber eines, das kriegt, was es will! Dafür, dass ich schweige, will ich, dass du mich in der Nacht vor deiner Hochzeit triffst. Meinem Sohn wird nicht auffallen, dass du keine Jungfrau mehr bist. Und ehrlich gesagt will ich die Zukunft meiner Plantage nicht auf George aufbauen. Ich werde dir selbst einen Erben machen. Und ich verspreche dir, dass du nie größere Lust empfinden wirst.«

Als sich der Griff seiner Hände lockerte, stieß Grace ihn zurück. Anstatt sie noch einmal zu ergreifen, strich er sich bebend das Haar aus dem Gesicht und fixierte sie weiterhin wie ein Wolf seine Beute.

»Denk an meine Worte, Prinzessin. Sofern ich von deinem Vater nicht angesprochen werde, bleibt die Sache geheim. Und wenn du vor deiner Hochzeitsnacht erscheinst, ist alles, was ich weiß, vergessen. Darauf hast du das Wort eines Gentleman!«

Am liebsten hätte Grace ihm ins Gesicht gespuckt, doch da kam Victoria um die Ecke. Verwundert blickte sie zwischen Grace und Stockton hin und her.

»Hier bist du! Warum hast du dich nicht gemeldet?«

Grace verging beinahe vor Scham, als sie um Fassung bemüht antwortete: »Mr Stockton und ich haben uns gerade unterhalten, da muss ich es überhört haben.«

»Ich wollte schon Mr Vikrama holen, damit er suchen hilft.«

Bei der Erwähnung seines Namens blitzte in Stocktons Augen etwas auf. Er presste die Lippen zusammen, doch Grace hatte seine Worte noch immer im Ohr. Und sie wusste, dass er seine Drohung wahr machen würde.

»Ich komme, Liebes«, sagte sie und ging, ohne sich noch einmal nach Stockton umzusehen, mit ihr davon.

Es kostete sie ihre ganze Selbstbeherrschung, sich nicht anmerken zu lassen, was Stockton mit ihr angestellt hatte. Ein paar Mal war sie drauf und dran, in Tränen auszubrechen, doch die Gewissheit, dass Victoria sie fragen würde, was los war, brachte sie schnell wieder dazu, sich zu beherrschen.

Als Victoria auf dem Weg zu ihrem Zimmer von Miss Giles gerufen wurde, kehrte Grace allein in den Raum zurück und ließ sich niedergeschlagen auf ihr Bett sinken. Was sollte sie nur tun? Wie konnte sie Stocktons Vorhaben öffentlich machen, ohne selbst dabei das Gesicht zu verlieren? Sie konnte ihren Eltern doch nicht erzählen, dass … Außerdem würde er es sicher als Verleumdung abtun – oder als den Versuch ihrerseits, ihn zu verführen.

Nein, so weit durfte es nicht kommen!

Aus irgendeinem Grund, den sie nicht benennen konnte,

fiel ihr Blick auf die Kommode. Auf einmal erhob sie sich und eilte mit schnellen Schritten dorthin.

Nachdem sie eine bestimmte Schublade aufgezogen hatte, blickte sie auf die Abschrift des Palmblatts, die sie darin versteckt hatte. Stocktons Worte donnerten durch ihren Verstand. Sie war sich der Konsequenzen ihres Vorhabens wohl bewusst, doch sie hatte keine andere Wahl. Stockton musste das Interesse an ihr verlieren, als Frau und auch als Schwiegertochter. Hör auf dein Herz, hallte die Stimme des Alten durch ihren Verstand. In diesem Augenblick sagte ihr Herz nur eines und widersprach damit völlig ihrem Verstand …

In dieser Nacht schlich sie sich nicht aus dem Haus. Mit an den Leib gezogenen Knien hockte sie vor dem Fenster und versuchte, über den Ekel hinwegzukommen, der sie erfasst hatte. Noch immer schien es ihr, als könnte sie Stocktons Hände an ihren intimsten Stellen fühlen. Konnte Vikrama sie jemals wieder berühren, ohne dass sie das gierige Gesicht dieses Kerls vor sich hatte?

Ein leises Kratzen brachte sie dazu, den Kopf zu heben. Vikrama stand vor dem Fenster, gekleidet in seine zeremonielle weiße Kleidung.

Grace blickte sich nach Victoria um, die aber tief und fest schlief. Dann öffnete sie das Fenster. Vikrama strahlte.

»Ich möchte dich mitnehmen«, flüsterte er. »Du wolltest doch schon immer mal sehen, wie ich kämpfe.«

Das hatte sie sich in der Tat gewünscht. Nur war es jetzt kein Zeitpunkt, an dem sie sich über diese Geste des Vertrauens, ja der Liebe, freuen konnte.

»Was ist mit dir?«, fragte Vikrama besorgt, als eine Antwort von ihr ausblieb. »Willst du nicht mitkommen? Hast du dein Blut bekommen?«

Die Freiheit, mit der er über gewisse Themen sprach, brachte sie nun doch zum Lächeln.

»Nein, es ist alles in Ordnung. Mir war nur ein wenig unwohl, aber das ist vorbei, wo du bei mir bist.« Sie beugte sich vor und gab ihm einen Kuss. »Ich bin gleich bei dir.«

Rasch schlüpfte sie in ihr Nachmittagskleid, das noch immer über dem Stuhl hing, und nachdem sie sich vergewissert hatte, dass Victoria tief und fest schlief, schlüpfte sie mit Vikramas Hilfe nach draußen. Dabei fiel sie gegen seinen Oberkörper, und für einen elektrisierenden Moment berührten ihre Schultern seine nackte Brust. Zunächst erschrocken, dann erstaunt, sah sie ihn an. Sie kannte die Haut seiner Hände und Arme, sie kannte seine Lippen, aber dass seine Brust sich so unvermutet samtig an ihre Haut schmiegte, hatte sie nicht erwartet. Ein Feuerstrahl, der in ihrer Brust erwacht war, schoss in ihren Schoß und hinterließ dort ein merkwürdiges Pochen.

Vikrama schien zu ahnen, welche Gefühle sie in diesem Augenblick heimsuchten, denn er zog sie unvermittelt an sich und küsste sie so leidenschaftlich wie bisher noch nie. Doch dann gewann er rasch wieder seine Selbstbeherrschung zurück.

»Wir müssen gehen«, keuchte er. »Sie erwarten uns. Und du willst doch nicht, dass deine Schwester uns sieht.«

Grace schüttelte den Kopf und ließ sich dann von ihm zu der Lücke in der Hecke ziehen.

Unterwegs plauderten sie im Flüsterton darüber, dass sie einander nicht mehr aus dem Kopf bekamen und dass es womöglich noch fatale Folgen haben würde, wenn er auf der Plantage fehltrat und den Hang hinunterpurzelte. »Aber immerhin habe ich dich dann in meinem Verstand, wenn ich sterbe«, setzte er lachend hinzu.

»Darüber macht man keine Scherze«, entrüstete sich Grace, dann streckte sie die Hand aus und fuhr durch sein weiches Haar. »Wenn es sein muss, denk nicht an mich, doch stürz mir ja nicht ab.«

Vikrama lachte kurz auf und gab ihr einen Kuss.

Stocktons Angriff war in diesem Augenblick vergessen, ohnehin hätte Grace es nicht über sich gebracht, ihm davon zu erzählen, denn sie wusste, dass er zu ihm gehen und ihn irgendwie bestrafen wollen würde, doch sie wollte nicht, dass ihm etwas geschah. Ihr Plan war sicher und würde dazu führen, dass sie endlich mit dem Mann zusammen sein konnte, den sie liebte.

An der Hütte angekommen, die nur spärlich mit Fackeln beleuchtet wurde, stockte ihr der Atem. Etwa zwei Dutzend junger Männer unterschiedlichen Alters saßen auf einer hölzernen Veranda und blickten auf einen mit Holz belegten Boden, auf dem einige Gegenstände abgelegt worden waren.

»Was ist das?«, wisperte sie Vikrama zu.

»Unsere Kampfschule.«

»Ihr habt eine Kampfschule hinter unserem Haus?«

Vikrama gab ihr einen Kuss. »Ja, das haben wir. Und ich vertraue darauf, dass dieses Geheimnis bei dir sicher ist.«

»Das schon, aber wie schafft ihr es, dass Vater nichts von alldem mitbekommt? Hat mein Onkel euch erlaubt, hier zu kämpfen?«

Vikrama nickte. »Das hat er. Unter der Bedingung, dass wir niemals einen seiner Leute mit dieser Kampfkunst angreifen. Für Unvorbereitete ist sie sehr gefährlich. Da jedermann deinen Onkel mochte, haben wir geschworen, unsere Kampfkunst nur dann einzusetzen, wenn unser Leben in Gefahr ist, sonst nicht.«

»Und das gilt auch für meine Familie.«

Vikrama nickte fast schon feierlich. »Ich muss zugeben, dass es mich in den Fingern gejuckt hat, diesen Petersen auf unsere Weise für Naalas Auspeitschung zu bestrafen, doch ich weiß mich zu beherrschen. Allerdings bin ich sicher, dass dein Vater uns nicht die gleiche Toleranz entgegenbringt wie euer Onkel. Deshalb finden wir uns nur nachts hier ein und verlassen den Ort so, als sei er schon vor langer Zeit endgültig aufgegeben worden. Wer zu Tageszeiten hierher kommt, wird nichts weiter vorfinden als eine windschiefe, verlassene Hütte.«

Damit zog er sie weiter, bis sie schließlich vor der Veranda, die vor der Hütte angebracht war, standen. Die Burschen schienen über ihr Auftauchen genauso erstaunt zu sein wie Grace über die Tatsache, dass sich dieses Gebäude so dicht bei der Plantage befand. Vikrama erklärte ihnen und dem alten Mann, der der Lehrmeister sein musste, kurz, warum sie hier war.

Grace bedauerte, nicht alles verstehen zu können, und nahm sich vor, Vikrama zu bitten, sie während ihrer Treffen ein wenig zu unterrichten.

»Der Lehrmeister ist einverstanden«, wandte sich Vikrama schließlich an sie. »Ich habe ihm erklärt, dass du vertrauenswürdig bist und nichts verraten wirst.«

»Und hast du ihm auch gesagt …«

Vikrama schüttelte den Kopf. »Ich habe ihm erzählt, dass du lediglich eine Freundin bist – und jene Frau, die Naala gerettet hat.«

»Und das reicht schon?«

»Für unseren Lehrmeister ja. Setz dich am besten hier auf einen der Steine und sieh zu.«

Nachdem sie seiner Aufforderung nachgekommen war, beobachtete sie, wie er zu seinem Lehrmeister zurückkehrte.

Wenn sie sich nicht täuschte, war Vikrama so etwas wie seine rechte Hand. Da der alte Mann wohl selbst nicht mehr kämpfen konnte, unterwies er die jungen Männer in den komplizierten Bewegungen.

Zuerst kämpften die jüngsten Burschen gegeneinander, was allein schon atemberaubend war. Doch als Vikrama gegen einen der ältesten Schüler antrat, kam Grace aus dem Staunen nicht mehr heraus. Niemals hätte sie geglaubt, dass Menschen sich derart schnell und geschmeidig bewegen konnten. Wie Katzen sprangen sie ineinander und schlugen mit kurzen Übungsschwertern aufeinander ein. Hin und wieder schienen ihre Gliedmaßen miteinander zu verschmelzen, so dass sie wie der tanzende Shiva auf dem Bild in der Halle wirkten.

Am Ende des Kampfes verneigten sich Vikrama und sein Gegner ehrfürchtig zunächst voreinander, dann vor dem Lehrmeister.

So ging es noch einige Male, wobei sich die Kämpfer abwechselten. Wenn Vikrama nicht gerade auf dem Kampfplatz war, blickte sie zu ihm, wie er neben dem Meister saß, mit ernsthafter, ja beinahe feierlicher Miene. Keinem der Schüler kam ein Anfeuerungslaut über die Lippen, nur das Klappern der Waffen hallte durch die Stille, und Grace fragte sich, warum sie es bisher noch nie gehört hatte.

Als die Übung beendet war und sich die Schuler in der Nacht zerstreuten, begleitete Vikrama sie zurück zum Haus. Ringsherum raschelte es im Gebüsch, ein Vogelruf erklang hoch über dem Hang, der von sanftem Mondlicht angestrahlt wurde.

»Würdest du mich heiraten?«, fragte sie unvermittelt und war danach selbst erstaunt über ihre Kühnheit, doch wahrscheinlich verlieh die Furcht vor Stockton ihr Mut.

Vikrama erstarrte augenblicklich. »Dich heiraten? Aber dein Vater hätte sicher etwas dagegen.«

»Das mag sein, aber wäre es nicht möglich, ohne seinen Segen zu heiraten? Vor deinen Göttern vielleicht! Wenn sie mir schon bei Victorias Krankheit gewogen waren.«

So verwirrt, wie Vikrama nun dreinblickte, schnürte es Grace das Herz zusammen. Wollte er sie nicht?

»Es würde Unglück bringen«, sagte er schließlich. »Ich würde Unglück über deine Familie bringen. Ich bin nur ein Mischling, gehöre weder zu deiner Welt noch zu der der Tamilen.«

»Aber dennoch liebst du mich?« Grace forschte in seinen Augen nach der Wahrheit und fand sie in dem feuchten Glanz, der das Mondlicht widerspiegelte.

»Ich liebe dich«, entgegnete er. »Mehr noch als mein Leben. Mehr noch als alles, was ich zuvor je geliebt habe!«

Damit zog er sie in seine Arme.

Sich leidenschaftlich küssend, ließen sie sich schließlich auf den Boden sinken, in das weiche Gras. Vikramas Hand strich an ihrem Körper hinab über ihre Schenkel, und es überraschte Grace nicht, dass ihr diese Berührung keineswegs unangenehm war. Sie ließ zu, dass seine Hand unter ihren Rock glitt und die empfindliche Innenseite ihrer Beine streichelte. Weiter wagte er sich nicht voran. Als hätte ihn ein eiskalter Wasserschwall getroffen, wich er kopfschüttelnd zurück.

»Nein«, wisperte er, obwohl er wusste, dass es dazu schon viel zu spät war.

»Bitte komm zu mir«, flehte sie, während sie die Hände nach ihm ausstreckte. »Ich habe keine Ahnung, was danach kommen soll, aber in diesem Augenblick will ich dich.«

»Es wird weh tun«, warnte er sie keuchend, noch immer mit seiner Beherrschung kämpfend.

»Das weiß ich«, entgegnete Grace, während sie das Gefühl hatte, vor Verlangen zu bersten wie eine Glasschale, in die man etwas Heißes gefüllt hatte.

Vikrama schien noch einen Moment abzuwägen, ob er seinem Begehren wirklich nachgeben sollte. Dann zog er seine Hose herunter und ließ sich auf sie sinken.

Während er vorsichtig in sie eindrang, schloss Grace die Augen. Sie glaubte, den Schmerz beherrschen zu können, dennoch war er furchtbar. Als sich seine Hüften an ihre Schenkel pressten, hielt er inne. Die brennende Leidenschaft in seinen Augen wurde durch Sorge ein wenig abgekühlt.

»Ich hoffe, ich habe nicht …«

Grace küsste ihn. Obwohl ihr Schoß noch immer brannte, konnte sie sich in diesem Augenblick nichts Schöneres vorstellen.

Eine Weile verharrten sie so, Haut an Haut, dann zog sich der Schmerz zurück und wich einem zarten Anflug von Lust, wie sie ihn noch nie gespürt hatte. Als er sich zu bewegen begann, schloss sie die Augen nicht. Sie wollte sehen, was in ihm vorging, wollte seine Lust betrachten, während sie von ihrer eigenen vollkommen eingenommen wurde.

Als er spürte, dass sie den Gipfel erreicht hatte, zog er sich keuchend zurück. Nur wenige Augenblicke später spritzte etwas Klebriges auf ihr Knie. Stöhnend sank Vikrama auf ihr zusammen.

Während sie noch immer wie auf Wolken schwebte, wurde ihr klar, dass ihr Plan nicht funktioniert hatte, denn immerhin wusste sie so viel von dem Treiben zwischen zwei Menschen, dass der Mann sich in der Frau verströmen musste. Das hatte Vikrama – aus Rücksicht auf sie – offenbar nicht getan.

Eine Weile lagen sie schweigend nebeneinander und lauschten dem Atem des jeweils anderen.

»Sag, welchen Vornamen hast du eigentlich?«, fragte Grace, während sie den Kopf an seine Brust schmiegte. Ihr gesamter Körper kribbelte noch immer von dem Ausbruch der Lust. Dass ihr Plan nicht vollkommen funktioniert hatte, war Nebensache.

»Mein Name ist Vikrama, ich habe keinen anderen. Bei uns ist es nicht Brauch, Nachnamen zu vergeben.«

»Und wofür steht dann das R?«

»Für den Namen meiner Mutter. Eigentlich sollte dort der Buchstabe meines Vaters stehen, doch meine Mutter hielt seinen Namen geheim. Da sie Rani hieß, hat sie mir ihr R vermacht, wie es hier Brauch ist.«

»Also ist der einzige Hinweis auf deine Familie der erste Buchstabe eines Elternteils?«

»Ja, das ist hier Tradition.«

»Ist das nicht ziemlich verwirrend?«

»Ein bisschen schon, aber die meisten Leute passen auf, dass ihre Kinder nicht denselben Vornamen bekommen wie andere, bei denen eine ähnliche Kombination möglich ist.«

Wieder verstummten sie, und Grace wusste, dass sie bald zurück sein musste.

»Wollen wir das hier wiederholen?« Zärtlich lächelnd strich er über ihr Haar und ihre Wangen.

»Ja«, antwortete sie erhitzt. »Ich kann mir nicht vorstellen, je einen anderen Mann zu wollen.«

Sie küssten sich leidenschaftlich, dann sagte er: »Ich werde Kisah fragen, ob sie dir etwas von ihren Kräutern geben kann.«

»Warum denn das?«, wunderte sich Grace, worauf Vikrama ihren Bauch streichelte.

»Weil ich gern in dir bleiben würde, die ganze Zeit über, ohne dir ein Kind zu machen.«

Grace errötete und kam sich im nächsten Augenblick furchtbar naiv vor. Natürlich konnte sie schwanger werden, wenn sie mit einem Mann schlief! Dass Vikrama sich zurückgezogen hatte, dass er ihr jetzt den Vorschlag mit den Kräutern machte, zeigte nur, dass er ihr keinen Schaden zufügen wollte. Er konnte ja nicht ahnen, dass sie wollte, dass sein Same nicht auf tauben Boden fiel …

»Und du meinst, diese Kräuter helfen?«

»Keine unserer Frauen wird schwanger, wenn sie es nicht will. Solange sie nicht verheiratet sind, nehmen sie die Kräuter und nichts passiert. Nach der Hochzeit lassen sie sie weg und bekommen ein Kind.«

Während er sprach, streichelte er sie noch immer und weckte so erneut ihre Lust.

»Ich werde mich so lange zurückhalten, bis die Kräuter wirken.«

»Und wie lange soll das dauern?«

»Ein paar Tage. Dann besteht keine Gefahr mehr.«

16

VANNATTUPPÜCCI TEA COMPANY, 2008

Inzwischen war es Mitternacht geworden. Während Jonathan über den Geschäftsbüchern brütete, lehnte sich Diana zurück und drückte ihre Finger in die Augenwinkel. Ihr Kopf schwirrte, und ihr Körper wurde von einer seltsamen Erregung erfasst. Das Fundstück war einfach wunderbar, allerdings besaß es auch die furchtbare Macht, sie nicht mehr loszulassen.

Kein Liebesroman hätte solch eine Kraft entfalten können wie Graces Schilderungen von ihrer aufkeimenden Leidenschaft und dem Unheil, das Dean Stockton über sie zu bringen drohte.

Eigentlich hätte sie die Beichte ihrer Vorfahrin schockieren sollen, doch es lagen genug Jahre und viel Dunkelheit zwischen ihnen, dass sie in ihr nichts weiter sah als eine junge Frau, die sich unsterblich verliebt hatte und diese Liebe auch leben wollte – etwas Undenkbares in der damaligen Zeit.

»Sie sollten vielleicht doch besser ins Bett gehen«, bemerkte Jonathan, der schon ziemlich übernächtigt wirkte. Erst jetzt fiel Diana auf, wie spät es war. »Das Heft wird auch morgen noch da sein.«

»Ich bezweifle, dass ich nach dem, was ich hier lese, schlafen kann.«

»Ist es so schlimm?«

»Nein, eigentlich nicht schlimm, aber überraschend. Und auf alle Fälle skandalös für die damalige Zeit. Mittlerweile wird mir so einiges klar. Und gleichzeitig türmen sich die Fragen.«

»Wie wäre es mit einem kleinen nächtlichen Spaziergang«, schlug Jonathan vor und deutete auf das kleine Fenster, in dem die mondbeschienenen Fassaden des benachbarten Gebäudes sichtbar waren. »Die milde Abendluft hilft Ihnen vielleicht beim Ordnen der Gedanken.«

Das hatte Diana auch dringend nötig, denn in ihren Schläfen hämmerte es mittlerweile, ein eindeutiges Zeichen für Überanstrengung.

Der Bewegungsmelder sprang an, als sie das Haus verließen, und ergoss sein Licht über die Freitreppe. Am violetten Himmel, vor dem die Palmen wie Scherenschnittsilhouetten wirkten, leuchtete ein silberner Sichelmond vor dem Vorhang unzähliger Sterne. Ein leises Rauschen schwebte über dem Ort.

»Kommen Sie mit«, sagte Diana, während sie Jonathan bei der Hand nahm. Sie führte ihn zu dem Laubengang, in dem Stockton Grace aufgelauert hatte. Wie mochte die Geschichte wohl ausgegangen sein, wenn er ihr nicht gedroht hätte?

»Meine Ururgroßmutter hatte ein Verhältnis mit dem Verwalter«, gestand Diana, als sie in den dunklen Gang eintauchten.

»Mit diesem Cahill?«, wunderte sich Jonathan. »Ich habe seinen Namen in den Unterlagen gefunden.«

»Nein, mit einem R. Vikrama. Einem Einheimischen.«

Jonathan machte große Augen. »Das ist in der Tat eine Überraschung.«

»Und allmählich beschleicht mich ein Verdacht, was den Grund des Zerwürfnisses, den Grund für den Skandal angeht. Henry wollte sie nicht vor Stockton retten. Sie und Vikrama müssen auf irgendeine Weise aufgeflogen sein.«

»Vielleicht hat jemand das Heft gefunden. Es lag nicht umsonst in diesem Rechnungsbuch. Vielleicht hat sich jemand das perverse Vergnügen gemacht, darin zu lesen.«

»Doch wie sollte dieser Jemand daran gekommen sein? Grace hat es sicher gut versteckt. Und sie hatte ja auch angedroht, es zu verbrennen. Wenn sie die Möglichkeit dazu gehabt hätte, hätte sie es getan, da bin ich sicher. Die Tremaynes waren äußerst gründlich im Verstecken …«

Auf einmal waren sich ihre Gesichter so nahe wie nie zuvor. Der Duft von Jonathans Haut und den Resten seines Aftershaves hüllte sie ein, und auf einmal fragte sie sich, wie es damals war, als sich Grace und Vikrama gegenübergestanden und zum ersten Mal geküsst hatten. Dann war es, als würde sie in der Zeit zurückgerissen werden, in ein anderes Leben. Das Nächste, was sie spürte, waren warme Lippen auf ihren, die sich anfühlten, als gäbe es keinen besseren Platz für sie.

Als sie die Augen wieder öffnete, stand Jonathan vor ihr und blickte sie ein wenig verwundert an.

»Was ist? War ich so schlecht beim Küssen?«

Diana schüttelte lächelnd den Kopf. »Mir war, als wäre ich eben in der Zeit zurückgereist. Als wäre ich Grace.«

Jonathan grinste breit. »Dann hoffe ich, du hast mich um meinetwillen geküsst, und nicht, weil du geglaubt hast, Vikrama stünde vor dir.«

»Ich habe dich um deinetwillen geküsst«, entgegnete sie, während sie ihre Hände zärtlich um seine Wangen legte. »Aber du musst wissen, dass ich eine ziemlich komplizierte Person bin. Und noch einen Ehemann habe, von dem ich mich erst einmal scheiden lassen muss.«

»Denkst du etwa schon daran, dich neu zu verheiraten?«, fragte Jonathan scherzhaft, worauf Diana errötete.

»Du hast recht, wir wissen ja noch gar nicht, ob wir einander ertragen. Aber ich für meinen Teil kann sagen, dass ich mich doch ein wenig in dich verliebt habe.«

»Nur ein wenig?«, fragte er scherzhaft, dann nahm er sie bei der Hand.

In seinen Augen sah sie denselben Wunsch, der auch in ihr brannte. Kurz rief ihr Gewissen ihr zu, dass sie noch immer eine verheiratete Frau war und sie das hier nicht tun sollte, um es Philipp heimzuzahlen. Ich tue es nicht deswegen, sondern weil ich in diesem Augenblick nichts anderes will.

Mit Jonathan zu schlafen war vollkommen anders als alles, was sie von Philipp gewohnt war. Dieser war weder grob noch rücksichtslos gewesen. Als ihre Ehe noch glücklicher war, hatte sie sich kaum einen besseren Liebhaber vorstellen können, doch Jonathan belehrte sie nun eines Besseren. Seine Küsse, seine Bewegungen, waren so sanft und sinnlich, dass sie in seinen Armen Philipp vollkommen vergaß und zu schweben glaubte. Der spöttische Gedanke, dass es kein Wunder sei, da er ja aus dem Land des Kamasutra käme, wurde hinweggefegt von einer Welle intensiver Empfindungen, die schließlich in einem atemberaubenden Höhepunkt gipfelten.

Danach lagen sie sich in den Armen und blickten an die Zimmerdecke, an der helle Lichtflecke tanzten.

»Ich glaube, dieser Augenblick ist perfekt«, flüsterte Diana, während sie sich an seine Brust kuschelte.

»Wirklich?«, fragte Jonathan lächelnd, während er ihr Haar streichelte. »Dabei habe ich dir nicht alles gezeigt.«

»Vielleicht sollten wir uns auch noch etwas für die nächsten Tage aufsparen. Nicht, dass du vollkommen erschöpft wieder in Colombo ankommst.«

»Ich glaube, dafür reicht meine Kraft gerade noch so.« Damit zog er sie in seine Arme und küsste sie.

Nachdem sie sich noch eine Weile in den Armen gehalten hatten, erhob sich Diana plötzlich und schlüpfte in ihren Bademantel.

»Was ist?«, wunderte sich Jonathan.

»Ich hole etwas.«

»Eine Stärkung aus der Küche?«

»Das Heft«, antwortete sie ehrlich.

»Nicht doch!«, murrte er. »Bist du schon so von mir gelangweilt, dass du in dem Heft lesen musst?«

»Nein, aber ich will wissen, wie es weitergeht. Jetzt ist mir sowieso nicht mehr nach Schlafen zumute. Sag nicht, dass du nicht wissen willst, was aus Grace und Vikrama wird.«

Sie beugte sich über ihn, gab ihm einen Kuss, dann verließ sie das Zimmer.

Als sie mit dem Heft zurückkehrte, setzte sie sich zu Jonathan, lehnte sich an seine Brust wie an einen bequemen Sessel und las dann im Lampenschein laut vor.

»Von nun an war nichts mehr so wie früher. Ich schlich mich nachts aus dem Haus, traf mich mit Vikrama, und wir liebten uns. Tagsüber gab ich die anständige Tochter, die die Schwärmereien der Mutter über George Stockton geduldig ertrug, Miss Giles' Ratschläge ignorierte und mit ihrer kleinen Schwester über das Anwesen streifte.

Begegnungen mit Dean Stockton blieben glücklicherweise aus.

Ich gebe zu, insgeheim bereitet es mir Vergnügen, mir auszumalen, dass er Angst hatte. Angst davor, dass ich meinem Vater von dem kleinen Zwischenfall erzählt haben könnte. Doch dieses Vergnügen ist zweischneidig, denn es erinnert mich auch wieder daran, dass Stockton seinerseits gedroht hat, mich zu verraten.

Am Abend, wenn ich vor dem Fenster sitze und auf Vikrama warte, lausche ich in mich hinein. Vikrama hat mir noch nach unserer ersten Nacht einen Beutel mit Kräutern gebracht, doch den habe ich nicht angerührt.

Ich hasse es, ihn auf diese Weise zu betrügen, doch mein Herz sagt mir, dass ich das Richtige tue. Forderte die Palmblatt-Prophezeiung nicht gerade das?

Seit drei Wochen schlafen wir nun miteinander, und es wäre durchaus möglich, dass ich bereits schwanger bin. Dieser Gedanke beunruhigt mich einerseits, denn ich kann mir ausmalen, wie die Reaktion meiner Eltern sein wird. Doch andererseits gibt es mir das Gefühl von Freiheit, denn dieser schreckliche George würde mich dann ganz sicher nicht mehr wollen …«

An dieser Stelle brachen die Aufzeichnungen ab, wie Diana enttäuscht feststellen musste. »Was meinst du, ist sie von ihm wirklich schwanger geworden?«, fragte Jonathan, während er sanft ihre Schultern streichelte.

»Möglich wäre es«, gab Diana zurück. »Immerhin hat sie die Kräuter nicht genommen.« Sie betrachtete ihren Arm, dann griff sie nach einer ihrer schwarzen Locken, die nun lose über ihre Schultern fielen. »Kannst du dir vorstellen, dass Grace und Victoria eigentlich ziemlich helle Typen waren?«

»Sie waren Engländerinnen, weiß wie Milch im Tee. Kein Wunder, dass meine Haut so hell ist.«

»Milch im Tee ist eine schöne Umschreibung. Wenn Vikrama wirklich der Vater ihres Kindes war, das sie später in Deutschland geboren hat, würde sein Blut noch immer in meinen Adern fließen.«

»Das Blut eines Kalarippayat-Kämpfers.« Jonathan küsste ihren Hals. »Wenn man sich deine Farbe so ansieht, würde ich sogar darauf wetten, dass sein Blut in eure Familie gekommen ist.«

Diana langte nach ihm und streichelte seine Hüfte. »Ich frage mich, wie er ausgesehen hat.«

»Vikrama? Vielleicht sogar ein bisschen wie ich.«

»Nein, das meine ich nicht. Ich meine den Moment, in dem sie es rausbekommen haben. Als Grace ihrem Vater beichten musste, ein Kind zu erwarten. Ob sie ihnen gesagt hat, wer der Vater war?«

»Wahrscheinlich nicht. Sie hat ihn geliebt, sie hätte nicht riskiert, dass er in Schwierigkeiten gerät. Ihr Vater hätte ihm sicher die Hölle heißgemacht, wenn er es gewusst hätte.«

»Nur warum ist Vikrama dann nie bei ihr aufgetaucht?«, sinnierte Diana weiter, und ihre Gedanken schweiften zu dem Brief in ihrer Tasche. Dem letzten Beweisstück? »In einem Brief, den ich in der Tremayne-Familiengruft gefunden habe, schrieb ihre Schwester Victoria, dass er zu ihr kommen wollte. Ich gehe mal davon aus, dass sie Vikrama meint.«

»Nun, vielleicht hat er kalte Füße bekommen. Oder der Vater hat ihm durch die Verwalter eine anständige Tracht Prügel verpassen lassen.«

»Prügel für einen Kalarippayat-Kämpfer?« Diana zog skeptisch die Augenbrauen hoch und wandte sich um. »Wir sind noch immer nicht am Ende, fürchte ich. Einen Teil des Geheimnisses haben wir wohl gelüftet, aber es geht noch weiter, schätze ich. Immerhin wissen wir noch immer nicht, was danach geschah und wie diese intimen Aufzeichnungen in das Rechnungsbuch gekommen sind.«

»Nun, wir haben noch etwas Zeit. Solange mein Verleger nicht drängelt …«

»Du bist ein wahrer Glücksgriff, weißt du das?« Diana

schmiegte sich an seine Brust. »Ich weiß gar nicht, wie ich Michael danken soll.«

»Dir wird schon was einfallen.« Jonathan schlang seine Arme um sie und küsste ihren Scheitel.

»In dem Brief fragte Victoria, ob Grace ihr inzwischen verziehen hätte …«, sagte Diana, nachdem sie eine Weile aus dem Fenster gestarrt und ganz in seine Umarmung versunken war. Ein Verdacht huschte durch ihren Verstand, doch es war noch zu früh, um ihn in Worte zu kleiden. »Ich habe es dir bisher noch nicht erzählt, aber ich habe da einen Brief gefunden. Dort drüben neben dem Fensterbrett.«

Sie löste sich aus seiner Umarmung und verließ das Bett, um ihre Tasche hervorzuziehen.

»Du hast was?« Jonathan hob überrascht die Augenbrauen.

»Ich glaube, der Brief könnte von Victoria stammen.« Diana reichte ihm den Umschlag, der sich gewichtig anfühlte.

»Und du hast ihn noch nicht gelesen?«

Diana schüttelte den Kopf. »Nein, denn irgendwie fühle ich, dass es das letzte Teil des Puzzles sein könnte. Ich wollte ihn erst öffnen, wenn wir an einem Punkt angelangt sind, an dem es nicht mehr weitergeht.«

»Nun, das Heft geht nicht mehr weiter. Vielleicht solltest du ihn jetzt öffnen.« Jonathan reichte ihr den Brief zurück, worauf Diana mit dem Finger andachtig über den Schriftzug »Zum Abschied« strich.

»Vielleicht sollte ich ihn wirklich erst öffnen, wenn wir uns von hier verabschieden.«

Jonathan zog sie in seine Arme und küsste sie. »Halte es, wie du willst. Ich bin aber fast sicher, dass dieser Brief alle Teile zusammenfügen wird.«

Diana lächelte versonnen, und während ein erwartungsvolles Kribbeln durch ihre Brust zog, legte sie den Brief auf den Nachttisch und kuschelte sich an Jonathans Brust.

Obwohl sie in der Nacht kein Auge zugetan hatten, saßen sie schon in aller Frühe wieder im Archiv. Den Tee hatten sie mit runtergenommen, denn sie wussten, dass jetzt akribische Detektivarbeit gefragt war, wenn sie herausbekommen wollten, was mit Vikrama und letztlich auch mit Grace passiert war.

»Das hier ist seltsam«, sagte Jonathan, während er sich erhob und Diana das Buch brachte, das er gerade durchgesehen hatte. »Es ist kein normales Geschäftsbuch, sondern eine Auflistung der Gehälter. Ein R. Vikrama wird hier tatsächlich geführt, und nach damaligen Maßstäben verdiente er recht gut als Verwalter. Doch ab Dezember 1887 ist er von der Lohnliste verschwunden.«

»Wahrscheinlich, weil Henry Tremayne herausgefunden hatte, wer seine Tochter geschwängert hatte.«

»Meinst du, sie hätte es ihnen verraten? Sie hätte doch genauso gut diesen Stockton beschuldigen können.«

Das erschien Diana zu unglaubwürdig. Nur zu gern hätte sie gewusst, wie es weitergegangen war. Warum hatte Grace nicht mehr geschrieben? Was anschließend passiert war, musste doch wichtig gewesen sein! Es ärgerte Diana, dass gerade das wichtigste Puzzleteil zu fehlen schien.

Da kam ihr plötzlich etwas in den Sinn. »Das Heft muss gefunden worden sein. Vielleicht wurde es gefunden, bevor sie schwanger wurde. Ihre Schilderungen sind mehr als deutlich und ein guter Grund, Vikrama rauszuwerfen.«

»Das klingt plausibel«, gab Jonathan zu. »Aber dennoch kommt mir einiges seltsam an der Sache vor. Warum schreibt sie nichts von einer Schwangerschaft? Wahrscheinlich ist ihr

Vater doch erst hinter ihr Geheimnis gekommen, als man ihre Schwangerschaft bemerkte. Und wenn Vikrama deswegen von ihrem Vater rausgeworfen worden war, was hätte ihn davon abhalten sollen, zu ihr zu reisen, wie es in dem Brief, von dem du gesprochen hast, angekündigt wurde? Warum ist er nie angekommen?«

»Weil er vielleicht nie die Möglichkeit dazu erhielt.«

Diana ließ vor Schreck beinahe die Lupe fallen.

Ohne dass sie es mitbekommen hatten, war Manderley durch die Tür getreten und musste ihre gesamte Unterhaltung mitbekommen haben.

»Mr Manderley, woher …«

Der Geschäftsführer, diesmal in einem beigen Anzug mit roter Krawatte, schob die Hände in die Taschen.

»Nicht umsonst glauben einige Leute hier, dass auf diesem Ort ein Fluch lastet. Einer, den mein Vorfahre ebenso wie Ihrer über diesen Ort gebracht hat.«

»Was meinen Sie damit?«, fragte Jonathan erstaunt.

»Ich wusste, dass es eines Tages ans Licht kommen würde. Ein Geheimnis mag gehütet werden oder sich irgendwo hinter dem Vorhang der Geschichte verstecken. Doch früher oder später taucht jemand auf, der es findet und ans Licht zerrt.«

Ein Zittern ging durch Dianas Glieder. Die Aussage des Geschäftsführers beunruhigte sie zutiefst.

»Wir sollten das bei einer guten Tasse Tee besprechen. Kommen Sie.«

Während der Wasserkocher zu rauschen begann, setzten sich Diana und Jonathan an den Tisch des Aufenthaltsraums. Noch immer war nicht ganz klar, worauf Manderley hinauswollte, doch da sie ihm zu verdanken hatten, dass die Lösung wieder ein Stück näher zu rücken schien, wollte sich Diana in Geduld üben.

»Ich muss mich bei Ihnen entschuldigen, dafür, dass ich der Versuchung nicht widerstehen konnte, einen Blick auf dieses Heft zu werfen, in dem Sie gelesen haben.«

»Es steckte in den alten Rechnungsbüchern«, erklärte Diana. »Ein Wunder, dass sie zuvor niemand gefunden hat.«

»Es hat noch nie der Richtige danach gesucht«, entgegnete Manderley, während er das Wasser in die Teekanne goss und rötlich braune Schlieren sich wie Blut ins Wasser mischten. »Ceylon-Tee zuzubereiten ist eine Kunst, aber man wird reich belohnt durch besten Geschmack. Dieser hier stammt vom Autumn flush.«

Als der Tee heiß in ihren Gläsern schwappte, fuhr Manderley fort.

»Als ich Ihre Forschungsergebnisse betrachtet habe, fiel mir auf, dass ein Name erwähnt wurde. Cahill. Er war der Advokat von Mr Tremayne.«

Er hat in dem Heftchen gelesen, durchzog es Diana siedend heiß, und es war ihr seltsamerweise genauso unangenehm, als hätte er sie beim Sex beobachtet.

»Er war einer meiner Vorfahren«, erklärte Manderley. »Seit vielen Jahrzehnten ist unsere Familie mit dem Schicksal dieser Plantage verbunden. Auch wenn die Nachkommen mehrfach versuchten, von hier wegzukommen, ein Leben woanders zu beginnen, hat es sie letztlich immer wieder hierher zurückgezogen. Als sei es ein Fluch, der auf meiner Familie liegt.«

»Da haben wir anscheinend etwas gemeinsam.«

»Ja, ich denke schon. Zumindest, was Mr Cahill angeht.«

Manderley erhob sich, ging kurz aus der Tür und kehrte wenig später mit einem kleinen Büchlein zurück.

»Das hier sollten Sie in Ihre Forschungen mit einschließen.«

»Was ist das?«

»Die Aufzeichnungen meines Vorfahren. Er hat sie niedergeschrieben, als er in der Irrenanstalt von Colombo einsaß.«

»In der Irrenanstalt?«

»Unglaublich, nicht wahr? Der Dienst an seinem Herrn hat ihn in den Wahnsinn getrieben.«

»Haben Sie es schon gelesen?«

»Nein«, entgegnete Manderley. »Dieses Heft war über Jahre Gesprächsthema in unserer Familie. Es wurde ›Die Schande‹ genannt. Als es gefunden wurde, war es zu spät, um noch irgendwen zu bestrafen. Meine Großeltern haben dieses Buch eingeschlossen, in einem Safe in unserem Haus, und jedem Kind erzählt, dass es schädlich sei, es zu lesen. Irgendwann haben wir das Interesse verloren, doch nun, da ich den Namen in den Unterlagen gesehen habe, habe ich mich wieder erinnert.«

Diana betrachtete das abgegriffene ledergebundene Buch. Ein paar Fingerabdrücke waren deutlich zu erkennen. An den Rändern prangten Tintenflecke.

»Es ist von dem Cahill, der mit Ihrem Urahnen zusammengearbeitet hat. Ich bin sicher, dass Sie darin einige schockierende Stellen, aber auch viel Erhellendes finden werden. Wenn es etwas ist, das ich wissen sollte, geben Sie mir bitte Bescheid.«

Ihre Blicke trafen sich kurz, dann goss Manderley Tee nach.

Den ganzen Vormittag lang konnte Diana nichts anderes tun, als das Büchlein von Cahill anzustarren. Jonathan machte sich nützlich, indem er versuchte, weitere Spuren des

Advokaten in den Unterlagen zu finden. Tatsächlich tauchte der Name Cahill in den Lohnlisten auf und seine Unterschrift auf dem Vorsatzblatt eines Handelsvertrages.

»Diese Unterschrift könnte wichtig sein, um die Schrift zu vergleichen«, sagte er, während er ihr das Blatt reichte. Diana genügte ein Blick, um zu wissen, dass er es war.

An diesem Abend zogen sie sich recht früh zurück. Diana hatte das Büchlein beiseitegeschoben und sich anderen Unterlagen gewidmet, weil sie wusste, dass sie zu der Lektüre von Cahills Aufzeichnungen Ruhe brauchte – und Jonathans Nähe.

Das schmale schwarze Büchlein verströmte schon beim Betrachten eine bösartige Aura. Diana wollte nicht wissen, was das für Flecken waren, die auf der Hülle eingetrocknet waren und sie dabei ein wenig verzogen hatten.

Als sie die Hand darauf legte, bereit, es aufzuschlagen, erschien ihr das Zimmer auf einmal ungemütlich – und das, obwohl Jonathan nahe bei ihr war und beruhigend über ihren Rücken strich.

Mit einem Knoten im Magen strich sie über das Büchlein. Enthielt es womöglich die letzten Puzzleteile? Den Grund, warum Vikrama niemals zu Grace reisen konnte? Warum ihr Vater sie aus der Familienbibel gelöscht hatte? »Ob ich es wirklich lesen soll?«

»Wenn du keine Angst vor dem Bericht eines Irren hast?«

»Wer weiß, was er da niedergeschrieben hat.«

»Das wirst du nur erfahren, wenn du es liest.« Jonathan legte einen Arm um ihre Taille, den anderen um ihre Schultern, dann legte er seine Wange an ihren Hals. »Ich bin bei dir, für den Fall, dass es zu schlimm wird. Die Gedanken eines Verrückten können manchmal wie ein Strudel sein, der einen mitreißt.«

»Genau das befürchte ich«, entgegnete Diana. »Glaubst du wirklich, er hat es nicht gelesen?«

»Wozu hätte er lügen sollen? Manche Leute sind eben nicht scharf darauf, die dunklen Geheimnisse der Vergangenheit zu lüften. Besonders, wenn es ein Geheimnis wie das ist, das ich vermute.«

Seufzend betrachtete Diana das Büchlein, dann gab sie sich einen Ruck und schlug es auf.

17

Die bemerkenswerte Geschichte des John Cahill, Vannattuppūcci, 1887

Die Ankunft des neuen Herrn auf Vannattuppūcci hatte Lucy Cahill in helle Aufregung versetzt. Als würde Queen Victoria persönlich erscheinen, spottete ihre älteste Tochter Megan gegenüber ihren jüngeren Geschwistern, in der Hoffnung, dass ihre Mutter es nicht mitbekam. Lucy bekam es mit, sah aber darüber hinweg. Die Ankunft einer neuen Herrin würde ihr ganz neue Möglichkeiten eröffnen.

»Ich habe gehört, dass die Tremaynes zwei ganz reizende Töchter haben. Sorgst du dafür, dass ich sie irgendwann einmal kennenlerne?«, bat sie ihren Mann. Vielleicht gelang es ihr, Megan in den Freundeskreis der beiden Mädchen zu schleusen. Dann würden ihre Aussichten, einen gutsituierten Ehemann zu finden, bedeutend ansteigen.

»Irgendwann sicher«, brummte Cahill vor sich hin, während sein Blick auf die Zeitung gerichtet blieb und die Kaffeetasse in seiner Hand über der Tischplatte schwebte.

Kein Artikel war es, der ihn fesselte. Wie so oft in den vergangenen Wochen hatte er sich hinter seiner Zeitung in Gedanken verloren. Was sollte er Henry Tremayne sagen? Der Tod seines Bruders musste ihn furchtbar erschüttert haben. Bestand vielleicht die Aussicht, dass er die Plantage verkaufte? Oder dass er deren Verwaltung wohlwollend in seine Hände legte?

»Irgendwann?«, schnitt Lucys Stimme durch seine Gedanken. »Sorgst du dich denn nicht um die Zukunft unserer Kinder?«

»Ich wüsste nicht, dass die Zukunft unserer Kinder von den Tremaynes abhängt.«

»Und ob sie das tut!«, beharrte seine Frau. »Wenn du es richtig anstellen würdest, könnten Megan und Sophia in bessere Kreise aufsteigen.«

Da sich der Streit wie ein Monsungewitter anschlich und sich ebenso heftig entladen konnte, hielt es Cahill für besser, die Zeitung wegzulegen und die Kaffeetasse, deren Inhalt längst erkaltet war, abzustellen.

»Liebes«, sagte er, denn er wusste, dass es nichts brachte, sich gegen seine Frau querzustellen. Außerdem hatte er keine Lust, innerlich aufgewühlt nach Colombo zu fahren, um die Herrschaften zu begrüßen. »Wenn sich eine Möglichkeit ergibt, werde ich natürlich dafür sorgen, dass ihr den Tremaynes vorgestellt werdet. Doch wäre es nicht erst einmal besser, wenn ich mir diese Leute anschaue? Wenn sie nett und umgänglich sind, und damit meine ich auch die Töchter, werden wir unsere Kinder schon mit ihnen bekannt machen können.«

Lucy presste die Lippen zusammen und nickte. Zufrieden war sie mit seiner Antwort nicht, aber sie wusste, dass es keinen Zweck hatte, etwas übers Knie zu brechen. Dafür war Cahill nicht der richtige Mann.

Auf dem Weg nach Colombo fragte sich Cahill immer wieder, wie viel von den Geheimnissen seines früheren Herrn er preisgeben sollte. Die ganze Wahrheit würde wohl kaum von Bedeutung sein, da er der Einzige war, der sie kannte. Nein, manchmal war es wirklich besser, schlafende Hunde nicht zu wecken. Tremayne musste sich darauf konzentrieren, die Plantage zu erhalten. Die dunklen Flecken auf der Weste seines Bruders waren mit ihm begraben worden, es war gewiss nicht nötig, sie aus der Gruft hervorzuzerren.

Der Mann, der ihm in der Hafenmeisterei entgegentrat, war das genaue Gegenteil seines Bruders. Blond, ein wenig rundlich, mit blauen Augen und einem leichten Bartschatten. Dennoch durch und durch ein Gentleman.

»Willkommen, Mr Tremayne, ich freue mich, dass Sie und Ihre Familie heil auf Ceylon angekommen sind.« Die beiden Männer schüttelten einander die Hände, dann begaben sie sich ins Büro. Während der ganzen Zeit fühlte sich Cahill ein wenig unwohl. Über den toten Richard Tremayne zu sprechen, ging ihm irgendwie an die Nerven. Dabei hatte er in den vergangenen Wochen das Gesicht des Toten schon so gut wie vergessen gehabt. Aber natürlich erwartete Henry Tremayne Aufklärung über den Vorfall. Während er sprach, sah Cahill wieder vor sich, wie der zerschmetterte Körper des Plantagenherrn nach Vannattuppūcci gebracht wurde. Wie die Arbeiter Spalier gestanden hatten für ihren geliebten Herrn.

Cahill, der zarter besaitet war, als es jedermann annehmen würde, war angesichts des vielen Blutes übel geworden. Dennoch hatte er beobachtet, wie das, was von Sir Richard, wie er hier trotz fehlenden Adelstitels genannt wurde, übriggeblieben war, wieder einigermaßen hergerichtet wurde.

Obwohl er Christ war, hatte Tremayne sich gewünscht, dass man ihn nach Hindu-Tradition verbrannte und seine Asche ins Meer streute. Im Nachhinein war das Cahill recht praktisch erschienen, ersparte es ihm doch die Überführung nach England, die sicher viele Wochen in Anspruch genommen hätte. Stattdessen hatte er Henry Tremayne auf Tremayne House telegrafiert und ihm später auch noch einen

Brief geschrieben, in dem er ihm erklärte, dass er von seinem Bruder, aufgrund dessen Vermächtnis, keinen Grabstein finden würde.

Die Frage, wie weit die polizeiliche Aufklärung sei, konnte er nicht beantworten, doch er wusste, dass sich niemand mehr um einen Toten scheren würde, dessen Asche sich im Meer aufgelöst hatte. Am Ende des Gespräches lud Tremayne ihn zum Essen ein, eine Geste, die er überaus nett fand, denn ihm knurrte schon laut der Magen und die Küche seiner Gattin war fern.

Alles lief blendend. Die Handwerker beendeten die wichtigsten Renovierungsarbeiten, und schon bald konnte Cahill seinem neuen Herrn die Nachricht zukommen lassen, dass seinem Einzug auf Vannattuppūcci nichts mehr im Weg stand.

Nun sah er zum ersten Mal auch Mrs Tremayne und ihre Töchter. Wunderschöne Töchter, wie er fand, besonders die Ältere war ganz liebreizend. Eines Tages würde sie die Herrin der Plantage sein, und auch wenn er sie vor ein paar Tagen noch zurückgewiesen hatte, tönte jetzt wieder die Stimme seiner Frau durch seinen Kopf.

Vielleicht war es ja doch möglich, seine Töchter in die Nähe der Mädchen zu bringen …

Das Auftauchen Vikramas brachte ihn für einen Moment aus dem Konzept. Was hatte der Bursche hier zu suchen? Doch ihm blieb nun nichts weiter übrig, als gute Miene zu machen. Immerhin war der Mischling, wie er ihn insgeheim nannte, aufgrund seines Unwissens vollkommen harmlos. Er ließ sich also herab, ihn vor seinem Herrn in den höchsten Tönen zu loben, weil er wusste, dass er sich selbst damit in ein gutes Licht rückte.

Der Bursche verschwand wieder, und nachdem er Henry

Tremayne das Haus gezeigt hatte, war Cahills Dienst für diesen Tag beendet.

Auf dem Weg nach Hause kam ihm ein Reiter entgegen. Dean Stockton war, das konnte man getrost behaupten, der reichste Plantagenbesitzer in der Gegend. Eine Zeitlang hatte es so ausgesehen, als könnte Richard Tremayne ihm diese Stellung streitig machen, doch dann war das Unglück geschehen und Stockton hatte seinen Thron behalten können.

»Guten Tag, Mr Cahill, was führt Sie hier hinauf?« Stockton zügelte sein Pferd. Offenbar war er unterwegs nach Nuwara Eliya, um seine Freunde im Hills Club zu treffen. Vergeblich hatte Cahill versucht, dort hineinzukommen, wie es ihm seine Frau immer vorgeschlagen hatte. Die Plantagenbesitzer und Geschäftsleute wollten in ihrer Mitte keinen Advokaten, der keine eigene Kanzlei führte, sondern im Dienst eines von ihnen stand.

Obwohl dieser Makel an ihm haftete, behandelte Dean Stockton ihn stets ebenso korrekt, wie es seine ganze Erscheinung war.

»Ich habe soeben den neuen Herrn von Vannattuppūcci herbegleitet, Mr Henry Tremayne.«

»Richards Bruder?« Stocktons Augenbrauen hoben sich. Für einen Moment schien er zu überlegen, ob der neue Plantagenbesitzer genauso starrsinnig wie dessen Bruder war. Zu seinen Lebzeiten hatte Richard Tremayne ihm ziemlich große Konkurrenz gemacht. Und auch einigen Ärger, wenn es um das Land ging.

»Ja, genau. Er ist soeben mit seiner Frau und seinen beiden Töchtern im Haus eingezogen. Ich sage Ihnen, es sind allesamt sehr schöne Frauen.«

Stockton, von dem man wusste, dass er etwas für schöne Frauen übrighatte, lächelte und lehnte sich auf seinem Sattel ein Stück vor. »Dann sollte ich ihnen wohl bald meine Aufwartung machen.«

»Das ist eine gute Idee, Sir, im Moment geht es noch ein wenig chaotisch auf Vannattuppūcci zu, doch ich bin sicher, dass es in den nächsten Tagen sehr günstig ist, zumal Mr Vikrama sich erboten hat, seinen Herrn ein wenig herumzuführen.«

Bei der Erwähnung des Halbtamilen verzog Stockton konsterniert das Gesicht. Während der Abwesenheit eines Herrn auf Vannattuppūcci hatte dieser R. Vikrama sich seiner Meinung nach aufgeführt, als sei er der Besitzer der Plantage. Das erzählte er auch jedem, der es hören wollte, und verschwieg dabei den eigentlichen Grund für seine Feindseligkeit: dass er sich ärgerte, das Haus und die Plantage nicht erwerben zu können, wie er es eigentlich vorgehabt hatte.

Cahill wusste allerdings davon, und er konnte sich auch denken, dass Stockton zwar nicht versuchen würde, Tremayne den Besitz abzuschwatzen, aber dennoch nichts unversucht lassen würde, an die Felder heranzukommen.

»Er hat also Töchter, sagen Sie«, sinnierte Stockton laut und überging die Bemerkung über Vikrama. »Kein Sohn?«

»Bisher nicht, jedenfalls weiß ich nichts davon. Aber Mrs Tremayne ist noch recht jung, es könnte durchaus sein, dass noch ein Erbe geboren wird.«

Stockton zog ein Gesicht, als wollte er Gott darum bitten, dass dies nicht der Fall sein möge. Dann lehnte er sich auf seinem Sattel zurück und zog die Zügel wieder an.

»Haben Sie vielen Dank für die Auskünfte, Mr Cahill, man sieht sich.«

»Guten Tag, Mr Stockton!«, rief Cahill hinterher, während Stockton sein Pferd Galopp laufen ließ.

Von Stocktons Besuch erfuhr Cahill bei seinem nächsten Besuch in Tremaynes Büro. Inzwischen hatte Vikrama ihn über sein Aufgabenfeld in Kenntnis gesetzt, und Cahill hegte berechtigte Hoffnungen, dass sich der neue Herr hervorragend einfügen würde. Die Gespräche mit ihm gaben jedenfalls Anlass dazu, und auch die Plantage lief nun wieder wie ein gut geöltes Räderwerk.

Als er an einem Nachmittag durch die Halle eilte, sah er, dass die junge Miss Grace sich gerade mit Mr Vikrama unterhielt. Daran war eigentlich nichts Verwerfliches, doch Cahill blieb dennoch wie erstarrt vor dem Fenster stehen. Ein dunkler Schatten erwachte in seiner Brust, etwas, das er beiseitegeschoben und lange nicht beachtet hatte. Wie das Mädchen ihn anlächelte! Und wie er seine Blicke über ihr Gesicht und ihren Leib streifen ließ. Zwei junge Menschen standen dort, voll heißem Blut und Sehnsüchten, von denen sie noch nicht viel gekostet hatten.

Es ist nichts, versuchte er, sich zu beruhigen. Es ist verständlich, dass ein charmantes Mädchen wie Miss Grace die Leute auf der Plantage kennenlernen will. Auch wenn sie ihrem Onkel Richard vom Aussehen her in keinster Weise ähnelte, schien sie einen ähnlichen Charakter wie er zu haben. Freundlich, aufgeschlossen und herzlich.

Und das war auch nur gut so, denn als zukünftige Herrin von Vannattuppūcci brauchte sie die Sympathien der Arbeiter hier, denn diese waren viel eher bereit, sich für einen Herrn abzuschuften, den sie liebten, als für einen, den sie nur respektierten.

Die Wochen nach dem Ball brachten nicht nur zahlreiche Veränderungen mit sich, sondern ließen auch den Haussegen schiefhängen.

Während Tremayne Arbeiten, die Cahill bisher erledigt

hatte, Vikrama übertrug und ihn damit tröstete, dass er ihn für weniger Arbeit dennoch gleich bezahlen würde und obendrein seine Hilfe als Rechtsbeistand sehr schätzte, lag ihm seine Frau in den Ohren, dass der Ball alles andere als ein Erfolg gewesen sei. »Sie haben meine Töchter nicht mal angesehen, vor allem nicht die ältere«, beklagte sie sich. »Die jüngere hat sich ganz nett mit unserer Sophie unterhalten, aber das war es auch schon.«

»Sie sind eben eine andere Klasse als wir, Liebling«, hatte Cahill versucht, sie zu beschwichtigen. »Außerdem gibt es für sie so viel zu sehen auf der Plantage, da können sie sich nicht um jeden Gast kümmern. Ich verspreche dir, unsere Mädchen werden noch ihre Chance erhalten.«

Mrs Cahill schnaufte nur und schien ihre Erinnerung nach etwas zu durchforsten, was sie gegen die Tremayne-Töchter noch anbringen konnte.

»Was hat die Älteste eigentlich dazu bewogen, sich mit diesem Mischling rumzutreiben?«

»Das sind Dinge, die uns nichts angehen, Liebling«, beruhigte Cahill sie weiter, doch ihn selbst überkam eine ganz furchtbare Unruhe. Es war nicht das erste Mal, dass er das Mädchen mit Vikrama zusammen gesehen hatte. Sie gingen seltsam vertraut miteinander um.

In den folgenden Tagen wunderte er sich darüber, wohin Vikrama mit ihr und der etwas blasierten Gouvernante ging.

»Sie will die Sprache der Einheimischen lernen, damit sie weiß, was sie über uns reden.«

Tremaynes Bemerkung klang ernst, so als vermute er etwas Böses dahinter. Glaubte er, dass die Menschen hier ihn betrügen würden? Oder beschlich ihn eine Ahnung, dass das Verhältnis zwischen Vikrama und seiner Tochter nicht nur das eines Lehrers und einer Schülerin war?

Vielleicht sollte ich es ihm sagen, dachte Cahill kurz, verwarf sein Vorhaben aber wieder. Es ist sicher nichts von Belang. Miss Grace möchte nur unter Menschen ihres Alters sein. Und die Sprache zu lernen war wichtig für die zukünftige Herrin von Vannattuppūcci, denn Richard Tremayne hatte sie auch gesprochen.

Die nachfolgenden Wochen verdammten Cahill nahezu zur Untätigkeit. Tremayne überließ ihm stupide Schreibarbeiten und Ausfertigungen von Dokumenten, mit denen er ihn durch die Gegend schickte.

»Es ist ja fast so, als seist du sein Postbote«, lästerte Lucy mit schneidender Stimme. »Dieser Tamilenbursche wird dich noch ausbooten.«

»Das wird er schon nicht, Liebes, keine Sorge«, versuchte Cahill sie zu beschwichtigen, aber der Keim des Misstrauens war gelegt. Hatte Vikrama ihm wirklich den Rang abgelaufen? Spürte Tremayne, dass …

Nein, das war unmöglich. Niemand wusste davon.

Eines Tages, als er aus Colombo zurückkehrte, wo er für Mr Tremayne einige Dokumente beglaubigen lassen musste, wurde er von Dean Stockton angehalten. Dieser wirkte ein wenig aufgelöst, und es schien, als hätte er nur auf ihn gewartet.

Wahrscheinlich hat er mich mit seinem Fernrohr kommen sehen, dachte Cahill beklommen. Überall ging die Rede, dass Stockton damit die gesamte Gegend überblicken und beinahe jeden Vorgang beobachten konnte.

»Guten Abend, Mr Cahill!« Stockton baute sich so vor der leichten Kutsche auf, dass er nicht passieren konnte. Wie ein Wegelagerer, schoss es Cahill durch den Sinn.

»Guten Abend, Mr Stockton, was kann ich für Sie tun?«

»Oh, ich glaube, eine Menge.«

Darüber hatte er sich gleich gewundert, und seine Verwunderung war noch gewachsen, als Stockton die Katze aus dem Sack ließ.

»Einer der Männer, die ich Tremayne überlassen habe, hat mir berichtet, dass sich Miss Grace regelmäßig mit diesem Vikrama trifft.«

»Sie lernt bei ihm die Sprache!«, entgegnete Cahill, während ihm unter seinem Anzug abwechselnd heiß und kalt wurde.

»So, die Sprache. Mr Petersen sagt etwas anderes. Sie sollen sich vorwiegend nachts treffen und küssen. Ich glaube kaum, dass man so die Sprache lernt.«

Cahill war einen Moment lang sprachlos.

»Haben Sie derlei auch schon beobachtet?«

»Nein, Sir, ich sah sie nur am Nachmittag.«

»Nun, dann wäre es doch gut, wenn sie jemand im Auge behalten würde. Immerhin habe ich sie als Braut für meinen Sohn ausgesucht, und wir wollen doch nicht, dass er einen Kuckuck ins Nest gelegt bekommt.«

Cahill wurde schwindelig. Das durfte auf keinen Fall passieren! Nicht auszudenken, dass …

»Ich werde die Augen offen halten, Mr Stockton.« Plötzlich schoss Cahill etwas in den Sinn. »Was ist mit Mr Tremayne, soll ich ihn von der Beobachtung unterrichten?«

Stockton schüttelte den Kopf. »Nein, vorerst nicht. Wir wollen ihn doch nicht in Aufruhr versetzen, wo er doch mit der Plantage zu tun hat, nicht wahr? Erst, wenn es Beweise gibt, sollten Sie Ihren Boss unterrichten, vorher nur mich.« Der Plantagenbesitzer zog daraufhin eine Geldbörse aus der Westentasche. »Für Sie. Als kleine Aufwandsentschädigung.«

Ehe Cahill ihm danken konnte, wendete Stockton sein Pferd und ritt davon.

Von nun an setzte Cahill alles daran, um Grace Tremayne hinterherzuspionieren. Für die Plantage, sagte er sich. Und für das Wohl der jungen Miss. So junge Dinger wie sie sind leicht zu verführen. Tagsüber spähte er manchmal in ihr Fenster, manchmal beobachtete er sie aus der Ferne. Einen Beweis erhielt er nicht, denn er hatte keine Ahnung, wann sie sich trafen und welche Wege das Mädchen nahm.

So berichtete er Stockton bei neuerlichen Treffen, dass alles in Ordnung sei und er sich keine Sorgen zu machen brauchte – wer wusste schon, was Petersen gesehen habe.

»Außerdem könnte es doch sein, dass er das Mädchen in Misskredit bringen will. Sie haben sicher davon gehört, dass sich Miss Grace ihm entgegengestellt hat, als er eine Pflückerin auspeitschte.«

»Ja, diese Geschichte ist mir zu Ohren gekommen.« Die nachdenkliche Miene, die er zog, deutete darauf hin, dass er diese Möglichkeit noch nicht in Erwägung gezogen hatte.

»Ich bin sicher, dass Ihr Mann sich rächen will. Miss Grace ist eine wohlerzogene junge Dame, die weiß, was von ihr erwartet wird. Sie würde sich nie und nimmer mit einem dieser Wilden einlassen.«

Dass Stockton diese Erklärung glaubte, zeigte sich in den nächsten Tagen, denn gleich so, als hätte er noch einen anderen Beweis ihrer Unschuld erhalten, fragte er nicht mehr nach.

Doch Cahill wurde nur ein paar Wochen später eines Besseren belehrt. Eines Tages, als er wie gewohnt zur Besprechung erscheinen wollte, gab es im Haus einen ziemlichen Tumult. In der Halle nahm er eines der Dienstmädchen beiseite und fragte, was los sei, zumal auch Dr. Desmond eingetroffen sei.

»Miss Grace hat einen Schwächeanfall erlitten. Sie warten besser im Arbeitszimmer von Mr Tremayne.«

Miss Grace und ein Schwächeanfall? Wie sollte das zusammengehen? Sie war doch eine robuste, gesunde junge Frau!

Als Henry Tremayne nach zwei Stunden ins Arbeitszimmer trat, war er kreidebleich. »Ah, Cahill, an Sie habe ich gar nicht mehr gedacht.«

»Darf ich fragen, was geschehen ist, Sir?«

Seufzend ließ sich Tremayne auf seinen Stuhl sinken. Seine Miene wirkte wie eingefroren.

»Meine Tochter …«

»Sie hat doch hoffentlich keinen Rückfall von ihrer Malaria«, fragte Cahill scheinheilig, denn natürlich wollte er nicht zugeben, dass er bereits wusste, dass es nicht um Victoria ging.

»Es ist nicht Victoria, sondern Grace …« Tremayne stockte, wog seine Worte sorgsam ab, dann sagte er: »Vielleicht sollten wir unser Gespräch verschieben. Ich bin im Moment noch zu mitgenommen.«

Cahill hätte gern noch angemerkt, dass er hoffe, Miss Grace sei nichts Schlimmes widerfahren, doch das versagte er sich. Er würde auch so herausfinden, was los war.

Als er Lucy von Miss Graces Ohnmacht erzählte, sagte sie prompt: »Kann es sein, dass sie es mit der Moral nicht so ernst genommen hat?«

»Wie meinst du das?« Wieder war es da, das grässliche Gefühl von Heiß und Kalt im Wechsel.

»Soweit ich weiß, kippen junge Dinger nur dann um, wenn sie schwanger sind. Mir ist es auch so ergangen, weißt du nicht mehr? Bei Megan.«

Tatsächlich hatte sich Cahill während Lucys Schwangerschaften nicht sonderlich um deren Beschwerden gekümmert. Eines Tages war er nach Hause gekommen, und da hatte sie ihm die frohe Botschaft mitgeteilt.

»Ich sage dir, wenn es einen Burschen gibt, der ihr den Hof gemacht hat, wird sie von ihm schwanger sein.«

Diese Worte brachten Cahill dazu, das Abendessen zu verschmähen.

Am nächsten Tag wisperte es die gesamte Plantage. Miss Grace musste schwanger sein. Und der Herr war außer sich, weil sie nicht sagen wollte, von wem.

Cahill lief in seinem Arbeitszimmer nervös auf und ab. Er hatte es gewusst! Sicher war es dieser Vikrama. Warum hatte er nur nicht besser hingesehen? Warum hatte er Stockton, der offensichtlich um seinen Sohn besorgt war, die Geschichte von der vermeintlichen Rache aufgetischt? Petersen mochte ein Mistkerl sein, aber er hatte gute Augen und war seinem ehemaligen Herrn Stockton anscheinend immer noch treu verbunden.

Es war eine Katastrophe! Wenn er nicht so viel über Master Richard wüsste, hätte es ihm vielleicht noch egal sein können, ob Grace mit diesem Vikrama anbandelte. Die Verbindung der beiden war äußerst gefährlich, und zum Wohl von Vannattuppücci hätte er eher einschreiten sollen. Doch dazu war es zu spät.

Er konnte nicht genau ermitteln, wie Henry Tremayne erfuhr, dass Vikrama wirklich der Vater des Kindes war. Es wurde etwas von einem Heft gemunkelt, das bei ihrer Schwester Victoria gefunden worden war. Offenbar hatte sie in ihrer jugendlichen Neugier die Eskapaden ihrer Schwester, die sie in einer Art Tagebuch festgehalten hatte, nachgelesen und war dabei von Miss Giles erwischt worden.

Die Reaktion Henry Tremaynes war drastisch. Er schickte Petersen und seine Kameraden aus, um Vikrama zu suchen und ihn abzustrafen.

Dabei hatte er eigentlich nicht vorgehabt, seine Tochter zusehen zu lassen, doch das Mädchen erfuhr es und lief aus ihrem Zimmer, nachdem Tremayne seine Anweisungen gegeben hatte.

Das Klagen des Mädchens, als sie den Burschen anschleppten, würde Cahill nie vergessen.

»Bitte lasst ihn gehen!«, flehte sie weinend, während sie sich in den Armen der Männer, die sie festhielten, wand.

»Einen Teufel werden wir tun, Missi!«, tönte Petersen höhnisch. »Ihr Vater hat uns angewiesen, ihm eine Lektion zu erteilen, und die bekommt er nun! Schleppt ihn zu dem Baum da, damit ich ihm die Haut abziehen kann!«

»Nein!«, gellte Grace, so schrill, dass Cahill sich am liebsten die Ohren zugehalten hätte. »Wehr dich!«, schrie sie ihm schließlich gepeinigt zu. »Wehr dich doch. Lass nicht zu, dass sie dich töten! Denk an unser Kind!«

Dieser Ruf brachte ihn dazu, sich gegen die Männer, die ihn hielten, zu stemmen. Er blickte über die Schulter und tauschte einen Blick mit Grace, einen Blick, der ihnen sagte, dass alles, was jetzt geschah, sie auf immer entzweien würde.

Dann explodierte Vikrama regelrecht. Mit Bewegungen, wie Cahill sie nie zuvor gesehen hatte, löste er sich aus dem Griff seiner Häscher und schlug auf sie ein. Ehe sie sich versahen, bluteten zwei aus der Nase, ein dritter taumelte zurück. Petersen entrollte blitzschnell seine Peitsche, doch nur einen Schlag konnte er anbringen und den auch nur halb, denn Vikrama trieb ihn mit schnellen Hieben gegen seinen Körper zurück.

»Verdammt noch mal, hat denn keiner eine Waffe bei sich?«, brüllte der Vormann, doch da rannte Vikrama auch schon los und tauchte, nachdem er sich noch einmal nach seiner Liebsten umgesehen hatte, in die Dunkelheit ein.

Die Männer, die Grace solange festgehalten hatten, ließen sie los und stürmten ihm hinterher, verschwanden wenig später ebenfalls im Gebüsch. Das Mädchen sank auf die Stufen der Treppe. Beinahe beschwörend blickte sie in die Dunkelheit, wahrscheinlich hoffte sie inständig, dass er es schaffen würde.

Als Mr Tremayne schließlich nach draußen kam, hatten sich die Geschlagenen gerade wieder aufgerappelt. Petersen berichtete mit anschwellenden Lippen von Vikramas Flucht. Als er dazusetzte, dass er um sich geschlagen hätte, als wäre er besessen, meldete sich Grace mit einem seltsamen Lächeln zu Wort. »Das war nicht der Teufel, das war Kalarippayat, Sie Idiot.«

Cahill hielt das für den Namen eines Dämons, Henry Tremayne war diese Bemerkung vollkommen egal. Grob zog er Grace in die Höhe.

»Was hast du hier zu suchen? Ich hatte dir doch Hausarrest gegeben.«

Das Mädchen schwankte, als stünde es kurz vor einer Ohnmacht, was bei ihrem Zustand nicht verwunderlich gewesen wäre. Doch sie blieb stehen und sah ihrem Vater mit einem Ausdruck ins Gesicht, der ein zartbesaitetes Wesen zu Tränen gerührt hätte.

»Sie werden ihn nicht kriegen, Vater, sie werden ihn nicht kriegen, dafür werden seine Götter sorgen.«

Henry funkelte sie einen Moment lang an, als wollte er ihr ins Gesicht schlagen, dann zerrte er sie wieder ins Haus.

Cahill, den niemand so recht bemerkt hatte in den vergangenen Augenblicken, lehnte sich gegen das Treppengeländer.

Was für eine Nacht! Was für eine Aufregung. Alles nur, weil er geschwiegen hatte. Weil er nichts unternommen hatte, als sich das Unheil bereits abzuzeichnen begann!

Ich hätte Master Henry das Geheimnis seines Bruders gleich verraten sollen. Die Auswirkungen wären schlimm gewesen, aber vielleicht nicht ganz so verheerend und ausweglos wie die jetzige Situation!

Erschöpft zog er sein Taschentuch aus dem Ärmel und tupfte sich über die Stirn. Das Gespräch mit Mr Tremayne konnte er in den Wind schreiben. Angesichts der Ereignisse würde er morgen wiederkommen.

Am nächsten Abend preschte Dean Stockton auf den Hof. Inzwischen war die Suche nach Vikrama auf beide Plantagen ausgeweitet worden, und nachdem er gehört hatte, was geschehen und was der Auslöser dazu gewesen war, hatte auch er seine Hilfe angeboten. Seine Leute suchten jetzt ebenfalls nach dem ehemaligen Verwalter – doch bisher waren ihre Anstrengungen nicht von Erfolg gekrönt gewesen. Dementsprechend wütend brachte er sein Pferd zum Stehen und lief dann die Treppe hinauf. Cahill, der in der Halle wartete, würdigte er keines Blickes, ja wahrscheinlich bemerkte er ihn gar nicht in seinem Zorn.

»Erschießen hätte man ihn sollen, wie einen Hund!«, wetterte Stockton wenig später im Salon der Tremaynes, fast so, als sei er der Vater von Miss Grace.

Nun ja, dachte sich Cahill, er wäre ihr Schwiegervater geworden, wenn Vikrama sie nicht geschwängert hätte. Wieder rührte sich das dunkle Wissen in seinem Innern. Irgendwann einmal musste es Mr Tremayne erfahren. Doch nicht jetzt.

Cahill wusste, dass es besser wäre, kehrtzumachen und nach draußen zu gehen, doch da bemerkte er eine Gestalt an der Treppe. Miss Grace! Er zog sich weiter in den Schatten zurück und versteckte sich hinter dem Flügel einer offenstehenden Tür.

Die junge Frau bemerkte ihn nicht, zu sehr war sie in ihre Gedanken versunken.

»Es gibt vielleicht eine Lösung«, bemerkte Stockton nun, als er sich wieder ein wenig beruhigt hatte.

»Und welche?«, fragte Henry, während seine Frau immer noch blind vor Tränen wimmerte.

»Es gibt in den Dörfern Frauen, die sich darauf verstehen, eine Frau von ihrem Balg zu befreien.«

Seine Worte fielen auf die Tremaynes nieder wie zersplitterndes Glas.

»Sie meinen, sie soll zu einer Engelmacherin gehen?«

»Nicht gehen, aber Sie könnten so eine Person herholen. Hier im Haus, verborgen von den Blicken der anderen könnte sie den vorherigen Zustand wieder herstellen.«

»Aber das ist Sünde!«, fuhr Tremayne ihn an.

»Sünde war es auch, was Ihre Tochter und dieser Bastard getan haben!«, schmetterte ihm Stockton zornig entgegen. »Sie wollen doch nicht Ihr Gesicht vor den anderen verlieren! Ich würde sie auch weiterhin als Braut für meinen Sohn nehmen, wenn sie nicht mehr schwanger ist.«

Cahill biss sich auf die Lippen, während Grace an ihm vorüberging, aufrecht und mit erhobenem Kopf, wie eine Königin. Die Forderung Stocktons hatte sie deutlich vernommen. An der Tür machte sie halt, zögerte einen Moment, dann trat sie ein. Und bevor der Plantagen-Nachbar weitere Drohungen ausstoßen konnte, sagte sie ruhig und gefasst: »Ich werde das Kind behalten, Mr Stockton. Sie werden mich nicht dazu bringen, mich gegen das Leben zu versündigen.«

Stille folgte ihren Worten. Zu gern hätte Cahill gewusst, wie die Anwesenden dreinblickten. Nicht einmal Mrs Tremayne schluchzte mehr. Wahrscheinlich waren alle starr vor Schreck.

»Vater, Mutter, um euch vor der Schande hier zu bewahren, habe ich beschlossen, nach England zu gehen und dort mein Kind zu bekommen.«

Wieder antwortete niemand.

»Den Balg eines Wilden?«, erboste sich schließlich Stockton. »Miss Tremayne, kommen Sie doch zur Vernunft! Sie könnten Ihre Sorgen mit einem Schlag los sein.«

»Ein Mord also? Wofür denn? Dafür, dass Sie mir, wie Sie es nannten, einen Erben machen wollen? Oder haben Sie es sich seit unserem Zusammenstoß anders überlegt?«

»Das ist …«

»Eine Lüge, ja? So wollen Sie es darstellen, Mr Stockton?« Eine kurze Pause entstand, dann fuhr Grace fort. »Du hast meine Aufzeichnungen doch gelesen, Vater! Du warst so erpicht darauf, den Schuldigen zu suchen, doch es ist nicht Vikrama! Dieser Mann dort hat Schuld auf sich geladen, also lies noch einmal genauer!«

Stocktons Schnaufen drang bis nach draußen. »Sie werden doch wohl nicht diesem Mädchen …«

»Schweigen Sie, Mr Stockton! Dies ist mein Haus, hier bestimme ich. Und ich würde Ihnen jetzt wirklich raten, zu gehen, ehe ich mich noch vergesse!«

»Das werden Sie noch bereuen, Tremayne!«, fauchte Stockton daraufhin. »Ich werde dafür sorgen, dass ganz Ceylon erfährt, was für eine Person Ihre Tochter ist!«

Damit stürmte er nach draußen, mit raumgreifenden Schritten und schnaufend vor Wut. In der Halle murmelte er irgendwas Unverständliches, dann fiel eine Tür heftig ins Schloss.

Danach wurde wieder alles still.

»Vater?«, wisperte Grace leise.

»Du wirst nach England reisen, so bald wie möglich«, beschied Tremayne mit zitternder Stimme. »Dort wirst du das Kind bekommen, und wir werden es in eine Familie geben, die es aufnimmt.«

»Nein, Vater, ich …«

»Keine Widerrede!«, grollte Tremayne. »Und jetzt geh auf dein Zimmer und lass dich besser nicht mehr sehen.«

Grace sagte dazu nichts. Langsam wandte sie sich um und verließ den Raum. Aus dem Schattenversteck heraus sah Cahill, dass Tränen lautlos ihre Wangen nässten.

In den folgenden Tagen wurden seine Dienste nicht benötigt. Regenschauer kühlten die Luft, Zeichen des beginnenden Winters in diesen Breiten. In einem Monat würden sie die Auferstehung des Heilands feiern.

Cahill zog sich in sein Arbeitszimmer zurück und wollte weder mit seiner Frau noch mit seinen Kindern sprechen. Was sollte jetzt aus der Plantage werden? Die Tremaynes hatten noch eine Tochter, sie würde Vannattuppûcci erben. Doch was war mit dem Ruf der Familie? Stockton würde gewiss nicht eher ruhen, bis Tremayne ruiniert war – erst recht, wenn sich die Behauptung von Miss Grace bewahrheitete.

Eine Woche später fuhr ein Wagen auf dem Rondell vor. Miss Grace nahm nur wenige Sachen mit. Mit ihr reiste Miss Giles, wahrscheinlich um sicherzustellen, dass Miss Grace keine weiteren Dummheiten machte.

Wie der Abschied von ihrer Familie ausgefallen war, wusste Cahill nicht, doch außer Miss Victoria stand niemand an der Treppe und winkte den beiden Frauen nach. Der Wagen verließ die Plantage – wie Cahill in Erfahrung gebracht hatte, reiste Tremaynes Tochter mit einem Postschiff namens Calypso zurück nach England.

Seit seine älteste Tochter abgereist war, war Henry Tremayne nicht mehr derselbe. Stundenlang schloss er sich in seinem Arbeitszimmer ein und wälzte Enttäuschung, Wut und Verzweiflung hin und her.

Dann fasste sich Cahill ein Herz. Er rechnete nicht damit, dass Tremayne die Nachricht, die er brachte, aufheitern würde – ganz im Gegenteil. Doch bevor noch anderes geschah, hatte er sich entschlossen, ihm zu sagen, was er wusste.

»Ich brauche nichts, Mr Wilkes«, rief Tremayne in der Annahme, dass es der Butler war.

»Ich bin's, Cahill!«, wisperte der Advokat. »Ich muss Sie unbedingt sprechen.«

Stille folgte seinen Worten. Hatte Tremayne beschlossen, ihn zu ignorieren?

»Kommen Sie rein!«, rief er schließlich.

Beim Eintreten erschrak Cahill, denn so hatte er seinen Herrn noch nie gesehen.

Es waren nicht so sehr seine Kleider: Dass er kein Jackett trug, war schon vorgekommen. Doch auf seinem Gesicht wucherten Bartstoppeln, sein Mund war eine zusammengepresste blasse Linie, und seine Augen lagen in tiefen, verschatteten Höhlen.

»Was wollen Sie, Cahill?«, fragte er. Auch seine Stimme klang anders. Es war, als sei sie innerhalb der vergangenen Tage um viele Jahre gealtert.

»Ich glaube, ich habe da etwas, das Sie interessieren könnte.«

Henry zog die Augenbrauen hoch. »So?«

»Es gibt da etwas, das Sie wissen sollten, jetzt, da …« Der zornige Blick seines Herrn ließ ihn verstummen. Tremayne erhob sich hinter seinem Schreibtisch, als wollte er sich auf ihn stürzen. Doch er straffte sich nur und sagte dann: »Kommen Sie rein.«

Als die Tür hinter ihm ins Schloss fiel, durchzuckte ein Gedanke Cahill kurz. Mach es doch nicht noch schlimmer, als es ist. Doch der Rubikon war überschritten, es gab kein Zurück mehr. Sein Herr hatte ein Recht auf die Wahrheit. Damit die Spuren der Vergangenheit ein für alle Mal getilgt werden konnten.

»Sie werden verstehen, dass ich nicht viel Zeit habe, Mr Cahill«, begann Tremayne, während er auf den Stuhl vor dem Schreibtisch deutete, als Zeichen, dass sich der Advokat setzen sollte. »Also kommen Sie möglichst rasch zur Sache.«

An dem aufgeschlagenen, aber nicht veränderten Geschäftsbuch erkannte Cahill, dass Tremaynes Zeit von etwas anderem als Arbeit geraubt wurde.

»Es gibt da gewisse Entwicklungen. Dinge, die ich Ihnen bei Ihrer Ankunft verschwiegen habe, weil ich sie nicht als wichtig erachtet habe.«

Henrys Miene verfinsterte sich, doch er schwieg weiterhin aufmerksam.

»Aufgrund der vergangenen Ereignisse ist Ihnen Mr Vikrama sicher noch im Gedächtnis.«

Tremaynes Schnaufen verriet, dass er sich noch sehr gut an ihn erinnerte. »Was ist mit ihm? Hat er noch mehr angestellt, als meine Tochter zu verführen?«

»Ich fürchte ja, wenngleich es nicht seine Schuld ist, sondern die Ihres Bruders.«

»Richard? Was hat er mit ihm zu tun?«

Cahill zögerte und fühlte dabei eine beinahe perverse Erregung. Endlich würde er das, was er schon so lange mit sich herumschleppte, loswerden.

»Als Ihr Bruder nach Vannattuppūcci kam, fand er Gefallen an einer jungen Pflückerin. Bei Gott, sie war wunderschön! Goldene Haut, pechschwarzes Haar und seltsame grüne Augen, wie man sie meist nur in Ägypten findet. Da er der Herr war, nahm Ihr Bruder sie her, immer wieder. Das arme Ding glaubte, dass er sie zu seiner Frau machen würde, immerhin sind Mischehen zwischen Holländern und Einheimischen vorgekommen und die Nachkommen zu einigem Ansehen gelangt. Doch Ihr Bruder war aus anderem Holz geschnitzt. Nach einer Weile verlor er die Lust an ihr. Zu spät, denn sie war bereits schwanger. Als sie ihm das offenbarte, wurde er furchtbar wütend und vertrieb sie von der Plantage. Sie musste in Schande in ihr Heimatdorf zurückkehren. Doch nach einer Weile ergriff ihn das schlechte Gewissen. Kurz vor der Geburt holte er sie zurück. Unter der Maßgabe, ihn nicht zu verraten, versteht sich. Sie gebar das Kind, gab ihm einen Namen und zog es auf. Als sie starb, sah sich Mr Tremayne in der Pflicht, sich um den Burschen zu kümmern. Ohne dass er wusste, dass Richard sein Vater war, wuchs Vikrama auf und wurde zu einem der wichtigsten Leute auf der Plantage.«

»Woher wissen Sie das alles?«

»Ihr Bruder hat es mir kurz vor seinem Tod offenbart.« Cahill biss sich auf die Lippe. Auch hier lag die Sache ein wenig anders, aber wen kümmerte das schon? »Er plante, seinen Sohn als rechtmäßigen Erben einsetzen zu lassen, da seine Frau kinderlos gestorben war und er keine andere mehr heiraten wollte. Durch seinen Tod ist es nicht mehr so weit gekommen, gottlob. Und ich sah keine Veranlassung, Vikrama einzuweihen, denn Sie sind Richards Bruder und haben eher einen Anspruch auf die Plantage als dieser Kerl. Wo kämen wir denn hin, wenn diese Wilden ihre Plantagen selbst führten?«

Henry starrte ihn fassungslos an. Für einen Moment

schien es, als würden Cahills Worte von ihm abprallen wie Regen von einer Wagenplane. Doch in Wirklichkeit sickerten sie tief in seine Seele ein. »Der Bursche ist Richards Sohn«, murmelte Tremayne, ungläubig, dass sich Gott solch einen Scherz mit ihm erlaubte.

»Ich hätte es Ihnen schon früher mitgeteilt, doch Sie waren zu beschäftigt …«

Tremaynes Wutschrei ließ ihn auf der Stelle verstummen. Mit einem wütenden Schwung fegte Henry das Tintenfass vom Tisch, das scheppernd zu Boden fiel und seinen Inhalt über das Parkett ergoss.

»Das heißt also, dass meine Tochter von ihrem Cousin geschwängert wurde?«

»So könnte man es nennen.« Als befürchte er einen Schlag, zuckte Cahill zurück.

Henry starrte seinen Verwalter fassungslos an. Obwohl sein Mund auf und zu schnappte, brachte er eine ganze Weile keinen einzigen Ton hervor.

Cahill wurde abwechselnd heiß und kalt, als er in das Gesicht seines Herrn blickte. Tremaynes Augen glichen auf einmal zwei bodenlosen Gruben, die vorhatten, ihn zu verschlingen.

»Sie hätten mir gleich mitteilen sollen, dass mein Bruder einen Bastard hat!«

Darauf wusste Cahill zunächst keine Entgegnung, denn sein Herr hatte ja recht.

»Weiß er, wer er ist?«, fragte Henry, während er zornig die Fäuste ballte.

Cahill schüttelte den Kopf. »Nein, ich denke nicht. Sonst hätte er sich wohl kaum mit Ihrer Tochter eingelassen. Immerhin sind sie Cousins ersten Grades. So verderbt sind hier nicht mal die Wilden.«

Henry, dem jetzt erst die Tragweite des Geschehens klarzuwerden schien, sank auf seinen Schreibtischstuhl zurück.

Seine Schwäche gab Cahill wieder etwas mehr Mut.

»Ich habe wirklich nicht damit gerechnet, dass er und Ihre Tochter ... Immerhin war Miss Grace eine echte Lady, und der junge Stockton hat ihr den Hof gemacht. Nichts deutete darauf hin, dass sie und er ...«

Doch, im Nachhinein deutete sehr viel darauf hin. Die Blicke, Vikramas feines Lächeln, wenn er sie sah, ihr Gesicht am Fenster ...

Genauso schien es auch Graces Vater zu sehen.

Unvermittelt sprang er auf, stürmte um den Schreibtisch herum und packte Cahill am Kragen.

»Sie hätten besser auf diesen Kerl achtgeben müssen. Nein, Sie hätten ihn rauswerfen müssen, und zwar gleich, nachdem Sie erfahren haben, wer er ist!«

»Aber Ihr Bruder ...«

»Mein Bruder war anscheinend noch ein viel größerer Mistkerl, als ich dachte! Niemals hätte er sich mit diesem Weib einlassen sollen. Nur gut, dass sie ihrem Bastard nichts von seinem Vater erzählt hat!«

Für einen Moment schien Zweifel in ihm aufzuflammen. Und wenn sie ihm doch was erzählt hat? Doch dann vertrieb er den Gedanken mit einem Kopfschütteln wieder, denn er erschien ihm offenbar als zu grausam.

Allerdings sah er nur eine einzige Lösung für dieses Problem. »Wenn er die Stirn hat, sich hier noch einmal blicken zu lassen, werden Sie dafür sorgen, dass der Kerl verschwindet, und zwar ein für alle Mal!«

»Sie meinen, ich soll ...« Cahill stockte der Atem.

»Sie werden es tun!«, schnarrte Henry ihn an, dann setzte er ein böses Lächeln auf. »Dafür, dass Sie die Information so lange vor mir verborgen haben! Sie werden die Spuren aus der Welt schaffen, und zwar alle. Dann werde ich vielleicht darüber hinwegsehen, dass Sie mich hintergangen haben, und Sie auf der Plantage belassen. Anderenfalls können Sie und Ihre Familie die Koffer packen.«

Als Tremayne ihn losließ, war es, als sei ein Blitz in seinen Körper gefahren. Minutenlang konnte er sich nicht rühren. Und auch seinen Blick nicht von dem Mann abwenden, der vor Zorn kochte, weil ihm eines der liebsten Dinge genommen wurde.

Was würdest du tun, wenn es deine Megan gewesen wäre?, ging es ihm durch den Kopf. Die Antwort kam prompt: Ich würde diesen Kerl umbringen. Und damit war sein weiterer Weg klar.

Tage- und nächtelang hatte Cahill darüber gegrübelt, wie er Vikrama in einen Hinterhalt locken sollte. Der gescheiterte Versuch, ihn zu verprügeln, machte den Advokaten vorsichtig. Der Junge ist ein geübter Kämpfer, gegen den du keine Chance hast. Um dich umzubringen, braucht er nicht einmal eines seiner Messer.

Doch bevor er ihn überhaupt stellen konnte, musste er wieder auftauchen. Tremaynes sowie Stocktons Männer suchten noch immer vergeblich nach ihm.

Dann lächelte ihm das Schicksal zum ersten Mal nach vielen Wochen wieder zu. Als er, wie so oft in der vergangenen Zeit, schlaflos vor dem Fenster seines Arbeitszimmers saß, erblickte er eine Gestalt, die durch den Garten huschte. Anhand seiner Bewegungen erkannte er ihn sofort. Doch was wollte Vikrama hier? Grace war jetzt schon bald einen Monat fort, und der Herr hatte ihm ausdrücklich verboten, sich hier sehen zu lassen. Machte er sich jetzt an das andere Mädchen heran?

Kurz entschlossen zog er seine Hose über das Nachthemd, öffnete dann die Schublade seines Schreibtisches. Das Metall des Revolvers funkelte ihn böse an. Ein Schuss würde sicher meilenweit zu hören sein. Doch eine andere Möglichkeit, den Burschen zu überrumpeln, gab es nicht. Selbst mit einem Messer würde er ihm wahrscheinlich unterlegen sein. Nachdem er die Waffe in seinem Hosenbund verstaut hatte, verließ er das Haus. Wie ruhig die Plantage wirkte! Nur das Rascheln des Bambus und das Rauschen der Bäume lag wie Feengeflüster in der Luft.

Gerade noch so konnte er Vikrama ausmachen, der ganz offensichtlich auf dem Weg zum Herrenhaus war. Der Bursche hat Nerven, dachte Cahill beinahe bewundernd. Er selbst hätte sich nach der Prügelei nicht mehr hierhergewagt.

Im Schutz der Baumschatten und Hecken folgte ihm der Advokat. Die Fenster des Hauses waren allesamt dunkel, wie tote Augen blickten sie auf das Rondell und den Brunnen, dessen Spiegel jetzt, da die Fontäne nicht mehr arbeitete, beinahe glatt war.

Bei allem Mut, den er an den Tag legte, wagte Vikrama es nicht, durch die Haustür zu gehen. Vom Schlagschatten geschützt umrundete er das Gebäude und entschwand Cahills Blicken.

Was hatte er nur vor?

Als er um die Hausecke spähte, sah er Vikrama vor einem offenstehenden Fenster. Eine schlanke Mädchenhand erschien, um etwas von ihm anzunehmen. Ein längliches, in ein Tuch eingeschlagenes Päckchen. Er wechselte mit ihr ein paar Worte, die Cahill nicht verstand, dann zog er sich zurück. Die Hand des Advokaten legte sich auf den Revolver. Noch nicht. Als Vikrama sich umwandte, duckte er sich rasch in den Schatten. Er kam zurück. Während sich die Schritte näherten, verbarg sich Cahill hinter einem der üppigen Rhododendron-Büsche und wartete. Kehrte er jetzt wieder in sein Quartier zurück? Cahill blickte sich zum Haus um. Wie standen die Chancen, dass ein Schuss sämtliche Bewohner und Plantagenarbeiter weckte?

Bevor er eine Antwort finden konnte, verschwand Vikrama im Buschwerk. Das war nicht der Weg zu den Quartieren. Wo wollte er hin?

Als Cahill sich sicher war, dass Vikrama ihn nicht sehen konnte, erhob sich der Advokat aus dem Gebüsch und folgte ihm.

Als er selbst in das Gestrüpp eintauchte und den Schritten lauschte, wurde ihm plötzlich klar, wohin der Bursche wollte. In die Plantage. Vielleicht zu dem Ort, an dem er Miss Grace verführt hatte?

Der Gedanke an den nackten Leib des Mädchens und an das, was die beiden getrieben hatten, ließ Cahills Mund trocken werden. Wie gern wäre er an der Stelle dieses Bastards da vorn gewesen!

Dann rief er sich wieder zur Ordnung. Er brauchte einen klaren Kopf, um sein Vorhaben in die Tat umzusetzen.

Also drängte er alle sündigen Gedanken beiseite und konzentrierte sich nur darauf, möglichst wenige Geräusche zu machen. Vikrama schien keinen Argwohn zu hegen. Die Teeplantage, die seit seiner Kindheit sein Zuhause war, schien ihm Sicherheit zu geben. Beinahe hätte Cahill bitter aufgelacht. Er spürt nicht, dass ihm der Tod folgt. Oder doch? Ahnte er etwas?

Eine plötzlich durch seinen Körper ziehende Hitzewelle überzog seinen gesamten Körper mit Schweiß. Es war wie damals, als er seinem Herrn den Berg hinauf gefolgt war, in der Überzeugung, Vannattuppūcci damit zu retten. Wenn

Master Richard nicht vorgehabt hätte, sich seinem Sohn zu offenbaren und ihm die Leitung der Plantage zu übertragen – einem Halbwilden, dachte Cahill noch immer entsetzt –, hätte er noch leben können.

Cahill hatte es als seine Pflicht angesehen, die Plantage nicht in die Hände eines Tamilen gelangen zu lassen. Alles Reden hatte dabei nichts genützt. Nachdem er ihn auf dem Adams Peak eingeholt hatte, waren sie in Streit geraten, der damit endete, dass Master Richard in einen Abgrund stürzte.

Cahill hatte wieder den zerschmetterten Körper vor Augen, doch in der Überzeugung, dass nur der Tod Master Richard davon abhalten konnte, eine große Dummheit zu begehen, hatte er keine Anstalten gemacht, um den Abgestürzten zu retten. Letztlich, hatte er sich eingeredet, war das das Glück der Plantage gewesen – und ihre Rettung, denn wer hätte mit einer Plantage handeln wollen, die in der Hand eines Eingeborenen war?

Jetzt war es ähnlich, wieder würde er der Retter sein, indem er den Beweis von Richard Tremaynes Untreue und seinen rechtmäßigen Erben auslöschte. Grace konnte er damit nicht mehr helfen, aber vielleicht Vannattuppūcci.

So leise wie möglich zog er den Hahn des Revolvers zurück.

Ob ich diesem Mischling sage, dass er seine Cousine geschwängert hat? Dass er der Bastard von Richard Tremayne ist?

Nein, das könnte er dazu nutzen, mich ähnlich schlimm zusammenzuschlagen wie Tremaynes Leute.

Er atmete tief durch und zog den Abzugshahn.

Das Krachen hallte wie Donner von den Bergen wider. Wer mochte den Schuss gehört haben? Einen bangen Augenblick lang sah Cahill seinen Kopf schon in der Schlinge stecken, doch dann fiel ihm ein, dass er hier im Auftrag seines Herrn handelte. Dass dieser ihm dankbar sein würde für die Tat, die seine Männer fürs Grobe nicht zustande gebracht hatten.

Der Schuss fällte Vikrama wie einen Baum. Mit einem unter dem Schussecho kaum wahrnehmbaren Stöhnen brach er zusammen.

Cahill starrte ihn ungläubig, ja beinahe geschockt an. Dann besann er sich darauf, dass er den Leichnam wegschaffen musste. Weit weg, so dass niemand ihn finden konnte. Die Verzweiflung, die Angst vor Strafe ließ ihn schnell einen Weg finden.

Er brauchte einen Spaten. Und er wusste auch, wo er ihn finden konnte.

Mit rasendem Herzen rannte er zurück zum Haus. Niemanden hatte der Schuss geweckt. Die Fenster des Herrenhauses waren allesamt dunkel.

Auf einmal erschien ihm das Teefeld feindselig, die Schatten ringsherum wisperten Vorwürfe in sein Ohr, und der Wind sang ein Klagelied für das Leben, das hier genommen worden war. Der sauber ausgegrabene Teebusch wirkte wie ein Wächter, der nicht vorhatte, sein Amt gut zu verrichten.

Es war eine Sache, einen Menschen zu töten, und eine andere, die Leiche beiseitezuschaffen. Auch wenn er den Leichnam in ein Tuch eingewickelt hatte, schienen ihn seine Augen zu verfolgen.

Nun schuftete Cahill unter der Beobachtung des Toten und meinte, seine Stimme wispern zu hören. Du hast mir meinen Vater genommen, meine Liebe, mein Leben. Kannst du dir vorstellen, welche Strafe darauf steht?

»Keine Strafe«, murmelte Cahill vor sich hin. »Niemand wird es wissen. Alle werden die Geschichte glauben, die dein Herr verbreitet.«

Nachdem die Grube tief genug war, richtete er sich auf

und löste das Hemd von seiner Haut, das durch den Schweiß angeklebt war. Angenehme Kühle strich über seinen Rücken.

Es ist gleich vollbracht. Mach dir keine Sorgen. Morgen wird dein Herr dich dafür belohnen. Er packte den Toten bei den Beinen und zerrte ihn an den Rand des Lochs. Dabei löste sich das Tuch, das er über ihn geschlagen hatte. Die toten Augen starrten ihn jetzt offen an. Für einen Moment war es ihm, als hätte er wieder Richard Tremayne vor sich, zerschmettert auf einem Felsen. Vom Grauen gepackt, versetzte er dem jungen Mann einen Tritt, der ihn in die Grube beförderte. Durch das dumpfe Fallgeräusch meinte er ein Stöhnen zu vernehmen. Lebte er etwa noch?

Furcht wallte in Cahill auf. Noch einen Schuss wollte er aber nicht riskieren.

Wenn die Erde erst einmal auf ihm liegt, wird ihm das Stöhnen schon vergehen. Rasch machte er sich an die Arbeit und schaufelte fieberhaft den Sand in die Grube zurück.

In dieser Nacht begann es. Die Stimme des Toten, seine Anklagen und seine Drohungen kehrten zurück, als er sich zu seiner Frau ins Bett legte. Diese schlief schon seit langem, und da er Angst vor ihren Fragen hatte, verzichtete er darauf, sie zu wecken und zu fragen, ob sie es auch hörte.

Als Cahill die Augen schloss, sah er das Gesicht Vikramas wieder deutlich vor sich. Die Überraschung, als ihn die Kugel getroffen hatte, das ersterbende Licht in seinen Augen. Und er sah auch Richard Tremayne wieder. Überrascht und vorwurfsvoll, bevor er in den Abgrund stürzte.

Ich habe es tun müssen, wisperte er leise vor sich hin. Versteht ihr denn nicht? Ich musste es tun.

Doch die Stimmen ließen nicht von ihm ab. Flüsterten

ihm Dinge zu, die er nicht hören wollte, geheime Begierden, schwarze Flecken auf seiner Seele, dunkle Erinnerungen. Die ganze Nacht lang hielten sie ihn wach, bis schließlich der Morgen anbrach und es Zeit wurde, seinem Herrn mitzuteilen, was geschehen war. Gewiss hatte er den Schuss in der Nacht gehört, und vielleicht ahnte er bereits, dass es das Problem nicht mehr gab.

Als er Stunden später im Arbeitszimmer seines Herrn saß, waren die Stimmen etwas leiser, so als wollten sie hören, was Tremayne dazu zu sagen hatte. Unterschwellig forderten sie ihn auf, auch den Mord an dessen Bruder zu gestehen, ein Mord begangen aus der tiefsten Überzeugung, dass es nicht gut sein würde, wenn Richards Sohn eines Tages das Ruder übernahm. Die Plantage musste in englischer Hand bleiben. Sie musste es einfach, weil es in Cahills Weltordnung keine Alternative gab.

»Ich nehme an, die Sache ist erledigt«, sagte Henry, ohne sich vom Fenster, vor dem er stand, abzuwenden. Heute wirkte er wesentlich ruhiger, gefasster. So als sei eine Last von seiner Schulter genommen. Dadurch, dass der Geliebte seiner Tochter fort war, konnte er sich einreden, dass alles in Ordnung war. Grace würde ihr Kind in England bekommen, versteckt vor aller Welt. Vielleicht konnte man das Kleine in die Obhut einer Kinderfrau geben und leugnen, dass es von ihrer Tochter stammte. Alles war möglich, wenn Grace erst einmal in England angekommen war.

»Ja, es ist erledigt.« Cahill zog ein Taschentuch aus seiner Jacke, wischte sich damit über die schweißbedeckte Stirn. »Ich habe ihn im neuen Teefeld verscharrt. War leichter, als ich gedacht habe.« Sein unsicheres Lachen echote verzerrt durch seinen Kopf.

»Und niemand hat Sie dabei beobachtet?«

»Niemand, Sir. Ich hatte erwartet, dass der Schuss wecken würde, doch das war nicht der Fall.«

Tremayne nickte zufrieden. »Gute Arbeit, Mr Cahill. Inzwischen wird meine Tochter in England angekommen sein. Wir werden schon eine Lösung finden, und Sie können sich als Verwalter wieder eingesetzt betrachten.«

»Vielen Dank, Sir, Sie sind zu gütig.«

Cahill ahnte nicht, dass er seine zurückgewonnene Stellung nicht lange würde genießen können. Schon zwei Wochen später verlor er den Kampf gegen die Stimmen in seinem Kopf. Da half es auch nicht, dass er sein schlechtes Gewissen, seine furchtbare Tat auf Papier gebannt hatte. Für die Geister der Toten war das nicht Entschädigung genug.

Nachdem er schreiend und nackt auf den Hof gelaufen war und damit den Teepflückerinnen sowie der gnädigen Frau einen gehörigen Schrecken eingejagt hatte, wies man ihn, nach gründlicher Untersuchung durch Dr. Desmond, in die Irrenanstalt von Colombo ein. Gefangen in einer Zwangsjacke, in einem dunklen Loch, durch das kaum Licht fiel, war Cahill den Vorwürfen und Beschimpfungen seiner Opfer hilflos ausgeliefert. Regelmäßige Morphium-Injektionen, die als Arznei dagegen gedacht waren, verstärkten die Stimmen noch, so dass ihm nichts weiter übrigblieb, als sich auszuliefern und seinen Geist und sein Wesen vollkommen aufzugeben.

18

VANNATTUPPŪCCI TEA COMPANY, 2008

Ein wenig verschlafen blickte Diana in den Spiegel. Cahills Aufzeichnungen hatten beinahe ihre gesamte Nacht verschlungen, und obwohl es ihr gelungen war, ein paar Stunden zu schlafen, fühlte sie sich wie erschlagen von der Aufdeckung des Verbrechens, das niemand mehr sühnen konnte.

Während des Lesens war sie aufgrund der schreienden Ungerechtigkeit in Tränen ausgebrochen, doch Jonathan war da gewesen, hatte sie aufgefangen und gewiegt, hatte ihr die Kraft gegeben, weiterzulesen.

Sie empfand es als gerecht, dass das schlechte Gewissen Cahill in den Wahnsinn getrieben hatte. Zu gern hätte sie Henry dasselbe gewünscht, doch er war, auch wenn er es nicht mehr mitbekommen hatte, auf andere Weise gestraft worden. Nach und nach war sein über Jahrhunderte gepflegter Familienstammbaum verödet, sein Name mit den beiden Töchtern verschwunden, und letztlich gab es nur noch Nachkommen von dem Zweig, den er am liebsten ausgemerzt hätte. Offenbar gab es auf der Welt doch so etwas wie Karma.

Beim Frühstück trafen sie auf Manderley, der sie beinahe abwartend ansah, aber zu schüchtern war, ihr gleich die Frage zu stellen, die ihm am meisten auf der Seele brannte.

»Haben Sie gut geschlafen?«

Diana schüttelte lächelnd den Kopf. »Nein, aber das ist nicht schlimm. Ich bin von Ihrem Fundstück wach gehalten worden und weiß nun, was mit meiner Ururgroßmutter passiert ist.«

»Aha …« Nervös knetete der Verwalter seine Hände. Der sonst so selbstsicher wirkende Mann erschien Diana auf einmal wie ein Junge, der eine Strafe erwartete.

»Es ist wirklich starker Tobak, der sich unter den Buchdeckeln verbirgt.« Auch wenn er nicht fragte, spürte Diana doch, dass er gern wissen wollte, was sein Ahne angestellt hatte.

»Er hat meinen Ururgroßvater getötet und unter dem Teefeld verscharrt«, offenbarte sie ihm. »Danach haben ihn Stimmen heimgesucht, die schließlich zu seiner Einlieferung ins Colombo Asylum führten. Jene Irrenanstalt, die in meinem alten Stadtführer als Sehenswürdigkeit aufgeführt war.«

»Die Menschen hatten früher eben ein wenig andere Ansichten«, entgegnete Manderley verlegen, aber auch ein bisschen erleichtert. »Ich habe mir schon gedacht, dass mein Vorfahr einen Mord begangen hat, anderenfalls hätte man ihn nicht verschweigen müssen. Stellen Sie sich vor, in unserer alten Familienbibel ist sein Name durchgestrichen. Irgendwer muss das Geständnis gelesen haben, vielleicht sogar seine eigene Frau, doch dann war es schon zu spät für eine Verfolgung. Wenn ich mich richtig erinnere, starb Cahill zwei Monate nach Einlieferung ins Irrenhaus, indem er seine eigene Zunge verschluckte.«

»Schrecklich«, raunte Diana, während sie sich vorzustellen versuchte, wie die letzten Stunden dieses Mannes ausgesehen haben mochten. Gutmütig, wie Grace war, hätte sie ihm solch ein Schicksal nicht gegönnt. Oder etwa doch?

»Es tut mir leid wegen Ihrer Vorfahren«, sagte Manderley betreten. »Ich wusste schon immer, dass es einen dunklen Schatten auf unserer Familie gibt. Einen Grund, warum wir nicht von hier loskommen.«

»Das muss es nicht. Es ist lange her, und Ihre Familie hat nichts mit den Taten Ihres Vorfahren zu tun. Und sollte es doch einen Schatten geben, so ist er jetzt vergangen, denn Sie haben Licht auf die Geschehnisse von damals geworfen.«

Manderley nickte, dann wandte er sich dem kochenden Teewasser zu.

Mit dem guten Gefühl, keine weiteren Informationen mehr zu benötigen, um das Geschehen zu rekonstruieren, packte Diana am Nachmittag ihre Tasche, dann griff sie nach dem Brief. Eigentlich erwartete sie von ihm keine große Überraschung mehr, dennoch trug sie ihn in Jonathans Zimmer, weil damit der letzte Stein ins Mosaik gerückt werden konnte.

»Es ist so weit«, verkündete sie ihm, als er von seinem Gepäck aufsah. »Wir nehmen Abschied von Vannattuppūcci, also können wir ihn öffnen.«

Jonathan nahm sie bei der Hand und zog sie mit sich auf die Bettkante.

Nachdem sie tief durchgeatmet hatte, brach Diana das Siegel und zog die beiden Briefbögen heraus.

Mein sehr verehrtes Haus,

zwanzig Jahre sind vergangen, seit unsere Familie nach Vannattuppūcci kam, Deine Räume in Beschlag nahm und versuchte, sie mit Leben zu füllen. Nun werde ich diesen Ort für immer verlassen, als glückliche Frau und Mutter meiner kleinen Deidre, die mittlerweile schon 12 Jahre alt ist. Jemand muss sich um Tremayne House kümmern, bevor es gänzlich verfällt. Da meine Schwester Grace von meinem Vater aus der Erbfolge gestrichen wurde, sehe ich mich gezwungen, mit Noel und Deidre nach England zurückzukehren und die dortigen Pflichten zu übernehmen.

Doch bevor ich gehe, gibt es etwas, das ich mir von der Seele schreiben muss. Etwas, das eigentlich niemals herauskommen sollte und das ich nur Dir anvertrauen kann. Ich möchte es nicht mit nach England nehmen und stattdessen hier lassen, an dem Ort, an dem ich Schuld auf mich geladen habe.

Manchmal verfolgen mich die Bilder von damals, als seien sie erst gestern geschehen. Hin und wieder meine ich, Graces Stimme zu hören oder sie durch den Park wandeln zu sehen. Dann kommen mir die Tränen, denn die Erinnerung an unsere glücklichen Tage schmerzt einfach zu sehr.

Alles wurde anders an dem Tag, als Grace zusammenbrach und der Arzt feststellte, dass sie schwanger sei. Die Identität des Vaters bereitete meinen Eltern großes Kopfzerbrechen, denn Grace schwieg und blickte einfach nur mit leerem Blick zur Decke, wenn sie gefragt wurde.

Doch alle Wahrheit bahnt sich irgendwann ihren Weg.

Es ging das Gerücht, dass Miss Giles meinem Vater Graces geheime Aufzeichnungen zugespielt haben soll, nachdem sie sie bei mir fand. Doch das stimmt so nicht. Zur Entlastung ihrer armen Seele gestehe ich, das Heft meinem Vater persönlich zugespielt zu haben. Ich wollte Grace damit nicht schaden, vielmehr sollte es Papa zeigen, was sie zu diesem Schritt, zu ihrer Liebe bewogen hat, von der ich schon seit einiger Zeit wusste.

Ich hoffte, dass er verstehen würde, dass er Milde walten lassen würde, wo er doch so zornig war, dass Grace ihm den Vater ihres Kindes verschwieg.

Doch letztlich war meine gut gemeinte Tat der Auslöser des Unglücks gewesen. Alles war in die Brüche gegangen, und ich habe meine Schwester wahrscheinlich für immer verloren.

Auf den Brief, in dem ich ihr mitgeteilt habe, dass Vikrama zu ihr kommen würde, hat sie ebenso wenig geantwortet wie auf alle anderen Briefe, in denen ich um Verzeihung gebeten und meine

Hilfe angeboten habe. Ich habe sie in einer kleinen deutschen Stadt ausfindig gemacht und erfahren, dass sie inzwischen geheiratet und eine kleine Tochter bekommen hat. Doch auf meine Briefe antwortet sie noch immer nicht. Wenn sie denn überhaupt erfahren hat, dass Vikrama zu ihr kommen wollte …

Was das betrifft, so werde ich ihr wohl nie eine Antwort geben können, denn der schöne Tamile ist von einem Tag auf den anderen spurlos verschwunden. Ich nehme an, dass er nicht mehr am Leben ist, denn plötzlich wurde die Suche nach ihm eingestellt und Ruhe kehrte in Nuwara Eliya ein. Wahrscheinlich hat einer von Stocktons Bluthunden ihn gestellt und verschwinden lassen. Kein noch so großer Optimismus will mir eine bessere Erklärung liefern.

Nun, es ist so weit, die Kutsche fährt vor. Ich übergebe diesen Brief nun dem Ort, an dem Grace immer nach ihrem Liebsten Ausschau gehalten hat und den ich als Erinnerung mit dem Zeichen unserer Plantage versehen habe, dem Schmetterling. Der kostbare Vorhang, der unser Zimmer schmückte, ist größtenteils verschlissen, doch ein Stück ist davon geblieben. Als Schal soll es mich an die Zeit hier erinnern.

Leb wohl, Vannattuppūcci, Du wirst mir fehlen!

In Liebe
Victoria Princeton, geb. Tremayne

Stille umfing sie, als Diana den Brief beendet hatte. Weder sie noch Jonathan konnten etwas sagen. Während sie nebeneinander auf dem Bett saßen, lauschten sie dem Rauschen der Bäume, das wie ein fernes Flüstern der Vergangenheit wirkte.

»Dann hat Victoria also ihre Schwester verraten«, brach Jonathan schließlich den Bann.

Diana nickte. »Könnte man so sagen. Das war wohl die

Schuld, die sie abtragen wollte. Die Schuld, um die Grace nicht wusste.«

Jonathan legte den Arm um sie. »Damit solltest du alles beisammenhaben. Das Rätsel ist gelöst.«

»Nicht ganz«, hielt Diana dagegen. »Wir haben immer noch das Palmblatt. Obwohl ich mir nicht mehr sicher bin, ob ich den Inhalt des Palmblattes wirklich wissen will. Bei all dem, was ich über meine Familiengeschichte erfahren habe, was soll da noch eine Prophezeiung?«

»Du könntest nachprüfen, ob sie stimmte. Für den Fall, dass du dir selbst ein derartiges Horoskop erstellen lassen willst.«

Diana schmiegte sich an seinen Arm. »Will ich denn meine Zukunft wirklich kennen? Wissen, wann ich scheitern und wann ich Erfolg haben werde? Wovon sollte ich mich noch überraschen lassen?«

»Ich glaube, dass diese Horoskope nur Hinweise für das Leben sind«, entgegnete Jonathan. »Wege der Menschen können sich ändern. Besonders dann, wenn sie wissen, an welcher Stelle sie einen Fehler machen.«

»Aber glaubst du nicht, dass man sein Schicksal gerade dadurch erfüllt, indem man es zu verhindern sucht?«

»Das ist ein Argument.« Er strich mit der Wange über ihr Haar. »Weißt du, irgendwie gefällt es mir, dass wir mehr gemeinsam haben, als wir zunächst dachten.«

»Unser tamilisches Erbe.«

»Richtig. Vielleicht kannte einer meiner Vorfahren sogar deine Vorfahren. Immerhin stammen die indischen Tamilen, die von den Briten mitgebracht wurden, aus einer Region. Sie waren vielleicht auf demselben Schiff.«

»Na hoffentlich sind wir nicht auch noch miteinander verwandt wie Grace und Vikrama.« Diese Erkenntnis erregte noch immer Unwohlsein. In Königshäusern mochten Cousins sämtlicher Grade miteinander verheiratet worden sein, Diana selbst bereitete die Vorstellung, innerhalb der Familie heiraten zu müssen, Unbehagen.

»Nein, das sind wir ganz sicher nicht.« Jonathan nahm ihre Hand und küsste sie.

Eine Stunde später verließen Diana und Jonathan Vannattuppūcci, nachdem sie Manderley gedankt und ihm versprochen hatten, ihm eine Zusammenfassung der Ereignisse für die Chronik zu schicken.

Der Fahrer stand überpünktlich vor dem Tor und brachte sie in rasanter Fahrt durch den Busch zu der kleinen Bahnstation, an der sie vor etwas mehr als einer Woche angekommen waren.

Während der überfüllte Zug in Richtung Colombo rumpelte, betrachtete Diana etwas wehmütig die Berge von Nuwara Eliya. Jetzt, wo sie wusste, dass hier ein Teil ihrer Wurzeln lag, fiel es ihr schwer, einfach zu gehen. Ich komme wieder, versprach sie in Gedanken. Irgendwann.

Wieder im Dorf angekommen, stießen sie diesmal auf keine Feierlichkeit. Still reihten sich die Hütten am Strand auf. Lediglich ein paar Kinder tummelten sich im Sand und rannten laut kreischend einem kleinen, hellbraunen Hund nach, der mit heraushängender Zunge seinen Verfolgern zu entkommen versuchte.

»Ob Mr Vijita zurück ist?«, fragte Diana ein wenig beklommen, während sie die Schachtel aus dem Rucksack zog. Als sie sie öffnete, prickelte es in ihren Handflächen. Was konnte dieses Palmblatt ihr noch erzählen?

Zum Beispiel, ob es Graces oder Vikramas Vorhersage war. Und ob sie so eingetroffen war, wie es vor tausend Jahren niedergeschrieben worden war.

Jonathan hörte sich kurz im Dorf um und kam dann zu ihr gelaufen.

»Wir haben Glück, er ist wieder da. Nicht hundertprozentig genesen, doch sein Sohn meint, wir können mit ihm sprechen.«

Die Hütte des Alten war sehr ordentlich, doch mit westlichen Augen betrachtet ein Elendsquartier. Es gab ein einfaches Bett, einen kleinen Tisch, dessen Beine etwas schräg standen, zwei Stühle, die nicht viel besser aussahen, und eine Kommode, in der der alte Mann wahrscheinlich sein ganzes Hab und Gut aufbewahrte, das aus ein paar Kleidungsstücken und Erinnerungen bestand.

Er selbst saß auf dem Bett, als sie eintraten, gekleidet in ein Hemd und einen traditionellen Sarong, die Füße steckten in Sandalen. Mit einem zahnlosen Lächeln begrüßte er seine Gäste, betrachtete Diana genau und bedeutete ihnen dann, Platz zu nehmen.

Da der Mann nur Tamil und Singhalesisch sprach, führte Jonathan die Unterhaltung und reichte ihm dann auch das Blatt. Der alte Mann betrachtete es mit in Falten gelegter Stirn, dann gab er ein paar schnelle Worte von sich.

»Was meint er?«, flüsterte Diana. »Kann er etwas damit anfangen?«

»Ich denke schon«, entgegnete Jonathan in gedämpftem Tonfall. »Er meint, dein Palmblatt stammt nicht aus einer Bibliothek.«

»Nicht?« Diana zog die Augenbrauen hoch. »Aber …«

»Er sagt, dass dieses Horoskop für eine Hochzeit erstellt wurde. Es ist Brauch, die Horoskope von Braut und Bräutigam zu vergleichen, bevor sie sich vermählen. Das soll unglückliche Verbindungen ausschließen.«

Wieder sagte der Alte etwas in seinem typischen Stakkato. Jonathan antwortete, dann schienen die beiden eine Weile zu diskutieren. Vielleicht hätte ich mir ein paar Worte von ihm beibringen lassen sollen, ging es Diana durch den Kopf. Wie Grace es getan hatte.

Schließlich erklärte Jonathan ihr: »Er ist sich ganz sicher, das Palmblatt ist ein Hochzeitshoroskop.«

»Aber Grace hat doch von einem Palmblatt gesprochen, das ihrer Familie Unglück prophezeit hatte.«

»Dann muss das eines gewesen sein, das nur als Abschrift existierte. Da Palmblätter von den Tamilen schon immer als Schreibpapier verwendet wurden, wurde auch die Vorhersage für R. Vikrama auf einem Palmblatt niedergeschrieben.«

»Es ist Vikramas Hochzeitshoroskop?«

»Ja, das ist es. Wahrscheinlich wollte er es mitnehmen, um Grace in England zu heiraten. Wenn sich Mr Vijita nicht irrt, ist dieses Blatt höchstens hundertzwanzig Jahre alt.«

Das Erste, was Diana dazu in den Sinn schoss, war, dass Michael sich über die Ergebnisse der Altersanalyse sicher kräftig gewundert hatte. Erst jetzt fiel ihr auf, dass sie seit Beginn ihrer Arbeit im Archiv von Vannattuppūcci nicht mehr ihre Mails gecheckt hatte.

»Schade«, sagte sie ein wenig geknickt. »Schade, dass Vikrama nicht mehr dazu gekommen ist, sie zu heiraten.«

»Ja, das ist es wirklich.« Jonathan überlegte eine Weile, dann lächelte er. »Aber andererseits bin ich froh, dass die Dinge so gekommen sind, wie sie sind.«

»Warum?«

»Wenn Vikrama deine Ahnin wirklich geheiratet hätte, wie wäre dann euer Leben verlaufen? Du wärst mir bestimmt nicht über den Weg gelaufen, weil du nach deiner Familiengeschichte suchst. Und das wäre verdammt schade gewesen.«

Nur einen Tag später, nach einem kurzen Aufenthalt in Jonathans Wohnung, ging Dianas Flieger. Jonathan ließ es sich nicht nehmen, sie zu begleiten, um noch ein paar Stunden mit ihr zu haben. Sie hatten in der vergangenen Nacht viel geredet, über Vergangenheit, Gegenwart und Zukunft.

Diana hatte sich schwindelig gefühlt, aber auch glücklich. Endlich war das Rätsel der Tremaynes gelöst. Sie hatte Emmelys Wunsch erfüllt und konnte nun weitergehen, mit dem Wissen über ihre ungewöhnliche Herkunft.

Die Stunde des Abschieds zerriss ihr fast das Herz.

»Ich werde dich so sehr vermissen. Dich und Sri Lanka.«

»Deine Heimat, wenn man so will.«

»Ja, meine Heimat, jedenfalls zu einem kleinen Teil.«

»Wir werden uns wiedersehen«, sagte Jonathan und küsste sie leidenschaftlich. »Ordne du dein Leben, und ich werde sehen, dass ich mein Buch fertigbekomme. Dann schauen wir, was aus uns wird.«

Noch einen Moment hielten sie sich, dann musste Diana los. Hinter der Absperrung winkte sie ihm noch einmal zu, dann wandte sie sich um, damit er ihre Tränen nicht sah.

Während des Fluges sah Diana noch einmal alle Unterlagen durch, die sie gesammelt hatte und dank Mr Manderley als Fotokopie besaß. Mr Green würde Augen machen!

Als der Flieger in Berlin aufsetzte, hatte sie einen Entschluss gefasst. Sie würde für eine Weile nach England gehen und dort nicht nur die Fakten ihrer Familiengeschichte ordnen, sondern auch versuchen, sich auf englisches Recht zu spezialisieren. Dass Eva das Büro in Berlin hervorragend führen konnte, hatte sie während ihrer kleinen Auszeit bewiesen. Nachdem der Vorhang der Geheimnisse ein Stück weit geöffnet war, wurde es Zeit, ein neues Leben anzufangen.

Glücklicherweise war Philipp nicht da, als sie nach Hause kam. Versonnen blickte sie an der Fassade des Gebäudes hoch, eine Fassade, die den Untergang ihrer Ehe gut versteckt hatte. Doch damit war jetzt Schluss. Obwohl ihr Herzblut in dem Haus steckte, wollte sie sich keinen Augenblick länger als nötig hier aufhalten. Sie hatte in den vergangenen beiden Wochen so viel Licht in die Schatten ihrer Familie gebracht, dass sie selbst auch nicht im Schatten verbleiben wollte.

Sie telefonierte also mit einem Kommilitonen, der sich auf Familienrecht spezialisiert hatte, und bat um einen Termin, den er glücklicherweise schon am nächsten Tag hatte. Dann meldete sie sich bei Eva und kündigte ihr Kommen für den Nachmittag an.

Als sie durch die Schlafzimmertür trat, um sich umzuziehen, stockte sie kurz. Auf der Bettdecke lag ein Höschen. Nichts Besonderes, ein normaler blassgrüner Slip mit Spitze, Größe S, schätzte Diana. Da es unwahrscheinlich war, dass Philipp zum Damenwäscheträger mutiert war, musste diese Trophäe wohl von seinem Mädchen stammen.

Hätte dieser Anblick sie noch vor Wochen zur Weißglut getrieben, lächelte sie jetzt nur, bestätigt in ihrem Vorhaben, und machte sich daran, ihren Kleiderschrank auszuräumen und die Stücke, die sie behalten wollte, in einen Koffer zu packen. Alles andere wanderte in einen großen Müllsack, den sie auf dem Weg zum Hotel in einem Rotkreuz-Container entsorgen wollte.

Nachdem sie Koffer und Kleidersack in ihrem Mini verstaut hatte, ging sie hinauf in ihr Arbeitszimmer. Philipp hatte ihr einige Briefe auf den Schreibtisch gelegt. Ein paar Rechnungen und Werbung, eine Ansichtskarte und ein Reiseangebot nach Indien. Diana ließ alles unbesehen in den Papierkorb wandern.

Froh darüber, nie eine Vorliebe für Nippes entwickelt zu haben, begann sie, zwei große Kisten, die sie sich aus irgendeinem Grund aufbewahrt hatte, mit Heftern, Büchern und Schreibutensilien zu füllen. Die Rechnungen packte sie ebenfalls ein, Philipp sollte sich nicht darüber beschweren, dass er irgendwas für sie bezahlen musste.

Zuletzt setzte sie sich an den Schreibtisch und verfasste einen Brief an Philipp, in dem sie ihm erklärte, dass es Zeit sei, eigene Wege zu gehen. Für sie und für ihn. Von ihrer Familiengeschichte erzählte sie ihm nichts, führte aber die aufgedeckten Geheimnisse als Grund für ihren Neuanfang an. Nachdem sie ihm noch viel Glück für sein weiteres Leben gewünscht hatte, schloss sie mit ihrer Unterschrift und schob den Brief in einen Umschlag, den sie in sein Arbeitszimmer legte.

Das Telefon klingelte in dem Augenblick, als sie die erste Kiste die Treppe hinunterschleppte.

Zunächst wollte sie es ignorieren, doch als es mit Nachdruck weiterklingelte, ging sie ran. Als sie Mr Green hörte, wusste sie, dass sie das Richtige getan hatte.

»Ich hoffe, Sie sind gut in Deutschland gelandet, Miss Diana.«

»Vielen Dank, Mr Green, sehr gut sogar. Wenn wir uns wiedersehen, habe ich Ihnen eine ganze Menge zu erzählen – und Sie haben mir etwas zu erklären.«

Auch wenn sie ihn nicht sehen konnte, wusste sie, dass er jetzt lächelte.

»Meine Tante hat Sie eingeweiht, stimmt's? Sie haben all die Hinweise so platziert, dass ich sie finde.«

»Wie sind Sie mir auf die Schliche gekommen?«

»Sie haben mir während meines Aufenthaltes im Hills Club Hotel ein Bild gemailt, das niemand aus meiner Familie kannte, es war immer ein großes Rätsel, wo sich das Grab von Grace befand. Irgendwer muss es Emmely zugespielt haben –

oder meine Großmutter hatte es in ihrer Tasche. Meine Mutter wusste nichts von dem Friedhof, auf dem Grace bestattet wurde, und Emmely hatte diesen Hinweis sicher gut verwahrt. Also hatte sie Sie eingeweiht.«

Schweigen. Sicher lächelte er noch immer.

»Ich muss schon sagen, der Brief unter dem Sarkophag war richtig gut platziert. Dennoch hatte ich Sie seitdem in Verdacht. Niemand lässt so einen Brief in einer Gruft liegen.«

»Ich gratuliere Ihnen, Miss Diana! Sie würden Sherlock Holmes alle Ehre machen.«

Diana lächelte, als ihr wieder einfiel, dass Jonathan sie einst so genannt hatte. Was er jetzt wohl machte? Ob er an sie dachte, sich nach ihr sehnte?

»Ich habe aber nicht nur angerufen, um mich nach Ihrem Befinden zu erkundigen. Hier ist soeben ein Gentleman angekommen, der Sie sprechen möchte. Ich habe ihm gesagt, dass Sie nicht da sind, aber er hat darauf bestanden, dass ich Sie anrufe, weil er Ihnen etwas Wichtiges zu sagen hat.«

Eine Ahnung erfasste Diana und ließ ihr Innerstes erzittern. »Vielen Dank, Mr Green. Geben Sie ihn mir bitte.«

Als sie Jonathans Stimme hörte, wurde ihr heiß und kalt zugleich. Was suchte er in England? Eigentlich wollte er doch sein Buch zu Ende schreiben!

»Ich muss schon sagen, dass dies ein prachtvolles Anwesen ist. Nach ein paar Renovierungen könnte man hier gut leben, schätze ich. Was meinst du dazu?«

Diana glaubte für einen kurzen Augenblick keine Luft zu bekommen. »Ich habe tatsächlich vor, für eine Weile nach England zu gehen. Das Büro hier läuft, und ich habe keine Lust, mich noch weiter mit Philipp auseinanderzusetzen. Er bekommt dieses Haus hier, und ich nehme Tremayne House.«

»Dann ist das mit der Scheidung also beschlossene Sache?«

»Für mich jedenfalls schon. Die entsprechenden Papiere werde ich noch heute zu meinem Anwalt geben.« Das Unterhöschen auf dem Bett verschwieg sie ihm. »Anschließend werde ich mit meiner Kanzleipartnerin sprechen. Ich weiß noch nicht genau, ob ich meine Anteile verkaufe oder als stille Teilhaberin verbleibe. Auf jeden Fall werde ich mich für ein Studium in England bewerben.«

»Du willst neu anfangen.«

Diana blickte versonnen auf den dünnen weißen Faden an ihrem Handgelenk, den sie als Glücksbringer auf der tamilischen Hochzeitsfeier erhalten hatte. Er hatte sämtlichen Beanspruchungen und Duschen getrotzt und schmiegte sich fest an ihre Haut. »Während der Zeit in Sri Lanka hatte ich das Gefühl, nicht nur auf der Suche nach unserem Familiengeheimnis, sondern auch nach mit selbst zu sein. Ich glaube, ich habe mich jetzt gefunden. Außerdem können Neuanfänge ziemlich spannend sein, findest du nicht?«

»Gehört zu deinem Neuanfang auch, dass du einen Mitbewohner in Tremayne House aufnehmen würdest?«

Jetzt pochte ihr Herz so laut, dass sie fürchtete, sich einen Tinnitus eingefangen zu haben.

»Was sagst du da?«

»Sagen wir es mal so, ich habe ebenfalls vor, eine Weile in England zu bleiben, denn mein Buch zu Ende schreiben kann ich auch hier – und gleichzeitig könnte ich es einem englischen Verlag anbieten. Wäre es möglich, dass ich eine Weile bei dir unterkomme?«

Es fiel Diana schwer, nicht einfach loszukreischen wie ein begeisterter Teenager. Sie biss sich kurz in den Handrücken, um sich wieder zur Vernunft zu bringen, dann antwortete sie: »Ich glaube schon, dass wir ein Zimmer frei haben. Ich werde Mr Green Bescheid sagen, dass er es herrichten soll.«

Drei Tage später holte Jonathan sie aus Heathrow ab. Inzwischen hatte Diana die wichtigsten Dinge geklärt und konnte nun voraus auf ihr neues Leben schauen.

»Du hast mir so gefehlt«, wisperte Diana in sein Ohr, nachdem sie sich leidenschaftlich geküsst hatten.

»Aber das waren doch nur ein paar Tage«, entgegnete er mit schelmischem Funkeln in den Augen.

»Eine Ewigkeit!«, entgegnete Diana, dann hakte sie sich bei ihm ein.

Später, als sie in der Küche saßen und Mr Green es sich nicht nehmen ließ, sie mit Tee und Gebäck zu verwöhnen, breiteten sie auf dem langen, von zahlreichen Messerschnitten verwundeten Holztisch das Ergebnis ihrer Forschungsarbeiten aus. »Setzen Sie sich doch, Mr Green«, sagte Diana, nachdem sie den Butler eine Weile beim Herumwuseln beobachtet hatte.

Er würde es natürlich nicht zugeben, dass er darauf brannte, alles zu erfahren. »Da Sie einen nicht unmaßgeblichen Anteil an der Geschichte haben, sollen Sie erfahren, was wir herausgefunden haben.«

Nachdem der Butler ihrer Aufforderung nachgekommen war, berichteten Diana und Jonathan abwechselnd von ihren Erkenntnissen, den erschreckenden wie den überraschenden. Mr Green lauschte dem mit gleichmütiger Miene, so als hätte er es schon seit langem gewusst, doch als die Sprache auf das Tagebuch des verrückten Mr Cahill kam, kerbte eine nachdenkliche Falte seine Stirn.

»Ich frage mich gerade, wie viel Mrs Woodhouse davon selbst wusste. Dass ihre Mutter bis zu ihrem zwölften Lebensjahr auf der Plantage gelebt hatte, war ihr bekannt. Als Mrs Woodhouse mich einweihte, sprach sie von einem Geheimnis um ihre Großtante Grace, einem Vorfall in Ceylon.«

Mr Green nahm einen Schluck aus seiner Teetasse. »Ich frage mich, ob Lady Deidre ihr Wissen bewusst größtenteils mit ins Grab genommen hat, denn ich glaube nicht, dass Lady Victoria gegenüber ihrer Tochter nichts von Grace und dem unehelichen Kind erwähnt hat.«

»Nicht jeder Mensch offenbart all sein Wissen, nicht einmal auf dem Sterbebett«, merkte Jonathan nachdenklich an. »Manchmal möchte er einfach nicht, dass gewisse Dinge ans Licht kommen, besonders, wenn sie für die Familie oder die Person selbst schädlich sein könnten.«

»Außerdem oblag es Emmely nicht, die Wahrheit herauszufinden, denn sie war nicht der letzte Nachfahre der Tremayne-Familie«, gab Diana zurück. »Aber ich bin sicher, dass sie es verkraftet hätte. Emmely war sehr stark.«

»Das war sie in der Tat.«

Ein innerer Sonnenstrahl, der auf einen Fetzen Erinnerung an Emmely fiel, zauberte ein Lächeln auf Dianas Gesicht.

»Ich glaube allerdings, damit ist es noch nicht getan.«

Mr Green erhob sich und verließ die Küche. Diana blickte Jonathan fragend an.

»Wäre es möglich, dass er dir noch ein paar Spuren vorenthalten hat?«

»Ich würde es nicht ausschließen. Er hat seine Hinweise wirklich gut dosiert.«

Bei seiner Rückkehr hatte Mr Green einen braunen Umschlag bei sich und erklärte: »Das Foto, das ich Ihnen gemailt habe, war nur eines von dreien. Da ich von Ihnen keine Antwort erhalten habe, bin ich davon ausgegangen, dass Sie anderweitig beschäftigt waren.«

»Wir hätten auch entführt worden sein können.«

»Dergleichen wäre im Fernsehen berichtet worden, also hatte ich keine Sorge. Sie haben in der Vergangenheit hinlänglich bewiesen, dass Sie dazu fähig sind, allein auf sich aufzupassen.« Lächelnd öffnete er den Umschlag und holte zwei Schwarzweißfotos hervor.

Das eine zeigte einen Grabstein, das andere das Gemälde von Victoria und Grace als Kinder.

Diana sah den Butler fragend an. »Wissen Sie, was das zu bedeuten hat?«

Mr Green schüttelte den Kopf. »Nein, woher sollte ich? Ihre Tante hat mir nichts über die Hintergründe verraten, nur die Spuren in die Hand gedrückt und mir die Weisung gegeben, sie gut dosiert anzubringen. Aber wenn ich mir eine Bemerkung erlauben darf, da der Grabstein wohl nicht in England steht, sollten Sie mit dem Gemälde beginnen.«

»Sie meinen, ich soll es abhängen?« Diana blickte fragend zu Jonathan, der eine Unschuldsmiene zog.

»Warum nicht? Ich glaube, das Stück Wand darunter möchte auch mal wieder Licht sehen.«

Mit pochendem Herzen verließ sie die Küche, gefolgt von Jonathan und Mr Green. Als sie vor dem Bild stand, das den vertrauten Moment zwischen zwei Schwestern und ihrer Mutter so meisterhaft eingefangen hatte, zitterten ihre Hände so stark, dass sie zunächst nicht glauben konnte, es jemals zu berühren. Was würde sie hier finden? Noch ein paar Aufzeichnungen? Sie zögerte. Was würde noch ans Licht kommen?

»Keine Angst, Diana, es ist doch nur die Wahrheit, die auf dich wartet«, schien ihre Tante ihr zuzuwispern. Dann war es, als würden fremde Hände ihr helfen, die eigenen zu heben. Die Hände von Grace, Victoria und Emmely. Vorsichtig ließ sie ihre Finger unter den schweren Rahmen gleiten, dann hob sie das Bild an.

Als Erstes fiel ihr ein alter Zeitungsartikel entgegen, den die Zeit in seinem Versteck so dünn gemacht hatte, dass er wie eine Feder zu Boden schwebte. Jonathan hob ihn auf und las: »Calypso in Seenot – deutscher Frachter kommt englischem Postschiff zu Hilfe.«

»Calypso?«, fragte Diana, denn der Name ließ etwas in ihr klingeln. War das nicht das Schiff, das Cahill in seinen Notizen erwähnt hatte? Sie würde gleich noch einmal nachsehen.

Als sie mit Jonathan das Bild herumdrehte, entdeckte sie in dem uralten Keilrahmen ein weißes Blatt, nein vielmehr war es weißer Zeichenkarton, wie er auch heute noch für Radierungen und Pastelle verwendet wurde.

Mit dem Gefühl, ihren Puls im gesamten Körper zu spüren, drehte sie das Blatt um, dann schlug sie die Hand vor den Mund.

»Das ist das Gesicht des Engels!«

Die sehr lebensecht wirkende Zeichnung war mit demselben Schmetterling signiert, den sie auf dem Fensterbrett in Vannattuppücci gefunden hatte – und hinter dem Victorias Geständnis gesteckt hatte. Daneben standen die Buchstaben V. T. »Victoria muss ihn gezeichnet haben, doch woher …«

Plötzlich dämmerte es ihr. Nicht der Engel war die Vorlage für das Bild gewesen. Vielmehr war das Bild Vorlage für den Engel gewesen!

»Wäre es möglich, dass dieser Mann … Vikrama ist?«

Sie blickte sich zu Jonathan um, der die Zeichnung genau betrachtete.

»Möglich wäre es schon, denn dieser Mann hat eindeutig indische Züge.«

»Aber hier hat er einen Bart und als Engel …«

»Ich habe noch nie einen bärtigen Engel gesehen!«, wandte Mr Green ein. »Aber höchstwahrscheinlich hat sich Mrs Woodhouse die künstlerische Freiheit genommen, ihn zu rasieren.«

»Das hieße dann also, dass Vikrama über Beatrice wacht?«
»Ein schöner Gedanke, nicht wahr?«
»Ja, ein sehr schöner.«
»Und eine schöne Wiedergutmachung dafür, dass Beatrice die ewige Ruhe bei ihren Vorfahren von Deidre verwehrt worden war, weil diese offenbar auf Seiten des Großvaters stand und Grace ebenso als Ausgestoßene sah wie er.«

Epilog

Polen, 2009

Es hatte ein Weilchen gedauert, bis sie den Friedhof ausgemacht hatten, auf dem sich das Grab befinden sollte. Das erste Foto von Mr Green, der letzte Hinweis, war keine besonders große Hilfe gewesen, denn der Krieg und sechs weitere Jahrzehnte hatten das Gesicht der Gegend verändert. Der kleine Dorffriedhof war nahezu in Vergessenheit geraten. Nachdem die Deutschen fort waren, hatten die Einheimischen ihrem Zorn über das, was ihnen deutsche Truppen angetan hatten, freien Lauf gelassen. Das Dorf war verschwunden, doch die Grabsteine hatte man glücklicherweise nicht angetastet. Entweder aus Aberglauben oder in dem Wissen, dass Tote keine Forderungen mehr stellen konnten.

Dianas Blick schweifte über das Eingangstor, dessen Gitter schon seit vielen Jahren verschwunden waren, wie der Rost an den Scharnieren bewies. Die aus Feldsteinen gemauerten Pfeiler ragten wie die Finger eines Riesen aus dem Boden.

Da es niemanden gab, der sich um die Hecke kümmerte, wucherte sie wild und hüllte, wie im Märchen vom Dornröschen, alles ein.

Das Grabkreuz stand ein wenig schief, über dem Grab war ein wenig Erde eingesunken. Nach so vielen Jahren hatte wohl das Holz des Sarges nachgegeben.

Diana blieb in dem laubübersäten Gang stehen und griff nach hinten, wo sie Jonathan spürte. Seine Hand fand die ihre und hielt sie fest, warm und kraftvoll.

Das zweite Foto von Mr Green hatte die Grabstelle gezeigt, war aber zu undeutlich gewesen, um Einzelheiten zu erkennen. Lediglich eines hatte man gesehen – dass in der Mitte des Grabsteins ein Medaillon eingelassen war.

Dieses glänzte trotz seines Alters geheimnisvoll durch den Efeu, als wollte es sie auffordern, es endlich zu finden.

Als Diana die Efeuranken entfernt hatte, stockte sie auf einmal, legte den Kopf schräg und las:

Hier ruhen in Frieden

Kapitän zur See
Friedrich Södermann
1. Juli 1860 – 4. Mai 1918

V. Grace Södermann
geborene Tremayne
25. Dezember 1868 – 19. Dezember 1931

»V?«, wunderte Diana sich.

»V«, wiederholte Jonathan fassungslos. »Das gibt es doch nicht.«

»Was denn?«

»In Sri Lanka ist es Brauch, den ersten Buchstaben des Vaternamens vor den eigenen Namen zu stellen. Sobald eine Frau heiratet, gibt sie den Buchstaben des Vaters ab und nimmt den ersten Buchstaben des Namens ihres Mannes an, um ihre Zugehörigkeit zu zeigen.«

Auf einmal schien ein regelrechter Sturm durch Dianas Adern zu toben. Ihr Herz raste und ihr Mund wurde trocken, als Jonathans Worte durch ihren Verstand tobten.

»Sie war mit Vikrama verheiratet?«

»Wenn man nach dem Grabstein geht, ja«, gab Jonathan zurück. »Zumindest muss sie sich ihm zugehörig gefühlt haben und um den Brauch gewusst haben.«

Diana sank zurück in die Hocke. Minutenlang starrte sie ins Leere.

Grace war mit Vikrama verheiratet gewesen – nach tamilischem Recht und Brauch.

Hatte ihr Mann davon gewusst? Und wenn ja, wie hatte er damit leben können, immer nur an zweiter Stelle zu stehen? Wie hatte er ertragen können, dass Grace eigentlich nur darauf wartete, dass Vikrama eines Tages zu ihr finden würde?

Und wie muss es Victoria ergangen sein, als sie herausfand, dass Vikrama verschwunden war? Hatte sie deshalb die Schatulle mit ihren Erinnerungsstücken wie dem Reiseführer, dem blauen Stein und dem Foto samt dem Hochzeitshoroskop in dem Geheimfach verschwinden lassen?

Als Diana die Hand nach dem Medaillon im Grabstein ausstreckte, dem die Zeit doch schon ziemlich zugesetzt hatte, bemerkte sie, dass es etwas locker war.

»Hast du ein Messer dabei?«, fragte sie Jonathan und wusste dabei nicht genau, was sie dort suchte. Mitnehmen wollte sie es eigentlich nicht – es sei denn Grace hatte gewollt, dass ihre Nachkommen es an sich nahmen.

»Hier«, sagte Jonathan, während er ihr ein kleines Taschenmesser reichte. Mit seiner Hilfe war es einfach, es aus dem Stein zu lösen. Warum nur hatte es nicht schon früher jemand getan? Hatte der Krieg einen Mantel des Vergessens über diesen Ort ausgebreitet?

Kaum hatte sie das Medaillon in der Hand, entdeckte sie in der Ausbuchtung, die es verschlossen hatte, ein zusammengerolltes Stück Papier. Zitternd griff sie danach und entrollte es. Schriftzeichen! Jene Schriftzeichen, die sie auch schon auf dem Palmblatt gesehen hatte, das sie mittlerweile Michael überlassen und ihm gegenüber den Irrtum aufgeklärt hatte.

Zudem gab es eine kleine Notiz, Stichpunkte, mit zarter Hand geschrieben. Diana erkannte die Handschrift von Grace wieder.

»Das muss die Kopie des Palmblatts sein«, sagte sie und sprang auf. »Von dem sie in ihrem Heftchen geschrieben hatte!«

»Vielleicht war es nur ihr eigenes Hochzeitshoroskop«, wandte Jonathan ein, doch Diana war nicht zu bremsen.

»Nein, ich bin sicher, dass das eine Abschrift des Palmblattes ist, denn sie hätte ja sonst das Originalblatt besessen.«

Diana versuchte vergeblich, ihre Gedanken zu ordnen, die wie ein Hurrikan durch ihren Verstand wirbelten. Ihr Blick fiel nun auf das angelaufene Medaillon.

»Vielleicht ist hier drin ein Bild von ihnen beiden.« Diana kam sich selbst vor wie jemand, der den Verstand verloren hatte, doch Jonathan nahm ihren Wahn mit einem Lächeln hin. Als er das Medaillon mit einem Taschenmesser öffnete, blickten sie auf das Gesicht einer wunderschönen, indischen Frau, die große Ähnlichkeit mit dem Bildnis von Vikrama hatte.

»Das muss seine Mutter sein.«

»Richards Geliebte«, gab Diana zurück. Sie fühlte sich ganz schwindelig. Mit dem Medaillon, das vielleicht Vikramas Mutter zeigte, und der mutmaßlichen Abschrift des Palmblattes, das Grace in ihrer Niederschrift erwähnt hatte, hatte sie auch die letzten Puzzleteile zusammen. Alles, was möglich war, um die Geschichte zu rekonstruieren.

Diana beschloss, die beiden Fundstücke mitzunehmen, zu verwahren für spätere Generationen – so es diese geben sollte. Aber sie war hoffnungsvoll. Die Scheidung von ihr und Philipp lief, ihr Glück mit Jonathan war vollkommen, und alles andere würde sich zeigen, auch ohne eine Prophezeiung.

Indischer Ozean, 1887

Auf hoher See wusste Grace bald nicht mehr, ob ihre Übelkeit von der Schwangerschaft herrührte oder von der Seekrankheit, die hier viele befiel. Der Winter war keine gute Zeit zum Reisen, häufig kam es zu Stürmen, doch wenn sie erst einmal den Suez-Kanal durchquert hatten, würde das Klima besser werden, und bis nach England war es dann nicht mehr weit.

Grace war es egal. Egal, ob sie fror oder schwitzte, egal, ob sie lebte oder starb. Hin und wieder überkam sie das tiefe Verlangen nach der Finsternis. Doch dann brach der Gedanke an ihr Kind wie ein Sonnenstrahl durch die Wolkendecke und sie wusste auf einmal, dass sie leben wollte. Leben für ihr Kind, leben für die Hoffnung, ihren Geliebten irgendwann einmal wiederzusehen.

In diesen Momenten kramte sie den Zettel hervor, den sie in der Palmblattbibliothek von dem alten Mann erhalten hatte.

Hör auf dein Herz, hatte er ihr gesagt. Hatte sie das Unglück abwenden können, indem sie ihm gefolgt war? Mit ihrer Schwangerschaft war das größte Unglück hereingebrochen, das ihre Eltern sich vorstellen konnten. Doch sie hatte die große Liebe erleben dürfen …

»Ich glaube, es gibt einen neuen Sturm«, bemerkte Miss Giles unruhig. Die Zeit auf See hatte aus ihr ein Nervenbündel gemacht. Meist brütete sie schweigend in ihrer Ecke der

Kajüte und sprach nur das Nötigste mit ihrem Schützling, nicht, weil sie ihr zürnte, sondern aus schlechtem Gewissen heraus, da war sich Grace sicher.

Eigentlich geschah es ihr ganz recht, dass sie von Mr Norris getrennt wurde, hatte Grace besonders in der ersten Zeit grimmig gedacht. Immerhin war sie es, die Vikrama als Vater ihres Kindes entlarvt hatte, indem sie bei Victoria herumgeschnüffelt und das Heft mit den geheimen Aufzeichnungen ihrem Vater zugespielt hatte. Beim Betreten des Schiffes hätte sie die Gouvernante nur zu gern über die Reling geworfen.

Doch die Zeit auf See hatte sie nachdenklich gemacht. Nur zu gut konnte Grace nachfühlen, wie Miss Giles zumute war. Die Hoffnung, dass der Herr sie zurückholen würde, weil er sie für die Betreuung von Miss Victoria brauchte, war das Einzige, woran sie sich klammerte. Eine kleine Hoffnung, denn eher würde sie für die Betreuung des Babys gebraucht. Des Babys, das einen Skandal auslösen würde. Ein Baby, das man der Mutter vielleicht wegnehmen würde, um die Fassade zu wahren.

Grace versuchte also, ihren Groll zu vergessen, und wenn sie spürte, dass Miss Giles ihrem Lehrer nachtrauerte, tröstete sie sie damit, dass er sicher eines Tages zu ihr käme und sie heiraten würde.

Genauso, wie sie hoffte, nach Ceylon zurückzukehren. Allerdings nahm diese Hoffnung mit jeder Seemeile ein wenig ab, und Angst um ihren Liebsten machte sich in ihr breit. Wenn Vikrama an seinem Leben hing, würde er Vannattuppūcci fernbleiben. Sie betete inständig dafür, dass sein mutiges Herz ihn nicht zu einer Dummheit verleitete, die er auf ewig bereuen würde. Und sie hoffte, dass das Schicksal sie auf andere Weise wieder zusammenführen würde.

Als der Sturm über das Schiff hereinbrach, zweifelte Grace

kurz an der Macht des Palmblatts. Vielleicht irrte es, indem es ihr noch 43 Lebensjahre versprach. Woher sollten die Brahmanen wissen, welche Unbilden einem Menschen begegnen würden? Das Unwetter, das wesentlich schwerer ausfiel als jene zuvor, brachte das Schiff an den Rand des Sinkens. Panik brach aus, alles ging drunter und drüber. Als sie an Deck angekommen waren, schwappte ein riesiger Brecher über sie hinweg. Grace hörte einen Schrei, dann war Miss Giles plötzlich verschwunden. Bevor sie herausfinden konnte, wohin, rissen Hände sie zur Seite, und irgendwie gelangte sie in ein Rettungsboot.

Eine Decke wurde über ihre Schultern gelegt, und Stimmen wirbelten aufgeregt um sie herum. Feuchte, eisige Böen bissen in ihre Wangen, doch sie achtete nicht darauf. Ihre Gedanken waren bei dem Zettel, und sie wusste nun, dass alles so kommen würde, wie er sagte.

»Alles in Ordnung, Miss?«, fragte der junge Offizier, während er ihr aus dem Rettungsboot half. Zähneklappernd nickte Grace und ließ sich dann in die ihr zugedachte Kabine führen. Die bewundernden Blicke, die der junge Mann über ihr Gesicht und ihr Haar schweifen ließ, bemerkte sie nicht. Ja, sie hätte in dem Augenblick jeden ausgelacht, der behauptet hätte, dass der Offizier mit dem blonden Haar und den blauen Augen einmal ihr Ehemann werden würde.

Doch während der Fahrt änderte sich das. Der junge Offizier bemühte sich um sie, sorgte für ihren Komfort und brachte ihr persönlich Extraportionen, denn er war der Meinung, dass das Kleine unter ihrem Herzen gut versorgt werden sollte. Auch als sie wieder an Land waren und Grace in einer kleinen Hamburger Pension lebte – nach Tremayne House hätten sie keine zehn Pferde zurückbekommen –, ließ er sich regelmäßig blicken, brachte ihr Geschenke mit und ging mir ihr spazieren.

Einige Leute wunderten sich über Graces Zustand, andere glaubten, dass es ihr Mann sei, an dessen Arm sie ging. Bekannten von Friedrich, die anmerkten, dass er wohl nichts habe anbrennen lassen wollen, drohte er gespielt ein paar Ohrfeigen an, doch Grace erkannte, dass seine Augen stolz strahlten, wenn man ihn für den Vater ihres Kindes hielt.

Vielleicht war es diese Fürsorge, vielleicht auch die Erkenntnis, dass sie einen Menschen brauchte, an dem sie sich festhalten konnte, bis ihr Prinz erschien, die Grace dazu brachte, ihr Herz wieder ein wenig zu öffnen. Zunächst war es Sympathie, dann sogar Zuneigung, die sie für den Mann empfand, der sie, im siebten Monat schwanger, in einer kleinen Kirche in Ostpreußen, seiner Heimat, heiratete.

Mit grimmiger Genugtuung stand sie vor dem Altar, gab dem Offizier das Jawort und machte ihn damit zum glücklichsten Menschen der Welt. Den Brief ihrer Schwester, der am 15. Februar 1888 verfasst wurde, trug sie dabei an ihrem Herzen. Eines der Dienstmädchen von Tremayne House hatte ihn ihr weitergeleitet.

Ich habe dir verziehen, Victoria, dachte sie, als sie, bewundert und umjubelt von den Hochzeitsgästen, aus der Kirche trat. Doch es ist gut zu wissen, dass jemand für meine Nachkommen da sein wird.

Dieser Nachkomme wurde in dem Jahr geboren, das als Drei-Kaiser-Jahr in die deutsche Geschichte einging. Grace gab ihrer Tochter, die in so vielem ihrem Vater ähnlich war, den Namen Helena. Zunächst war sie gewillt, wie es der tamilische Brauch war, den ersten Buchstaben ihres Vaters vor ihren Namen zu stellen, doch sie wollte nicht, dass man ihr Fragen stellte.

Es genügte ihr, dass Helena sie mit Vikramas Augen ansah.